金融街

矫健 著

作家出版社

图书在版编目（CIP）数据

金融街 / 矫健著 .—北京：作家出版社，2020.8
（矫健天局三部曲）
ISBN 978-7-5212-0316-5

Ⅰ.①金…　Ⅱ.①矫…　Ⅲ.①长篇小说－中国－当
代　Ⅳ.① I247.5

中国版本图书馆 CIP 数据核字（2019）第 002056 号

金融街

作　　者：矫　健
责任编辑：省登宇　周李立
装帧设计：琥珀视觉
出版发行：作家出版社有限公司
社　　址：北京农展馆南里 10 号　　邮　　编：100125
电话传真：86-10-65067186（发行中心及邮购部）
　　　　　86-10-65004079（总编室）
E-mail:zuojia @ zuojia.net.cn
http://www.zuojiachubanshe.com
印　　刷：北京盛通印刷股份有限公司
成品尺寸：145×210
字　　数：450 千
印　　张：14.75
版　　次：2020 年 8 月第 1 版
印　　次：2020 年 8 月第 1 次印刷
ISBN 978-7-5212-0316-5
定　　价：49.80 元

第一章

一

　　萧长风被任命为东方银行行长。此时，正值国际大厦债券风波进入高潮。

　　早晨，萧长风从家里步行去人民银行，方明行长约他九点半谈话。作为金泰证券公司的副总经理，他理应乘公司的轿车上班。可他有个习惯：每天早上必沿着滨海路走走。海风带着咸湿的气息渗透他的肺腑，他的身心便如注入兴奋剂一样昂奋起来。习惯就是习惯，不可理喻。在 S 市，人们都把滨海路称作"金融街"，各家银行、证券公司、保险公司、信托投资公司集中于此，构成 S 市经济领域的中枢神经。殖民地时代的洋房、新建的银光闪闪的摩天大厦沿海岸屹立，仿佛一群巨人在海滨聚会。谁踏入金融街，都会感到一种华贵、肃穆的气氛。他一路上揣摸：方明行长要和我谈什么？

　　萧长风家住在锦绣小区。去滨海路出门向东，必经国际大厦。他刚刚拐入解放路，就看见一片混乱景象。各种车辆瘫痪了似的将马路堵得水泄不通，喇叭发出阵阵悲鸣。围观的人们站在路中央，三五成群，堂而皇之，对着国际大厦点点戳戳。闹事者约有几百人，或坐在大厦自动玻璃门前，或坐在广场喷水池边，各自做出愤怒控诉的姿态。

萧长风早就听说宝迪克集团的债务危机。为盖国际大厦，宝迪克集团发了一亿元债券，年利率百分之二十。几年下来，连本带利翻了一番，一亿元债券变成两亿元了！国际大厦经营不良，宝迪克集团无力兑付债券。老百姓愤然闹事，造成今天的局面。

有一个干瘦的老头，手擎自家床单，上面用红墨水书写着几个吓人的大字："血债血还！"这就使得讨债的人们像一座沉默的火山，潜藏着很大的危险性。

几个年轻人好奇，跑到老头身边低声问道：大爷，你写错字了吧？怎么是血债呢？又没有死人……

瘦老头本来半闭着眼睛，听见有人问话，把眼一瞪竟如铜铃般大：不会写错！我一辈子攒了一万块钱，全买了国际大厦债券。这笔钱要是打了水漂，我就从国际大厦楼顶跳下来，在这儿摔死！你说，这是不是血债？

萧长风留意听周围人的谈话。一个胖大嫂接着瘦老头的话茬，大声哭诉自己的遭遇。她是下岗女工，境况自然很惨。人们的情绪变得激烈起来，有几个小伙子便嚷着去冲击国际大厦总经理办公室。一位有见识的中年人劝阻了他们：总经理好几天不露面了，冲击他的办公室又有什么用？人多火气大，砸坏了东西还要赔偿。再说，国际大厦债务累累，根本没钱兑付债券……

那怎么办？咱们的钱就白扔了吗？大家着急地问道。

有办法。有识之士微微笑道，企业发行债券都由银行担保。据我了解，国际大厦债券的担保银行是东方银行，它有责任偿还这笔债务。

对！银行有钱。咱们包围东方银行，不怕它不还债！看见希望的人们无比亢奋。

中年人摆摆手：不能乱来，这么多人冲进银行不就乱套了吗？落得一个抢银行的罪名，谁也担当不起呀！我看这事儿，咱们得仔细

2

策划一下……

萧长风离开国际大厦。他很想多听一会儿，但是，与方行长约定的时间快要到了，延误不得。他挤出人群，穿过车缝，离开那块是非之地。那位中年人果然是有识之士，萧长风暗暗佩服他的金融知识。假如债权人团结起来，合理合法地向东方银行施压，那银行方面可就脱不了干系。萧长风与东方银行副行长严可夫很熟，那老头对人总是和蔼可亲，笑容可掬。行长王新是从外地调来的，大能人，上天入地，不太容易见他的身影。萧长风与他只可算点头之交。回头望望国际大厦门前的人山人海，萧长风不由替东方银行那班头头捏了一把汗。

命运似乎在和他开玩笑。当方行长宣布任命萧长风为东方银行行长时，他简直不敢相信自己的耳朵！

场面很严肃，宽敞的办公室里坐着两位领导。人民银行作为各商业银行的管理机构具有最高权威，方明行长自然是这一权威的代表。另一位是东方银行省行行长刘清远，他是系统内的上级领导。刘行长从省里赶来，与地方人民银行领导共同宣布对萧长风的任命，显得很不寻常。

刘行长开门见山地说：我要为Ｓ市东方银行物色一位新行长，方明行长推荐了你，省行也对你进行过考查，我还比较满意。萧长风，你可能觉得事情有些突然，我也打开天窗说亮话：你是受命于危难之中！

萧长风马上意识到东方银行出了大问题！果然，方行长一字一板地告诉他：原行长王新已被"双规"。由于乱拆借资金，违规放贷等一系列问题，东方银行已陷入危险境地。无须掩饰，萧长风将要接过一副烂摊子。但是上级领导对萧长风的政治素质、业务能力还是很有信心，所以点将点到他的头上。方行长含蓄地提起五年前萧长风受到委屈一事，明确表示现在大环境已经改变，此类事件绝不会再发生。

刘行长在旁边插话：正因为敢于坚持原则，省行才特别看重萧长风！

萧长风苦笑一下，没有说话。

方行长说：这副担子你要接，而且一定要挑好！你当过我的稽查科长，也算我的老部下，我了解你。这几年你在证券公司还算逍遥，可是你的眼睛一直盯着银行。现在你有了用武之地，能不大显身手吗？金融体系改革任重道远，国际国内多少双眼睛盯着我们啊！

萧长风庄严地说：既然领导信任我，我有决心把东方银行搞好。

刘行长说：你将面临许多困难，心里要有数哇。东方银行头寸有些紧张，我马上给你拨过来一个亿！

萧长风笑道：要说钱，一个亿哪够？但是我更需要政策。刘行长，你能不能把尚方宝剑借给我用用？多给我一些自主权，让我搞一些试验……

方行长指着萧长风说：他呀，翅膀刚硬，就想一飞冲天！

三人大笑。电话铃响，方行长拿起话筒，脸色立刻变得严峻起来。

是市委书记庞子华打来的电话。国际大厦债券风波惊动了市委，庞书记提出由市政府牵头，请银行系统和宝迪克集团开一个办公会，协调解决这场风波。方行长表示同意。会议约定明天下午举行。

萧长风慢慢地在沙发坐下。他这才意识到早上在国际大厦看到的惊人场面，与他有直接关系。这仿佛是谁为他出任东方银行行长准备下的一份礼物。而市委书记庞子华打来的电话好像也是某种暗示：正是这个庞子华，曾使他失去了 S 市建设银行副行长的职务……

二

萧长风度过了一个不眠之夜。

站在阳台上，可以看见港湾闪闪烁烁的渔火。城市在熟睡，周围格外寂静。萧长风相信自己的耳朵能够听见远处的浪涛。他喜欢在阳台久久伫立，尽管海面上刮来的风已经有了透骨透肉的凉意。深秋的夜空深邃辽远，与海洋一样神秘莫测。满天繁星为苍穹带来生命，像大海里的片片粼光令人神往、引人遐想……

萧长风三十八岁，正是男人的黄金时期。他早年考入中央财经大学，先读本科，再考研究生，也算寒窗苦读，终成正果。毕业后，他分配回S市，从此踏入金融街。萧长风先后在好几个银行工作，真正崭露头角是在建设银行的五年，由于才华出众，他被破格提拔为副行长，也成为金融街上最年轻的副行长。他有不少财大同学在金融街上工作，萧长风一度成为他们心目中的明星。可是好景不长，"靓仔飞飞事件"几乎断送他的前程……

靓仔飞飞是一种牛仔裤品牌，八十年代末曾频频出现在S市本地报纸上。这种名字古怪的牛仔裤始终没有面市，萧长风最清楚这件事情的始末。市郊有一家乡镇企业，生产普通童装，香港一商人主动上门洽谈合资。项目大得惊人：要在S市建立一座全国规模最大的牛仔裤厂。靓仔飞飞应运而生，当时双方提出的口号是：让十亿人民每人穿一条靓仔飞飞牌牛仔裤！这可不是开玩笑，S市官员们都强调这个目标一定要达到。

项目宏伟，投资也巨大。农民企业家张发贵东奔西窜跑贷款。他找到萧长风，张口要贷一亿元人民币。萧长风具有银行家天生冷静的头脑，他对这个吹得满天震响的项目抱着怀疑的态度。他认真考察了这家合资企业，发现港方资金迟迟不到位。他又托香港的朋友调查港商背景，得知那号称"牛仔裤大王"的家伙，不过是个无名鼠辈。萧长风当然拒绝了张发贵的贷款要求。

麻烦接踵而来。先是张发贵到他办公室来大发"山里人的脾气"；接着有人在《海滨日报》发表文章，暗示靓仔飞飞有可能被银行方面扼杀在摇篮里；然后官员纷纷登场，劝萧长风为农民企业家开绿灯。他顶住各方面的压力，坚持不放款。躺在病床上的老行长支持他，夸奖他工作细致、原则性强。直到庞子华亲自出面，形势才急转直下。庞子华当时是S市代市长，以锐意改革、勇于创新著称。他把萧长风叫到市长办公室，直截了当地命令他贷款。他告诉萧长风：飞飞牛仔裤厂是本市最大的合资项目，它的成败对于未来招商引资工作有着重大影响。因此，必须使靓仔飞飞飞起来，在全国、全世界树起S市的形象。庞子华是个热情奔放的人，萧长风也很坦率。二人发生了争执。萧长风讲金融工作的特点，讲银行潜在的风险，讲了很多，讲得很激动。他有一种模模糊糊的感觉：庞市长理解他所讲的一切！

然而他错了。这次谈话后不久，老行长带病上班。一亿元贷款放了出去，张发贵趾高气扬地将支票拿走。萧长风从事业的巅峰滚落下来。先是受冷落，最后在一系列复杂因素的合力作用下，他被免去建行副行长的职务。

萧长风终于明白：老行长外表冷峻，眼睛里却隐藏着内疚。他始终不敢面对萧长风询问的目光。银行行长是什么？是党的干部，与其他局长、主任没有丝毫差别。老行长党性比萧长风强，但是事实最终证明萧长风是正确的。一年以后，牛仔裤厂破产，港商逃之夭夭，靓仔飞飞成了市民的笑话。在笑话后面，却是银行永远也追不回来的一亿元贷款！

萧长风深感伤心，他为心爱的银行伤心，为那一亿元贷款伤心。他已经意识到金融体制的弊病，并开始冷静观察，深入研究。他写了许多出色的论文，大力鼓吹金融体制改革，在全国金融界引起很大反响。萧长风在理论上颇有收获。此时，他已经离开银行，进入证券界。老同学白帆筹建S市第一家证券公司，他向萧长风伸出友谊之手：来吧，帮我一块搞证券。你相信吗？股票比银行更有吸引力，它活跃、刺激，最具有革命性！萧长风去了，他们一起创建了金泰证券公司。他同意白帆关于股票的观点，但是心里却总挂念着银行。

突如其来的任命，使萧长风心潮难平。他终于当上了一家商业银行行长，这仿佛是命里注定的。他不怕烂摊子，什么样的烂摊子都能收拾好。只要给他经营自主权，他就一定能让东方银行重新站起来！然而，国际大厦风波和市委书记庞子华的电话，又使萧长风深感不安。刚一上任就卷入地方债务的旋涡，他这个银行行长独立得了吗？

萧长风大致知道国际大厦的情况。发展商宝迪克集团属于市建工局。在全国性房地产开发热潮中，有人提出 S 市应该有一座标志性的建筑物。于是，三十六层高、装修豪华的国际大厦蓝图就被绘制出来。发行债券是市政府支持的，操作不规范，百分之二十的高息，更是违反央行关于利率浮动范围的限制。现在债券无法兑现，群众闹事，东方银行是发债担保银行，他又是刚刚上任的行长，看来，他与庞书记难免要有一场交锋。想到此，萧长风在夜色中暗暗苦笑。

妻子袁之华披着外衣来到阳台。她握住萧长风冰凉的手，轻声说道：快进屋吧，别着凉了。

萧长风随妻子进屋，叹口气说：心事多，睡不着呀……你快睡，明天还要飞北京呢！

袁之华说：你当行长，咱们这牛郎织女的日子可就过得没头了。

萧长风歉意地笑笑：我往北京调，看来是调不成了。解所长那边你可得帮我打招呼。

咱们的小家要团圆，还是得我想法子回来。可我那工作你也知道，真难脱身呀！……

袁之华与萧长风是财大的同学，毕业后分配在外贸部工作。结婚多年，一直两地分居，夫妻二人为小家安在哪儿费了不少脑筋。按说袁之华从北京调回 S 市，也不算什么难事，从上往下走总是好走。妻子能耐大，丈夫就往妻子身边凑合。袁之华在北京四处托人，为萧长风谋到一个金融研究所的职位。可她心里清楚：丈夫对纯理论工作兴趣不大。现在萧长风出任东方银行行长，在北京安家的构想又泡汤了。袁之华不由发出一声叹息。

袁之华知道丈夫有失眠的毛病，就从书橱里抽出一本《安徒生童话》，笑盈盈地说：你躺下，我有办法让你睡着。

袁之华轻声朗诵《安徒生童话》。她的声音甜美迷人。萧长风闭上眼睛，沉浸在美得令人伤感的童话世界当中。每逢他睡不着觉，妻子总是用这种方法为他催眠，并且很奏效。萧长风觉得自己的身体渐渐飘游起来，浓浓的睡意仿佛要将他带到那个童话世界里去……他感到幸福。

萧长风梦见了爷爷。爷爷是三十年代的老银行家。老人家脸上皱纹密布，像一颗核桃，冲他神秘地一笑，似乎要告诉他什么秘密……

三

严可夫一直在等待省行对他的任命。他毫不怀疑自己将当上 S 市东方银行行长。坐在宽阔的大班台前，严可夫可以看见青鸟山。青翠的山峦像一只巨鸟，一头扎在海湾里。可惜他的窗口只能看见海湾一角，只有行长办公室才算得上全海景豪华房间。他希望搬进行长办公室，并相信这一天已经不远了。

王新被"双规"，严可夫就知道自己的机会来了。他上下活动，人、财、物总动员，不惜一切代价要登上行长宝座。严可夫也算老干部，五十多岁的人了，经验丰富，退休前弄个正职行长干干，应该没问题。许多渠道的信息都证实严可夫并非在做黄粱美梦。他花了许多钱，贵重的礼品甚至使省行一位副行长当面对他打了保票。前天夜里，那位副行长打电话到他家，告诉他事情可能有些变化，但问题不大。刘清远行长已经亲自到S市，这一两天就会找他谈话，局面很快将明朗化。这个电话有些语焉不详，但严可夫却将它视作自己得到行长任命的可靠信息。找他谈话，谈什么？当然是要他严可夫挑起东方银行这副重担！现在，严可夫就打开手机，守着电话……一心一意等待刘清远行长找他谈话。

屋角落的大立钟当地打了一响，指针指在八点半。刚到上班时间，严可夫来得早了一些。他看着木钟，想起给他送钟的红星木钟厂厂长胡昆。胡厂长欠着一笔逾期贷款，居然还想再贷一笔款。严可夫望着大立钟摇头。这些人吃贷款都吃疯了，脑子里不知在想什么。不过，由于种种原因，胡厂长的贷款要求还得认真考虑。这一切等正式上任后再说吧。严可夫站起来，背剪双手在屋内踱步，显得志满踌躇。

就在这时候，他听到走廊里传来一阵喧哗……

东方银行刚开门，就有几个人进来找行长。保安问他们什么事情，事前有没有预约，那伙人不回答。保安挡着不让进，双方冲突起来。营业部主任周梅梅上前询问，其中一人宣称：他们是国际大厦债券持有人代表，要找担保银行负责人谈判。周梅梅晓得事情复杂，就领他们上了二楼小会议室。信贷部主任曹卫东、国际部主任何苇青等几个中层干部闻讯赶来，帮周梅梅一起应付那些债权人。他们介绍了东方银行的情况，以新行长未上任为理由，劝说代表们暂时离去。几位自称"代表"的人物疑心很重，非要到行长办公室亲眼看一看。周梅梅等人当然不同意。于是，债权人代表冲入走廊，大吵大闹。

严可夫站在走廊上，咳嗽一声。他的老干部形象起到威慑作用，

9

债权人代表立刻安静下来。当周梅梅把情况告诉严可夫，严可夫板着脸更显威严。他知道处理这种事情必须快刀斩乱麻，拖得越久，麻烦越大。他指着楼梯，毫不客气地说：东方银行没有欠你们的钱，你们马上离开这里！否则，一切后果由你们自己负责！

代表中一个瘦老头走上前，盯住严可夫的脸左看右看：这不就是行长吗？怎么说没有行长呢？你们瞧，这位同志白白胖胖的，一脸官相。咱们找他就行了！

找我也没用。你们不走，我要叫保安了！严可夫脸上保持着凶相，心里却感到一种难言的舒坦。

一位文墨气很重的中年人显然是代表们的核心，他用遗憾的口吻对严可夫说：你用这样的态度对待我们，我们只好走了。不过我要告诉你，解放路上有三百多个债权人在等着，这些人恐怕要闹事。

严可夫嘿嘿冷笑，一字一顿地回答道：我就不怕闹事。他们要是敢来，我拨一个110，五分钟内就会赶到三百个防暴警察！

债权人代表们愤愤离去。严可夫用眼角扫了扫几位中层干部，内心颇为自己以行长身份"平叛"感到自豪。信贷部主任曹卫东当过律师，脸上显露出不安的神情。他走近严可夫，小声说出自己的忧虑：严行长，这样办恐怕解决不了问题。我们毕竟是担保银行，从法律上说……

幼稚。看见闹事的苗头，就必须果断地镇压下去，这才是我们要做的。你们放心吧，有我在，看谁敢闹！严可夫说完，一脸威严地走回办公室。

萧长风是在东方银行大门口石台阶上看见那几位代表的，其中瘦老头、有识之士他还认得。眼见他们怒气冲冲地离去，萧长风心中暗叫：不妙！他大步跨上石台阶，走进东方银行。

早晨送走袁之华，他先去金泰证券公司办理移交手续。因为担心债权人闹事，他向白帆打了招呼，赶到东方银行看看。方明行长告诉他，任命他为行长的红头文件要中午才能送达东方银行。但是情况紧急，萧长风已经顾不上这些繁文缛节了。

萧长风走进办公室。严可夫一见萧长风，很有些意外。他从大班桌后面站起来，急忙泡茶递烟，谈笑寒暄。严可夫很善于处理人际关系，与身份相似的同僚、同行们保持一团和气。他和萧长风相识多年，见面总要开几句玩笑。

严可夫递上茶，笑眯眯地问：什么风把你吹到我这里来了？

萧长风回答：萧长风。

严可夫接口道：好风！你是不是看我头寸紧张，要把金泰证券公司的钱存到东方银行来？

萧长风摇摇头：别打那里的主意，我已经说了不算了。最近我的工作有调动，要离开金泰证券公司。

严可夫关切地问：哦？到哪里高就？

萧长风指指办公室，笑道：就在这里，东方银行。

接着，萧长风就把昨天刘清远行长、方明行长找他谈话的事情告诉严可夫。开始，严可夫还以为萧长风在开玩笑，及至听说红头文件即将送达，笑容在他脸庞上僵住了。仿佛是证实萧长风的话，办公桌上的电话响了起来。严可夫接电话，是刘清远行长亲自打来的。他要和严可夫谈话，约严可夫中午到他下榻的海天宾馆见面。严行长慢慢地放下电话，他知道这次谈话的内容已不是他所期望的了。久经沙场的严可夫弯子转得快，等他回身面对萧长风时，已经堆起满脸笑容。

萧行长，你是搞突然袭击呀！我连个欢迎会也没准备，像什么样子？工作也太被动了……

严可夫又埋怨又自责，把自己的位子恰如其分地降到朋友与下级之间。

萧长风一摆手，眼睛里的神情变得认真严肃：咱们就别讲客套了。严行长，刚才我在银行门口看见昨天包围国际大厦的那些人，他们有没有找过你？

严可夫见新行长一上任就问这事，知道情况严重，忙把刚才发生在走廊上的一幕做了汇报。萧长风听着听着，两道浓黑的眉毛就拧在一起，低声地说道：糟糕！……

严可夫打住话头，有些尴尬。

萧长风站起来，在办公室里踱步。他思索片刻，对正在一旁的严可夫说：严行长，你马上召集一个会，把各部门经理、主任都叫来，咱们是国际大厦发行债券的担保银行，责任重大。干部们必须统一认识，统一口径。千万不能和债权人发生直接冲突，每一步棋都得小心应对！

严可夫半秃的脑门上已经冒出虚汗，他连忙拿起电话：好，好，我这就下通知……

办公室门被敲响，敲门声很急促。萧长风说：请进！

门打开，营业部主任周梅梅一脸惊慌地闯了进来。严可夫情知不妙，放下电话，迎上前去。

严行长，那些债权人都来了……有好几百人，好凶啊！周梅梅结结巴巴地报告。

严可夫急忙问：他们冲进营业大厅了吗？

周梅梅摇头：没有。他们全都坐在石台阶上，说是静坐示威……曹主任、何主任劝他们离去，被他们骂得狗血喷头……

萧长风说话。他的语气果断干脆，没有商量余地：我去同他们对话。严行长，你让营业部把现金收藏好，金库要加强守卫。和公安局联系一下，以防万一。咱们走！

气氛异常紧张，严可夫、周梅梅跟着萧长风走出办公室。

下楼梯时，周梅梅忍不住悄声问：这人是谁？

严可夫略微夸张地回答：不认识吗？梅梅，这是咱们东方银行新

12

来的萧行长!

萧长风推着旋转玻璃门走出银行,就被坐在石台阶上黑压压的人群挡住去路。他并不惊慌,眯起眼睛寻找那几位代表。他首先看见瘦老头,写着血红大字的床单仍擎在手中,触目惊心!债权人总的来说还算冷静,肩并肩坐在一起,脸上都挂着一种淡漠而又誓不罢休的神情。石台阶坐不下那么多人,就有一些站到马路当中,与围观者交谈、呼吁。几位穿着银行制服的年轻人,在静坐示威者中间劝说,却毫无结果……萧长风心里沉甸甸的,这一闹,东方银行形象极受损害,业务不知要受多大影响!

左前方不远处,一双明亮的眼睛注视着萧长风。萧长风知道,那个聪明的中年人正暗暗地观察他。他上前一步,扬声问道:你们的代表哪里去了?我想和他们对话。

中年人站起来,认真地戴上一副黑框眼镜,反问道:你是什么人?

萧长风响亮地回答:我是东方银行新上任的行长萧长风!

中年人又问:有人把我们赶出银行,你又来找我们干什么?

萧长风放缓语调,尽量把每一个字喊得响一些、清楚一些:我想请代表们回到银行,咱们坐下来慢慢谈!

中年人来到萧长风面前。瘦老头和另外五名代表也迈过一排排人头,艰难地走过来。他们围着萧长风,用狐疑的目光打量他。

瘦老头先开腔,话里有骨:谈,管用吗?你们干吗不叫防暴警察呀?

萧长风诚恳地说:只要有诚意,谈就管用。我是有诚意的。我承认,你们手中的债券不能兑现,东方银行负有一定的责任。

中年人扶扶黑框眼镜,把问题引向更深的层次:好,我相信你的诚意。不过,国际大厦债券的问题牵涉面很广,凭你一个银行行长的力量,恐怕很难解决吧?

萧长风注意到围着他的人越来越多,显然,静坐示威者坐不住了。他能感觉到一颗颗焦虑的心正在等待他的回答。萧长风扬起浓眉，提高嗓门，努力使自己的声音传得更远：是的，我个人的能力有限。但是，我可以告诉大家：市委书记庞子华将召集一个协调会议，由宝迪克集团和银行系统两方面参加，专门研究如何解决国际大厦债券的问题。我们先坐下谈，回头我把你们的意见带到会议上去！

人群兴奋地骚动。戴眼镜的中年人伸出手来，仿佛代表所有的人与萧长风紧紧握手。他笑得很开朗：好吧，让我们回到谈判桌上去！

萧长风不失时机地指出：静坐示威应该结束了吧？麻烦你把这事情给解决一下。我和其他代表先谈起来。

中年人笑笑，做了一个请他们先行的手势。

走进旋转玻璃门，萧长风低声问瘦老头，那人是干什么工作的？叫什么名字？瘦老头用炫耀的口吻回答：他呀，可是个大律师，专门打经济官司。他叫史万军！

萧长风回头望望逐渐散去的人群，将这个名字记在心里。

四

海关大钟敲了五响，悠扬的钟声在海面回荡。市政府小会议室里会谈仍在进行，银行方面与宝迪克集团相持不下，形成僵局。落日余晖射进玻璃窗，为一张张紧绷着的脸抹上红润光泽。

副市长张大东主持会议。他提出一个解决问题的方案：以东方银行为主、各银行协助，设法凑一笔两亿元的贷款给宝迪克集团，使它能够兑付债券，渡过难关。张副市长甚至定下指标：东方银行出一亿元，其他银行或出一千万，或出两千万。请大家量力而为，无私支援！建工局徐局长、宝迪克集团总经理马明远用充满感激的目光在行长们脸上扫来扫去，很有点乞怜的意思。

与会的行长们纷纷叫苦，说紧缩银根使他们度日如年，头寸紧张，毫无活动余地。城市信用社联社主任杨扬谈起最近下发的一个中央文件，意思是各银行必须严守纪律，地方政府不得随意干预银行正常工作……弦外之音，显然是批评张副市长提出的方案。

张大东把脸一板，说：市政府并不想干预银行工作。今天开会的主角是宝迪克集团和东方银行，我在这里只是为你们做一些协调工作。说实话，国际大厦债券不能按期兑现，损害了千百个老百姓的利益，市政府才出头解决这个问题。否则，我张大东连协调工作也不给你们做！庞子华书记开完市委常委会就来，他比谁都重视这场债券风波。待会儿你们当他面说说，那些债券到底怎么办？群众闹事闹出大乱子怎么办？包围大厦、冲击银行，影响本市安定团结怎么办？

三个"怎么办"问得行长们哑口无言。卢燕红看看萧长风，萧长风浓眉紧锁，始终没说话。卢燕红是瑞达信托投资公司总经理，与萧长风也是老同学，关系很好。她知道该自己发言了，她要带个好头，打破僵局。张副市长不正希望她起这样的作用吗？

卢燕红清脆的嗓音在小会议室回旋起来。她表示支持张副市长的方案，瑞达信托投资公司准备借出两千万元，帮助国际大厦兑付债券。她说话落落大方，又真挚感人，赢得一片赞赏的目光。她以为萧长风也会心存感激，因为东方银行是担保银行，她出这两千万毕竟也是帮萧长风的忙呀！然而，萧长风没往她这边看，只顾埋头在笔记本上写着什么。卢燕红好不扫兴。

张大东也对萧长风不满意，他直截了当地点了萧长风的名：萧行长，你也真沉得住气。你和马明远都处在台风中心，人家闹事先包围国际大厦，又在你东方银行门前静坐，你不着急吗？你到现在还没表态，那一个亿肯不肯拿出来？大家可都在帮助你呀！

萧长风神情严肃，开口发言：我认为，应该依据法律来处理国际

15

大厦债务问题。我和马明远总经理是当事人，我们俩应该交换意见，共同协商，找到解决问题的方案。

张大东说：好，你们就在这儿谈，就在这儿定方案。我再一次重申，由于债权人闹事，影响了本市的安定，市政府不得不出面协调。你们必须尽快解决问题，一天也不能拖！

萧长风不慌不忙地道：我同意发放给宝迪克集团两亿元贷款，帮助他们重组债务。并且，这笔贷款由东方银行独自承担，无须连累各家兄弟银行。

马明远站起来，隔着会议桌向萧长风鞠一个躬：萧行长，太感激你了！事情闹到今天这地步，只能请你拉我一把了……

萧长风却单刀直入地问：问题在于，你什么时候归还两亿元贷款？以什么东西作为还款的保证？

马总经理拍起了胸脯：请你相信我，宝迪克公司实力强大，我保证……

萧长风一摆手，挡住他的话头：空口无凭，何况你有不良债务记录。诸位，张市长的一片苦心，我们都应该理解。但是，他提出的方案有一个危险，宝迪克集团没有归还贷款的保证，弄不好将会把我们拖到新的债务锁链之中。因此，我在这里提出一个方案，马总经理如果同意，我就给他发放贷款。

张大东副市长脸上泛起笑容，深感兴趣地说：你说，你说。只要你的方案能解决问题，就照你说的办！

萧长风是有备而来。他翻着笔记本，有条不紊地说出自己的想法：我的方案其实很简单，宝迪克集团用国际大厦作抵押物，以获取东方银行的贷款。大厦要重新评估，以市价五折的价格抵押。如果逾期不能归还贷款，东方银行就有权处理抵押物！

马明远立刻站起来：什么？五折抵押？国际大厦位于黄金地段，是我市标志性的建筑物。你东方银行想趁债券风波把国际大厦搞到手，不是明摆着趁火打劫吗？

建工局徐局长颤动着两腮肥肉，也表示抗议：这方案不行，会造成国有资产大量流失……

萧长风针锋相对地说：东方银行是国有商业银行，要是两亿元贷款成为呆账、死账，不也造成了国有资产流失吗？刚才咱们说按法律办事，如果上法院，法院最终也会这样判决。因为是你们宝迪克公司欠的债，当然要用你们的资产来偿还！所谓冤有头，债有主，不就是这个道理吗？

银行行长们暗暗为萧长风喝彩。会议开到现在，两个主角才真刀真枪地干起来。很明显，马明远调动市政府的力量，想从各家银行手里攫取一笔糊里糊涂的贷款。而萧长风针锋相对，提出以国际大厦为抵押物，确定这笔贷款的归还日期，使宝迪克集团没有可乘之机。马明远当然不肯就范，萧长风也丝毫不让步，双方形成僵局。

张大东副市长左右为难。他心底里偏向马明远，因为国际大厦是建工局下属公司的物业，说到底，是长在市政府身上的肉。但是萧长风提出的方案也无法推翻，话也说得有理有据，令人信服。这个萧长风，紧紧护住银行的利益，心眼一点儿也不活动！张大东当然知道萧长风在建设银行的故事。庞书记他也敢顶，张大东这样一个分管金融的副市长又能奈他何？

晚霞已经消失，服务员打开天花板上的吊灯。银行行长们一个个绷着脸，谁也甭想从他们手中弄到钱。张大东刚想宣布暂时休会，市委书记庞子华在秘书的陪同下走进会议室。大家起身向庞书记问好，萧长风坐着没动。他打定主意坚持自己的方案，谁说也不动摇！庞书记的目光落在他身上，主动与他握手。萧长风急忙站起来，有些不好意思。

庞子华五十岁出头，在市委书记当中还算年轻干部。他个子不高，却给人以富有力量的感觉。两只眼睛专注于某一点，便会射出雪亮的光芒。张大东简要地汇报了会议进程，并把他和萧长风两个不同的方案放在庞书记面前。庞书记打断张大东的话，让萧长风自己谈方案。萧长风神情镇定，不慌不忙地将自己的想法陈述一遍。庞书记身子前倾，聚精会神地听他发言。萧长风讲毕，庞书记久久地沉思……

萧长风做好心理准备，等待庞书记批评。他知道庞书记个性坚强，语言犀利，是一个不达到目的誓不罢休的人。当年他与庞书记争执的场面，一幕幕浮现在眼前。他有些奇怪：自己一当上行长，总要和庞子华这个人碰撞，难道是命里注定的？虽然形势与从前大不相同，萧长风还是做好被摘去乌纱帽的准备。

我赞同萧长风的意见。庞书记简洁明了地说，我自己有钱，也不肯借给马明远。我凭什么相信你？你已经失信了，你对千百个买你债券的人失信！所以，拿国际大厦做抵押是合情合理的。

庞书记的态度不仅使萧长风，也使其他银行行长深感意外。马明远想争辩几句，却被徐局长在桌子底下拉了一把，只得把话咽回肚里。形势急转直下，国际大厦债券问题确定按萧长风的方案解决。

庞书记说：你们要在最短的时间内兑付债券。欠债还钱，这是了不得的事情！群众买你们宝迪克集团的债券，说到底是相信党，相信政府。你卖掉什么都行，就是不能卖政府的信誉！同志们，安定团结的局面来之不易，不管你有什么原因，破坏了这个局面就是罪人！我也算一方土地的父母官，老百姓的钱被人骗走了，我能睡着觉吗？你宝迪克集资借钱也行，卖大厦也行，赶快把老百姓的钱还上！

马明远总经理低着头，直到散会他脸上的红潮也未褪尽。徐局长也因庞书记的严厉批评坐立不安。两个人等到最后才走出会议室。

海关大楼的钟声从海面飘来，数不清楚响了六下还是七下。真是一个漫长的会议！

庞书记的态度使萧长风很受鼓舞，但他心存困惑，觉得庞书记这几年变化很大。他走出市政府大楼，看见庞书记站在轿车旁，似乎在等什么人。秘书王盼先看见他，就叫起来：萧行长！萧行长！

萧长风意识到庞书记在等他，疾步赶到轿车旁。庞书记拉拉萧长风的手，说：老萧，我想请你吃饭，你肯不肯去呀？

萧长风一愣：现在？我还有事，家里、银行都有事……真的！

庞书记笑了，摇摇他的手：放心，我不是向你借钱。我想和你深入谈谈。几年来，我一直想找个机会和你谈谈心……

萧长风很为庞书记的诚意感动，二人握手告别。萧长风站在石台阶上，望着庞书记轿车的尾灯渐渐远去，心里有种说不出的滋味……

他抬头望天，夜空已是满天繁星。

第二章

一

崔瀚洋陷入爱情危机。他约林小英在金水酒家见面，力图挽回败局。小英侧脸望着窗外，冷淡的外表下隐藏着忧伤。崔瀚洋知道，给他带来切肤之痛的是另一个男人，小英心底永远保留着对他的真情。因此他觉得希望尚存，他将竭力一搏！

宽阔的落地玻璃窗为顾客提供了良好的视野，窗外是一片蔚蓝色的海洋。金水酒家位于滨海路拐角处，这座半旧的两层楼房处于一个特殊位置。从酒家门口拐过街角，就来到解放路，这条街道充溢着平民气息，热闹非凡。银行家们也要食人间烟火，一下班便匆匆忙忙赶到解放路来。虽说整条街道尽是饭店酒家、商场超市，金水酒家毕竟排在首位，大得天时地利。加之老板深通经营之道，久而久之成了银行家们请客会友的好场所。面对大海，脚踏实地；外简内繁，贵客如云——这便是金水酒家的特色。

崔瀚洋自以为也算得上金融界人士，所以请小英来金水酒家约会。其实他只是保险公司的一名推销员。他和小英原来都是红星木钟厂的工人，一年前，他停薪留职干起了保险这一行。这在很大程度上影响了他和小英的婚事，小英的父亲林德模是红星木钟厂的退休工人，坚决反对崔瀚洋这样的人当他的女婿。满街溜达，推销一种看不见、摸不着的所谓"保险"，这算什么工作？即便不是骗子，也跟二流子差不多。林德模要女儿嫁给厂里的工会干事胡永波，那小伙子是干部，而且他父亲就是红星木钟厂的厂长胡昆……许多复杂背景、无数次吵闹争执，导致了今天的局面。小英受够了折磨，准备放弃了。

小英，你的事情你自己做主，老爹不是决定因素！说到底，还是你对我这个人没信心，难道不是吗？

别那么说。我不想刺激你，不过……

你给我一段时间，三年，只要三年！

小英缓缓地摇头。她脸色苍白，泪光闪动的眼睛里尽是无奈。她只是一名普通女工，没有眼光，也没有魄力为三年后的崔瀚洋下赌注。她想说什么，嘴唇翕动，却终于没有说话。

酒店玻璃门打开，一条黑壮汉子风风火火地进来。他与金水酒家十分熟悉，站在吧台前，一边与小姐们说笑，一边将一扎啤酒咕咚咕咚地喝进肚皮。

从黑汉子进门那一刻起，崔瀚洋和林小英就坐立不安。他俩一齐把脸扭向窗外，仿佛眺望海天之间徐徐驶过的巨轮。小英的脸涨得通红，崔瀚洋的脸却渐渐发白。来人与他们的关系非同一般，他正是红星木钟厂厂长胡昆。胡厂长最大的本领就是搞贷款。他经常泡在金水酒家，截住来此请客的银行行长，软缠硬磨，借一点钱解决厂里的燃眉之急。所以他是这里的老熟客。崔瀚洋与小英默默交流一个眼色，想乘胡昆高谈阔论之机悄悄溜走。可是刚刚起身，一位穿红色西装的服务员小姐拿着账单，向他们走来。崔瀚洋急忙掏出一把零乱的钞票，塞进服务员手中。

魏小姐，别收他的钱。这客算我请的！

胡昆大摇大摆地走过来。小英面对未来的公公，恨不得找个地缝钻进去。胡厂长以长者的宽厚对她微微一笑，又转过身，目光冷峻地打量崔瀚洋。崔瀚洋面对原先的厂领导、现任情敌的父亲胡昆，心中又恨又气。他死死盯住胡厂长那张方阔大嘴，不由想起工厂里的一个传说：红星木钟厂的资产有一大半是被这张嘴吃掉的！工人们背后把胡厂长叫作"胡大嘴"，崔瀚洋很想用这个外号羞辱他一番。但是胡昆工人出身，长得铁塔般粗壮，还有一双蒲扇似的大巴掌。崔瀚洋的勇气悄悄地消失了。

胡……胡厂长。

你在看什么？

崔瀚洋嗫嚅地回答：没看什么，真的！没看什么……

胡厂长哼了一声，说：小崔，脑子里不要胡思乱想！你停薪留职时和厂里签过合同，一年要交两千块钱，怎么到现在还欠着不交？厂里有人主张开除你，我一直为你担着。年轻轻的被单位开除，将来怎么找对象？你心里可得有数哇！

崔瀚洋十个指头都在颤抖，他细长的眼睛里闪耀着野性的、疯狂的火焰，像荒原上的一只狼。但他成功地抑制住自己的怒火，嘴角抽搐着笑了一笑。

胡厂长一挥大手，对两个年轻人宽宏大量地说：去吧，上海边溜达溜达。可别走远喽！

他们逃出地狱一般来到滨海路上，对着海面大口大口地呼吸。小英像一朵枯萎的小花，眼睛不再敢直视崔瀚洋。一场力量悬殊的争夺已经结束，二人都明白爱情已成为梦、成为过去。崔瀚洋觉得胸中有团团岩浆翻滚，要爆炸，要喷发！他转过身，望着金融街上的一座座高楼大厦，忽然激情勃发，慷慨激昂地诉说起来——

小英，你知道这是什么地方？这里是金融街！你瞧，这座银灰色的大楼是工商银行，那座红顶子洋楼是东方银行。排着往前数：建设银行、农业银行、交通银行……你跟我往前走，看啊，前面那座带柱子的、宫殿一样的建筑，是咱们市里最大的证券公司金泰证券公司。门口那么多人都是炒股票的，有大户、散户……你知道什么是股票吗？它能使你一夜暴富！这栋楼就是我们的保险公司。我只是暂时在这里工作，我的雄心远不止当一个推销员。咱们再往前走走，我带你去看北海期货公司……

林小英用力挣扎，却无法将自己的手腕从崔瀚洋掌中挣脱。她只得叫嚷：我不去！你让我看这些楼干什么？我不想看……

崔瀚洋神情几近癫狂，完全沉醉在自己的世界里。他不由分说地拉着小英向前走，说话的声音高亢嘹亮，像演讲，像朗诵：你要看，一定要看！这里是金融街，像美国的华尔街一样，每栋楼里都盛满了金钱。人在这条街上走，就像在金山之间走过。这条街还是动脉，你没有感到它在跳动吗？动脉里流的不是血，而是黄金！我每天上班都有这种感觉，仿佛这根动脉就长在我的身上。我从农村来到城市，从红星木钟厂来到金融街，就是受它指引，一步一步走过来的。在这里，我一定能实现自己的梦想。我不断地看书，最喜欢看金融界巨头们的传记。我认识巴菲特、索罗斯、彼得·林奇……他们都是我的朋友，我每天都要和他们谈心！

不知何时小英已经摆脱崔瀚洋，逃之夭夭。

崔瀚洋竟没觉察，甩着手继续向前走。海风吹乱他的头发，他的高挑身材在石板铺成的人行道上投下长长的影子。他如入无人之境，向一座座庄严的大楼发布自己的宣言——

我要成为一名投资家！虽然我只是一个穷小子，但是我是天才，我会让整条金融街都认识我崔瀚洋！中国难道没有巴菲特吗？难道没有索罗斯吗？不，你们错了……看啊，我在这里！

金融街从不轻视来自任何方面的警告。巨人般的高楼沉默地注视着他，仿佛在品味他每句话里的含义。

二

林小英上夜班，精神疲惫，心情忧郁。一只只没有上漆的木钟壳敞口放在地上，在她眼里变成一具具棺材。她有时觉得活着真不如死去好。与崔瀚洋分手，小英内心的痛苦超过原先的想象。崔瀚洋充满活力、多少有些疯狂的面容，一直在她眼前晃动。可是在这样一个环境里，普通女工林小英又有什么办法呢？

胡昆厂长走进车间。一个晚上他来过好几次，阴沉的目光老在小英身上扫来扫去。平时上夜班从不见胡厂长，今天他是来向小英提出无声的警告的！小英低头干活，心里很害怕。胡厂长是个典型的北方汉子，粗暴而讲义气。有个小伙子顶撞胡厂长，他连踢带打把小伙子撵得满厂乱跑。后来，娄卫国（那小伙子的姓名）在班上患急性阑尾炎，胡厂长背起他就往医院跑，全厂工人都目睹了这幕情景。胡昆厂长就是这么一个人，几分霸气，几分义气，最终成为红星木钟厂的土皇帝。大家都敬他、怕他。

谁都承认，要是没有胡昆，红星木钟厂早就垮了。木钟是 S 市的传统产品，历史悠久，享誉全国。可是，在这个年代，谁家还会在柜子上摆一座木钟，让它当当地敲响呢？没有人能记清楚红星木钟厂从哪一年开始亏损的。百年老厂，产品陈旧，包袱沉重，退休工人比在岗工人人数还多，早已不堪历史的重负。胡昆及时地登上历史的舞台。他是本厂工人出身，当过几年供销员，交际广，朋友多，也算一个能人。八十年代胡昆出任厂长，此后这些年，他一直为维持红星木钟厂的生存奔波。先是吃财政，然后吃贷款。胡厂长和财政局局长是老朋友，总能搞到财政拨款。后来改革了，拨改贷，胡厂长又去跑银行。他和行长们称兄道弟，搞来的贷款比先前的补贴还多！他能喝酒，有为朋友两肋插刀的气概，很善于在这座北方海滨城市生存。渐渐地，人们都认可了一个事实：红星木钟厂靠胡昆一个人撑着，没有他就没有厂，工人们就没有工作没有工资……

小英，把你手中的活放下，跟我来一趟。胡厂长终于说话了，但仍虎着一张黑脸。

小英忐忑不安地跟胡昆走出车间。她预料胡厂长要训她一顿。今天与崔瀚洋约会被他撞见，真是太不走运了。工厂后面有片空地，新盖了一座漂亮的小白楼，这是厂部办公室。林小英走进漆黑的小白楼，心嘣嘣直跳。胡厂长打开灯，带她来到办公室。

胡厂长坐着，让小英站着，却又不说话。异样的气氛更使小英恐惧。

你，不要去车间干活了。从明天开始，你到厂部会计科上班，当出纳员。

什么？……我，我不会会计……

不会可以学。我要培养你，小英，咱是自家人，你还不明白吗？

林小英点点头。她没料到会是这样一个结局，她竟高升了！仿佛掉在蜘蛛网里，你越挣扎，带黏性的丝将你的手脚缠得更紧。小英明白，今后反抗的余地更加狭小了……

回家吧。跟你爸说，你和永波的婚事要早办，拖久了不好。你就说是我的意见……胡厂长站起来，高过小英一个头，像一个巨人。

林小英紧张得要窒息。胡昆却扳住她的肩膀，为她整整衣领……

林小英骑着自行车回家。穿过黑暗的街道，她觉得两条腿软软的，蹬车也吃力。她不知道今后该怎样生活。孙悟空翻不出如来佛的手掌，小英猜想那手掌也许和胡厂长的手掌差不多大吧？

回到家已经下半夜两点多了。林小英开门进屋，悄悄回到自己的房间。小英与父亲住在一起。自从母亲去世，父亲心情一直不好，怨天尤人，牢骚满腹。他把一生的积蓄买了债券，却不能兑现，更使他怒火万丈，常常找一些人来家里开会，闹得乌烟瘴气。小英是家中最小的女儿，哥哥姐姐都自立门户，只有她和老父亲相依为命。父亲退休后，小英接班进入红星木钟厂，父女俩是同一工厂的工人。林德模想起债券就喝酒，喝醉酒就对着女儿哭，说自己对不起小英，连像样的嫁妆也没法为小英买……

想起这情景，眼泪就在林小英眼眶里打转。她躺到自己床上，用被子蒙住头，准备睡觉。她希望在梦中见到阳光。然而，枕头上有什么东西，使她无法入睡。她坐起来打开灯，发现父亲把旧床单扔在她的床上。小英展开床单，看见四个血色大字：血债血还！

小英心惊肉跳，两眼发直，她预感到灾难将在家中降临！

三

崔瀚洋在保险公司连一张办公桌也没有。每到月底他去会计科结账，领取应得的佣金。当然，拉不到保也就不用去了。佣金相当可观，但没有保障，连最低限度的基本工资也没有。崔瀚洋战绩赫赫，每月总能拿到几千块钱，上万元也拿过。他喜欢这种充满挑战性的工作。金融街每幢大楼他都去过，他走进每一间办公室推销保险。他认识很多人，人们对他软缠硬磨、花样翻新的推销手段也留下深刻印象。崔瀚洋的理论是：必须找有钱人推销保险，只有他们肯花一笔钱，为已经保险的生活再上一道保险。穷人呢？只有铤而走险的份儿。他挨门挨户地跑，几乎跑遍S市所有的公司。

股市开盘，金泰证券公司如同蜂窝一般喧闹。崔瀚洋踏上石台阶，来到营业大厅门前，这里也是他推销保险的好地方。金泰证券公司门厅宽阔，两根巨大的石柱气派非凡。崔瀚洋倚着石柱站立，眯缝起眼睛眺望马路对面蓝色的大海。他头发蓬乱，两道浓郁的眉毛几乎连在一起，脸上神情透出淡淡的忧郁。他这样站着，就有人悄悄围拢来，用神秘的语气向他询问行情：

喂，神奇小子，今天怎么样？大盘还会跌吗？

我可买过你的保险了，你要保证帮我赢钱！

算一卦，你有没有把那本《周易》带来？你的卦最灵，我服！

神奇小子，你要是能帮我把手中的股票解套，我再买你一份保险……

崔瀚洋看看四周，见没有警察、保安之类的人物，就从兜里掏出三枚铜钱，为迷信他的人算起卦来。他的卦词竟与股票相关，基本分析、技术分析面面俱到，简直是一篇股评文章。当然，这篇股评都是他自己的观点，卦灵不灵就要看他水平如何。从那几个人痴迷的表情看，崔瀚洋还有些真功夫。实际上，他已经在股民当中组织起一个小小的俱乐部，他为他们算卦，或者说让他们分享自己的炒股智慧，而他们则心甘情愿地买下他推销的保险。这倒是互助互利的关系。一批人走了，崔瀚洋仍靠着石柱看海。又有一批人悄悄围拢来……

崔瀚洋确实对股票下足了功夫。每天夜里，他都要研究股票走势图直至深夜。他似乎有特异功能，根据阴线阳线的交错组合，根据成交量的变化，他总能准确地预测股票价格的升跌。天热时他赤膊待在屋里，盘腿打坐，苦思冥想。有时候他跪在地下，用鼻子嗅股票走势图，仿佛一条猎犬嗅着猎物的踪迹。种种怪异举动，使他居住的阴暗小屋鬼气充溢。他获得灵感，又以算卦的方式告诉人们，居然准确得神奇，令股民折服。保险自然也卖出去了。崔瀚洋以这种方式体验着成功的喜悦：既验证自己判断得准确，又享受别人的崇拜，岂不妙哉？

崔瀚洋蜗居在一间地下室，紧贴地面的气窗透入微弱的光线。楼上住着爷爷、奶奶，他们劝他搬上去住，崔瀚洋却执意不肯。他的性格有些孤僻。崔瀚洋的父亲是老知识青年，六十年代初就离开这座海滨城市，到山沟沟里扎根。他娶了当地一个农家姑娘，生下崔瀚洋。崔瀚洋光着屁股在田野里跑，在山坡上跑，在河床边跑，渐渐长大成人。他父亲也是一个怪人，下乡后再不回去，并且总对儿子说：城市不好，咱不回去！

但他为儿子起的名字，却流露出对海洋的眷恋。崔瀚洋也许从自己的名字悟到了何处是归宿，当他唇边长出软软的茸毛后就开始不安分。几次大吵大闹后，他终于冲破父亲的阻拦，逃离山沟，奔向海洋！

初到城市，崔瀚洋确实有些不适应。在繁华的外表之下，他感到一切活动都是机械的，毫无自由意志可言。他先后找了几份工作，都因身上山林野性太重而无法干下去。爷爷尽最大努力把他办进红星木钟厂，并按照政策，成为一名正式工人。崔瀚洋认识了林小英，所以安分地工作了两年。初恋，是他在这期间最大的收获。可是他注定不能像木钟一样稳定有序地生活，突然有一天，他踏入金融街，沉睡的野性又燃烧起来。他血液中似乎有某种东西，与股票、期货、保险等金融商品天然亲和，那一座座神秘的大楼顷刻就攫取了他的灵魂。他不顾一切地抛弃了木钟，加入保险推销员的队伍。

崔瀚洋在金融街行走，冥冥中会产生一种感觉：这地方似曾相识，多年来他苦苦寻觅就是为了回到这里。他是一个天生的冒险家，充满风险的金融领域正是冒险家的乐园！他确实有天赋，大量的经济学教材、著作，很快被他啃完。消化了这些精深的知识，他又能活学活用，推销保险很顺手。他已经有了三万元存款。更令他得意的是，风云变幻的股市，仿佛是他的私家游泳池，他跳进跳出，玩得自如。投资、投机屡屡得手，三万元本钱不断翻番……崔瀚洋对自己的前途充满信心，他找对了地方。自从踏入金融街，他就一帆风顺！

崔瀚洋倚着石柱站立，有一位老者向他走来。崔瀚洋心想又来了新顾客，脸上做出高深莫测的表情。不料老人拍拍他肩膀，低声说：我们老板想见你。莫声张，跟我来！

崔瀚洋感到莫名其妙，但还是跟着老人走了。老人和善、精明，给人以信任感，能雇用这样一位下属的老板，一定不是等闲之辈。穿过喧闹的营业大厅，二人踏上铺着红地毯的楼梯。二楼走廊坐着一位保安，老人向他点点头，带领崔瀚洋进入大户室。一排排电脑发出嘀嘀的声响，每个房间都溢出神秘而激动人心的气氛。七拐弯八拐弯，他们来到走廊尽头。

老人在一扇镶着"贵宾室"金属牌子的门上，当当当敲了三下。门开。一位漂亮小姐探出头来，冲崔瀚洋嫣然一笑，闪身让他们进屋。

贵宾室像宾馆里的高级套间，里屋是卧室、卫生间，外屋放着一圈沙发，以接待客人。引人注目的是窗前一张写字台，上面有两台电脑，正显示着股市即时走势图。老人把崔瀚洋介绍给老板。老板很年轻，比崔瀚洋大不了几岁，这使他深感意外。老板姓黄，叫黄旭，戴着一副金丝边眼镜，正以好奇的目光打量着崔瀚洋。

你会算命？黄老板开门见山，口吻不甚客气。

崔瀚洋略一思索，摇摇头，诚实地回答：不会。我和他们开玩笑，顺口胡诌……

黄老板笑了，拍拍身旁的沙发示意崔瀚洋坐下。他说：顺口胡诌？你诌得很准啊！我已经观察你多时，还对你的预测做了记录，准确率在百分之七十以上……晓月，把你的记录拿给他看看！

刚才给他们开门的姑娘将一只塑料夹子递给崔瀚洋。崔瀚洋见里面夹着几张纸，密密麻麻写满了字，净是他算卦时对股民说的话。某月某日，某只股票走势如何，大盘将从某某点升到某某点，或是跌到某某点……全都记得一清二楚。

崔瀚洋放下夹子，一脸惊愕表情：黄老板，你什么都知道？难道你亲自见我算卦来？

黄老板笑得很开心，亲热地拍着崔瀚洋的胳膊：用不着我亲自出马。找你算卦的散户，有我安下的眼线，我也买过你不少保险啊！哈哈哈哈……

崔瀚洋涨红了脸，很不自在：让你见笑了，推销保险是我的工作，混口饭吃……

黄老板站起来，拉着崔瀚洋坐到电脑跟前。他敲打几下键盘，调出股市日 K 线图，恳切地说：请你多多指教。这几天大盘上下震荡，我有点被它搞糊涂了。我只问你一句话，现在该不该买进？

崔瀚洋的手指在电脑荧屏上滑动，低声而坚决地说：你看，大盘在构筑底部，很快就会向上突破……我认为，该买！

黄老板拿起桌上的电话，递给崔瀚洋：这电话直通交易场内，请你帮我下单。

崔瀚洋问：你有多少资金？想买什么股票？

黄老板一字一顿地说：目前只有六千万，但我很快就会往账户打够一个亿。至于买什么股票，全由你来做主！

崔瀚洋吃惊地站起来：我？！

黄老板点点头：对，我决定请你当操盘手。和推销保险一样，你可以从赢利中获得提成。如果你同意，我想和你二八开，也就是说赚到一千万，我得八百万，你呢？就可以分得二百万！对于这样的利润，你不会不感兴趣吧？

崔瀚洋简直傻了。此后，他在合同上签字，与许会计（就是那位老人）、龚晓月结识，他都像醉酒后一般迷迷糊糊……

鸿运终于降临在他的头顶！他早就预感到会遇到这种事情的。在金融街，什么奇迹不会发生呢？崔瀚洋没忘记表示感谢。临走时，他对黄老板说：你可能找到了最合适的人选。我会做出优异的业绩，报答你的知遇之恩！

离开贵宾室，崔瀚洋真想跳起来大吼一声！但他克制住自己。他以主人翁的姿态，踏着红地毯，穿过走廊。走廊两边尽是大户室，他们将会向他投来羡慕的目光。崔瀚洋挺起胸膛，目光凝重，步履沉稳，仿佛真的变成了大人物。

在走廊拐弯处，崔瀚洋几乎撞在一个人身上。他抬起头，立刻愣住了，那人长着与他相似的连心浓眉。崔瀚洋认识他，知道他曾是金泰证券公司的副总经理。就是为了躲避他，崔瀚洋才总是靠着石柱子站立……

萧长风办妥调离手续，准备向大户们告别。看见崔瀚洋，他也深感意外，一时不知说什么好。

你好吗？

还行……

爷爷怎么样？

爷爷也还行……

你到这里来干吗？有没有事情需要我帮忙？

没有。我不需要别人帮忙！崔瀚洋突然发火了，扭头奔出走廊。萧长风望着他的背影，久久伫立。他心情复杂地叹了一口气……

四

每年十一月十一日，萧长风都感到左右为难。这天是女儿萧潇的生日，也是爷爷萧永贵的生日。照理说一老一少生日合起来过，喜上加喜，应该是一件好事。可是，萧家关系复杂，无法坐到一起。

早晨一起床，萧长风就来到厨房，围着母亲打转。他说：妈，我去把爷爷接回来吧。

母亲板着脸回答：不去！

萧长风没有办法。今年的生日又与往年一样，使萧长风顾此失彼。父亲满脸谦和笑容，唯母亲的意见为是，一点脾气也没有。

袁之华不在家，但她从瑞士打来电话，祝贺女儿生日快乐。午餐在欢乐的气氛中进行。萧潇一口气吹灭生日蛋糕上的所有蜡烛，全家人祝她生日快乐。正读四年级的萧潇能歌善舞，即兴表演一番，博得大人阵阵喝彩。吃饭时她忽然提出一个问题，使全家人陷入尴尬境地——

爸爸，我能不能去看老爷爷？他不是也过生日吗？

母亲抢在萧长风前面回答：他不是咱们家的人，年纪也太大了，你和他玩不到一块儿，就别去看他了。

不愉快的气氛悄悄弥漫。萧长风没有回答女儿的问题，萧潇也乖巧地把话题转向其他地方。在这个家中，母亲最有权威。她沉默着，不想让孙女一代知道萧家更多的往事。

下午，萧长风独自出门，去看望爷爷。沿着僻静的东台路走，逐渐攀上青鸟山。马路两边多是殖民地时代的洋房，风格迥异，千姿百态。虽经历半个多世纪的风雨，房屋已经陈旧，但建筑艺术却如洋房的灵魂，依然保持着鲜活的生命。这座美丽的海滨城市曾有过耻辱的历史，但在今天看来，文化的多样性使它显出独特的魅力。

爷爷萧永贵曾在一家德国银行工作，混到相当高的职位。他还从父亲手中继承了一座老式钱庄，解放前夕，萧永贵使这座钱庄变为 S 市鼎鼎有名的永亨银行。可以想象，爷爷在经营银行时，一定汲取了西方文化中的许多精华。同时，又保持着中国钱庄特有的忠信、和合传统，使萧家的银行在这片土地上根深叶茂，兴旺发达。爷爷今年八十四岁。萧长风相信，五十年前，爷爷一定是出色的银行家。

可是，爷爷没有处理好家庭关系。像那个时代许多事业有成的男人一样，他娶了一房小妾。从某些方面看，爷爷是个怪人。他像西方人一样狂热地爱着新妻，竟把原来的家弃之不顾。在中国，不善于保持平衡，有时候对人伤害更深。萧长风的奶奶一病不起，躺在床上整十年，含恨去世。而使萧家后人深感羞耻的是：爷爷的新宠竟是一名妓女！没有人理解他，因此也没有人原谅他。

如果爷爷彻底西方化，在法律上办妥离婚手续，情况会好许多。"小妾风波"发生在解放前夕，当萧家分裂成两个家庭而又含含糊糊平行存在时，解放军的炮声为这座海滨城市送来一个新时代。尽管奶奶实际上失去了丈夫，却仍逃脱不了一顶剥削阶级的帽子。萧长风的父亲在一家公私合营的银行里当小职员，谨小慎微，唯唯诺诺。选择妻子时他走了一步好棋：长相一般、根正苗红的纺织女工李香菊走进萧家。幸亏李香菊，侍候婆婆，维持家计，里里外外全靠她当家。

李香菊性子直、脾气急，工人阶级的优越身份使她能够昂起头做人，无所顾忌。当她知道了婆婆的遭遇，竟去找公公论理。她踏进一个完全陌生的家庭。妓女出身的小老婆也养了一个儿子，就是崔瀚洋的父亲。虽然忍辱受惊地接受改造，两个人却铁了心似的亲密。李香菊自然受到冷遇，当她大喊大叫时，又被公公冷冷地喝一声：滚出去！扫尽脸面。她回家宣布从此与那个老资本家一刀两断，脱离亲属关系。婆婆、丈夫默默地接受了她的决定。

萧长风出生那年，奶奶去世，两个萧家从此不相往来。由于母亲的存在，萧长风生在阳光里，长在红旗下，头顶上没有萧家的阴云笼罩。

马路转过一个弯，视野豁然开阔，一片湛蓝的海水向天际展开。萧长风心情顿感愉悦，不由站住脚，眺望北边一幢幢高楼大厦。那里就是金融街。萧长风能够看见东方银行的红色屋顶，它像一颗浆果那么鲜艳。往前走几步，就到爷爷家了。现在想来，正是爷爷使他认识了金融街。

爷爷经常在向阳小学对面的人行道上等他。萧长风背着小书包走出校门，就看见爷爷向他招手。路旁有一家冷饮店，爷爷会请他喝汽水。爷爷自己不舍得喝，只是站在一旁笑。爷孙俩有一种特殊的亲情，萧长风打心眼里喜爱这个小老头。喝完汽水，他们就上海边溜达。去得最多的是金融街。那时滨海路一会儿改名为"造反路"，一会儿改名为"东方红路"。但是在爷爷口中，这一带始终叫"金融街"。爷爷能说出每一座楼房的来历，能讲许多关于银行的故事。小小的萧长风对此留下难以磨灭的印象。咸湿的海风将祖孙二人带到遥远的过去，神秘的金融世界揭开面纱，重新变得活跃、紧张、激动人心……

萧长风中学毕业赶上最后一波上山下乡浪潮。在农村当了几年知识青年，全国恢复高考，他经过充分复习，一举考入中央财经大学。爷爷对他潜移默化的影响发挥作用，填志愿时他无需多作考虑，仿佛早已做好一切准备……

萧长风来到爷爷住处附近，发现爷爷在街边站着。老人家拄着拐杖，靠着人行道上一棵粗大的马尾松，似乎正等待萧长风前来。萧长风急忙上前搀扶爷爷，问他为何站在街上，也不怕感冒。老人用迟滞的目光凝视萧长风，似乎在努力回忆某一件往事。

他要搬走，搬到别的地方去住。老人喃喃地说。

谁？

你弟弟……你总是忘记你还有一个弟弟！老人用抱怨的口吻说道。

萧长风扶着爷爷走进院子，在一栋石头建筑的洋楼跟前站住。萧长风问：他在哪里？我去找他。爷爷，今天是你八十四大寿，我们兄弟俩敬你一盅酒，喜庆喜庆，好吗？

老人不说话，用拐杖指着房基紧贴地面处一扇小气窗，久久不动。

萧长风明白了，他那位脾气怪异的弟弟仍在地下室。

五

崔瀚洋把最后一捆书搬到门口，直起腰将头上的汗珠抹去。他最后望一眼阴暗的地下室，对自己蜗居两年的地方产生一丝恋恋不舍之情。他要走了，他将搬到宽敞明亮、装修豪华的公寓去住。那是新老板黄旭为他租下的。但是地下室温暖、潮湿的感觉将永远留在他记忆里……

崔瀚洋对爷爷、奶奶感情淡漠，可能是受了他父亲的影响。他随母亲姓崔，长大后他问父亲是何缘故，父亲冷冷回答：姓萧不好，难听，人也难过。跟你姥爷家姓崔，没准儿你的一生会旺盛！崔瀚洋不懂得父亲这些话的含义，但从他的语调里能够感觉到爸爸对自己家庭的仇恨。

崔瀚洋从乡下跑进城，第一次看见自己的爷爷奶奶。他对他们丝毫没有亲人的感觉。与老人们住在一起，崔瀚洋会产生巨大的烦躁，因而他宁愿独自住在地下室，凝视天花板上块块霉斑，他确信自己长着一颗冷漠的心。管他呢，他想，我要闯荡世界，正需要这样一颗心！

有人推开地下室的门，光线暗淡，崔瀚洋一时分辨不出来人是谁。他打开灯，看见萧长风正在屋中央唯一一张板凳上坐下。崔瀚洋微微一怔，也坐在光秃秃的木板床上。二人默默无言，相对而坐。他们知道彼此的关系，都感到有些不自在。

你怎么来了？

今天爷爷过生日，你忘记了吗？

哦……他们住在楼上，你来地下室干吗？

我来叫你，咱们得敬爷爷两杯酒。走吧，爷爷在外面等着……

崔瀚洋站起来，跟萧长风走出地下室。他感到奇怪，这人怎么能像哥哥一样对他说话？而他为什么听从他？他们彼此陌生，形同路人，在金融街上即使见到也不说话。现在，狭窄的地下室似乎消除了他们心灵之间的距离，潜藏在血液里的亲情暗暗发挥作用，使崔瀚洋模模糊糊地感到他好像真的有一位哥哥……

沿着宽阔而陈旧的木楼梯行走，脚下发出吱咯吱咯的声响。萧长风随意告诉崔瀚洋，他现在在东方银行工作。又问崔瀚洋那天到金泰证券公司干什么。崔瀚洋也就把自己的境况说了说。萧长风很高兴，他认识黄旭老板，关系很好。今后崔瀚洋有事可以到东方银行来，他会尽力帮助他。兄弟二人自然而然地交谈，到爷爷房门口，已经十分融洽。

小方桌摆满了精致的菜肴。手脚依然灵便的奶奶悄悄退入厨房，无声无息的，像一只猫。爷孙三人喝酒，话虽不多，天伦之乐溶于酒杯中。八十四岁的老寿星红光满面，先前的呆滞神情早已褪尽，眼睛放出炯炯的光彩。他的眉毛特别浓密，并在眉心处连为一体。老人须眉已经变得雪白，使他看上去像一位老神仙。稍一留心，别人就能从眉毛上判断出萧长风、崔瀚洋是谁的后代。

爷爷喝了一盅酒，望着两个孙子直乐：你们俩像我，真像！人家说你们像我，是看眉毛像，我说你们两人像我，是骨子里像、血脉里像。从你老爷爷那一辈起，萧家就开钱庄，可算是银行世家呀！你们天生是当银行家的料，我说你们像我，就是这一点像。你们兄弟俩是一条龙，一只虎，将来会有一番大作为！长风一身正气，前程自不必说。瀚洋呢，眼下还不得济，迟早会出人头地。可是瀚洋太野，邪气重，弄不好要栽跟头！如果走对了路，一正一邪好比两把宝剑，相辅相成，终成正果。你们要是相信，就和我干了这杯酒。

两个孙子有点犹豫，对爷爷的话似懂非懂。但爷爷端着酒，正用期待的目光看着他们，二人还是站起来，与爷爷碰杯，将酒一饮而尽。

爷爷继续说道：今天你们来给我过生日，我很高兴。这样的日子今后不多了，我要把话说透。银行这活计，就是守住钱，摆弄钱。圈外人看着眼红，圈内人时时感到危险。我要告诉你们四个字：勿贪、谨慎。你们要一辈子守住这四个字！

爷爷站起来，吩咐两个孙子进里屋卧室。他让奶奶打开红木箱子，翻呀找呀，拿出一只黄缎包裹。

萧长风和崔瀚洋不知爷爷的意图，茫然站立。爷爷坐在床前，慢慢将包裹打开，取出一对银质小铃铛。他抬起头，望着眼前已经成人的两个孙子，说话的语调变得伤感而深沉。

这两只银铃，我本打算传给你们的父亲，一人一个。可他们生不逢时，也不是当银行家的材料……那就传给孙子，幸亏我有这么两个孙子，老天保佑我呀！

崔瀚洋忍不住问：爷爷，这铃铛是干什么用的？很金贵吗？

这对银铃是你们老爷爷传给我的。它们并不金贵，过去，我睡觉的房间里挂满这样的银铃，门口有，窗前有，帐子上有，箱子柜子到处都有……它们挂在那儿，风吹过，猫蹿过，稍微一动银铃就叮叮当当响起来……

萧长风笑道：那倒是挺美的。

美？不对，你老爷爷告诉我，开钱庄的人在睡梦里也要睁着一只眼睛。这银铃是警铃，稍有风吹草动，你就要跳起来，看看周围出了什么事情。这样的人才能当银行家！

爷爷将银铃交给萧长风和崔瀚洋。萧长风觉得小小的银铃沉甸甸的，他能体会爷爷的深意。

爷爷好像累了，在床上躺下。他最后说道：长风，好好照顾瀚洋。不管家里发生过什么事情，你们毕竟是兄弟……

萧长风和崔瀚洋站在爷爷床前，互相对视一眼。他们守着一位八十四岁的老人，手中各拿一只银铃，心中产生奇异的感觉。

六

崔瀚洋选择一只小盘股坐庄。他掌握着上亿元资金，就像拿破仑指挥着千军万马，攻无不克，战无不胜！一生的辉煌时刻即将到来，崔瀚洋每一分钟都体验着激动与兴奋。

他预先为这只股票画好走势图，小阳线一根接一根排队，漂亮之极。于是，长生股票就按照他的意志，不温不火，每天上涨。当然，主要是他在吃进，慢慢地、有计划地吃进。这只股票名字起得好，他感到自己真的在吃一种长生不老药。尽管与黄旭谈妥种种条件，崔瀚洋还是藏着一个心眼：在长生股票处于5.8元最低价位时，他动用自己的全部资金，统统买进了长生股票。现在这只股票已经涨到9.5元，他比老板还要先一步获得厚利！

龚晓月频频向他送秋波，这位小姐正需要他。崔瀚洋知道她也在暗中买股票，近水楼台先得月，这是可以理解的。但是，什么时候出货，这秘密藏在崔瀚洋一个人肚子里。晓月递上一罐可乐，小心翼翼地问：涨得差不多了吧？崔瀚洋皱着浓眉，默不作声。

有时候，崔瀚洋在晓月面前施展震仓手法，他拿起直通交易场内的红色电话，一连串地发出指令：抛出两万股、抛出五万股、抛出十万股……长生股票顿时如断了线的风筝，摇摇摆摆跌落下来。散户们以为庄家出货了，抢着卖出，抛盘如雨。龚晓月面色苍白，找了个借口，匆匆忙忙离去。崔瀚洋暗笑，猜测她是去卖掉自己的股票。长生股票大跳水，谁都以为它完了，肯定要跌到地狱里去。但是，股市收盘前半小时，崔瀚洋反戈一击，大批买进！他将电话听筒仰面朝天地搁在面前，两只坚硬的拳头支住下颌，浓黑的眉毛在眉心挽起一个疙瘩，不停顿地吼道：买进十万股、买进十五万股、买进二十万股……10元以上有多少卖盘？统统给我打掉！

长生股票犹如火箭起动，嗖地蹿上天空。伴随着巨大的成交量，股价创出历史新高：10.2元。股市收盘，抛掉长生的股民聚在一起，长吁短叹，后悔不已。这就叫震仓，庄家制造暴跌假象，把你手中的筹码骗出来，再一路拉高。手法真漂亮，你不得不服。

第二天龚晓月上班，脸拉得老长。看见崔瀚洋，她腰肢一扭，把脸转向窗外。崔瀚洋心里直乐，看她眼圈红红，肯定哭了一夜。可是，当崔瀚洋往电脑跟前一坐，开始新一天的操作，她又像一只猫咪贴上前来……

崔瀚洋问自己：我敢不敢收了她？问了多少遍，答案总是不敢。他怀疑这女孩是黄旭老板的马子，两个人关系不一般。崔瀚洋刚踏上光明大道，为一个女人毁了前程太不值得。他警告自己，一定要谨慎、谨慎、再谨慎！

但是，强烈的欲望像从骨头缝里冒出来似的，*丝丝缕缕*，难以扑灭。龚晓月不时扭动的柔软的腰肢，飘浮不定的眼神，总使崔瀚洋魂不守舍。他又暗暗地问自己：我为什么奋斗？如果连一个女人也不敢碰，我怎能征服世界？拿破仑式的野心又使他跃跃欲试……

他终于有了一个机会。龚晓月到他家里拿资料，核对最近的交易记录。走在路上崔瀚洋就开始了思想斗争，晓月和他说话，他哼哼哈哈答非所问。他反复掂量黄旭这个人的分量。黄旭是广东人，靠走私起家。前两年炒地皮，他发了大财，据说二十九岁时就有了一个亿的身家。他好像出了什么事儿，跑到S市来，讨了一个漂亮的模特儿做老婆，吃喝玩乐，炒炒股票。崔瀚洋感到他蛰伏于此，似乎在等待时机，东山再起。这样的人实在不敢惹，黑白两道他都熟，搞定一个崔瀚洋易如反掌！但是……

崔瀚洋的新家在一座高层住宅楼，两室一厅，装修豪华。这一切都是老板黄旭给予他的。他和龚晓月走进房间，突然冒出一句话：人要讲良心。晓月望着他，感到莫名其妙。他们坐在窗前沙发上，核对账目。晓月的肉体散发出某种气息，使崔瀚洋躁动不安。野心家天生具有的素质慢慢地占了上风……崔瀚洋抱起晓月往席梦思床上一扔，他感到自己打响了暴动的第一枪！不管是真是假，晓月还是做了一番抵抗。他凭蛮力撕下她的衣服，赤裸裸地将她压在身下……

　　完事后，晓月说：你这头狼……真棒！接着，晓月压在他胸上，问：告诉我，长生到底要涨到什么价位？

　　世界的本质真令人厌恶！

　　崔瀚洋平摊四肢，仰望着天花板上的石膏图案。图案变幻出林小英的面容，那样鲜活，那样纯真。他闭上眼睛，心底涌出无尽的伤感。

第三章

一

卢燕红面前老是浮动着萧长风的形象，有时候清楚，有时候模糊。那张脸最吸引人的地方是眉毛，浓浓密密，每一根须毛黑亮且长，很有男人的英武气概。眉心间距很窄，两道浓眉似乎要连到一起去。据说眉心狭窄的人心胸也狭窄，燕红并不认为萧长风是这种人。与眉毛不太相称，他那双眼睛又细又长，且眼梢微微上吊，像京剧里某个人物。说明他心思细密，感情复杂。卢燕红的眼角也有些上吊，她觉得自己和萧长风是同一种类型的人……

听说萧长风出任东方银行行长，燕红的心情就一直不平静。她对他过于关切，看见萧长风重新在金融街站起来，她甚至比萧长风本人更加激动。这一份痴情既可笑又可怜，卢燕红绝不会让第二个人知晓。作为瑞达信托投资公司总经理，卢燕红可算 S 市金融界的巾帼英雄。她在云海大厦包了两层写字楼，指挥若定地运作着近十亿资产，呼风唤雨，无所不能。金融界同行们背地里叫她"玉面罗刹"，提起她谁都要咂咂舌头。但是，卢燕红绝无女强人的凶悍之气，她是个冷美人，风度优雅，处事得体。作为一个三十三岁的女人，她懂得如何使用自己的魅力，更懂得如何抓住即将逝去的青春。

她独身，五年前与丈夫离异。从各方面看，卢燕红都算得上一个成熟的职业女性，可她偏偏对萧长风怀着一份不现实的情感。也难怪她，如果不是阴差阳错，今天她应该是萧长风的妻子……

卢燕红走到宽阔的铝合金窗前，眺望街对面的东方银行。那是一座英国式的建筑，屋顶尖尖，红瓦耀眼，衬着蓝天碧海，更显娇艳别致。小时候常到海边玩耍，萧长风指着红屋顶告诉她，美国佬曾经占据那座房子，办了一个花旗银行。小伙伴们喜欢把半截身体泡在海水里，萧长风和其他男孩一样光着屁股……现在，他们近在咫尺，隔街相望，却很难沟通。燕红等待着，她相信萧长风会主动找上门来。

卢燕红非常清楚萧长风的处境。他成功化解债券持有者静坐示威的风波，并机智果断地处理好国际大厦债务问题，然而萧长风面对的难题远不止如此。卢燕红与王新是好朋友，多次合作做生意，所以她最了解东方银行的底细。萧长风面对的烂摊子可能超过他的想象。可以说，除去坏账、呆账，东方银行的资产负债表已经是负数。对于一个濒临破产的银行，当行长的上哪里找灵丹妙药？王新被"双规"后，检察院的人多次找卢燕红调查情况。老实说，王新行长违规使用银行资金炒地皮，多数是通过瑞达信托投资公司运作的。由于信托投资公司业务范围广泛灵活，她这个总经理也没什么责任。所以，她对检察院同志提出的问题，全都照实回答。东方银行有一笔高达一点五亿元的资金，通过瑞达信托投资公司拆借到海南岛，由王新的哥们儿买进大片地皮，结果全部套死。卢燕红确信萧长风为这一点五亿元，一定会来找她。业务上发生纠葛，会不会影响到感情呢？卢燕红觉得很难说。

投资部经理余亮拿着一叠单子走进办公室，请卢燕红签字。瞅个空子，余经理说：卢总，那姐弟俩又来了，一直在我办公室坐着呢。你是不是见见他们？

卢燕红想不起来：姐弟俩？……谁？

余亮笑道：你忘了？那个天才发明家，造中央空调的……是梁新民行长介绍来的。

卢燕红一拍额头，说：哦！梁新民，他对高科技最感兴趣，可就是不肯贷款给人家。瞧，又把皮球踢到我这里来了，真是老滑头！

余亮试探地说：我研究过他们的可行性报告，是个好项目，肯定有前途！不过，他们是私营企业……

卢燕红显得干练、冷静：你别动心，咱们没本事搞企业！我喜欢短平快，搞短线投资。你们投资部要注意，对于白手起家的创业者，只能同情，不可投资……好吧，既然是梁行长推荐来的，我就见见他们。

余经理拿着签过字的单子离去。很快，他又领着姐弟俩回来，向卢燕红做了介绍。姐姐叫沈霞飞，弟弟叫沈龙飞，都是二十几岁的年轻人。卢燕红注意到姐姐个子比弟弟高，苗条秀丽，能说会道。弟弟却很腼腆，脑袋硕大，眼镜滑到鼻尖上，一声不响地翻弄着厚厚一叠资料。卢燕红面带微笑，倾听姐姐沈霞飞的诉说。

我们开发的溴化锂中央空调，在全国同行业处于领先水平。我弟弟因此获得全国科技进步奖，瞧，这是获奖证书。我们办起龙飞实业公司，并注册了发明专利。现在，只要借到五十万元资金，我们的第一台中央空调就能投放市场……卢总，你要是支持我们一下，龙飞公司就一定能够起飞！姐姐沈霞飞说得激情洋溢，脸颊也涨得通红。

卢燕红真的有点动心。姐弟二人有一种执着的精神，使她感动，并相信他们最终会取得成功！但是，职业本能使卢燕红保持冷静，而且很快找到推托的理由。她看了一会儿获奖证书，赞叹不已，然后昂起头，用遗憾的口吻说：你们的项目很好，我愿意帮助你们，真的！可是，龙飞公司是私营企业，我们一般不能发放贷款。如果你们有可靠的抵押物，我还可以考虑……

此类的话沈霞飞肯定听过多次，她脸上顿时浮现失望的表情：私营企业怎么了？私营企业就不能创造财富吗？我们走遍了金融街，各家银行都用这个理由把我们拒之门外……

卢燕红有些于心不忍。忽然，她眼睛一亮，想到一个主意。她从抽屉里拿出一沓便笺，一边迅速书写，一边对沈霞飞说：金融街上有一家商业银行，政策限制比较松，经营也灵活，你可以去那里申请贷款。我给你写个便条，向行长推荐你们……他是个好人！

沈霞飞看见一线希望，一双大眼睛亮起光泽：什么银行？行长是谁？

卢燕红将写好的信封交给沈霞飞，说：你去找东方银行行长萧长风，他也许会帮助你们的。

姐姐沈霞飞道谢之后，准备离去。弟弟沈龙飞却像在另外一个世界，瘦小的身体陷在沙发里，专心致志地读一本专业书。整个谈判过程他都没有参与，好像自己与这件事情毫不相干。姐姐把弟弟拉起来，推着他出门。卢燕红被这个书呆子逗得直乐。

卢燕红又走到窗前，望着街对面的红瓦屋顶。她把皮球踢给萧长风，又巧妙地给他写了一封信，真是一箭双雕！这样，他们之间建立起联系，对话就会变得容易一些。

卢燕红回到大班椅坐下，拿起电话话筒，迅速地按键。她要给宝迪克集团总经理马明远打电话，进一步了解国际大厦的现状。她和马明远也是老朋友，在这座海滨城市里，没有卢燕红打听不到的秘密！

二

萧长风到各部门了解情况，又开了一连串紧急会议，全面掌握

44

起东方银行的工作。

办公桌上放着一摞财务报表，萧长风一边看一边揪头发。翻来覆去不知看了多少遍，头发也不知揪去多少根。糟糕透顶！银行里的钱都被弄光了，如果储户今天一起提存款，等不到天黑东方银行就得垮台。萧长风从没见过哪家银行的财务状况如此糟糕，实在想不通前任行长王新是怎么搞的！萧长风站起来，在屋里不停转圈。办公室足够宽敞，他却觉得自己像走在一条永无尽头的磨道……

不良债权导致资金状况恶化。主要存在三方面的问题：一是有几笔巨额资金拆借到南方，难以追回。二是国有企业贷款长期不归还，成为呆账、死账。三是被人钻了空子，骗取贷款，逃之夭夭。三方面问题加起来，总共有五亿资金悬吊在空中，看得见吃不着，最终可能化为泡影。王新因受贿罪被判十二年有期徒刑，虽已受到惩罚，东方银行却付出了惨重的代价。如何解决这三方面的问题，是东方银行摆脱危机，走出困境的关键所在。萧长风冥思苦想，寻找突围之路……

萧长风站在朝北的玻璃窗前，街对面云海大厦的玻璃幕墙反射出耀眼的光芒。他想，卢燕红正坐在大厦第三层某一间办公室里。如果能从她手里讨回一点五亿元，自己就能透过一口气来。但是，这笔巨款已经拆借到海南岛去了，她有能力追回来吗？她肯帮忙吗？她心里藏着什么想法？……无论如何要到对面云海大厦走一趟！

萧长风回到办公桌前坐下，从抽屉里拿出卢燕红写给他的便条，再一次阅读起来。昨天，姓沈的姐弟俩拿着这张便条来找萧长风，详细介绍了他们的中央空调开发项目，希望得到五十万元的贷款。萧长风对此项目很感兴趣，他答应有空去龙飞实业公司看看。卢燕红的便条不只是推荐那姐弟二人，还有一层意思从字面底下隐隐约约透露出来：萧长风，你还记得我吗？你想解决问题必须来找我……萧长风收起便条，烦恼地扯着头发。

信贷部主任曹卫东领着一个人进来，萧长风抬头一看，那人正是他所约的律师史万军。萧长风急忙站起来，热情地上前握手。这位中年人在债券风波中的表现给萧长风留下深刻印象，他有水平，有组织能力，绝非等闲之辈！

三人坐定，史万军笑眯眯地问：萧行长，你约我来此相见，不知有何指教？

萧长风笑道：今天不是谈判，你可以免去台词。我想和你交个朋友，你愿不愿意？

史万军也笑了：行，我喜欢你办事说话的风格。不过，你郑重其事地请我来，总还有点儿事情吧？既然是朋友，有话就直说。

萧长风点点头，神情庄重起来：史律师，我想请你当东方银行的法律顾问。

哦，怎么想起找我了？

我相信你的能力。不瞒你说，东方银行将要打一连串的官司，没有一个能干的律师不行啊！希望你能帮助我。

史万军从上衣口袋掏出眼镜盒，戴上那副黑框眼镜。当他觉得事情重要时，总喜欢戴这副眼镜。他说：我想先问你一句，国际大厦债券到底能不能兑现？

一定能！我们已经确定了兑付债券的方案……萧长风将市政府召开的协调会议内容简略地告诉他。

史万军沉思良久，点点头道：这样，我可以担任贵行的法律顾问。我买的国际大厦债券并不多，但我看见那么多老百姓的利益受到损害，就准备出头打抱不平。实话告诉你，我已经把起诉状写好了，宝迪克公司是第一被告，东方银行是第二被告……现在用不着了，我就全心全意为你办案吧！

二人开怀大笑。萧长风就把本市国有企业欠款不还的情况向史律师作介绍，表示他决心起诉这些企业，追讨债款。曹卫东学过法律，也起劲地参加讨论，分析哪些官司好打、哪些官司难打……萧长风告诉他们：东方银行要成立一个清欠小组，他自任组长，史万军、曹卫东自然是清欠小组的骨干。三个人扭成一股绳，下定决心，清讨债务。哪怕追到天涯海角，也要把流失的资金追回来！

严可夫来到萧长风的办公室。他手里拿着一张通知单，笑容可掬地走近萧长风。他来请示工作：金融街八大银行要组织一次业务大比武，赛期定在下个月月底，时间很紧迫了。东方银行作为参赛行，应该抽调尖子营业员，集中训练，力争夺冠！严可夫打算把柳溪、江水华等几个女营业员抽出来，搞一次集训，问萧长风是否同意。萧长风当然同意。虽说东方银行眼下危机重重，但关系到银行形象的事情，必须全力以赴！萧长风委托严可夫全权办理此事，并说得了冠军要请他客……严可夫笑得像尊弥勒佛。

其实，严可夫醉翁之意不在酒，他真正想说的事情还在后面。他在沙发上坐下，正要开口，国际部主任何苇青又来找萧长风。何苇青研究生毕业，年轻有为，正在帮萧长风起草东方银行管理条例。两个人趴在办公桌上，脑袋凑在一起嘀咕了半天。严可夫耐心等待。昨天开会，萧长风谈了一套加强银行内部管理的思路，何苇青正把这些思路落实成文字。严可夫暗想，新官上任三把火，不知道这火能烧多久？

二人谈毕，何苇青匆匆离去。

萧行长，我还有一件事情想请示你……严可夫抓紧时机开口。

什么？你别客气，有事咱俩商量着办。

红星木钟厂的胡厂长坐在我的办公室里不走，真拿他没办法……他是我们老客户，当初市里领导打招呼，王新贷给他一千万，三年半了还不还，真让他气死！

萧长风奇怪地问：他欠了钱，还敢赖在你的办公室不走？

严可夫苦笑：有些事情你不知道。王新行长为了账面上好看，每次贷款到期，都要放给他一笔新款，让他借新债还老债。利息也得收哇，怎么办？王行长就借钱给他让他还利息。这笔贷款越滚越大，已经变成一千五百万了！这不，又到期了，胡厂长问我怎么办……

萧长风瞪圆眼睛：怎么办？让他还钱！

严可夫连连摇头：那可没门。现在欠钱的是爷爷，何况红星木钟厂是老国有企业，老大难，市政府都不敢招惹它。胡厂长刚才提出要求：除了按以前的规矩操作，还要再贷给他三百万元款，帮他渡过难关……

萧长风对史律师说：你听听，这样的企业你不把它送上法庭，还有什么办法？得寸进尺，狮子大张口，不治一治它，我们的银行早晚被它吃垮了！

严可夫小心翼翼地说：萧行长，要不你见一见胡厂长吧？

萧长风一摆手：现在不见。他若再不归还贷款，我和他法庭上见！

严可夫迟疑地说：你打算起诉他？恐怕不妥吧……

萧长风说：有什么不妥？东方银行已经到了生死存亡的关头，我们要使出浑身解数突围！严行长，你是老同志，你心里清楚，欠钱不还的企业太多，如果红星木钟厂不破产，我们东方银行就要破产！掩着盖着，只做表面文章，最终只会导致一个结果——大家一起破产！金融领域改革说到底就是要按法律办事，使我们的金融体制适应市场经济。银行不是奶妈，它必须维护自己的利益。看看咱们的东方银行吧，不改革行吗？不战斗行吗？不行！我这个行长当一天，就要为东方银行的生存奋斗一天，谁也挡不住！

萧长风说得激动，将手中的茶杯往茶几上一蹾，水珠都溅了出来。他随即冷静下来，对大家抱歉地笑笑：嘿嘿，我太激动了……

史万军站起来，与萧长风握手：你这样的行长少见，有热血，有激情。我愿意和你合作，我们会为东方银行找到一条生路的！

四只大手牢牢握在一起。

<h2 style="text-align:center">三</h2>

舞池暴发阵阵热浪，灯光闪烁如子弹噼噼啪啪打在人们身上。马明远使出浑身解数，使自己跳迪斯科能像小伙子一般狂野，他想以此取悦卢燕红。卢燕红身体扭动仿佛一条翻滚的蛇，透出活力，透出欲望，透出一个独身女人难言的苦衷。马明远抓住她一根手指，再不松开。音乐转而舒缓，灯光立即暗淡，对对舞伴贴身摇晃，一片暧昧气氛在舞池里弥漫。马明远把握住时机，搂紧卢燕红丰腴的身体。黑暗中，两个人似乎融化在一起……

燕红，我求你了……

求我什么？

请你原谅我，那次我不是故意伤害你。如果你肯听，我可以向你解释……

说清楚，你到底求我什么？

好吧，咱俩不用拐弯抹角。那笔钱早就到期了，求你还给我。

哼，我就知道你是来讨债的……

卢燕红甩开马明远，独自退出舞池。马明远急忙跟上她。二人在小包厢沙发坐下。马明远也是离婚者，经人介绍曾与卢燕红谈过一段恋爱。作为宝迪克集团总经理，花天酒地，身边美女如云，是再自然不过的事情了。终于有一次卢燕红撞见他藏在卫生间里的一位姑娘，两人不欢而散。

然而他们的关系不仅是恋爱，一桩难缠的交易使他们无法一刀两断。当初，马明远握有建筑国际大厦的巨额资金，卢燕红一张口，瑞达信托投资公司就拆借去五千万元。利息比债券更高，达百分之二十四，马明远个人也得了不少好处。如今马明远被动了，他不得不一次次向卢燕红讨钱。这真充满讽刺意味：马明远抛弃无数女人（包括他妻子），女人们只有哀求哭泣的份儿；如今他不慎借出一笔钱款，欠他债的女人反倒可以整治他，似乎在替所有的女人复仇……马明远慢慢地呷着啤酒，恨得牙根痒痒。卢燕红也用吸管吸一罐可口可乐。二人望着漂浮在高脚玻璃杯中的蜡烛，各自想着心事。

马明远耐不住寂寞，目光哀怜地望着卢燕红，又开始倾诉他的苦衷：你也知道，债券风波闹得我焦头烂额，我咬紧牙关顶住。本想让市政府出面说话，让银行掏点钱帮我渡过难关，又让萧长风给砸了锅。现在，债券虽然能兑付了，我的国际大厦又抵押给萧长风。五折，那家伙真黑！到时候我还不上两亿元贷款，东方银行真能把国际大厦给卖了！那我就完了，徐局长不扒了我的皮，也肯定摘掉我的乌纱帽……

卢燕红一笑：国际大厦处于黄金地段，打五折一定好卖，连我都想买一套写字楼呢！

马明远苦笑道：你别拿我开涮了，燕红，算我求你了，那笔钱你就还给我吧。我只要五千万元本金，利息以后再说……

卢燕红也叹了一口气，愁容满面地说：我上哪儿去弄钱？你那五千万我早就放到海南岛炒地皮去了，还不都是上了朋友的当？我不能发火，眼下世道，就是杨白劳凶，咱们这些黄世仁只好喝盐卤去了。

马明远想试试硬的，沉下脸来说：国家是有法律的，逼急了，我也像萧长风学习，把欠债不还的一个个送上法庭……不过，对你我还舍不得使这一手。

卢燕红毫不示弱，哼地冷笑一声，展开还击：人家萧长风坐得正，站得直，当然不怕打官司。有的人就不一样了，上法庭全抖搂开，还不知道谁先下大狱呢！

马明远急忙堆笑：嘿嘿，你倒冲我火了……还和过去一样，爱耍小脾气。

卢燕红也转换口气，恳切地说：实在没钱，真的！我们投资信托公司问题更多，乱拆借，乱投资，高息揽存，违规操作……现在中央提出整顿金融秩序，我的日子最难过。你看，我的白头发都生出来了！

马明远再也无话可说。

此时，萧长风领着几位客人走进舞厅。卢燕红眼尖，站起来招手。那些客人都是金泰证券公司的炒股大户，卢燕红与他们也熟悉。两下人马合坐一处，换了一张大桌子。寒暄过后，添酒回灯重开宴。卢燕红情绪高涨，一双眼睛在烛光照耀下星星似的闪亮。她不看萧长风，只管和大户们嘻嘻哈哈开玩笑。

萧长风今晚打了一场漂亮仗。他宴请炒股大户们，把东方银行的困难讲给他们听，恳求他们将资金存过来，支持一下他这个刚上任的新行长。萧长风人缘好，在金泰公司当经理时交下许多朋友，他一开口，大户们纷纷响应。这些人都挺义气，你答应存五百万，我答应存一千万，三巡酒下肚，已经有五千万资金要存入东方银行了。萧长风既感动又高兴，豪爽劲儿上来，乒乒乓乓地和大户们干杯。酒喝得多了一些，他双颊泛红，说话也激情洋溢。

高脚杯又倒满啤酒，马明远给萧长风斟酒，上次开会针锋相对，此后诸事进展顺利，两人也交了朋友。马明远说：萧行长，我正在为还你两亿元贷款想办法呢！不信你问卢燕红。我先和你打个招呼，万一我还贷迟了两天，你可不能真的卖我的楼哇！

萧长风笑起来，笑得很开心：马总，都说你滑头，可还是被我揪住了尾巴！我向你透露个秘密，国际大厦价格降下来，可是有大批买主啊！有人已经和我联系，打算在法院拍卖时捡便宜货呢。你还是赶快动脑筋，贷款逾期咱们都不好说话。不瞒你说，这两亿元是省行专门拨来解决债券风波的，到期就得收回。我宁可丢脑袋，也不能丢了这笔贷款啊！

黄旭老板和萧长风最熟，在一旁开玩笑地说：喂，萧行长，我可没兴趣听你们讨论贷款。你领我们来跳舞，姑娘们呢？

伴舞的小姐姗姗走来，傍着大款们走进舞池。萧长风松了一口气。他看看卢燕红，心想这倒是谈话的机会。卢燕红默默地端起酒杯，独自喝下一大口啤酒。萧长风忽然觉得开口说话是很困难的事情，所有的话题好像都不翼而飞。他口渴得厉害，从果盘里拿起一块西瓜，低头吃起来。卢燕红忍不住扑哧一笑，萧长风放下西瓜，也笑了……

你笑我啃西瓜的样子难看，是吗？

嗯。你还没变，吃东西像一个大孩子……

你怎么样？近来有没有变化？我一直想找个时间和你谈谈。

你不能先邀请我跳舞吗？

萧长风站起来，作了一个颇有绅士风度的手势，邀卢燕红共赴舞池。《魂断蓝桥》的乐曲渲染出伤感的气氛，二人踏着缓慢的节拍，翩翩起舞。往事如烟，浮现眼前，他们仿佛又回到大学时代……

萧长风与卢燕红住在同一条街上，小学、中学都是同一所学校，说他们青梅竹马一点也不夸张。卢燕红比萧长风小五岁，街坊的孩子们在一起玩耍时，他总是像爱护小妹妹一样爱护她。萧长风下乡后几年，卢燕红仍在中学读书，他们中断了来往。全国恢复高考之后，两个人仿佛约好了似的，双双考入中央财经大学。照理说，他们最有条件结为夫妻，况且两人感情始终很好。当年他们参加校园舞会，以出色的舞姿引来同学们羡慕的目光，谁都认为他们是天生的一对，迟早喜结姻缘。

然而，生活并未如人们所预料的那样发展，他们最终没有走到一起。变故发生在卢燕红身上。毕业前夕，她忽然爱上了一位青年讲师。这种"爱"很可疑，来得突然，爆发力强，使卢燕红几近疯狂。卢燕红还是一个涉世未深的姑娘，而那位讲师却是猎艳老狼。他讲哲学课，玄妙的辩证法有时会成为谈情说爱的诱饵。总之，卢燕红和哲学讲师发生了性关系，一举毁掉了原有的平衡。萧长风很长一段时间不明白卢燕红为何冷淡他，直至一个月朗星稀的夜晚，二人在校园一角小树林里约会，卢燕红才把一切真相告诉了他。这个打击太沉重了，善良、单纯的萧长风怎么也无法理解眼前所发生的事情。他带着一颗破碎的心，踉踉跄跄地走出小树林……

　　毕业后，卢燕红分配回 S 市工作，萧长风留校读研究生。正如生活中经常发生的故事，卢燕红渐渐地被冷淡，最后收到一封含糊其词而又充满歉意的绝交信。那位哲学讲师终于抛弃了她。卢燕红如梦初醒，方知一时冲动使她付出了多么昂贵的代价。这个时代无处忏悔，每个人都在把自己的错误草草掩盖。卢燕红很快找到一个未婚夫，他是市政府的小科员，普通而平常。婚期一天天逼近，卢燕红却无法对他产生感情。在结婚前夜，卢燕红为自己做了一次最后的努力，她给萧长风发去一份电报，电文虽短，每个字却透露出刺心的痛苦：你能否原谅我？萧长风坐在小树林里，反复看这份电报。经过一番折磨，他终于给了卢燕红一个斩钉截铁的答复。回电只有两个字：很难！卢燕红把电报装进上衣口袋，凄婉一笑，跟丈夫走进婚姻登记处。

　　袁之华与卢燕红是同宿舍好友，知道他们整个恋爱过程。她在萧长风最痛苦的时候，伸手抚慰他，事事帮助他。最终，他们走到一起，结为夫妻。卢燕红理解他们的感情，内心却受到更深的刺激……

　　曲终舞散，萧长风和卢燕红在马路上漫步。二人都在回忆往事，但谁也没有触及这个话题。他们默默地走着，无言地交流着人生的感受。

卢燕红首先打破沉默。她谈的问题有点不合时宜，却又是无法回避的。她一偏头，口吻中略带嘲讽：你找我，也是来讨债的，对吗？

萧长风有些不好意思，笑道：也是？这话怎么说，还有别人向你讨债吗？

当然。你没看见马明远老盯着我？他拆借给我五千万元，都是当年盖国际大厦的工程款，拿出来放高利贷……你那东方银行也一样，王新是贪心的主儿。我现在是债多不知愁，虱子多不怕咬了！

萧长风皱起浓眉，神情渐渐变得严肃：燕红，瑞达信托投资公司欠我一亿五千万，这可不是个小数！你叫我怎么办呢？真没想到，你成了我最大的欠款户……

你去起诉我，还能怎么办？早听说你一上任就用铁腕治理东方银行，把欠款户一个一个送上法庭。这一招灵不灵？灵，你也可以这样对我采取措施。卢燕红脸上嘲讽的神情愈加明显。

对小户灵，对大户不灵，欠债越多，这一招就越不灵。萧长风老实地说道，可是你别逼我，我这个人一向认真，你是知道的。燕红，我真不希望这笔巨款是经你手拆借出去的，你叫我怎么办？怎么办？

卢燕红见萧长风着急而为难的样子，心头不由得一热，她的口气松动了，悠然地说：你别着急，总会有办法的……

他们不知不觉地来到卢燕红的住处。那是一栋高层建筑，门口有保安。夜已深，保安伏在桌子上睡觉。二人站住脚，卢燕红笑着说：送佛送到西天，你上来坐一会儿吧？

萧长风摇摇头：改日吧，今天太晚了……

卢燕红走到电梯门口，又像忘了什么东西似的急急走出大楼。

萧长风依然在水泥甬道站着，寒冷的夜风使他耸起双肩。卢燕红跑到他面前，一口气说出藏在心底里的话。

我手里有五千万元，是证券营业部抛掉一批股票回笼的资金。我打算把这笔钱还给你。萧长风，咱把话说明白，这笔钱我可以还，可以不；我可以还给你，也可以还给马明远……我欠你们的钱，别人也欠我的钱。金融界的事情很复杂，谁也没本事一刀砍出个是非来！我还你钱，是支持你，帮助你。新官上任三把火，我希望你把火烧得旺旺的！另外，还有些原因，我就不说了……你懂吗？

萧长风沉默许久，点点头：我懂。谢谢你。

说完这话，他就转身走了。卢燕红望着他长长的背影消失在树荫间，嗓子有些哽咽……

四

冷老师退休了，回到故乡 S 市。

萧长风得知这消息，就来找白帆商量：咱们总得为冷老师接接风吧？白帆点头称是。金融街上有一群毕业于中央财大的学生，除了萧长风、白帆、卢燕红，还有工商银行副行长梁新民，城市商业银行行长杨扬，北海期货公司总经理李文浩，这六个人可算金融街上的精英分子，都是冷老师的得意门生。当下，萧长风和白帆分头约人，准备在金水酒家办一桌宴席。

晚上六点半，萧长风把冷老师从家中接来。二楼观海厅一片喧哗，学生们簇拥老师在首席坐定，问候寒暄，热闹非凡。虽说同在一条街上工作，平日太忙，同学之间也很少聚会。今天老师来了，仿佛一根银线，将散落的珍珠串联起来……

冷老师年近七十，面容清癯，目光慈祥。他在财大教国际金融，英语精湛是出了名的。作为同乡，他对S市来的几个学生格外关照。逢年过节，周末放假，冷老师总要把萧长风等人叫到家里，犒劳犒劳。他没脾气，说话声音细小，别人发火他就嘿嘿笑。今天，冷老师望着满桌学生已成栋梁，更是乐得合不拢嘴巴。

酒过三巡，桌面上渐渐乱起来。同学们互开玩笑，互揭老底，仿佛又回到大学时代。喝酒也失去节制，梁新民和李文浩一人拿一瓶啤酒，比赛吹瓶。白帆年龄最小，酒力不支，已经面红耳赤，语无伦次。

你们俩在学校里，老是偷着喝酒，校门外那家小酒店的女老板见人就打听：那两个土匪还没有被学校开除吗？……白帆比比画画地说笑话。

梁新民笑道：咦，你少喝几杯酒，我们没来管你，你倒说我们坏话。不行，给他把酒补上！

李文浩点头称是：把他灌醉！灌醉了让他吹笛子……诸位，还记得小白帆的笛声吗？

在班里，白帆是小老弟，伶俐乖巧，吹得一口好笛子。每到晚霞时分，悠扬的笛声就会在教室外面的树荫里飘荡起来。无论谁回忆起大学的生活，都会记起白帆的笛声。大家嚷着让白帆吹笛子，白帆摊开双手，说笛子早丢了！自从踏上金融街，由于工作太忙，他再也没有吹过笛子。酒席沉默下来，大家都在追忆逝去的青春年华。

李文浩感慨地说：干金融这一行，太紧张，压力太大。就像我那北海期货公司，涨停板、跌停板、客户爆仓、追缴保证金……搞得我头昏脑涨。兴趣变了，爱好丢了，白头发倒早早生出来了！你们瞧，我可不是少白头。

梁新民年龄最大，是他们班里的老班长。当年，历届毕业生都可以参加高考，老梁从山村一所民办中学考入财大，老婆孩子都已经有了。同学们总是掇弄白帆喊梁新民"叔叔"。他们俩足足相差十二岁。梁新民现任工商银行副行长，年龄是老大，银行也是老大，同学们平日就称他"梁老大"。他要了一瓶白酒独斟独饮，摸索着络腮胡子，诉说国有专业银行的苦处。

你们哪，压力归压力，总还刺激，总还有点意思。你们是活棋，我那儿死水一潭。银行当老大当惯了，至今什么都不肯改变。就说萧长风吧，他在东方银行采取的一系列改革措施，到我们银行一条也行不通！我天天对头儿念改革经，我们的头儿就是一句话：国家四大专业银行不能乱来，等等再说吧！李文浩啊，我情愿和你换换，炒期货不过炒白了头，你到我们银行待一辈子，就会变成一块木头！

萧长风笑道：老班长，你是老骥伏枥，志在千里呀！

白帆说：他过惯了太平日子，哪里知道风险的滋味？说说罢了。

杨扬用筷子敲打酒杯，以引起大家注意：诸位，我要找一个人！各银行负责同志回去查一下，有没有一个名叫魏伯涛的客户，他以亚细亚实业、环球贸易、金星土产等公司名义开户，进行诈骗活动！

杨扬的警告引起大家注意，每个人都竖起耳朵：你说什么？魏伯涛？

杨扬摘下金丝眼镜，慢慢地擦拭。虽说他已经当上城市商业银行行长，但仍保持着很浓的书生气。这件事情使他陷入困境。沉思良久，他才继续说道：魏伯涛是个小人物，你们不会知道。他就是用不被人注意的手法骗取贷款。简单说吧，他多头开户，以各种公司的名义，在我属下二十多个信用社开立账户。他用假合同、假财务报表从每一家信用社骗取贷款，贷款额不大，三十万、五十万，最多不超过一百万元。这些资金像滚雪球一样，慢慢滚大，他就成了大户。他存多贷少，存一百万，贷五十万，哪个信贷员不喜欢？争先恐后钻进他的圈套，好，他突然跑掉了！我开会一查，一共有十八家信用社贷款给他，总共损失一千万元！……

几位银行头头都紧张起来，忙把魏伯涛的大名记下。梁新民说：他既然能骗那么多信用社，也会用同样的手法骗到我们银行头上。我得赶快回去查一查。

萧长风说：我们东方银行已经上当了。信贷员毛德用向我汇报，说一家信誉很好的客户，最近发生逾期贷款。他每次存进二百万、三百万，只贷五十万。存多贷少，就是这手法。老毛去找，那家公司已经不见了……杨扬，咱们得联手对付这个魏伯涛。

白帆和李文浩私下碰碰酒杯：风险无处不在，还是咱俩干的买卖好。股票期货，只进不出，没看见几个客户从咱这儿赚了钱出去！

萧长风向冷老师打招呼：咱们光顾自己说话，把老师给冷落了。冷老师，你给我们说点儿什么吧，就像当年在课堂上一样。

冷老师眯着眼睛笑，连连摆手：你们说，你们说，我就爱听你们说话！

梁老大说：可惜袁之华今天没来，当年她可是冷老师的得意门生，英语特棒！……他忽然想起什么，收住话头，偷偷瞅了卢燕红一眼。

卢燕红今晚一直沉默不语。同学聚会，使她感受到青春的气息。回忆校园生活，意味着触动爱情的伤疤，卢燕红内心满是苦涩。同学们理解她的心情，尽量不去打搅她。她斟满一杯干白葡萄酒，慢慢啜饮。

萧长风很想照顾卢燕红，但有些话题他也是尽量回避着。想起不久前瑞达信托投资公司归还的五千万元，萧长风心存感激。他站起来，向卢燕红举起酒杯：卢燕红，我敬你一杯酒。感谢你对我工作的支持，别的我就不多说了！

同学们鼓起掌来。白帆说：这才有点儿骑士风度！这杯酒，你早该敬了……

卢燕红落落大方地一笑，高高擎起酒杯：这杯酒，咱同学们一块喝！你们说，萧长风出任东方银行行长，谁不支持他？谁不帮助他？

众人赞同道：对，对！萧长风，我们都希望你干得漂亮些，把东方银行搞成一块样板。你有困难，只管对我们说！

萧长风还会有困难？他英雄着呢，什么事情他都能对付。是不是？卢燕红故意将萧长风的军。

萧长风反应也敏捷，他接过话茬说：哪能这样说，东方银行头寸紧张，我苦不堪言。有时候，真想请老同学帮帮忙呢！如果在座的诸位，每人肯往东方银行存入一笔资金，本人不胜感激！

梁新民打了保票：这事儿，由我老班长来布置。旧社会，一家银行开张，其他银行都要存入资金，表示祝贺。咱们是社会主义的银行，又是老同学，没有二话可说！

白帆和萧长风最要好。他盯住梁新民问：老班长，你的工作落实了吗？每家存多少钱？

梁新民伸出两根指头：二百万，怎么样？这一张桌子就凑足一千万，萧长风，该满意了吧？

萧长风感激地举起酒杯：感谢诸位，到底是老同学呀……我先喝为敬！

冷老师一向不多说话，场面一火爆，学生们就把他给忘了。这小老头一点儿也不气恼，独自喝酒吃菜，好不自在。他眯缝着眼睛，望望这个学生，笑了；瞧瞧那个学生，又笑了。他打心眼里喜欢这些学生，为他们感到骄傲！

我想……我能不能敬你们一杯酒？冷老师忽然站起来，颤颤巍巍地端起酒杯，向学生们询问道。

萧长风等人忙喊：使不得，使不得！冷老师，你是我们的恩师，应该我们向你敬酒才对呀！

冷老师摆摆手，说：不，这杯酒我来敬，我有话要说。同学们，你们都长大了。长成了栋梁之材，我真高兴呀！我要说，这个时代出现你们这样一批人，本身就是一个巨大的变化。如果说金融体系是国家的神经系统，你们每个人都是神经元。中国有几千年的文明传统，最薄弱的就是金融这一环。时至今日，我们和国际金融体系还有很大的差距。要赶上去呀，同学们，你们这代人一定要赶上去！我老了，我就在旁边看着你们。一个教师最大的幸福是什么？就是看学生们实现自己的梦想！来，干杯。

同学们聚拢来，围住这瘦小而又蕴藏着巨大力量的老师，将杯中酒一饮而尽！

五

沈家姐弟已到了山穷水尽的地步。

他们与四海宾馆签下第一份生产中央空调的合同，就将全部精力、全部家产投入到生产中去。可是，中央空调这样的庞然大物需要巨额投资，虽说他们得到了四海宾馆的预付款，虽说他们巧妙地与丁镇锅炉厂合作生产，虽说他们卖了家中所能卖掉的一切，最后还是陷入困境。工程即将结束，资金却已告罄，第一台中央空调的生产不得不停下来。现在，姐弟俩把全部希望寄托在东方银行，萧长风答应今天上午到他们厂里来看看。如果能够得到五十万元贷款，第一台中央空调就能顺利诞生，以后的订单也会像雪片一样飞来……

龙飞公司获得的第一份订单，非常具有戏剧性。负责兴建四海宾馆的总工程师与沈龙飞投缘，两个书呆子一聊就是半夜，桌上扔满各种随手勾画的草图。李总理解了沈龙飞的发明，对他的设计很满意，因此决定采用龙飞公司的中央空调。但是，他提出要到厂里看一看，毕竟双方是第一次合作。姐姐沈霞飞装出胸有成竹的样子，约总工程师第二天下午到工厂参观。

　　他们并没有工厂。弟弟就埋怨姐姐不该撒谎。姐姐说不撒谎就签不了合同，拿不到订金，第一笔生意就要泡汤！总会有办法，姐弟俩在 S 市到处跑。最后，沈霞飞在郊区丁镇找到一家生产锅炉的乡镇企业，双方同意合作。沈龙飞租了一台车，去接李总工程师。沈霞飞摘去丁镇锅炉厂的牌子，将龙飞公司的招牌挂在厂门口……姐弟俩演双簧，一番忙碌之后，把李总迎进工厂。这位总工程师居然没有看出破绽，预付款划到龙飞公司账号，丁镇锅炉厂开始生产。沈龙飞发明设计的中央空调，就这样从想象变为了现实。

　　沈龙飞的发明是从无压锅炉开始的。蒸汽锅炉压力大容易爆炸，他就采用溴化锂，改气压为水压，消除了爆炸的危险性。这样一来，原来需要独立建设的锅炉房，就可以并到主体建筑中去了。这项技术获得了国家专利，姐弟俩与其他工厂合作，生产出几台无压锅炉，销路不错。沈龙飞以此为基础，又设计出以无压锅炉为核心的中央空调系统。这项发明更有价值，沈龙飞获得国家科技进步奖。沈龙飞原本无意搞企业，想把专利转让出去。沈霞飞却力主办一家公司，将弟弟的发明运用于实践。弟弟习惯听姐姐的话，龙飞公司就这样办起来。除了知识，他们一无所有。但是他们不懈努力，正一步一步接近成功。

　　姐，待会儿萧行长来，咱们还撒谎吗？

　　不，和银行打交道必须诚实，企业的信誉比生命还重要！

　　我看萧行长不一定会来，咱们是私人企业，哪家银行还不是把我们当皮球踢来踢去？

　　小弟，做事情要坚韧不拔。咱们跑遍金融街所有的银行，不是终于请到一位行长来我们这里看了吗？

　　他只是口头上答应……

　　姐弟俩站在公路边上聊天，望眼欲穿地盯着一辆辆疾驶而过的轿车。他们已经等了一个多小时，仍没见着萧长风的踪影。所以，当一辆黑色奥迪轿车在他们身旁停住，萧长风打开后车门出来，抱歉地笑着向他们伸出两只手时，姐弟俩简直不敢相信自己的眼睛。萧长风说，银行里有急事，来得太晚，请他们原谅。姐弟俩欢喜雀跃，带领萧长风走进丁镇锅炉厂。

整整一个下午，萧长风察看了每一个生产环节，这台尚未完工的中央空调已深深印入他的脑海。沈龙飞拿着厚厚一叠资料，尽量深入浅出，把这台中央空调节能、高效、安全等种种技术优势向萧长风做了详尽的介绍。沈霞飞又把几份其他企业的订货意向书翻弄给萧长风看。萧长风笑笑，询问信贷部主任曹卫东的意见。

曹卫东皱着眉头，开口发问：这厂房是谁的？机器设备是谁的？

沈龙飞老老实实回答：我们和丁镇锅炉厂合作，所有固定资产都是他们的。

曹卫东下结论似的说道：那就是说，你们龙飞公司什么东西也没有。

沈霞飞争辩道：有！我们把家里的钱全投进去了，大约有十万元……

沈龙飞认为贷款的事情没希望了，噘着嘴一声不吭。

萧长风似乎帮着姐弟俩说话，对曹卫东笑道：我看他们有一件最有价值的东西，就是专利权！

暮色笼罩田野，时间已经很晚了。姐弟俩请萧长风到镇上一家酒店吃饭，萧长风摇头谢绝。沈霞飞很不高兴，说买卖不成仁义在，吃顿饭的面子总要给吧？萧长风推辞不过，就让司机开着车，拉大家到丁镇吃涮羊肉。

饭桌上，气氛并不热烈，沈家姐弟显得很沮丧。萧长风自有打算，见他俩这模样，直想偷偷地乐。但他一本正经，继续了解情况。他得知沈龙飞毕业于哈尔滨工业大学，本来已经考上研究生，就因为痴迷于无压锅炉的研究，放弃了深造的机会。姐姐沈霞飞在外打工，赚钱支持弟弟搞发明。姐弟俩苦撑苦熬，两年之后，才取得成功……

这台中央空调交货后，你们能回笼多少现金？萧长风问道。

扣除预付款，能够回来七十万元。我们再造第二台中央空调，就不需要贷款了！沈霞飞迅速地回答。

沈龙飞显得沉稳一些，补充说道：这个行业技术含量高，容易获取高额利润。只要迈出第一步，以后的路就好走了。卖出一台中央空调，就能卖出两台、四台、八台……我们的企业准能飞速发展。等到条件具备，我自信能够超过日本的同行，达到世界领先水平！

萧长风看了看曹卫东，决定亮出底牌：千里之行，始于足下。你们要求的五十万元贷款，我决定贷给你们……

真的?！沈霞飞几乎跳起来。

当然，我回到银行还要和大家商量一下。不过，我有一个条件，沈龙飞，我要你以专利作抵押，然后才能放给你这笔贷款，行吗?

沈龙飞连连点头：行！我不会失去自己的专利。有了资金，下个月我们就能交货了！

萧长风诚恳地说：我相信你们会发展成一个大企业，能在起步阶段帮你们一把，我感到很荣幸。将来，你们龙飞公司就是东方银行的大客户。我常想，银行与企业的关系应该尽早建立，互知根底，互相帮助。企业需要银行的支持，银行更需要信誉良好的、实力强大的企业支持啊！从现在起，咱们试着建立一种模式，一种新型的银企关系，怎么样? 你们可能觉得我扯得太远了，可我看见路就在脚下，我们可以起步了。来，让我们为明天干杯！

大家都站起来，将杯中酒一饮而尽。火锅烧得正旺，每个人脸颊都红扑扑的。小小的包间里洋溢着一种理想主义气氛。

第四章

一

夜深人静，严可夫伏在写字桌前写上告信。他有这种癖好，写了信倒不一定发出，但必须写。左手第二个抽屉里锁着一大批此类信件。有告萧长风的，有告王新的，有告王新前任行长的，还有告前任行长的前任行长的……总之，这一抽屉信，连他老婆都不知道。他绝不容许任何人触动这些秘密。

这种癖好，还是严可夫在"文化大革命"当中养成的。他自己也知道不好，可就是无法改掉。写信时激动、酣畅、置人于死地而后快的感觉，是他在其他地方所难以寻觅的。除了满足心理需求，严可夫还很重视这些信件的实用价值。它们是档案，天长日久，可以把主要领导的一言一行都记录下来；它们是定时炸弹，到必要时，能够炸翻他前进道路上的绊脚石！"文革"期间，他在人民银行工作，他领导的组织就被人们称作"秋后算账派"。严可夫精于此道。

王新倒台，不能说与他没有关系。关键时刻他引爆一枚炸弹：将一封揭露王新拆借巨额资金到海南岛炒地皮的上告信，轻轻投入邮筒。尽管是匿名信，信中提到准确的日期、数字，以及种种微妙细节，立即引起办案人员的高度重视。

严可夫把胡厂长声泪俱下地对萧长风的控诉都记录下来。他还记下另外一件事情：萧长风在审贷委员会上竭力推荐，给一家名为"龙飞实业公司"的私人企业放了五十万元贷款。两件事联系起来，稍加发挥，萧长风在政治路线上的错误就昭然若揭了！

　　严可夫望着刚刚写完的信，陷入沉思。他五十六岁了，再不努力，退休前当一任正行长的美梦就会破灭。这将对他一生构成重大打击！萧长风挡了他的路，便是他的死敌。平日笑脸相迎，肚子里却像灌满了毒汁要往外喷。严可夫感到人到恨极时，真的会喷毒汁！萧长风调整领导班子，将国际部主任何苇青提为副行长，明摆着要来接他的班。严可夫学历不高，现在两个研究生从两面夹击他，叫他如何出头？严可夫一辈子小心谨慎，除了一些礼物（那算不了什么），他可一分钱现金也没拿过。为何如此清廉？只为政治上出人头地，早日当上第一把手。他严可夫是讲政治的，在中国这一手不硬，弄点小钱又有什么用？严可夫叹息一声，打开左手第二个抽屉，将刚刚写好的信放了进去。他凝视着满满一抽屉信，仿佛在检查他的核武器库。如果那里面真有一两颗原子弹，该多么好啊！

　　严可夫像狗熊一样爬上床，躺在熟睡的妻子身旁。他进入黑暗的梦乡。

　　早晨阳光灿烂。严可夫拎着公文包，笑容满面地走进东方银行。他与员工们打招呼，开玩笑，其乐融融。办公室文书吴媛媛跑来，说萧行长请他去，有要事商量。严可夫哦哦地答应着，一溜小跑来到萧长风办公室门前。

　　萧长风上任后砍了三板斧，成效显著。首先，他建立起透明的审贷制度，每一笔贷款都经过审贷委员会集体讨论，破除了过去行长一人说了算的局面。其次是加强内部管理，给每个员工发放责任卡。利益与责任挂钩，如果哪个信贷员发生了逾期贷款，他就只能领基本生活费。最后，成立清欠小组追索债务，这是最费力气，也是最重要的一项工作。萧长风说，拿出愚公移山精神，一分钱一分钱地往回追，总有一天能把债务问题解决！今天，萧长风把严可夫和何苇青两位副行长请来，就是召开清欠小组会议，研究如何处理红星木钟厂的债务问题。

萧长风决心起诉红星木钟厂。但是，他的主张遭到许多人反对。信贷部主任曹卫东首先表示自己的顾虑：起诉有用吗？一家中型国有企业会不会因为银行起诉而破产？法院无得力措施，做出判决又如何执行？这些问题暂时找不到答案，却有一个结果明确地摆在我们面前——东方银行得支付一笔诉讼费用。官司打不赢，这笔钱就白白赔了进去！曹卫东劝萧长风要冷静，要慎重。

严可夫暗想，这时候可得表明自己的立场。他不紧不慢地开口说话：我反对起诉红星木钟厂。有些问题，我们要站在政治的高度上去看。我们像黄世仁一样逼债，把他们逼急了，恐怕会出大问题。从另一个方面说，东方银行也是国家的银行，和一家国有企业打官司，到底有没有必要？说穿了，我们都是一口锅里的肉啊！

萧长风蹙着浓眉沉默不语。

律师史万军也来了，他已经是萧长风的得力干将。最近，他起诉了两家小企业，成功地为东方银行追回逾期已久的贷款。史万军有一个习惯，每到他认为的重要时刻，就掏出一副黑框眼镜戴上。这副眼镜是近视，是远视，或是平光？没有人知道。

我从法律的角度谈一点看法。根据我的调查，红星木钟厂共欠了五家银行的贷款，除了我们东方银行，还有工商银行、建设银行、农业银行、城市信用合作社。这就存在一个问题：如果它资不抵债，如果其他银行抢先起诉，就会产生许多偿债纠纷。因此，我主张起诉红星木钟厂，尽早进入司法程序。如果我们胜诉，就可以要求法院保全财产，将红星木钟厂的资产处于我们的控制之下。这样，东方银行就比其他银行抢先一着，在偿债过程中处于非常有利的地位。

史律师一边说，一边在办公室里踱步，好像正进行法庭辩论。

多数人都被史万军说服了，曹卫东也连连点头。

萧长风说话。他一锤定音，话说得果断而干脆：我们面临的最重要的问题是什么？就是不良债权。不仅东方银行，全国所有的银行都遭到这个问题的困扰。不良债权是金融系统的癌症，用药物、用化疗、用手术，无论如何都得把这肿瘤切除！我知道起诉红星木钟厂会遇到很多麻烦，但我坚持要这样做。为什么？我想通过此事发布一个宣言：东方银行的债不好欠！今后无论是谁，欠债不还，我就要和他打官司！我站直了，做硬了，别人就不会打我的主意。这件事情今天就定下来，史律师，你起草起诉书吧！

一直沉默着的何苇青，此时说了一句话：要救东方银行，只有这样做！

严可夫半开玩笑半认真地说：我保留意见。不过，萧行长定下的事我绝对服从。

散会了，严可夫摇晃着大头，笑眯眯地走出办公室。

二

胡昆咂巴着大嘴，将生拌的海参、赤贝、象鼻蚌肉蘸着芥末调料，一股脑儿咽下肚去。他就喜爱吃这一口。胡大嘴名不虚传，好酒量，好胃口，从早晨吃到深夜不歇气，好似一位马拉松运动员。这两天，他憋着一肚子气，食欲却更见长，独自坐在金水酒家，举行没完没了的个人宴席……

胡昆厂长把这一招称作"守株待兔"。他坐在靠楼梯的一张餐桌旁喝酒，来来往往的人都从他身边经过，总有一些熟悉的银行人士被他撞见。他死拖活拽，拉人喝酒；或者尾随人家进包厢，频频敬酒。目的只有一个：搞贷款。金水酒家位置特别，又擅做海鲜，金融街的老总们都爱在这里吃饭。胡厂长的战术屡屡奏效，真有一些兔子撞死在他这棵树上。不管别人愿意不愿意，他敬你酒，和你交朋友，日后又有贵重礼物送到你家里，你如何摆脱他？天长日久，胡厂长在金融街上交了不少朋友，消息自然也灵通。萧长风拒绝贷款给他，甚至要起诉他，很快就传到他耳朵里。胡厂长很生气，哑巴着大嘴吃海鲜，转动脑筋想办法。

严可夫带领两个朋友走进金水酒家，被胡昆一把拽住。他说：咱俩还做不做兄弟？要做，今天无论如何得喝一杯！他的豪爽、侠义劲儿使人无法拒绝，严可夫只得和他坐在一处。两位朋友递上名片，胡昆搂住他们的肩膀说：严行长的朋友，就是我的朋友。今后有事，你们会看见胡某两肋插刀！

当然由胡厂长请客。他领客人们去海鲜房点菜。鲍鱼、海参、海胆、梭子蟹、文蛤……样样都鲜活，放在一排排盛满海水的玻璃缸里。客人仿佛走进海底世界，想吃什么伸手一指，女服务员立即捞出，当面过秤，活蹦乱跳地送下厨房。点完菜，胡厂长让服务员换桌，换到二楼包间。宽阔的玻璃窗面临大海，听风观涛，景致宜人。

酒席间，胡昆就问严可夫贷款的事情。严行长支支吾吾不肯正面回答。他俩原是好朋友，红星木钟厂那笔贷款就是由严可夫具体经办的。他得了胡昆不少好处，家里的豪华装修，便是胡昆免费赠送的。严可夫也为胡昆说了不少好话，王新在位时，他把贷款手续都办好，让王新签个字就成。借新还旧，贷款付息，都是严可夫出的主意。萧长风一来，打乱了原来的格局，严可夫再无计可施。对胡昆这一方面不好交代，严可夫这一阵老躲避他。今天被胡昆撞见，严可夫硬着头皮打哈哈，只怕他说出什么不该说的话来。

胡厂长外表粗犷，内心精细，哪里会说一句难听话？他热心周全地招待严行长的客人，以北方汉子的方式敬酒，很快把他们灌得晕晕乎乎。而对严行长，他敬一杯酒叹一口气，显出伤心透顶的样子。严行长被他弄得内心不安，只好主动提起贷款的话题。

老胡，我知道你心里在骂我，可是我也没有办法。你旧贷款没还清，还想再借三百万元，怎么可能呢？东方银行的事我做不了主，你也知道……

胡厂长摆摆手，说：哥，我不怪你。我知道你也难为。我只恨那姓萧的，心里一点没有工人阶级，比他妈的资本家还狠！这种人怎么能当行长？

严可夫似乎有难言之隐，长长地叹了一口气：唉……

这些年来，我像个乞丐似的东借西讨，我为谁？为自己吗？不！红星木钟厂三千个兄弟，就靠我借钱回来糊口呢！不瞒你们说，厂里已经三个月没钱发工资了，工人们找我吵，找我闹。他们是穷的，穷急了！我体谅他们。可是我的心像在被刀子割，疼啊，疼死了！……

胡昆这么一条黑汉子，竟当众流下眼泪。

客人们都被他感动了。其中一个年轻人热血冲动，大声说道：胡厂长，你要闯出一条新路！国有企业要走出困境，不能光靠贷款。搞股份制改造，争取发行股票上市，就是一条新路子。你可以去找金泰证券公司白帆总经理，让他给你出出主意。我们也可以帮你忙。

胡昆懵懵懂懂，并没听明白他说话的意思。但他感觉到这两位客人很有来历，暗想：可得把他们的名片藏好。他毕恭毕敬地端起酒杯，敬酒致谢。

严可夫点了一句：你还可以找找市里领导。张大东副市长不是和你关系很铁吗？你把眼下的危机告诉他……

危机？

严可夫笑道：你还不知道吗？不是我在中间阻挡，东方银行已经把你告上法庭了！你要做好准备，过两天我们萧行长可能亲自到你们厂里去。

胡昆站起来，捏起两只硕大的拳头，仿佛要和谁打架：告我？我为工人兄弟卖命，还要为这个吃官司？让他来吧，让他告吧，我倒要和姓萧的较量较量！

严可夫大口喝酒。他擦去大脑门上的汗珠，装醉伏在桌子上……

三

林小英与胡永波合不来，婚期近了，两人却越来越别扭。胡永波长着闷葫芦嘴儿，不会说话，脾气又蛮横，像一头蛮牛。若不是他老爹，这样的人怎么也不会当工会干部。当初他看中林小英，躺在床上打滚，爹骂娘劝都无济于事。直到胡昆拍着胸脯，保证把林小英娶进家门，做儿子的才破涕为笑，下得床来呼噜呼噜喝了三大碗稀饭。这样的丑事，胡永波还傻笑着告诉小英，以表达自己的爱意。林小英好不恶心。

有一次，两人吃饭。林小英试探地问：如果我要离开你，会怎么样？那蛮牛当众把碗摔在地上，瓷片乱飞，喊着要用皮带勒死小英，就像勒死母狗一样！小英吓得脸色惨白……

小英每天到小白楼上班。她已经是厂部财会人员，过去的女伴都用羡慕的目光看着她。厂里开始打发工人下岗，一批又一批，人心惶惶。小英特别珍惜自己获得的机会，参加文化宫举办的会计学习班，如饥似渴地学习财会知识。她是一个要强的姑娘，不愿让人在背后说她滥竽充数，憋着一股劲儿她的业务水平提高很快，出纳员的一套活计她已熟练掌握，会计科目怎么做也大致心中有数了。胡昆厂长日益器重她，小金库的账目交给她管，有些见不得人的单据也让她做凭证下账。在众人眼里，林小英已经成了胡厂长跟前的红人。

但是，小英心中深感不安。随着她对厂里财务内幕的不断了解，小英发现越来越多的问题。胡厂长不仅大吃大喝，还用公款购买昂贵的礼品。比如几万块钱一只的劳力士手表、钻石戒指、金项链……只见发票，不见东西。小金库的账目更混乱，胡昆动辄几千几万地领取现金，留下一沓沓白条子。如果把所有违反财务制度的金额累计起来，那将触目惊心！光看外表，胡厂长虽然粗鲁，却还仗义、耿直，可是深入内里，摸到胡厂长在经济上的藤蔓，林小英就不得不怀疑胡昆是一只吞噬红星木钟厂的硕鼠。

早晨，秋天明丽的阳光洒进厂长办公室。小英拿着一叠报销单找胡厂长签字，看见他正在打电话。小英坐在墙角一把椅子上等待。胡昆说话尽量把嗓音压低，却仍抑制不住自己的火气。他在抱怨对方不会办事，法院里人头那么熟，竟无法阻止萧长风对红星木钟厂的起诉。最后，他问对方能不能把法院几位院长请出来吃饭，得到肯定的答复之后，他又约定宴请的时间地点。挂上电话，胡昆擦了一把汗，望着窗外枯黄的白杨树叶发怔。小英走上前，将单据在办公桌上摊开，请胡厂长过目。

胡昆把单据推到一旁，目光怪异地打量着小英。他忽然问道：你是不是看不上我家永波？

小英一愣：这……这是什么意思？

胡昆的目光由凶厉转为柔和，嘿嘿地笑起来：没啥，我希望你们快点结婚。小英，你还在等什么？你和永波年纪都不小了，结了婚咱们就是一家子人，多好？我呀，不愿听你叫我胡厂长，就想听你叫我"爸"！

小英脸一红，说：胡厂长，你快签字吧。

胡昆一边签字，一边想着其他事情。他似乎有意提醒小英，说道：有人找咱们厂麻烦，告到法院了！小英，你可得多长个心眼，帮我把好财务这一关，懂吗？

小英点点头，拿起签过字的单据走出办公室。

门外，有两个身穿法院制服的人迎面走来。他们问小英：这是厂长办公室吗？胡昆在不在？

小英望着大盖帽上的国徽，心就怦怦直跳。她勉强微笑着，领法院来的人走进办公室。

胡昆从大班椅上站起来，面带爽朗的笑容问道：小英，哪里来的客人？快泡茶。

年长的一位自我介绍道：我们是海湾区法院经济庭的，我姓庄，他姓钱，东方银行起诉红星木钟厂，本法院已经受理此案。你就是胡昆吧？

胡厂长点点头：是。二位请坐吧。

两位法官并不肯坐下，姓钱的那位年轻人拿出传票，让胡昆签字。胡昆签名时黑脸上浮现出一丝冷笑。小英端上茶来，见此场面，手腕也颤抖不已。

这么说，我真的吃官司了？我们是国有企业，本人是劳动模范，做梦也没想到法院会来传我……二位法官同志，我心里很难受，请你们不要见笑。胡厂长一边说，一边抹着眼睛。

庄法官同情他，安慰地说：别这样，胡厂长。咱们都得适应市场经济，说实话，我当了二十年法官，也很少审理你这样的案子呢！

胡昆红着眼睛问：什么时候开庭？

小钱法官回答：十二月二十号。胡厂长，开庭以后，我们也会尽量做调解工作，这类案子一般都是双方协调解决。

两位法官尽量宽解胡昆，胡昆却决心把戏演得热闹一些。他明白庄和钱是具体经办这个案子的法官，他必须给他们留下深刻印象。

胡厂长拿起电话，直接拨通张大东副市长的手机。他以老朋友的口吻说道：张副市长吗？好久不见，身体怎么样？我想你，也不敢给你打电话呀，你现在是大官了……对，我无事不登三宝殿。我叫人家告了，法院送来传票，两位法官正在我这儿坐着。你要是念着当年咱俩的情分，现在该帮我说句话了！谁告我？东方银行的萧长风！我不怕，砍头不过碗大的疤。不过，红星木钟厂这副烂摊子你得另找人收拾。要不，三千个工人往市政府门口一坐，你们这帮官老爷可就难看了……你甭说别的，我只想和你喝一次酒，最后一次！怎么样？行，你还仗义，没有丢掉工人阶级的本色。咱们见面再说吧！

庄法官与钱法官对视一眼，起身告辞。胡厂长要请客，被他们婉言拒绝。胡昆不再坚持，将两位法官送出小白楼。

林小英在办公室收拾茶杯，胡昆黑着脸回来。他转了两个圈，愤然喊道：胡闹！笑话！他走到办公桌前，凝视着那张传票上鲜红的法院印章，眼睛瞪得铜铃大。猛地，胡昆举起粗大的巴掌往传票上狠狠地一击，"砰"！桌上的玻璃板碎裂开来。小英吓得脸色苍白，想走又不敢走，站在原地发呆。

胡昆转过身，虎着脸问小英：今天不是要发工资吗？钱从银行里取出来了没有？

取了。连准备给工人们报销医药费，一共取了二十三万五千元。

这笔钱不能动，你把它存到工商银行的账户上去！

小英惊讶地问：工资怎么办？拖欠工人们三个月了……前几天你还在全厂大会上答应先发一部分工资，让大家欢欢喜喜过新年……

我说不发就不发，你别管那么多！

可是，会计科已经开始发工资了，有些工人领到了钱，有些还没有……

胡昆瞪着眼睛吼：马上给我停下来！你赶快回会计科，把我的意思告诉朱科长。

胡昆发怒的样子使小英害怕,她不敢再多说话,匆匆走出办公室。

胡昆又打电话,把他在厂里的心腹都招来,开紧急会议。他决心把事情闹大!萧长风果真起诉了红星木钟厂,既在意料之中,又在意料之外。面对法院传票,胡昆感到自己受了污辱。多年来,他一直靠贷款过日子,并且过得还不错。都是国家的买卖,借钱不还又是什么大错?过去财政给补贴,现在不是把补贴取消了吗?银行一向给国有工厂喂奶,现在怎么忽然咬人了?胡昆实在想不通。萧长风此举是要砸他的饭碗。东方银行能告他,别的银行就不能告他吗?他胡昆欠了那么多债,债主们真瞪起眼睛来讨债,局面可就不好收拾了……

胡昆望着传票上法院的大印,心底总是发虚。他不是怕打官司,而是怕由此引来对红星木钟厂的全面财务审计。他知道真正的毛病在哪里。胡昆黑旋风李逵似的外貌,仗义、火爆的性格,对许多人具有迷惑性。有人评价胡昆是一杆枪,厂里老工人就意味深长地纠正道:那是一杆洋枪。为什么说是一杆洋枪?因为枪膛里带来复线,一圈一圈尽是道道。这就看到胡昆的骨子里去了。眼下,胡昆抢先把水搅浑,他要激怒工人。工人一闹,局面就乱。大局一乱,什么贷款、什么账目,谁还顾得上管?这就是胡昆停发工人工资的目的。

副厂长秦水、一车间主任王启华、供销科科长李信,还有工会干事、他的宝贝儿子胡永波陆续来到厂长办公室。胡昆让他们坐着,关上房门,却久久不说话。气氛渐渐紧张起来,心腹们都感到出了什么事情,却又不知底细,一个个大眼瞪小眼,揣摸胡厂长的心思。

胡昆立在窗前,他看见越来越多的工人向小白楼聚拢。消息传播得很快,没领到工资的工人都急眼了,脸上有一种找人拼命的神情。胡昆暗想:群众是真正的英雄,只有懂得这一点的人才能做伟人!

小白楼里人声嘈杂,呼隆隆的脚步声仿佛地震发生。胡昆开始说话，在这样的环境中他显得越加从容：开一个紧急会议。同志们，我们面临严峻考验……

四

雪又下大了。早晨起来，萧长风就看见大雪团团如棉絮，在风中翻卷滚搅。天气阴晦，到处是白茫茫一片。他想起今天约法院同志一起去红星木钟厂，这样的天气真叫人家遭罪了！

这场官司陷入僵局。法院两次开庭，责令胡昆按规定日期归还东方银行的贷款。庭下调解也在进行，庄、钱两位法官反复劝说胡昆先还一部分钱。无奈胡昆软硬不吃，只推说没钱，分文不给。法院封了他的账户，账户里空空如也。据说，红星木钟厂另有秘密账户，款项往来如常。史万军律师提出诉讼保全申请，要把红星木钟厂封了。庄、钱二法官面有难色：这恐怕不妥吧？还是再谈一谈……

这样，就有了今天去红星木钟厂的约定。

九点半，萧长风带着曹卫东、史律师来到红星木钟厂。庄法官和钱法官已经到了，小白楼前停着一部法院警车，一群工人围住警车点点戳戳，议论纷纷。萧长风走进小白楼，来到厂长办公室，却不见胡昆的踪影，一位姓周的副厂长为他们泡上茶，说去车间里找找胡厂长，一溜烟跑开再也不见了。大家都很气愤，却也无奈，一边喝茶一边耐心等待。

萧长风皱起浓眉，说：这样可不行！他瞧不起我们债主倒也罢了，连法院也不放在眼里，谁还能制约他？

史律师道：我有一个办法，我们先象征性地封他一部分资产，比如仓库、车间，随便哪里贴上两条封条，不怕他不出来！

曹卫东笑道：那好，要封就封这间厂长办公室，也不耽误生产。

庄法官叹了一口气：这个案子真叫人头疼。不瞒你们说，我们出来前院长反复交代，千万不要激化矛盾，免得闹出事端。都是工人阶级，你拿他们怎么办？咱们还是耐心点儿……

正说着话，楼梯上传来异样的响动。许多人拥进小白楼，木楼梯发出咯吱咯吱的声音。楼内楼外到处是脚步声，呼隆隆震得小白楼颤抖不已。萧长风往窗外一望，不得了！工人们从四面八方赶来，紧紧包围了小白楼。楼内盛不下那么多人，大多数工人就在雪地里站着。雪花飘飘，他们的帽子、肩膀、脊背很快积满了雪。他们沉默着，沉默中蕴藏着愤怒。这是一群愤怒的雪人！

小钱法官年轻，有些沉不住气了。他呼地站起来，大声问道：这个厂的干部都到哪里去了？是不是成心和我们捣乱？要是出了问题，一切后果由胡昆负责！

这时，一位姑娘提着暖瓶走进来，为每个人的茶杯斟上开水。

萧长风正想问话，姑娘先开腔了：我们这个厂经常闹事，让客人们看笑话了。别理他们，随他们说什么，你们也别搭腔。闹一会儿，他们就走了……

庄法官问道：是不是领导让你来的？

姑娘抿嘴一笑，摇了摇头。

萧长风又问：你叫什么名字？是做什么工作的？

我叫林小英，是厂里的出纳。

说完，她脚步轻盈地离开办公室。大家仿佛得到安慰，绷紧的神经松弛下来。于是，他们低头喝着滚热的茶水，沉默不语。

工人们开始从走廊另一端渐渐地拥挤过来。门口堵着一大堆人，谁也不敢往办公室里进。双方近距离相持，没有人说话。空气里仿佛堆满炸药，进一个火星儿也会爆炸！

有人在后面喊：他们要封厂！他们要抓人！

这是明显的煽动，人们的情绪激动起来，嘈杂声响成一片。仿佛有暗流涌动，一股冲力从人群后面传来，站在门口的那些人收不住脚，犹如一个浪头扑进办公室里来。距离消失了，危险在增大……

见到如此形势，萧长风再也不能保持沉默。他站起来，高声问：谁说我们来封厂？谁说我们来抓人？这是造谣！胡厂长和我们约好了，今天上午我们要协商解决债务问题。可是胡厂长迟迟不来，我们只好在这里等他。

一位老工人喊道：千万不能封厂！工厂是我们的命根子，把厂封了，我们还有啥指望？

另一名工人嚷嚷：反正你们是来逼债的，还让不让人活？厂里欠了我们三个月工资，刚要发，又说要还银行贷款，把钱收了回去……我们一家老小吃什么？喝什么？

对，我们无路可走了。要钱没有，要命一条！

……

众人纷纷叫嚷，各说各的苦处，办公室里乱成一锅粥。庄法官和钱法官劝工人们先出去，说破嘴皮也没有人听。

胡昆厂长待到此时方登场。他从人群后面挤来，一路霹雳般地吆喝：干什么？你们要造反吗？出去，都给我出去！他人高马大，臂力过人，双手抓住两人衣领向后猛拽，好似老鹰抓小鸡一样。众人纷纷闪开道路，胡昆仿佛保驾的大将军赶到，好不威武！

两位法官气恼地说：胡昆厂长，你也……你也太不像话了！

胡昆满脸堆笑：对不起，对不起……我刚从市政府回来，张大东副市长把我叫去训了一顿。昨天，又有一些工人跑到市政府去闹事了。真没办法，我被他们整死了……

史万军律师为人机敏，趁着胡昆说话，他悄悄出门，到工人们中间了解情况去了。

萧长风说：胡厂长，你是请我们来赴鸿门宴呀！

胡昆笑道：哪里哪里……工人们见债主来逼债，心情就坏了，火气就大了，这也是人之常情嘛。

我们不是来逼债，而是来和你协商解决债务问题。你把这一点向工人们解释清楚，请他们离开。否则，咱们怎么谈？

胡昆已达到目的，故意压低嗓子道：我看今天是没法谈了。里屋有个暗门，咱们悄悄撤走，改天再谈，怎么样？

萧长风站起来：笑话，我又没做见不得人的事情，干吗要偷偷摸摸地走？有你胡厂长在，谁还敢捣鬼？这样吧，麻烦你送一送，让我们堂堂正正地走出红星木钟厂！

行。你们就坐我的桑塔纳，车虽然破一些，可是安全。嘿嘿……

胡厂长在前面开路，萧长风一行人走出小白楼。

工人们沉默着，一双双阴郁的眼睛目送他们离去。胡昆让司机开来他的宝蓝色桑塔纳，得意扬扬地打开车门，让萧长风和法官们上车。他确信自己又赢得一分，谁能用这种方式把债权人赶走？工人们虽有不满，还是不得不承认他胡昆最有办法。汽车喇叭连连按响，工人们默默地让开一条路。桑塔纳打头，法院警车、银行轿车跟在后面，排成一列向厂门口徐徐驶去……

出了红星木钟厂大门，胡昆开门下车，与萧长风等人握手告别。不料，萧长风握住胡昆的手，就不肯再松开。他神情严肃地说：胡厂长，你不能走。这儿不能谈，咱们换个地方谈。总之，今天非把问题谈透了不可！

胡昆似乎很为难，摊开双手说：哎呀，厂里正乱着，我走不开呀……

庄法官气他有意捉弄人，板起面孔，端出法官的威严：胡昆，我同意萧行长的意见。今天得谈，就到法院去谈！你们的案子本法庭已经做出判决，可是在红星木钟厂这个判决无法执行。怎么办，总得有个说法吧？谁也不能把法律当作儿戏！

胡昆无奈，只得点头道：好吧，庄法官，一切都听你安排。

现在没人肯坐胡昆的车了。法官们登上警车，萧长风和曹卫东回到自己车上。略微等了一会儿，史律师跑来，人都齐了。小小车队在宽阔的柏油马路上行驶，直奔海湾区法院。

五

雪后日出，洁白的路面上泛出一层胭脂红色。

轿车内，萧长风与史律师、曹卫东正在商量对策。法庭判决难以执行，早已在他们意料之中。萧长风揪住胡昆不放，并不仅是想出一口气，他还要达到预定的战略目标。拿不到钱，封不了厂，那战略目标是什么呢？萧长风想得到一份优先还贷保证书。照史律师的说法，有了这份保证书，东方银行就得到某种优先权。在红星木钟厂的还贷计划中，东方银行必须确保排在第一位。即使工厂破产，萧长风凭借优先权也能在清理债务时，得到种种先手之利。比起其他几家银行，东方银行将来要主动得多。这样，这场官司也就不算白打了。

然而，胡昆厂长蛮横而又刁滑，他肯不肯出具这份优先还贷保证书呢？一路上，萧长风等人紧急商讨对策，一步棋一步棋地做出安排……

法院大院里停满了车，这样的大雪天人们照常忙忙碌碌，似乎永远有打不完的官司。庄法官领大家走进大楼，找了一间空闲审判庭，当作会议室用。萧长风细长的眼睛微微向额角吊起，两道浓眉在眉心蹙成一个疙瘩，脸颊因怒气潮红，活像京剧人物林冲。其他人也板着脸，一声不吭。沉默中胡昆感受到压力，仿佛人们正在审判他。他自知理亏，嘿嘿笑着，转圈儿递香烟。

萧长风转向庄法官，问道：咱们法院的判决还有没有用？红星木

79

钟厂借钱不还，到底怎么办？庄法官，今天我要讨个说法！

史律师接着说：我们提出财产保全的要求，贵法庭答应考虑。究竟采取什么措施？请二位法官明确指示。为保障东方银行债权的安全，我建议，封存红星木钟厂部分非生产性资产，比如已经停工的车间、厂部办公室那座小白楼、仓库……总之，我们要得到某种保证，保证红星木钟厂一旦有钱首先归还东方银行的贷款。

庄法官想起院长的交代，深感问题棘手。他迟迟疑疑地道：这个……这个问题要慎重处理。我们不能不考虑工厂的实际情况。封了厂里哪一部分资产，都可能影响生产，影响工人们的情绪……

萧长风拿起桌上的打火机，一下一下打出火苗。他望着火苗，思忖地道：有一样东西可以封，工人的利益不会受到丝毫影响。封了它，工人们还可能会高兴，因为它具有象征意义。

众人感兴趣地望着他，问：什么？

萧长风一字一顿地说：胡昆厂长的轿车！

胡昆呼地站起来，黑脸渐渐地涨红。他冷笑一声，说：萧行长是想打我的脸啊？我把话说明白，你封什么都行，就是不能封我的轿车！

萧长风冷静而坚决地说：你欠我一千五百万元贷款，我连封你一辆车子的权利也没有吗？二位法官，我坚持封存胡厂长的桑塔纳轿车！

庄法官和钱法官相视一笑，没有说话。他们知道胡昆很有背景，和法院几位院长关系也不错，在大问题上扳不动他。但是，萧长风巧妙地将他一军，只要求封一辆轿车，理由也站得住脚，那就不是没有可能了！二位法官心底里暗暗支持萧长风。

胡昆急了，嚷道：你以为我愿意欠债吗？我是为了让厂里的工人能够吃得上饭。你想让我丢人现眼，工人们绝不会答应！实话对你们说，我躺倒不干，红星木钟厂就要乱。工人们上大街，闯市政府，什么事情都干得出来……现在是我一个人撑着，苦苦撑着！

史律师笑道：不一定吧？没有你在暗中做手脚，今天早上工人们也不会包围小白楼。

胡昆愣了一下，问道：你这话是什么意思？

史万军从上衣口袋拿出一台微型录音机，笑盈盈地放在大家面前。他说：我当过记者，擅于采访。现在，我请你们听一段录音，看看工人们是怎么说的。

史万军一按按键，录音机传出嘈杂的人声。这是史万军刚才在红星木钟厂与工人们交谈，偷偷录的音。有两三个工人依次说话，声音刺耳而响亮。他们的话里都透露出一个意思：胡昆厂长说了，谁不去小白楼把银行的人赶走，谁就拿不到欠发的工资。要是银行封了厂，全体工人都下岗，一个不留！胡昆是在要挟大家。工人们都对他不满，但也没办法……

听完录音，众人都默默地看着胡昆。胡昆脸色紫红，猪肝似的难看。

史万军取出微型录音带，朝法官们晃晃：如果我要起诉胡厂长的其他问题，这录音带可以算作有效证词吧？

萧长风见火候差不多了，便把口气放缓和一些，对胡昆说道：其实，谁也不是故意和你过不去，催不回贷款，我这行长没法干呀！胡厂长，你肯配合一下，我们也不会揪着你穷追猛打，大家都有台阶下。

胡昆听出萧长风的话里有转机，暗暗松了一口气。但他仍虎着脸，问：你要我怎样配合？

萧长风向曹卫东使了一个眼色，曹卫东打开公文包，取出一份早已起草好的文件，递到胡昆面前。

这份优先还贷保证书，是为今后作准备的，请你先看一下，如果同意，你就在文件上签个字。有了你的承诺，我们可以容许你暂缓归还贷款。

胡昆仔细地看完文件，暗想：原来姓萧的早就画好了圈，等着我往里跳呢！有钱得优先归还东方银行的贷款，假如破产的话，卖了骨头也得先还萧长风的债。这一招真够狠的！但他又一转念，觉得这张优先还贷保证书并不会给他的利益带来直接损害。毕竟是一纸空文，用不着马上兑现，还不如他的桑塔纳轿车来得实在呢！于是，他决定扮演一个通情达理、豪爽仗义的角色。

胡昆一伸手，向曹卫东要来签字笔，二话没说，就在文件上签下自己的大名。

他望着萧长风，诚恳地说：欠债还钱，自古以来都是这个道理，难道我不懂吗？萧行长，只要你相信我，红星木钟厂有东山再起之日，赚到的第一笔钱，一定先还你的贷款！协议我签了，男子汉大丈夫说到做到。只是，我还有一个要求……

你说。

不打不相识，今后，我要和你交个朋友！

行。

萧长风与胡昆紧紧握手。一场交锋终于化干戈为玉帛，在座的人都感到欣慰。两位法官长长地吐出一口气。调解成功了，他们总算没有白费力。胡昆签过字的保证书当即复印三份，甲乙双方与法官每方一份。胡昆嚷着要请客，萧长风劝他免了，等红星木钟厂喘过气来再说。胡昆既然装穷，不好再坚持，请客之事只得作罢。

一行人走出法院大楼，街上又纷纷扬扬下起了鹅毛大雪。双方握手告别，各自登上轿车，往不同的方向驶去。

第五章

一

　　长生一战，使崔瀚洋名声大振。几个月来，他用巨额资金精心绘制了一幅股票上升图，赢得证券报刊一片叫好。长生最高摸到15.2元，崔瀚洋开始大肆出货。可笑股评家们还在喋喋不休，硬说依据波浪理论长生应该涨到18元以上，逢低吸纳正是好时机。崔瀚洋利用舆论烟雾做掩护，顺利出逃。由于他出货太急太猛，股价从高位急剧下泻，报纸惊呼长生高台跳水！此间，"高台跳水"成了股民口中的流行词语。有逢低吸纳者，统统套牢，全数成为股评家鬼话的牺牲者。

　　老板黄旭摆了一桌庆功酒。崔瀚洋在酒席间认识了几位大名鼎鼎的股评家，暗自诧异这些神仙为何肯光临此地。当黄老板将一个个红包分发到股评家手中，而股评家们藏起红包会心一笑，崔瀚洋才恍然大悟——原来他们并不是傻瓜！

　　崔瀚洋和黄老板也产生了矛盾。依照崔瀚洋的计算，此次坐庄黄老板至少赚了三千万。若按协议二八分成，崔瀚洋应该分得六百万元。可是，黄旭根本不提分成的事情。他以奖金的名义给了崔瀚洋一百万元，还到处宣扬自己多么慷慨、多么仁义。崔瀚洋忍无可忍，终于找机会寻黄老板问个究竟。黄老板冷笑：你那么认真？接着，他点了崔瀚洋两件事情——利用操盘机会偷吃小灶，在最低价位吃进长生，又在最高价位抛出，自己先捞足私房钱。这种行为该受何等处罚？另一件事不必多说，黄老板只是告诫崔瀚洋：朋友妻不可欺。崔瀚洋面红耳赤，无话可说。最后，黄老板拍拍崔瀚洋肩膀，十分大度地说：那些钱，就算你在我这里入股了，好好干，今后赚钱咱兄弟两人平分！

崔瀚洋打掉牙齿往肚里吞。没什么，他毕竟成了百万富翁，并且有了小名气。他将获得更多的机会！果然，白帆总经理请他做金泰证券公司的股票自营买卖。他欣然接受，兢兢业业地工作，小心翼翼地前进。崔瀚洋逐步扩大自己的生存空间。

龚晓月越来越频繁地找崔瀚洋。夜里，她以种种借口往崔瀚洋床上钻，似乎预感到她将失去这个男人，她的欲望愈加炽烈。龚晓月并不是坏女人，在她的生存环境里，有些事情不得不做。但是，她对崔瀚洋却怀着一片痴心，渐渐陷入情感的泥潭。恰成反比，崔瀚洋对她越来越厌恶，总想将她一脚踢出门去。当他想到黄旭其实是以几百万元的价格把这个女人卖给了他，心中的厌恶更是达到顶点！崔瀚洋相信黄老板早就安排好了这步棋，以抵赖他们之间的分红协议。

崔瀚洋变了。他自己也明显地感到这种变化。像所有的有钱人一样，他出入娱乐场所，花天酒地，逢场作戏。而他丝毫感觉不到幸福，内心只有越积越深的厌恶。他觉得龚晓月就是这个世界的象征。野心家要征服世界，然而被征服的世界又有什么意义呢？崔瀚洋觉得奋斗的过程是全部乐趣所在，他应该牢牢抓住过程，而不是结果。

崔瀚洋决定去找林小英。仿佛有什么东西丢在小英那里，他要去找回来。

大雪之后，海滨城市银装素裹，别有一番情致。崔瀚洋踩着厚厚的积雪，在林家宿舍楼前徘徊。他喜欢过去那种滋味，因而不打算露富。整个世界应该像童话一般。丑陋的水泥建筑面貌依旧，家家窗户透露出只有穷人才有的温馨。崔瀚洋跺着脚，恨不得马上跳进某一扇窗户里去。

　　瘦老头林德模抄着双手回来，看见崔瀚洋不由得一怔。他冷着脸问：你站在这儿干啥？

　　崔瀚洋晃晃手中的书包，笑着说：我来看看您，看看小英。

　　林德模口气充满着嘲讽：怎么？发财了？

　　崔瀚洋脸一红，似乎羞愧万分：没有，没有……

　　林德模见他冻得像一只小鸡，不免有些怜悯。他犹豫一会儿，十分义气地说：上楼暖和暖和吧，怎么说你也是红星木钟厂的人！

　　跨入小英的家门，崔瀚洋的心就暖和了。空气里有一种煤烟、菜油的混合气息，家中摆设简陋而凌乱，这正是崔瀚洋所熟悉的林家。他从书包里拿出两瓶白酒，几瓶罐头，像过去那样孝敬林德模。林德模用眼角扫扫这些东西，脸上流露出鄙夷神情，但他还是将礼物收下了。两人闲聊，林德模故意向崔瀚洋透露小英快要结婚了！他又夸耀胡家的房子、家具、金银首饰……说着说着，林德模自己也觉得没意思，忽然就闭上了嘴。崔瀚洋似乎并不在意，东看西瞧，不知在想什么事情。

　　天快黑了，崔瀚洋起身告辞。正巧，林小英回到家中，二人总算见了面。小英怔怔地望着崔瀚洋，做梦也没想到他会在家里坐着。林德模问：怎么这么晚回来？

　　小英说：别提了，厂里乱了套。一帮工人大雪天坐在市政府门口示威，胡昆厂长率人将他们拖回来。全体出动，两个架一个，我也去了……她一边说话，一边收拾蜂窝煤炉子做饭，动作迅速，手脚麻利。

晚餐简单而可口。三个人围着方桌喝酒，炕炉烧得正旺，屋里暖融融的。话题始终围绕红星木钟厂，小英把最近发生的事情都告诉崔瀚洋。胡厂长一直拖欠工人工资，生产已进入半瘫痪状态。工人们情绪越来越激烈，天天到小白楼吵闹。有一些胆大的，今天就跑到市政府门口闹事。胡昆也像发神经病一样，到处骂人，骂得最凶的就是东方银行……崔瀚洋可以感觉到，小英对他的到来非常高兴。谈的虽然是厂里的事情，心底里却有一种情感默默交流。小英眼睛闪耀着光亮，圆圆的小脸通红通红，两腮上的酒窝时隐时现，分外动人……

崔瀚洋想：我就要她！现在，他不怕与任何人进行决斗。

林德模喝醉了酒，大骂胡昆，他也有三个月没领到退休工资了。先前吹嘘胡家的劲头，早已抛到九霄云外。崔瀚洋别有用心地连连敬酒，尽快把瘦老头淘汰出局。偏偏瘦老头酒醉人不醉，滔滔不绝地讲政治，谁也拦不住他。

崔瀚洋只得告辞离去。林小英穿上大衣，用围巾包住头，送他下楼。

天空晶莹的蓝，一弯下弦月洒出淡淡清辉，整个苍穹仿佛用冰雕成。二人默默行走，积雪在脚下发出咯吱咯吱的声音。小英有种预感：崔瀚洋的突然出现，可能会打乱她的生活。她慌乱起来……

崔瀚洋站住脚，两道浓眉在眉心结成疙瘩，突兀地问道：你就那么看重钱？那么看重权？

小英不知该怎样回答，一个劲儿地摇头：不，不……

崔瀚洋抓住问题本质，大声说出自己的想法：你害怕，你害怕胡昆！你要结婚了，可是你根本不喜欢姓胡的狗崽子，你只是害怕！权力和金钱像无形的大山，紧紧地压迫着你。你为什么不反抗？小英，你要反抗！否则，你一辈子就完了。听我的话，从现在起，你就开始反抗！

小英用力挣脱崔瀚洋要抓住她的双手，拼命往楼梯上跑。黑暗中传来崔瀚洋的呼喊：小英！小英——

小英哭了，她还在跑。可是泪水落入她的心田，生发出反抗的萌芽。是的，她要开始反抗！

二

胡昆窝了一口气，很不痛快。与萧长风的冲突为他敲响了警钟，使他再一次审时度势，为自己，为红星木钟厂寻找出路。

仅靠贷款混日子，显然混不下去了。且不说萧长风这样的债主穷追猛逼，胡昆就是到关系最好的银行也难以贷出款来。这是宏观形势所致，怨不得哪一个人。胡昆敏锐地感觉到，金融界正在发生巨大的变化。他必须换一种办法，才能使企业生存下去。有什么办法？胡昆厂长冥思苦想。

忽然，他眼睛一亮，翻箱倒柜地找一张名片。那是他在金水酒家请严可夫吃饭，严行长的两位朋友留给他的。当时他没顾得上细看，匆匆将名片塞进口袋。但是那位年轻朋友讲的话，胡昆还记得清楚，大致意思是：发行股票可以救活红星木钟厂！胡昆并不清楚股票究竟是怎么回事，只知道那玩意儿能圈得钱来，如果成功很了不得。他终于在写字桌抽屉里找到那张名片，还是老伴为他换洗衣服时收藏好的。他走到窗前，拿着名片反反复复地看。抬头上写着"中国证券监督管理委员会"，来头不小！赵军，就是那个热情直爽的小伙子的姓名，他是稽核处副处长，年轻有为呀……

胡昆动起脑筋。对，发行股票！这张名片是一根线头，紧紧抓住它，定能扯出千丝万缕的关系。胡昆在这方面是老手。发股票难，难得过贷款吗？胡昆自信心满满。今天，他本打算去厂里转一转，到小白楼坐一坐，现在改变了计划。他往床头一靠，拿起手机，照着名片按电话号码。说干就干，先跟赵处长热乎热乎。

一切顺利，竟是赵军本人接的电话。胡昆一挺身子，不假思索就滔滔不绝地说开了：赵处长，我找你不下十次。你是大忙人呀，早把胡大哥忘了！我想你可是想得要命……我得向你汇报工作，那次喝酒，你把大哥的木头脑瓜点开了窍。回到厂，我马不停蹄，就搞开了股票……对，对，大搞股份制改造！现在嘛，已经搞得差不多了，我想去北京看看你，请你当面指导指导……

赵军没有答应胡昆的要求，他让胡昆去找白帆，由当地证券公司帮助企业上市比较方便。赵处长显得十分冷静，语调中透出原则性，不像喝酒时那样感情冲动。但胡昆心里清楚，自己像一团万能胶，一旦被他粘上，谁也甩不脱。通完电话，他胸中已经形成一套完整的计划。

方向明确，思路理清。胡昆厂长决定马上去找白帆。

胡昆妻子推门进屋，神色惶恐地说：你要走？还是去看看永波吧……他们关着门吵架，你儿子好像在打小英……

胡昆皱起眉头，不耐烦地说：胡闹！我还有事呢，这小子尽给我添乱。

胡昆夹着公文包匆匆走出卧室。他家房子原是两套，打通后连为一体，走廊因此曲里拐弯显得特别长。胡昆来到儿子房间门前，只听见永波哑着嗓子低吼，几近疯狂：你敢变心，我就把你从这个窗户扔出去！你说，你还想不想和我分手？

小英沉默着。这是无声的反抗。

你不把话讲清楚，今天别想离开我的房间！你说话呀……

胡昆改变了主意。他不打算干涉儿子的私事了，径直走出家门。他还嘱咐跟在身后的老伴：你少管闲事，只给他们做饭就行了……屋里有什么动静，你只当没听见。

胡昆妻子麻大花没有文化，很怕老公。她走到屋子东端的阳台，关上玻璃门晒太阳。

林小英陷于危急之中。今天厂休，胡永波约她去海马家具城逛逛。他一面往口袋里大把塞钞票，一面得意扬扬地谈着结婚家具的款式。小英心中充满厌恶，忽然涌起反抗的勇气。她对胡永波说：我不去买家具，也不想嫁给你。胡永波一愣，问这是什么意思。小英说：我犯了一个错误，当初太软弱，听了你爹的话，答应和你谈朋友。时间越长，我就看得越明白，我和你没有感情基础，我们根本走不到一块儿……

林小英说得痛快，把憋在肚里的话统统倒了出来。可是，胡永波的脸色变得紫红，猛地打了她一巴掌。小英又惊又气，一时没了主张。永波妈进来劝了一阵，慌慌张张地退出屋，再不见踪影。胡永波犹如一头野兽，又吼又叫，粗野凶暴。小英知道不能硬碰硬，索性闭上嘴，无论如何不肯说一句话……

这场抗争持续了整整一天。胡永波不让小英离开屋子，几次欲施强暴，小英先是又踢又咬，却斗不过人高马大的胡永波，便冷冷地对他说：如果你得了手，我就从这窗口跳下去！胡永波被她的表情和语气吓住了，终于没敢太过分。他时而咒骂、暴跳，时而跪在小英面前求饶。小英像木头人一样坐着，目光迟滞地望着窗外的蓝天……

她真的很后悔。当初为什么会屈从周围的压力，与崔瀚洋分手呢？软弱、胆怯，险些毁了她的一生。爱情是勉强不得的，纵然一死，她也不肯嫁给胡永波这样的人！今后她将面对更大的压力，与胡永波分手后，胡昆厂长肯定会用各种办法报复她。但是她已经下定决心，这个文弱女子很有一股犟劲儿，付出再大的代价她也不肯回头。面对胡永波的百般纠缠，小英强忍住厌恶，在心里一遍遍呼唤崔瀚洋的名字。假如有奇迹，小英企盼崔瀚洋突然出现，将她从这地狱似的房间拯救出去……

天色渐渐暗淡。一分钟一分钟的相持，耗尽了两人的精力，连胡永波也没劲闹了。林小英始终没有说话，她用沉默战胜了疯狂。永波妈做了一桌子饭菜，面带愧色几次请小英吃饭，小英只是默默摇头。永波倒不客气，独自坐在桌前，饿狼似的大吃大喝……

木钟敲响七点，胡昆回家来。他黑黑的长脸上挂着喜悦的笑容，看得出他在外面办事顺利。饿了，赶快吃饭！他嚷嚷道。他一边吃，一边打量儿子的脸色，小英呢？为什么不叫她一块吃饭？永波嘴上嗫嚅着，说不出个东西南北。胡昆黑脸沉下来，将碗往旁边一推，起身离开饭桌。

胡昆把小英叫到自己的房间。他若无其事地谈起厂里的前途。红星木钟厂要搞股份制改造，要发行股票。并且，他胡厂长能使股票上市。金泰证券公司对他的计划很感兴趣，白帆总经理答应成立专门班子推荐红星木钟厂股票上市。他很快要到北京去，证监会也有他的朋友。大家都帮忙，事情肯定办得成功！胡昆说着，自己也激动起来，他冲着小英嚷：你知道吗？咱们的厂就要起飞了！它已经长出了翅膀，它将会像大鹏鸟一样一飞冲天……

林小英也被胡昆的描绘吸引住了。她一时放弃了对胡家的仇恨，觉得胡昆当厂长也不容易，尽管他有种种缺点，毕竟为红星木钟厂奔走操劳，立下汗马功劳。她踌躇着，不知该如何把自己要与胡永波分手的决心告诉胡厂长。

胡昆忽然停住话头，凝视着林小英。他也在考虑如何进入这个主题。他慢慢地拉开写字桌抽屉，取出两只精美的盒子。打开盒盖，胡昆把一只镶钻石的、金光闪闪的女式手表递到小英面前。

你把它戴上，另一只表我送给永波。这对金表价值十八万元，算是我做长辈的一点心意……

不！小英惊叫着，向后倒退一步。

她知道这对金表，因为她亲手将金表的发票做了账。钱从小金库支出，载明是送给某关系户的贵重礼物。现在，胡厂长要把金表送给她，并作为她和胡永波的定情信物，她怎么敢接受呢？林小英脸色变得苍白，只想马上离开这个房间。

怎么了？你不为自己的前途着想吗？红星木钟厂有前途，你也有前途。听话，把手表戴上！

胡昆目光逼人，脸上露出凶相。林小英退到门口，将房门打开。她鼓起最大的勇气，说：胡厂长，我不戴这手表！

林小英的身影迅速从门口消失。胡昆拿着金表发愣，嘴巴张得很大，却无声无息……

三

柳溪姑娘一天要点十个小时钞票。她和江水华、孙美娇待在营业大厅后面的小屋里，终日紧张训练，为参加银行业务大比赛做准备。点钞可是硬功夫，每一个营业员的反应、细心都会在此表现出来。点钞分手点和机点两种，都以崭新的白板纸为纸币替代物，一遍一遍反复点数，姑娘们手指都划出一道道血口子。花旗银行驻 S 市办事处有一个小伙子，名叫威尔逊，常常来找柳溪。看见三个姑娘如此训练点钞票，他总是瞪起一双浅蓝色大眼睛，惊得目瞪口呆。

谁都看得出威尔逊有意追求柳溪姑娘。他总是腼腆而认真地问：小柳在吗？那生硬的中国话，被全行小伙子学来向柳溪开玩笑。柳溪被他们闹得又恼又羞。她并不承认自己和威尔逊有什么关系。威尔逊来了，她让他坐在一旁，照样点钞票。柳溪文静而美丽，她目不斜视，专心工作，白板纸在她纤纤玉指间飞舞，像急速振动的蝴蝶翅膀。威尔逊看得痴呆，认为这是在银行里所能看见的东方仕女图。江水华和孙美娇用本地方言和柳溪打趣，对洋小伙子评头论足，什么话都敢说，好不痛快！这为她们枯燥的训练生活增添了不少色彩。

严可夫为此批评柳溪，提醒柳溪大赛在即，不要因谈情说爱影响工作。他的话说得委婉，像是在开玩笑，柳溪却有些吃不住劲儿。

一天，柳溪和威尔逊在海边小凉亭见面。她板着脸对威尔逊说：你再别到我的银行里来了，影响不好。

威尔逊不解地问：我是不受欢迎的人？

柳溪摇摇头，又点点头。威尔逊很难受。两人望着海面，都沉默不语。

几只海鸥贴着海面滑翔，怡然自得。没有风，阳光把海水装点成金绿色的绸缎。柳溪就是在这个小亭子里认识威尔逊的。每天中午，她总要利用休息时间学英语，拿着书到海边来读。她心底藏着一个想法：将来能调到国际业务部工作。威尔逊也到小亭子来读书，他手里拿的是汉语课本。两个人很自然地相识了。威尔逊教柳溪英语，柳溪教威尔逊汉语，威尔逊开玩笑地说咱们都省掉了学费。柳溪是敏感的女孩，很快就觉察到威尔逊对她的情感。她慌乱而犹豫，既不接受，也不拒绝。直至今天，她才给了威尔逊一个明确的答复。她自己心里也很难受。

威尔逊问：我不够含蓄，是不是？

柳溪点点头。她觉得这洋小伙子挺聪明。

中国文化最难学的就是"含蓄"二字，需要很长很长时间才能学得会。你应当给我一个机会，让我慢慢学。

柳溪说：你不要到银行来找我，闹得满城风雨……

威尔逊认真地点点头：我明白了。我们秘密地约会，好吗？

柳溪低着头，默不作答。她的白皙的脖颈泛起一阵红潮。

那个洋鬼子很坏，竟然大胆地亲吻柳溪的脖颈。柳溪心脏像小鹿一样乱跳。她推开威尔逊，奔出凉亭……

早晨一上班，江水华就把柳溪拉到没人的地方，神情紧张地说：

今天上午我要请假，又怕严行长不批准，你能不能帮我一个忙？

柳溪说：可以。你要我干什么？

你帮我证明一下，我爸病危，快不行了。你就说昨晚陪我一块儿上医院，把我爸推进急救室……

干吗？拿你爸撒谎，多不吉利？

江水华焦躁地说：我一定要请下假来！你不知道，我又遇到麻烦了。

柳溪关切地问：是不是尤利来找你，他想跟你吹？

不是。江水华犹豫一会儿，心一横把秘密告诉柳溪，咱俩最要好，我把你当作自己的姐姐，就把事情都告诉你吧，我怀孕了……

柳溪吃惊地睁圆眼睛：什么？

江水华一口气说下去：尤利联系好一个妇产科医生，约定今天上午去做人流。我倒霉了……今后怎么办？

江水华说着，眼圈一红，柳溪想安慰她，也无话可说。孙美娇从走廊另一端跑来，江水华低声说一句：千万别让她知道！便换了一副笑脸迎上前去。

江水华终于请下假，走了。

柳溪在小屋练习点钞，心情怎么也无法平静。她想，现在小江也许正躺在手术台上，这是怎么搞的……柳溪还是个纯真的姑娘，想到这种事情就心慌意乱。威尔逊吻她脖子，使她又激动又害怕。如果进一步发展，出了江水华这种事情怎么办？她不寒而栗，必须警告威尔逊，让他再"含蓄"一些，否则……

孙美娇在点钞机上一把一把数着钞票，仿佛打机枪嗒嗒作响。她不时看看柳溪，好像有话要说。

哎，你不觉得小江有点怪吗？孙美娇终于忍不住，神秘兮兮地问道。

怪什么？她父亲病得很重，她的心情当然不好……柳溪为江水华打掩护。

孙美娇耸耸鼻子：恐怕不是为父亲。自从和尤利谈恋爱，小江就连魂都丢了！那姓尤的不是好东西，早晚会把小江甩了。

别瞎说！

本来嘛，他俩就不相配。小江人长得一般，心眼又不太够用。尤利呢？小伙子倒挺帅，就是猴精猴精的，像个骗子。他怎么会看上她呢？……哎，你听说过没有？尤利在炒期货，运气好了一天能赚好几万呢！

柳溪不喜欢孙美娇在背后嚼舌根，但又不得不承认她说的是事实。江水华太爱尤利，简直到痴迷的地步。她把自己的积蓄都拿出来，交给尤利炒期货。柳溪的表哥在北海期货公司做经纪人，因而她知道炒期货风险巨大。尤利一天能赢几万，但也能一天输几万！柳溪曾劝说江水华，不要把自己的钱拿出来参加这种高风险的投机。可是小江把她的话当耳旁风。是啊，当一个女人把心都拿出来了，还怕什么风险呢？

营业部主任周梅梅推门进屋，急匆匆地说：快，你们两个放下手中的活，到前面营业大厅去帮忙！

孙美娇问：怎么了？

周梅梅说：咱们银行代国际大厦兑付债券，今天人都来了，营业大厅挤得满满当当。营业部人手太少，怎么忙得过来呢？我和严行长说了，你们俩赶快去前台帮忙！

柳溪扯了块胶布将手指上的伤口包好，就往门外走去。

营业大厅果然人山人海，但是秩序并不乱，排列整齐的队伍像一条长蛇，在大厅里盘来盘去。柳溪看见萧行长在队伍旁边，正和一些债券持有人说话。她赶快走到柜台后面，在自己的位子坐下。

周梅梅拉了一箱钞票到柳溪跟前，笑道：点钞冠军，今天你可有用武之地了！

周梅梅戴着一副白边眼镜，有点儿像中学教师。她很会动脑筋，把储蓄业务集中到东侧柜台，不失时机地拉储户。柜台上方悬起一条醒目的横幅：东方银行敬告储户朋友，我们永远为您忠诚服务！她的意图很明显，兑付了债券的人们手上都有钱，这笔钱最好就地存在东方银行。

果然，许多人都到东侧柜台去存钱。不打不相识，国际大厦债券风波圆满解决，使闹事者对这家银行产生信任感。新储户猛增，业务量急剧放大，自萧行长起，各级干部都到营业大厅帮忙。

紧张，忙碌。柳溪只觉得耳旁人声嘈杂，脑海里一串串数字跳跃，钞票像被疾风卷起，唰唰唰在指间翻动。她怀疑两只手不是长在自己身上，而是有生命的精灵自在地跳着狂欢之舞。

一个瘦老头看她数钱，看呆了。营业员将兑付的钱款递给瘦老头，他来回数了三遍，向柳溪竖起大拇指：闺女，好手艺！一点儿没数错……

他一转身，碰见萧长风，嘿嘿直乐。

萧长风问：林大爷，这回满意了吧？

当然，本息都收到了，当然满意。林德模凑到萧长风耳边，得意地说：其实，我早就知道政府讲信誉，要不，我买债券干啥？

萧长风笑道：您老人家那床单该洗一洗了吧？

林德模有些不好意思：洗它干吗？一把火烧了，烧了……

瘦老头林德模走向东侧柜台去存钱。

萧长风望着大厅里喜上眉梢的人们，不由得回想起他上任第一天看到的情景。一块巨石落地，他心里感到说不出的舒坦。

四

春天来了。柳溪姑娘心中充满莫名的喜悦。泥土散发出特殊的芬芳，草芽在枯枝败叶下悄悄地萌发。最早的春色人们并不能看见，却可以闻到它。柳溪深深地吸一口气，就感觉到春意在她心间荡漾。

清早起床，柳溪先跟着电视做一套健美操，然后站在阳台上进行深呼吸。松弛，宁静，空气中每一个分子都被她细细品味。这时候，许多愉快的事情都会从心底泛起，带着五彩缤纷的颜色飘浮在眼前：棕色小熊、金发洋娃娃、鲜艳的红领巾、父母从香港给她带来的圣诞老人、威尔逊献给她的紫红玫瑰、业务大比赛她夺取的金光闪闪的奖杯……生活每前进一步，都为她带来一份礼物。在春天的早晨，这些礼物套着神奇的光环、伴随着生命的一呼一吸，一一在她眼前展现。

奶奶在床上叫她。柳溪匆匆走进里屋，为瘫痪在床的奶奶洗脸、梳头。她动作熟练、灵巧，多年侍候病人使她比护士更有经验。她问奶奶早餐想吃什么，奶奶用《圣经》上的话回答她：吃主的食粮。柳溪扑哧一笑，到厨房端来牛奶面包。她看着奶奶香甜地吃下人间食粮。

小溪，昨晚睡觉前有没有做祷告？

做了。柳溪应付道，急忙转移话题，奶奶，爸爸昨晚从香港打来电话，我看你睡了，就没叫你。爸爸说，下个月他和妈妈回来休假……

奶奶笑了：感谢耶稣，我们全家又能团聚了！

金牧师今天要来看你，你可别忘记了。柳溪提醒道。

不会。奶奶记性好着呢。我病倒在床十三年，全靠主内姐妹看顾我。当然还有你，小溪，那年你才十岁，就像小大人一样照顾奶奶了……

别说这些了，你不是我的奶奶吗？

柳溪手脚麻利地收拾碗盘，端进厨房。奶奶望着她的娉婷身影，老眼蒙上一层泪花。柳溪父母在新华社香港分社工作，柳溪跟奶奶长大。祖孙俩相依为命，感情非同寻常。孙女一颗心善良得晶莹剔透，使得瘫痪在床的老基督徒时时感谢上帝。真的，一幢楼的邻居都夸柳溪，这样温柔美丽、这样聪颖能干的姑娘，实在少见！

太阳出来了，早晨的雾气向大海深处退去。天空湛蓝湛蓝，阳光将所有的一切都装扮得楚楚动人。今天休息，柳溪想推着奶奶到花园里去晒太阳。她换下晨练的白色运动服，对着镜子迅速地化好淡妆，准备出门。门铃叮当一响，柳溪知道自己的计划又要被打乱了。她跑去开门，竟是老毛来了！

老毛仍披着那件旧军大衣，留着小平头，把眼睛眯成一条缝朝柳溪笑。他是东方银行的信贷员，虽说也算同事，但信贷部和营业部的职员很少往来。他老往这里跑，纯粹是想追求柳溪。

老毛大名叫毛德用，二十五六岁年纪，人长得老相，大家就都叫他"老毛"。他从部队转业，先是分在教育学院办公室，可他不喜欢那份工作，托人找关系又调到东方银行来。做一名信贷员很不容易，拉存款有指标。老毛又是外行，谁都不相信他能干好这份工作。可是老毛以惊人的毅力改变了人们对他的看法。他披着军大衣一趟一趟往企业跑，人家不理睬他，他笑眯眯地坐在办公室里等。有时候他把军大衣往长板凳上一铺，打上一个盹，然后继续等待。他能等整整一天。他的精神终于感动了别人，存款也就拉到手了。企业老总往往把他作榜样，号召员工们向老毛学习。结果老毛拉存款拉得最多，其他老资格信贷员被他远远甩在后面！萧长风当行长后，实行新的奖惩办法，老毛的奖金令全行职工都眼红。萧行长还大会小会地表扬他，他无形中成了东方银行的标兵人物。

你来有什么事吗？我正打算出去。柳溪不客气地朝老毛说。

老毛笑笑：没事，你去忙吧，我在家陪陪奶奶。

我要推奶奶出去晒太阳，家里没人。

那没关系，你散步，我来推轮椅，咱们一块儿晒晒太阳。

奶奶在里屋听见动静，喊了起来：老毛来了吗？快给我念一段《圣经》。

老毛朝柳溪挤挤眼睛，高声应道：我就来。厕所马桶漏水，我先去修一下。

老毛迅速地钻入厕所。他对这里的一切都熟悉极了，柳溪叹了一口气，无奈地摇头。老毛就是这么一个人，他从不提出自己的要求，只是一个劲儿对你好，好得你无法拒绝。他用拉存款的毅力追求柳溪。为了讨奶奶喜欢，他甚至把《马太福音》全都背了下来。怎么办？柳溪又轻轻地摇头。

无论老毛怎样对她好，她心里一点也没有老毛的影子。爱情有时是一件残酷的事情，柳溪自己也觉得不可思议。她闭上眼睛，洋小伙子威尔逊就站在她的眼前。威尔逊使她恐慌，但她老想他。这不公平。她在内心同情老毛，她也不承认自己爱威尔逊，从没想过要和他结婚之类的事情。那么，她爱谁呢？柳溪心中的白马王子像春天一样，温馨而缥缈。

老毛修好马桶，进里屋为奶奶穿衣服。柳溪不好意思，跟在他后面说：你坐，奶奶的事有我……

话音未落，门铃又响起来。老毛眯起小眼睛笑：又来客了，你去忙，奶奶这边有我照料！

柳溪打开房门，一怔。威尔逊也来了！柳溪闪身让他进屋，他把一枝玫瑰花递到柳溪面前。姑娘脸颊泛起红潮，比玫瑰花更娇艳。老毛已经帮奶奶收拾停当，来到客厅。他熟悉威尔逊，也知道这洋人在追求柳溪，大度地朝他点点头。他侧着脸和柳溪商量：你陪客，我推奶奶晒太阳，怎么样？

柳溪没了主意：那……你们去哪儿？

就在楼下草坪。老毛停了停，又补充道，如果你需要长一点的时间，我可以推着奶奶去海洋公园。

柳溪又恨又羞，瞪了他一眼。

老毛真的推着奶奶走了，在走廊上等电梯时，他还故意大声背诵《马太福音》。

威尔逊有些不安，低声问：这不太合适吧？

柳溪说：别管他！

威尔逊就冲动而又克制地吻柳溪。柳溪慌忙躲避。她还是愿意和威尔逊待在一起，老毛走了就让他走吧。柳溪让威尔逊和她进行英语对话练习，威尔逊却要看墙上的照片。他指着柳溪父母在海外的合影，问他们的经历。柳溪告诉他，自己的父母原先是外交官，走过许多国家，现在在香港工作。威尔逊一脸惊讶神色，说自己和外交官的女儿交上朋友，十分荣幸。一双蓝眼睛盯得柳溪很不好意思……

二人只是短暂地相处了一会儿，江水华和孙美娇就来到柳溪家。她们看见威尔逊，咕咕地笑着，互相捅了几下。

柳溪问：你们怎么来了？行里有事吗？

江水华神色激动地说：严行长让我们来通知你，明天你去省城，代表咱们银行参加全省银行系统业务大比赛。柳溪，你成为明星了！

孙美娇在一旁补充道：自从你当上点钞冠军，我们小姐妹脸上都有光彩。和你一起在金融街上走，小伙子的目光咬得我们肩背都痒痒。嘻……

威尔逊悄悄地向柳溪竖起大拇指。

柳溪不知所措地说：明天？可我什么都还没准备呢……

房门打开，老毛推着奶奶进屋来。他大包小包地买了许多熟食，笑嘻嘻地说：看见你们两个也来了，我就知道今儿中午免不了摆一顿宴席。来吧，咱们为柳溪送行，好好地干一杯！

柳溪问：你们见过面了？

江水华点点头：我们上楼前，正碰见他陪奶奶晒太阳呢。

孙美娇趴在柳溪耳边说：你可真有办法，自己和威尔逊偷偷幽会，派老毛在楼下放哨。怎么，怕我们撞见？

柳溪打了她一巴掌：死丫头，别瞎说！

老毛挽起衣袖，在厨房里忙活开来。柳溪为他打下手，共同准备午餐。一边干，老毛一边嘱咐柳溪，出发前应该做好哪些事项。正好，保姆也来了，老毛一条一条为保姆定下规矩，要她负责照顾好奶奶的生活。他俨然是屋里的男主人，把一切布置得井井有条。

看见这情景，江水华对孙美娇小声地说：我看，嫁给老毛这样的男人倒比较实惠。

孙美娇撇撇嘴：他呀，想和威尔逊竞争？我看没门儿……

厨房内，老毛正在向柳溪讨钥匙：你把房门钥匙给我。你不在家，我每天晚上过来一趟。呃？

柳溪犹豫着。威尔逊摇着玫瑰花走进厨房。

这个家，总得有人管。老毛坚持道。

柳溪终于掏出一串钥匙交给老毛。

老毛松了一口气：到省里，好好比赛，再夺一个奖杯回来！

威尔逊脸色不悦，悄悄将玫瑰放在菜板上。

五

江水华陪柳溪睡了一夜。她们说了许多悄悄话。像所有这个年龄的姑娘一样，她们总有说不尽的秘密、叹不尽的幽怨。江水华告诉柳溪，自从那次流产之后，尤利对她冷一阵热一阵，实在难以捉摸。她的心都快碎了，早晚得下决心离开这个男人。江水华说着哭起来，泪水打湿枕巾。柳溪想方设法安慰她，天快亮了，她们才沉沉入睡……

早晨，她们一起赶到东方银行上班。柳溪要去省城参加比赛，江水华恋恋不舍地说：柳溪，你真是我的好姐姐，早点回来！二人在营业大厅二楼的楼梯口分手。

　　江水华换上工作服，坐在柜台前。她时时走神，一双杏眼透露出迷惘的神色。顾客们存钱取钱，都以怪异的目光朝她一瞥。她觉得自己动作迟缓，嘴角挂着抱歉的笑容。她的脸很白，皮肤几近透明，别有风韵。

　　中午快下班时，尤利匆匆走进营业大厅。看见他高高的个子，戴着金丝眼镜、充满机智神色的脸庞，江水华的心就怦怦乱跳。尤利来到柜台前，笑道：快下班了吧？你别急，我坐在那边等你一会儿。

　　江水华看见尤利在椅子跟前坐立不安，暗想：还叫我别急，他自己倒是急坏了！出了什么事情？他想让我帮忙吗？根据以往的经验，大凡尤利需要江水华帮忙时，总对她格外热情，并采用种种手段驯服她。小江无端地激动起来，心跳得更快，脸颊潮红。下班铃响，她一时竟无力从椅子上站起来……

　　走下银行大门石台阶，江水华着急地问：你怎么不说话？到底发生了什么事情？

　　尤利递给小江一顶蓝色头盔，自己就发动了那辆火红的雅马哈摩托车。他故意不说话，朝后车座努努嘴，小江对他服从惯了，只好跨骑在后车座上。油门轰地一响，摩托车犹如一匹枣红大马，驮着两人风驰电掣而去。

　　尤利有一个秘密小窝，是他朋友的两间空房。朋友出国去了，他在房间里放上一张木床，几件日常生活用品，就干起金屋藏娇的勾当。江水华对此地再熟悉不过，她就是在那张木床上失身于尤利的。关上房门，尤利就不再装腔作势，把头盔往屋角落一扔，长吁短叹。

　　我完了，我卖空一百手国债期货，马上就要爆仓。如果今天下午我不能把十万元的支票送到北海期货公司，他们就要强行平仓。我的钱输光了，你的钱也输光了，我们全完蛋了！尤利说完，歇斯底里地叫起来。

江水华力图宽慰他：输了就输了，我的钱不要你还。你回公司上班，好好当你的副经理……我们照样可以好好过日子。

蠢女人呀，我把公司的钱输光了，还能当副经理吗？还有脸回去上班吗？公司说不定会追究我刑事责任！还想和我过日子，真是白日做梦！尤利的眼睛从镜片后面射出凶狠的光，像要把江水华吃掉。

小江害怕地看着他，结结巴巴地问：那……那怎么办？

只有你能救我！你想办法给我借十万块钱，下班前一定要送到北海期货公司……只要顶过今天，国债期货就会大跌，我的空头合约就会赚大钱。三天之内，我保证还你十万元钱，还有你的三万元本钱……不，是咱们俩，咱们俩一起发大财，永远不分开！

可是，可是我上哪里……借十万元钱？

尤利吻她变得苍白的嘴唇，右手伸进内衣熟练地解她的乳罩，江水华浑身颤抖，尤利不再说什么，他用动作暗示一切。木板床发出咯吱咯吱的声音，小江开始呻吟起来。同时，她在流泪，身体深处有某种东西被尤利掏走。

就在小江进入高潮的一刹那，尤利忽然停止动作。他一跃而起，打开窗户，全身裸露地坐在窗台上。

江水华惊恐地睁圆眼睛：你……你要干什么？

尤利将长发掠到脑后，眯缝着眼睛望着十二层楼下面的街道。他缓缓地、非常清晰地说道：你了解我吗？如果我输得分文不名，肯定会从这里跳下去！他停了一下，令人毛骨悚然地一笑，学着日本某电影演员的口吻说：昭仓跳下去了，唐塔也跳下去了，我也该跳下去了……

江水华不顾一切地抱住他的大腿，尖声喊道：你别跳，千万别跳！钱，我会去想办法的……

尤利慢慢地爬下窗台，重新将窗帘拉好。他在小江身边躺下，有点厚颜无耻地问：你想什么办法？怎样干？

小江闭着眼睛，虚脱般地喃喃道：你别问了……吻我，吻我……

情欲的浪潮把小江推向天堂，又抛下地狱。从那一刻起，江水华就明白了，她的生命、她的灵魂，永远不再属于自己。

下午，江水华如往日一样按时上班。她的心异常冷静，观察着周围每一个人。三点左右，她等待的机会出现了。一位中年男子，提着一大包现金，来到储蓄柜台前。江水华抬起头，笑盈盈地望着他。那人存入十二万元人民币，一年定期。填单、点钱、输入密码……江水华默默地、动作敏捷地办理着存款手续。

谁也不会注意到一个细节：她没有按顺序去拿存单，而是从中间抽出一张。她填写好户名和金额，把存单递给客人。江水华没有将十二万元现金入账，悄悄藏入另一个抽屉。会计是按存单编号顺序对账的，不会发现这笔存款被挪用了。

江水华向犯罪的深渊迈出了第一步。

第六章

一

崔瀚洋与尤利是在金水酒家相识的。那天，两人都喝多了酒，在厕所碰头，几句话就说得投缘。解完手，崔瀚洋请尤利上自己酒桌上去，尤利却执意请崔瀚洋上他那张桌子。拉扯半天，还是崔瀚洋跟尤利去了。尤利那桌朋友都是炒期货的，崔瀚洋觉得很新鲜。他们满嘴绿豆、咖啡、三夹板，吵得沸沸扬扬。

崔瀚洋读过许多关于期货的书籍，却没有实战经验。他很想跟尤利去北海期货公司看看，又碍着面子不好直说。尤利倒先张口了：你玩股票，我们玩期货，何不互相参观参观？酒也喝得差不多了，走吧！满桌子人都赞成，于是，大家呼啸而去。

崔瀚洋今非昔比，操盘炒作长生股票，使他一跃而入大户行列，身价数百万，"神奇小子"的名声更在金融街上广为传播。他与黄旭早已分手，独立门户，并在报刊发表股评文章。所以，许多尤利这样的人都崇拜他，找各种机会结识他，巴结他。这也使崔瀚洋品味到成功者的特殊滋味。

这一行人沿着金融街向北走，经过几幢写字楼，来到金融大厦。这幢椭圆形建筑有三十层楼高，通体镶嵌着绿色玻璃幕墙，远远看去，像一块祖母绿宝石。建设银行、交通银行、太平洋保险公司等好几家金融机构都在这座大厦办公，因此人们称它为"金融大厦"。北海期货公司在三十层，乘高速电梯直达楼顶。电梯门打开，就看见一大排铝合金玻璃窗，窗外海天相连，景色壮观。

尤利这班人都是散户，自然无法与崔瀚洋比派头。但是他们的交易品种名目繁多，电脑屏幕上各种数据闪闪烁烁，引起崔瀚洋很大兴趣。一位绰号叫"师爷"的中年人，详尽地介绍期货交易的种种特点。崔瀚洋用心地听着，不时提出问题。原来，期货与股票的根本区别是采用保证金方式交易，比如你要买一吨绿豆，只需付出实际金额的十分之一，或者更少的保证金就行了。万一价格下跌，你必须补交保证金。如果价格上涨，你就可以赢得一吨绿豆的全部利润。总之，这是一种以小博大、利润与风险都趋于无限的生意。崔瀚洋思考着，既发现期货交易中蕴藏着无限机会，又敏锐地感觉到这种交易中潜藏着极大的风险……

崔瀚洋在交易大厅里转来转去，看看报单房，瞧瞧正在紧张交易的客户们。他发现大家都在炒咖啡。他想起有一次在白帆办公室里，遇见瑞达信托投资公司的女经理卢燕红，也提起过这种期货品种，并热情地邀请他去操盘。当时他并未在意，婉言谢绝了。

崔瀚洋细长的眼睛眯缝起来，两道浓眉连在一起。他怦然心动。咖啡的芬芳仿佛渗入他的心扉，使他无法抗拒。一个决心正在形成：他要去找卢燕红，尝试介入咖啡期货交易。

尤利呢？崔瀚洋环顾四周，却不见了尤利的踪影。

你等着，我去找找……师爷说着，就要离去。

崔瀚洋拦住他：不必了，我要走，想跟他打个招呼……

正说着，尤利领着北海期货公司的总经理李文浩走来。原来，尤利趁师爷向崔瀚洋介绍情况之际，跑进李文浩总经理的办公室。他夸张地说，他把股市上一位大庄家请来了，如果能挽留他，北海期货公司将增加一位超级大户！尤利近来炒国债期货连连失手，经常不能按时交纳保证金，因此极力讨好李总经理，以期得到宽限。作为期货公司老总，李文浩当然不会忽略大客户，他当即跟随尤利来见崔瀚洋。

崔老板，我们期货公司的李总经理来看您了！尤利热情洋溢地为二人做介绍。

欢迎光临！请到我办公室坐一会儿，可以吗？李文浩热情地与他握手。

崔瀚洋脸上发红。不知道尤利是怎样吹嘘他的，以至于总经理亲自来邀请他。他硬着头皮答应道：不必客气，我正打算去拜访您呢！

李总陪崔瀚洋沿着长长的走廊走向办公室，一路谈笑风生。尤利跟在后面，好不得意。如果崔瀚洋真的肯来开户，那他就可以做崔瀚洋的经纪人，赚取丰厚的佣金。对于连遭惨败的尤利来说，兼做经纪人也是一条出路。

在总经理办公室坐下，李文浩向崔瀚洋介绍了北海期货公司的情况。这是S市最大的，也是唯一的一所期货经纪公司，目前客户还不算多，但发展十分迅速，交易量每个月都在增长。他把一些印刷精美的资料送给崔瀚洋，并试探地问崔瀚洋是否有意来北海期货公司开户。

崔瀚洋看看腕上的手表，皱起眉头：哟，时间不早了，我和瑞达信托投资公司的卢总约好下午三点碰头……

你和卢燕红也熟悉吗？我们是老同学呀！李文浩兴奋地说，对了，我还有一个同学，和你长得很像，他叫萧长风。你认识他吗？

崔瀚洋点点头，有些腼腆地回答：他，他是我的堂兄。

李总朗声大笑：那咱们更是自己人了！

崔瀚洋心里忽然有些不是滋味。他想到自己不过是个操盘手，绝非什么大老板，日后李总和几个同学说起来，他难免要遭到耻笑。想到这点，他改变了主意，决定马上开户。强烈的自尊心使他格外敏感多疑。涉及到那位陌生而又亲近的哥哥，崔瀚洋就更加不甘示弱了。

开户需要办哪些手续？现在就能办妥吗？崔瀚洋扬起浓眉，用略带挑战性的口吻问道。

崔瀚洋决定自己干，不再依靠任何人。就这样，他又踏入一个新的、充满风险与机遇的领域。

二

江水华想知道咖啡期货究竟是什么东西，她的人生竟被这苦涩的玩意儿改变了。她请了半天假，跟尤利来北海期货公司看一看。尤利和崔瀚洋合用一间大户室，说穿了，他只是沾崔瀚洋的光，因为他账户上的钱几乎输光了。尤利介绍江水华与崔瀚洋相识，把崔瀚洋吹成一位投资大师。这是一间整洁明亮的办公室，虽然并不宽敞，却使人觉得舒适惬意。

办公桌上有两台电脑，江水华好奇地坐在荧屏前，看着一排排跳跃闪烁的数据。真是万花筒般的世界！籼米、大豆、咖啡、橡胶、铜……仿佛任何东西都可以在这里交易。小江问：咖啡呢？它在哪里？尤利敲敲键盘，调出咖啡走势图，他向小江介绍咖啡期货交易原理，吹得天花乱坠……

崔瀚洋冷眼旁观，对这位脸色苍白的姑娘充满怜悯。他知道尤利拿了江水华的钱，打水漂一样天天在输。虽然只相处了几天，崔瀚洋就十分讨厌尤利。这是一个不可救药的赌鬼，尤利亲口告诉他：长期以来，他有着难以克服的赌瘾，麻将、扑克、骰子……凡赌博方式他无不精通。但是，自炒期货以来，他对任何赌博方式都失去了兴趣。他深深地迷恋着期货，巨额的盈亏，一瞬间决出的胜负，比什么东西都能刺激他。他把期货当作高级赌博的方式，替代了形形色色的赌具。与这样的人为伍，崔瀚洋感到羞耻。

崔瀚洋踏入期货领域一路顺风，他利用技术分析手段，跟随市场主流做多，很快获得丰厚利润。期货这家伙着实厉害，顺我者昌，逆我者亡。而崔瀚洋已将这猛兽驯服。只是尤利整日在他面前卖弄，惹得他心烦。他早就想摆脱他，现在机会来了，他要在这位可怜的姑娘面前揭露尤利的真面貌。

小崔，你怎么不说话呀？我讲得对不对？尤利向崔瀚洋眨眼睛，希望他支持自己的观点。

你说什么？我没有听清楚。崔瀚洋冷漠地说。他注视着小江的额角，那白得透明的皮肤下面，有一根细细的、淡蓝色的血管……

尤利兴奋地打着手势，重述自己的观点：期货能使人一夜暴富！比如你吧，来这儿没多久，天天看，不动手。昨天你动手了，买进二百手咖啡，一家伙就赚进十五万元！小江，你问问他，这是不是事实？

崔瀚洋避开小江充满期望的目光，用轻蔑的口吻对尤利说：我行，你不行！我是做多，你在做空，我赢的都是你的钱。按照同样原理，如果我能在一夜之间暴富，你就可能在一天之内变作穷光蛋！

尤利脸色变了：你，你怎么能这样说话！……

崔瀚洋转向小江：我说的都是实话。像他这样做，有多少钱都会输个精光。投资是一门艺术，一般人很难掌握。我这么说，是为你们好。小江，你趁早领他走吧！

尤利冲上前，想找崔瀚洋打架，小江拦住了他。尤利咆哮道：你滚，我不要再看见你！快滚……

崔瀚洋嘴角浮起不屑的笑容，他整整衣服，从容地走出大户室。

崔瀚洋心情不好，他想念林小英。小江和小英不知何处有些相像，崔瀚洋看见她就不由得触动心病。他很久没见到小英了，不知道她近况如何。上次去林家，崔瀚洋鼓动小英反抗即将成为现实的婚姻，他看出小英动心了，就一直在等待小英做出新的选择。可是，冬去春来，他一直没有得到小英的消息。倒是胡昆频频进出金泰证券公司，常与崔瀚洋见面。他满面春风地告诉崔瀚洋：红星木钟厂快要上市了，看在过去曾是厂里职工的分上，他批准小崔买一千股内部职工股。崔瀚洋真想啐他一口。崔瀚洋渐渐失望了，难道林小英最终真要嫁给胡永波……

崔瀚洋走在金融街上。海面卷起阵阵春潮，扑打着长满青苔的巨石。幢幢高楼沐浴着阳光，反射出令人目眩的金光。他已经成为这条街上名副其实的胜者，然而，他对这一群沉默的巨人仍怀着敬畏、陌生的感觉。这种感觉能使崔瀚洋保持挑战性，能使他内心充满激情。是的，他已经很富有了。与黄旭合作、为白帆操盘、大胆杀入咖啡期货……一个又一个的战役他都取得辉煌胜利，足以证明他是天才！他的个人财富以惊人的速度增长，正在向千万元大关冲击。当然，他远远不满足，这一切仅仅是开始。他要像那些高楼大厦一样，成为金融街上真正的巨人！

一辆黑色的奔驰车在崔瀚洋身旁停下。卢燕红打开车门，笑盈盈地向崔瀚洋走来。崔瀚洋有些惊讶，脸微微一红，快步迎上前。

好久没见你了，最近怎么样？

没什么……瞎混呗。

我可关注你的行踪了，你在北海期货公司炒咖啡，对不对？

崔瀚洋不好意思地低下头。卢燕红曾邀请他去瑞达信托投资公司操盘，他却跑到北海期货公司开户，现在被卢燕红轻轻一点，他觉得有点儿难为情。

李文浩是我老同学，你一开户他就打电话告诉我了。直说吧，如果我给你很优惠的条件，你肯不肯为我公司做期货？

崔瀚洋机敏地问：什么条件？

卢燕红盯住他的眼睛，一字一顿地说：我借给你一千万元，由你支配。这个条件很诱人吧？

崔瀚洋眼睛亮了：当然，我愿意到你那里去！

那么，请你上车吧。

坐在车上，卢燕红笑眯眯地看着崔瀚洋，听说你有一个外号……

什么？崔瀚洋侧过脸来问。

"神奇小子"！

崔瀚洋笑了，笑得有些腼腆。他觉得这个女人十分特别。这种感觉由何而来，他却不明白。

三

电脑发出轻微的嘀嘀声，神秘而又急促。荧屏上正显示九月咖啡的走势图，卢燕红坐在投资部经理辛一鸣的办公桌前，聚精会神地盯着上下移动的曲线。仿佛有一只黑色手掌，不住扯动卢燕红的心。她已经增大自营资金比例，投入咖啡的炒作。若有不测，后果不堪设想。辛一鸣站在卢燕红身后，躬着腰不住宽慰他的女老板。

卢总，我们的头寸不会有问题。遵照你的指示，我们一路做多，已经获利丰厚。看今天的走势，咖啡还会封住涨停板……瞧啊，主力发力了！

电脑屏幕上表示价位的曲线忽然昂起头来，直直地向上挺伸。成交量随之放大，几万手一笔的大买单不断出现，扫尽前进途中的障碍。九月咖啡以势不可挡的气派，直奔涨停板。按照规定，任何品种的期货一日内出现百分之三的升幅，就暂停交易；反之，急跌百分之三也得停止交易——这就是涨跌停板。白线开始横走，主力将涨停板封得死死的，今天的交易可能就这样结束了。

卢燕红松了一口气，脸上露出笑容。她缓缓地说：今天又挺过去了，我真得念阿弥陀佛。一鸣，把赢利的多头头寸平掉一些，落袋为安嘛！咱们在咖啡期货上投入一千万，赢得好，公司的高息贷款都能还得起利息了。你这个投资部，现在是公司的顶梁柱哇！

辛一鸣是个马屁精，腰仍然像对虾似的弓着，满脸逢迎的笑容：你可别夸奖我，卢总，你才是咱们公司的顶梁柱！我不是吹捧你，事实摆在面前。如果不是你得到内幕消息，谁敢炒咖啡？谁能在短短的时间里赢得这样巨大的利润？

得了，我看你最会拍马屁！卢燕红嘴上这么说，心里却很舒坦。我请来的那位神奇小子可真是高手，你与他好好协调，争取更大胜利。

她告诉辛一鸣，今天下午她要出差，到广东 D 市去处理一笔拆借款。她带着手机，终日开着，随时和他保持联系。辛一鸣脸上呈现出失去主心骨的表情。卢燕红起身告辞，走到门口还叮嘱辛经理千万小心。辛一鸣连连点头。

卢燕红回办公室。上楼梯时，她发现自己的双腿软绵绵的，只有两层楼要走半天。期货把她搞得心力交瘁，她本质上不是赌徒，实在不适宜参加这类过度的投机活动。她有些可怜自己：这种事情会使一个女人过早衰老，而她却不得不参与。夜里，她独自睡觉时，常常想痛哭一场。卢燕红不得不承认，她已经陷入困境。而且像一个掉在泥沼里的人，越挣扎陷得越深……

卢燕红回到办公室，文秘小王就告诉她：至少有五个老总来找过她，多是债主，被他用各种借口打发走了。这是一个机灵的小伙子，说着话不时地笑，呲出两颗小虎牙。卢燕红刚想表扬他两句，小王却摆摆手，说有一个人不肯走，非得见你不可。卢燕红问他是谁。小王说是宝迪克集团老总马明远。卢燕红叹了一口气，说让他进来吧。

在等待马明远的短暂的间隙，卢燕红走到窗前，看看街对面东方银行那座漂亮的红顶小楼。她想：此刻萧长风在干什么呢？上次见面，萧长风严肃地劝告她不要参与过度的投机活动，现在自己却大炒咖啡期货。可是萧长风哪里知道，她以高息拆借来的资金，像两扇石磨似的压得她喘不过气来。高进高出，为了追求超额利润，即便是饮鸩止渴，也不得不为之啊！

马明远一进门，几乎就要哭出来了，频频地说：求求你了，卢燕红，这次我真的求求你了……

卢燕红看见他这副模样，不免心酸。她为他泡上一杯茶，语气温和地说：马明远，你不要这样，有什么事情，你慢慢地说。

慢不得了！我东挪西借，总算还给萧长风五千万，剩下的钱我怎么也凑不上了。萧长风就来和我商量，劝我把裙楼先卖掉，免得到期还不上债。那裙楼，全是商业用房，是整座国际大厦的精华呀！他真比黄世仁还黑……

那你也不至于这样紧张呀？你从来也没有把国家的资产看得那么重。

马明远迟疑一会儿，哭丧着脸说：你我互相了解，我就给你交实底吧，徐局长把我当替罪羊，准备撤我的职。纪委周书记也找我谈话了，要派审计组来查账。如果我能还清东方银行的债，将风波平息，也许还能逢凶化吉。否则，我完了，我要身败名裂呀！

卢燕红低声说：对不起，是我害了你……

不，不！是我对不起你……当初我不该风流，我不该伤你的心，如果我们俩结了婚，现在哪有那么多麻烦？……燕红，看在咱俩过去的分上，这次你无论如何要救救我！马明远几乎要给她下跪了。

卢燕红一咬牙，说：好吧，我先还你三千万，瞧，这是我的飞机票，今天下午我就飞深圳，接着赶到D市，去追一笔五千万元的拆借资金。等我回来，就用这笔钱还你的债！

马明远拿过飞机票，反反复复地看，又抬起头，疑惑地问：你敢保一定能追回来吗？D市，什么鬼地方？我看你还是另想办法吧。先把我的钱还了，嗯，哪怕先还三千万也好！燕红，我求你……

卢燕红头都要炸了，挥着两只手喊：好了，好了！我去借钱还你！

她拿起电话，把投资部经理余亮叫来。停了一会儿，余亮敲门进屋。卢燕红苦着脸说：把那份合同签了！

余亮茫然地问：哪份合同？

就是恒运电力公司那份存款合同。他们不是有两千五百万现金要借给我们吗？

余亮经理吃惊地瞪圆眼睛：那可是真正的高利贷呀！月息要一分，你不是当场把人家骂走了吗？

卢燕红挥挥手：去，你快去，找他们把合同签了！利息再高，这笔钱我也得要……

余亮一边摇头，一边退出办公室。马明远千恩万谢，卢燕红不理他。他只得悻悻地告辞。

卢燕红独自坐在大班桌前，觉得头痛欲裂。月息一分，简直胡闹！瑞达信托投资公司走高息揽存的路子，还有许多同样的高利贷借款，不炒国债期货怎么办？利息如雪球一般越滚越大，恐怕永远也还不清啊！

电话铃响，卢燕红拿起话筒，听见萧长风熟悉的声音。她刚刚感到一点欣慰，却听出萧长风话里的意思，原来他也是来讨债的！

最近东方银行业务量大，存款增加，贷款也增加。头寸还是很紧啊……燕红，上次你还东方银行五千万，帮了我一个大忙，我心里很感激你。可是，瑞达信托投资公司还欠我行七千万元，这个问题总得解决吧？怎么解决？希望你说说明白。

卢燕红顿时觉得愤怒、委屈、无奈……种种情绪涌上心头，忍不住流下眼泪。她对着电话喊：萧长风，你也来逼我，你真狠心啊……你们都来逼债，逼吧，逼死我就好了，一了百了！像我这样活着，真不如去死！

卢燕红挂上电话，伏在桌上流泪。电话铃又响起来，她猜想是萧长风来电安慰她，偏不去接。电话铃响了一遍又一遍，卢燕红才懒洋洋地拿起话筒。

一个神秘的男低音传入耳膜，卢燕红精神一振，马上挺直身子。是向她传递内幕消息的人打来的电话，卢燕红称他为"深喉"。每次获得准确的情报，卢燕红就要往那"深喉"里填入一笔可观的现金。

咖啡反手做空，价位在2200元一带。空方主力是上海几家大证券公司，实力在国内数一数二。据说，他们为这次做空准备了十个亿的资金……

好，谢谢！

卢燕红决定马上召见辛一鸣。可是，离飞机起飞的时间不远了，D市那头也耽误不得。怎么办？卢燕红想了一下，打电话让司机备车，并叫他将车停在投资部门口。她要辛一鸣为她送行，一路上，他们可以商量最新的战略部署。

仿佛打了一剂强心针，卢燕红重新精神抖擞。她将软弱、烦恼抛到脑后，又变作了一个女强人！她背上挎包，嚼着饼干，高跟鞋踩得地板当当作响，一阵风似的走出办公室。

四

飞机在云层中穿行。一道金色阳光透过舷窗，洒在卢燕红脸颊上。她微闭双目，陷入冥想。这难得的片刻宁静，她正可用来回顾自己走过的道路。

卢燕红出任瑞达信托投资公司总经理时，只有三十岁出头。那时她雄心勃勃，一心要成为金融街出类拔萃之辈。在中国，关于信托投资公司的性质，一直模糊不清。它通常由地方政府的财政部门出资组成，也有的是银行下属机构，先天有些四不像。有人说，信托投资公司的业务应该是受人之托，代人理财；也有人说，信托投资公司是"金融百货商店"，什么都能干，什么都敢干。后者较前者在观念上更前卫、更新锐。卢燕红完全接受后一种观点，决心将瑞达信托投资公司办成S市的"金融百货公司"。她四面出击，涉足股票、国债、房地产、企业投资、资金拆借、国债回购……卢燕红迅速打开局面，取得赫赫战绩！瑞达信托投资公司也由小变大，成为金融街上举足轻重的机构大户。当时，谁提起卢燕红都要竖竖大拇指。

回想起来，卢燕红败走麦城，就是从买入D市那块地皮开始的。她有一位广东籍同学，名叫邹启蒙，在惠州一家信用社当主任。他把卢燕红带到D市，使她亲眼目睹炒地皮的热潮。有消息说美国将在D市投资建设一座汽车城，规模居全国之首。一时间，各地投资者蜂拥而至，D市成了全国瞩目的投资热点。地皮价格闻风而动，在一轮轮炒作中扶摇直上。当地农民只要拥有一块宅基地，便可成为百万富翁。卢燕红不禁眼热心动，经邹启蒙介绍，她与D市阳光房地产开发公司签约，投资五千万元，参与一系列房地产开发项目。不久，他们在汽车城旁买下一块面积达四百亩之广的土地，期盼美国佬到来之后能以高价出手。然而，美国佬的踪影迟迟不见，党中央、国务院却开始了宏观调控。一个接一个强有力的调控措施出台，过热的房地产市场骤然降温，D市土地价格如脱了线的风筝，飘摇下坠。地皮如股票一般被套，解套遥遥无期。

阳光房地产开发公司的老板蒋步高失踪，也许因为他欠了银行

115

巨额贷款无法归还，一走了之。最近，卢燕红闻讯法院要拍卖阳光房地产公司的资产，因而匆匆赶往D市，希望分得一些残汤剩羹。

应该说，高速扩张、忽略风险，是瑞达信托投资公司的致命伤，也是在目前体制下大多数金融机构的通病。卢燕红内心充满自责，却又无可奈何。她开始怀疑自己：当总经理，做女强人，是否整个儿都错了？

到达D市，天正下着毛毛细雨。老同学邹启蒙开车到机场接她，一路上对她讲述案子的进展情况。资产拍卖很不顺利，D市的许多房子已经跌到建筑成本价之下，仍无人问津。尤其是那块四百亩的土地，当初三十万一亩买下，现在三万元一亩也卖不出去！更要命的是，国土局根据国家有关法规，要将这块荒弃多年的土地收回去……卢燕红越听心越凉，干脆把话题岔开。她说，你别拉我上宾馆，先在街上兜兜风，让我看看D市新面貌。

雨中的D市，给人一种凄凉的感觉。马路两边的楼房空空荡荡，多数无人居住。有些建筑物中途停工，红砖裸露，水泥柱兀立，仿佛一座座被攻破的碉堡。大道依然宽阔，水泥路面却已经残破，轿车在坑坑洼洼中颠簸前行……几年前，D市还像一个风华正茂的青年，处处显示出活力。它由一个几千人的小镇，迅速扩展为拥有十几万人口的城市，奇迹般地屹立在大亚湾畔。无数人揣着金钱、带着梦想从四面八方奔来，投资、开发、建设……火热的激情将这片土地烧得烫脚。处处莺歌燕舞，处处灯红酒绿，富翁像竹笋似的一夜之间从地下钻出，谁都认为发财是一件近在咫尺、一蹴而就的平凡事件。现在想来，那真是一场大梦。梦醒时分，难免凄凉惆怅。

炒地皮最为盛行。你只要有红线图、建筑许可证，哪怕只是复印件，就可以寻找下家，出卖一块从不属于你的地皮。人人都在干这一行。开药店的江湖郎中给病人号脉，会从抽屉里取出几张红线图，问病人想不想买一块地皮。马路旁的烟杂店，挂着醒目的招牌：

本店出售大量地皮，欢迎洽谈。口气之大，令人发笑。D城主要交通工具是摩托车，一群群戴头盔的男人坐在路口，搭载客人。你在马路上擎起手，不消半分钟，便有四五辆摩托车鱼儿般地游来，将你团团围住。这是D城一大特色。这些摩托佬个个怀揣红线图，对城里城外每一块地皮了如指掌，是炒地大军中一支活跃的游击队。只要做成一桩地皮生意，他们起码能赚一辆崭新的摩托车……

人人推波助澜，地皮价格直线上升。三倍、五倍、十倍、二十倍，土地仿佛着了魔法，见风就涨，永无止境。小城中心有一块地皮，每平方米卖到一万五千元，一举夺冠。当年，南京总统府对面的一块建筑用地，每平方米也只卖到一万两千元……

轿车驶到城外，在卢燕红买的那块土地旁停下。卢燕红下车，冒着牛毛细雨伫立田头，眺望面前这块使她梦萦魂牵的土地。地里长满荒草，仿佛在嘲笑她投资的失败。前方不远处，有一座尚未完工的立交桥，令人诧异地兀立在空空荡荡的田野上。据说，这一带是汽车城的市中心，人们担心交通过于拥挤，而设计、建设了这座立交桥。细雨薄雾笼罩着立交桥，它显得凄凉而荒谬，更具有象征意义。

这片土地上沉淀了多少资金啊！卢燕红回到车内，无限感慨地说，如果不是中央来了个急刹车，还不知道要闹腾到什么地步呢……

起码有十二个银行行长在这里栽了跟头，我还不算在内，我只是一个被免职的小小的信用社主任。不过，我把你从遥远的北方拖来，真害苦你了……邹启蒙内疚地说道。

别说了，这不能怪哪一个人。中国在经济发展中付出了昂贵的学费，但愿这笔学费能起到应有的作用！

次日早晨，卢燕红赶到法院。艰难的斗争开始了，一大群债权人明争暗夺，像狼群抢一根仅剩的骨头。她来自遥远的北方，吃亏是肯定了。幸而邹启蒙是当地人，帮她左右斡旋，总算让她在汽车城那块土地上争得较大的权益。然而，这是一只谁也不愿捧在手中的刺猬，与国土局打交道更加麻烦。

卢燕红在D市住了几天，日日请客吃饭，在各级官员中打通关节。邹启蒙甚至安排她与市委书记见了一面，使她有机会慷慨陈词，据理力争，引起了D市最高领导层的重视……

问题终于解决了。国土局答应在收回土地的同时，支付一笔补偿金。补偿金少得可怜，每亩只有三千多元。有胜于无，卢燕红赶紧办妥一切手续，当她拿到一百五十万元的支票时，差点流下眼泪。她很激动，总算要回一点钱来。她也很痛心：来时带着一张五千万元的支票，等了几年，却换回一张一百五十万元的支票。第二天，当地报纸就以很大篇幅报道了这一事件，称赞政府保护投资者利益，在国家法规与现实问题之间，摸索出一条新路子……

坐在归途的飞机上，卢燕红觉得疲劳掏空了她的整个身体。这是心的疲劳，滋味无比难受。她像一只从暴风雨中逃脱的燕子，独自在屋檐下啄着羽毛。她不住地回想自己失败的爱情，一幕幕早已逝去的情景在她眼前来回晃动。她克制自己别再去想，却怎么也办不到。女人遇到强大的压力，情感就会变得格外脆弱。卢燕红用一本杂志遮住自己的脸，无声饮泣。泪水像细长的蚯蚓，在她的双颊久久地扭曲蠕动……

五

近来，崔瀚洋老是接到神秘电话。有好几次电话铃响，他抓起话筒兴冲冲地"喂"了一声，话筒里却没有声音。他刚想挂电话，对方却用一种耳语般的声音说话了：不要问我是谁。你注意到最近咖啡走势的新特点吗？

又是咖啡！你到底想干什么？

神奇小子失灵了，真叫人遗憾。咖啡战场硝烟弥漫，你竟然不知谁是真正主宰？算了，我们没法谈了！

那人总是这样挂断了电话。今天，崔瀚洋心里忽然一动，抢先制止他：等一等，我们可以谈。你先告诉我，你究竟是谁？

那人古怪地一笑：你我迟早见面。假如你对咖啡内幕有兴趣，一位朋友想请你吃饭。你可能已经忘记了他，他却一直惦记着你。

谁？

今晚六点，你到王朝大酒店，见面你就知道了。

崔瀚洋放下电话，决心会会这位神秘的朋友。

王朝大酒店是S市最豪华的酒店。夜幕降临，酒店门口车水马龙，灯红酒绿。崔瀚洋踏上酒店石台阶，心中暗自好笑：他这个新诞生的亿万富翁，还真有人为他隆重庆贺呢！进入大厅，马上有两位打扮得花枝招展的小姐迎上前来，笑盈盈地问他：你就是崔瀚洋先生吧？请跟我们来。小姐亲昵地挽着他的胳膊，沿着长廊左拐右拐，来到一间名为"麒麟阁"的包房。小姐冲他嫣然一笑，轻轻推开房门，就从他身后隐去。

崔瀚洋跨进房间，就听见一阵熟悉的大笑。餐桌旁站起一个人来，崔瀚洋定睛一看，竟是多日未见的黄老板黄旭！

小崔呀，没想到见你这样难！士别三日，刮目相看，如今你是金融街上的大人物了！黄旭半恭维半揶揄地说道。

黄老板，你早报上姓名，我还能不赶快来看你？叫那神秘电话搞的，我疑神疑鬼都找不着方向了！崔瀚洋一边说笑，一边在黄旭身边坐下。

黄老板将一位又黑又高的瘦子介绍给崔瀚洋：喏，打电话的神秘人物在这里。他叫莫奇，是鼎鼎有名的咖啡大王！

莫奇伸出长长的胳膊，隔着餐桌与崔瀚洋握手：我说过，咱俩早晚要见面!

崔瀚洋苦笑:老兄,你可真会捉迷藏。早知道你是咖啡大王,我怎么着也得客气一些!

黄旭又向崔瀚洋介绍一位大胖子港商:这位老板姓钟,钟兆发,他是香港兆发商行董事长。钟老板更是神通广大,去年咖啡涨到3600元的高位,他从越南运来十万吨咖啡,一家伙把盘子砸了下去⋯⋯

黄旭将圆桌旁的客人逐个介绍给崔瀚洋。这些人都是咖啡期货市场上的超级大户,呼风唤雨,叱咤风云,均非等闲之辈。黄旭告诉崔瀚洋,这段时间他一直在海南岛,对咖啡、橡胶等海南商品交易所热带期货品种进行炒作。这些朋友都是与他一同滚打出来的,结成一个牢不可破的同盟。咖啡是中商所开发的小品种期货,保证金低,实盘少,便于操纵。它一问世,就成为各路炒家关注的热点品种,大量资金汇集其中,波澜起伏,搏杀激烈,天天演出悲喜剧!近来,海南交易所加强管制,对超级大户的仓位进行严密监控。于是,黄旭便领着朋友们北上,分仓操作,避免引起交易所的注意。现在,他们都是北海期货公司的大客户。

旧地重游,老友难忘啊!一踏上这条金融街,我就想起了你。随便一打听,你的事情我都知道了。嘿,神奇小子,终于发迹了!而且也在炒咖啡,咱俩就是有缘分。我很想叫你加入我们的阵营。不瞒你说,那些神秘电话都是我让莫奇给你打的。怎么样,干不干请老弟说句话吧?

崔瀚洋缓缓摇头:老哥高看我了,我对咖啡这玩意儿,实在是门外汉,虽说炒了两天咖啡,心里真没底。即使我有心要做,还有许多事情得慢慢摸索。它的历史走势怎样?交割方式有什么特点?有什么内幕?有哪些主力⋯⋯

黄老板笑了,摇头晃脑地说:这些,你且听我慢慢道来⋯⋯

黄旭绘声绘色地讲起咖啡期货的历史。在中国，咖啡的市场很小，产地也很小，咖啡种植主要集中在海南岛。为了丰富期货品种，海南商品交易所推出咖啡合约。由于咖啡实际用途不广，这种期货合约就有些先天不足。开始，咖啡合约的交割跟着美国跑，每月月底根据美国咖啡期货的收盘价结算。美国咖啡涨海南咖啡也涨，美国咖啡跌海南咖啡也跌，十分滑稽。于是，人们把海南咖啡称作"影子咖啡"，提出尖锐批评。海南交易所只得修改规则，规定每手合约代表一袋（一百公斤）咖啡，合约到期必须以实物交割。"影子咖啡"的历史结束了，转入一个新阶段。

　　新的问题又冒出来：中国没有多少咖啡，几个大户联手就能操纵市场。黄旭他们就是看准这个特点，挟带雄厚资金，杀入咖啡市场。他们的手法很简单，一个涨停板接着一个涨停板往上拉，直把咖啡价格拉到不可思议的地步！你有咖啡吗？统统卖给我，海南岛一共出产多少咖啡我早已算计好了。做空者没有准备，交不出那么多咖啡，只得割肉平仓，亏得血本无归。一时间，海南咖啡价格突破四千元大关，足足比美国咖啡贵出一倍！有些证券报刊还豪迈地宣布：海南咖啡终于摆脱美国咖啡的影响，走出中国的独立行情。许多机构加入进来，散户纷纷跟风，一个劲儿买入咖啡，仿佛中国的咖啡只会涨、不会跌。

　　此时，黄旭他们悄悄卖掉多头合约，反手在高位建立空仓，大量卖空咖啡。那个香港胖子钟兆发，从越南发出一艘万吨轮，运来了满满一船越南咖啡。万吨轮驶入海南岛港口，中国咖啡价格就开始暴跌。你们不是要咖啡吗？我这里有的是，越南货便宜得很哪！万吨轮来回开几趟，海南咖啡就由 4000 元一袋的天价一路跌到 900 元一袋的地价……说起来都是笑话，除了海南岛，世界上任何地方都不会产生这样疯狂的咖啡！

　　你还想知道什么？咖啡就是我们这些人控制的！黄老板点燃一

支香烟，意味深长地说。

崔瀚洋沉默着。他的内心激动，表面却很平静。他问：你们都是高人，还要我这个小弟干什么？除了分一杯羹，我还能起什么作用呢？

你是天才！我最早发现了你，今天我要把你领到更高的层次。黄旭用手指点着餐桌旁的客人，用豪迈的口吻说，这里有十二位朋友，加上我，圈子里的人都称我们为"十三太保"。我希望你也参加进来，成为一个新太保！我们是一家无形的公司，也许是中国最大的投资公司。"十三太保"共同发展，在中国股市、期市形成一个垄断集团！老弟，你想一想吧，这个前景多么诱人啊！

崔瀚洋再也忍不住了，他端起酒杯，兴奋得眸子闪亮：行！既然诸位大哥瞧得起我，我就跟你们走到底。我敬一杯酒，为我们的事业干杯！

圆桌旁杯盏交晃，笑声朗朗，崔瀚洋与"十三太保"共饮杯中酒。

接下来，黄旭就向崔瀚洋介绍目前的形势：春节前后，海南咖啡一直在一千元左右的价位盘整，他们就在悄悄地买进咖啡合约。同时，他们还在进行一项大胆而巧妙的行动：堆积在仓库里的越南咖啡长期无人问津，使多头势力遭受巨大的压力。现在他们买下这些咖啡实物，运往云南、上海等地，使库存迅速下降。这就为多头进攻造成有利形势，他们可以故技重演，大肆逼空，使海南咖啡重建天下！如此循环往复，这批越南咖啡比金豆更有价值。至于崔瀚洋，入市虽然晚了一些，却可以在行情发动之前建起多头仓位，赢利目标至少在三千元……

黄旭嘿嘿地笑，他自己也觉得荒诞：在没什么人喝咖啡的国度，竟有大量的越南咖啡到处流动。最终，也不知这些咖啡会流入什么人的肚子里。

他又巧妙暗示：崔瀚洋现在是瑞达信托投资公司的重要人物，应该发挥自己的影响力，使瑞达与"十三太保"同步炒作咖啡……

分手时，黄老板久久握着崔瀚洋的手。崔瀚洋担心他提起龚晓月，但黄旭终于什么也没说，只把崔瀚洋的手用力摇了几摇。两人有了默契：从前的过节不足挂齿，一切重新开始！

离开王朝大酒家，崔瀚洋到海边漫步，直至深夜。他仰望满天繁星，发出一声长叹：此乃天意也！黄旭又在他面前出现，并拉他加入一个庞大、神秘的无形投资公司。这一切，难道不是一只无形的手，在冥冥中安排好的吗？

崔瀚洋不知不觉来到金融街。望着一栋栋他所熟悉的大厦，过去的敬畏感忽然消失。他觉得自己比这些沉默的巨人更为强大，甚至可以将它们一拳打倒在地。他把双手插在裤子口袋里，昂首阔步地在金融街走了几个来回……

六

卢燕红洗完澡，对着镜子梳理头发。她的身体依然洁白丰腴，她的头发依然乌黑闪亮，但是眼角的鱼尾纹却在提醒她岁月正悄悄地流逝。卢燕红用中指捺皱纹，轻轻地揉，似乎要把皱纹揉平。她明白这是徒劳的，她轻叹一声，穿上睡衣走进卧室。

处于卢燕红这样的年龄，正是一个女人最渴望男人的时候。她躺在宽大的席梦思床上，总觉得周围空空荡荡。有一本小说提到，男人的一半是女人。卢燕红的体会是：女人的一大半是男人！的确，女人更离不开男人。她不明白这些年自己是怎么挺过来的，只觉得心里很苦，总有一种难言的委屈。离婚之后，别人为她介绍过不少男友，最终未成眷属。她甚至有过情人，短暂而绚丽的激情，从她身心一穿而过。至今，卢燕红仍是孑然一身，陪伴她的只有孤独。漫漫长夜如何度过？她越来越渴望身边躺着丈夫，地上跑着孩子，拥有一个真正属于自己的家庭。

电话铃响。卢燕红的姑妈催促她去相亲。卢燕红哼哼哈哈应付着，耐住性子听姑妈唠叨。上个星期天，姑妈为她介绍了一个对象，是某大学副教授，一看照片就知道，那是一个暮气沉沉的书呆子。卢燕红对这类男人没有兴趣。姑妈非要她去相亲不可，说看一看总可以吧？卢燕红推托不掉，只得答应明天去姑妈家与那男人见面。

挂上电话，卢燕红仰靠在枕头上，双目微闭。她脑海里又浮现出萧长风的脸庞。少女时代的一个失误，至今仍在影响着她。不知道该如何寻回失去的东西。萧长风近在咫尺，却又隔她那么遥远。如果有谁为她介绍一个男人，与萧长风相像，哪怕只有十分之一的相像，她也会毫不犹豫地嫁给他！可是，哪里有这样的男人呢……

而她，很少有闲暇为自己着想，像今天这样做做女人的梦。整天是债务、期货包围着她，甚至使她忘却了自己的性别。卢燕红不禁深深地可怜自己，难道要一辈子这样生活下去？

电话铃又响。卢燕红一边抱怨姑妈啰唆，一边拿起电话。不是姑妈。来电者竟是白帆！白帆声音沙哑，透露出烦乱苦闷的情绪。

燕红，你睡了没有？我想到你家来，有些事情要和你商量……

我没睡。时间还早呢，你来吧！

卢燕红翻身下床，穿戴整齐，略施淡妆。她又收拾床铺，将床罩套好。房间整洁清雅，摆设考究有趣，处处透露出一个有教养的单身女人的生活气息。卢燕红为白帆泡好茶，坐在沙发上等待。她觉得奇怪：白帆有什么要紧事情与她商量呢？

门铃响起悦耳的小曲，卢燕红打开房门将白帆迎进屋来。白帆神情沮丧，眉头紧锁，毫不掩饰他焦虑的心情。刚在沙发上坐下，白帆就将一叠信纸递给卢燕红。卢燕红诧异地望着他，等待他开口说话。

你先看看，看完再说。白帆无力地仰靠在沙发背上。

这是一封匿名信。信中揭露白帆妻子与多个男人有不正当关系。时间、地点以及种种细节非常具体，仿佛写信者亲眼目睹他那位演员太太的风流韵事。卢燕红有些迟疑，她无法分辨信中所说是否属实。但是，她认为白帆不应该仅凭匿名信，就对妻子采取什么行动。

你再看看这些……这些都是她写的！白帆又把一叠字条递给卢燕红。

字条上的内容主要是敦促白帆离婚，措辞尖锐，有些甚至是谩骂。卢燕红深感震惊，她觉得女方急于摆脱白帆，有些不择手段。看来这对夫妻之间的矛盾已经很难调和。

白帆眼睛里噙着泪花，语气沉痛地说：我来找你，就是想向你请教，一个女人到了如此地步，是不是已经完全变了心？她对我还有没有一点留恋？我该怎么办？求她吗？骂她吗？打她吗？这样的妻子值不值得我挽留？一个注定要破碎的家庭有没有必要去维持？燕红，你是女人，你比我更理解女人的内心世界。请你帮帮我，向我解释这些问题。

卢燕红久久地沉默着。她无法解释，生活有时很残酷，说真话不行，说假话也不行。她早就知道白帆与妻子不和。白帆结婚很晚，妻子陆佳佳比他年轻八岁，是S市话剧团的主要演员。热恋中的白帆似乎心满意足，他正是因为挑剔女方相貌，才迟迟没有合适的伴侣。佳佳是S市出名的美人，开朗活泼，才艺出众，一颦一笑令白帆怦然心动。但是结婚后，裂痕很快显露出来。演员无规律的生活使白帆大为头痛，佳佳深更半夜回家是正常情况，白帆却早已沉沉入睡。早晨，白帆亲吻熟睡的妻子，佳佳毫无反应。他只得胡乱吃点东西，匆匆上班去。演艺圈人士的习性，更令白帆无法忍受。男性导演、演员与佳佳开玩笑，随便放肆，好像他们才配做佳佳的丈夫。佳佳花钱大手大脚，白帆感到吃不消。佳佳竟当着女伴的面，挖苦他是守着金山的穷光蛋。这使得白帆有一种受污辱的感觉。吵架的次数渐渐多起来，"离婚"成为挂在嘴边的常用词语。白帆深深地苦恼，却不知道如何对付这一局面。夫妻分居有一段日子了，白帆就在自己办公室里拉一张行军床睡觉……

怎么会搞到这样？卢燕红轻声地问。她将匿名信、字条一张一张叠好，交还给白帆。

钱。白帆苦笑着摇头，钱，都是因为钱！当初，佳佳嫁给我，对我抱着过高的期望。她以为我是证券公司老总，一定会有许多许多钱。她今天要皮大衣，明天要金首饰……要了又要，永不满足！我很吃力，真的负担不起她。我是一个国家干部，除了那份工资，手边流过再多的钱也不属于我。她明白了这个道理，我在她的眼中也就失去了价值。慢慢地，我们之间有了裂痕，越来越深……

那些匿名信说的是真的吗？你相不相信？

白帆缓缓地点头：我相信。从我这里得不到的东西，她可以从别的男人那里得到。近来，她花钱如流水，对我的态度也越来越恶劣，她已经找到真正有钱的男人，所以催促我离婚。我甚至怀疑，这些匿名信都是她指使别人写的，故意让我知道这一切……

你打算怎么办？

离婚。

二人又陷入沉默。白帆脸上露出深深的悲伤，他还是爱佳佳的，却不得不做出这样的选择。卢燕红明白了：结局已经确定，白帆需要的只是安慰。他们是老同学，白帆在痛苦的煎熬中自然会想起卢燕红。白帆比卢燕红小两岁，在学校里卢燕红就一直把他当小弟弟看待。如今，她要帮助他，坚强地渡过面前的难关。

卢燕红望着白帆，温柔地一笑：心里很难受，是吗？

白帆点点头，嗓子有些哽咽：是的，我这个人太软弱……难受极了，就想找人说说。

卢燕红说：这样好，这不算软弱。我离婚那会儿，见人就想哭……

哎，你听说过这样一句话吗？没有离过婚的人，不算真正成人！

白帆笑笑：得了，你别逗我了。说真的，离了婚怎么办？我有些害怕……

再找。你要有自信，离婚以后，你会找到更好的女人！我再教你一招，心里难受，就别往那些事情上想，强迫自己转移注意力。

那注意力……也不是说转移就能转移的呀？

卢燕红站起来：走，咱俩去吃宵夜。白帆，走出我家门，就不许你再提离婚的事情。

白帆跟卢燕红朝外走，无奈地问道：那，我们谈什么？

谈谈你帮胡昆推荐红星木钟厂上市的事情。听说，你很善于做包装工作，那么一个破厂，也让你打扮得像朵花儿一样。

你可别这么说，红星木钟厂有其内在的价值，改制上市后，会有很大的发展潜力。

咱们说好了，你得给我留一些法人股……

二人走出公寓，渐渐转入他们共同感兴趣的话题。

第七章

一

柳溪的手指灵巧而急速地跳跃，点钞纸像蝴蝶翅膀翻飞。几百双眼睛盯着她，她全神贯注地点钞。比赛紧张激烈，除了手指和点钞纸，柳溪脑子里一片空白。掌声。奖杯。祝贺与夸赞。柳溪又一次夺得点钞冠军。全省银行系统的人都在称赞她手指的神速，而男性的目光则集中在她文雅而美丽的面颊上。她似乎成了明星，陶醉得人都飘起来，飘起来……

火车猛烈地一晃，柳溪睁开眼睛。天已黎明，车厢外一排排树木披着朝霞，向后飞掠。还有一个半小时列车到达 S 市，柳溪心情十分激动。虽说只上省城去了两天，她却很想家里的奶奶，很想东方银行的同事们。昨晚她和营业部主任周梅梅通过电话，周主任告诉她：萧行长将亲自到车站迎接她。柳溪有些紧张，脸颊微微发红。在她的印象中，萧行长总是那么严峻。可能是那两道浓眉，叫人看着心中发慌。不过，柳溪从心眼里敬佩萧行长。东方银行每个员工都看得清楚：自从萧长风出任行长，行里的风气、业务、人心确实起了很大的变化！萧行长要来接她，她心里怎能不紧张、激动呢？

列车徐徐驶入站台。柳溪一眼看见萧长风、何苇青、周梅梅等几位领导正站在月台上等候她。柳溪走出车厢，奔上前去。萧长风满面春风地与她握手。奇怪，柳溪心中的紧张感全消失了，心中充满与家人相见的亲情。萧长风说：柳溪，你为东方银行争得荣誉，我代表全行职工感谢你！周梅梅高兴地搂住她的脖颈，仿佛搂着自己的小妹妹。

与江水华相见，远不如柳溪想象中那么亲热。几天不见，江水华发生了很大变化。神情有些恍惚，说话吞吞吐吐。倒是孙美娇，尽管叽叽喳喳像一只麻雀，心底里一股热情却溢于言表。

下班时，柳溪拉住江水华，悄悄问：这两天发生了什么事情？你有些不对劲儿呀……

小江的脸顿时白了，连连否认：没有！没有！

柳溪本想问她与尤利的关系是否发生了重大变化，见她紧张的样子，只好把话咽回肚子里。柳溪纳闷：小江对她怎么会产生了隔阂？

老毛乐呵呵地把钥匙交还给柳溪。不用他说话，奶奶唠唠叨叨地直夸奖他。柳溪心中很感激老毛，却不肯表露，只淡淡地朝他一笑。傍晚，威尔逊请柳溪出去吃西餐，老毛也不在乎，独自笑嘻嘻地离去。

老毛这个人，其实自尊心最强。他父亲早逝，母亲改嫁，他是在一个陌生而略带敌意的环境中成长起来的。继父是一位医生，总是用清高而冷漠的目光扫视他。继父家的孩子们学习优秀，经常嘲笑老毛脑子笨，还将他的名字"毛德用"叫作"没得用"。老毛暗暗地憋着一股劲，非要成为一个有用的人才不可。

他十八岁中学毕业，就入伍当兵，分配在他所喜爱的侦察连。为练就一身硬功夫，他跌打滚爬、日晒雨淋，什么苦都吃过。有一次他和连长练武，被连长一个扫堂腿打倒，手腕桡骨粉碎性骨折。他忍住疼，一声不吭，坚持到训练结束，连长竟一直不知道他负了伤。老毛以惊人的毅力、严谨的作风，赢得全连官兵的尊重。从部队转业时，他已经是这个侦察连的副连长。之后，他到东方银行，又以同样的顽强精神，赢得第一信贷员的美誉。毛德用用自己的行动，证明自己是一个有用的人才。

从柳溪家出来，老毛一直保持着好心情。他抬头仰望夜空的星星，低声哼着一首小曲。柳溪是个好姑娘，他真喜欢她。老毛不敢心存奢望，只想接近她，听她说话的声音，看她灿烂的笑容。老毛并没有意识到，他正以自己特有的顽强，悄悄地渗透进柳溪姑娘的生活。嘿，他想，诗歌里说得没错，能为这样的姑娘牺牲生命，他一定在所不惜！

忽然，老毛看见前面的路口有个熟悉的身影，一闪会入人群。他以侦察兵的敏捷，立即追踪上前。那人穿着一件灰色风衣，戴一顶鸭舌帽，行动谨慎而诡秘。他在一个水果摊前站住，挑拣香蕉。老毛悄悄靠近水果摊，终于从侧面看清了那人的脸：他就是魏伯涛！

老毛心头涌起深深的耻辱感。作为一个信贷员，老毛在魏伯涛身上栽了大跟头！几年前，老毛与魏伯涛相识。那时魏伯涛是新兴房地产公司的总经理，在蓝天宾馆包了几个房间售楼。老毛一心想把售楼款拉入东方银行，就天天到蓝天宾馆去泡。魏伯涛为人随和，老毛很快与他亲密无间。他在东方银行存入二百万元，又申请贷款五十万元，这样的存贷比例对银行有利，老毛帮他办妥一切手续。那时，他完全没有想到，魏伯涛是用多头贷款的手法，将资金像滚雪球一般地滚大。那二百万根本不是售楼款，而是从各家银行借来的钱。贷款到手，魏伯涛就把二百五十万元都划走了。而老毛完全没有警觉，还经常到魏伯涛的房间去洗澡。接着，贷款逾期了，老毛一趟趟地去催讨。有一天，老毛来到蓝天宾馆，发现魏伯涛的公司不翼而飞了！老毛傻眼了：昨天他还来过，在宾馆房间里洗了一个澡呢。魏伯涛不仅骗取了东方银行的贷款，还把老毛耍弄一番！

那时萧长风尚未出任东方银行行长，贷款负责制也没有严格落

130

实，大家都原谅了老毛。但是，老毛却不肯原谅自己。这笔数额不大的贷款，在他心底留下耻辱的烙印。

魏伯涛买了一塑料袋水果，朝四下看看，迅速钻入一条胡同。老毛不紧不慢地跟在后面。从身形看，魏伯涛瘦了许多。几年来，老毛一会儿听说他在深圳，一会儿听说他在北京，整天东躲西藏，想必遭了不少罪。今天他跑不了了，侦察连长抓一个骗子，就像猫捉老鼠一样。胡同尽头有一幢小楼，三层高，魏伯涛在门前站住，看看四下无人，便举手按门铃。不一会儿，一个打扮妖娆的年轻女人开门，将魏伯涛迎了进去。这里也许是他的窝点，他敢回S市，肯定找好了藏身之处。

老毛隐蔽在电线杆子后面，久久不肯离去。他要确定一下，魏伯涛是偶尔来此鬼混，还是长期住在这里。他看见魏伯涛和那女人的身影，映在二楼一扇窗户的窗帘上。两个身影渐渐接近，拥抱在一起，电灯熄灭……老毛耐心守候，直至他认为魏伯涛已经睡熟。他像一只猫，身影一闪，无声无息地来到门前，将门牌号码记住，方才退出胡同。

次日早晨，老毛来到信贷部主任曹卫东办公室。他把军大衣脱下，往椅子上一扔，就挽着衣袖说：曹主任，魏伯涛回来了！我已经揪住他狐狸尾巴，你发话，我马上把他捉来！

曹卫东懂法律，听老毛讲完昨夜的情况，就皱起了眉头。银行没权抓人。贷款纠纷属于民事案，刑警队也不会像逮捕刑事犯那样兴师动众。怎么办？要想一个巧妙的办法。

老毛在一旁催促，曹卫东说：你别急，这事不能乱来。你先下去吧，我得向萧行长做汇报。

老毛悻悻地下楼。他心中无比焦灼，恨不得马上把魏伯涛抓来！不知不觉中，他来到营业部，在柳溪身边一张空椅子上坐下。柳溪看见他双眉紧锁的样子，不禁问道：你怎么了？

魏伯涛回来了，我一定要抓住这个狗东西！老毛咬牙切齿地说。

柳溪也知道老毛上当的故事，很想宽慰他，却一时无从说起。她看见老毛那件油乎乎的军大衣，便轻声说道：春天了，你还穿着军大衣干吗？应该洗一洗了……

老毛一愣，他体会到柳溪对他的关心，十分感激。他低着头，搓揉着军大衣袖子喃喃道：是呀，应该洗一洗了……

营业部主任周梅梅朝这边走来，老毛站起身，急忙想溜。东方银行有纪律：职工上班时不准串岗。像老毛这样跑到营业部来找柳溪聊天，就叫串岗。老毛没能走脱，周梅梅叫住了他。

老毛，萧行长叫你立刻上去！周梅梅说。

老毛松了一口气，迅速登上楼梯。走过信贷部办公室，他把军大衣往自己的椅子上一扔，觉得浑身轻松。他在萧长风的办公室门前站住，举手叩门。

二

江水华一次次从噩梦中醒来。她被各种恐怖的情景折磨着，片刻不得安宁。尤利拿走那十万元钱，一直没有消息。她几次想催他还钱，又鼓不起勇气。她安慰自己：尤利正处于关键时刻，渡过了危机，他会主动把钱还回来的。三天过去了，一个星期过去了，一晃快一个月了……尤利仍然没有还钱的意思。他对小江百般亲热，甚至趋于奉承，与过去相比，简直变了一个人。可是，他就是不还钱。小江矛盾之极，既想使这段甜蜜的日子持续下去，又怕银行查账，怕那张假存单露出马脚……她觉得自己的肠子都裂成了碎片。

这天夜晚，江水华跟尤利在小窝幽会。云雨过后，小江就想找机会催他还钱。她看看尤利，尤利赤裸着上身，双手枕在脑后，眼睛盯着天花板发怔。小江鼓起勇气，终于说道：尤利，我想和你商量一件事情……

尤利忽地坐起来，说：对，我们是得商量商量。老这样拖下去不行，我实在顶不住了！

江水华有些诧异地望着他：你想说什么？

尤利长叹一声道：唉，我实在没法向你张口，可是拖下去也不是办法。我炒的那种国债期货，又涨上去了。前些日子它跌过一段，我本来可以平仓出局，拿回本钱，可又想再赚一些，起码赚点儿利息吧？这一贪心，它又涨上去了，涨得像发疯一样！现在，我必须再向你借三十万，没有退路了，借不到这笔钱，我们全完了……

小江听着，只觉得四肢发凉。她万万没想到，尤利不但不还钱，还要向她再借钱！绝望的眼泪夺眶而出，她悲伤地说：尤利呀尤利，你害死我了……你真想逼死我吗？

尤利愣了一会儿，忽然狂嚎起来。他没有语言，没有眼泪，就像一只野兽在旷野里干嚎。小江抱住他，害怕极了。她恳求他安静下来，不要生她的气。

尤利哭了，一边哭一边说：小江，我怎么会生你的气呢？是我害了你，我对不起你……我本不想把这一切告诉你，我只要往楼下一跳，什么事情都结束了。可是，我已经借了你十万块钱，我死了，你怎么办？你怎么向银行交账？我就是替你着想，所以才活到今天。我难受呀，小江，死也死不了，活也活不成。你说我怎么办？

小江被他的话感动了，一边吻他一边说：你别急，咱俩一起想办法……事到如今，你我死也要死在一起。你千万别想不开……

从那一刻起，小江的心反而镇定下来。她没有退路了，真的要和尤利死在一起。但她毕竟有女人的心眼，不能陪他白干，得把一切事情定下。万一渡过危机，尤利发达了，再把她甩掉，岂不太冤？江水华琢磨再三，决定以三十万元为诱饵，向尤利提出一个条件:结婚。

江水华故技重演,又一次向储户存款伸手。她索性偷了一本空白存单,单独锁在抽屉里,只要有机会就开出假存单,将现金截留下来。现在,柳溪成了她最大的障碍。柳溪在她旁边的桌子上办公,椅子往后一翘,头就伸过来了。柳溪又特别关心她,总是问长问短,问得她心里发毛。江水华知道,柳溪精通业务,万一被她看出破绽,事情就全暴露了。因此,她有意与柳溪疏远。

柳溪不知道自己什么地方得罪了小江,心里很难受。孙美娇暗中挑拨:她呀,她心里正嫉妒你呢!柳溪并不完全相信,但细细一想,正是她从省里比赛回来,小江对她的态度发生了变化。柳溪打算认真和小江谈一谈。有天中午,她想请小江去解放路肯德基吃一顿快餐。她在职工食堂没有见到小江的踪影,又折回营业部,向储蓄柜台走去。小江正从抽屉里拿出什么东西,往挎包里装。

小江,你在干什么?柳溪叫道。

没……没啥,我给我妈买了几盒蜂王浆,打算送回去呢……

柳溪走近小江,发现她神情紧张,脸像死人一样煞白。她心中掠过一丝怀疑,又笑着说:小江,我想请你客。走,咱们去肯德基!

小江面有难色,可又不好推辞,只得跟柳溪走出营业大厅。

这顿快餐也就失去了应有的欢乐,江水华不时朝橱窗外马路上张望,显得心神不宁。柳溪则细心观察江水华脸上的表情。两人各吃一份巧克力圣代,目光终于接触在一起。

小江问:你想问我什么事情,就直说吧!其实,你请不请我吃这顿饭都没关系……

柳溪诚恳地说:小江,我觉得你近来变化很大,咱俩是好朋友,你常说我是你的好姐姐,不是吗?那你就应该把藏在心里的事情告诉我!

江水华久久地沉默。最后她摇摇头说:唉,有什么好说的呢?一个人活在世上，只有承担自己那份命运，谁也不能代替她……

柳溪直视江水华的眼睛道：小江，恕我直言，尤利不是一个好男人，你应该尽早离开他。你太重感情，我理解你。可是，一场错误的爱情，可能会毁掉你的一生！

江水华脸色急遽变化，嘴唇微微颤抖。她忽地站起来，似乎有些恼羞成怒：柳溪，你不要乱说！我不愿意听任何人说他的坏话……他近来对我很好，很好！

柳溪没有退却：我有一种很强烈的直觉，他在害你！自从你认识了他，他给你带来过幸福吗？没有！他一次次给你带来灾难，你回想一下，是不是这样？小江，听我的话，赶快离开他！

小江冷笑：谢谢你的关心。我看你近来也发生了变化，你变得自高自大！在省里得了冠军，追求你的男友是美国人，你哪方面都比我出色。可是你无权干涉我。哪怕我爱的男人是一个魔鬼，你也无权干涉！

柳溪惊讶地望着她：你怎么这样说话？我对你一片真心……

我还有事，先走一步。再见！小江提着挎包，匆匆离去。

柳溪痛心地喊：小江！小江……

江水华奔到街上，眼泪不住地流淌。她沿着海边走，任海风吹乱她的头发。她故意砍断与柳溪的感情纽带，感到心头的痛苦难以忍受。柳溪说得对，她正一步一步向魔鬼走近。

前面，尤利在凉亭里转圈，老远就能看出他火急火燎的心情。他在等江水华送钱来，就像要一口吸干江水华的血！手中的提包沉甸甸，里面装满一沓沓大面额钞票。江水华要向尤利摊牌，如果尤利不答应她的条件，他就休想得到这笔巨款！可是柳溪的身影老在她面前晃动，使她心烦意乱，不得不怀疑自己所做的一切……

拿来了吗？尤利急不可待地向江水华伸出双手。

江水华推开他，淡淡地说：你先别急，我还有一件事情要和你商量。

尤利长腿一抖一抖，颇不耐烦地说：商量什么？你快说！

江水华缓慢地，十分清晰地说：咱们结婚。

结婚？尤利惊愕地睁圆眼睛。

你没想过要和我结婚吗？那你为什么还要找我？尤利，听我说，你为什么非要炒期货我不明白，可是我所做的一切，都是因为爱你，爱你！你懂吗？

懂……

结婚的事，你可以考虑考虑。我先回去，等你的消息。

江水华转身欲走，尤利急忙拦住她。他仿佛下了最大的决心，一挥手喊道：还考虑什么？没有这笔钱，下午我就要爆仓了！我们结婚，明天我就去单位开证明，结婚！

江水华凝视着他，嘴角浮起古怪的、难以名状的笑容。她向尤利擎起挎包，并往他胸前靠近，希望尤利在接挎包时至少吻她一下。可是尤利抓过挎包，匆匆忙忙要走。

尤利，吻我一下。江水华叫住他，口吻略带命令的意味。

尤利收住脚步，惭愧地笑笑，搂住江水华亲吻起来。一只海鸥从他们头顶掠过，往海洋深处飞去……

三

海滨城市多雾。夜幕降临，浓浓的雾气也从海面汇集而来，悄悄爬上海岸，在街道小巷飘荡。老毛站在电话亭旁，焦急地拨打电话。他的眼睛牢牢地盯住胡同口，行人稀少，魏伯涛的身影只要出现，他能即刻辨认出来。

喂，曹主任吗？你的电话怎么这么难打？……我在老鼠洞前守着，魏伯涛没有出来。什么时候开始行动？不，我不回来！你和公安局的朋友们说一声，我老毛一定要参加打狗行动……老毛挂断电话。路灯微弱的光线透过电话亭有机玻璃窗，照着他激动异常的脸庞。

曹卫东把追捕魏伯涛的计划称作"打狗行动"，老毛对此非常欣赏。那天，老毛在萧行长办公室参加紧急会议，与曹卫东、史律师一起商量捉拿魏伯涛的办法。萧长风说，城市信用合作社、工商银行、交通银行等兄弟银行都受过魏伯涛的欺骗，他已经与行长们联系过了，大家决定联合行动，一定要将这个多头开户、四处行骗的奸商捉拿归案！

可是，魏伯涛搞小额贷款，最大一笔还不到一百万，比起诈骗上千万、上亿的罪犯他还挂不上号。因此，各银行只能向法院提起民事诉讼，没有请公安局立案缉拿。史万军律师认为，法院执行庭发出传票，不仅传不到魏伯涛，反而会打草惊蛇使他再次逃往外地。必须请公安局出手，以诈骗罪名，将魏伯涛先行拘捕。

曹卫东立即拨打电话，他有一个同学在滨海公安分局当刑警队队长。事情进展很顺利，滨海分局同意协助东方银行，将诈骗犯魏伯涛捉拿归案。老毛向刑警队提供了一条线索，他几次到小胡同侦查，发现那女人养着一条哈巴狗。哈巴狗肯定没有准养证，因为女人经常在半夜或者清晨偷偷摸摸地出来遛狗。刑警队张队长对老毛提供的情况很感兴趣，S市禁止无证养狗，刑警队可以以捉拿无证犬为借口，进入那女人家。魏伯涛如确实窝藏在那里，可将他一举擒获。这样，一个巧妙的行动方案就敲定下来。今晚，正是要实行"打狗行动"。

老毛悄悄走进胡同。他又一次观察二楼那个窗户，窗帘上没有人影。但是，他可以肯定魏伯涛就躲在屋里。几天来，他一有空就围着这幢小楼转悠，对一切细节都了如指掌。通过电信局，他了解到屋主的电话号码。于是，他大胆地拨打电话，如果是女人接听，他就装作打错了电话，尽量多扯几句；有时（极偶然地），魏伯涛接电话，老毛又听见那熟悉的、略微发尖的声音，他就轻轻把话筒放下……他眼前浮现魏伯涛堆满笑容的脸，想象着他躲在二楼女人屋子里生活的情景。魏伯涛跑不了！七点半时，老毛还往屋里打过电话，恰巧是魏伯涛本人接听的。他可能在吃饭，通过电话，老毛似乎闻到一股酒味……

毛德用这个老兵，眼睛里就是容不得沙子。他本不该来，信贷员用不着亲自缉捕骗取贷款的客户。可是，老毛心底有一股难以平息的怒火，非要活捉魏伯涛方能洗雪耻辱。究竟是什么原因？"战友"，魏伯涛亵渎了这神圣的称呼，老毛至死也不肯放过他！发放五十万元贷款的前几天，魏伯涛忽然与老毛认了战友。他把老毛部队的番号背得滚瓜烂熟，说自己二十年前正是在这个部队当兵服的役。他提了几位首长的名字，声称他们都是自己当年的战友。老毛对此深信不疑，心底升起兄弟般的感情。"战友"，当过兵的人特别珍惜这个称呼！老毛拉存款业绩突出，在相当大的程度上是依靠了战友。他在S市做了一个调查，把在他那个部队当过兵的战友在各行各业找出来，争取他们的帮助。老毛成功了。那些当了局长、经理的老兵，都买"战友"二字的账，将一笔笔存款转入东方银行……而魏伯涛冒充战友，骗取老毛的信任，这实际上是亵渎了他心底最神圣的感情！他绝不会饶恕魏伯涛。

一辆警车驶进胡同，他们来了！

老毛从电线杆后面走出来，与刑警队张队长热情握手。他在张队长耳边低声地说："曹卫东主任让我来配合你们！"张队长是曹主任的同学。他苦笑一下，只得让老毛跟在后面。张队长按门铃，一位老太太开了门。一群人走进小楼。

楼梯狭窄陡峭，木头缝隙发出咯吱咯吱的声响。老毛觉得楼内的情景与他想象中一样。一扇自制的、厚重的木门将二楼走廊封住，张队长敲门。屋内久久地沉寂。一次又一次地敲门，女人终于将楼梯门打开。她满脸惊恐，却色厉内荏地责问他们来此想干什么。

有人举报你家无证养狗，我们要检查一下。张队长沉着地说。

谁说我养狗？没有！没有……女人高声嚷嚷。

公安人员已经进入各个屋子搜寻。很快，他们在阳台上发现了狗窝。然而狗窝空空如也，窝边只扔着一只项圈。张队长皱着眉头问：狗呢？

女人冷笑一声：昨天刚送到乡下去，你们来晚了……

到处不见魏伯涛的踪迹，难道他也像小狗一样先走了一步？不对，七点半老毛打来电话，明明听见的是魏伯涛的声音。他一定藏在这屋里，藏在某个隐蔽的地方！老毛屏住呼吸，用一双侦察员的眼睛，仔细搜寻每一个可疑之处。忽然，他在楼梯拐弯处发现了一个壁橱，准确地说，那是利用楼梯空间巧妙地制作成的大木箱。没有门，却有一个巨大的箱盖。老毛站在楼梯口，独自笑了。

我听见了狗叫！他喊道。

张队长领人奔来。他们很快就发现了那隐蔽的箱盖，将其打开。女人还想阻拦，吵嚷说那是她放冬天被褥的地方。老毛将上半身探入，一声大喝：魏伯涛，还认识我老毛吗？

他将魏伯涛拖出来，摔在楼梯上。魏伯涛浑身筛糠般地颤抖，一叠声地说：我还钱，我还钱……

夜空高爽，星云璀璨。空气中弥漫着春天的芬芳，老毛深深呼吸，觉得肺腑间百花齐放。他不知不觉朝柳溪家走去。军大衣已经拆洗，他穿着一件咖啡色夹克衫，显得潇洒飘逸。可能会撞见洋鬼子威尔逊，可是没关系，他可以去陪奶奶。他心里真高兴，一定得亲口告诉柳溪：我逮住了魏伯涛！然后，他心安理得地陪奶奶读《圣经》。对了，现在就得把《马太福音》开头那部分背一背。老毛摇头晃脑地背《圣经》，他看见明晃晃的月亮从云层中露出脸来，又忍不住哼哼呀呀地唱起了家乡小调……

四

瑞达信托投资公司在危机中越陷越深。对于咖啡期货的投机，前一段收获颇丰。但近来听了"深喉"的指示，频频做空，浮动亏损便渐渐扩大了。咖啡市场日益火爆，且近乎疯狂。多空两大阵营展开殊死搏斗，神秘的资金悄悄地汇聚，几亿、十几亿……像一个个军团奔赴战场，投入战斗。众多中小金融机构盲目地、混乱地在这个战场上杀进杀出，瑞达信托投资公司就是其中之一。一时间，咖啡期货市场竟成了全国金融界瞩目的焦点。

这是一个阴雨绵绵的日子。雨点时急时缓地击打着玻璃窗，为办公室渲染出一种紧张的气氛。卢燕红召集各部门头头开会，研究咖啡期货的投资策略。大家意见很不相同，吵成一锅粥。投资部经理余亮主张停止咖啡期货炒作，将资金撤出来。他指出：我们已经在咖啡上投入三千万元，这是公司现有的全部流动资金，万一有闪失，后果不堪设想！现在清仓虽然有一些损失，但前一段做多时赢利丰厚，两下相抵还有盈余，也算见好就收吧！

投资部经理辛一鸣马上站起来反对。他很激动，在房间里来回走，说：怎么能撤退呢？空头头寸已经建立起来，九月咖啡一浪下跌至少跌去500元，我们能获得翻番的利润，三千万就能翻成六千万呀！况且，我们有可靠的内幕消息。卢总，深喉一向说得很准，你说是不是？他让我们做空，肯定是有道理的……

卢燕红揉着太阳穴，一时难以表态。由于提供内幕消息的人身份特殊，她才给他起了一个"深喉"的代号。她不愿意在部下面前多谈深喉的事情。然而，是否在九月咖啡上继续做空，深喉的观点、身份、消息来源就显得至关重要。卢燕红倾向于辛经理的观点，能在短时间内把三千万元变成六千万元，确实太诱人了。瑞达信托投资公司有许多难以套现的固定资产，又要支付大笔高息，特别需要现金流入。炒作咖啡风险虽高，若博得成功，却能一举扭转被动局面！

办公室门被打开。来者没有敲门，崔瀚洋手里拿着一卷图纸，好像提着一根爆破筒，大步闯了进来。经理们诧异地望着他，他却不看他们，径直走到卢燕红面前。他脸涨红了，头发蓬乱，显得非常激动。

你请我来，是要我操盘炒咖啡，对吗？紧要时刻，我可不可以说一句话？

卢燕红笑道：当然可以。你先坐下，喝杯水，慢慢说……

崔瀚洋使劲儿摇头：不用。我就站着说，九月咖啡不能做空，只能做多！

辛一鸣慢慢地逼过来，歪着脑袋打量崔瀚洋：你说什么？你是发高烧说胡话吧？

崔瀚洋冷笑：冲着你，我连胡话也懒得说。卢总，形势很严峻，我仔细观察盘面，分析成交量变化，发现多方主力比空方主力强大得多！从图表上看，2800元大关一旦被突破，空方阵营就会崩溃。九月咖啡的上升目标至少达到3200元！

卢燕红站了起来，走到崔瀚洋身边，皱着眉头看他在图表上指指画画。

辛一鸣嘲讽道：纸上谈兵，完全是纸上谈兵……

崔瀚洋指着辛经理，毫不客气地说：你一直阻挠我操盘。期货原本就是纸上谈兵的买卖，任何潜在因素都会表现在价格波动上。我不相信内幕消息，只相信图表。这一根根日K线都是用巨大的资金堆积起来的，它最真实！辛经理，你做了那么多空单，我替你计算过了：九月咖啡达到3000元位置，也就是上涨200元，公司投入的三千万元就会赔个精光！

卢燕红问道：你是怎么做的？

崔瀚洋笑笑：我一直在做多，顺大势，我跟着大势走。如果辛经理放权给我，我把空单全部砍光，反戈一击，加入多头阵营！

崔瀚洋说完该说的话，卷起图纸走了。会议乱纷纷开不出个结果，卢燕红宣布暂时休会。她陷在宽大的沙发深处，久久无力动弹……

对于一个女人来说，处理这样复杂尖锐的问题简直有些残酷。卢燕红左右为难，始终拿不定主意。做多？做空？撤退？……她烦透了！一瞬间，她脑子里闪过一个念头：何不与自己的命运赌一把？如果这次她做期货失败，她就主动辞去总经理职务，从此退出金融界。对，就这样决定！

卢燕红呼地从沙发里站起来，反而更加镇定。现在，要首先与深喉取得联系，听听他会发出什么声音。卢燕红拿起手机，不停地拨号。对方手机总是没有应答，办公室里也没有人接电话。他到哪里去了？卢燕红心中产生不祥的预感：深喉无声，意味着什么？

卢燕红站在窗前，习惯性地眺望街对面的红瓦屋顶。萧长风在干什么？处于卢燕红的位置，他会做出什么决定？卢燕红真想当面问问他。但是，上次他打电话逼债，伤了卢燕红的心，她不想再主动去找他。卢燕红背过身，不去看那红瓦屋顶。她暗暗嘲笑自己痴迷：怎么会这样暗恋一个男人？

卢燕红从电话号码本找到深喉家里的电话，再次尝试与他联络。接电话的是一个女人，声音里透出极度的恐慌：你是谁？你找他干吗？……卢燕红费了九牛二虎之力，才使对方相信自己是深喉的好朋友,并隐隐地暗示:他们之间有着密切的利益关系。女人在电话另一端哭泣起来,她说丈夫被检察院带走了,一连三天都没有消息。她请求卢燕红帮忙,到了这个时候,丈夫的好朋友一个也不露面了……

卢燕红挂上电话,真的感到心惊肉跳!她不知道深喉犯下了什么罪行,但卢燕红以咨询费的名义给过他许多现金。当然,卢燕红还不至于受牵连,但是谁再向她提供内幕消息呢?咖啡到底是做多还是做空?……

卢燕红要到海边走走,她感到耳朵里仿佛有马达在轰鸣。背上挎包,带着手机,她离开云海大厦。

滨海路是一条美丽的街道,靠海的一边人行道竖着白石琢成的栏杆,相隔几步,就有长条石凳,供行人憩息观海。卢燕红找僻静处坐下,深深呼吸海洋湿润的空气,顿感周身舒畅。阳春三月,海水蓝得叫人心醉,她真想让自己融入大海,化作一片湛蓝。远处,大大小小的岛屿姿态万千,令她回想起童年听到的种种传说……一个人只有投入大自然的怀抱,才能真正回归自我。卢燕红愿意永远坐在这里,不再回头看一眼街道另一边的高楼大厦。

出乎卢燕红意料,萧长风打来了电话。他用欢快的语调问:你在干吗?我想请你吃午饭!

又想来逼债?我可没钱。

不,今天不谈钱的事。我有预感,现在你需要我的帮助。

萧长风说得很诚恳,卢燕红禁不住鼻子一酸。她停了一会儿,缓缓地说:饭我不想吃,你有诚意,可以来陪我坐一会儿。

你在哪儿?

在海边……

五

萧长风与卢燕红坐在石凳上，面对镜子一般平静的大海，娓娓而谈。萧长风首先为那次打电话选择的时机不对而抱歉，后来他去找卢燕红，她已经乘飞机到广东去了。他从几个途径得知她近来的状况，心里十分不安。他希望卢燕红把所遇到的麻烦都告诉他，他将尽自己的力量帮助她。

卢燕红默默地听着，心中深感安慰。她还需要什么？有萧长风坐在身边就足够了。工作中的事情她不想谈，那只会破坏眼前美好的气氛。卢燕红转动脑筋，试图改变话题。

你怎么不说话？脑子里在想什么？

白帆要离婚了，你知道不知道？

萧长风惊讶地睁大眼睛：真的？他怎么没对我说？这家伙，出了这么大的事情也不告诉我……

卢燕红抿嘴一笑：你们男人最要面子，打掉牙齿往肚里吞，就怕哥们儿笑话。白帆怎么会找你呢？他把一肚子苦水都倒我这儿来了。

你可得好好安慰他，代表我们大家……

是呀，我也是个离过婚的人。怎样喝这杯生活的苦酒，我有经验。

萧长风听出她话里苦涩的滋味，便默不作声。他心底深处，总有一点内疚。年轻时候，他与卢燕红之间那段感情纠葛，既难以忘怀，又不敢触及。萧长风明白，今天卢燕红独饮那杯生活的苦酒，与他很有关系。

我安慰白帆，谁来安慰我呢？你今天才想起我来……卢燕红幽怨地说道。

萧长风沉吟片刻，认真地说：我一直在关注你。出现重大问题，我绝不会默不作声。燕红，你们公司炒期货，已经陷入十分危险的境地，所以我今天才来找你。

谁告诉你的？

崔瀚洋。

你有一位好弟弟。卢燕红微笑着说。

不知怎么，卢燕红就是不愿触及咖啡期货的话题。她可能不希望萧长风看见她绝望的神情，极力想把刚才的美好气氛保持下去。她伸手指向沙滩，用惊喜的口吻叫道：哎，退潮了！咱们到沙滩上走一走怎么样？

萧长风与卢燕红来到沙滩，海水翻起白色泡沫，一下一下舔着黄沙。海风吹乱卢燕红的长发，使她更显妩媚生动。她踩着浪印向前跑，灵巧地躲避阵阵袭来的浪花。她咯咯地笑着，仿佛捡回了童年的欢乐。

忽然，卢燕红站住脚，转身面对紧随上前的萧长风，问道：你还记得我们的童年吗？

当然记得。我第一次领你来游泳，你差点儿淹死……这事你应该印象最深！

不，我印象最深的是，你站在这里，指着一幢一幢的洋房，给我讲银行的故事……想不到，今天我们成了大楼里的主人。

萧长风感慨地说：是啊，你，我，还有白帆，一群在海里光屁股游泳的小孩，成了金融街的主人。我们肩上的担子很重，不能有半点闪失。这是历史赋予我们的使命啊！

长风，你在我心目中一直是大哥哥，今天我要对你讲一句真话，这副担子我挑不动了，我要提前退出金融街。

为什么？萧长风吃惊地问。

卢燕红把炒咖啡的事情从头到尾告诉萧长风。她的语调变得沉重，脸色也略显憔悴。她说到自己和自己打赌，如果咖啡上涨，公司资金遭受重大损失，她将引咎辞职，退出金融界……

萧长风急了：你怎么这样消沉呢？知道错了就改，立即停止期货炒作，退出一切过度投机的项目，进行一次全面整顿。燕红，你不能躺下，瑞达虽然有很多问题，但是你能闯出今天这样的局面，已经很不容易了，千万要珍惜它！

卢燕红眼睛里噙满眼泪，轻轻地摇头：我的心累了，太累了……这颗心不仅为工作累，也为爱情累。我该怎么办？我要开始新的生活。

卢燕红的劳累注定不能结束。下午，期货市场收盘前，这种劳累达到高潮。辛一鸣经理打来电话，请她立即去投资部，因为盘面出现了异常波动……

卢燕红与萧长风告辞。萧长风握住她的手，叮嘱再三：记住，一到那里就平仓，损失再大都要全线退出！你千万别犹豫……

卢燕红忧郁地说：这几天我的压力太大，实在受不了时，你肯陪陪我吗？

当然。你随时可以打电话给我，我一定会帮你渡过难关！

卢燕红匆匆赶到证券营业部。辛经理、崔瀚洋以及几个技术分析师聚集在办公室里，围着电脑指手画脚。卢燕红上前问：怎么样了？辛一鸣起身让出椅子，请她坐在电脑跟前看盘。行情剧烈变动，好似战争进行到白热化时刻。咖啡的价格忽而冲到涨停板，忽而又被打到跌停板。犹如两个好勇斗狠的拳手，打倒了爬起来，爬起来又被打倒。而几万手、十几万手的巨额买单、卖单，就是击向对方的硕大而沉重的拳头！卢燕红看了一会儿，心都紧缩起来……

今天就会突破 2800 元大关，卢总，赶快下决心做多吧，否则就来不及了！崔瀚洋用肯定的语气说道。

我的看法正好相反，向下突破已成定局。只要坚持下去，我们的空单一定会赢得厚利！辛一鸣针锋相对地强调自己的观点。

卢燕红离开电脑，走到窗前。她用手指梳理头发，好像要理清自己的思路。她必须立即做出决断：做多还是做空？让她做这样的选择很荒谬，仿佛她在参加一场赌博。此时，她眼前浮现萧长风的脸庞，那双焦灼的眼睛正凝视着她，卢燕红决定听萧长风的话，她转过身，向众人宣布这一决定——

马上平仓！辛经理，从今天起，全面停止期货业务，资金拨回总公司。你明白吗？卢燕红神情镇定、语气坚决地说。

可是……可是现在平仓，我们要损失五百八十万元呀！辛一鸣急得额角沁出汗珠，结结巴巴地说。

蛇咬一指，壮士断腕！什么叫止损离场？付一点代价，避免更大的损失，现在必须这样办！

卢燕红拿定了主意，又恢复了女强人的状态，说话办事干净麻利，容不得半点拖拉。辛经理赶紧奔向报单房。崔瀚洋小声嘀咕：其实做一些多单也无妨，我个人就在九月咖啡揸了一千手……

卢燕红笑笑：神奇小子，你去发财吧！我可不能再搏了。

崔瀚洋脸上流露出十分遗憾的表情。

忽然，有人喊道：突破了，2800元大关突破了！

大家急忙围住电脑。只见九月咖啡价格曲线跃出震荡区域，笔直地向上攀升。没几下子，就拉至涨停板，巨大的买盘将涨停板封得死死的！

崔瀚洋失声叫道：糟糕，辛经理的空单跑不了了！

按照交易规则，涨停板只能卖出，不能买进。而做空者预先卖出期货合约，只有反向做买入合约的动作，才能平仓出局。辛经理手握一把空单，遇到涨停板，就是遇到最大的克星，几乎死定了！卢燕红当然明白情况的危急，急忙奔向报单房。

报单房像储蓄所的柜台，一排玻璃墙将交易大厅与报单房隔开。办公桌上放着几部报单专用电话，直通场内交易席位。散户们拥在柜台窗口，吵吵嚷嚷争抢买单。卢燕红看见辛一鸣擎着话筒，亲自向场内红马甲下单。他脸色惨白，汗水一缕缕淌下脸颊。卢燕红走到他跟前，默默地站着。

卢总……幸亏你及时做出决定，我们总算……总算跑掉一些空单……

没有平仓的空单还有多少？

跑掉百分之二十，套住百分之八十……

卢燕红脑子里轰地一响，两眼直发黑。完了，灾祸就这样降临了！她死死盯住电脑屏幕，希望收市前涨停板能够被打开。然而，九月咖啡价格白线顶在屏幕上方横走，没有波动，没有变化。涨停板封成铁板一块。大关已突破，买盘十分强劲，看来真如崔瀚洋所说，九月咖啡要直奔 3200 元去了……

怎么办？后果不堪设想！

第八章

一

无情的涨停板使卢燕红陷入绝境，九月咖啡疯涨三天，瑞达信托投资公司损失惨重。天天排队割肉，总算陆续平掉空单。一算总账，竟亏损一千六百万元！卢燕红实现自己的诺言，向财政局主管领导提出辞职。

卢燕红还算及时脱身。咖啡期货投机狂潮愈演愈烈，终于导致政府出面干预。国务院发出紧急通知：大力整顿期货市场，取消咖啡、红小豆等过度投机的交易品种，关闭一批违规商品交易所。

卢燕红仿佛大病一场，头脑晕眩，双腿绵软。张大东副市长找她谈话，鼓励她继续干下去。他安慰卢燕红：工作中的失误谁也难免，深刻检查，总结经验，不就行了吗？这次炒作期货虽然亏损严重，但不能抹杀你过去的功劳，瑞达信托投资公司不是你一手创立的吗？你们公司的干部群众都不愿意让你辞职离去，说明你威信高，工作有成绩……

卢燕红苦笑：张副市长，别夸我了，现在你给我最严厉的处分，我也心甘情愿。由于长期缺乏有效的监管，瑞达已经病入膏肓。市政府有几项重要的基金存放在我那里，比如，电力基金、水利基本建设基金、教育基金……这些钱都很难拿回来了。还有许多债务我也无力归还，像东方银行、宝迪克集团等等，他们如果上法院起诉，法院就会封我的门。钱到哪里去了呢？前些年房地产热，我不慎被卷入，大量地皮、房子被套住。再就是高进高出，高息拆进来的资金，高息拆借出去，结果借钱的企业不肯归还，形成大量呆账、死账……总之，我犯下的错误难以挽回，只有引咎辞职。我建议，市政府委托人民银行，组织专门小组，对瑞达信托投资公司进行全面的清理整顿。该我负责的事情，我一定负责到底，积极协助清理整顿工作……

与张大东副市长谈话之后，卢燕红就再没有去上班。她在等待最后的结果。神经一松弛，卢燕红就觉得人要垮下来。她极想找人谈谈，确定自己今后的道路。此人非萧长风不可，卢燕红再三忍耐，还是拨通了萧长风的电话。服务台小姐要她留言，她张口说出内心最强烈的感觉：我想见你，我要垮了！……

是的，卢燕红几乎精神崩溃。广东之行处理地皮、期货市场大起大落，使她神经持续紧张，犹如一根紧绷至极限的弦。辞去总经理职务，赋闲在家，她隐隐意识到今后工作很成问题。人到中年，事业一无所成，爱情更是一无所获，至今连家庭也没有，这样活着有什么意思呢？卢燕红满腔委屈无处发泄，扑在枕头上久久流泪，泪水打湿整条枕巾……

萧长风来到卢燕红家中，天色已晚。卢燕红眼睛红肿，泪痕未干，很不好意思。她忙着进卫生间梳洗打扮，又要为萧长风烧饭炒菜，萧长风拦住了她。他从塑料袋里拿出各色冷菜，烧鸡、酱牛肉、扒蹄、糖醋蒜……样样俱全。萧长风又拿出一瓶干红葡萄酒，朝卢燕红摇晃着说道：早知道你没心思做饭，我都准备好了。他还劝卢燕红不必化妆，开玩笑说女人保持本色最美。气氛变得轻松起来，卢燕红暗暗感激萧长风。

二人在餐桌上摆开冷菜，斟酒对饮。卢燕红把她与张副市长的谈话内容告诉萧长风，辞职已成定局。萧长风问：你为什么非要这样做？难道没有其他道路可走了吗？

卢燕红笑笑，认真地回答：瑞达问题太多，我希望尽快展开清理整顿工作，我引咎辞职，能够引起市政府领导的重视，我的建议也会被采纳。说实话，我把瑞达当成自己的孩子，我治不了孩子的病，就应该让位，请高明的大夫来治。

卢燕红口口声声谈着孩子，脸忽然红了。她停住口，偷眼看看萧长风。萧长风侧着脑袋，正认真思索她的话。

离开瑞达之前，我还干了一件事情。你猜猜看，我干了什么？

我可猜不出来……公事还是私事？

公私难分。我凑齐三千万元资金，归还东方银行的欠款。这是我最后一次动用手中的权力。瞧，我把转账支票复印了一份，现在交给你。

你，你这是为我做的……萧长风深受感动，将支票复印件仔细叠好，珍惜地放入上衣口袋。他敬卢燕红一杯酒，感谢她为他所做的一切。两人的脸颊都微微发红，一瓶葡萄酒已经喝尽。萧长风鼓励卢燕红振作起来，走出人生的低谷，他又谈了一些关于卢燕红未来工作的想法，说他会尽自己的努力帮助她做出好的安排。时间不早了，萧长风起身告辞。

我希望你多陪我一会儿。我这儿还有一瓶法国马嗲利白兰地，我们再喝几杯。

不了，回家太晚，家里人会着急……

卢燕红脸上浮现失望的神情。她的眼睛闪烁着异样的亮光，久久盯着萧长风，丰腴的嘴唇半张半合，想说什么，却终于没说出来。萧长风内心有些慌乱，急忙将脸转向一边……

卢燕红送萧长风下楼。夜空深邃，星光闪耀，春风送来花草的芬芳，使人产生一种惆怅的情绪。她将一样东西塞入萧长风手中，同时发出一声轻轻的叹息。

我知道，我没有勇气说出心里话，所以……你回去仔细看吧！

卢燕红转身离去。她把一封信留给了萧长风。

二

萧长风：

我写这封信，犹豫了很久。有些话应该当面对你讲，可是我又没有足够的勇气。你大概知道我想讲什么，还是那段无法了结的情缘。是的，从我这方面来看，这段情缘恐怕永远无法了结。你可能会笑我单相思，那你就笑吧，我只能这样了。痛苦慢慢地吞噬着我的心，年复一年，我的全部不幸都与你的名字联系在一起。因此，我不能不把心里话说出来，即便在我走向坟墓的时刻，我也会给你留下这样一封信。

我想和你讨论两个问题。第一，你肯不肯原谅我当年犯下的过错？那是一段情感的迷乱，我难以形容自己的懊悔心情。但是我们都已成熟，你今天还会暗暗记恨我吗？不会了，我想肯定不会。那么你平静地回首往事，就可以看到，除了那段可憎的插曲，我从少女时代直到今天，唯一爱的人就是你！一个女人专一地爱一个男人，可能会造成自己的不幸；当她在爱情上有过过错，却仍然痴迷地爱着那个男人，那她注定要陷入不幸中的不幸……

第二个问题是我难以张口的，但既然是讨论，我就不妨大胆一些。一个女人能不能以某种方式，找回她失去的幸福呢？我们这个时代，是一个思想、行为比较开放的时代，谁也不必以封建社会的标准来要求自己。我不隐瞒我的私心，有时候我会幻想：如果萧长风像白帆一样，夫妻关系出现裂痕，我会怎么样？我会毫不犹豫地抓住机会，把你拉到我的身边……当然，这是不可能的，我知道你的家庭非常稳固，袁之华又是我们同学，我也不敢有非分之想。但是，如果我心甘情愿地做你的情人呢？我什么也不索取，丝毫不破坏你的周围世界的平衡，只是躲在某个角落里，默默地分享你的一点爱……哦，我准是疯了！可我的的确确是这样想的，无论用什么方式，我要寻回失去的爱情！

你能理解我吗？

卢燕红

轿车猛地一晃，司机小王踩了急刹车。萧长风抬起头来，看见前面岔道口一个老汉赶着毛驴架子车，晃晃悠悠地穿过公路。小王低声咒骂一句，继续驾车前行。萧长风收起卢燕红的信，望着车窗外飞掠而过的树木、田野，心情复杂地陷入沉思……

他理解卢燕红。人非草木，孰能无情？即便卢燕红不写这封信，萧长风也时时感觉到她的爱。其实，萧长风对卢燕红也有一份很深的情感，只是他把它深深地埋在心里。他们是同学，又同在金融街工作，频繁的接触很容易碰撞出爱情的火花。但是，萧长风理智地控制着局面，他既关心卢燕红，又避免两人的情感超越一定的度。萧长风很爱妻子袁之华，两个女人相比，就像两张不同年代的照片：袁之华是新拍的彩色照片，而卢燕红是一张褪色的黑白照片。萧长风不会因为卢燕红去伤害袁之华。他是一个对爱情专一的男人，不能接受婚外恋之类的感情模式。读完卢燕红的信，他心里很难受。

153

卢燕红和他的处境不同，她需要爱情，她需要家庭。萧长风拥有一切，卢燕红却一无所有！怎样回答她信中提出的问题呢？怎样既不伤害她的感情，又能很好地帮助她呢？……萧长风揉着太阳穴，苦苦思索。

萧行长，已经十二点半了，咱们在丰台吃午饭吧？司机小王问道。你饿吗？

我早晨吃了三个大包子，不饿！就是怕你……

那就先往北京赶吧。下班前，我还能找一找建设银行的徐行长。

小王踩大油门，轿车加速向前奔驰。此次进京，萧长风是为 S 市高速公路的贷款而来。有一次，庞子华书记约他到家中，两人进行了一次推心置腹的长谈。此后，萧长风就一直为这笔高达二十亿元的贷款奔波。在总行的支持下，萧长风代表东方银行 S 市分行牵头，联合了八家银行组成银团，共同为高速公路项目提供贷款。现在，事情已经有了眉目，萧长风进京与几家大银行敲定最后细节，同时找有关领导部门办理一些手续。他是第一次做这样大的业务，心情有些紧张，有些激动。

首都北京展露出美丽、雄伟的轮廓。轿车驶入市区，繁华的街道使车速不断减低，渐渐地变成爬行。萧长风靠在车后座上，用手机和几家银行取得联系，一一约定与行长见面的时间。他精神抖擞，细长的眼睛射出异样的光亮，声音也显得中气十足。一旦进入战场，萧长风就变成了出色的战士！

他们在一条僻静的马路停车，随便吃了一顿饭。萧长风又给柳溪打了一个电话，问她威尔逊在不在北京，到哪里能够找到他。柳溪说：威尔逊头一天乘飞机到达北京，正在做他老板的工作，动员他参加银团呢！她又告诉萧长风几个电话号码，说挨个儿打电话找，准能找到他。萧长风和柳溪开玩笑：威尔逊能把这件事办成了，给你柳溪记一大功！话筒里传来柳溪银铃般的笑声。

这件事情还真挺有意思。当时，萧长风正到处寻找合作伙伴，有人向他提建议：柳溪正在和花旗银行驻 S 市办事处的外籍职员谈恋爱，何不让她做做工作，搞一个统一战线，把美国花旗银行也拉入贷款银团呢？萧长风脑筋转得快，一拍巴掌说：对，快把柳溪找来！一和柳溪见面，萧长风开门见山地说明自己的意图，柳溪脸红得像一颗樱桃，但十分爽快地接受了任务。过了一段时间，她把洋小伙子威尔逊领来，正式与萧长风谈判。现在，这件事情已经有了七分把握，如果威尔逊成功地游说花旗银行驻北京代办处的经理们，使他们个个点头，那么萧长风这次北京之行的收获可就丰厚了！

整整一下午，萧长风忙着拜会行长、司长、部长们。萧长风最不喜欢跑，可也没办法，他要在北京一连跑上几天。在跑的间隙，萧长风终于找到了威尔逊。这个洋小伙子欣喜万分，在电话里噢噢直叫。他告诉萧长风，事情办成功了！经理们对 S 市的高速公路项目很感兴趣，已经向花旗银行总部做了详细的汇报。最近几天，总部将派代表赴中国谈判，希望萧长风早做准备。萧长风兴奋地说：我已经做好一切准备，请花旗银行的代表们快点儿来！

在司机小王看来，萧行长此次赴北京出差，无疑是牛郎织女相会的好机会。银行员工都知道他们夫妻分居，见一次面不容易。可是萧长风真沉得住气，连一个电话也没给老婆打。

小王憋不住，终于开口问道：萧行长，怎么不和嫂子联系？你们总得……总得……

萧长风哈哈大笑，拍着小王肩膀说：你还真关心我呢！告诉你，我们天天联系，她现在不在北京，飞到巴黎和老外谈判去了。唉，我的运气不好……

司机小王同情地望着行长，行长一脸遗憾的表情，十分真诚。

晚上，萧长风在一家著名的饭店宴请花旗银行驻北京代办处的经理们。威尔逊与柳溪谈恋爱，把中文练得相当不错，现在派上了用场，担当起翻译的角色。席间，气氛十分融洽，萧长风详尽地介绍了 S 市的地理位置、经济状况，指出这个海滨城市潜在的发展前途。他又从商业银行业务的角度，仔细分析高速公路贷款项目的风险与收益，谈得既内行又恳切。经理们严肃地听着，连连点头。威尔逊起了很好的作用，他对那块土地充满感情，翻译时添枝加叶，热情洋溢。萧长风与他开玩笑，夸奖他是东方银行的好女婿。威尔逊惊喜万分，离开座位向萧长风鞠躬。老外们弄明白缘由，哈哈大笑……

宴会结束前，萧长风的手机响起来。他礼貌地离开餐桌，到走廊上接听电话。是庞书记来电询问情况。他的声音流露出期盼、焦虑的情绪：萧行长，到北京了吗？一路还顺利吧？

一路顺风，你放心吧。庞书记，我正打算晚上给你打电话，汇报一下情况……

我这个人性子急，忍不住就把你手机拨通了，怎么样？事情进展还顺利吧？

非常顺利！你肯定想象不到，我现在在干什么。庞书记，美国花旗银行有意向参加我们的银团，我正在请经理们吃饭呢！

太好了！老萧，我从心眼里感激你，真的。我还想说一句官话，我代表全市四百万人民感谢你！

萧长风挂了电话，很有些心潮澎湃。他觉得市委书记那颗火热的心，与自己的心合着同一个节拍跳动。

送走外国客人，萧长风回到下榻的宾馆。时间很晚了，他觉得浑身骨头像散了架一般，疲劳至极。司机小王连澡都不想洗，纳头便睡。萧长风却一时难以入眠，洗了一个热水澡，身穿浴衣站在窗前。天上一轮明月正圆，淡淡的银辉洒在窗台上。北京城也有宁静、美好的时刻。他不由思念起远在异国的妻子。

入睡前，萧长风又把卢燕红的信读了一遍，淡淡的忧伤在胸间弥漫，挥之不去，驱之不散。有一个念头牢固地占据着他的脑际：一定要帮助卢燕红！怎么帮她？究竟怎么帮她？……萧长风带着这个问题，进入沉沉梦乡。

三

崔瀚洋在咖啡期货一役获得大胜！倚傍着"十三太保"，成为多方主力之中的一员，崔瀚洋获利是必然的。他对卢燕红怀有同情，甚至有点内疚的心情，因为他没把自己所掌握的情报全告诉她。但崔瀚洋也为自己开脱，他已将做多的信息强烈地传达给卢总，可是让辛一鸣搅了。卢总毕竟是女人，优柔寡断，怎能在期货市场生存。幸亏她借给崔瀚洋一千万元，这笔钱保住了，并且在归还时，崔瀚洋还支付了一笔高昂的利息……想想这些，崔瀚洋心里也就踏实了。

有一天，崔瀚洋在北海期货公司门口遇到尤利。他一副丧魂落魄的样子，完全忘记了与崔瀚洋的争吵，抓住崔瀚洋的胳膊，不住念叨：我怎么办？我怎么办？崔瀚洋很同情他，不计前嫌，问起他做单的情况。尤利是个赌徒，对行情发展没有主见，一会儿做多，一会儿做空，总是输多赢少。尤利眼睁睁地看着自己账户的资金越来越少，口袋里分文不名。他附在崔瀚洋耳边低声说道：这些钱都是我老婆的。小江，你认识她吧？我先后向她借了六十万元，六十万啊！这钱小江也是向别人借来的，她早晚要还。我把钱输光了，怎么办？……

崔瀚洋对他说：马上离开这里！剩多少钱算多少钱，拿出来归还小江。你不是干这行的料，别把你老婆也害了！你我朋友一场，给你一句忠告，希望今后我在期货公司永远看不见你的影子。

尤利可怜巴巴地说：可是我还亏空那么多钱呢！咖啡关门了，我还想炒大豆……

崔瀚洋想了想，对他说：你实在要炒，可以炒股票。现在股市正处于一浪的底部，你把剩下的钱集中起来，马上买进股票，短期内可以赚到百分之二十的利润，记住，千万别贪，赚百分之二十就走！

尤利答应一声，飞快奔出营业大厅。

崔瀚洋是胜利者。在期货大战中，这样的胜利者非常罕见。可以说，即便没有与"十三太保"结识，崔瀚洋也能赢。他善于观察主力资金的运动，牢牢把握大势。他精通技术分析，有着一定的操盘经验，但是说到底，他的不可思议的天赋在悄悄发挥作用。他像一只嗅觉灵敏的猎犬，总能及时发现获利的方向。一万个失败的投资者，才能造就崔瀚洋这样一个胜利者——他们的钱都流到他的口袋里去了！这是一种零和游戏，本质残酷，却披了一层奇巧而有趣的外衣。

经过咖啡期货一战，崔瀚洋的个人资产轻而易举地越过千万元大关。他在金融街上迅猛奔跑，什么力量也无法阻拦他！"神奇小子"的名声日益响亮，越来越多的人请他操盘坐庄，股票、期货、国债……哪个领域都能够看见他活跃的身影。

崔瀚洋在新落成的鸿运公寓买了一套房子，四室两厅，宽敞舒适。他生平第一次拥有自己的房子，而且是Ｓ市最昂贵、最豪华的公寓，心中不免自豪得意。

同时，他做了一件无情无义的事情：坚决不让龚晓月搬来同住。晓月把行李都拿来了，坐在门外嘤嘤哭泣，崔瀚洋铁着心肠就是不开门。晓月跟着他赚了许多钱，可以走了。他不爱她。晓月不住按门铃，崔瀚洋就坐在宽大的窗台上，眺望葱茏的青鸟山，波光涟涟的月亮湾，以及一望无际的蔚蓝色天空……他想念林小英。不知怎么，那位相貌平常、曾离他而去的姑娘，总使他难以忘怀。崔瀚洋赶走龚晓月，是为了让小英住进这套装修豪华的公寓。是时候了，他要向林小英发动强大的攻势！

崔瀚洋还遇到另外一件有趣的事情。有一天，他在电梯里遇到一位姑娘，不时用眼角扫视他的脸庞。那姑娘年纪比他稍大，目光充满好奇，甚至是诧异。姑娘也是新搬来的住户，她到十五层楼走出电梯，崔瀚洋要乘到十六层。由此推测，崔瀚洋就住在她家楼上一层。

见过几次面，姑娘终于开口说话了。她说崔瀚洋很像一个人，特别是眉毛，简直和她的朋友长得一模一样。

崔瀚洋笑着问：那人名字是不是叫萧长风？

姑娘吃惊地说：对，你认识他？

崔瀚洋说：岂止认识，他是我的堂哥。

姑娘十分欣喜，邀请崔瀚洋到家里做客。

双方互通姓名，崔瀚洋才知道姑娘的名字叫沈霞飞。她还有个弟弟，名叫沈龙飞。他们成功地经营着一家制造中央空调的实业公司，而萧长风给了他们第一笔贷款。从此，龙飞实业公司以惊人的速度发展。全国各地都来订货，市场份额直线上升。沈家姐弟为报答萧长风，成为东方银行忠心耿耿的客户。龙飞实业公司新建厂房落成，弟弟沈龙飞亲自设计了具有国际先进水平的生产线，这家民营高科技企业更上一层楼，面临新的腾飞！

很快，崔瀚洋和沈家姐弟成了好朋友。他们是同龄人，又都是年轻有为、事业早成之辈，自然惺惺相惜，英雄相识。崔瀚洋与弟弟沈龙飞尤为要好，他们都被对方的智慧所吸引，常常一聊就是通宵。他们争论的焦点主要是实业与投资的关系，到底谁在财富创造中扮演着更重要的角色。姐姐沈霞飞煮好一壶咖啡，双手托腮，静静地听着两位天才青年的辩论……

时代发展到今天，那种认为只有劳动才能创造世界的观点已经过时了。我说的劳动，是有形劳动，通常指体力劳动。我们都能看见，在生产过程中，工人的有形劳动价值逐步降低，而知识的使用、资本的运作正在发挥越来越重要的作用。如果你同意我的观点，就得承认投资是一种无形劳动，它是创造世界的主要推动力！崔瀚洋滔滔不绝地说道。

沈龙飞侧着硕大的脑袋，认真地听着。他说话总是慢条斯理，与崔瀚洋恰成对比：你的话有一定道理。但是投资毕竟不能代替劳动，物质财富的形成最终要通过人的双手，你承认吗？

我问你，如果有朝一日机器人代替了工人，劳动成为一件像玩电脑游戏一样的事情，你认为人的双手还那样重要吗？

当然，科技的发展更为重要，它可能会取代人的体力劳动。不过，投资不能和科技相提并论，我总是认为投资和投机很难区分，是一种非理性行为……

你错了，没有投资活动，科技发展的资金如何保障？投资需要冒险精神，正是这种冒险精神，推动了新兴科技成果的诞生……

他们这样争论着，直到东方露出鱼肚白。三个年轻人十分愉快，他们都为找到志趣相投的朋友而高兴！

四

白帆为推荐红星木钟厂上市，忙得人瘦了一圈。自从胡昆找到他，他就以全部热情投入红星木钟厂的改制工作。能够帮助一家国有企业走出困境，能够推荐本市第一只股票上市交易，是白帆最大的心愿。他几乎像教一个小学生一样，使胡昆厂长逐步掌握有关股份制的基本常识。在短暂的时间内，他们做了大量的工作，从体制、管理、财务各方面进行改造，使红星木钟厂成为一家规范的股份制企业。当然，说到规范，主要是指形式上的规范，能够经得起证券管理部门的审核就行了。这也很不容易，白帆尽自己最大努力，总算把这件事情办成功了！

狂热的工作能够减轻内心的痛苦，白帆在这一时期度过了婚姻破裂最难熬的日子。频繁的吵架，绝情的谈话，财产分割时无聊的算账……这一切逼迫白帆远远躲避开所谓的家。他有时住在办公室里，有时住在胡昆那座小白楼里，无论白天黑夜他把自己整个儿奉献给工作。胡昆老是拉他跑省城，跑北京，为争取股票上市打通关节。白帆不得不承认：疏通各方面的关系，打好人情仗，是非常关键的步骤。而胡昆是这方面的高手，远胜于白帆。他在北京交往了许多朋友，日日宴请，把白帆也拖得够呛……

就白帆的心灵而言，这是一段逃难的日子。只要能够躲开佳佳的折磨，就算上上大吉。股票上市与离婚结合在一起，使他感到人生的荒诞。每每念及于此，都令白帆啼笑皆非。

红星集团股票就要上市了，白帆与佳佳的离婚手续也办妥了。当白帆捧着离婚证走出民政局，在大门口与佳佳分手时，他暗暗发了个誓：绝不轻易结婚！男人有时更脆弱，白帆被佳佳折腾得够呛，看见女人都有些怕了。

房子、家具都留给了佳佳，白帆多分一些存款，大致上还说得过去。但是，这一来使白帆无家可归，不免增加几分凄凉的感觉。金泰证券公司实力雄厚，给总经理买套房子毫无问题。几位副手多次提及此事，白帆都不耐烦地拒绝了。他说，没有家，要房子干吗？就让人在证券公司里找了一间空屋，做他的宿舍，办公、休息倒也方便。白帆正处于男人的黄金时代，身份、地位都在一般人之上，热心人纷纷前来做媒，却被他一概回绝。看来，白帆真的决心做单身贵族了。

这天夜晚，萧长风来找白帆，请他到海边去喝啤酒。盛夏时节，S市市民的一大乐趣就是坐在海滨的小摊旁，喝啤酒，吃海鲜，聊天纳凉。萧长风和白帆漫步经过人头攒动的滨海路，找到一处设在沙滩上的大排档，要了两大扎啤酒，一盘海蟹，一盘小海螺，边吃边聊。白钨灯射出明晃晃的光亮，一群青年男女身着泳装，在沙滩上奔跑，嘻嘻哈哈地冲进大海。海水拍打沙滩，发出细微的声响，仿佛夜幕笼罩下的大海正低低梦呓……

白帆，这段日子你受苦了。我几次想找你聊聊，又怕你心情不好，惹你烦……萧长风开门见山地说。

没什么……我挺过来了！白帆呷了一大口啤酒，把脸转向沙滩。

你自尊心强，有些话你不肯说，我理解你。不过，咱们都是在这片沙滩上光屁股长大的，又做过同学，做过同事，关系非同一般，你说是吧？

咱们是割头不换的兄弟，你想说什么，就直说吧！

萧长风与白帆碰碰杯，喝了一大口啤酒：好，那我就说。今天我来找你，是想给你做媒！

做媒？你也会做媒？哈哈，连你萧长风都落俗套了。白帆被啤酒呛了一下，一边笑一边咳嗽。

萧长风皱起眉头，严肃地说：别笑，我是认真的。你现在心情颓丧，不愿接触女性，可以谅解。但是，我要向你提起一个女人，非常出色，她能帮你走出困境，对你未来的事业、生活也能发挥很好的影响。你不想知道她是谁吗？

白帆迟疑一会儿，终于点点头：说吧，她是谁？

萧长风一字一顿地说：咱们的同学——卢燕红。

白帆忽地站起来：你说什么？卢燕红！这，这不可能……

为什么不可能？白帆，咱俩先别说话，你好好地想一想。

白帆慢慢坐下。二人沉默着，一口接一口地呷着啤酒。远处，有人在唱歌，歌声忧郁而嘹亮，在沙滩、夜海的上空回荡……

我知道你在想什么。你在想我和卢燕红过去那段爱情。那又有什么？我们都不是少男少女，应该更成熟地思考问题。你不觉得吗？你们是很合适的一对！萧长风打破沉默，诚恳地说。

可是，她直到今天都爱着你。我能看得出来……

白帆，既然咱们是好朋友，好兄弟，我就要对你推心置腹地谈谈这个问题。不错，卢燕红确实对我怀有感情。可是我能对袁之华有二心吗？我们都是同学，你对其中的细节很了解。一个女人最难从初恋的梦中醒来，不管这个梦做得多久、离现实多远。我能怎么办？我能和她一起做那个梦吗？这是完全不负责任的！如果我对她也存有感情，我就更应该帮助她，帮她从梦中醒来，面对现实。卢燕红最需要什么？她需要丈夫，需要孩子，需要一个实实在在的家！我说得对吗？

白帆默默地点头。

其实，你的处境也和她一样。你从没有得到真正的爱情，佳佳给你带来的只是伤害。你那颗受伤的心啊，更需要爱情来治疗！你知道吗？看见你这样生活，看见卢燕红这样生活，我都心疼！把你们俩牵到一起，看着你们组成一个幸福的家庭，我也就获得了最大的幸福！

萧长风，我理解你了，如果卢燕红听到这些话，才会真正明白你对她有多好……来，为理解而干杯！

两个男人举起巨大的酒杯，咣当一碰，带着豪情将啤酒大口喝光。然后，他们结了账，摇摇晃晃走向海边。

月亮浮出云层，洒下一片清辉。波动的海水搅碎月亮，放眼望去，遍地闪银。凉爽的夜风迎面吹来，沁人肌肤，无比惬意。萧长风和白帆脱掉鞋子，赤脚在海水里走，醉意把他们带回童年……

白帆，你得给我一句明白话，你究竟喜不喜欢卢燕红？

实话实说，就我目前情况而言，卢燕红是我唯一能接受的女性……

我这媒人，心里还有点谱儿。听说，你离婚最痛苦的时候，只有卢燕红安慰你。

呃，你可别哪壶不开提哪壶。我还有个要求，你做媒做到我这儿为止，卢燕红那边你先别说。

你打算怎么办？

我去追求她！追来的爱情，才最有滋味……

二人大笑，他们脱去衣服，索性一猛子扎入海底，游出很远很远……

五

卢燕红很后悔自己给萧长风写了那封信。

感情失去理智的制约，常常使人做出出格的事情。卢燕红冷静下来一想，觉得那封信写得十分不妥。萧长风那边一直没有回音，连电话也没打来过。萧长风有家庭，并且热爱自己的家庭，对其他女人的爱情肯定回避不及。更何况袁之华还是她同宿舍的同学！为什么要写那封信呢？为什么要使他为难呢？卢燕红悔恨交加，夜里想起这件事情，辗转反侧，难以入眠……

卢燕红已经被停职。工作组进驻瑞达信托投资公司，对其资产、债务进行全面清理整顿。卢燕红就瑞达信托投资公司陷入危机的真实情况，写了一份详细报告，她的行动终于引起人民银行 S 市分行、市财政局等主管部门的高度重视。拯救瑞达信托投资公司的行动开始了，问题只要暴露得及时，总有解决的办法。然而，卢燕红的个人前途却日益暗淡。领导的笑脸渐渐消失，代之以严厉的面孔。针对她个人的财务审计也在进行。她常常被工作组叫去，就某一笔招待费回答这样那样的提问。最可恨的是公司里一些小人，乘机落井下石，对她进行种种污蔑。比如投资部经理辛一鸣，本来一直以卢总的心腹自居，此时也反戈一击，将炒咖啡期货的责任一股脑儿推给她。工作组召开公司干部会议，他厉声批评卢燕红，比谁都跳得高……

卢燕红孤独、苦闷，但她骨子里有一股凛然正气，使她更显得端庄而高贵，神圣不可侵犯。金融街消息传得快，人人都在议论卢

164

燕红出事了，这位女强人玩完了。可是见了卢燕红的面，谁都格外恭敬，表示愿助她一臂之力。卢燕红淡淡一笑，脸上透出冷傲，默默地转身离去。这段时期，她极少与人接触，就连几个老同学请她赴宴，她也婉言谢绝。此时的心境，即使萧长风来找她，卢燕红也会让他碰个钉子。

只有一个人例外：白帆与卢燕红的关系日渐密切。

白帆与萧长风深谈之后，悄悄走入卢燕红的生活。他仍然向卢燕红倾诉内心的痛苦，离婚带给他的创伤难以立刻平复。卢燕红以极大的同情心安慰他，女人对受伤的男人总是格外耐心，格外温柔。他们有许多共同语言，白帆深知卢燕红所处的困境，常常提出一些独到见解，使卢燕红深受启发。卢燕红也不隐瞒自己的痛苦，白帆为她排解，给她安慰。在卢燕红最艰难的日子里，白帆每天晚上都要去她家，陪她度过一段时光。沟通与交流，使两颗孤独的心渐渐接近。卢燕红越来越依赖白帆，一天不见他心里就不踏实……

白帆悄悄地取代了萧长风。女人的心灵犹如一面洁白的墙壁，你只有把先前男人的肖像摘去，才能挂上自己的肖像。

有一天，白帆兴冲冲地进门，向卢燕红扬起一支笛子！他已经有十几年没吹笛子了，今天忽然来了雅兴，专门到乐器商店买了一支笛子，为卢燕红独奏。

夜，月光如水，泻入房间。白帆将窗户打开，把电灯熄灭，坐在窗台上吹笛子。悠扬的笛声在夜空回荡，星星快乐地闪烁，微风将笛声送向远方……卢燕红流泪了，她回忆起校园生活，回忆起青春。白帆因感情投入，把笛子吹得有声有色。他自己也感到吃惊：今晚手指怎么如此灵巧？

真是美好的夜晚！然而，卢燕红一直在流泪。谁能猜透这个女人的心思呢？白帆放下笛子，静静地凝视着她。二人久久沉默……

今天又出了一件大事情，卢燕红在黑暗中说话，老霍跑了！老霍办了一家公司，挂靠在我们公司名下，他在 STA Q 系统搞国债回购……

今儿晚上不谈工作，行吗？白帆轻声地说。

不，这件事情很严重，我必须告诉你！我可能被追究刑事责任，老霍诬陷我……

卢燕红急急地诉说起来。那个姓霍的家伙表面忠厚老实，骗取卢燕红的信任，把他的皮包公司挂靠在瑞达信托投资公司，每年交一笔管理费，就打着瑞达的旗号进入 STA Q 系统。当时，国债回购业务管理比较混乱，只要有金融业务许可证，就可以在 STA Q 系统开设交易席位。以国债、国库券做抵押，拆借资金。卢燕红不慎中了圈套，被老霍骗得金融业务许可证，在 STA Q 系统兴风作浪。他用假托管单、假抵押等手段，非法拆借出两亿元人民币。这笔账就记在瑞达信托投资公司头上！

幸亏卢燕红主动要求对公司进行全面清理整顿。工作组一来，老霍就大量提取现金，逃到国外去了。问题及时暴露，老霍走得匆忙，还有一个亿的资产、证券没来得及变现，被工作组查封。总算挽回一些损失。老霍为转移视线，故意把水搅浑，留下一封信，诬陷卢燕红拿了他一百万元好处费！如此一来，问题复杂了，卢燕红将接受更严厉的审查……

今后，我们恐怕不容易见面了……听你吹笛子，我心里特别难受。卢燕红叹息道。

白帆思忖着说：我在想，这一次如果不是你主动辞职，许多问题继续掩盖着、发展着，瑞达信托投资公司会变成什么样子？就这一点而言，你是有功劳的！再进一步想想，全国有多少金融机构，像你们瑞达信托投资公司一样，存在着诸多隐患，可是那些老总们报喜不报忧，文过饰非，表面上歌舞升平，一旦大厦倾塌，还不知道会捅出多大的窟窿……比起他们，你的职业道德要高尚得多。

可是，老霍那封信……我跳进黄河也洗不清啊！

一封信就能打倒一个人？我就不信！我讲这些话，就是要你恢复自信。你不是没有过失，不是没有错误，但你纠正错误的勇气大家都有目共睹。领导和同志们心里清楚，朋友们心里也清楚，你何必把那奸商写的诬告信放在心上呢？

卢燕红长长地松了一口气。她的心情慢慢地平静下来，感激地对白帆说：幸亏有你开导，要不，我真顶不过去呢！

月亮已至中天，时间已经很晚，白帆应该走了。卢燕红今晚特别依恋白帆，可能是笛声的缘故，也可能是诬告信事件给了她太大的刺激。可是她无法说出内心的感觉，只有一双眼睛泪光闪动，含情脉脉。白帆比卢燕红更冲动。本来，他准备在今晚向卢燕红表露自己的爱情，特意买笛、吹笛，营造氛围。卢燕红提起老霍的案子，扭转了谈话方向，使白帆无法转弯，一时失去了主意。他想：明天再说吧，现在太晚了。然而，总有一股力量紧紧吸引他，使他不舍得离开卢燕红一步……

我该走了，真的该走了……

再坐一会儿吧，时间不晚……

他们反复说这两句话，却没有分手的意思。月亮偏西，柔和的月光撩人动情，卢燕红蜷缩在沙发里，白帆看不清她的身影。他决心走了，实在不好意思再坐下去。当他跳下窗台，准备告辞时，脚下不知怎么一绊，跌倒在卢燕红所坐的沙发上。距离顿时消失，二人拥抱在一起，热烈地接吻……

月亮西沉，曙光初露。卢燕红和白帆躺在床上，沉浸于深深的幸福之中。白帆几次欲辩解，他并不是故意绊倒的。卢燕红却微笑着伏在他胸前，用丰腴的嘴唇堵住白帆的嘴。这样一来，白帆恐怕永远也说不清楚了。

第九章

一

一个阳光明媚的早晨，柳溪走进萧行长办公室。她做梦也没想到，自己已被任命为东方银行稽查部副主任！

柳溪脸颊涨红，一个劲儿摇头：我不会……我不会当官。

萧长风望着她微笑：不是让你当官，而是给你压担子。柳溪，银行是管钱的地方，内部监管最重要，哪里出一点漏子都不得了啊！最近，行领导开了一个会，决定充实稽查部的干部力量。大家都对你存有厚望，希望你在新的岗位上干得更出色！

柳溪严肃起来，眸子闪动着晶莹的光亮，小声而清晰地说：我明白了，我会尽力而为的。

与萧行长谈完话，柳溪心情激动地走出办公室。她穿过走廊，正准备下楼，严可夫叫住了她。严可夫叫她进办公室坐坐，为她泡上茶，笑眯眯地聊开了天。柳溪是个好姑娘，嗯，当上干部了，不错嘛！严行长反反复复地说。柳溪正襟危坐，准备听老行长一番教诲。可是，严可夫绕弯子似的绕来绕去，一句要紧的话也没说。

严行长，你是我的老领导，我在工作中有出错的地方，你给我提个醒儿。火了，你骂我几句也没关系。好吗？柳溪诚恳地说。她敏锐地感觉到，严可夫有什么话要讲，可又吞吞吐吐的不肯直说。

柳溪姑娘，提你当稽查部副主任，我举双手赞同。可是，事情是复杂的，你升上去了，升不上去的人就有气，就会变着法儿攻击你。你还没上任，一些风言风语就传开了……严可夫故意停顿下来，意味深长地晃动着大脑袋。

柳溪听明白两层意思：一是她有竞争对手，二是行里正流传关于她的风言风语。她不想与人争官，所以并没把竞争对手放在心上。倒是那些风言风语叫她忐忑不安，不知道人们在她背后说些什么。她沉住气，微笑地看着严可夫，等待他说出下文。

有些事情你要注意，你和萧行长的关系不要太密切……你是我招工招进东方银行的，我一直把你当作自己的女儿看待，所以，有些事情我不能不告诉你。听别人说，萧长风的生活作风很成问题，和他一个女同学勾勾搭搭，多少年都不干不净……这样的人你和他近了不是沾一身腥味吗？严可夫眼睛里射出恶毒的光亮。

柳溪脸色苍白，纯洁的心灵受到极大的伤害。她万没想到，有人在她和萧行长的关系上做文章。她慢慢地站起来，向门口走去。

严可夫送柳溪出去，再三叮嘱她：我们的谈话，绝不能让第三个人知道！这关系到行领导之间的团结，你懂吗？

柳溪点点头。她来到走廊，眼泪忍不住扑簌簌地滚落下来……

严可夫在办公室里踱着方步，好不得意。近来，他和萧长风的矛盾渐渐尖锐，像刚才那样的小动作，他也不妨多做一些。萧长风在东方银行站稳脚跟，把这个濒临破产的商业银行领出困境，呈现出欣欣向荣的新气象，他的地位已经不可动摇。那么，严可夫在退休前当一任正行长的美梦也就成了泡影。严行长的涵养变得浅薄起来，他再也沉不住气，不论大事小事，只要有机会他就向萧长风下手，恨不得一夜之间就将他搞垮。

萧长风很机警，对严可夫的小动作早有觉察。但是他不露声色，表面上仍然尊重年长的严可夫，遇到关键问题便卡得死死的，不让严可夫钻一点空子。严可夫有一些老关系，通过发放贷款，他总能从这些朋友手中得到好处。现在，每一笔贷款都要经过审贷委员会讨论，严可夫那几家关系户已经人所共知。几次开会，当他拿出那几家企业的贷款申请，很快就遭到否决。曹卫东等年轻干部还和他开玩笑，劝他不要浪费大家的时间。久而久之，严可夫的朋友们便知道他毫无权威，渐渐疏远了他。请严可夫吃饭的人越来越少，他感到自己活得很没面子。有一次，他向萧长风提出疑义：副行长是否也应该有一定的贷款审批权？萧长风笑着回答：任何人都要遵守行里定下的制度，我和你一样，想给谁贷款都要通过审贷委员会。严可夫恨得牙根痒痒。

最近与萧长风发生的一场冲突，就是围绕柳溪的提升展开的。严可夫不同意柳溪担任稽查部副主任，他心中另有人选。在东部开发区，东方银行有一个分理处，严可夫的妻侄丁晓就在那里当营业员。小伙子想混个一官半职，三天两头往姑夫家跑。严可夫也有意栽培自己人，在研究人事安排的行长会议上，他就把丁晓提了出来。萧长风不知道丁晓是谁，就把分理处王主任叫来介绍情况。结果，王主任当着行长的面列举了丁晓一大堆缺点，认为他不具备当干部的素质。严行长脸上挂不住，推说头疼，中途退出会议。他把一切仇恨集中在萧长风身上，制造恶毒谣言，让丁晓悄悄地散布，对萧长风进行人身攻击。他又假惺惺地找柳溪谈话，提醒她注意那些传言，实则在柳溪与萧长风的关系中撒下一把针芒。严可夫做这一切并无实际利益，他只是感到解恨，感到背后整人的快感。历史在他性格中沉淀下某种毒素，在一定的条件下必然发作。

萧长风对严可夫非常头疼。出于对一位老同志的尊重，他还是尽量团结他。几次找严可夫谈心，萧长风都推心置腹，严可夫却言不由衷，不吐半句真话。两人的关系越来越僵。萧长风安排严可夫多做一些接待工作，银行业务就不让他多插手了。严行长可不是吃素的，他利用外交便利，把战火烧到了东方银行以外的地方去。

有一次，省行的吴副行长来S市考察工作，顺便休息两天。萧长风汇报完工作，陪吴副行长吃了两顿饭，就去忙其他事情了。严可夫鞍前马后侍候吴副行长，出海钓鱼、夜总会听歌、洗桑拿按摩……玩得十分到位。严可夫原来就与吴副行长有深交，当初吴曾保荐严可夫出任S市分行行长，事没办成，他总对老严抱几分歉意。严可夫对这段往事只字不提，堆着满脸笑容忙活，很使吴副行长感动。

临行那天，吴副行长终于说了一句话：老严，还是你厚道。萧长风这人架子挺大……

严可夫做出一脸苦相，说：你心里有数就行。吴行长，待你尚且如此，我们这些老同志在他手下就没法过了！

我问你一句话，你要如实回答。吴副行长的表情变得严峻起来，S市有一家私营企业，名叫龙飞实业公司，听说萧长风与这家企业关系不一般，你知不知道？

严可夫眉毛一挑，惊讶地问：省行也知道这件事情了？我可以肯定，萧长风与沈霞飞、沈龙飞关系不一般！特别是沈霞飞，她还是个年轻漂亮的姑娘……

吴副行长沉吟一会儿，说：省行接到几封匿名信，举报萧长风收受巨额贿赂，利用手中权力向这家私营企业发放大量贷款……情况很严重，已经引起省行领导高度关注。我这次来，也可算是暗访吧！

吴副行长从包里拿出几封信，让严可夫先看看。严可夫迟疑地说：我看？恐怕不太合适吧……

吴副行长挥挥手：你不是外人。我叫你看，你就看吧！

严可夫完全不必看信，因为这些信都是他用左手写的。

二

江水华突然宣布自己要结婚，使同事们深感意外。

星期五下班时，江水华来到稽查部办公室门口，对着柳溪频频颔首，人却不肯进来。柳溪跑到她身边，问她有什么事情。小江轻声说：明天我要结婚，想请你来聚一聚。你有空吗？

柳溪惊喜地睁大眼睛：你搞闪电结婚？我当然要来，在什么地方？

江水华打开包，拿出一份红色请柬，放在柳溪手中。她没有说话，只是深情而又矛盾地瞥了柳溪一眼，匆匆离去。

柳溪把请柬放入抽屉，心中颇为激动。柳溪很看重她和小江的友谊，虽然她们之间无端地产生隔阂，但小江请她参加婚礼，可见在她心目中仍然将柳溪视作好姐妹。那天请小江吃肯德基，她的语言过激了一些，可能刺伤了小江，柳溪一直为此感到后悔。现在，人家两个要结婚了，不是更证明柳溪多虑了吗？她希望通过这次婚礼，恢复与小江的友谊。她要真心诚意地祝福他们，祝他们婚姻美满，白头偕老！

稽查部主任侯方走到柳溪面前，把几份材料交给她。最近，稽查部准备对东方银行各部门进行一次大检查，寻找潜在的漏洞，所以气氛比较紧张。侯主任五十多岁年纪，戴一副深度近视眼镜，说话慢悠悠，大家在背后都叫他"老夫子"。老夫子与柳溪商量下一周的工作，他十分尊重新来的搭档。

柳溪，你从营业部来，对营业部情况比较熟悉。我的意思是，咱俩分分工，你负责营业部的稽核工作，我呢，把重点放在信贷部、国际部……你看怎么样？

侯主任，我刚开始干，什么经验也没有，你还是带一带我，好吧？柳溪央求道。

老夫子笑了，扶扶厚重的近视眼镜，说：那么，下周一，我们就从信贷部开始……不过，营业部还是由你负责。

柳溪骑着木兰轻骑在下班的人流中穿行。晚霞迎面照射，使她红色的头盔更加鲜艳。车辆排放的尾气虽然污染着天空，可深秋的蓝天依然那样高远，依然那样清新。威尔逊被花旗银行总部调回美国工作，他每周给柳溪来一封信。如果威尔逊还在Ｓ市工作，柳溪就会带他一起参加江水华的婚礼。她好想念这个美国小伙子！老毛还是老样子，不慌不忙地跟在柳溪后面，既不暴露，也不掩盖自己的企图。他像一只信心十足的老狼。明天，他肯定会出现在江水华的婚礼上。柳溪姑娘心中涌起莫名的烦恼……

柳溪把轻骑锁在停车场，匆匆走进百货大楼。她要给小江买一份结婚礼物。

玻璃货柜陈列着数不清的商品，令人眼花缭乱。柳溪心中的烦恼渐渐扩大，像一团赶不走的阴影。柳溪想起前天中午遇到的一件事情：她去信贷部核对几个数据，在门外就听见老毛正与别人争吵，并且提到了她的名字。柳溪一进门，双方立即停止争吵，都把脸转向窗外。她知道，老毛是为她和别人吵架的。可是事后她问老毛吵什么，老毛涨红了脸，连连说：没啥，没啥……柳溪明白了，严可夫提到的风言风语正在银行里传播！

柳溪恨极了那些爱嚼舌根的小人。真不知道是谁捏造出的这些谎言，竟把她和萧长风扯到了一起！柳溪一向敬重萧行长，他是一位好领导，一位出类拔萃的银行家。对于她的提升，柳溪认为是萧行长对自己的信任，她决心把工作干好，不辜负领导的期望。所有这一切，都被恶毒的谣言毁坏了！严可夫和她谈话之后，她心里便有了那团阴影。她相信严行长的话，毕竟他是老领导……

柳溪几次想辞职。不当那稽查部副主任，不是什么事情也没有吗？她甚至来到萧行长办公室门前，举起手准备敲门。然而，一个念头像闪电似的划过她的脑际：为什么要辞职？我偏要把稽查部副主任干好！对，我要加倍努力工作，让那些恶毒小人在事实面前低下头，让他们明白，柳溪永远是最出色的！想到此，她转身离开萧长风办公室。她昂着头，挺着高耸的胸脯，眼睛射出骄傲的光芒，步履坚定地走进稽查部。

商场要关门了，柳溪仍没选中合适的礼物。最后，她在集邮门市部买了一本精美的邮票纪念册，才算了却心愿。

江水华的婚礼在凤凰大酒店举行。宴会开始之前，小江要柳溪、孙美娇陪她去拍结婚照。她披着洁白的婚纱，脸颊绯红，一双杏眼波光粼动，显得非常激动。而尤利则有些魂不守舍，笔挺的西装使他动作僵硬，呆板。小江指挥他往东往西，做这做那，尤利就像一只木偶，任她摆布。柳溪很奇怪，她发觉江水华与尤利的关系发生了微妙而深刻的变化。过去，尤利凌驾于小江之上，小江逆来顺受，唯唯诺诺；现在却相反，小江主持并推动一切活动，仿佛是一出戏的总导演。尤利充其量是一个蹩脚的演员。这种变化是怎样发生的呢？柳溪百思不得其解。闪光灯一亮，新婚夫妇甜蜜的笑容永远定格。柳溪觉得这笑容并不真实，笑容背后隐藏着什么东西。

婚宴热闹而俗气，照例是喧宾夺主，照例是善意的恶作剧。客人们很快喝得面红耳赤，酒店餐厅熙熙攘攘犹如集市。老毛果然来了，坐在柳溪旁边，机警地抵挡跑来敬酒的小伙子们。孙美娇悄悄对柳溪说：威尔逊一走，老毛机会来了。他有没有对你发起正面进攻？

柳溪摇摇头：没有，老毛不是那种人。

她不喜欢听孙美娇开此类玩笑，就把头扭向另一边。威尔逊的影子出现在她眼前，海风吹来，威尔逊金发飘飘，一双湛蓝的眼睛久久盯着她。多么真切的形象！柳溪直想哭，泪花都涌上了眼眶。

新郎新娘过来敬酒，柳溪就痛痛快快喝下一大杯干红葡萄酒。尤利敬第二杯，柳溪还想喝，老毛却把酒杯夺了去……

她酒量不行，我替她喝一杯！老毛笑容可掬地与尤利碰碰杯，将酒一饮而尽。

这是我的酒！你为什么喝我的酒？为什么！柳溪忽然发起了脾气，声音尖厉响亮。

所有的人都吃了一惊，看看柳溪，又看看老毛。老毛的脸慢慢地涨红了，显得十分狼狈。他仿佛被柳溪当众打了一个耳光！但是他有忍术，很快镇静下来。他从尤利手中拿过干红酒瓶，将柳溪面前的高脚玻璃杯斟满。

对不起，我不该喝你的酒……对不起！老毛平静地向柳溪道歉。

柳溪更加难过了，心像被什么东西啃噬着。她拿起酒杯，想一醉了之。但老毛的眼睛有一种力量，牵制她、阻拦她，使她无法逾越雷池。柳溪终于放下酒杯，慢慢地坐下。

对不起，是我喝多了。柳溪像对大家说，又像对老毛说。她脸上浮起歉意的笑容。

晚上，几位亲近的朋友去看尤利和小江的新房。所谓新房，就是尤利向朋友借的那两间房子，也是婚前小江与尤利幽会的窝点。新房布置简单甚至简陋，墙壁草草刷白，地上铺着最便宜的红色腈纶地毯，衣柜、写字桌、梳妆台等几件大路货家具充实新房空间……一切都给人草率、仓促的感觉，好像这对新婚夫妇随时准备撤离。与此相反，小江、尤利身上佩戴的金器首饰却格外醒目，尤其是小江颈上那根钻石项链，每一颗钻石都有几克拉重，像星星一般闪闪发亮。朋友们都拿新郎新娘开玩笑，说他们只注重外表，不讲究实际。小江则辩解说：人比房子重要……

喝了一会儿茶，柳溪觉得身子不太舒服，便告辞回家。老毛动了一下，想送她，却又犹豫不决。小江挽着柳溪的胳膊，走下楼梯。

柳溪感觉到她的亲近，心里很感动。

你今天情绪不佳，是不是触景生情，想起威尔逊了？江水华体贴地问。

柳溪点点头，又摇摇头：可能是吧……我也不知道。

你别太死心眼，洋鬼子思想很解放，过两个月人家就有新欢了。别等他，该找你就找……我看老毛对你真是一片忠诚！

对他，我爱不起来……

那就找别人。回头我让尤利给你介绍几个炒股大户，又聪明又有钱……哎，你上稽查部干得怎么样？还顺心吧？小江转移了话题。

柳溪轻轻叹一口气：顺心什么？有人在背后搞我的鬼，我憋着一口气，非要干出个样子给他们瞧瞧！

要说工作，还是咱们在营业部那些日子愉快。你、我、孙美娇代表东方银行出去比赛，你一出手就抱回点钞冠军的奖杯……

是啊，我也怀念在营业部的日子。对了，老夫子让我负责分管营业部的稽核工作，我还会经常回来的……

那么，你什么时候到营业部来查账？江水华小心翼翼地探问。

下个星期吧，也许是再下一个星期……我们准备进行一次财务大检查！柳溪谈起工作就精神抖擞，声音更加清脆响亮。

哦……

她们在胡同口分手。江水华望着柳溪的背影，久久伫立。老毛从身后赶来，叫了江水华一声，江水华急遽转身，脸吓得苍白。她打了老毛一下，骂道：你这老狼，总是悄悄跟在人家后面……

老毛咧嘴一笑，急急追赶柳溪去了。

三

新婚之夜，尤利与江水华爆发了激烈争吵。

尤利已经许久没有去北海期货公司了。咖啡期货大爆仓之后，他失去了继续赌博的资本，不得已离开金融大厦。尤利所在单位太平洋物资贸易公司，因炒期货蒙受重大损失，撤销了尤利副经理的职务，并将他炒了鱿鱼。从此，尤利仿佛丢失了灵魂，蔫头耷脑地跟着江水华转。他再三恳求江水华，借给他最后一笔钱，让他翻本，让他把失去的一切补回来！江水华早已对他失去信心，心里明白即使有再多的钱，他照样会输个精光。但是，小江有自己的打算：她要和尤利结婚！为了这个男人，她已经付出太多太多，怎么肯再失去他呢？于是，小江假意借给尤利三十万元，然而有一个条件：尤利必须先和她结婚，而后才能拿到这笔钱！尤利答应了，他把自己作为抵押品，交给小江。于是，有了这个新婚之夜，有了这场激烈的争吵。

拿钱来！你要是骗我，不给我那三十万元，明天早晨我就和你离婚！尤利暴跳如雷地喊道。

今儿晚上，你就不能做一个好丈夫吗？别老谈钱，别说那些绝情话。我告诉你，你要是离开了我，你就是一文不名的穷光蛋！过来，躺下，别逞英雄了……江水华柔中有刚地说道。对于这个外强中干的男人，她已经很有把握将他驯服。

尤利果然软了下来。他趴在江水华面前，低声下气地问：你真的把钱准备好了吗？能不能让我看一下存折？

傻孩子，我怎么敢把钱存在存折上？我的钱是从哪里来的，难道你不知道吗？……江水华苦笑着说。她觉得嗓子一阵哽咽，却欲哭无泪。

尤利乐了。他吻江水华，妻子晶莹洁白的体肤激起他的欲望。争吵暂时平息，新婚夫妇急促而冲动地做爱。此刻，江水华脑细胞格外兴奋，那个酝酿已久的计划，随着肉体的颠簸，飘然而至，每一个细节都清晰地展现在她的眼前。

是的，江水华已经有很多钱。她不敢把钱存在银行里，办存折毕竟是件麻烦事情。她在中国银行租了一只保险箱，把一沓一沓的百元大钞包扎成方，装在一条蛇皮袋里，然后存入保险箱。一旦出事，她取出那条蛇皮袋就可以逃亡！江水华非常明白：出事是必然的，只是时间早晚的问题。走到这步田地，她犹如惊弓之鸟，时时提防突然变故。

江水华不会把钱给尤利，一分钱也不给！是他害了她，又是该死的期货害了他。怎能再让他把大把的钞票往虎口送呢？小江认定期货就是张开的虎口。她清楚地记得，尤利全身赤裸地坐在窗台上，像一个疯子狂喊乱叫。他要向小江借十万元钱，如果小江不借，他就要从这个窗口跳下去！小江吓坏了，第一次把手伸向银行抽屉……

但是，她并不想犯罪，她只是抱着侥幸的心理把银行的钱挪用一下。如果银行没有发现，尤利又及时归还这笔借款，不就等于什么事情都没有发生吗？然而，她错了，她没想到那张可怕的虎口将十万元钱一口吞噬！尤利一次一次向她借钱。为了拯救第一笔资金，她不得不借给他第二笔、第三笔……尤利所借金额越来越大，她仿佛掉在泥淖里，越陷越深。这是一场可怕的噩梦！江水华完全是被动地、不知不觉地走向了犯罪深渊。

幸亏崔瀚洋点醒了她。那天，江水华随尤利去期货公司，崔瀚洋当着她的面与尤利争吵起来。虽然她不知道崔瀚洋为什么发火，但是在吵架过程中，江水华终于明白一个无情的事实：尤利根本不是干这一行的料，江水华借给他的钱都打了水漂。真是五雷轰顶！江

178

水华傻眼了，"借"银行的钱怎么还？她前后四次挪用储户存款，累计金额高达八十万元。这样一笔巨款，就是把她卖了也还不起呀！江水华走向了绝路。

她无法回头了，变得更加冷静，更有计谋地进行犯罪。她趁营业部主任周梅梅疏忽，又搞到一本新存单，偷偷地截留储户存款。现在，她已经不是"借"钱，而是有意识地偷钱。放在中国银行保险箱里的蛇皮袋，渐渐鼓胀起来。江水华不能确切知道自己到底偷了多少钱，但肯定不会少于一百万元！这笔钱她对尤利也隐瞒着，她要实现自己的计划。

江水华的计划主要有两点。一是与尤利结婚，她已经铁了心：就是死，也要和这个男人死在一起！第二，她准备带着丈夫、带着巨款逃亡。她已经托人买了假身份证、假护照，花了许多钱。她计划往缅甸方面逃亡，因为她认识一个做翡翠生意的老板，经常出入国境。江水华要做最后一搏，如果侥幸成功，找到一个无人知晓的地方安顿下来，她的后半生也就有了着落。反之，她自己很明白：等待她的将是牢房，甚至死……

尤利从她身上滑落，筋疲力尽地喘息。江水华抱住他的脖颈，手指玩弄他的长发，身心深感满足。现在，她要向他全盘托出自己的计划，让他共同参与冒险。江水华本想晚一些再行动，弄到更多的钱，准备得更充分。可是，她从柳溪口中得知，稽查部将在近期进行一次大检查，顿时惊慌起来！

自从柳溪上了稽查部，小江就十分注意她的动向。今天她去送柳溪，就是有意套柳溪的话。一对好姐妹，将要像猫捉老鼠一样展开较量，想到这一点，江水华心里又难过、又害怕。她决定提前行动。无论如何，今夜就要向尤利说明一切！

尤利再一次问起江水华许诺借给他的那笔钱。他仍然沉浸在炒期货翻本的美梦中。明天你就能把三十万元给我吧？我要工作，这些日子我闲得背都疼。我会好好干，每做一笔单子，我都要赢回一大笔钱！对了，现在大豆行情火爆，我要去炒大豆……

咖啡炒煳了，你又要去炒大豆，只怕你输得连买棺材的钱都没有！尤利，你有没有替我想过？我从东方银行拿出那么多钱给你，万一事情败露，我会怎么样？江水华看着他那副赌徒嘴脸，不由得感到一阵伤心委屈。

尤利连连摆手：不会的，你有办法！那么长时间都没有被人发现，再借三十万还会有问题吗？

江水华坐起来，穿上衬衣，正色对尤利说：别做梦了！今天，我听柳溪说，稽查部马上要进行一次财务大检查。纸包不住火，只要查到营业部，我做的那些事情就全部暴露了。你给我说一句话，我怎么办？

尤利愣了，半天才支吾道：不会那么严重吧？车到山前必有路……

江水华打断他的话，坚决地说：路，我已经选定了！咱们走，远走高飞……

走？往哪儿走？

江水华把自己的计划详细地告诉尤利，尤利对此毫无兴趣，满脸不屑一顾的神情。他只想继续他的赌博，怎么肯跟着江水华钻深山老林呢？尤利侃侃而谈，列举无数理由，坚决反对江水华的行动计划。他甚至声明：实在要走，小江可以一个人走。他和东方银行没关系，留在S市不怕别人找麻烦！

对于尤利的绝情，江水华早有准备。她冷笑一声，亮出杀手锏：你敢说和你没关系？我前后拿了银行八十万，都借给了你，你是这个案子的主谋！尤利，你不走，我也不走，公安局要是把我抓去，我就这样说！你信不信？

尤利脸色唰地白了，两眼发直，口中喃喃道：我是……主谋？

江水华又亮出第二把杀手锏：实话告诉你，现在我手里拿着一百万。你和我一起走，到了国外，用这笔钱干什么不行？你爱炒期货，可以炒国际期货，不是更好吗？从今儿晚上起，咱俩就是正式夫妻了，永远不分开！我这个人、我的一百万元钱，全都属于你。难道你愿意放弃这一切吗？

不！我不放弃，绝不放弃！

尤利猛地一扑，将小江扑倒在床上，迅速地撕去她的衬衣，他贪婪地吻她，仿佛要将她一口吞下肚子里去。小江知道尤利屈服了，内心无比高兴。

四

柳溪到营业部查账，并没有见到江水华。两天前，小江请了病假，到医院做阑尾切割手术。谁也没去注意她的动向，她只是一名普通员工。可是，柳溪心头掠过一丝不安，是什么原因，她自己也讲不清楚。周梅梅陪同稽查部人员开始查账，一切都进展顺利。

柳溪的直觉十分准确，使她不安的原因很快暴露出来：营业部保险柜里的空白存单少了一本！这一下炸了营，周梅梅脸色煞白，和柳溪一遍又一遍数着存单簿。她是营业部主任，保险柜钥匙由她掌管，存单也是经她签字从库里领来的。整个事件周梅梅责任最大！柳溪温和而又严肃地说：你别急，好好想一想，到底是哪里出了岔子？周梅梅四肢僵直，目光呆滞，整个人仿佛被这突如其来的打击击垮了。柳溪一边指挥财会人员核对现金账，一边打电话向侯主任汇报此事。

周梅梅终于回忆起一些细节。今年夏季的某一天中午，她和江水华两人值班。她的儿子军军到银行来，向妈妈要钱参加什么活动。周梅梅打发走儿子，穿过营业大厅回到柜台，发觉自己的钥匙串掉在地下。她记得钥匙是插在办公桌上的，由于急着送儿子走，没有及时拔下，怎么会掉在地上呢？周梅梅问小江，小江说不知道。现在回忆起来，小江当时的脸色不太自然。

柳溪心头咯噔一下。她把目光转向江水华的办公桌抽屉，抽屉紧锁着，仿佛一张紧闭的嘴巴。她问周梅梅小江住在哪家医院。周梅梅回答她也不清楚。柳溪把前额一绺头发掠到脑后，两眼露出下定某种决心的亮光。她让孙美娇与另外两个营业员去寻找江水华，如果找到她，一定要马上把她带来。柳溪意识到问题的严重，小江近来反常的表现一幕幕映在她的眼前……

事情十分凑巧，一位中年妇女拿着身份证和存单，要求提前取出一笔三年期的存款。营业员发现存单上的号码不对，就将存单拿给柳溪、周梅梅等人看。用不着费多少周折，她们就查出这正是遗失的存单簿中的一张！柳溪走到柜台前，向中年妇女询问情况。顾客说，给她开存单的营业员并不在场，那姑娘个子不高，留披肩发，皮肤很白……她所说的无疑是江水华！

柳溪当机立断，让保安撬开江水华的抽屉。一番搜寻，终于在抽屉深处一个文件夹里发现了尚未用完的存单簿！真相大白，在场的人深感震惊。

稽查部主任侯老夫子匆匆赶到。他说萧行长正在省里开会，已经与他通过电话。萧行长今夜就赶回来！现在，应该马上报警。侯主任让柳溪去严副行长办公室汇报情况，报案的事他来办。柳溪牙齿紧咬下嘴唇，眼睛定定地望着桌子上那本用去近三分之一的存单簿，侯主任说的话她好像根本没听见。

我去找她，我一定要把她找回来！柳溪忽然昂起头，大声地说。

谁也无法阻拦她。柳溪大步流星地走下东方银行门前的石台阶，扬手叫一部出租车，直奔江水华那简单的新房。她心里清楚，所有的事情都和新房、尤利、可悲的爱情联系在一起！柳溪知道，江水

182

华与她疏远之日，就是走向犯罪深渊之时。江水华不敢面对她的眼睛！那天柳溪请她吃肯德基，她慌慌张张往包里塞东西，还说是给她妈妈买的药，分明在撒谎。柳溪当时有过怀疑，但那怀疑又像青烟一样散去。谁能怀疑自己最要好的朋友呢？小江懦弱、老实，谁会想到她竟会做这种事情呢？上个星期江水华结婚，请柳溪参加婚礼，她还以为两人消除隔阂，重新成为好朋友。哪想到江水华套她的话，得到稽查部进行财务大检查的消息，提前请病假跑了……柳溪呀柳溪，你真糊涂呀！如果你警惕性高，早一些发现江水华的蛛丝马迹，这一事故不就可以避免发生了吗？柳溪悔恨不已，坐在出租车后座，默默地流下眼泪。

柳溪来到江水华家的住宅楼。新房的门锁着，柳溪虽知敲门也无济于事，却仍然固执地敲了一遍又一遍。邻居一位大嫂探出头来，对柳溪说：那小两口度蜜月去了，好几拨人来找都没找着。柳溪微笑着走上前，耐心地询问尤利、江水华的去向。那大嫂喜欢柳溪嘴甜，就让她进屋坐，把自己知道的一切详尽地告诉她。他们是前天走的，说是到哈尔滨旅游，那边有亲戚。新娘心细，临走还嘱托邻居大嫂帮她留心门子……

大嫂烦琐的诉说中，有一个细节引起柳溪的注意。他们随身只带着一只皮箱，根本装不了御寒的衣服。可那新郎还和新娘吵架，嚷嚷那边天热，你啰里啰唆带那么多衣裳干吗？……很明显，江水华玩弄小计谋，他们不是往北，而是往南逃跑了！

柳溪穿过黑魆魆的走廊，走下楼梯。她有一种心情：走遍天涯海角，也要将江水华追回来！被朋友欺骗最令人伤心，最使人愤怒，柳溪现在像一只受伤的母狮，一心想捕获敌手！她来到街上，险些与迎面走来的男人撞个满怀。她定睛一看，那男人竟是老毛。

老毛显然不知道行里发生的事情，兴冲冲地对柳溪说：来得早不如来得巧，怎么在这儿撞见你了？……哎，我刚拉到一个大客户，他都进了中国银行营业大厅了，还是被我拽到咱们东方银行开了户！这不，我刚把客户送回公司，出来就遇上你了……

柳溪说：你来得正好，马上帮我去找江水华！你不是当过侦察兵吗？我倒想看看你的真本事。

老毛笑道：找江水华还用什么真本事？刚才我在中国银行营业大厅，还看见江水华和尤利走出银行旋转门呢。

柳溪惊讶地睁圆眼睛：什么？你刚才看见他们了？

那当然。我在拉客户，就没顾得向他们打招呼。小江还冲我点点头呢……

柳溪跺脚叫道：唉呀，你怎么不抓住他们呢！

柳溪这才把江水华偷存单本、贪污储户存款的事情，一五一十告诉老毛。老毛显得沉着冷静，略一思索，就拽着柳溪来到公用电话亭前。他说：你马上向行领导汇报，把这些最新情况告诉公安局，有利于破案！

柳溪依从老毛之言，给严行长挂了一个电话。严行长正在接待公安局的同志，这电话来得很及时！刑警队长亲自与柳溪通话，详细询问每一细节。最后他表示刑警队会马上采取行动。

离开电话亭，柳溪执意要去寻找江水华。她觉得奇怪：江水华不是前天就走了吗？怎么到现在还在 S 市？直觉告诉她，江水华肯定出了什么问题。而且，这问题很可能发生在小江和尤利之间。她坚信：江水华走不远了，她本人将亲自找到江水华……她把这些想法絮絮叨叨地讲给老毛听，老毛笑容可掬，耐心十足，做出一副洗耳恭听的样子。

那么，下一步我们怎么办？老毛严肃地问。

去中国银行！我们得调查一下，江水华到那里干吗……柳溪思忖着说。

老毛摇摇头：用不着。等我们到那里，公安局的同志早就调查完毕，你说是不是？

那，咱们去码头，或者上火车站、飞机场……

老毛还是摇头：用不着。你想，公安局肯定已经发出通知，刑警、便衣正严阵以待，江水华一露头准会落网。

柳溪发火了：你说怎么办？你还当过侦察兵，不管怎样，反正你要帮我把江水华抓回来！

老毛正色道：柳溪，你别太任性，抓江水华不是你的职责，你应该回银行。出了那么大的事情，稽查部肯定忙作一团。你是副主任，大家都需要你回去工作。记住，你的战斗岗位就在东方银行！

柳溪娇嗔了一声，却跟在老毛后面，顺从地走向公共汽车站。老毛说得对，她应该冷静下来。20路大巴刚刚停靠车站，老毛紧跑几步，跳上汽车。人很挤，老毛拉着柳溪的手，在前面开路。找到合适的地方，二人站定。他们靠得很紧，柳溪心中产生一种奇异的感觉。真怪，每当遇到重大事情，她总要听老毛的话。同时，她也希望身边有老毛这样的男人，踏实、可靠，给她一种安全感。

大巴一晃一晃驶向滨海路，东方银行快要到了……

五

严可夫兴奋之极，他等待的机会终于来到了！

银行出了这么大的事故，行长又不在家，严可夫这位老资格副行长的重要性就凸现了出来。他忙里忙外，一刻不闲，大脑门上总是沁出细密的汗珠。公安局破案要找他协助，银行内各部门的工作由他协调，大会小会，个别谈心……严可夫胖胖的身影无处不在，他的权威的声音在每间办公室回荡。严可夫提出一个耐人寻味的问题：东方银行为什么会发生这样的恶性事件？难道它是孤立的吗？在一些反对萧长风实行银行内部改革的职工中间，不难找到答案。萧行长的工作存在失误，他的一系列政策、措施都失败了。江水华事件仅仅是个开始。分理处那个丁晓也上蹿下跳，乘机攻击柳溪，说她怎么能当稽查部副主任？还不知道是凭哪一手上去的呢！……严可夫熟练地驾驭着局面，一股反萧阴风很快吹遍东方银行各个角落。

信贷部主任曹卫东也是严可夫拉拢的目标。他曾经几次向曹卫东透露这样的信息：你是东方银行的元老，早该提副行长了。曹卫东比较老练，淡淡一笑，从不做任何表示。现在，严可夫要对萧长风发动总攻击，就露骨地找曹卫东谈心。他关上办公室的门，严肃地说：我几次提议由你出任副行长，萧长风总是不听。他喜欢书呆子，何苇青比你来得晚，还是让他当了副行长。这不公平！你要出头争，我支持你。

曹卫东微笑着，模棱两可地说：谢谢！

虽然他没有明确表态，严可夫仍然把他视作自己麾下的人。他不相信世界上有谁不想往上爬。倒萧成功，东方银行将有一次权力再分配，严可夫现在就着手进行准备。封官许愿、笼络人心，他对自己的政治手腕很有自信。

省行方面，他更是下足功夫。出事当天，严可夫就给吴副行长打了电话。匿名信里的情节多数属于虚构，他只能躲在背后使劲。现在事实摆在面前，严可夫当然要跳到前台。他一次次向吴副行长汇报事态的发展，不厌其烦地用自己的观点解释东方银行发生的种种情况。在他絮絮叨叨的诉说中，中心思想非常鲜明：萧长风必须下台，否则会出更大的事故！

吴副行长在电话里说：这些问题你可以和萧长风当面谈，批评和自我批评历来是我们党的法宝，谁犯了错误都要接受批评嘛！

严可夫说：主要的问题，还要依靠省行领导来解决。

吴副行长表示时机成熟时，他会出面说话……

经过一番紧锣密鼓的活动，严可夫在黑暗中长长地嘘了一口气，事情有些眉目了。什么是政治？在他看来，政治就是有关人的无数细小的活动。这些活动单个来看没有什么意义，就像一只小蠓虫，奈何不了谁。但是，蠓虫成团，就会使人窒息。无数细小活动汇集起来，足以改变一个人的命运！在中国这个古老的国度，政治尤其是如此。严可夫洋洋得意，有几个人真的懂得政治呢？萧长风就不懂，他只知道办大事。办大事的人只可利用，办来办去，出一个岔子，就把自己办倒了！严可夫越琢磨，越为自己的精辟见解所折服。是的，这就是中国政治的定义：有关人的无数细小的活动！

萧长风很快回到东方银行。然而，他再快也快不过严可夫。严可夫做了那么多"细小的活动"，萧长风却完全蒙在鼓里。一跨进银行大门，他就到各部门了解"江水华事件"的始末。然后，他又到公安局询问破案进展情况……他的两道浓眉紧紧锁在一起，细长的眼睛总是眯缝着，似乎在思索，又似乎忍受着内心的痛苦。谁都看得出来，萧长风对行里发生的事情深感痛心，同时又有一种内疚溢于言表。他多次对交谈者说：主要责任在我，我大意了……

萧长风坐在办公桌前，拿出爷爷给他的银铃，久久凝视……

次日早晨，萧长风召开东方银行中层干部会议。这个会规模挺大，各部门正副主任都要出席，小会议室坐得满满当当。与会者心情沉重，屋内气氛几乎凝滞。萧长风简单地做了一段开场白，就让大家自由发言。周梅梅首先做检讨，说得声泪俱下。她表示愿意引咎辞职，并当众将辞职书递交给萧长风。老夫子侯方也做了检讨，认为稽查部工作没有做好，对此事件负有不可推卸的责任。副行长何苇青清清嗓子，准备发言，萧长风却一摆手，拦住他的话头。

大家都谈得不少，我也想说说自己的想法。东方银行出了这样的大事故，作为行长，我要负主要责任！我来东方银行近两年，把主要精力放在追索债务、拓宽业务范围上，忽略了内部监管。说实话，我觉得东方银行的员工都是好人，咱们像一家人一样，完全没有提防可能出现的家贼。这是一个沉痛的教训，我们要永远记住。对于银行而言，严密的内部监控像生命一样重要，因为这里是管钱的地方。我将向省行领导做出检讨，为此次事故承担主要责任。其他干部照常工作，有关责任人等候省行领导做出处理决定。总之，大家不要背包袱，让我们共同努力，把工作做得更好！

严可夫跷着二郎腿，心中暗想：你要这样轻巧地滑过去？没有那么容易。他决定实行突然袭击，将问题扩大化。他晃晃大脑袋，开口说话：萧行长，我想提一个问题。"江水华事件"的出现，究竟是偶然的呢，还是必然的？

严可夫的突然发问使大家深感意外，都把目光集中到他的身上。萧长风扫了他一眼，知道他话里含有深意，便不慌不忙地反问：你说呢？严行长，我想听听你有什么看法。

好，那我就直说！严可夫站起来，气势逼人地朝萧长风走去，我认为，你的方针路线存在着一系列错误，在你的领导下，东方银行必然会出现江水华之类的事件！同志们，有些话我在心里憋了很久，为了拯救我们的银行，今天我不得不把这些话全都说出来。萧行长，你太刚愎自用，在工作中搞一言堂，听不进别人的意见。有些重大问题，比如银行为什么人服务，你犯有政治路线上的、方向性的错误！……

萧长风偏着头，微笑着打断他的话：严行长，你能不能举一些实例？

可以。你一直坚持向龙飞实业公司提供贷款，大家都知道，那是一家私营企业，你为什么对这样的企业怀有如此大的热情呢？相反，你对红星木钟厂这样的国有企业毫无感情，穷追猛打，像黄世仁一样地逼债。两相对照，你的立场、路线存在着严重的问题，不是很明显吗？

188

何苇青站起来反驳：严行长，我不同意你的观点。东方银行是商业银行，和企业一样，我们也必须追求效益！龙飞实业公司两年来迅速发展，已经是我们行里最大的客户，截至上个月月末，仅龙飞实业公司的存款余额就达到一个亿！我们放发给它的贷款，每一笔都安全收回，获得了良好的经济效益。现在，龙飞实业公司已经是S市名列前茅的利税大户，沈龙飞还被选为全国人大代表。我真搞不懂，多扶持一些这样的民营高科技企业有什么不好？为什么有人总爱给正常的经济活动扣帽子、打棍子？

严可夫冷笑一声：你是萧行长一手提拔起来的，当然要帮他说话。今天，我还想讲一讲萧行长在人事安排上存在的问题。不过……

萧长风开诚布公地说：好嘛，把你的想法都亮出来，我们要把所有的问题都谈透！严行长，看来你我之间的分歧还不小嘛，那就不必掩盖，让全体干部参加我们的讨论。

严可夫故作神秘地说：在这种场合讨论人事问题，恐怕不合适吧？总之，人事安排也是你一个人说了算，过于独断专行。我就点到为止，还是要维护安定团结的大局嘛。

一直沉默着的曹卫东此时开口说话了：我就看不得那种人，说话吞吞吐吐，阴一半阳一半！严行长，我替你把话说完，你没有人事权，心里生气。你太看重权力了！这几天你对我说过不少话，如果我当众揭穿你，恐怕你下不来台。我也就点到为止，希望你好自为之吧！

你……我说过什么？你不要造谣！……严可夫没料到曹卫东点他的要害，气急败坏地叫道。

柳溪慢慢地站起来，脸色因气愤而涨得通红。她是第一次在这样规模的干部会议上发言，却毫不怯场，缓慢而清晰地说道：严行长，你找我谈过一次话，谈话的内容我就不公开了，我和曹主任的心情一样，免得使你下不来台。不过，我一直不明白你为什么要那样做，你和我的谈话使我痛苦很长一段时间……今天我看清楚了，你是有目的的，为了达到自己的目的不择手段！严行长，我劝你一句，东方银行有今天的局面很不容易，希望你和我们大家一样，珍惜东方银行，爱护东方银行！

柳溪说完，在椅子上坐下，用手绢拭去脸颊上的眼泪。会议室出现短暂的静场，干部们都用异样的目光盯着严可夫，严可夫老脸红一阵白一阵，就像被人们剥去了衣服，十分难堪。他没料到对萧长风的攻击使自己落得这样的下场。虽然曹卫东、柳溪还给他留了台阶，他却已经丢盔卸甲，狼狈不堪了！萧长风表现十分冷静，一直在本子上记录着什么。此刻，他抬起头看着严可夫，锐利的目光逼得他低下头去……

我再说什么呢？什么也不用说了。我们的工作出现失误，大家都很痛心，这证明东方银行有凝聚力，我们都热爱这个银行！那么，跌倒了就爬起来，让我们互相搀扶着前进，以更出色的业绩来弥补已经发生的过失。这就是我们今天开会的主题。严行长，你赞同这个主题吗？萧长风语调深沉地说。

严可夫马上转弯，脸上又堆起人们所熟悉的笑容，连连点头：那当然，那当然……

会议转入正轨，继续进行。

第十章

一

傍晚，大山里阴沉沉的。旋风阵阵舞弄落叶，雨滴冰冷时缓时急。这一带山区临近大海，山中多怪石，黑魃魃兀然挺立。尤利与江水华在山间公路急急行走，天黑前要赶到一个叫王庄的小镇投宿。江水华背着一只黄色背囊，雨水、汗水将她的头发粘在脸颊上。尤利伸出手，要帮她拿背囊。江水华却摇摇头，表示自己能行。他们在泥泞中深一脚浅一脚地走着，雨幕、夜色将他俩的身影紧紧裹住。

王庄地处山区隘口，出了隘口，就可通向无边无际的大海。镇上有几家小饭店，兼作旅馆，江水华选中其中一家名叫"夜巴黎"的小店，与尤利进门登记住宿。老板娘问江水华要身份证，尤利说：丢了。接着，随手扔给老板娘一张钞票，老板娘收起钞票，朝他俩鬼笑，显然把这对男女当作出外旅游的野鸳鸯。她把他们领进一间肮脏的房间，告诉他们水龙头坏了，待会儿让伙计挑一担水来。老板娘退出房间，江水华与尤利瘫倒在床上。

落到今天这个地步，又要怪尤利。按照江水华的计划，此刻他们应在中缅边界一带，而不是距离 S 市还不到二百公里的罗旺山区。离开他们的新房，尤利住在一家高级宾馆里磨磨蹭蹭不肯走，说是要看看风向再说。江水华连哄带逼，好不容易骗着他同意动身。银行那边已经东窗事发！到中国银行保险箱取钱时，老毛与江水华擦肩而过，江水华以为老毛是来监视她的，吓得心脏几乎停止跳动。她本能地感觉到危险在逼近，不敢乘飞机，不敢乘火车，叫了一部出租车跑到罗旺山区。为什么要到这里来？尤利说他有一个表舅在小刘庄种田，躲在山沟旮旯里比较安全。江水华依了他。现在，一切都得听尤利安排。

唯一使江水华不放心的，是她那只黄色背囊。行走休息，吃饭睡觉，她都紧紧抓住背带不放。背囊里面塞满一捆捆百元大钞，足足有一百万！尤利看着黄色背囊时，眼睛里会闪出异样的光亮，像一只恶狼，使江水华感到恐惧。背着这么多钱行走，江水华被压得直不起腰来。无论在精神上还是在肉体上，这只黄色背囊都是江水华的沉重负担。

吃饭吧，饿了！尤利翻身坐起，大声说道。

你去吧，我看着东西。江水华只感到疲劳，没有心思吃饭。

你不放心这包，就背上它。尤利嘲弄地说。

不，我不想吃饭，你快去吧……江水华挥挥手，脑袋无力地靠在黄色背囊上。

尤利离开房间。江水华仰望着石灰剥落的天花板，脑子里一片空白。她不知道今后将怎样生活，甚至怀疑自己在世上还能活多久。她彻底麻木了，任何思想活动只能给她带来痛苦。有人敲门，一个长着卷毛的小伙子送来两桶清水。江水华起身收拾衣物，准备擦擦身。她看见尤利把西装随便扔在床上，揉成一团，就顺手将西装展平，叠好……

忽然，江水华感觉到尤利西装的前胸有某种硬物，她伸手一摸，从内口袋里掏出一只小瓶。江水华定睛一看，那竟是一瓶安眠药！她脑子里迅速地闪过一串问号：尤利从不失眠，他随身带着安眠药干吗？这是什么时候、在哪里买的？尤利要用它干什么？……

江水华把小药瓶放回西装口袋，将西装揉乱，照原样扔在床上。她这样做是出于本能，她要看一看尤利下一步将怎样行动。江水华走进浴室，对着模糊的镜子慢慢擦身。她的白嫩的身体已经交给了这个男人，她的心更早地交给了他。为了这个男人，她先是挪用储户存款，进而贪污，一步一步陷入今天的境地。现在，这个男人要对她做什么？他们已经是夫妻，做丈夫的会在危难之中对妻子下毒手吗？江水华既恐惧又痛心，欲哭无泪。

尤利吃完饭回来，看见妻子已经躺下。那只黄色背囊放在她的枕边。尤利拿着一个面包，一罐可乐，对江水华晃了晃，叫她起来吃点东西。江水华用被子蒙住头，说是头疼，什么也不想吃。外面雨下大了，山风呼啸，雨点打得玻璃窗噼噼啪啪作响。尤利似乎有些坐立不安，在窗前望着无尽的黑暗发怔……

尤利动手了。他从西装口袋里掏出小药瓶，迅速拧开盖子，倒了一把药片在手中。他又拉开可乐拉环，将药片投入罐中……这一切做得快捷麻利，无声无息。然而，江水华将被子掀开一道缝隙，把丈夫的举动全都看在眼里。

现在她明白了：尤利要将她麻醉倒，独自拿着一百万现金逃之夭夭！江水华是一个逃犯，没有胆量去告发他。这个男人好狠心呀，他从来没有爱过她！江水华思索应对之策……

尤利假意体贴妻子，一定要她吃些东西。江水华坐起来，望着尤利递到她面前的可乐罐，说：好吧，我吃东西，你去卫生间擦个澡。她从丈夫手中接过可乐，毫无戒备地喝了一口。尤利放心了，拿着毛巾走进卫生间。江水华翻身下床，打开窗户，将口中的可乐吐尽，又把罐子倒空。她不露痕迹地回到床上。尤利出来时，她正津津有味地啃着面包……

可乐喝完了？要不要再来一罐？

不，不用了，我已经饱了……

江水华做出昏昏欲睡的样子，使尤利相信药力开始发挥作用了。尤利要为她宽衣解带，她执意不肯，就那样穿着衣服昏昏入睡。尤利关上灯，坐在窗前一把椅子上，一支接一支地吸烟。群山深处传来沉闷的雷声，一道道闪电划破屋内的黑暗，照出尤利惨白的面孔。雨下大了，仿佛有千军万马在窗外驶过，留下惊天动地的喧哗。

尤利来到床前，弯下腰，低声呼唤：小江，小江！你醒一醒……

江水华眼睛紧闭，屏住呼吸不做回答。她手里握着一把削水果的尖刀，全身心做好戒备，万不得已时她将尽力一搏！幸而，尤利没有行凶的胆量，他的目标只是那只黄色背囊。他见江水华沉睡不醒，就伸出颤抖的双手，将枕头里侧的背包轻轻提起，然后慌慌张张逃出房间。尤利什么都不要了，只要这一背囊钞票！

江水华忽地坐起，在黑暗中思忖片刻，便穿好鞋子追出门去。她怒火中烧，尤利原来是个贼！生活中最后的幻想破灭了，她只想与他拼命。她脚步噔噔地穿过走廊，直奔小旅馆大门。老板娘微笑着迎上前：怎么？吵架了？早点回来，咱们旅馆马上就要锁大门了！

江水华勉强地点点头，拉开弹簧玻璃门，不顾一切地冲入风雨交加的黑夜……

走出小镇不远，就是罗旺山的隘口。江水华在这里追上了尤利。狂风撕乱她的头发，雨水、泪水在她脸上纵横流淌，闪电划过，她的面目青白如鬼。她猛然出现在尤利面前，一声厉喝：尤利，我和你一块死！

尤利万没想到江水华会追来，突然看见她如此形状，吓得魂不附体。他慌不择路，跑往乱石丛生的山岗。江水华紧追不舍，咒骂、哭喊，尖厉的声音穿破夜幕雨帘……

惨剧发生了！尤利跑上悬崖，一脚踏空，骨碌碌滚下山去。江水华找到他时，他的头颅已在一块黑色巨石上撞碎，脑浆迸溅，气绝身亡。他的手仍然紧紧抓住黄色背囊，至死不肯松开。

江水华在他面前跪下，号啕大哭。天哪！为什么让这样一个男人惩治我呢？我前世作了什么孽呀！江水华不停地哭喊，直到东方发白……

二

奶奶睡觉前总要吃几片水果，柳溪将牙签插在削好的梨片上，用盘子盛着端到奶奶面前。吃完水果，奶奶带领柳溪祈祷。这是例行公事，柳溪早已习惯了。在祥和的气氛中，祖孙俩互相祝福，然后柳溪熄灭电灯，退出奶奶的房间。

柳溪躺在自己的床上，默默地想心事。外面风刮得紧，吹哨子似的发出啾啾的声响。月亮却皎好，一片银辉洒满房间。柳溪索性关掉台灯，全身心沐浴着月光。威尔逊很久没来信了，他的身影越来越模糊，像海边的白雾渐渐散去。柳溪深感惆怅，心中隐隐作痛。她能够面对现实，却总难割舍那段梦幻般的恋情。柳溪望着月亮轻声叹息，不知他人现在何方？……

忽然，电话铃响起来。寂静中柳溪被吓了一跳，迟疑片刻，才拿起话筒。谁？话筒里没有声音。柳溪又问了一遍，对方挂断电话。柳溪顿时紧张起来，不知道什么人捣鬼！

当电话铃再次响起来时，柳溪决定让对方先开口说话。她拿起话筒，默不作声，听见话筒里传来一阵熟悉的抽泣声。

小江？是你吗？柳溪几乎喊起来。

柳溪姐，我，我回来了……

你在哪里？我去接你！

你别来了，我要去投案自首……柳溪姐，我只想对你说一声，我对不起你!

江水华挂断电话,话筒里传来一阵嘟嘟的声响。柳溪怔了半天,才放下电话。她穿好衣服,不知道该干什么,不停地在屋里转圈。她希望电话铃再次响起来,然而却没有。柳溪想象着小江从黑暗中走出来,一步一步走向公安局……对了,这样重要的事情应该向萧行长汇报!

柳溪拨通萧行长的手机,手机响了半天,才传来萧行长带着睡意的声音。柳溪把江水华投案自首的事情告诉了他,他立刻振奋起来,说马上与公安局联系!挂上电话,柳溪感到事情还没完。她穿着准备出门的风衣,总不愿意脱下来。她想去看看江水华,谁能帮她做到这一点呢?只有老毛。

老毛招之即来。柳溪打电话找他,片刻,老毛就骑着摩托车赶来。柳溪锁好门,拽着他的胳膊下楼。老毛问:什么事?你怎么了?

柳溪来到街上才站住脚,仰着脸对他说:江水华回来投案自首,我想见见她!……

老毛有些吃惊,抓了半天头发,才说找滨海公安分局刑警队的王队长想想办法。

老毛战友多,交际广,几个电话一打问题就解决了。江水华确实已经投案自首,人关押在滨海分局。老毛带着柳溪骑上摩托,轰轰赶去。找到刑警队王队长,已是半夜十二点多钟。王队长很为难,说江水华是要犯,案子尚未审结,什么人都不能见。老毛看看柳溪,柳溪抱歉地笑道:那就算了,知道她的情况就行了。王队长透露了一条信息:江水华带回一只黄色背包,背包里装着一百万元现金!这对她案子的处理很有好处……

江水华投案自首的消息,在东方银行引起很大震动。第二天早晨上班,有关江水华的各种传说就在每个办公室流传。赃款大部分追回,东方银行的损失大大降低。据说,为了夺回那只黄色背包,江水华杀死了她的新婚丈夫！人们惊讶、惋惜，猜不透平日温柔老实的江水华怎么会演出如此激烈的惨剧！不少人向柳溪探听细节，柳溪板着苍白的面孔，不作回答。望着她缓步走进稽查部办公室的背影，谁都明白她心里正为江水华的遭遇难受！

萧长风专门找柳溪谈了一次话。他请柳溪坐下，开门见山地说：你别过于自责，谁都不能为朋友承担过多的责任。

柳溪流泪了：小江的命太苦了，是尤利害了她！我知道这事情，我本来可以更好地帮助她……

小江走到今天这一步，原因很复杂。你自责，我也自责。我这个行长应该对每一个员工负责！不过，我们要向前看，总结经验教训，把工作做得更好！柳溪，振作一些，从阴影中走出来！

柳溪抹去脸上的泪珠，笑着点点头。她感激萧行长的理解，内心得到莫大的慰藉。

严可夫敲门进屋。看见柳溪正与萧行长谈话，他连忙往门外退去。你们有事，我待会儿来……严可夫脸上的笑容颇不自然。

柳溪主动告辞。萧长风叫住严可夫。门口，柳溪与严可夫擦肩而过，冷冷地瞅了他一眼。严可夫十分心虚，他怕柳溪将那次谈话的内容告诉萧长风。

两位行长相对而坐，萧长风将一杯泡好的茶端到严可夫面前。严可夫受宠若惊，一脸谦卑的笑容。他夸赞萧长风领导有方，感召江水华投案自首，为东方银行追回一百万元现金……这些话假得可笑，在萧长风的阻止下，严可夫终于说不下去了，他闭上嘴巴。

老严，你想说什么，就直说吧。你也知道，我这个人不喜欢绕弯子。

严可夫尴尬地笑笑，马上板起脸，显得十分严肃。他从黑提包里拿出一只信封，递到萧长风手里。萧长风定睛一看，信封上写着几个大字：我的检讨！

严可夫语调沉重地说：萧行长，这封信我几次想送给你，都没有勇气。到我这个年龄，要认个错不容易啊！但是，我的错误是严重的，我必须向你做出检讨。这些日子，我不断反省，为什么我会做出这种事情呢？当着许多中层干部的面，我就暴露出咱们之间的矛盾……真是，连一点党性都没有！这份检讨请你过目。

萧长风对严可夫的举动深感意外，他不知道严可夫为什么来了一个一百八十度大转弯，居然屈尊写起了检讨。萧长风谨慎地将信封交还给严可夫，诚恳地说：严行长，你把它收回去吧。你是老同志，我一直很尊重你。我只希望你和我敞开心扉，推心置腹地交谈，这是最宝贵的。我知道你对我有不少意见，到底为什么，你能不能来个竹筒倒豆子，痛痛快快地说出来。

严可夫敲敲脑袋，叹道：这个，这个落后了！不瞒你说，我的思想比较保守，你的许多做法，我看不惯，背地里发牢骚，总爱挑毛病……

萧长风敏锐地看着他，意味深长地说：思想路线问题可以靠学习解决，辩论三天三夜也没问题。可是，咱们这儿是银行，是企业，老这样下去不行啊！严行长，有一件事情我正想和你商量，总行抽调干部去学习，你去还是我去？

严可夫愣住了，面部肌肉微微颤动，脸色十分难看。他正是从省行吴副行长那里得到消息，怕萧长风打发他去学习，才写了这封检讨以求渡过难关。

东方银行离不开你，还是我去吧！严可夫吃力地说道。

萧长风打开抽屉，拿出一堆匿名信，交给严可夫：这些人民来信你拿回去看看，有不少人告我呢。你帮我出出主意，我究竟该怎么办？

严可夫额上沁出一层汗珠。他把这些熟悉的匿名信塞入黑提包，苦笑着说：哪用我出主意？你能对付。萧行长，我真服你了！

那么，下周一你就到省行去报到，听从组织安排。

萧长风将严可夫送到门口，握住他的手，语调深沉地说：严行长，好好学习，学完了还回来。东方银行需要能干活的人，我把这门敞开着，永远不会关！

严可夫摸摸门板，若有所思地点点头。

三

夏季即将来临。林小英想为自己买一条裙子，几次逛商场，她又打消了这个念头。小英的日子很不好过。面对重重压力，即便买回最漂亮的裙子，她又怎么会有心情穿呢？

林小英与胡永波断绝恋爱关系，也就彻底得罪了胡昆厂长。每天在小白楼里见面，胡厂长眼不是眼、鼻子不是鼻，那滋味真叫人受不了。林小英处处小心谨慎，胡厂长还是能够找到岔子，当众把她训一顿。小金库账目不用她管了，一个外号叫"小白菜"的女人接替了她。过一段日子，出纳也不叫她干了。她只能在小白楼扫地抹桌子。终于有一天，胡昆找她谈话，说你老在小白楼里待着也不是个事儿，下车间锻炼锻炼吧！她被打发到发条车间，管淬火，又脏又累，苦不堪言。小英明白，这就是她得罪胡昆厂长所付出的代价。

这一时期，红星木钟厂仿佛有了生机。股份制改造进展顺利，股票发行工作也筹备就绪。当然，工人们心里清楚：这一切不过是走过场，不过，大家对内部职工股很有兴趣，按规定这类股票三年以后可以上市，人人都有希望发一笔小财。因此，工人们不得不更加佩服胡昆厂长。

林小英感到很孤立。厂里日益见浓的乐观气氛无法融入她的内心，她隐隐约约感觉到胡昆不肯就此罢休，还会进一步迫害她。她比别人知道更多的内情，因此她能更清楚地看到：只要胡昆在，红星木钟厂不会真正有希望！在小白楼最后那段日子，她亲眼看见证券公司、会计师事务所的老师们和厂领导聚集在一起，东拼西凑，虚构利润，把财务报表搞得漂亮一些。这叫作"包装"，胡厂长经常把这个词挂在嘴上。小英心中疑惑：这样搞，怎么能让红星木钟厂起死回生呢？她越来越感到绝望，胡昆厂长铁塔般的身体似乎遮挡住了太阳，工人们要永远生活在他的黑影里……

爱情问题也留下后遗症。胡永波用极其恶劣的手段对付她：他向哥儿们吹嘘，他已经占有了小英的身体。他甚至说小英的屁股有一颗痣，痣上还长着茸毛……中午在食堂领饭时，小伙子们都用异样的目光盯住小英的臀部看。风言风语不断传进小英的耳朵，她羞愤之极，决心离开这块是非之地。她开始在社会上奔走，试图寻找一条出路。

一天，技术科科长管为民找到小英，与她进行一次严肃而又神秘的谈话。他们在工厂后面一片小树林里见面，管科长目光严肃地注视着小英，使她不知所措。

我听说你想走，是吗？

小英点点头。

管科长却摇摇头：你不应该走，你要留下来坚持战斗！

战斗？小英吃惊地睁大眼睛。

管科长像地下党负责人一样，机警地朝四周看看，继续用铿锵有力的语调说道：是的，你要和我们一起战斗！你知道吗？厂里有不少人像我一样，反对胡昆的所作所为。我们秘密地收集材料，准备向上级领导反映红星木钟厂的真实情况。你不要以为胡昆可以一手遮天，只要我们坚持斗争，他早晚得垮台！

林小英迟疑地说：可是……我能做些什么？

你是从胡昆的核心圈子里走出来的，肯定知道不少内情。我们希望你能揭发胡昆在经济方面的问题，拿出一些有力的证据。我们都知道胡昆是什么样的人，难道不是吗？

小英眼前立即浮现出那对价值十八万元的钻石表，还有一沓沓无法入账的现金白条……她内心很紧张，拿不准是否应该把这一切告诉管科长。

你想一想吧，你要替我们的工厂、替全体工人的利益着想。想通了，决定该怎么做了，你就来找我！

管为民说完，独自走出小树林。林小英望着他矮小的背影，半天回不过神来。

回家路上，林小英一直在琢磨管科长的话。胡昆虽然可恨，小英却从来没想告发他。她心地善良，似乎天生不会做此类事情。她今天才知道厂里有许多人暗中反对胡昆，心中既高兴又吃惊！可是，小英脑际存在一团疑云：管科长这样做有没有其他目的？他秘密收集证据，是要将胡厂长置于死地呀！……正因如此，小英才没有贸然说出她所知道的一切。

不过，小英接受了管科长提出的建议：不要走，继续留在红星木钟厂！为什么要害怕胡家父子？小英倒要看一看，厂里将要发生什么事情。胡昆会把红星木钟厂引向何方？小英从心底深处热爱这家工厂，父亲和她两代人都在这里工作，厂与家已经汇成同一个概念。任何人想毁掉红星木钟厂，林小英都要挺身而出与他斗争到底！主意拿定，她的脚步变得轻盈起来，很快来到家门口。

走进楼洞，小英猛然发现站在面前的崔瀚洋。她吃了一惊，不知该说什么好。崔瀚洋向她笑笑，拿过她手里的包，说：先别回家，咱俩出去走走。小英顺从地跟他后面，重返街道。

傍晚，马路上车流涌动。天气渐渐炎热，海边游人开始密集起来。绚烂的晚霞低垂海天之间，变幻着千姿百态。海面红光闪烁，仿佛燃起一片火苗。崔瀚洋和小英来到僻静处，在一块礁石旁坐下。二人默默想心事，寂静中但闻海鸥鸣叫，看它们翱翔于红光白浪之间……

林小英始终没有主动去找崔瀚洋。与胡永波断绝关系之后，她忽然失去了面对崔瀚洋的勇气。回想当年崔瀚洋追求她，何等热烈，何等纯真，小英却最终离开了他。为什么呢？崔瀚洋的性格狂野出格使她害怕，父亲的唠叨使她难以忍受，胡昆厂长的权势使她屈服……不管怎么说，小英觉得自己对不起崔瀚洋。她是一个平凡的女子，无法脱俗。崔瀚洋虽然激起她反抗的勇气，但未必能给她带来爱情的福音。她犹豫、彷徨，不知如何选择人生的道路……

　　我知道，你在等我，希望我主动来找你。瞧，我来了，让我们重新开始吧！崔瀚洋用自信的口吻说道。

　　我和胡永波……断了。你听说这件事情了？小英涨红了脸，低声地说。

　　没有。我隔红星木钟厂很远，什么消息也听不到。不过，凭我的感觉，你会这样做的。我一直在等，等你把这事情处理干净。

　　你肯原谅我吗？……

　　别说这种话，爱情不存在原谅问题。但是爱情有输赢，我先输掉了你，现在又把你赢回来了！

　　崔瀚洋像一股巨浪，卷走一片叶子似的把林小英带向远方。小英无须再做选择，崔瀚洋的豪情与自信，使她失去思维，失去判断力，只剩下一腔柔情。两个年轻人在沙滩上久久接吻，谁也无法将他们分开……

　　从海边回来，小英真是幸福极了！每个姑娘都把爱情问题看得最重，小英更是如此。走过一段弯路之后，她又回到崔瀚洋身边。这时候，她才发现自己心底里一直爱着这位孤傲古怪的小伙子。崔瀚洋搂住她的腰，滔滔不绝地谈着股票、期货；林小英听不懂，也不想懂，她只是喜欢听崔瀚洋的声音。她靠在他的肩头，遥望空中闪烁的星星，心境如星空一样，辽阔而明净。

　　夏天来了，我想买一条裙子。你肯陪我去吗？

你让我陪你摘星星，我也肯去！

那，咱们走吧……

四

林小英始终以为崔瀚洋只是一个保险推销员，从未在经济上对他抱有奢望。她甚至做好承受风险的心理准备：即使崔瀚洋一事无成，清贫如洗，她也要和他厮守下去，快乐地过穷日子。崔瀚洋最喜欢听小英讲此类的话，故意引逗她描述过穷日子的计划。听着听着，他总忍不住哈哈大笑，抱着小英，一个劲儿转圈子……

既已定情，小英就得到崔瀚洋家里去看看。崔瀚洋领她看望爷爷奶奶，把重病在床的爷爷乐得合不拢嘴。小英问：你住在哪里？我要到你宿舍去看看。崔瀚洋推托不过去，终于领她来到鸿运公寓。一进门，小英被如此豪华的房间惊呆了！这是谁的房子？你在替别人看家吗？她问话时的神情天真而又带点儿傻气。

崔瀚洋自豪地宣布：这就是我的宿舍，也是你未来的家！

小英无论如何不敢相信，呆呆地站在门厅不动。崔瀚洋让她换上拖鞋，领她挨个房间参观：会议室一般宽敞的大客厅、带卫生间的主卧、书房、客人卧室、空中花园似的大阳台……

小英站住脚，眼睛直瞪崔瀚洋的脸庞：你为什么撒谎？是不是想耍弄我？

崔瀚洋一怔：你说什么？我没有对你撒谎……

你有钱，你是暴发户，为什么不告诉我？你把我蒙在鼓里，还说要和我一起过穷日子……

我对你说过多少遍，金融街到处是金子，我是天才，我能把整座金山搬回家……可你从来不听，也不相信我。现在，我成功了，你能怪我吗？

我要走……我知道，我配不上你……

小英眼睛里涌起泪花，转身向门外走去。崔瀚洋急忙拦住她，伸开双臂紧紧搂住她。热烈的吻表达出崔瀚洋内心的挚爱，小英渐渐地融化在他的怀抱里。崔瀚洋断断续续地在她耳畔诉说：他一直思念她，她是他奋斗的动力。爱情是一种灵感，是天生的缘分，他崔瀚洋无论多么有钱，只爱林小英一人，命里注定要与她结为夫妻……小英不停地流泪，心却已经陶醉，喃喃情话犹如春风，把那颗心飘飘摇摇地捧上天空。

电话铃响起来，崔瀚洋放开小英去接电话。白帆总经理熟悉的声音传入他耳朵：我就在你楼下，我带来一位客人，要和你谈一笔大生意。

崔瀚洋说：赶快上来，我到电梯前迎接你们！他放下电话，催促小英洗脸化妆，为客人准备水果、茶点。崔瀚洋一边说，一边匆匆奔向走廊。

小英洗去泪痕，看着镜子里的自我。生活忽然赋予她某种重要性，使她变成另外一个人。灰姑娘、丑小鸭之类的故事，大约就是描绘这种特殊的情形吧？小英觉得镜子里照出一个陌生人。这些念头在她脑际一闪而过，却使她内心隐隐产生不安。接着，她又忙着冲水泡茶，接待客人去了。

白帆带来的客人，竟是胡昆！崔瀚洋看见他走出电梯，不由得一怔。胡昆像见到老朋友一样，握住他的手用力一捏，又抱住他的肩膀摇晃。出息了！长高了！胡昆连连喊道，你是我们红星木钟厂的骄傲啊！

白帆在一旁微笑：你们是老熟人，又是一个厂里出来，这桩买卖肯定做成了。

崔瀚洋领他们进屋。在金融街上几番历练，毕竟使崔瀚洋成熟许多。他抑制住内心的种种复杂感情，表面上显得出奇地平静。白帆不知道他们之间的纠葛，热情地介绍红星木钟厂股票发行的准备情况。经过各方面的努力，红星木钟厂完成股份制改造，更名为红星集团股份有限公司，已经争取到股票上市名额。下个月正式发行社会公众股，年内红星集团 A 股就可在上交所上市交易……

呵，你们动作真够快的！胡厂长，还是你有本事。崔瀚洋微微一笑，说道。

老弟，我比你可就差远了！听白总介绍，你已经是股市上的绝顶高手。今天我来，就是想请出你这位高人，为红星股票坐庄，热热闹闹炒一把，也好让咱们厂老少爷们儿在全国露露脸！胡昆大手一挥，颇有鼓动性地说道。

崔瀚洋简短地回答：我不干。

胡昆和白帆深感意外，一时语塞。白帆站起来，走到崔瀚洋身边，低声说：小崔，你怎么了？这是一次很好的机会呀……

崔瀚洋还是摇头：我从红星木钟厂出来，最知道底细。胡厂长，别怪我说得难听，咱们厂的股票就是上了市，也是一只垃圾股！

胡昆黑脸上泛起一阵红潮。他忽然哈哈大笑，将窘迫掩盖过去。然后，他移到崔瀚洋身边的沙发坐下：咱们打开天窗说亮话，老弟，你心里有气！我今天来，就打算为你消消气。我得承认，我这当厂长的有眼无珠，把你这样的人才也看漏了，这叫什么事儿？现在我后悔也来不及！大哥今天向你认个错，过去的事一笔勾销，咱们重新开始合作。怎么样？

崔瀚洋听胡昆这么说，口气也转变了：我没气，那些陈芝麻烂谷子谁放在心上？说句实话，要独立坐庄，我那点儿资金远远不够……

胡昆一拍巴掌，叫道：这好说，咱们就是不缺资金！我跟白总学了不少东西，其中一条就是搞资本运作。发行股票不是能够募集大笔资金吗？新上马的项目一时用不了，你先拿去炒股票。这你就明白了，坐一把庄能赚多少钱？这利润来得又快，年终报表就能反映出来了。谁说红星集团是垃圾股？仅此一项，咱们就能挣它几千万，比造木钟强多了！

你能拿出多少资金？

两个亿！

崔瀚洋沉吟一会儿，向胡昆伸出手掌：我干了！

白帆高兴地说：这就对了。小崔，你到我们金泰证券公司来坐庄，适当照应一下我那块自营买卖。

没问题。你、我、他，三者利益都要照顾到……胡厂长，你说对不对？

胡昆认真地说：我对你有一个要求。

什么？

我不想听你叫"胡厂长"。今后，咱们兄弟相交，我是哥，你是弟，行不行？

行。

崔瀚洋这时才发现，林小英始终没为客人端上茶水。他脑筋一转，嘴角浮起令人难以捉摸的笑容。他走进厨房，发现小英正坐在凳子上，心情复杂地撕一张纸片。茶早已泡好，三只茶杯放在茶盘里，小英就是没有往外端。

崔瀚洋走到她身边，低声命令道：我叫你，你就端着茶出来，别怕他，一定要出来！明白吗？小英迟疑地点点头。

崔瀚洋走到胡昆面前，亲热地叫了一声"哥"，他说：既然你是我的大哥，我也得让你认认弟妹。只是她很怕羞，冲好了茶水也不敢端出来……

胡昆笑道：哈，我还有个弟妹，你怎么不早说呢？快，快，大哥有请。

崔瀚洋对着厨房扬声叫道：小英，出来！

林小英端着茶盘走出厨房。胡昆从沙发上慢慢站起来，眼睛瞪得铜铃般大。他嘴唇微微颤抖，黑脸变成紫色。这是沉重的一击，看得出胡昆丝毫没有心理准备。小英渐渐走近，胡昆慌乱起来……

弟，弟妹……

胡……大哥。

崔瀚洋十分惬意地欣赏着这个场面。

五

星期天的早晨，萧长风被两只不知名的小鸟叫醒。小鸟就站在阳台围栏上，叽叽啾啾，婉转啼鸣，仿佛在讲述它们各自的梦。萧长风下床，轻轻走向阳台，敏感的小鸟却扑扇着翅膀飞走了……

不知怎么，萧长风忽然想起了爷爷。强烈的思念迫使他一分钟也不能停留，顾不得告诉尚在睡梦中的妈妈，他就穿着一套晨练的运动服，悄悄出了门。

霞光初露，空气湿润新鲜，萧长风大口呼吸着，一路小跑奔向爷爷家。

萧长风一直有规律地看望爷爷。去往青鸟山那条宁静的马路，是他散步或慢跑的好地方。因此，他总是在假日里徒步去爷爷家。萧长风内心里热爱爷爷，并对他十分怜悯。八十多岁的老人，未能和家人团聚，晚景难免凄凉。最近一段日子，萧长风经常出差，没顾得上看望爷爷，心中隐隐约约感到不安。今晨两只小鸟叫，使他产生某种预感。他无心领略青鸟山如画的风景，很快来到爷爷居住的德国式石头小楼前。

预感常常是准确的。萧长风一进门，奶奶就眼泪汪汪地告诉他：爷爷又犯病了！黎明时分，爷爷不住哼哼，说是心口疼。奶奶正愁着如何送爷爷去医院，幸亏萧长风来了。萧长风进到里屋，看见爷爷脸色蜡黄，两眼直瞪瞪望着他，却说不出话来。萧长风知道爷爷病情严重，急忙到邻居家借电话，从市立医院叫来救护车。一番紧张忙碌，终于把爷爷送到急诊室……

爷爷病情迅速恶化。主治医生告诉萧长风，爷爷患有多种老年性疾病，这一次主要是心血管方面的问题，病因尚未查明，但预计比较悲观。萧长风明白医生的意思：他是让家属准备后事！一阵悲伤袭上心头，他知道爷爷要走了。这时，他猛然想起崔瀚洋，爷爷肯定希望能最后见孙子一面。萧长风立刻奔向电话亭……

崔瀚洋很快赶到医院，一见萧长风就焦急询问爷爷的情况。生死关头，崔瀚洋不再冷漠，他血脉中毕竟流动着萧家的热血。经萧长风再三请求，主治医生同意他俩进入急救室，最后看看爷爷。

急救室里静悄悄的。爷爷鼻孔插着氧气管，手臂打着点滴，显见病情严重。但他瞪着眼睛，仿佛与死神抗争，不肯让生命离开衰老的躯体。萧长风与崔瀚洋走近老人，站在病床两旁，弯下腰轻声呼唤爷爷。爷爷混浊的双眼忽然放出光彩，嘴唇颤动着，想说话却发不出声音。萧长风将自己手指放入爷爷手心，他感到爷爷握紧了手指。崔瀚洋也学哥哥的样子，把手指放入爷爷另一只掌中。祖孙三人连为一体，一股电流传遍他们的身心……

之后，萧长风和崔瀚洋坐在急诊室外边的长凳上，等待最后消息。他们久久回味着那种奇妙感觉：祖孙三人连为一体，电流从指尖传入内心。萧长风想：是什么东西将他们连在了一起？也许正是爷爷说的，萧家对金融事业的热情、特有的天赋，以及那种无法割断的缘分！萧长风渐渐相信爷爷这种说法了。他侧过脸看看崔瀚洋，那两道黑长的眉毛仿佛是独特的标记，证实他血液中流动着某种神秘的因子。对这个陌生的弟弟，萧长风心中涌起越来越浓烈的亲近感。

爷爷给你的银铃还在吗？萧长风低声问道。

在。可我记不清把它放在什么地方了……崔瀚洋在哥哥面前，总显得有些腼腆。

萧长风摇摇头，说：这不好，你应该记住爷爷的话。我把银铃放在办公桌上，有时候，我好像听见银铃在响……

崔瀚洋喃喃地说：我明白你的意思。我会把银铃找出来的！

午夜时分，爷爷去世了。

丧葬事宜，由萧长风主持操办，崔瀚洋也积极协助。几天忙碌下来，兄弟二人接触颇多，彼此也有了更深的了解。萧长风邀请崔瀚洋上他家做客，崔瀚洋迟疑不决，没有马上答应。萧长风爽朗一笑，拍拍他的肩膀，说：老辈人的恩恩怨怨应该结束了，我们是萧家新一代，不能把事情做得更好一些吗？崔瀚洋搔搔头，不好意思地笑了。他完全同意萧长风的观点。

中秋节这天，崔瀚洋领着小英来到萧长风家。他们买了过多的月饼，在桌上堆起一座小山，受到萧长风的批评。自家人，不必那么客气，你想让我们将这些月饼吃到明年中秋节吗？萧长风皱着眉头说道。萧潇像一只小燕子，用双臂做翅膀，绕着满桌子月饼飞，逗得大人们直乐。全家人气氛融洽，快乐地度过一个中秋节。

吃罢晚饭，萧长风和崔瀚洋一人搬一把藤椅，坐在阳台上喝茶聊天。他们谈起金融街上的事情，话就多了起来。一轮明月在东方升起，大且白，仿佛是人工画的。时间悄悄流逝，月亮升至中天，显得小一些，却更加真实，朝大地铺下万丈银辉！兄弟二人的谈话，也渐渐深入，触及到平时难以达到的层次。

哥，你当银行行长有多少收入？我看你一天到晚忙，没顾得把自己的家收拾好。

哦，我比你不行。可我比起大多数人，经济条件还算很好的。我已经满足了，当一个行长不能只想为自己赚钱！

崔瀚洋急忙辩解：我不是笑你挣钱少，我觉得你没有自由！银行的钱再多，也不属于你。你没有支配权，不能按自己的意志运用这些金钱，去发展，去创造。这样，当一个银行行长还有什么意思呢？

萧长风微笑着摇头：你理解的自由，说到底还是为自己挣钱。银行对于一个城市、一个地区的经济发展，有着重大影响。我作为银行行长参与许多经济活动，运作巨额资金创造和发展，使我们这个城市更加繁荣。我感到一种巨大的社会成就感，并为此陶醉，你怎么能说我没有自由，当行长没意思呢？

崔瀚洋不服气，说话的态度变得激昂起来：你是用集体主义取代个人存在的意义。我和你不同，我喜欢支配属于自己的金钱。金融活动的一个特点，是具有很强的个体性，一个人可以抽象地掌握整个世界！在我的意识中，钱就是军队，我使它迅速强大起来。我像拿破仑一样，指挥着一个个步兵方阵，在炮兵、骑兵的配合下，无往不胜，征服世界！这一切，通过一个小小的股票账号就能实现。哥，你体验过这种快乐吗？

萧长风担忧地望着弟弟，沉默许久，才慢慢地说道：瀚洋，我在你身上看到某种危险。金融活动比你所想象的要复杂得多，它是人类智慧发展到高级阶段的产物。你很有天赋，也很有运气。但是，金融界的风浪你并没有真正经历过，还有许多东西需要你去学习、掌握。你要记住爷爷的话，谨慎，再谨慎！我真希望你的房间挂满银铃，睡梦中也会被铃声惊醒……

袁之华和小英来到阳台。小英催促崔瀚洋回家，时间已是半夜了。大家抬起头，夜空中，仲秋月更加辉煌。

萧长风送他们下楼。崔瀚洋想起一件事情，对萧长风说：红星集团股票顺利发行，胡昆请他坐庄，要拨来两个亿让他炒股票。崔瀚洋想把这笔钱存在东方银行，要用时再转入金泰证券公司。萧长风非常感谢，说这是弟弟送给他的最好的中秋节礼物！

萧长风把崔瀚洋、林小英送上出租车，目送他们远去。他从心底深处喜欢这个弟弟。

崔瀚洋提醒他：东方银行与红星木钟厂不是签订过一个优先还贷的协议吗？现在，该是胡昆实现诺言的时候了！

第十一章

一

　　崔瀚洋收到一封印刷精美的请柬。美隆投资公司邀请其总经理崔瀚洋先生赴青鸟山高尔夫球场，参加一次具有历史意义的比赛——请柬上就是这样写的：历史意义！丝毫不带愧色。落款也颇具神秘色彩：影子先生。

　　崔瀚洋拿着请柬横竖看了好几遍，不知道这位"影子先生"要和他开什么玩笑。他从未摸过高尔夫球杆，怎么会被邀去参加比赛？他也没听说过美隆投资公司，更不要说自己竟荣幸地戴上总经理的冠冕——简直是痴人说梦！不过这就勾起了他的好奇心，日子一到，他便拿着请柬匆匆赶往青鸟山高尔夫球场。

　　当他在青草茵茵的球场上看见黄旭的身影，顿时明白影子先生是谁了。这位黄老板就是爱故弄玄虚，并且引以为自豪，看见崔瀚洋一脸惶惑的神情，他笑得弯下了腰。他解释说，不这样做，恐怕崔瀚洋不肯赴约。神奇小子成大人物了，难免把老朋友忘在脑后。

　　崔瀚洋受到讥讽，脸也红了。他力图辩解：我怎么忘了？我又没忘……你黄老板空来雾去，神龙见首不见尾，我上哪里去找你？

　　黄旭拍拍他肩膀：没忘就好。好！他教崔瀚洋打高尔夫球，又给

212

他看自己手上磨出的厚厚的茧子。崔瀚洋很想问问美隆投资公司的事，当然，还有自己怎么当上总经理了？但是黄旭扬杆一挥，非常漂亮地将白色小球击向远方。崔瀚洋只得肩荷高尔夫球杆，跟在黄旭屁股后面走来走去。

走出细汗时，崔瀚洋又暗暗吃了一惊：球场另一端走来了胡昆，他一身白色运动服，洒脱威猛。只是块头太大，高尔夫球杆在他手中，好像一支教鞭。黄旭这会儿笑得像一只老花猫，崔瀚洋一看这笑，就知道自己一脸傻相。

坐在树荫下，喝一杯沁入肺腑的扎啤，崔瀚洋很快就知道了事情真相。原来一切都是黄旭在幕后策划的：他让胡昆出资两个亿，请崔瀚洋操盘。特别是，他要求胡昆主动与崔瀚洋和解，拿出高姿态。干大事，没有胸怀怎么行？黄旭组建美隆投资公司，就是专门为了炒作红星股票。炒作不好听，黄老板爱说"红星战役"——一定要打好"红星战役"！黄旭神采奕奕，谈笑风生，故意借用革命词汇形容他们将要进行的勾当。崔瀚洋是理所当然的总经理，由他出头干，前敌总指挥嘛。董事会由"十三太保"组成，黄旭是董事长。胡昆急忙问：那么我呢？还有我！

黄旭严肃地说：你最危险，担子最重。你要尽量机智勇敢，与敌周旋。本董事会记住你的功劳，必给你丰厚的报酬……

胡昆双手摇摆：不，不！我不要钱，我喜欢和朋友们凑热闹。我这人小崔知道，为朋友两肋插刀，绝不提"钱"字！

黄旭两只眼睛从玻璃镜片后面盯住胡昆，久久，眼珠子一动不动。胡昆被他盯得发毛，浑身不自在。黄老板才慢吞吞地说：谁提钱来？这里谁提钱来？胡总，我这样敬重你，能用钱的俗气玷污你吗？我要让小崔为你炒股票。哦，投资，你理应得到本公司的投资服务。小崔聪明，懂了吧？这事就交给你办。

崔瀚洋不住点头，却不懂黄旭的意思。胡昆被黄旭用话堵了一下，默默地垂着头。但他心里仍惦记着某些要点，叹息一声，喃喃道：投资……可我没有本钱。

黄旭说：这不要紧，公司借给你。小崔，你马上为胡总开一个股票账户，打一千万资金进去，买入红星股票。凭你神奇小子的本领，翻一番不会有问题吧？打完红星战役，利润留下，本钱归还美隆公司。注意，别用胡总的名义，最好用胡总亲属名字开户。

胡昆眼睛都亮了，连忙说：用我老婆的名字！老太婆在家不上班，炒炒股票不会有问题的。

黄旭打开黑色公文包，拿出早就准备好的文件。手续要正规，要符合法律。他说，喏，这是委托理财协议书，你看看。黄旭把文件递给胡昆。没有问题你就签字，加盖公章，红星股份公司委托美隆公司投资的协议就正式生效了。最后，你把两亿元资金划到美隆公司账上。崔总，你说是吧？这批弹药可就送到你的手中了。

崔瀚洋有些脸红，但仍然庄重地点点头。

胡昆已经完全明白黄旭的整体布置以及自己的利益所在。简言之，他只要签了投资协议，黄旭就会以投资的名义给他回扣。翻一番，他胡昆不是净赚一千万元吗？胡昆兴奋之极，急不可待地拿着文件要走。黄旭邀请他打一局高尔夫球，胡昆说：我哪会这个？你不是赶着鸭子上架吗！我赶快回公司，把印盖了。胡昆告辞离去。

崔瀚洋也要走。他佩服黄旭掌握全局的本领，却实在不想跟他玩高尔夫球。黄旭挽着他的胳膊，走向更衣室。他还有事要对崔瀚洋说，让崔等他一下，换好衣服到一个好地方去吃饭。

黄旭说的好地方，是一个名叫"野鸳鸯"的小酒店。店名这样露骨，就是为了吸引心怀鬼胎的男性顾客。踏进店门，就看见一群打扮妖艳的陪酒小姐，聚集在屋角落一张圆桌旁，目光如探照灯唰地射过来。黄旭哟了一声，笑道：我们遇到了一群狼！

他倒没叫"母狼"过来陪酒，而是一本正经与崔瀚洋说话。崔瀚洋憋不住问了一句：你和胡昆怎么这样熟？

黄旭意味深长地回答：只要需要，我和所有的关键人物都熟！

他马上转移话题，让崔瀚洋注意一条新政策：券商可以用股票作抵押，向银行申请贷款。这说明什么？中央为刺激经济，要往股市放水了，创造一个大牛市！

崔瀚洋当然明白这一切，截住黄旭话头问：你究竟想说什么？

黄旭眨巴眨巴眼睛，没头没脑扔出一句话：母鸡下蛋。

崔瀚洋又傻了：母鸡下蛋？这是什么意思？

黄旭品着洋酒，笑眯眯地看崔瀚洋动脑筋。猜不出来吧？黄老板得意极了，说半截子话让对方猜谜，是他最喜欢玩的小把戏。崔瀚洋懒得陪他玩，装作无奈地点点头。黄旭一字一顿地说：这就是红星战役的作战纲领，我约你单独出来，就是要向你面授机宜。

简单点儿说，崔瀚洋只需把红星股票炒高，不必急于出货。这一点与以往炒作不一样。他可以用已经增值的股票作抵押，向证券公司贷款。贷出款再炒另一只股票，炒高了再贷款……这样就像母鸡生蛋似的，一笔资金滚动运作，炒高一只又一只的股票！黄旭摇头晃脑地道：妙吧？换句话说，我们利用新政策，通过证券公司变相向银行融资，以一当十，获取最大收益。

崔瀚洋有点疑惑：证券公司会给我融资吗？

黄旭肯定地说：会的。你去找白帆谈，有了新政策，有了美隆投资公司，他会给你融资的。因为你把红星股票抵押给白帆，他可以转手把这些股票送进银行，贷出新资金。而你崔瀚洋已经不是个体户了，你是美隆投资公司的法人代表，总经理，一切活动合理合法，他有什么理由拒绝你？

崔瀚洋马上想到萧长风。黄旭和"十三太保"制定这套作战纲领时，肯定考虑到他的那位哥哥，以及凭借着哥哥他可在金融街运作的种种关系。所以，他才成了美隆投资的总经理。真是老奸巨猾。

不过，崔瀚洋内心承认，黄旭的构思确实挺高明。母鸡下蛋，嘿嘿，简直不可思议！

两位小姐像幽灵一样飘过来，说是想讨杯酒喝。黄旭哈哈笑着一面为小姐斟酒，一面对崔瀚洋提起了咖啡。怎么样？咖啡战役你捞足了吧？我估计你赚了一千万，对不对？你是不肯说的，做长生股票赚了多少你也没对我说。不说不要紧，关键是你我合作一向成功。老歌唱得好：团结就是力量！

那两位小姐见崔瀚洋那么年轻，就赚了上千万，眼珠子都红了，一起往他怀里扎。崔瀚洋知道黄旭重提往事，是叫他不忘提携之恩，以便将来更好地控制。可崔瀚洋最不愿意受制于人，更何况过去的合作还有许多不愉快的过节。他心底一股火气腾地蹿起，朝两位小姐瞪大眼睛：放肆！给杯酒喝就行了，怎么还赖着不走？

小姐们受了惊，灰溜溜地离去。黄旭笑着摇头：好狠，你怎么一点儿不懂得怜香惜玉？

崔瀚洋绷着脸，借劲儿说出自己心底的问题：黄老板，你往美隆投入多少资金？怎么分成？咱先小人后君子，这些问题讲清楚，以后不起矛盾。

黄旭仿佛早有预料，不慌不忙地说：我这边出三千万，你出一千万，还有红星两个亿，赚了钱四六分成，你四我六，怎么样？

崔瀚洋坚决地说：不！我也出三千万，和你五五分成。

三千万？黄旭一愣，他似乎没想到崔瀚洋会有如此实力。转而，他连连点头，好，好，咱们平起平坐，很好！

崔瀚洋舒了一口气，心头一阵畅快。他其实只能拿出一千万，但他脑海里浮现出沈家姐弟的容貌，有他们在，崔瀚洋腰杆就壮！同时，他也是为好朋友争取投资份额。不知怎么，他在心底里就是无法把黄旭当作朋友。该谈的都谈了，所谓的红星战役各方面利益都已安排妥当，黄旭和崔瀚洋均有分手离去的意思。这当口，一位喝得半醉的小姐高擎玻璃酒杯，一摇一扭地走到崔瀚洋面前。崔瀚洋正欲发怒，却张开嘴巴怔住了——

这姑娘好面熟。没错，透过那妖艳的打扮，崔瀚洋终于认出：她就是多年未见的龚晓月！

二

崔瀚洋的脸如一片大火烧过，腾地红透。黄旭却呱呱地鼓起掌来。他拉过一把椅子，请龚晓月坐。龚晓月兀自站立，仍擎着酒杯。她嗓音嘶哑地说话，话语简短、有力：我给二位老板敬酒了。你们不肯赏光，我就自己喝。

黄旭不含糊，一口喝尽杯中酒。龚晓月盯住崔瀚洋看，目光中有哀怨有仇恨，叫他几乎无地自容。

你呢？龚晓月碰碰崔瀚洋的酒杯，问。

我不喝。崔瀚洋克服最初的慌乱，故作冷淡地说。

龚晓月将自己的酒喝掉，又拿过崔瀚洋的酒，说一句：我替你喝。就仰起脖子一饮而尽。

崔瀚洋浑身不自在，只想赶快离开。可龚晓月斜着身子，右胳膊搭在甬道另一端的桌子上，分明是挡住了他的去路。瞧不起我，是不是？龚晓月冷笑着说，我贱，我堕落，我不要脸……可是你别忘了，我曾经是你的女人，我落到今天这地步，你有责任！

崔瀚洋心里发虚，以严厉的口吻说：龚晓月，你别胡闹！我和你的账算清了，你还想干什么？

龚晓月缓缓摇头：算清了？不，我们的账永远算不清。你看看我这样子，我在这里干什么？告诉你，我在这里做小姐！你我相好一场，你脸上光彩吗？我心里就怨你崔瀚洋，怨呢！我一直想报复你，今天总算有机会了，哈哈哈！

黄旭滑头，夹着公文包站起来：你们慢慢谈，叙叙旧。我有事，先走一步。

你别走，看看热闹嘛！龚晓月声音嘹亮，引得酒店顾客把目光一齐射来。她借着酒劲儿，闹得越发过分，站到椅子上，甩乱头发，双手叉腰把脸探到崔瀚洋面前，瞧，你把我变成今天这个样子，是不是很可爱？你想不想亲亲我……

黄旭翻脸了，一掌拍在桌子上：放肆！你还反了，快给我滚开！龚晓月拿过桌上的酒瓶，咕咚咕咚把酒喝光，以挑衅的目光瞅着黄旭，似乎决心醉死在他面前。黄旭招手叫来领班，说：把你们老板叫来。你告诉他，这家酒店要是不想开，我明天就叫它关门！

一会儿工夫，老板领着两名保安屁颠屁颠跑过来。他显然熟悉黄旭，深知他的手段，口称"得罪"，点头哈腰。黄旭指指龚晓月：把她弄走，今后别让我在这里看见这个女人！老板一使眼色，俩保安如狼似虎，架起龚晓月猛往外拖。

龚晓月拼命挣扎，高跟鞋也丢了一只，又哭又喊，形状很惨。她喊：崔瀚洋啊，你把我关在门外，我坐在门口哭啊哭，哭了整整一夜，你好狠心呀！……

崔瀚洋的心被什么东西一抓，疼痛难忍。他的良知顿时觉醒，承认自己对龚晓月的深深伤害。从未有过的内疚几乎使他窒息。保安不知把那女人拉到了什么地方，此时他们已经回到酒店；老板也满足了黄旭的要求，一边赔笑脸一边倒退着离去。龚晓月的高跟鞋绊了他一下，他厌恶地摇摇头，一脚把鞋踢到桌底下。崔瀚洋弯下腰，默默地捡起高跟鞋。

黄旭一直在观察崔瀚洋的表情。这时他伸出一根指头，咯咯笑道：你怜香惜玉了，你终于怜香惜玉了！

崔瀚洋没有向黄旭告别，独自拿着鞋子走出酒店。

他很快找到龚晓月。离酒店不远的马路旁，龚晓月坐在地上，不停地呕吐。太阳热辣，晒得她一脸汗，混合着泪水不停地流淌。她的胳膊上有两块乌青，显然是保安不怀好意留下的印痕。她的一只赤脚格外醒目，在阳光下白花花的耀人眼睛。崔瀚洋把高跟鞋扔在她面前，说：穿上。心里却诧异：她怎么赤脚穿皮鞋？

龚晓月更加惊讶，她没想到崔瀚洋会送鞋来。她神志还算清醒，但不知道该如何表现，就木木地看着崔瀚洋。

崔瀚洋领她到一处树荫下，搓搓手，坦诚地说：好吧，我承认对不住你。看你搞成这样，我心里也不好受。现在我想帮你，有什么要求你只管说。龚晓月不说话，仍望着他发愣。崔瀚洋思忖一会儿，仿佛下了决心：我给你安排一份工作。有一家美隆投资公司，还没开张，嗯，不过快了。我就是总经理。你来，当我的助手。干你老本行，我们还炒股票。

龚晓月泪水在眼眶里打转，刚说一声"谢谢"，就泣不成声。人也变得软软的，似乎要往崔瀚洋怀里倒。

崔瀚洋赶紧伸出一只手指作补充：不过我们要约法三章。我和你，呃，过去那种关系结束了。我们是同志，你懂吗？我已经有女朋友，正准备结婚呢……

龚晓月苦笑：我怎么敢有这份妄想？你肯收留我，让我混口饭吃，我就感激不尽了！

在以后的日子里，崔瀚洋回想起这件事情，就会感到一阵欣慰。他挽救了一个人，也纠正了自己的一个错误。

美隆投资公司不久就成立了，在金融大厦租了两间办公室，挂上铜牌，摆好执照，一切都简明快捷。龚晓月一身白领丽人打扮，干练、麻利地绕着办公桌忙来忙去，全然不见风尘女子痕迹。崔瀚洋有时想起酒店那一幕，恍然如一场梦。龚晓月依然是过去那个龚晓月，什么事情也未发生过。于是，他的良心特别安宁。

黄旭打来电话，祝贺公司开张。这家伙特古怪，身为董事长，就是不肯来公司看看。崔瀚洋几次邀请他，他都以各种理由拒绝。他知道龚晓月在公司上班，总拿这事与崔瀚洋开玩笑。他咕咕地鬼笑，说：这可是你找的麻烦，出了问题你自己解决。崔瀚洋怎么解释，他也不肯相信他们之间关系清白。黄旭说：总经理与小蜜，还不就是那么回事？不影响工作就行。他催促崔瀚洋找白帆，赶快商定用股票抵押贷款的事。

沈霞飞、沈龙飞也来公司祝贺。沈龙飞好奇地东张西望，除了几台电脑，再没看到什么东西。于是他书生气十足地感叹：几亿资金就在这里运作？千万财富就在这里产生？简直不可思议！股票这东西，嗯，有点像变魔术……

话虽这么说，他对金融领域已经有了浓厚的兴趣。崔瀚洋对他讲红星战役的构想，并请他参与投资，他立即答应了。他马上打电话，让会计送来两千万元的支票。两位青年精英，互相影响，惺惺相惜，很容易成为天然盟友。

对崔瀚洋而言，一切事情都超乎寻常地顺利。美隆投资公司犹如一艘旗舰，在他指挥下启锚远航。站在金融大厦二十层楼的窗口往下看，滨海路上行人、车辆格外渺小，匆匆奔走如虫似蚁。崔瀚洋怀抱双臂伫立窗前，居高临下凝视这幅图景，体味着一种超越感。这就是金融街，从敬慕到超越，崔瀚洋只用了几年的时间。他曾对这些巨人般的大厦挥拳挑战，发誓要征服它们，现在这誓言实现了，他成了其中一座大厦的主人。还有什么梦想不能实现呢？崔瀚洋眯起细长的眼睛，眺望蔚蓝无垠的海洋。未来，正如这海洋，梦幻一样融入天际……

龚晓月仿佛能窥见崔瀚洋的心境，她做了一件事情使崔瀚洋意外而又欣喜。有天早晨上班，崔瀚洋发现大班台上多了一个精致的镜框。镜框里镶着一张外国人的照片，那双深陷的眼睛正目光炯炯地盯着崔瀚洋。这人正是国际投资界赫赫有名的索罗斯！崔瀚洋会心一笑，好，他正需要这样的人物做伴；天天望着他，崔瀚洋将斗志倍增！

他一抬头，就看见龚晓月匆匆避开的目光。哪弄到的照片？崔瀚洋问。

龚晓月似乎有些羞怯，低声说：有一个亲戚从香港来，带回许多杂志。我看见当中有索罗斯的头像，印刷得不错，就剪下来了。我想你可能会喜欢。

崔瀚洋拿着镜框翻来覆去地看，又说：索罗斯在世界金融市场上呼风唤雨，是个传奇人物，大师。你让他每天瞪着我，是刺激我呢，还是鼓励我？

龚晓月眼波一闪，笑道：都是。

崔瀚洋把镜框放回台面，久久注视着那位大师。冷不丁地又冒出一句话：你倒挺会琢磨我啊！

崔瀚洋却捉摸不透龚晓月。她似乎是由几个女人构成的。自从来到美隆公司，她冷静、干练，做事处处得体，有些具体事崔瀚洋懒得管，都交给龚晓月办。比如招聘，会计、出纳都是龚晓月从人才市场招来的，个个让崔瀚洋满意。招来了，她还管，职员都有些怕她。公司大小事几乎不用崔瀚洋开口，她都指挥手下人干了。到别的公司，她当个副总绝无问题。那么，那个在酒店闹事的龚晓月到哪里去了？她怎么会沦落到做小姐呢？崔瀚洋感到困惑，百思不得其解。

闲聊时，崔瀚洋转弯抹角地问起，他与龚晓月分手时，曾给过她不少钱；有这些钱做保障，生活没问题，怎么也不至于到野鸳鸯酒店这种地方去混呀！龚晓月摇头叹息：别提了，我的老毛病你还不知道？总爱打听小道消息炒股票，那消息满天飞，尽是骗人的。炒来炒去，把老本炒丢了，就想法弄钱翻本。人像跌在泥潭里，越陷越深。这两年活得不像个人……

看见她眼圈又红了，崔瀚洋赶紧转移话题。这姑娘确实怪，她身上还有赌徒性格，有点儿像尤利。几种特色混合起来，使龚晓月增添了某种魅力。崔瀚洋有时回忆起与她同床的细节，难免心旌动荡。但他马上将脑海中的景象挥去，严守自己划定的防线。龚晓月在这方面做得好，待他如陌生人，如上司，客气而疏远。这使崔瀚洋感到满意，也稍稍有些落寞。

无论如何，与龚晓月又一次重聚，在崔瀚洋看来有些奇怪。不知道命运又要为他安排一场什么样的戏剧。

三

萧长风也去弟弟的公司祝贺。不但他去了，难得露面的袁之华也去了，崔瀚洋激动得满脸通红。袁之华得到一次长假，能在家里度过夏天。她称赞弟弟能干，并说民营性质的投资公司前景广阔；在国外，此类公司是资本市场的投资主力。嫂子戴着秀巧的金丝眼镜，穿西式短裙。长期与外国人谈判，使她陶冶出一种独特的风度，令崔瀚洋折服。她的夸奖当然在崔潮洋心中格外有分量。

萧长风为弟弟高兴。但他用开玩笑的口吻说，今天他来此地也算办公，他是为东方银行拉客户的。请问美隆投资公司崔总，肯不肯赏光在东方银行开户？崔瀚洋急了：哥，你这是骂我吧？"崔总"，你把我吹肿了！但他心底仍有些得意，哥哥和他开这样的玩笑，等于承认他是金融街上的一位人物了。他不无炫耀地说：七天之内，美隆公司将在东方银行存入两个亿！

崔瀚洋话锋一转，谈起用股票质押贷款的计划。萧长风用心地听，听他说完，又思忖一会儿，道：从政策方面说这是可行的，最近我和白帆就在谈股票质押贷款的问题。不过，股市弊病很多，我们还须谨慎。比方说，一旦股市暴跌，作为质押物的股票大幅缩水，银行怎么办？这就要预先确定平仓线，当股市跌到一定的水平，银行有权强行卖出股票！关于这条平仓线，白帆和我就争得面红耳赤。

崔瀚洋说：我在你那儿存这么多钱，你也就不必与我为平仓线斤斤计较了吧？

萧长风呵呵一笑：咱俩确实不必计较，因为我和你没有直接关系。现在股票质押贷款业务，只限于银行与券商之间展开。所以，你还得与白帆去谈生意。

崔瀚洋装作无奈：唉，白谈了。弄了半天，我还是没法走你这行长哥哥的后门！

袁之华说：兄弟之间还是不要做生意，免得伤了和气。瀚洋，叫着小英一起回家，今天我要露两手，炒几个好菜让你们尝尝。

崔瀚洋忙道：哪儿的话，你们是本公司客人，当然由我请客！

龚晓月不失时机地插话，说已经在金水酒家订好包间，刚才老板还打电话来催。于是，一行人离开公司，沿海边散步去饭店。

崔瀚洋真没想到，这条所谓的平仓线，差点把他给绊住了。第二天，他去金泰证券公司，与白帆谈贷款问题，白帆一开头就没有兴趣。他说：小崔呀，遇上股市暴跌，我怎么给你平仓呀？跌百分之五十就平？还是跌百分之七十再平？碰到跌停板股票卖不出去怎么办？这条平仓线不好控制啊！

崔瀚洋冷笑：你这些话，怎么像从我哥哥嘴里说出来的似的？他和你谈贷款条件，是不是也拿什么平仓线来吓唬人？

白帆一挥胳膊：算你说对了！嗨，你就帮我忙，让萧行长松松口，金泰证券贷回款来，咱们什么事情还不好商量？

崔瀚洋摇头：这不关我事。我是你金泰证券的客户，与东方银行没关系。再说，我哥那人你又不是不知道，他遇到原则问题，六亲不认!

白帆打了个哈欠，说：不好办呀，你这要求，嗯，不好办……

崔瀚洋沉默。他也不走，就那么坐着。这时，他注意到白帆办公桌上放着卢燕红的小照，就拿过来仔细看。这显然是卢燕红最近的照片，崔瀚洋久未见她，只觉得她整个人焕然一新。他抬头看看白帆，白帆正朝他笑，笑得傻气而幸福。崔瀚洋就明白了他们之间的关系。

他把相框放回白帆面前，问：还有吗？

白帆一愣，马上明白过来，拉开抽屉拿出一只大信封。都是新照的，五一节我们去了一趟黄山，玩得真痛快！他眉飞色舞地说。

崔瀚洋从信封里倒出照片，一张张翻看起来。

卢燕红确实变了。她似乎年轻许多，像一朵盛开的牡丹受到雨水滋润，显得勃勃生机。她依偎在白帆怀里，深感满足，眉眼间有一种宁静，是到达彼岸的宁静。背景不断变化：苍松、岩壁、瀑布、悬崖……而卢燕红始终是灿烂的笑，崔瀚洋一再感受到她笑容后面的宁静。熟悉卢燕红的人看了这些照片，都会在心底发出一声感慨。

不错。崔瀚洋把彩照放回信封，归还白帆，你们什么时候结婚？

就在月底，你可得来喝喜酒！白帆说。他又低头翻弄照片，沉浸在幸福的情绪中。然后，他仰面长叹：人生，真不容易啊……我们能走到这一步，永远要感谢萧长风！

那么，我的要求你还考虑吗？崔瀚洋忽然转变话题，又恢复了刚才的谈判。

白帆也转得快，一面把照片放回抽屉，一面说道：现在条件还不成熟，过一段时间再说吧。

崔瀚洋有些恼火：白总，我也算金泰老客户了，什么情况还不清楚？所谓用股票质押贷款，说穿了就是透支。你说，哪家证券公司不给大户透支？你就没给客户透支吗？股市不规范，多少年都是这样，打打擦边球有什么问题？

白帆给他茶杯倒满水，笑道：你别急，这事情怎么说呢……好，我干脆直说！我有顾虑，你这次运作的资金太大，万一发生问题，实在不好控制。说实话，擦边球我也会打，干了那么多年的证券，哪有不湿鞋的？但是我始终掌握一个原则，不出大问题，对大资金严格控制！

崔瀚洋点点头：我明白了。你怕大资金。可是，别的证券公司欢迎大资金，条件比这儿宽松得多。白总，我只好向你告别，向金泰证券公司告别，另谋出路了。

白帆跳起来：什么！你要走？在我这儿销户？你小子有没有良心？胡昆还是我领到你家来的，那两亿元资金也是我帮你拉来的，你竟然说走就走！你现在是金泰证券头号大客户，公司指望你领头跳龙门，突破去年的业务量呢。你走，不是存心拆我台嘛！

崔瀚洋说：有些事情你不知道，我也没法给你说透。比如那个胡昆，他肯来找我，肯拿出巨额资金，都有人在背后安排好的。你不过是走走过场。现在这些人提出的条件，就是要贷款！你说怎么办？白总，我再不是过去那个神奇小子了，我个人也从不要求透支。我现在是代表美隆投资公司与你谈判。谈判破裂，我只得离开金泰。请你慎重考虑！

白帆用指关节顶住太阳穴，不住扭动，仿佛头痛得厉害。残酷，他喃喃地说，金融街这地方真有点儿残酷。当年你站在石台阶上算卦，我还真是同情你，没想到今天被你逼得没路走……

崔瀚洋有点过意不去，辩解道：我也没办法。不是我逼你，金融街游戏规则就是这样。你说对吧？

白帆双手一按桌面站起来：好吧，我铤而走险！你这话说得好，按金融街游戏规则办。有朝一日，我依照规则来逼你，你也别怨我太残酷啰！

崔瀚洋笑着连连点头。他松了一口气，在这场谈判中自己成了赢家。不过，白帆马上提出苛刻的条件，他为质押贷款的股票，定下极低的平仓线——当股价下跌百分之三十，白帆就有权卖出红星股票还贷。崔瀚洋又连连摇头：那怎么行？至少要把平仓线提高二十个百分点……

于是，他们重新坐下，脑袋顶着脑袋，一个百分点一个百分点地争，争得面红耳赤。当协议最后达成，两个人都累得筋疲力尽。

白帆大口喝茶，伸出手指指着崔瀚洋：行，神奇小子成熟了。你真像你哥！你们萧家人血管流淌的血，是不是真的发蓝？

崔瀚洋咕哝道：好像你的血还是红的……

四

袁之华在家的日子，萧长风总要后半夜入睡。也许相聚的时光短暂，更显珍贵，夫妻俩谁也不舍得让它白白流逝。他们充分享用漫漫长夜，无尽的话题绵绵不断。这使他们产生一丝骄傲：比之日日厮守的夫妻，他们不是更有情趣，婚姻质量因而更高吗？

萧长风对妻子的爱，渗透着尊敬，一种对朋友、对同行的尊敬。他们的话题十分广泛，不仅是家庭、孩子，更有社会、人生以及他们所关注的经济动向。他们的关系既是夫妻，又像朋友，始终保持着某种新鲜感。萧长风十分珍惜这样的情感。有时候，他会望着妻子笑，说：我怎么总觉得自己是个幸运儿？一位又能干又贤惠的夫人，肯定不是人人都能得到的。

袁之华被他夸得不好意思，把脸转向窗外，手指天空道：瞧，一颗流星刚刚飞过……

夏夜，微风吹来青草的芬芳，令人陶醉。楼下草坪白天由工人推着割草机刚修整过，所以新鲜的草味儿格外浓烈。各种昆虫仿佛受到鼓舞，鸣唱得非常起劲。铝窗大敞，月光挥洒，卧室里也充满了大自然的气息。夫妻俩好像躺在草地上，恩爱缠绵，小青年一般浪漫。这种时候，袁之华就完全失去了同行的风度，依偎在萧长风怀里，耍起小女人脾气。她旁敲侧击，总要把丈夫单独生活的细节审个遍。

卢燕红是经常被提起的名字。这位老同学曾在他们的爱情史中扮演过特殊角色，因而有了一层敏感、微妙的色彩。袁之华会翕动着鼻翼，开玩笑地说：我怎么闻到一股女人的香水味道？卢燕红常来看望你吧？

萧长风像所有的男人一样，有事没事心里都会发虚，于是格外严肃地板起脸：你别瞎扯，她怎么会到咱家来？

袁之华捂着嘴笑。过一会儿，她又会问起他们之间的业务，萧长风就掰着手指头，一笔笔计算卢燕红借了他们东方银行多少钱，又还了多少钱……袁之华推他一把，嗔怪道：谁听你们的陈年老账？别把人借走就行了！萧长风像是呛了一口水，伸长脖子半天说不出话来。

袁之华叹息一声，真心为卢燕红担忧：她为什么还不结婚？她在等待什么？这样一个出色的女人……

萧长风心里很难受。虽然他从未做对不起妻子的事情，却总有一种内疚感。卢燕红的影子很难消除。他们三个仿佛同处一个场，互相影响，被某种无形的锁链联系在一起。萧长风明白，只有卢燕红真正获得幸福，他才能彻底解脱。他知道卢燕红与白帆的恋爱进展顺利，但他没有将这一新情况以及自己所起的作用告诉妻子。他怕袁之华想得太多，反而画蛇添足。等着吧，等卢燕红结婚之日，几个老同学聚在一起喝喜酒，他与袁之华的庆贺之情肯定比任何人都真挚！

袁之华又在哀怨：这牛郎织女的日子什么时候过到头？要能天天

和你在一起，我啥心事也都没了……

这话题太沉重，不适宜夫妻同床共眠时讨论。但他们的职业，他们的生活现状，又牢牢地与这一切联系在一起。直到袁之华翻一个身，让萧长风摸摸自己的乳房，思绪才转到另一方面去。

袁之华乳房上方长出几个小块，很硬，有时隐隐作痛。她本以为是小叶增生之类的疾病，没太在意。萧长风却十分重视，再三催促，袁之华才去医院做了一次检查。明天就要拿检查报告了，她心中忽然有些慌乱，无端地产生不祥预感。萧长风轻柔地抚摸乳房里的硬块，反复问她疼不疼，她却涌起一阵悲哀，竟潸然泪下……

你怎么了？萧长风心慌意乱，坐起来为妻子擦泪，究竟怎么了？你快说话呀！

袁之华缓缓地说：万一是恶性的……我这一生最大的遗憾，就是和你相处时间太短了，没过够，老是分离……

萧长风紧紧搂住妻子，用热吻堵住她的嘴：别瞎说，我们不会分离，永远不会！

天渐渐亮了，阴影却在萧长风心头扩散。妻子的情绪传染了他，使他深感不安。脑际时时掠过"癌"这个恶毒的字眼，他努力驱赶也无济于事。真的，万一这样了，有多少心愿未了，有多少遗憾难却？萧长风觉得恐惧在心底深处蔓延……

全家人吃早饭，这种气氛笼罩在餐桌上。女儿萧潇瞪大眼睛，乌黑的眸子跟着妈妈滴溜溜转。婆婆安慰媳妇，朗声笑道：没事，看过检查报告就没事了！但终究没看过报告，她老人家的笑声就底气不足，反而暴露出心底不踏实。

萧潇背着书包上学去。出门前，她把爸爸拉到走廊上。她扬起脸，像小大人一样问道：爸，你要对我说实话。妈妈究竟得了什么病？很严重吗？

不，不很严重……她不过是做一个检查，我们看过检查报告就

228

放心了。

别骗我！我从你眼睛里看得出来，你从来没有像今天这样着急……

萧潇走下楼梯，一边还回过头来叮嘱道：等我一放学，你就要把化验的结果告诉我……

萧长风驾车送袁之华去医院。他的心情紧张而沉重，仿佛赶着去领对他本人的判决书。他一路宽慰着妻子，自己却忍不住想：如果真是那种病，我应该怎么办？他眼前浮起妻子为他读《安徒生童话》的情景，鼻子不由得一酸。他暗暗发誓：真是如此，他将陪伴妻子度过漫漫长夜，用《安徒生童话》编成美丽的花环，为她驱散吞噬生命的黑暗……

当他们从医生手里拿过化验单，满天的阴云顿时散去。肿块是良性的，排除了乳腺癌的可能性。夫妻二人在医院的长凳坐下，相依相偎，走廊里的嘈杂不能影响两个人的世界，庆幸，激动，悲喜交加，各种情绪冲击着他们的胸膛。

现在可以告诉你了，我害怕，怕极了……真怕失去你呀！萧长风叹息着说道。

袁之华偏着头笑：我已经打算好了，真得了那种病，我就向你提出一个要求，我要你每天夜里陪着我，为我朗读《安徒生童话》……

萧长风说：你也这样想？咱俩真的有心灵感应了。

他们交流着眼神，又不约而同地提起调动问题：无论如何，要结束两地分居的生活。我们要调到一起，马上调！经此一场虚惊，更觉人生苦短，什么事情也不如夫妻相聚重要。

萧长风表示：行长可以不当，袁之华再找找解所长，调到北京去做理论工作也行。

袁之华却说：还是我回来，谈判的事不管了，马上向部里打请调报告……

他们说得很激动，心底深处却保留着一份清醒：说归说，真要做

229

到则很难。

　　袁之华入院做一个简单的手术，根除那些惹麻烦的肿块。消息传开，梁新民、李文浩等老同学都来探望她。使袁之华深感意外的是：白帆与卢燕红捧着一只大花篮，双双走进病房。袁之华只在他们脸上扫了一眼，就明白两人的关系了。她兴奋地坐起来，抓住卢燕红的双手不放。

　　好哇，有情况了！赶快汇报，你和白帆是怎么回事？

　　卢燕红的脸微微涨红，垂下头附在袁之华耳畔说：下个月我们结婚，来请你和萧长风喝喜酒呢。

　　袁之华惊叹：真没想到，你们俩走到一起了……快把这段爱情故事讲给我听！

　　白帆要抽烟，萧长风陪他到花园里去，让两个女人在病房里呢喃。他们的话题也离不开即将缔结的婚姻。白帆一边抽烟一边踱步，把他与卢燕红恋爱的过程详细告诉萧长风。自从那次在海边喝啤酒，萧长风还是头一次听白帆讲卢燕红的情况。他们的爱情有一种患难之交的意味，听起来十分感人。卢燕红最近情绪明显好转，有了爱情的力量，她能对付来自各方面的压力了。关于工作，她做出新的抉择：她要调到北海期货公司，在李文浩手下当一名副经理。卢燕红十分倔强，她说，在哪里跌倒，就要从哪里爬起来。她一定要把期货研究透，做出成绩。白帆笑着摇摇头，看似无可奈何，却从心里为未婚妻感到骄傲！

　　卢燕红渡过危机，即将与白帆携手步入婚姻的殿堂，萧长风深感欣慰。这是他苦心孤诣想出的一着棋，他了解这两位老同学，深知他们相配。只有让白帆与卢燕红结合在一起，才能得到最圆满的结局！萧长风心里一直牵挂卢燕红，为她遭受的种种磨难焦虑。但是，为了让白帆发挥影响力，他始终没去看望她。今天佳音传来，萧长风内心的激动可想而知！

230

你知道吗？当我告诉卢燕红，是你亲自找我做媒，才促成我们这一段姻缘时，卢燕红哭了起来。她反复说一句话：萧长风真心对我好，我误解他了……我误解他了！

你不该说我做媒的事。其实，这是瓜熟蒂落、水到渠成的事情，何需我做媒呢？

不！我和卢燕红都看到你一颗赤诚的心，就是这颗心使我们走到了一起！

我从心里祝福你们……你相信吗？我和你们一样幸福！

我和卢燕红已经做出一个决定：在我们家里准备四副碗筷，除了我们两个，另外的碗筷是为你和袁之华准备的！你是我们最亲密的朋友，随时欢迎你光临……

谢谢你们！

萧长风和白帆沉浸在纯洁、高尚的友谊之中。

五

红星股票正式上市！胡昆很想到上海证券交易所，亲手击响开市铜锣。但由于种种原因，上海方面没有将这一荣誉给予他。胡昆深感遗憾：这样的机会以后很难遇到。胡昆明白自己正处于巅峰状态，许多事情现在不办，将来就办不成了。

胡昆搞了一个盛大的酒会，庆祝红星股票顺利上市。没能在全国露脸，肯定要在S市大出风头，胡昆不会放过这个机会。酒会设在S市唯一的五星级酒店，能请到的新闻界人士全部请到（外地记者报销飞机票）。市里各级领导、企业界实力人物、社会名流可以说一网打尽。场面恢宏，气氛热烈，是S市难得一见的盛会。

胡昆成为名副其实的大人物，红星集团董事长兼总经理，他的大名一时间家喻户晓。他本人双目如炬，脸放红光，身材伟岸，气宇轩昂，端着高脚酒杯在宴会大厅走来走去，引来女士们一片敬慕的目光。

市委书记庞子华来了，握着胡昆的手问长问短，十分亲切。副市长张大东以老朋友的身份围着他打转转，将他逐一介绍给与会的各界要人。抓住一点时机，张副市长又把一个国有企业大厂厂长带到胡昆面前，让他伸出双手拉兄弟一把。胡昆与张大东的关系非同一般，二十五年前，张副市长在红星木钟厂当学徒工，胡昆还做过他三个月的师傅呢！没得二话，胡昆当场答应承接这家企业的债权债务，将它变成红星集团麾下的一家子公司。接着，他十分动情地回忆起与张大东副市长做师徒的艰难岁月……

萧长风也是赴会嘉宾。他不失时机地向胡昆敬酒，顺便提起那笔贷款，并把胡昆亲笔所写的还贷保证书递给他。胡昆知道这位银行行长难缠，上回交锋自己丢了面子，今天可不能再让他扫兴。于是他一挥大手，豪爽地说：这点钱算什么？酒会散了马上还！我们上市公司把信誉放在第一位，请萧行长别再用老眼光看人！萧长风点头称是，高高兴兴地与胡昆干杯。这笔老账终于结清了。

酒会有步骤地进行着。

市长讲话。市委书记庞子华讲话。然后就是胡昆讲话。领导们讲经济形势，讲 S 市面临的机遇与挑战，特别强调企业家在当前经济生活中的重要性，他们才是改革舞台上的主角！胡昆讲什么呢？胡昆讲自己成长的历程。他的历史就是红星木钟厂的历史，一个百年老厂如何从苟延残喘的境地走出来，抓住股份制改造的机遇创造辉煌的！胡昆从萧长风逼债讲起，他像杨白劳一样被逼得走投无路，痛不欲生，终于冲向股票市场寻找出路。是的，红星集团的股份制改造是被逼出来的，为此他永远感谢东方银行行长萧长风！今天，红星集团站起来了，他胡昆也站起来了，多么不容易啊……胡昆哽咽着，洒下热泪。黑脸大汉的眼泪特别能感动人，与会的女同志也潜然泪下。胡昆把整个会场煽动得热情沸腾。

胡昆把话锋一转，又谈起红星集团的未来。红星集团是一只高成长股票，利润将连年翻番。他在这里给大家透露一点消息：红星集团今年的净利润高达两千万，每股赢利七角二分钱，在沪深两市是排得上号的绩优股！当然，公司也会推出优厚的分配方案回报广大股东……

经久不息的掌声。胡昆走下讲台，特意与萧长风握握手。萧长风知道他是在将自己的军，却并不在意，真诚地祝贺他走出困境。胡昆为自己的表演感到骄傲。

酒会办得非常成功。胡昆站在石台阶上，送走市委书记、市长以及各路贵宾，终于长长地舒了一口气。他双手叉腰，仰望蓝天，有了一种顶天立地的感觉。他深信从今天起，胡昆这个名字将永远载入Ｓ市的史册！

坐进豪华的奔驰轿车，胡昆将额上的汗珠擦去，浑身松弛下来。他想起刚才在酒会上说的关于红星股票的赢利前景，自己都暗暗吃惊。吹多大的牛！胡昆心里最清楚：红星不仅没有赢利，而且尚处于亏损状态。不过这不要紧，他已经炮制出一张漂亮的报表，并买通了会计师事务所，拿到了审计报告。股票是什么？是纸，纸上的文章怎么都好做，胡昆在这方面有丰富的经验。他有些纳闷：千千万万的股民怎么会仅凭报纸上刊登的报表，就将自己积蓄多年的血汗钱掏出来呢？人民永远是善良而轻信的，纸上谈兵就能够将他们征服。下一步，胡昆将推出配股方案，力争十配八，再圈两个亿回来！

胡总，去哪里？司机老门问道。

回家。胡昆心不在焉地回答。

回哪个家？

胡昆一怔，笑骂道：你他妈的老门，也会跟我开玩笑哇？当然是回我自己的家！

知道了。我不敢开玩笑。老门一丝不苟地说道。

老门是胡昆新招来的司机，忠实可靠，一身好功夫。他曾在部队情报部门工作，换句话说，老门是中国的"007"！胡昆给他工资每月几千元，司机兼保镖，值。胡昆甚至想：找个机会试探一下，给老门五十万元，看他敢不敢杀一个人！老门的存在，加强了胡昆当君主的感觉。占有年轻女人，也会给人以君主的感觉，胡昆已经充分体验到这一点。

老门不是开玩笑，胡昆确实另有家室。他从舞厅领回一个小姑娘，只有十九岁，养在一套公寓里。对于胡昆这个级别的老板来说，这只是小事一桩。现在胡昆已经对她没什么兴趣了，所以不想去。无限的权力、对弱者绝对的凌辱，都能使胡昆产生君王的感觉。这一切，都是他过去享受不到的。红星集团股票上市，真正的受益者只有胡昆一人。这一点胡昆自己也明白。

胡昆的房子也是今非昔比。募股资金一到位，他满市区找房子。很快，他就发现了鸿运大厦。这座公寓住满S市的暴发户，沈龙飞、崔瀚洋早就搬了进去。胡昆出高价，从一个业主手中转买了一套，面积最大，楼层最好。跨进公寓，胡昆的心情就无比舒畅！过去两套打通的房子，他就丢给了儿子。傻小子胡永波也沾到老子的光，成了S市的阔少，成天在蝴蝶群里穿来穿去。

胡昆暗暗做了总结：吃财政，吃银行，都不如吃股民。财政、银行的钱毕竟管得严，不敢乱花。股民的钱谁管？法律法规都是纸上的东西，说到底和他制作的报表差不多，没有多少实际意义。上市公司出了多少问题？只要股民不造反，掩掩盖盖、稀里糊涂都混过去了。胡昆踌躇满志，谁也奈何不了他。没想到世上竟有股票这种东西，使他时来运转，昂首阔步地踏上人生巅峰！

到了鸿运大厦，胡昆又改变了主意。他脑海里蓦地跳出崔瀚洋

234

炒作股票的画面。今天是大喜的日子，那神奇小子忙活得够呛吧？胡昆心里惦记自己那一份好处，就想去美隆投资公司看看。他朝老门嘀咕一声，老门立即掉转车头，直往金融街奔驰而去。

与胡昆的想象不同，美隆公司宁静而神秘，好像是医院或者什么科研所，完全没有热火朝天的场面。胡昆仿佛从火炉跌入冰窖，人都有些发呆。崔瀚洋显然不欢迎他这个时候到来，脸板着，冷冷地一点头，就去看电脑。办公室被隔成一格格小小的空间，电脑就安置在每个格子里。电脑屏幕前凑着一个个脑袋，胡昆认定这些脑袋里装满了智慧。电脑发出轻微的嘀嘀声，荧屏上的曲线像蛇一样扭动。那些智慧的脑袋似乎被蛇控制着，蛇稍稍一扭就引出种种反应。精英们急急敲打键盘，指尖显露出紧张甚至神经质的震颤。胡昆知道屏幕上那条不安分的蛇，就是他的红星股票的价格走势。他难免有些得意。

再看看崔瀚洋，他似乎是那些智慧的脑袋的集合；或者说只有他的脑袋真正充满着智慧，像是一部总机，其他诸多脑袋不过是一些分机而已。他在狭窄的甬道上走来走去，低声地对每一个格子发出简短的指令。他也紧张，但紧张对于他只是有益的刺激，使他的精神得到高度享受。胡昆盯住他看，许久，心中渐渐升起敬意。他看出来了：是崔瀚洋控制着蛇的扭动！他听见崔瀚洋的只言片语：压住盘子，别让它涨得太快。那蛇很快就软了下去，仿佛被人敲中了七寸。崔瀚洋又说：抛盘大了，吸货。狠一点吸，12元以下的筹码一扫光！于是，那条蛇立即昂起脑袋，几乎变成一条龙，满天翱翔。胡昆服了，敢情这小子能掌握红星的命运呢！

一位漂亮小姐走到跟前，请胡昆到里屋坐。她热情而又矜持，自我介绍名叫龚晓月。胡昆估摸她在公司里有点地位，便使劲儿吹嘘自己与崔瀚洋的关系。龚晓月为他泡上茶，便飘然离去。崔瀚洋一会儿回到办公室，坐到自己的大班椅上，脸依然板着，格外严峻。

他问胡昆有什么事。胡昆说没事，随便看看。两人就不再说话，干巴巴地坐着。

胡昆心里有些不高兴。他虽然佩服神奇小子，但是用热脸换来冷屁股，总不是滋味。想到从前的恩恩怨怨，特别是小英抛弃了自己的儿子，跟了崔瀚洋，他就更觉得憋气。有什么了不起？几年前训他还像训孙子似的，现在倒人模人样地坐在那里摆架子。不是黄老板的面子，谁还尿他？胡昆的脸渐渐黑下来，眼睛也瞪得电灯泡一般大。

崔瀚洋却扑哧一声笑了。他深知胡昆的脾性，估计这杆洋枪要开火了，觉得好玩，好笑。崔瀚洋是有意冷落胡昆，给他个下马威。把他逗恼了，再让他软下来，让他点头哈腰。崔瀚洋掌握着他的命门要穴，爱怎么玩就怎么玩。这个凶狠霸道的厂长，曾使崔瀚洋受尽屈辱，这一切崔瀚洋永远不会忘记。现在他们是合作关系，命运使他们成为同伙，但崔瀚洋有机会还是要捉弄他一下。让胡昆由一只老虎变成一只猫，是崔瀚洋深感惬意的游戏。

你笑谁？笑什么？

我笑你，笑你小心眼儿。

胡昆一愣，没料到崔瀚洋这样奚落他。崔瀚洋绕过大班台，在胡昆面前站住，一字一板地说：我知道，你来，是放心不下你的钱！

胡昆回过神来，略一思索，便说：是啊，今天是红星股票上市第一天，不知道你这边干得怎么样。我把两个亿放在你这里，总该来看看吧？这不叫小心眼儿，这是检查工作！

胡昆一番话，又把自己摆到领导位置上。提起两个亿，他顿觉自己分量之重。崔瀚洋还不正在用这笔钱炒股票？他有权监督这里的一切。然而崔瀚洋一阵冷笑，又使胡昆失去了自信。他一边摇头一边回大班椅坐下，意味深长地瞥了胡昆一眼，不再言语。

你小子别闹玄，有话快说，有屁快放！胡昆焦躁起来。

崔瀚洋慢悠悠地说：我指的不是两个亿，而是本公司借给你的一千万；不是公款，而是私货！瞧，老鼠仓已经建了，是我亲自掌握着账户。你还有什么不放心的呢？

什，什么老鼠仓？

你过来，过来看看。别那么大嗓门，叫人听见。

胡昆又傻了，乖乖地来到崔瀚洋面前。大班台上有一台电脑，崔瀚洋麻利地敲几下键盘，调出一个股票账户，上面显示出股东姓名：麻大花。胡昆立即睁圆眼睛，麻大花正是他夫人的尊姓大名。崔瀚洋再敲几下键盘，屏幕上跳出一串串数字。胡昆眼花了，怎么数也数不清。

崔瀚洋在一旁解释：按照我们的口头协议，我已经把一千万元划入麻大花的账户。今天早晨一开盘，我就开始买入股票。现在已经买入红星股票三十五万股，均价是 12 元。最晚到明天，这个老鼠仓就建好了。胡总，请你指导工作。

胡昆的脸慢慢地红了，嗫嚅道：怎么叫老鼠仓？……这么难听。

噢，这是我们的行话。凡是知道内幕消息，跟在庄家后面，偷偷建立的股票仓位，都叫作"老鼠仓"。老鼠，偷偷摸摸地揩油，这个比喻挺形象。不过，你的账户我们知道，是本公司给你个人的报酬。这种事本来应该心照不宣，可你偏偏不放心，我也只好给你讲明白了。

胡昆确实被点中要害，软了下来。他到此地，正是被这桩心事牵动着，要来探个究竟。崔瀚洋的解释使他非常满意，他放心了，神奇小子再怎么甩脸子他也不在乎了。他压抑不住贪婪心，结结巴巴地问：这股票能涨到哪里？能赚多少钱？

崔瀚洋微微一笑；这个，完全由我说了算。你我配合得好，关键时候公司发布点儿好消息，比如推出十送十的分红方案，我就能把红星股价拉上 40 元，翻三倍没有问题。你这老鼠仓呢，也就能赚个两千万元吧。

胡昆深深吸一口气，自尊心完全被击溃了：天，两千万！你老哥一辈子没敢做这样的梦啊，兄弟，我的财运全靠你了。你怎么说，我怎么干，全凭你吩咐。你老哥仗义，真赚两千万，我给你一百万做奖金！

崔瀚洋不再掩饰轻蔑的笑容：嘿嘿，俗气了吧，既然是兄弟还提什么奖金？这点儿钱我会放在心上？说句老实话，你少来这儿检查工作，我就烧高香了。我这活计讲究心情，心情坏了，一烦躁，就容易出错。比方说，我按错了键盘，麻大花同志的账户可能一下子损失几百万元，你信不信？

我信，我信！胡昆连连点头，谦卑之极。我不再打扰你了。你不叫，我不会跨进这门一步。我先走了，回头请你喝酒。你忙，千万别送我！……

崔瀚洋站在桌后，目睹胡昆倒退着离开办公室，真想放声大笑。人都有弱点，抓住对方的弱点，就连胡昆这样的铁汉也会变成烂泥巴！钱，巨额金钱，确实是击中人性弱点的致命武器。就此而言，钱真是可怕的东西。

龚晓月满面春风地走进来，翻着手中的笔记本向崔瀚洋汇报：老板，红星成交非常活跃，换手率已经达到百分之八十，我们掌握的账户，今天总共吸纳了一千二百万股。快收盘了，你有什么指示？

崔瀚洋皱着眉头，仿佛并不开心。他说：你别说指示之类套话，也别这样乐观。我看今天的盘面，总有些不对劲。什么地方不对劲，我也说不上来……这样吧，你把大林、黑马那几个主要操盘手叫来，我们开个小会。收盘前要把股价拉上去，拉一根大阳棒。快点，抓紧时间！

说完，崔瀚洋低下头，按着电脑键盘，调出成交明细表，一版一版仔细地看。他要寻找原因：究竟是什么东西造成他心中的疑惑？

238

第十二章

一

老工人林德模清早起床，到海边转一圈，顺便买一些早点回家。这时候，太阳已经跳出海面几竿子高，约莫六点半光景。林德模拎着油条、豆浆急急走上楼梯，一边咳嗽一边打开房门，招呼女儿小英起床。其实，小英早已梳洗完毕，就等爸爸回家共进早餐。老人家爱唠叨，每天早晨总要找一个主题，大发议论。小英则低头吃饭，似听非听，面颊上永远带着一抹微笑。

今天的话题是崔瀚洋。老人家满腹牢骚，气哼哼连说话的声音都打颤：闹了半天，那小子发财了！他那一回上咱家来，为什么还装穷？拿我老头子当活宝耍？现在你俩又谈对象，我还是反对！有些人心黑，靠不住。再说了，他既然发了财，为什么还让你当工人？就不能走走门子把你调出来？

爸，你别说了，我喜欢当工人！

林小英背着包出门，匆匆上班去。她并没有改变自己的生活，仍然是红星集团一名普通女工。为此，崔瀚洋几次与她发生冲突，要她停止上班，做自己的秘书。但是，林小英很有主见，她不愿成为崔瀚洋的附庸。做工人独立，在工作中能够体现自我价值。这一点，小英有过教训：胡昆将她调到小白楼当出纳，险些使她丧失独立的人格！林小英不愿意重蹈覆辙。

朝霞尚未退尽，树叶晶晶闪亮。骑自行车的上班族汇成一股潮流，在街道上浩浩荡荡奔流。林小英骑着她的木兰牌轻骑，像一条小鱼在车潮中游动。她觉得很惬意，不上班哪里有这份享受？崔瀚洋永远不会明白这一点。小英还有许多师傅、工友，每天同他们共同劳动已经构成她的重要生活内容……

昨天晚上刚与崔瀚洋发生一场争吵。崔瀚洋要她搬来同住，小英却觉得未结婚先同居不太合适。崔瀚洋大发脾气，骂她保守，又把她当工人的事数落一番。小英也生气了，一声不吭就离开了他。最后，崔瀚洋驾车追上小英，两人又在海边坐到深夜。崔瀚洋妥协了，表示理解小英独立自主的要求。同时他又感叹：你怎么变得这样执拗呢？小英笑道：咱们差距太大，我不得不防。

林小英说的是真话。自从她知道崔瀚洋的财富、地位之后，心里就很不踏实。说实话，如果崔瀚洋仍旧像过去那样，贫穷而胸怀大志，落魄而自强不息，小英肯定更加爱他。现在的崔瀚洋使小英感到陌生。看见胡昆和他称兄道弟，看见他操纵红星集团股票，忽而使之升上天，忽而使之落下地，看见他动辄输赢几十万、几百万……林小英心中有一种说不出的滋味。她隐隐约约感觉到，崔瀚洋身上竟产生了某种与胡昆相同的东西。他能与她白头偕老吗？

还有一件事情使林小英感到不安：崔瀚洋与胡昆的关系过于密切。过去，崔瀚洋多么憎恨胡昆，从不向他的淫威屈服。可是，现在他变了。有一天，林小英向崔瀚洋谈起厂里有一些工人反对胡昆，并且把管科长找她串联、要求她寻找胡昆经济问题的证据之事告诉崔瀚洋。崔瀚洋瞅了她半天，说：你傻吗？我正在为胡昆坐庄炒红星股票，生意上的合作会给我们带来巨大的利益，为什么要反对他呢？你别跟那些工人瞎掺合，坏了我的大事！林小英很失望，再没对崔瀚洋说厂里的事情。在许多问题上，他们已经没有共同语言。

林小英来到工厂。股份制改造后，厂门口原来的大木牌被摘去，取而代之的是一块黄澄澄的铜牌，上面规规正正地刻写着：红星（集团）股份有限公司。但是工人们仍把自己的单位称作"木钟厂"。从各方面看，这个百年老厂并没有多少变化，只是增添一层美丽包装而已。

林小英走进装配车间，向师傅们打着招呼，来到自己的工作岗位。胡昆看在崔瀚洋的面子上，给她安排了一份轻快活儿，负责质量检查。小英明白：胡昆表面对她客气，心底里恨死了她！她小心翼翼地与胡昆周旋，既不得罪，也不亲近他。

技术科科长管为民性格正直而古怪。上次在工厂后面的小树林里与小英谈话后，再也没有来找她。偶尔与小英见面，只是点点头，好像什么事情也没发生过。小英暗自纳闷：厂里究竟有没有反对派？管科长怎么再没动静？她心底深处隐约有一种冲动：希望管科长领她参加那个神秘的反对派！然而，群众的眼睛是雪亮的，她与崔瀚洋的恋爱关系又使她处于一种微妙的境地。人们似乎在暗中观察她，看她究竟是不是胡昆的走狗。这种滋味很使她难受，小英真想大声呐喊，表明自己与大家一样，只是一名普普通通的女工！

娄建国像猴子一样窜到她的面前，脸上一道油灰令人发笑：我要结婚了！今天中午到我家去，我给大家发喜糖。

林小英抿嘴笑道：发喜糖在厂里发，怎么叫人到你家里去呢？

娄建国诡秘地耸耸鼻子：我的喜糖只发给自己人，范围太大我还发不过来呢！

娄建国是滑稽人物，外号叫孙猴子，总是上蹿下跳地给大家逗乐。当年胡昆厂长亲自背他上医院，博得爱惜工人的美名。不过，娄建国本人并不以为然：那是假的，做戏给人看！娄建国当众顶撞胡昆，被胡昆连踢带打，追得满厂乱跑——这叫杀鸡儆猴，或者杀猴

241

傲人，总之那才是真的！娄建国擅长模仿各种人物，上至中央首长，下至工友同事，无不惟妙惟肖。他最喜欢模仿胡昆，将胡昆的狡诈、凶恶夸张地表现出来，每每引起工人们会心的大笑。在厂里，他是一位半公开的反对派人物。

娄建国把小英当作自己人，使她深感欣慰。中午下班，小英悄悄走出厂门，上娄建国家。娄建国就住在工厂后面一条小胡同里，用不了五分钟就到了。小英敲门进屋，看见管科长坐在椅子上，正冲着她微笑呢！

林小英略微一怔，急忙上前打招呼。娄建国做了一个鬼脸，将几颗糖塞入她手中：媳妇还没搞定，喜糖你先吃着吧！

管科长让小英坐下，说道：是我让小娄叫你来的，厂里出现一些新情况，我想告诉你！

林小英点点头，专注地听管科长说话。

管科长对红星木钟厂的形势做了全面分析：亏损不断扩大，面临新的危机！这家国有老企业原本就亏损累累，包装上市后，募集的资金用于还债就去掉大半，剩余资金胡昆拿去炒股，输赢未定，生产上已经连连告急，产品仍然没有销路，仓库已经堆得满满。更为严重的是：胡昆盲目扩大生产规模，贷款三亿元，兼并了省城两家濒临破产的手表厂。此外，胡昆本人出国考察，胡乱挥霍，为朋友的企业乱做担保……就不用一一数落了。如此下去，红星集团上市不到一年，就将出现巨额亏损，沦为一只垃圾股。

为什么？小英忍不住问道，胡昆为什么要这样做？

管科长回答道：两个字——私利！胡昆所做的一切都从私利出发，有人给他钱，给他好处，亏本的买卖他也干。据我们了解，胡昆在外面投资办了五个子公司，公司头头全是他的哥们儿，个人中饱私囊，投资效益一分未见，资金已经亏得差不多了！

娄建国愤愤地说：胡昆不下台，红星木钟厂永远好不了！

242

小英问：管科长，你需要我做些什么呢？

管为民神情严肃地说：上次我找你，是希望你提供有关胡昆小金库的材料。这一次又有新情况，胡昆委托崔瀚洋坐庄炒股，两人在经济上存在很深的利益关系。崔瀚洋回报他什么好处？我们希望你去调查、去掌握这个问题！

娄建国真挚地说：小英，我们一直认为你是好工人，你愿意为拯救咱们的工厂出一份力吗？

林小英点点头，郑重地回答：我愿意。你们放心吧，我会把事情办好。

二

沈霞飞打来电话，约崔瀚洋参观空调城。她说，弟弟沈龙飞对于股权投资有许多新想法，急于和他交流。来玩玩吧，没准你俩还能碰撞出一些火花。

崔瀚洋欣然答应。沈家姐弟好生了得，短短几年已在国内中央空调市场占据半壁江山；并且进军海外，屡屡从日本同行手中夺取市场份额，令许多外国媒体对这股骤然刮起的中国旋风发出惊叹！他们在丁镇买下大片土地，建起一座空调城，崔瀚洋几次要去看看，都被杂事干扰，没能成行。今天无论如何要去，崔瀚洋对沈龙飞脑子里的念头很感兴趣。他有预感：早晚有一天，他们两个会联手干一番大事业！

说走就走。崔瀚洋把公司里的事情安排好，让龚晓月随时与他保持联系，便独自驾车奔丁镇去。

刚刚驶出市区，手机就响起来。龚晓月说黑马有急事找你，便把电话交给站在旁边的黑马。

黑马低声说了一句：大白鲨又来了！就沉默不语。

崔瀚洋把车靠路边停下，用手指揉太阳穴。许久，他问道：动作凶吗？

黑马回答：很凶。

崔瀚洋说：好吧，我马上回来！

他立即掉转车头，火速打道回府。

从红星股票上市第一天起，崔瀚洋就感到有什么地方不对劲。这只股票的盘子不好掌控，总有某种力量在与他对抗。他认真盯盘，仔细分析，终于看出了眉目：有人在与他争抢筹码！每当他震仓，抛出部分股票吓唬散户，就有大资金出现将他的股票一扫而光。有时候，他让红星股价自由沉浮，形成缩量盘整态势，耐心等待大的卖盘出现。这就像姜太公钓鱼，总会有沉不住气的大户将股票抛出。大鱼上钩了，几万股的卖盘在高价位挂出来。崔瀚洋刚要买进，却被隐藏在阴暗角落里的对手抢先一步，一跃而起，将上钩的大鱼一口吞下……

这就给崔瀚洋操盘带来很大的麻烦。几天下来一算账，建仓成本比预定计划高出许多。崔瀚洋愤怒了：是谁在捣蛋？他怀疑有人走漏消息，偷偷建立了许多老鼠仓，免费坐轿占庄家便宜。然而老鼠仓不会有这么大的资金量，崔瀚洋深感对手实力强大，绝非等闲之辈。

莫非有人抢庄？过去常有这种情况：一方坐庄，另一方也要坐庄，双方一番抢夺，两败俱伤。最后坐下谈判，一方退出，另一方补偿一笔钱，继续坐庄。崔瀚洋倒希望有人抢庄，并且肯及早站出来，他宁愿出高价将对方手中的筹码买下。可是对手行踪诡秘，神龙见首不见尾。

崔瀚洋和助手们将对手命名为"大白鲨"，瞪大眼睛关注它的动向。他们分析成交排行榜，企图找出大白鲨的老窝。然而大白鲨时而在上海某营业部出现，时而又在深圳某证券公司露头，忽东忽西，实在难以掌握它的行动规律。大白鲨轻易不动，哪天红星股票成交活跃，时机有利了，它从不可预料的地方忽然窜出，一张口就吞进几百万股票。崔瀚洋真是万分头疼！

黑马是崔瀚洋最满意的助手，他出高价从上海一家证券公司把他挖来。当然，"黑马"是外号，此人真实姓名叫马万里，竹竿一样瘦长，还戴一副眼镜。他走起路来一抖一抖，眼镜总是摇摇欲坠。黑马见崔瀚洋回来，就陪他在电脑跟前坐下，观看盘面上的成交情况。大白鲨疯狂抢货，几千手的卖单被它一扫而光。崔瀚洋恨得牙根发痒，但还沉得住气，吩咐助手们别和大白鲨争抢，先退避三舍。

黑马冷不丁一句：老板，给它。胀死它！

崔瀚洋一怔：你说什么？

黑马推推眼镜，说：把我们的筹码给它。往高价位拉，越高挂得越多，几万股，几十万股，我就不相信胀不死它！

崔瀚洋思忖一会儿，问：它要把我们的货吃光了呢？这家伙胃口很大啊！

老板，我有话直说，这庄没法坐了！有人在暗中做你。你把股价挂得越高，风险越大。哪一天它把股票抛出来，还不要你的命？现在它抢得凶，我们主动，越涨越卖，它敢要，我们就把红星股票统统卖给它！

崔瀚洋问：那，不做了？

黑马点点头：不做了！现在我们已经有百分之四十的赢利，能够干干净净脱身，就很不错了。大白鲨不会有好下场，我计算过，它从我们手中接庄，平均建仓成本高达25元，怎么坐？算它翻一倍，炒到50元，也很难出货啊！所以我说，大白鲨吃了我们的货，逃不掉，早晚胀死！

崔瀚洋拍拍黑马肩膀，赞赏道：好一条除鲨妙计，真是高手！你仔细拟订计划，我再考虑一下。

大白鲨仿佛听到了他们的对话，忽然消失得无影无踪。盘面上波澜不兴，成交量急剧萎缩，红星股价也拾级而下。崔瀚洋吩咐手下缓慢吸货。

他虽然称赞黑马，心里却舍不得放弃红星股票。要知道这是一场大战役，构成这个战役的种种因素，并不是他轻易能够得到的。也就是说，这是一次机遇，使得崔瀚洋终于展开渴望已久的大决战！如此重要的战役，怎么可以说撤就撤？这不符合崔瀚洋的性格。

然而，黄旭打来电话，他又表现出另一种姿态。黄老板乐呵呵地请他洗桑拿，他却十分冷漠，无精打采地加以拒绝。黄老板问：你病了？崔瀚洋说不是。有心思？不高兴？崔瀚洋说是的，我正在考虑退出美隆投资公司。

黄旭显然吃了一惊。沉默许久，他在话筒里爆发出一阵大笑：你小子是在将我的军啊！我知道了，你是因为我们的资金没有全部到位生气。不就还差一千万吗？你就要走，值得吗？好好，我说老九不能走，这个月底我调过头寸，就把一千万元打进美隆公司账户。

崔瀚洋顺手解决了一个问题。按照原来的协议，黄旭及"十三太保"应投资三千万元，与崔瀚洋的投资持平，利润五五分成。可是正式开始操作，黄旭差一千万元资金迟迟不到位，实际投入只有两千万。崔瀚洋又不好意思催，这事就一直拖着。现在，崔瀚洋总算得到黄老板明确的承诺。

几年来的风浪摔打，已经使崔瀚洋成熟许多。有了黄旭的表态，他又把话题一转，说起大白鲨的出现。他把问题说得很严重，几乎无法操作下去。对方身份不明，意图不明，哄抢筹码，抬高成本，使得坐庄红星股票风险陡增，前途难测！崔瀚洋抱怨道：叫我怎么做？做不好对不起公司，对不起你，我跳进黄河也洗不清啊！顺便说一句，我可不是为几个钱要走，我不是那样的人。

黄旭很紧张：出了这样的大事，为什么不早告诉我？弄不好要翻车的！我明白了，难怪你不高兴。不过，你要沉住气，有我在，什么样的鲨鱼也能对付。哼，"十三太保"可不是吃素的，一个月之内我保证搞定这条大白鲨！兄弟，你放手干吧。

结束与黄旭的通话，崔瀚洋有一种轻松感。与一个集团合作，到底比单枪匹马干要好，一旦遇到麻烦，有朋友，有靠山，心中笃定。

中午时分，沈霞飞又来电话催。这回崔瀚洋放心去了，并交代黑马：大白鲨出来不必紧张，先观察着再说。他驾驶着心爱的宝马，风驰电掣奔往丁镇。

龙飞空调城名不虚传。一排排厂房高大气派，厂区绿化出色。塔状雪松郁郁葱葱，国外引进的青草即使到冬天也一片翠绿。沈霞飞在大门口接崔瀚洋，两人来到厂部办公楼。大楼底层富丽堂皇，保安人员伫立在玻璃门两旁，犹如一座星级宾馆。踏着红地毯登上二楼，沈霞飞引崔瀚洋在走廊拐了几个弯，来到宽敞明亮的总经理办公室。沈龙飞埋在堆积如山的书刊、资料里，专心阅读一份报告。

沈霞飞将弟弟拉起，嗔怪道：书呆子，客人来了也不迎接，像话吗？

沈龙飞笑道：他不是客人，他是崔瀚洋。

二人亲热握手。沈龙飞牵着崔瀚洋的手，径直来到特制的大型办公桌旁。他说：你看看，最近我在读什么书。

崔瀚洋早就注意到了，桌上那座小山尽是投资策略、金融理论、企业股份制改造之类的书籍。崔瀚洋呵呵笑道：成专家了，要写论文啊？

沈龙飞摇摇头：不是写论文，是在找出路呢⋯⋯

坐到沙发上，沈龙飞说出自己的心思。他的公司高速成长，发展到今天这地步，已经感到公司结构的先天不足。说到底，龙飞实业公司是一个家族式企业，他和姐姐是唯一的主人。这样的结构将限制公司进一步发展，种种弊端早已为历史所证明。因此，沈龙飞与姐姐商定：将龙飞实业公司改造成股份制企业，并争取上市。

崔瀚洋眼睛一亮：你想让空调城上市？

沈龙飞点点头：对，进入资本市场，把企业做大做强！还记得咱俩的争论吗？我是受你的影响，才决定走这步棋的。现在的问题是，怎样才能上市？

是啊，老上市公司大多是国有企业，股市成了国企脱困的摇篮。国字头一道门槛，就把你们民营企业挡在外面了。路子确实很难走……

沈龙飞一挥手，坚定地说：路，我已经选定了——我要买一家上市公司！

崔瀚洋一拍大腿：对，买壳上市！

我请你来，就是想让你设计一套方案，帮我兼并一家上市公司。目标我也选择好了，就是红星集团！

红星？红星……崔瀚洋愣了一下，脑筋飞快转动。他把各方利益、目前面临的种种问题、自己所处的位置、手中所掌握的筹码……各种因素综合起来，反复考虑。

忽然，仿佛灵光一闪，他脑海里冒出一个崭新的方案！他浓眉紧锁，深入思考每一个细节……

沈龙飞踱步，又弯腰凝视崔瀚洋：怎么样？你说话呀？

崔瀚洋依然默默苦思。许久，他睁大细长的眼睛，眸子里放出一道异彩。他站起来，用力搂住沈龙飞，激情澎湃而又信心十足地说——

就这么定了，咱们兼并红星集团！

三

崔瀚洋的方案是这样设计的：首先，沈龙飞出马与胡昆谈判，说服他出让部分法人股，使龙飞实业公司成为红星集团第二或第三大股东。其次，利用中央空调的高科技要素将红星股票改名为红星高科，在二级市场大肆炒作（眼下股市最时髦的就是高科技）。最后，明修栈道，暗度陈仓，沈龙飞加大在崔瀚洋这边的投资，从二级市场获取高额利润，从而降低收购成本——这一块变数很大，炒作题材丰富了，关键还要看资金。

总之，这个方案是分阶段渐进，一、二级市场联动，边打边赢，有步骤地兼并红星集团。崔、沈当场拍板，马上开始行动。沈龙飞当即划给美隆投资公司五千万元，由崔瀚洋随机使用。

难题出在胡昆身上。沈龙飞与他谈判，他牛皮烘烘，不屑一顾。他说：我为什么要卖给你法人股？我是国有企业，又是上市公司，有的是钱，我来兼并你的空调城还差不多！沈龙飞又找国资局谈判，希望获得一些国有股。但胡昆百般阻挠，就是不让沈龙飞染指红星集团。

崔瀚洋不得不出马，亲自与胡昆交涉。他把胡昆请上楼，在自己家的书房里谈话。崔瀚洋把门一关，直截了当地说：沈龙飞要买法人股，你就卖一些给他呗。

胡昆脖子一梗：我不卖！

崔瀚洋觉得奇怪：国有法人股又不是你家的，你干吗死抱着不撒手？你是故意和沈龙飞找别扭还是怎么啦？

胡昆竖起一根手指头说：一股我也不卖给他。道理很简单，卖给他一股，我的权力就削弱一分，我可不能养虎为患！

崔瀚洋哭笑不得，这人不仅贪财，而且官迷心窍。他琢磨着怎样才能敲开这颗硬核桃。小英泡了两杯茶送进书房，胡昆"弟妹、弟妹"地叫着，十分亲热。小英一走，他就用狐疑的目光盯着崔瀚洋，似乎要窥穿什么秘密。

你帮姓沈的说话，肯定有名堂。老弟，这里面也有你的一份利益吧？

崔瀚洋正色道：不仅有我的利益，也有你的利益，有我们美隆公司全体的利益。我问你，你当初不是答应制造利好消息，配合我们炒作股票？这也是你的责任，对吗？

胡昆点头承认。崔瀚洋继续说：让沈龙飞进来，是最大的利好。红星集团核心业务发生转变，由造木钟变为造中央空调，你想想，这是多大的飞跃？这消息一公布，不是在股市投下一颗重磅炸弹吗？

胡昆若有所悟：噢，这一来红星股票又要涨了……

暴涨！崔瀚洋强调说。红星股票还要改名，叫红星高科。你上股市看看，凡是沾上"高科"二字的股票，哪个不涨翻了天？我把话说白了，只要你让出百分之十法人股，我就能把红星炒到50元以上，麻大花那账户多赚八百万没问题！

胡昆动心了：多赚八百万……真的？

这是保守的估计。再说了，转让这点法人股，控股权依然在你手里，你还是领导，还是大老板！他沈龙飞进来，把中央空调业务也带来，红星集团轰轰烈烈地发展，还不是你的功劳？还不是你脸上有光？报纸上登你胡昆的名字，不会登沈龙飞的名字。中央领导要接见红星高科的董事长，是你还是他？这都是明摆着的道理嘛！

胡昆兴奋地拍一下桌子，嚷道：你说得对！我听你的，照你说的办！嘿嘿，这些年你真出息了，一肚子道道儿，我算服你了……

崔瀚洋趁热打铁，给沈龙飞打了个电话，约定到他家里见面。崔瀚洋暗示道：瞧，都在一幢楼里住，都是邻居，你帮沈龙飞的忙，他还会亏待你？

胡昆乐得合不拢嘴。但他提出一个使崔瀚洋出乎意料的要求：我那些股票已经赚了不少钱吧？我想请你抛掉一些，拿点现钱花花……

崔瀚洋吃惊地说：现在就抛？那可少赚很多钱呀！

胡昆觍着脸笑：我这人目光短，看不清很远的事。心也不贪。赚到钱拿在手里踏实，少一点也没关系。你就给我抛一百万元股票，剩下的让它继续涨……

崔瀚洋答应了。他一边摇头，一边送胡昆出门。小英以责怪的目光瞥了他一眼。

那条大白鲨仍然令崔瀚洋烦恼。

崔瀚洋已经为红星股票大幅上升打开了空间，各方面的有利因素都掌握在他手里，他将创造奇迹，打造一颗闪耀于中国股市的明星！可是，一想到大白鲨吞进肚里的大量股票，崔瀚洋就心有不甘。难道叫他为那个躲藏在暗处的对手抬轿？自己所做的一切让别人分享，白白被他占便宜？崔瀚洋想到这些就寝食无味，坐立不安。好像有条小虫钻进骨缝里，咬得他痛痒难熬。不行，在下一步行动展开之前，必须除掉大白鲨！

崔瀚洋脑子里已经有了除鲨计划的轮廓。舍不得孩子打不得狼，他决定接受黑马的建议，假戏真做，来一次大砸盘！他倒要看看，谁更有计谋，谁更有魄力。这几天，他从早到晚在公司里盯盘，等待大白鲨出现。

龚晓月近来格外体贴他。这种体贴表现在一个眼神，一个动作，只可意会，不可言传。她似乎知道崔瀚洋所承受的压力，尽可能为他分担一些。这很使崔瀚洋感动。但他坚守住感情的界线，表面上无动于衷。龚晓月了解他的心思，常常说出令他惊讶的话。

你好像等人决斗呢。龚晓月把刚买来的盒饭放在崔瀚洋面前，轻轻地说一句。

嗯。崔瀚洋打开饭盒看看，没胃口吃，又把饭盒盖上，大白鲨不让我吃饭，我也不让它吃饭。拼个鱼死网破！

网不会破。你也没打算让网破。你为什么不找找黄老板，非要一个人拼命呢？

崔瀚洋抬起头来，凝视着龚晓月。过一会儿又摇摇头：没必要找他，我自己能解决！

下午开盘，大白鲨忽然现身。它以惯常的凶悍动作，将28元以上的几千手卖单一扫而光。红星股份迅速上扬，冲击28.5元新高。崔瀚洋走到黑马身边，低声说：喂它。黑马哒哒地敲打键盘，开始卖出红星股票。

像所有的庄家一样，崔瀚洋用许多身份证开户，然后让一批操盘手控制这些账户的买卖。身份证都是从农民手中买来，二三百元一个，老农再到乡镇派出所报失，绝不会来证券公司找麻烦。这种奇怪现象也是中国股市一大特色。崔瀚洋就让他控制的账户卖出红星股票，仿佛无数水管同时打开，悄悄放出水流……

大白鲨来抢货，就怕吃不足量。今天不断有股票抛出，它就欢腾起来，上蹿下跳，仿佛在盘面上溅出漫天水花。它的胃口很大，有多少吃多少，一副来者不拒，照单全收的架势。崔瀚洋冷笑：看你能闹多久！开始时，他慢慢地、少量地卖出红星股票；随后，速度逐步加快，数量也增多，几千股、上万股地往外抛。大白鲨不改蛮横脾性，还一个劲儿地往上冲。双方在29元附近展开激战，成交急剧放大，几乎创出红星股票上市以来的天量。

崔瀚洋扯下领带，脱掉衬衫，好似在战场上展开肉搏战，眼珠都红了！他拿着电话筒，直接对交易所场内红马甲下达指令。他的声音有些沙哑，几乎是在咆哮：十万股吗？给他！28.2元有多少买盘？二十万股？我就卖出二十万股！小金，你在29元挂出三十万股卖单，封住盘子。下面又有买盘？往下打，要多少给多少，我非要把它打趴下！卖出，卖出！……

崔瀚洋的吼声在美隆投资公司每一间办公室震荡，渲染出紧张的战争气氛。操盘手们屏住呼吸，不停地卖股票，敲击电脑键盘的声响交汇成片，仿佛下起一场奇特的急雨。这又使人想起步枪、机枪织成的交叉火力，压得敌人抬不起头来。很少遇到这种场面，每个人都兴奋、激动，甚至有点儿疯狂！

唯有龚晓月显得格外冷静。她立在崔瀚洋的办公桌旁，不时递上一杯凉的纯净水。崔瀚洋接过水就一饮而尽，仿佛是下意识的动作。龚晓月干脆拿出五六个塑料杯，全盛上纯净水，在崔瀚洋面前排成一行，随他拿。她从侧面观察崔瀚洋，眼神有些怪异，流露出极为复杂的情感……

大白鲨撑不住了，股价开始下滑。最先跌破28元时，它还来个反扑，强劲的买盘又把股价推回28元平台。崔瀚洋知道这是强弩之末，绝不能给对手喘息机会。他打出漂亮的组合拳，使对手再一次跌倒在地。一阵如雨的抛盘，扫荡了大白鲨最后的抵抗。买单越来越少，多头力量消耗殆尽。红星跳水了！它像某个明星从高台一跃而下，在空中划出一道令人眩目的弧线，快捷地、笔直地溅落水中。28元、27元、26元……股价一路暴跌！

大白鲨毕竟是人而不是鱼，那个人或者那帮人现在肯定非常后悔。他们没有料到崔瀚洋会使出杀手锏，让他们今天吃进的大量股票套在天花板上。从这个下午开始，他们在战略上完全陷入被动，红星股票不断下跌，他们账面上的浮亏将不断扩大。这样的日子是很难过的。

而崔瀚洋绝不手软，宜将剩勇追穷寇。他抬头看看钟，两点五十分，还有十分钟股市收盘。于是，他发出最后一道指令：封住跌停板！这已经是很容易的事情了，对手像一个武功被废、经脉已断的武士，只消伸出食指轻轻一戳，他便轰然倒下。很快，电脑屏幕出现全天最新也是最低的价格25.2元，跌幅百分之十，达到最低限制价。红星股票停止交易，盘面静静的，犹如一潭死水。

崔瀚洋打开日K线图，一根蓝色的长阴棒触目惊心地竖立在屏幕上。从技术分析角度上说，这根天量长阴线是典型的单日反转信号；就是说从今天起，红星股票将开始漫漫下跌的旅途。这只股票上市开盘价是 12 元，最高冲到 29.5 元，涨幅近二点五倍，够了，庄家出货合情合理。谁也不会怀疑庄家另有企图。

崔瀚洋喃喃自语：就这样了……

黑马带领众操盘手悄悄进入办公室，聚拢在崔瀚洋周围。也许今天的行动太刺激了，他们尚处于兴奋状态，下班后谁也没有走的意思。他们希望听老板说几句，对下午这场风暴做个注解，或者，对下一步的行动指出方向。但是崔瀚洋什么都不说，大家默默地坐着。

龚晓月进来，翻着笔记本向崔瀚洋报告：今天抛出红星股票七百万股，均价 27.5 元。崔瀚洋没有表示。她忍不住问了一句：抛出这么多筹码，不做了？

崔瀚洋忽然发火了，叫道：不做了，当然不做了！你没看见大白鲨怎样捣蛋吗？叫我怎么做？你说！

龚晓月没吱声，也没生气，悄然退出办公室。

崔瀚洋又对操盘手们嚷嚷：明天不用问，继续出货。你们听清楚了，天天拉小阴线，一点反弹机会也不给大白鲨。我要它割肉，我要憋死它！

操盘手们也走了。他们明白了老板的意图，但又觉得这位年轻的老板未免有点感情用事。

四

一连串阴线排队下行，红星股票仿佛坠落到无底深渊。大白鲨无影无踪，不知躲在哪里舔伤口。人们对这只股票绝望了，割肉盘不断涌出。崔瀚洋停止出货，红星仍然跌势不止。他断定，那个老对手也悄悄混入了割肉的行列……

谁都认为崔瀚洋死了心，再不会碰红星股票了。但是，又有谁能真正摸到崔瀚洋的心思呢？他在为更远大的目标做准备，不久的将来，红星将使所有的人头晕目眩。形势大好，不是小好，而且越来越好。胡昆已经与沈龙飞签订协议，以5.5元的价格转让一千五百万股法人股，使沈龙飞成为红星集团第二大股东。资产置换的方案也已商定，一切都在极其保密的情况下进行。红星将以崭新的姿态闪亮登场！

崔瀚洋告诫自己：千万别手痒，别急于吸货，让它跌透，跌得无处可跌。这是一次战略性的洗盘，大胆、凶猛，令人难以置信。神奇小子就是不一样，如此长的时间，如此大的跌幅，谁敢如此震仓？别说大白鲨，就是一条龙，也要把它震死！股价从29元跌到19元，几乎跌破建仓成本价了，崔瀚洋毫不手软，继续出货。证券报刊上一位颇有名气的股评家惊呼：红星庄家仓皇出逃，不计成本斩仓出货……崔瀚洋拿着报纸微微一笑。

有人沉不住气了，找到崔瀚洋门上来。他是黄旭，美隆投资公司成立后第一次登门拜访。他进门就嚷：小子，你要砸我们饭碗啊？

崔瀚洋站起来，笑着和他握手：不砸饭碗，你董事长就不肯来公司看看。这不，我到底把你请来了。

黄旭摘下金丝眼镜，把脸凑到崔瀚洋跟前：噢，为了见我，不惜把血本赔上？你脑子有毛病啊？说吧，你准备让红星跌到哪里？15元？12元？

崔瀚洋说：要把手里的货出完。还剩一千万股，全抛出来恐怕要跌破10元。这庄，我反正没法坐了……

黄旭连忙摆手：别给我提大白鲨，别提！你别把我吓着了。他这么说着，脸上却是春风得意的模样。

黄旭把崔瀚洋拧下，又去开龚晓月的玩笑。他似乎仍把她当作风尘女子，说出的话很难听。龚晓月在写字楼做了一段白领丽人，哪里吃得住劲儿？满面通红，要恼的样子。崔瀚洋看不过去，帮忙找台阶，打发龚晓月去买烟买饮料。龚晓月低着头匆匆走出办公室。黄旭冲她背影喊：看啊，老板心疼你了，真是怜香惜玉啊！

崔瀚洋有些烦。他正想表白自己和龚晓月的关系，却见黄旭把门关上，表情庄严而神秘。他将一份地方报纸放在崔瀚洋面前。报纸上有一篇文章，被红铅笔画了一个圈，崔瀚洋低头阅读。这是一则断指惨案的报道，说南方某城市有一位证券公司操盘手，被人用西瓜刀斩去十指，惨不忍睹。估计是黑社会所为，原因以及凶手暂时不明，警方正在全力调查云云。崔瀚洋感到莫名其妙：黄旭让他看这东西干吗？他抬起头来，看见黄旭正朝他诡谲地笑着。

报纸上还漏掉一个重要细节，那操盘手的十根手指不翼而飞。警方在犯罪现场反复搜寻，就是找不到那些手指头。你说奇怪不奇怪？哈哈。我对你说，我可知道手指头的下落，并且知道另一个故事。你想不想听？

崔瀚洋忽然感到毛骨悚然，木木地点头。

黄旭点燃一支香烟，不慌不忙地讲故事：香港某老板，我们且称他为 A 先生吧，身家过亿，常常在大陆股市兴风作浪。某日，A 先生头脑发昏，与一帮股市大侠作对，抢人家坐庄的股票，想白白占个大便宜。结果你猜怎么样？哈，一天早上 A 先生来到写字楼，打开他的抽屉一看，一只塑料袋里装着十根手指头，血肉模糊。A 先生吓得当场晕了过去……你瞧，手指头变戏法一样跑到香港去了，警方哪里还找得着？至于那个操盘手嘛，当然是 A 先生旗下的大将，人十分能干。只可惜没了手指头，他再也无法敲电脑键盘了！哈哈哈……

崔瀚洋脸色发白：大白鲨！你找到他了……你怎么这样干？

黄旭点点头，不错，费了好多功夫才找到他。你起的外号挺准，A 先生又白又胖，真像一条大白鲨。不过，从今以后，你再也见不到大白鲨的踪迹了。世上没有这种东西了。你就放下心来，踏踏实实炒红星，咱们从头开始！

崔瀚洋结结巴巴地表示抗议：我反对，我不同意……炒股讲究正当竞争，怎么可以耍流氓手段？

黄旭把脸一板：谁耍流氓手段？说话要有凭据。刚才我给你讲的故事，是我在火车上听来的。记住这仅仅是一个故事。好了，别再提这件事情了，今后谁提起一个字，谁就要负全部责任，懂吗？

崔瀚洋听出黄旭话中的威胁的意思，便默然无语。

黄旭脸上泛出温和的笑容，将一张支票递到崔瀚洋面前：对了，我把一千万元送来了，说好月底给嘛。我没食言吧？

崔瀚洋翻弄着支票，神情犹豫，似乎有难言的隐情。这钱，现在用不太上了。他终于下定决心，抬头对黄旭说。

黄旭颇感意外：什么？有新情况？

崔瀚洋沉住气，把沈龙飞进入红星的事情从头到尾说了一遍。其实，他一直想找黄旭谈判，沈龙飞又给美隆公司投入五千万元，原先的股份比例应该改一改了。更何况龙飞实业公司成为红星集团第二大股东，今后有很多事情要仰仗人家。崔瀚洋的意思是："十三太保"可以少出一些钱，在美隆公司的股份也相应缩小一些，三方各占三分之一，这样比较合适。现在资金力量壮大了，红星股票上升空间也更开阔了，多赚到的利润完全能弥补股份缩小带来的损失……

崔瀚洋原以为黄旭会激烈反对，说完心中的想法，就屏息等待他的反应。没想到黄旭沉思片刻，爽快地说了两个字：可以。崔瀚洋一块石头落地，松了一口气。黄旭说：这是个好事情，也合情合理。你、我、沈龙飞，利益均沾。不过我有个要求，美隆公司是我组织的，我仍然担任董事长。

崔瀚洋连忙点头：那是当然的。黄旭这样看重虚名，有点出乎他的意料。

　　黄旭从崔瀚洋手里拿回支票，晃了一晃，放进皮包。他讪笑道：这笔钱真来晚了，派不上用场了。不过我投资的地方很多，非常需要资金。说到这个问题，我还要把话讲透，既然我以少出资为条件，把股份转让给沈龙飞，那就应该少到一定尺寸，我想，我出一千万就可以了。

　　崔瀚洋一愣。黄旭这只老狐狸，真正的目的是要抽资！他先前划入美隆公司两千万元，依他要求，今天反而要取走一千万元！若不答应他，前面谈妥的股份比例又要推翻。答应吧，"十三太保"只出一千万元就占三分之一股份，实在不公平。崔瀚洋这才明白董事长的意义——黄旭在强调他的重要性。没有他，便没有美隆投资公司存在！更别提大白鲨以及那十根手指头的故事了。事到如今，"十三太保"肯定是得罪不起的。崔瀚洋只有妥协。

　　好吧，你说怎样就怎样！

　　黄旭也不客气，要求立即拿到一千万元的现金支票。崔瀚洋叹息道：黄老板，你可真厉害呀。拿来的支票没用上，还要再带一张走。他一边无奈地摇头，一边安排会计开支票。

　　黄旭拿了支票，并没显露出满意的神情。他瞟了崔瀚洋一眼，意味深长地说：我带你出道，我领你发财，可在你的心里，我还不如那个姓沈的分量重。可见做朋友真正做到心贴心，实在是不容易啊！

　　黄旭走后，崔瀚洋心情久久不能平静。每次与黄旭打交道，他都会受到某种震撼。这个人物无疑具有危险性，但又十分迷人。与他交往，崔瀚洋觉得自己好像在吸食鸦片，明知有害，却欲罢不能。幸好，今天他完成了一个重要步骤：彻底控制美隆投资公司。和黄旭的这场谈判，在他胸中酝酿已久，缩减"十三太保"的股份，正是他预定的目标！这是与消灭大白鲨同样重要的步骤。他早就在心底里渴望摆脱黄旭。现在好了，他握有美隆投资公司三分之二的股份（沈龙飞由他全权代表），他是这个公司真正的主人了！

一切障碍都扫清了，崔瀚洋可以无所顾忌地开始下一步行动了：重新启动红星股票，进行第二轮炒作。这一次，他将天马行空，独往独来，创造出人生辉煌！

崔瀚洋站在窗前遐想，没注意到龚晓月进来，坐在他身后的沙发上哭泣，哭得声音响了，崔瀚洋才回过头来，略有点吃惊地望着她。龚晓月说：我不能在这个公司干了，只要有黄旭在，我一定不能干……

崔瀚洋知道她刚才受了侮辱，心里窝气，就宽慰她，告诉她黄旭不会再来这里，永远不会再来。

龚晓月忽然抬起头，泪光莹莹的眼睛直瞅着他：崔瀚洋，我就想听你说一句话，你对我还有没有一点感情？我是说一点点？

崔瀚洋有些为难：现在谈这话题还有意义吗？我们不是约法三章……

龚晓月情绪激动地打断他的话：有意义，非常有意义！你的前途，还有我的人生，说不定就因为这一句话而改变。你说，我就要听你说！

崔瀚洋迟疑一阵，刚要张口说话，办公室门打开了。龚晓月转身一看，心头掠过两个字：天意！

林小英站在她的面前。

五

小英近来上早班，下班后她总爱骑着轻骑到海滨路转转。有时碰巧遇上崔瀚洋，两人欢欢喜喜一同回家。更多的时候碰不上他，小英也就独自离去。她仰望金融大厦，犹如仰望高不可攀的山峰，有一种晕眩、畏惧的感觉。她知道崔瀚洋正在这座大厦的某一层，稍一打听就能找到他，但她不好意思去。也许是不敢，也许是放不下她心底深处某种骄傲。

的确，小英骨子里很独立。就说她的交通工具，崔瀚洋说了多少遍，她也不肯放弃那辆已经半旧的轻骑。她拒绝他赠送的漂亮轿车，无论他恳求还是发火，她总是笑着摇头。就像她坚持要上班，坚持当一名普通女工一样，在这类事情上她不肯放弃自己的原则。这就造成一些挺奇怪的场面：二人相见，愉快地对话，然后一个骑轻骑，一个驾宝马，在路人惊异的目光中，并驾齐驱，徐徐前进。

但是今天林小英灵机一动，或者说来了一阵无可名状的冲动。她径直走进金融大厦，无须别人指点，乘上电梯直奔美隆投资公司。女人有时候很神，可能平日在心底里积累了无数细节，一旦行动便会直指目标。于是，当她跨进崔瀚洋办公室，与龚晓月打照面的一刹那，她就明白自己为何来此，并知道她来得正当其时了。龚晓月什么话也没说，低头走出门去。

林小英一脸天真烂漫，对办公室里样样东西都感到好奇。崔瀚洋问她有什么事，她说没事，手就伸到电脑键盘上乱按。崔瀚洋忙说：别动。她的手指火烫一般从键盘上缩回，偏着脑袋对崔瀚洋笑。他就把她拉入怀中，一阵亲吻。

小英呢喃地问：今天你赢了吗？

崔瀚洋以男人惯有的自信回答：当然，我永远是赢家！

他们在金水酒家吃晚饭。选择靠落地玻璃橱窗的座位，可以望见灰蒙蒙的海洋。几年前，他们就是在这张餐桌前讨论分手事宜的，恰巧被胡昆撞见，整得崔瀚洋下不来台……餐桌上摆着海鲜火锅，崔瀚洋望着沸腾的火锅若有所思。小英知道，他正在回忆往事。她在桌子底下轻轻握住崔瀚洋的手。

你想知道那女人是谁吗？崔瀚洋却说起另一个话题，你可能有些怀疑，才来我的办公室……

不，不！小英连忙摇头，我什么也没怀疑，只是，只是很想你……我也不知道为什么，忽然特别想你。

崔瀚洋竖起一根手指：有一点我可以向你保证，我和龚晓月没有任何关系，她只是公司一名雇员……

小英心中更加忐忑，几乎是在恳求：别谈那个女人好吗？我相信你，完全相信你！

两人沉默了。气氛有些僵，使人感到不自然。崔瀚洋喝了一杯啤酒，转而谈起胡昆。他骂胡昆狗眼看人低，当初如此慢待他，竟威胁要将他开除出厂。那是他一生中最低潮的时期，唯一的心上人也被夺走……

小英眼眶里涌起泪花，内疚地说：我对不起你。真的！那时我吓坏了，又不理解你，不知道该怎么办……我走了很长一段弯路，回想起来心里就难受！

崔瀚洋说：我完全理解你，一点也不怪你。

他猛喝一大口酒，眸子里仿佛燃起火花，抓住小英的手，突兀地说：咱们结婚，明天就结婚！

小英吃了一惊，随后又缓缓摇头：我总觉得还不到时候，应该再等一等……

崔瀚洋嚷：咱们都这样了，你还要等什么呢？

小英说：我不知道等什么，可是还要等一等。

她的执拗令崔瀚洋恼火，晚餐就在不愉快的气氛中结束。在酒店门口，崔瀚洋说了一句：把你的破轻骑扔了，跟我上车！

小英微笑着摇头：扔掉的东西，我怕再也捡不回来了。

崔瀚洋打开车门，独自离去。

崔瀚洋觉得自己的情绪不对头，心里很烦乱。也许是龚晓月的话在起作用，也许是小英突然来公司出乎他的意料，总之崔瀚洋有点失去平衡，说话、思维抓不住要点。其实，他不想对小英发火；他希望对小英好，十倍百倍地好，结果却闹得不欢而散。他深感懊丧。

对于小英的执拗，崔瀚洋无奈而又喜爱。美好的东西总要留下余味，正是这一点使他更留恋小英。几经波折的爱情，使崔瀚洋深信他与小英有缘分，缘分是什么呢？难道不正是独特而又相互吸引的性格吗？比比别的女孩，小英平凡而又普通，但唯有她才能紧紧攫住崔瀚洋那颗动荡的心。无疑，小英的性格魅力起了决定性作用。然而，他与她之间又存在着一条缝隙，很深，很确切。崔瀚洋不愿意正视它，企图模模糊糊将它弥补起来，却又办不到。在一些本质方面，他俩总不能完全融合在一起，这条缝隙就明摆在那里！崔瀚洋弄不清这是为什么，其中包含着何种意义，真有些束手无策。这也许是他无端恼火的深层次原因。

手机响，胡昆找他。胡昆急于和他见面，约定一个小时以后到他家去。崔瀚洋本想沿着海边多兜几个圈，现在只能掉转车头回家。他知道胡昆的目的：要钱！自从上回他提出抛掉部分股票，就老追着崔瀚洋讨钱，好像崔瀚洋欠他似的。真烦！这样一条黑汉子，涉及到具体利益就变得像个娘儿们，过去真没看出来。他胆小而又贪婪，连一点儿风险也不肯承担，恨不得马上把现钞塞进口袋。从前那个威风凛凛、颇讲义气的胡厂长哪儿去了？崔瀚洋百思不得其解。他决定治治胡昆，不让他轻易得到这笔钱。

回到鸿运公寓，崔瀚洋在地下停车场泊好车，乘电梯上楼。林小英恰好到家，两人在电梯里相遇了。崔瀚洋格外欣喜，竟要在电梯里吻她。小英用力推开他，说别让人撞见。崔瀚洋向她道歉，说今天遇到太多的事情，心里有点烦，结果把晚宴弄砸了。小英说没砸，他就说砸了，又要以亲吻道歉。这时电梯到了他们所住的楼层，两人相拥回家。小英的笑声又如平日一般清脆，满天的乌云散了。

胡昆提前到来，崔瀚洋领他进书房，门紧紧地关上。小英心一沉，刚才恢复的欢乐顿时消失。她怀抱双臂，独自在客厅里徘徊。崔瀚洋和胡昆又在做交易，这一点小英心里很清楚。她想起管科长的嘱咐，心里很不是滋味。工人们的劳动成果被掠夺，自己的爱人却是帮凶，这个事实无论如何没法让她接受。她决心与崔瀚洋谈开，尽一切力量把他拉过来。

　　小英在沙发坐下，紧咬嘴唇。她脑子里有一个强烈的念头：只要崔瀚洋肯揭穿内幕，胡昆的问题就彻底解决了！我一定要起到这个作用……

　　书房内忽然爆发激烈的争吵。胡昆的声音最响，却如闷雷嗡嗡的听不清楚。崔瀚洋比较冷静，仿佛在一条一条叙述着什么理由。林小英忍不住走近书房，靠着门框，希望听清说话内容。但是争吵很快平息下去，两人又如耳语一般进行密谋。

　　小英有些失望。如果他们吵翻了，崔瀚洋就会顺利退出这场交易。她似乎听见谁在嚷：不干了——这样最好。然而他们的利益如毒蛇互相纠缠，谁又肯轻易退出呢？书房里的局势似乎证明了这一点，几度爆发争吵，几度又平息。他们产生尖锐的矛盾而又不能闹翻。最终是妥协、让步，达到和平。当崔瀚洋与胡昆走出书房时，手拉手仿佛一对兄弟；只是胡昆眼神暗淡，崔瀚洋神采奕奕，让小英判断出这一番较量是胡昆落了下风。崔瀚洋送胡昆出门，反复拍他肩膀请他放心，说一个月后这笔钱他将亲自送到胡昆家中。这句话使小英心中一动。

　　夜里，小英抱着崔瀚洋的脑袋，轻轻地拍着说：你这个人还真的不会记仇呢！

　　崔瀚洋问：我怎么不会记仇？

　　小英说：胡昆当初怎么治你，你都忘了吗？我看你们现在好得一个头，真像亲兄弟似的。我都生气！

崔瀚洋冷笑，声音里透出一股杀气：我怎么会忘记呢？别着急，慢慢来。时间一到，一切都报。胡昆这个人是不会有好下场的！

小英来劲了，坐起来说：对，厂里工人们都恨他。他把大家踩在脚下，自己青云直上，大发横财。现在大家都团结起来了，搜集他的罪证，一定要扳倒他。

崔瀚洋有些吃惊：你说这个"大家"，都有谁？怎么搜集罪证？怎么扳倒胡昆？

小英从管科长第一次找她开始，把厂里反对派的活动都告诉了崔瀚洋。说自己曾经犹豫过，惧怕胡昆，现在下定决心与工人们站在一起。她热切地抱住崔瀚洋的胳膊：你也参加进来，胡昆的经济问题你最清楚。只要你拿出证据，胡昆还不立马倒台？

崔瀚洋抽出胳膊，也坐起来，并且扭开台灯，让光线照亮他铁青的脸庞：你疯了，小英，你真傻到了家！崔瀚洋把手指点到她脑门上。你怎么不想想，胡昆倒台对我们有什么好处？我正在炒红星股票，需要有内应，你扳倒了胡昆我的庄怎么坐？你傻乎乎的，让管为民利用了，你们搞胡昆，就是给我制造麻烦。胡昆一旦出了问题，我这边就会损失几百万、几千万，你懂吗？

小英被崔瀚洋的态度震惊了，诧异地望着他，好像不认识面前坐着的这个男人。崔瀚洋以为小英接受了他的立场，态度缓和下来，挥挥手说：好了，这事也没什么了不起，管为民这些人成不了气候。如果可能，你倒可以打入他们内部，把要紧的情况汇报给胡昆，让他提防着点……当然，你也可以什么都不做，保持中立。

林小英异常冷静，一字一句地问：崔瀚洋，你还有没有良心？你胸中还装没装一点儿正义？

崔瀚洋怔住了：良心？正义？小英，你这是扯哪儿去了？我们在谈生意的事情，又不是讨论道德问题……

小英打断他的话：对你来说是生意，对我来说就是正义和良心。

我父亲、我，两代人都在红星木钟厂工作，那厂就是我的家！眼看胡昆把厂子吃垮掏空，我心里能不难受吗？我绝不会出卖工友，我天生是他们当中一员。我和他们走的是一条路，就要和胡昆这样的蛀虫斗争到底。

崔瀚洋拍拍巴掌：呵呵，咱们小英成了女革命家！怪不得有时候我和你在一起，老觉得别扭。话说到这一步，我也得把底交给你，你要是再和管为民这些人搅在一起，坏了我的大事，咱俩可就没法在一个屋子里待了。你把工友们看得比我还重，是吗？那么你我只得分手，拜拜！你掂量，你选择！

小英眼泪喷涌而出：为了胡昆，你竟对我这样……钱比我重要？我懂了，在你心中钱比什么都重要！

这一夜，小英哭醒好几次。短暂的睡眠也被各种噩梦搅成碎片。奇怪的是，噩梦中总有一个女魔的身影，围绕着她不停地旋转晃动。小英极力想看清女魔的脸，却怎么也看不清。天蒙蒙亮时，那女魔转身亮相，给她一个正面：龚晓月！她浑身一激灵，醒了。

透过窗帘缝隙，晨曦照在崔瀚洋脸上。小英侧身凝视他，觉得他的睡态很好看。他倒睡得香。小英心头一动，忍不住吻他长长的浓眉。回想起崔瀚洋嘲讽她的话，她忍不住苦笑：咱们小英成了女革命家……

第十三章

一

卢燕红与白帆结婚，简单朴素，不事声张。他们把必请的客人分成几批，每桌婚宴都有不同的主题。双方父母亲戚为一批，亲人们给他们带来吉祥幸福、白头偕老的祝愿；冷老师、梁新民、杨扬、李文浩等又为一批，良师益友祝贺他们生活美满，事业有成……而最重要的一桌酒席只有四个人：新郎、新娘单独请萧长风夫妇，饮酒长谈，通宵达旦。

卢燕红穿着一套粉色绸缎缝制的长裙，宽松而飘逸，脸上泛出幸福的红晕。她亲自下厨，烹炒精美小菜，忙里忙外像一个真正的家庭主妇。新生活的开始，仿佛在她体内注入一股活力，乌黑的眸子流溢着青春的光彩。白帆充满爱意的目光环绕着她，时时奔入厨房去帮忙。可他毛手毛脚反而添乱，又被卢燕红赶出来，命他陪客人说话。这一幕美好的家庭生活图景，萧长风夫妇看在眼中，喜在心上。

月亮升起来了，夜空弥漫着沁人肺腑的凉意。四位挚友对窗而坐，举杯畅饮干红葡萄酒。卢燕红是一个不幸而又幸运的女人，爱情、婚姻历尽坎坷，终于驶入幸福的港湾。她深深地感激萧长风。

她的爱情之船一度迷失航向，是因为遇上萧长风这样成熟的领航人，小船才被引入正确的航道。生活总在证明着什么，对，或者不对。在简单的答案下面，又隐藏着多少难以明言的深意呢？

白帆不停地说话。他谈起童年，谈起大学时代，谈起金融街火热的生活……其实，白帆内心深深感悟到妻子的复杂感情。他们四人的友谊非常特殊，犹如一杯色彩、层次不尽相同的鸡尾酒，丰富而又斑斓。唯因如此，这种友谊才格外珍贵、有味。两对夫妻心底都荡漾着激情，彼此默默地交流。白帆说话，卢燕红沉默，萧长风和袁之华时而说话、时而沉默……四个人仿佛在演奏一首奏鸣曲，各自拨动心弦，赞美爱情、赞美友谊！

这是人生难得的感人场面。

今天我真高兴啊！说句夸张话，我和袁之华结婚时都没有这样高兴。来，让我们再喝一杯酒，让这个美好的夜晚永远持续下去！萧长风微带醉意地举起酒杯。

小时候，我奶奶总对我说，做一个乖孩子，好事情就会找到你头上。可是，为了得到今天这个夜晚，我几乎奋斗了半辈子！人生道路曲曲折折，只做一个乖孩子，怎能修得正果？白帆眯缝着眼睛，对着灯光看杯中的红葡萄酒，仿佛在研究重大课题。

卢燕红徐徐咽下红葡萄酒，轻声叹息道：这话应该由我来说，生活的苦果我吞咽得最多。现在好了，我总算拥有今天的夜晚。我可以松一口气，做一个好妻子了。女强人这顶桂冠，我再不要戴了，我太累太累……

萧长风问：下一步，你打算干什么？

卢燕红朝丈夫努努嘴：喏，你问他，他最知道。

白帆笑着说：给我生一个胖儿子！

三人大笑。卢燕红羞红了脸。

话题转到卢燕红的工作。省里的光明信托投资公司兼并瑞达，注入资金，瑞达投资公司重显活力，一切工作走上正轨。卢燕红经历了风风雨雨，组织上还她清白，总算渡过难关。

她要求调到北海期货公司，也得到上级批准，李文浩已经拿到了她的档案。对于卢燕红新的选择，许多人都感到意外，唯有李文浩最为高兴，立即安排这位老同学、金融街上的女干将当北海期货的副总经理。卢燕红也很积极，手续尚未完全办妥，就开始上班了。白帆说：她说梦话尽是大豆、小麦什么的，好像刚从庄稼地里回来。

卢燕红谈起工作时两眼生辉，显露出巾帼英雄的本色。她说今天有一位县长领着几个乡镇干部来到期货公司，打听在哪里可以卖小麦。保安以为他们是找错地方的老农，差点儿闹出笑话把人家赶走。卢燕红热情地接待他们，详细介绍小麦套期保值的交易方式。当乡镇干部围着电脑，亲眼看见明年七月的小麦一笔一笔进行交易，全都兴奋地叫嚷起来。他们说：这下好了，小麦刚出苗就可以卖，减去多少天灾虫害的风险？瞧啊，价格还挺高，现在下单子，明年卖小麦就不用愁了！县长当即表示，马上让粮食局有关部门来北海期货公司开户，先试点，再推广，探索一条粮食销售的新路子。他还诚恳邀请卢燕红到县城去，为县委、乡镇干部做一次期货知识的讲座。卢燕红受到很大触动。

她说：过度的投机几乎使期货丧失了原本的功能，人们谈虎色变，好像做期货就是赌博，碰不得。其实生产领域多么需要期货这样一种金融工具啊！芝加哥的农民和商人发明期货交易方式时，本意就是为农产品规避风险。我觉得，我们的金融工作有很多失误，以致股票、期货都没发挥出它们应有的作用。一个功能完善的资本市场对今后的经济发展真是太重要了！

袁之华出院不久，下星期就要回北京去。她说话不多，一直静静地感受着卢、白结婚的甜蜜气氛。听了卢燕红一番话，引起她的专业兴趣，不禁也来高谈阔论。银行、证券、期货以及整个金融界，是我国经济结构中的薄弱环节，计划经济的条条框框束缚最大，管理也最不规范。因此，外国人虎视眈眈，千方百计要进入金融领域，企图在自由竞争中击败我们。我深深感到紧迫性，恨不得金融界马上来一个天翻地覆的变化！

白帆说：我们也急啊，可是历史遗留下来的包袱太重，只能一步一步解决。比如股市，的确问题多多，但是新中国的股市从无到有，发展到今天的规模多么不容易啊！

卢燕红点头：照我看，与国际接轨，按新规则出牌，可以扫荡我们的陈旧观念。

白帆推推萧长风：你老兄怎么不说话？在想什么？

萧长风有些激动，思忖着说道：我在想我们的使命。我们这样一些人聚集在一起，掌管经济领域的中枢神经，难道是偶然的吗？不，这是我们的选择，我们选择了一条光荣而艰险的人生道路。每个人都要对自己的选择负责，压力再大也不能退缩。回想一下我们的大学时代吧，那时我们豪情万丈，心中充满神圣的理想。当我们走出校门，来到金融街，就接受了终生不可推托的使命！任重而道远，我们要努力啊。

白帆举起酒杯：来，为我们的使命干杯！

一股热流在心间荡漾，四位昔日的同学将杯中红酒一饮而尽。

黎明，霞光染红天际的浮云，窗外一片绚烂。

二

崔瀚洋两眼紧盯电脑屏幕，等待股市开盘。他以巨额资金参加集合竞价，将卖单一扫而光！他手边放着几份最新出版的证券报刊，上面刊登着红星集团改名红星高科、全国最大的民营空调企业加盟红星的消息。股评家们纷纷撰文，吹捧红星股票是又一颗高科技明星，前途光明，潜力无限。

他制造的秘密武器终于当空爆炸！

近一阶段，崔瀚洋不断吸货，红星股价缓缓提高，不知不觉中已将他先前抛出的股票买回大半。现在，他需要一种气势，拉高建仓，猛烈扫货，让散户们惊愕地卖出手中股票。时间是重要因素，这一战役必须迅猛，快速拉抬股价，在有利形势下一举冲上顶峰。

红星高科接近 28 元，这是上次达到的高点。为了打击大白鲨，崔瀚洋曾在此地表演高台跳水，一天大跌 5 元多，从涨停板杀到跌停板。做多的股民魂飞魄散，至今记忆犹新。抛盘又涌现了，这里形成技术上重要的阻力位。

黑马走进办公室，推推滑到鼻梁上的眼镜，说：老板，这里搞一下震荡，肯定能吓出很多筹码。

崔瀚洋欣赏地瞥了这位能干的助手一眼，点点头：我现在就是要筹码，越多越好。你先砸一下盘，让股价跌到 26 元，抛盘大了再吃进，有多少吃多少，猛扫！

黑马说：晓得了。

他正要走，崔瀚洋叫住他：龚晓月呢？

黑马摇头：没看见她。可能出去买东西了吧？

崔瀚洋心头掠过异样的感觉，但也没太在意，专心看盘。黑马动手了，红星高科直线下跌，仿佛树上坠落的烂苹果。股民们蒙了，不知道为何重大利好出台，这股票不涨反跌。莫非又要来一次高台跳水？恐慌性抛盘大量涌出，成交量急剧放大。股价在 26 元一带徘徊，崔瀚洋清楚黑马他们正痛快地吸纳筹码呢。

一只蜜蜂飞入房间，真不知它是如何飞到这样高的楼层的。它绕着崔瀚洋的脑袋飞翔，嗡嗡的声音渲染出祥和气氛。阳光投射在红地毯上，折射出淡淡的光晕。股市喧嚣的策源地竟是这样寂静，连崔瀚洋都失却了真实感。他望着小蜜蜂陷入茫然……

脑海里流动着各种念头，不连贯却又有内在联系。摆脱了黄旭感觉真好，还有"十三太保"。黄旭很久没有来电话了。大白鲨死了。它活着时整得崔瀚洋好苦，真是芒刺在背啊！这是一位高手，然而永远失去了十指。他抢夺了那么多股票，出事后都卖掉了吗？如果没卖，那可是埋伏在暗处的威胁。但是，即便没有"十三太保"斩他手指头，崔瀚洋也能解决他。那样强烈的、长时间的震仓，谁能经受得住？谁还敢抱着股票不放？崔瀚洋宁愿相信他先抛掉了股票，其后发生剁指惨案——这样有利于建立他的自信，又使他远离罪恶。龚晓月怎么还没回来？那天她想说什么？如果小英不来，崔瀚洋也许会承认他对她仍然存有感情，当然，只是一点点。小英突然闯进办公室，她们打了个照面。龚晓月再也没有触及这个话题。她到底去哪里了？

崔瀚洋拿起电话，拨打龚晓月的手机，一个机械的女声告诉他对方关机。她怎么关机？上班时间失踪了，她想干什么？崔瀚洋焦躁起来，给她留了三遍语音留言。在等待电话铃响时，崔瀚洋回想起龚晓月最近的变化，她似乎内心充满矛盾，变得更沉默，更压抑。这个女人性格多变，平时忙，崔瀚洋没有多注意她。现在仔细琢磨，他觉得龚晓月这些变化有深意，有文章。

电话铃响，崔瀚洋立即拿起，却听见白帆洪亮的声音：怎么样？你打算收兵了吧？今天出货出得挺猛啊！中午请我吃饭，到金水酒家。有些事情我们得谈谈，是的，你已经开始透支了。所以嘛，你得请我吃饭。我干什么？我得请你哥哥萧长风吃饭，因为我向他贷款呀。对，我们就是这样一种三角关系。好啊，你能把萧长风请来更好，我不用再请了，哈哈……

龚晓月始终未来电话。时间已近中午，崔瀚洋约了哥哥共进午餐，就准备去金水酒家。对龚晓月的恼火已占据他的整个心灵，他真想摔个杯子什么的发泄一下。他把黑马、王会计等人叫来，阴沉着脸说：中午这两个小时，你们一定要把龚晓月找回来！你们告诉她，想干好好干，不想干就滚蛋！就说这话是我说的。

崔瀚洋说完，怒气冲冲走出门去。剩下的人就忙翻了，有的打电话，有的上龚晓月宿舍，有的联系她朋友……可就是找不到龚晓月这个人，仿佛她忽然从人间蒸发了。

崔瀚洋在金水酒家与白帆碰头，两人找个好位置坐下。白帆说你脸色不好，上午红星高科大跌，是不是把你给套着了？

崔瀚洋嘿嘿一笑：套我？谁能编这样一副套子？

白帆问：那是怎么回事？你在玩什么鬼把戏？

崔瀚洋假装严肃：你别来套我，这可是商业机密。

两人正说着，萧长风来了。他夹着黑皮包，一边走一边打电话。眼睛却尖，进门就看见他们，径直走了过来。白帆简单点几个菜，不肯喝酒，说下午都有事，红着脸上班不好。崔瀚洋让他们随意。三个人说说笑笑，十分融洽。

萧长风晃晃手机，道：你们猜，我刚才接到省行电话，是有关哪方面的内容？

白帆知道老同学的脾性，说：该不是要限制股票质押贷款吧？贵行政策多变，我一猜就中。

萧长风眯起细长的眼睛笑：真灵！你怎么知道？

白帆说：因为你不会让我们吃一顿安心饭。你是黄世仁，见到杨白劳们就想讨债。

萧长风认真地说：不是我们政策多变。南方有一家银行，就是因为股票贷款出问题了，一个多亿收不回来，行长被撤职。省行专门为此发了个通知，要我们加强这方面业务的管理，把风险防范放在第一位。

白帆转向崔瀚洋：听见没有？我可是把红星集团，哦，不对，红星高科股票送进东方银行做质押物了，他防范我，我就得防范你。说实话，看见股票跌，我心里就直打鼓，谁也不想被撤职啊。

崔瀚洋皱起眉头：你约我出来，就为谈这个？

白帆并不回避崔瀚洋的问题：是的，你已经开始透支了，我想提醒你注意风险。我们约定好平仓线：一旦股票下跌百分之三十，本公司有权强行平仓。我不希望看见这一幕，所以提前给你敲敲警钟。

萧长风说：瀚洋，白总是好意。你要谨慎操作，该收手时就收手，不要一味追求暴利，冒太大的风险。

崔瀚洋点头：明白了，两位哥哥是来给我上风险教育课的。你们好像就是对我不放心，是吧？我可以向你们交个底，红星高科在相当长的时间内，将是沪深两市的领头羊！它将不断上涨，涨幅会超过你们的想象。这样的股票作为质押物，你们可以高枕无忧！

白帆说：有你这话，我就放心了。以茶代酒，我们敬你一杯，祝你成功！

萧长风与弟弟碰杯，却没有把茶杯里的水饮尽，而是注视着他的眼睛，意味深长地说：金融街的游戏规则有时很残酷，谁都得按规矩办事。一旦出问题，无论多亲近的关系都无济于事。你懂吗？

白帆笑起来：他懂！这话，他在我的办公室里说过，当时把我噎得差点背过气去。

崔瀚洋庄重地点点头，又一次与哥哥碰杯。

回到美隆公司，崔瀚洋仍没见到龚晓月的身影。黑马他们埋头工作，有意躲避他的目光。他心里明白，谁也找不到龚晓月。午后股市已经开盘，崔瀚洋不愿影响大家的情绪，就不再提这事。他告诉黑马：下午加大吸货力度，要突破前期阻力位，让红星股价创出新高！

崔瀚洋回到办公室，在电脑跟前坐下。荧屏上的股价曲线开始上扬，买盘的力量逐渐增加。崔瀚洋似乎嫌不过瘾，拿起直通交易场内的报单电话，亲自指挥战斗。

小杜，28元以上有多少卖盘？五十五万股？通吃！我要发动总攻，把盖子揭掉。29元怎么样？三十万股卖单？给我拿下。小杜，今天我要封涨停板，你见货就扫，动作要快，要猛，一路狂扫！对，不要在乎一角二角价位，买进！买进！……

崔瀚洋像一只捕食老虎，鼻孔翕动，眼睛发亮，随时要腾空而起。他知道散户们又激动了，轰轰地追随他，犹如一群没头的苍蝇。炒股真是弱肉强食的游戏，没有众多牺牲者，怎能诞生一个胜利者？神奇小子永远是赢家！

涨停板。距股市收盘还有四十分钟，红星高科在最高价位30元停止交易。这是当日涨幅的上限，一切到此为止。股价线横向平行，刚才的沸腾变成现在的死寂。崔瀚洋打开红星日K线图，一根拔地而起的长阳棒触人眼目，阳棒内的光和热似乎仍未消退，化作烈烈红色使人心跳。

崔瀚洋嘴角浮现一丝难以觉察的微笑。股市里有多少人为今天的涨停板激动，又有多少人因为上午抛掉了红星高科或者因为没有及时买进而懊恼？然而这仅仅是第一个涨停板，在崔瀚洋的计划里，将有第二、第三，甚至一连串的涨停板出现。红星高科，它注定是一只传奇式的、令人永远难以忘怀的股票！

黑马悄然站在崔瀚洋面前。他有点羞涩，好像想谈一件有关自己的私事。然而他却讲出了龚晓月的下落：找到她了，她在深圳。

崔瀚洋几乎跳起来：什么？她怎么跑到深圳去了？

黑马说：她早上乘飞机去的，事情紧急，来不及请假。中午她打电话给我，让我转告你……我想，她是怕你生气。

崔瀚洋想问什么事情这样紧急，但料想龚晓月不会告诉他，便闭口不言。沉默许久，崔瀚洋站起来，向黑马伸出一只手：写，把她在深圳的电话号码写给我。

黑马迟疑一会儿，拿起油笔在崔瀚洋手掌上写号码，口中喃喃道：她不让我告诉你……

崔瀚洋离开办公室。他见黑马竹竿一样的身影，仍在后面一颠一颠地跟着，便不耐烦地问：还有什么事情？

黑马推推眼镜：老板，你还没交代明天操盘方针呢。

涨停板。崔瀚洋不假思索地说，然后径直走向电梯。

三

季节转换十分突然，夜间降下今年头一场雪，秋天就结束了。林小英骑着轻骑上班，马路上的积雪被车辆行人压实，结出一层薄薄的冰壳，格外滑溜。小英以最低车速行驶，还是紧张得喘不过气来。人们对这场降雪缺乏准备，慌乱中不断有人摔跤，跌在地上的姿势十分可笑。小英实在害怕，干脆熄了火，推了轻骑步行。

太阳出来了。此时的太阳格外温柔，耐心地融解树梢上洁白的积雪。林小英不由得憧憬未来的生活，内心甜蜜而又紧张，生怕自己如积雪一般在幸福中融化……

走进工厂，她看见传达室旁边的告示牌，拥挤着一大堆人。她锁好轻骑，上前看个究竟。告示牌贴出了下岗工人名单，鲜红的大纸仿佛沾着血迹。工人们阴沉着脸，反复阅读那一个个熟悉的名字。小英好像一跤跌在冰窖里，心情顿时降到冰点。一个坏消息，红星集团这样一个上市公司，竟也如亏损累累的企业一般，打发工人们下岗！这是怎么了？一场新的危机又开始了吗？

造孽啊！一个老工人叹息道，这张大嘴，又把工厂吃垮了……

前些日子他还在职工大会上说，公司赢利几千万，怎么有困难？胡昆是在变戏法呀！旁边一个青年工人嚷道。

红星木钟厂没希望了！我要卖掉内部职工股，一块钱一股，谁要？一位中年女工绝望地叫喊。

我们也是股东，我们有权知道事情真相！

工人们激动起来，议论纷纷。人群更加拥挤，林小英几乎站不住脚。忽然，背后伸出一只手，拽着她的胳膊就往外走。小英仔细一看，那人是孙猴子娄建国。小英跟他挤出人堆，方能长长地喘一口气。

娄建国名列下岗工人榜首。不过，他似乎并不在乎，一路与工友们开玩笑、出洋相，咧开大嘴学胡昆的模样。他到处宣告：我下岗，他下台，这个日子不远了！

他拉林小英走出工厂后门，来到不远处一片小树林里。看看四下无人，娄建国脸一沉，变得十分严肃：林小英你表个态，究竟跟胡昆走，还是和工人兄弟们在一起？

小英有些惊讶：那还用问吗？你怎么啦？

娄建国说：我们知道崔瀚洋已经和胡昆穿一条连裆裤了，你是他的人，还会跟我们一个心眼吗？

小英一阵委屈，眼圈都红了：你怎么这样说话？我林小英是什么样的人你还不知道吗？要不要把我一颗心剖出来看看……算了，不和你这猴子说了，我去找管科长！

娄建国连忙换上一副笑脸：别，别，我是自作主张试探你。管科长早说了，林小英可靠，是咱们自己人。我这样试探你，是有原因的——你就要高升了！

小英莫名其妙：高升？往哪儿高升？

娄建国道：具体事情你很快就会知道，我不多说了。管科长让我告诉你，胡昆叫你干什么，你就接受。不要问为什么，我们需要你战斗在敌人心脏！

娄建国像地下工作者一样，双眼机警地巡视周围，说一声：撤！

嗖一下就不见影了。林小英心里骂这猴子，惶惑地走出小树林，拍去沾在身上的雪片。

娄建国的消息很准确，中午小英就被胡昆找去谈话。踏进小白楼，林小英心情有点乱，不知道胡昆又在打什么主意。两年前她被驱逐出小白楼，曾发誓不再踏进这楼一步。现在又看见总经理办公室的铜牌，小英从心底里感到厌恶。但她想起管科长的嘱托，便努力平静下来，从容地叩响办公室门。

胡昆正在看一堆财务报表，戴一副老花眼镜，脸色阴郁。见到小英，他的脸就阴转晴了，招呼小英在沙发就座。与在家中不同，胡昆热情中透出威严，到底是清楚自己的领导身份。寒暄几句，便转入正题。胡昆宣布：林小英同志为公司财务总监。

小英简直不敢相信自己的耳朵。财务总监是何等重要的职务？她只接受过短期培训，当过几天出纳，怎么可以干财务总监？开国际玩笑！胡昆也太离谱了，这事无论如何不能接受。

胡昆仿佛看透小英的心思，一锤定音：你什么也不用说。财务总监要讲政治，政治上首先要过硬！就这一条，谁也比不上你。我和公司几位副总经理研究过了，都同意你干，这事已经定了。

小英说：可是我连会计也没干过，还没有上岗证……

胡昆显露出霸气，挥挥手说：这些都好办。你一边工作一边上大学，钱由公司出；需要考什么证，你好好考，我找人打招呼，保证考出来。再说，我是让你当总监，又不是叫你当会计，怎么不行？一句话，红星公司我说了算，我叫你干，你就好好干！别的不用多想。

小英沉默了。胡昆停顿一会儿，仿佛想起往事，也陷入沉思。这番对话似乎几年前就在他们之间进行过，至少内容相似。胡昆当时把小英看作儿媳妇，有意栽培她。时过境迁，小英已是崔瀚洋的未婚妻了，由于种种利益关系，胡昆又要重用她。触及这段往事，胡昆有些尴尬，又有些心酸。他走到窗前，背手而立，眺望雪景。

说实话，胡昆真的喜欢小英，把她当作家里人看待。他不明白，小英为何与独生子胡永波合不来，为何在他拿出珍贵的金表相赠时突然离去。他曾骂儿子是笨蛋，窝囊废，连到手的女人都拴不住。等到崔瀚洋发了财，自己不得不与之合作，又只能暗自承认小英有眼力，挑崔瀚洋做夫婿确实比自己儿子强。强归强，这口气难咽。当他把过去的儿媳妇叫作弟妹时，心里充满羞辱感。转这弯不容易，不容易也转了。胡昆自认为是男子汉大丈夫，拿得起放得下。现在，为了加强与崔瀚洋的联盟（他毕竟要从他手中拿钱），为了让同乘一条船的人掌握财权，他果断起用小英当财务总监。别人惊讶，别人笑话，胡昆不管。他不认为这事情有什么可笑。将来他必定要在账目上做手脚，林小英是崔瀚洋的老婆，那不是最可靠的人选吗？

小英啊，你理解我的心情吗？我……咳！胡昆叹息，咳嗽，竟进出了眼泪，同时也把心中万千感慨表达出来。

林小英理解胡昆。这人有热诚的一面，坦露出来十分感人。小英点点头，说：胡总信得过我，再重的担子我也挑。我希望公司提供学习条件，让我尽快提高业务水平。

这事好说。你答应挑担子就行。我和小崔的关系你也知道，今后咱们就是自己人。什么叫心腹？这就是。有句话我要说在前头，胳膊肘不能往外拐。我保证对得住你，你也得保证对得起我，绝对不能有二心。行不行？

林小英感到一种压力，很沉很沉。但她挺直腰杆，镇静地回答：行。请胡总放心。

胡昆眼中闪过一丝狐疑，话锋一转，提出一个林小英未曾预料的问题：哎，你觉得管为民这个人怎么样？

小英怔了一下，马上用坚定的语气回答：管科长很好，为人正派，技术高，在群众中威信也高。

胡昆连连摇头：你只看表面现象，管为民不是好东西！厂里有人反对我，管为民是摇羽毛扇子的，尽出坏主意。你要小心，别让他蒙蔽了。他有没有来拉拢你？

小英心中一阵紧张，拿不准崔瀚洋是否把她说的话透露给了胡昆。但她很快排除了这种可能性，脸上显出迷惑不解的神情：他拉拢我干吗？嗯，有时候他和我说说话，套近乎……可是他没有反对你呀，在我面前从没说你一个不字。他那么坏，不至于吧？

胡昆显然没有掌握管科长的具体活动，小英的话使他迟疑一阵，挥挥手说：他信不过你，没敢露出真相。我在厂里有的是耳目，早晚揪住他那根狐狸尾巴。小英呀，你也要当好我的耳目，监视管科长、娄建国这帮人的行动，别叫他们坏了我的大事。哼，跟我斗，早晚要倒霉！娄建国不是下岗了吗？管为民不老实，下一步就收拾他。

林小英指指办公桌上的财务报表，试图把话题转往另一个方向：大家都说公司财务有困难，才让一部分工人下岗。胡总，情况真的很糟吗？

胡昆笑笑：好嘛，财务总监开始工作了。我慢慢儿把底交给你。你那位先生崔瀚洋，给我出了个不大不小的难题。他要我推出十送十的分配方案，配合他在股市上炒作红星股票。我们是铁哥们儿，这层关系你也知道，他说话了我能不办吗？可是送股要有丰厚的利润，咱们公司的情况，咳，哪有十股送十股的实力啊？我这不正在害愁嘛……

听到崔瀚洋的名字，林小英心中一沉。她真不希望自己的爱人卷入红星公司的矛盾，可偏偏在最核心的地方，他的身影显现了。小英轻轻地问：你打算怎么办？

胡昆来了英雄气概，铁塔般的身子在小英面前一立，哈哈一笑：有我顶着，天塌了也不怕！我胡昆为朋友两肋插刀，是出了名的，你也清楚吧？瀚洋兄弟一句话，什么事情我不敢做？如果有必要，我把自己这条命都能豁出去！小英你相不相信？

胡昆的话令小英害怕。这些话貌似义气，却藏有威逼人的东西。她只得点头表示相信，同时希望胡昆说出具体想法。

十送十，这方案铁定了！公司财务状况不理想，我们就在报表上做文章。报表是死的，人是活的，你懂吗？

你是说……做假账？

胡昆摆摆手：别说得这么难听，这叫财务处理。无论如何，要让公司报表出现六千万元的税后利润，每股赢利一元零五分，这样十送十的分配方案就成立了。我们公司这样处理，确保崔瀚洋同志在股市打一个漂亮仗！

林小英轻声叹息：所以你才选我当财务总监……

胡昆向小英弯下腰：你我他紧紧捆在一起，捆在一条船上。其他人都扯淡，你明白吗？

小英缓缓地从沙发站起，掠一掠额前的短发，变得格外平静。我明白，她意味深长地瞥了胡昆一眼，胡总，我知道该怎么做。

林小英告辞离去。她的步履比进来时更轻盈，更坚定。

四

崔瀚洋未曾料想，龚晓月对他的心理有着这样大的影响。这次龚晓月突然失踪，竟搅得他六神无主，坐立不安。整整三天过去，龚晓月突然站在他的面前。崔瀚洋冲上前去，却愣住了——他不知道该扬手打她一巴掌，还是该紧紧搂住她。

晓月说，她舅舅刚在深圳去世，她心中很悲痛。舅舅最亲她，从小抱她长大，即便是星星，舅舅也会想法摘给她。舅舅得了脑癌，要动大手术，她知道这消息后什么也不顾，立即飞往深圳……全是鬼话！崔瀚洋根本不相信。不相信也没办法，一个女人要对你撒谎，你怎么问也得不出真相。崔瀚洋很生气，故意不理她。龚晓月也装作没事，埋头工作，两人的关系陷入僵局。

我一定要让她说真话！崔瀚洋咬牙切齿地对自己说。

圣诞节，崔瀚洋请公司全体员工吃圣诞大餐。宴会结束，崔瀚洋借着酒兴，把龚晓月带到五环宾馆。五环宾馆以温水游泳池著名。圣诞之夜下水游泳别有新意。龚晓月身着泳装拍水嬉戏，十分开心。崔瀚洋提出和她比赛潜水，没想到龚晓月是一条美人鱼，一个猛子潜下去，直到泳池另一端才露出脑袋。崔瀚洋根本不是对手。但他很兴奋，答应送龚晓月一份圣诞礼物……

什么礼物？快告诉我！龚晓月的声音带着撒娇意味，显然，她为自己与崔瀚洋的关系得到缓解深感欣慰。

你先告诉我，你有没有买进红星股票？我是指你私人账户，你得说老实话。

崔瀚洋问得很认真，龚晓月却羞红了脸。这话勾起了往事，龚晓月总爱搞老鼠仓，然后千方百计打听崔瀚洋的操盘计划，并因此与他上了床……这次，他们谁都没有提到这个问题，好像是有意回避。现在崔瀚洋把话挑明，龚晓月有些难堪。

没有。龚晓月停了许久，淡淡地说。

真的？这回轮到崔瀚洋吃惊了。你为什么不买？这可不是一笔小收入啊！

我，我不敢依靠这样的收入。我有其他的收入。龚晓月的眼神飘忽，变得高深莫测，我知道你想问我什么，你呀，那些招数失灵了……

崔瀚洋有些狼狈，心中的懊恼再也无法隐藏。他双手击水，水花溅起老高，喊道：你有许多事情瞒着我。为什么？究竟是为什么？

龚晓月有意躲避他，鱼儿一样钻入水底，游得无影无踪……

难以避免的事情终于发生了。崔瀚洋把龚晓月领到预先开好的房间，又喝了许多酒。屋内的气氛渐渐变得紧张、压抑，崔瀚洋就像一座即将爆发的火山。龚晓月要走，她感到危险正从四面包围过来。崔瀚洋不许她走，要她陪自己喝酒。龚晓月以上厕所为借口，悄悄打开客房门，企图溜走。崔瀚洋摇摇晃晃走过来，一把拽住她的胳膊。

你曾经问过我一个问题，问我对你有没有一点点感情，呃……今天，我要做出回答。

龚晓月用力挣扎。她踢他，喊道：我不要你这样，你有目的！崔瀚洋把她按倒在床上，她的反抗，反而使他深感新奇、刺激。崔瀚洋粗鲁地褪去她的内裤，她痛苦地惊叫。你卑鄙，你卑鄙！她喘息着蜷缩，这就是你对我的感情……

龚晓月终于放弃抵抗。男人的凶猛逐渐占据上风。崔瀚洋从没注意到她是这样性感的女人，反抗与屈服之间充分显示出性格魅力。龚晓月的胸部如雪山崩塌，下肢扭动如猛蛇，一阵高过一阵的呻吟使得崔瀚洋欲火如炽。他一次又一次地占有她，直到她瘫软如绵……

崔瀚洋喃喃道：没想到你这样好，这样好……

龚晓月赤裸的胴体仍在颤瑟，眼睛迷蒙而忧郁：你还想审问我，是吗？

崔瀚洋抱紧她，吻她：什么？我已经忘了。我只要你，什么都不管了。

龚晓月似乎被他感动，长长呻吟一声，再次陷入性欲的狂潮。

崔瀚洋违背了约法三章。他的内心一下子失去平衡，难于把握自己的生活。与林小英的关系变得微妙而紧张，他躲躲闪闪，心里发虚，常常发一阵无名火来解释内心的慌乱。崔瀚洋嘲笑自己没用，就算做了一点亏心事，也用不着这样子。无毒不丈夫嘛，看来他天生不是一位大丈夫。

除了这层微妙心理，他与林小英的冲突还有许多实质性内容。主要是围绕胡昆、红星公司这一类事情，二人不时发生摩擦。在崔瀚洋看来，林小英变得越来越不可理喻。她居然接受了财务总监的职务，一个女人为啥要干这种鬼差事？崔瀚洋嘲讽挖苦一个晚上，叫她立即向胡昆辞职。林小英却执拗地不肯答应。既然要干那破官，你就好好为胡昆效力呗？可是她又不，却苦口婆心地劝崔瀚洋与胡昆划清界限。她那张乌鸦嘴吐出一连串不吉利的语言：胡昆早晚要出事，你必然会受牵连；昧良心的钱赚不得，你可能要在红星股票上栽跟头……

崔瀚洋大喝一声：闭上你的鸟嘴！小英就整天沉默不言。

夜里在床上，崔瀚洋暗暗比较两个女人的滋味。她们的差异如此之大！小英柔情似水，百依百顺，身体的每一部分都渗透着爱意。崔瀚洋与她做爱，总感觉被一种精神的东西包围着。这也好也不好，男人太受感动，反而放不开手脚。一个贤惠的妻子，与你相处时间长了，往往会成为你身体的一部分。这就应了时下流行的俗语：握着妻子的手，好像左手握右手。崔瀚洋现在对林小英就是这种感觉。龚晓月给他带来全新的刺激，那种反抗，那种矛盾，使他的身体具有魔术般的特性。崔瀚洋从未品尝过这种滋味，完全着迷了。其实，龚晓月过去主动投入他的怀抱，怀着目的曲意奉承，正是他很快就厌烦她的原因。自从酒店重逢，他觉得龚晓月变成一个千面人，她性格中各个侧面谜一样难以捉摸。崔瀚洋仿佛面对一片新大陆，陌生感、新奇感使他兴奋不已。这一切在性欲中得到体现，疯狂的圣诞之夜给崔瀚洋留下了难以磨灭的印象，他时时刻刻贪恋龚晓月的胴体。林小英也就一天比一天索然无味了。

崔瀚洋在黑暗中感叹：男人他妈的是什么东西？他已经清醒地感觉到，与林小英的决裂是难以避免了。

冲突终于爆发。导火索还是胡昆，由崔瀚洋与他所做的一笔交易引起。一天下午，崔瀚洋提着一箱子钱回来，匆匆钻入书房，打开保险箱，将钱一叠一叠码好。林小英恰好在家，把这幕情景看在眼里。她脑子里产生疑问：发生了什么事？家里为什么要放那么多现金？崔瀚洋板着脸，锁好保险箱，关上书房门。林小英当然什么话也不好问。

崔瀚洋下楼来到胡昆家。自从上次胡昆要求抛出他的股票，就一直纠缠崔瀚洋要一百万元现金。崔瀚洋当然不会轻易答应他，这笔钱是诱饵，他要让胡昆干更多的事情。胡昆险些跟他急，眼睛瞪得牛蛋子一般大，崔瀚洋对他说：你本来没有什么股票，一股都没有。美隆公司借钱给你炒股，那不过是想给你一笔奖金。你说是不是？现在事情还没有完，炒作红星股票也正需要资金，许多地方还需要你帮忙，你怎么能把钱拿走呢？我怎么向黄旭和其他董事交代呢？胡昆脖子抻得老长，也找不出理由反驳他。这一个回合就让崔瀚洋赢了。

然而，在分配方案问题上，胡昆又拿了崔瀚洋一把。崔瀚洋完全控制红星股票，锁定筹码，不停拉升，股价已经突破 50 元。如果胡昆推出优厚的分配方案，又使股民跟风追涨，将会造成一个更加火爆的局面。这样，他进可以继续推高股价，退可以借利好出货，真正游刃有余。每十股股票送十股红股是最理想的方案，想一想吧，你手中的股票突然多了一倍，怎能不高兴呢？况且送红股后，股价相应降低，可以把股价过高的现实轻松掩盖起来……胡昆当然知道分配方案的重要性，这次轮到他做戏了。崔瀚洋找他商量此事，他总是顾左右而言他。崔瀚洋催得急了，他就装出愁眉苦脸的模样，诉苦道：兄弟，我被子公司害苦了。我有十八家子公司，家家都赔钱，哪里还有利润？你叫我十送十，我拿什么送？总不见得送人一副红嘴白牙吧？不行不行……

崔瀚洋明白这时候该动用那笔钱了。他登门拜访胡昆，一进门就吆喝：摆酒，摆酒！那豪爽气派，一望便知是模仿胡昆。胡昆问他有何喜事，他说董事会决定派发一笔奖金，让大家过个欢喜年。作为总经理他又做了一个决定：奖金可以不发，胡昆的股票款需及时归还。胡昆明白他的来意，笑眯眯地打开一瓶洋酒，站在客厅里与他干杯。

胡昆说：兄弟，你别以为我是贪钱的人，该办的事情我早已办好了。你不信可以回家问问弟妹，她可是我们的财务总监！十送十，这分配方案已经敲定，谁也动摇不了！你想知道每股赢利多少吗？一元零五分，哈哈，在沪深股市当个领头羊没问题吧？还是那句话，我不贪钱，该给大家发奖金就发奖金，我的股票款以后再说。那点钱算什么？小事一桩！

话虽这样说，当崔瀚洋告诉他，五十万现金已从银行取出，就放在他书房的保险箱里，胡昆还是按捺不住激动心情，一扬脖将半瓶洋酒咕咚咕咚灌下肚去。他可真能喝，没什么菜，就这样干喝。他还搂着崔瀚洋的脖子，逼他一起喝。利益一致了，酒劲上来了，两人勾肩搭背，真比亲兄弟还亲！胡昆对天发誓，谁要妨碍十送十的分配方案，他就亲手将他扔到海里去喂鱼……

崔瀚洋回家取钱。障碍扫清了，他真高兴啊！谁能知道他心中的目标呢？他要创造沪深股市最辉煌的明星股，创造第一只百元大股！有了十送十的分配方案，他如虎添翼，定能实现这一目标。

崔瀚洋也喝了不少酒，脸颊涨红，神情亢奋。他手指揿住门铃按钮不放，使门铃叮叮咚咚响个不停。小英奔来开门，见他这副模样暗暗惊讶。

崔瀚洋傻笑：胡昆够哥们儿，我让他办的事情都办妥了。

他兴冲冲地走进书房，将保险箱里的钱装入黑色手提箱。早知道谈判这样顺利，崔瀚洋就直接拿着手提箱去胡昆家了。他更未料到，小英会站在门前挡住他的去路。她一改往日的温柔、腼腆，脸上的神情勇敢坚定。因为过于激动，她面容苍白，嘴唇微微颤动。这时该崔瀚洋吃惊了：小英，你怎么了？我惹你生气了吗？

小英努力压住内心的激动，平静地说：瀚洋，这件事你不能做。

我做什么了？噢，你是说这个，这是胡昆炒股票的钱，我代他操作……我们有君子协定，你就甭管了。崔瀚洋含糊其词地说着，伸出一只手去扭门把手。

小英后背紧靠在门上，不肯让步。什么君子协定，明明是拿红星厂几千工人的利益做交易！崔瀚洋，过去你也是厂里一名工人，你这样做，对得起工友们吗？对得起自己的良心吗？

崔瀚洋火了：你又来给我讲大道理，这年头大道理能当饭吃吗？你还真成了女革命家，你脑子有病是不是？闪开，我要走！

小英依然挡着门，苦口婆心地劝道：你不能去，不能做这事。瀚洋，我拦你也是为你好，你知道吗？这样做，你是在犯罪！

崔瀚洋瞪圆眼睛：我犯罪？说，我犯什么罪？

行贿。

崔瀚洋暴跳如雷：胡说八道！你去告我，让法院判我的罪。哎，你站在这里，我怎么越看你越像一只猫头鹰！

小英被深深刺伤，她慢慢挪开身子，让崔瀚洋打开房门。是的，我知道你看我不顺眼，她轻轻地说，可是我要告诉你，你走出这房门，回来就再也见不着我了……

崔瀚洋已经跨出房门，听了这话不由得一怔。但他的心被另一种东西占据着，一挥手说：随你便！

小英坐在沙发上哭泣。这不仅仅是原则问题的冲突，还有许多复杂的因素隐藏在冲突的背后。作为一个女人，她敏锐地感觉到崔瀚洋对她的厌烦。她问自己：我应该怎么办？

五

　　林德模总是唠唠叨叨，怨天尤人，仿佛生活只在捉弄他一个人。女儿小英眼看着飞黄腾达，随着发大财的女婿扶摇上青天，突然间又坠落下来，回到他这穷窝窝。林德模问小英为何回家，与崔瀚洋发生了什么事情，小英也不回答，钻进自己的小屋倒头便睡，一连几天都是如此。做父亲的心疼女儿，一边唠叨，一边伺候她。

　　小英爱吃炸酱面，林德模一早起来上菜场，买酱，买肉米，还轧了二斤面条。他在菜场转来转去，老觉得有人跟踪他。那人穿一件灰大衣，大衣领子竖着，戴一顶鸭舌帽，帽舌低垂遮住半个脸庞。电影里的特务就是这模样，林老汉心中有数，这可是个笨特务。年轻，毛毛躁躁，林德模一眼就把他认出来了。这家伙想干什么？林德模买了二斤核桃，又买了一把榔头。榔头砸核桃用，虽有些小题大做，但也兼备防身功能。这期间，那人又与楼下大嫂交头接耳，对他背影点点戳戳，都被林老汉用眼角扫瞄下来。

　　糟。这老娘们儿敢情是汉奸，出卖机密情报哪！林德模恨恨地想着，转身离开菜场，一路急行，直奔他所住的破旧楼房。

　　这家伙果然笨，见林德模走得快，竟一路小跑追上来。林德模进得楼洞，转身在拐弯处埋伏下来。同时，那柄榔头紧紧握在他那青筋毕露的老手之中。看来，新榔头注定不能先砸核桃，而要砸人的脑袋。哟，来了，林老汉高高扬起榔头，老英雄一般喝道：小子，缴枪不杀！

　　小子中了埋伏，大惊失色。他眼睛瞅着榔头，举起双手似乎要投降：别误会，别误会，我是好人。

　　好人？那你干吗鬼鬼祟祟跟着我？你进这楼来想干啥？

我是来找你女儿的，我想……

哦，想打我女儿的主意？做梦！林老汉怒火万丈，又一次高举榔头。

年轻人急忙掏出记者证，递到林老汉面前。他解释说，自己是一家著名证券报社的记者，准备采访林小英同志。林德模仔细辨认记者证上的照片，噢，没错，正是记者本人。现在看来这小伙子长得眉清目秀，不像个特务了，但仍然有点傻。他称林小英为"同志"，严肃而亲切，使林老汉心中舒坦，老汉哼了一声，道：幸亏你早拿出记者证，晚一会儿，你的脑袋就要变成碎核桃了……

年轻记者摸着脑袋傻笑，称赞老同志警惕性高。他进一步提出要求：是否可以上楼看看小英同志？

林德模狐疑地瞥他一眼，问：你怎么知道小英同志住在这里？

记者说：我到处打听呀，刚才我还问你们邻居大妈，好容易才找到这座楼……林老汉又闻到特务的味道，不想领他上楼。

你为什么要采访我家小英？她一个普通女工，有什么好采访的？

普通女工？错。看来你这老同志消息太不灵通，还赶不上我这外来人。年轻记者笑得得意扬扬，仿佛宣布一样新任命，一字一顿地说：林小英同志是红星高科股份有限公司的财务总监。

总监？林老汉几乎不敢相信自己的耳朵。他有些晕，心头一阵惊喜，看来女儿到底是发达了！年轻记者喋喋不休地谈论着财务总监的重要性，要解开红星高科的谜团，林小英可是关键人物！为采访她，记者可是动足脑筋，费尽心思……林德模从激动之中清醒过来，审慎地打量着这位变得越来越激动的记者。

你采访过胡昆吗？林德模冷不丁地问了一句。

没有。记者倒老实，把自己遭遇的苦难统统告诉林德模。公司领导拒绝采访，没有人肯回答他的问题。胡昆缺乏对记者最起码的尊重，当面羞辱他，甚至不准他跨进工厂大门一步。这小伙子很有冒险精神，夜里翻墙跳进厂区，悄悄摸进小白楼。结果被巡逻的保安逮住，扭送派出所。若不是他及时亮出记者证，警察的电棍就直接捅到屁股上了……真是一言难尽，受苦遭罪的事情太多了！

林德模笑了：所以你要采访林小英同志。你当我家小英傻吗？人家领导们都不说，她说什么？你写文章你出名，干吗拉我们家小英陪绑？回头让胡昆把她给撸了，犯得上吗？当个总什么的不容易，前世修来的福，咱自己可得小心。你回吧，小英同志身体不好，不能接受你的采访！

年轻记者傻眼了，他不甘心这样被轰走，就跟在林德模后面缠缠磨磨，企图进屋。林老汉烦了，回头问道：你这人怎么这样？你，你贵姓？

记者连忙回答：姓巴。

林德模说：你滚吧！接着进屋，把门咣地关上。

这位巴记者甚是顽强，蜷起一根手指，以指关节叩门，轻轻地、不停地叩，仿佛一只啄木鸟在啄门。林德模真正恼了，操起榔头，决心砸烂记者狗头。这时，小英从里屋出来，一边梳头一边问怎么回事。林德模就把菜场奇遇告诉女儿。小英嗔怪道：人家是记者，你怎么这样不客气？

啄木鸟还在叩门，林小英亲自把门打开。那记者揉着指关节，笑容可掬地说：干我们这一行，谁家的门都敲得开。小英推父亲进厨房，自己端来两杯茶陪记者聊天。

那记者人有些怪，但思维敏捷，见解独特。红星高科一公布十送十分配预案后，在股市引起巨大反响，股价一路狂升，直奔70元大关！股民们都以手中持有红星高科为自豪，争相追买这只神奇的股票，证券报刊也连篇累牍地发表评论，说它集高科技、资产重组、高含权等概念于一身，极有可能冲击百元股价，成为中华第一股。巴记者偏偏不信邪，找来红星股票上市时公布的资料，仔细研究，怎么也看不出这家制造木钟的老厂神奇在哪里。他决心刨根问底，亲赴公司所在地，打算解开红星高科的谜团。他并不接受刚才的教训，又把自己的倒霉经历对林小英诉说一遍。小英抿着嘴笑，觉得这位记者挺可爱。

你知道吗？我姓巴，我有个挺难听的绰号，叫"傻巴"。证券记者一般都发财，你只要多吹捧老板们几句就行了。可我总爱挑上市公司老总的毛病，结果两手空空，受尽折磨。圈内同行们都笑我，管我叫"傻巴"。不过我还挺喜欢这个绰号，你也可以叫。傻巴，多么响亮的名字啊！

林小英决定帮助巴记者。这人不仅可爱，而且可贵。她有一种直觉：傻巴能解决红星公司的大问题！但她没有莽撞行事，她先得联系管科长，征求一下他的意见。

小英寻个借口进里屋，用手机拨通管科长家的电话。管科长胃出血，正在家中养病。听完小英对巴记者的介绍，他兴奋地嚷起来：我们正需要这样一个人，你赶快领他到我家来！

林小英穿上大衣，包好头巾，要领巴记者出门。傻巴是有点傻，见小英什么也没谈就要走，以为她拒绝采访，就急眼。他嚷：林小英同志，你可是一把重要的钥匙，我要靠你打开红星高科的神秘之门啊！

小英对他温柔地一笑：我要给你一把真正的钥匙。

管科长家离小英家不远，也是红星木钟厂的宿舍楼，只不过他住三室一厅。房间刚装修，显得宽敞明亮。管为民倚靠着床头，脸色惨白，眼睛里却燃烧着激情的火焰。见到巴记者，他热情地伸出手来，两人热烈握手。一路上，小英已将管为民其人其事做了详尽的介绍，所以傻巴望着床上这位病人，就像望着一位革命家似的，心中涌起无限崇敬。

管科长用低沉、疲弱的声音，不紧不慢地讲着红星公司的内幕。

他掌握的材料全面，观察深入，许多事情连林小英也是第一次听说。红星公司犹如一座大厦，横梁立柱已被蛀空，墙壁断裂，大厦倾斜，整个局面已是岌岌可危。问题是多方面的，有管理不善，有投资失误，更有违法乱纪……管科长从枕头里侧拿出一只公文包，打开，取出厚厚一叠材料。他将材料交给巴记者。

全部情况都在这材料里了，我们搞了好几年。现在，我们要把这材料寄给证监会。

巴记者急切地问：我能不能把它复印一份？

管科长摇摇头，笑着说：不行，你只能在这里看。不能把材料带走。如果你不嫌弃，可以在我家住下，我还要向你介绍许多朋友。

那……那太感谢你了！我这就看材料。

巴记者伏在写字台上，手指翻弄材料窸窸作响。管科长望着小英，目光充满关切。他说：小英啊，难为你了。不用说我也知道，你一定受了许多委屈。你要处理好与崔瀚洋的关系很不容易啊……小英鼻子一酸，险些流下泪来。但她咬住嘴唇，摇了摇头，什么也没说。

管科长继续说：现在社会上有许多不公正现象，我们不斗争，这些现象就会愈演愈烈。中国人有一大弱点，只扫自家门前雪，不管他人瓦上霜。属小猪的，扯着谁的腿谁叫唤，旁的小猪见屠夫不杀它，就没事了，都不吭声。长此以往，怎能不受欺负？所以我常说，我们这个社会最需要正义感，正义感是一个人最可贵的品质。他停顿一下，缓慢而郑重地说：林小英，你这个人很有正义感！

小英低下头，脸色绯红。她觉得管为民对她的褒奖很重很重。

门铃响，小英打开房门，见娄建国领着一位白发老者进屋。管为民在床上连忙欠身：张老师，快请坐。他向巴记者介绍：这位是天新会计师事务所的老主任，张勤老师。他是本市会计界的老权威，退休后被原单位返聘，曾经负责红星股份公司的财务审计工作。

张会计白发皇皇，目光矍铄，说话也直率：被人家撤了，胡昆不要我审计他的账目。我们的新主任是他的小兄弟，跟他一个鼻孔出气。我这个老朽，成了人家的绊脚石了！

巴记者打开录音笔，急忙提问：你在红星公司的账目上发现问题了吗？

是的，问题很严重。张勤老师无所畏惧，把脸凑近录音笔，铿锵有力地说道，我拒绝在红星股份公司的审计报告上签字，因为这是一份明显的假账！

门铃又响，不断有人聚集到管为民的病榻前……

第十四章

一

窗外飘着鹅毛大雪，大地冻上一层冰盖。碧蓝的大海平静如镜，仿佛也进入了冬眠。站在十八层楼窗前眺望冬日的景色，令崔瀚洋颇感赏心悦目。中央空调暖风频送，室内春意浓浓，与外界形成强烈对照。写字楼内的先生小姐们，由此增添一份自豪。

崔瀚洋把目光转向电脑屏幕。与红火的股市相比，这种季节性反差更为突出。大自然尚处隆冬，股市已进入炎热的盛夏。受到西方股市影响，高科技、网络类股票异军突起，一阵狂飙！中国股市仿佛独自举办了一次奥林匹克运动会，场面隆重，气势辉煌。凡沾带着通讯、网络、电脑字样的股票，均是种子选手，个个身手矫健，英姿勃发。它们攀高跳远，屡屡刷新纪录，令人目不暇接。往日30元的股票就被视为高价股，现在不同了，四五十元的股票比比皆是。七八十元的明星脱颖而出，频频亮相，博得营业大厅内阵阵掌声！更高、更快、更强——奥运会的宗旨在这里得到充分体现。

不知谁是冠军？谁敢称天下第一？且看崔瀚洋的笑脸。他笑得自信，笑得傲慢，那细长的眼梢往额角一吊，两道黑亮的浓眉一扬，大有藐视群雄、独霸天下的气概！是的，红星高科是这场股票奥运会的天之骄子，命定的金牌得主。谁能像崔瀚洋这样苦心孤诣，长期地、精心地打造一只股票呢？龙飞加盟、红星改名、十送十方案出炉，最近又在筹建商务网站……这些步骤浸透了崔瀚洋的心血，使得红星高科犹如一匹脱缰宝马，在赛场上昂首嘶鸣，奔腾驰骋。一招先，招招先，他把对手们远远甩在后面。今天，红星高科已经站在82元的价位上，名列沪深股市之首。万众瞩目，成为名副其实的天下第一股！

作为骑手，崔瀚洋有足够的理由骄傲。他已经完全掌控这只股票，大量筹码锁定，抛盘罕见。他进入了自由境界，随心所欲，无所不能。涨涨跌跌全在他一念之间，凭他的意思就可以让这匹宝马做出种种表演。散户们轰轰地跟在他后面，如蚊蝇，如羊群，他想甩脱他们，就让红星高科从高处一头栽下，直奔跌停板。股民们魂飞魄散，恐惧迫使他们平仓离场。崔瀚洋仰天大笑，反身杀个回马枪，宝马奋蹄扬鬃，直奔向新高峰！芸芸众生何等懦弱，又是何等贪婪？他们犹豫、彷徨，最终经不起诱惑，又成群结队地跟上来，跟随他登上更高更险的悬崖……

当骑手的感觉真好！

崔瀚洋心中藏着一个神秘数字。有一天夜间做梦，108这个数字在他脑海里浮出。从此，无论他睡觉还是醒着，这个数字就像藤蔓一样缠绕着他的思绪。此乃天意啊，红星高科有了它的最终目标！崔瀚洋产生一种宗教般的狂热，在他眼中108元是一个神圣的价位，无论有多大的障碍，他都要跨越，要突破，要把红星高科推上这一奇妙的巅峰。

事情做到这个地步，金钱已是次要目标，俗，无法与神圣境界相提并论。但是，别人不像崔瀚洋一样，怀有什么圣徒情结，他们就要钱，赤裸裸地要钱。黄旭数次来电话，要求崔瀚洋将资金投向其他股票。红星高科已经炒得足够高了，他抵押贷款，套取大笔现金，再炒第二只、第三只、第四只股票，岂不更好吗？

你忘记母鸡下蛋了吗？黄旭在电话里愉快地说道，我们把雪球滚大，就是为了产生更多的雪球。想一想吧，沪深股市遍地滚着我们的雪球，或者说到处是我们的母鸡所下的蛋，那是一幕怎样美妙的图景啊！

然而崔瀚洋并不为这幅美景所动，他坚持实现自己的目标。他反驳道：毛主席教导我们，伤其十指，不如断其一指（正宗黄旭式幽默）。我们把红星股票一只股票做好，利润不会比乱七八糟地炒一堆股票少。再说，现在哪只股票价位不是高高在上？你去建仓，人家庄家正好把货倒给你。这样的蠢事我可不干！

哟，你这小同志脾气还不小呢。黄旭露出一副老谋深算的嘴脸，我把话尽早给你挑明，我们要利用股票抵押贷款的政策，套取银行的资金。别人出货你不用管，只要股票市值摆在那里，银行按七折贷款给你，钱不就进咱们口袋了吗？母鸡不停下蛋，现金不停流入你的口袋，一亿变十亿，十亿变百亿，你还怕没钱赚吗？大量欠款是现代商业的成功秘诀，你懂不懂？

崔瀚洋还不开窍。他问：欠那么多债，怎么会有利润？一旦股市暴跌，你的鸡蛋都碎了，怎么还银行贷款？

黄旭阴笑：嘿嘿，鸡蛋碎了，还用还贷款吗？笨小子，银行担着风险，你揣着现金，干吗还不跑？一跑了之，钱不是都归你了吗？

崔瀚洋恍然大悟：黄旭要他诈骗银行！原来他藏着这样的计划，从头就没安好心。崔瀚洋眼前浮现出萧长风、白帆的笑脸，他怎能下手坑害自己的哥哥们呢？黄旭在电话里催他表态，他沉默一会儿，斩钉截铁地说：不行，我不干这种事情。你叫我炒手也好，庄家也好，我都是凭本事吃饭，我只炒股票，不当骗子！

此话说得太难听了。黄旭显然有些尴尬，他也沉默了。许久，他叹了一口气：唉，那咱们只有分道扬镳了。你也知道，我这边有

"十三太保"……

崔瀚洋痛快地答应了黄旭的要求：退股，并且加上一定的利润。至于加多少利润，双方又有了争执。黄旭要一千五百万元，崔瀚洋不答应。他的理由是：红星股票的炒作尚未结束，庄未撤，货未出，最大的风险在后头。黄旭怎能拿走那么多利润？黄旭就摆出他创建美隆公司的功劳，没有他这个董事长，没有这家公司，中国股市怎么会有红星高科这颗熠熠闪光的明星？既是明星，何愁嫁不出去？出货根本不会有问题。他还特别提到大白鲨：如果不是"十三太保"以非凡手段除掉这条鲨鱼，你能一路顺风把红星高科炒得那么高吗？关键时刻，这条凶恶的鲨鱼出来咬你一口，你将如何应付？

崔瀚洋不想和他纠缠下去，决定让步。好了，一千二百万，他说，就这样定了。

黄旭也同意妥协：行，咱俩毕竟兄弟一场！黄旭约他到青鸟山高尔夫球场见面，届时，崔瀚洋带上现金支票，领着龚晓月小姐，他要设宴庆贺。

黄旭特别提到龚晓月，还夹杂着两声鬼笑，令崔瀚洋不快。他说：龚晓月是本公司职工，黄老板你对人家要客气一些，礼貌一些。

黄旭笑得更厉害：哦，真的怜香惜玉了，旧情复燃了吧？我没猜错……你放心，我一定客气，一定礼貌！

崔瀚洋自己觉得，这件事情解决得还算圆满，与黄旭的合作也算顺利。现在，"十三太保"退出美隆投资公司，崔瀚洋手脚干净，彻底当家做主，倒也未尝不是好事。沈龙飞姐弟从不过问美隆投资公司业务，全权委托崔瀚洋进行投资。这样，崔瀚洋再也没有羁绊，只身一人攀登高峰。

崔瀚洋未曾料到，龚晓月死活不肯见黄旭。到了与黄旭约定的日子，崔瀚洋板着脸说：愿不愿意你都得去！我和黄旭说好了，你不去我怎么交代？他那鬼脑袋不知道会怎么想呢。

龚晓月冷冷地说：随他怎么想，反正我不去。

崔瀚洋问：场面上的事情，你应付一下还不行吗？倒是你究竟在想什么？

龚晓月冷笑：我不想让你们男人当猴耍，明白吗？崔瀚洋被噎得回不上话来，只得自己去青鸟山高尔夫球场。

近来，龚晓月总是这样对待他，不冷不热，话中带刺。自从圣诞夜发生那事之后，二人关系就进入这样的新局面。崔瀚洋既难受又欣喜，体验到一番别样的滋味。这个女人真是一只万花筒，令他眼花缭乱。过去，崔瀚洋把她看简单了，没想到这尤物如此迷人。于是，他就迁就她，姑息她，她也就索性做出种种表演。

但是，有一种不安潜伏在崔瀚洋心底。上次龚晓月突然失踪，他暗生疑窦，无论怎么盘问，都得不到真实的回答。他酒后占有龚晓月，本想以男人的手段达到目的。然而，爱恋之心反倒成了龚晓月的砝码，使他离那个话题越来越远。崔瀚洋与龚晓月狂热做爱，表面上看两人融为一体，可是他心中一刻也没有放弃自己的问题：你究竟到哪里去了？你心中隐藏着什么秘密？你是谁？

龚晓月显然感觉到了这些问题的压力。在她略显褐色的眸子里，时时流露出极度的矛盾，难言的痛苦。有时，她在冲动之中仿佛要对崔瀚洋倾诉心中的一切，但有一只无形的手猛然捂住她的嘴，使她把要说的话又咽回肚里。龚晓月对崔瀚洋的处境怀有深深的焦虑，好像她眼看着崔瀚洋走向危险边缘，却不能拉他一把。这种焦虑不停地折磨她，使她越来越难以承受。

龚晓月终于决定与崔瀚洋摊牌。崔瀚洋从青鸟山高尔夫球场回来，龚晓月约他到海滨酒吧会面。她要了一杯冰激凌饮料，默默地吮吸。崔瀚洋讲着与黄旭的交易，眉飞色舞，一副打了胜仗的模样。他完全没想到在接下来的谈话中，龚晓月会将他逼到进退维谷的境地。

我要走。龚晓月打断他的话，突然说道。

崔瀚洋一怔：上哪儿去？

离开你。龚晓月停顿一会儿，思忖着说，只要离开你，随便上哪儿都行。

崔瀚洋险些跳起来：你疯了！为什么？

演戏演够了，这样的生活我无法再忍受。你知道我内心的感受吗？你不知道！我也不想说。所以，我要走。龚晓月说这些话时，脸上有一种歇斯底里的表情。

崔瀚洋坚定地说：不行，你不能走。哪怕让我把谁杀了，我也不放你走。

龚晓月又要了一杯冰激凌饮料，仿佛这样寒冷的天气也不足以平息她内心的燥热。吮吸着冰冷的汁液，她渐渐变得冷静。那么，你娶我。她说着，把目光聚焦到崔瀚洋的瞳孔。

哦……崔瀚洋停顿片刻，以最大的努力应付龚晓月的挑战：这不是不可以考虑。

龚晓月紧盯着他不放：娶我，放弃林小英。你要给我一个明确的回答。

崔瀚洋额头冒出汗珠。龚晓月提出的要求像一支利箭，猝然不防射中他的要害。是啊，他不能永远维持与两个女人的关系，他必须做出选择。而这样的选择过于艰难，甚至有些残酷，叫他一时如何决断？

我还得考虑考虑……不能太仓促。崔瀚洋喃喃地说。

龚晓月冷笑：我早已知道答案。你从来没有像对待林小英那样对待我。好吧，你可以慢慢考虑，我先走了。

龚晓月将融化的冰激凌一口喝干，背起坤包，快步向玻璃门走去。崔瀚洋想跳起来，去追她，去拉她，去求她回到桌边坐下，然而他两条腿仿佛突然瘫痪了，绵软绵软，一丝力气也没有……

他就这样睁圆眼睛，望着龚晓月拉开玻璃门，消失在飞雪飘扬的夜幕中。

二

萧长风一直想找崔瀚洋谈谈。这位堂弟在萧长风的心目中如同亲弟弟，总让他牵挂，让他放心不下。特别是近来，崔瀚洋随同红星高科成为金融街上的明星人物，身价陡增，声誉日隆，萧长风反而产生一种忧虑，有些问题不得不向弟弟敲警钟。

萧长风决定请崔瀚洋和林小英到家中吃饭。理由是庆祝他本人四十二周岁生日——虽然他的生日已经过去三天，而且他从来没有庆祝生日的习惯。促使萧长风请客的却是林小英。说来也巧，有天早晨，他带着女儿萧潇到海滨公园散步，正好遇见林小英。小英独自立在一块礁石上，望着白浪翻飞的海面发怔。北风吹散了她的围巾，她似乎也没觉察，沉湎于自己的心事之中。萧潇叫着"小英阿姨"飞奔向前，她才回头露出笑容。

萧长风与林小英交谈，发现她心情忧郁，脸上带着失眠者特有的憔悴。可萧潇偏偏提出不该提的问题：阿姨，你怎么一个人来逛公园？瀚洋叔叔干吗不陪着你？

小英的笑容显得僵硬：你叔叔忙，我自己出来转转也挺好……

萧长风就此与她谈起崔瀚洋，发觉小英老想回避这个话题。她似乎想掩饰自己的糟糕情绪，谈论起生病的父亲。她说在家忙忙碌碌，有时通宵照顾父亲，被折磨得筋疲力尽。萧长风推断，小英已经离开崔瀚洋，回到自己家里住，这对情人产生了很深的裂痕……

萧长风试图弥补裂痕，这也是他请他俩共同赴宴的动机。萧长风很喜欢林小英，觉得她身上的某些素质正是崔瀚洋所需要的。有这样一位弟媳，萧长风为弟弟感到高兴。现在，他要搞清楚，他们之间究竟发生了什么矛盾，如何才能解决？

家宴简朴而欢乐。袁之华不在家，小英帮萧母下厨，操办起一桌丰盛的菜肴。崔瀚洋带来一只大蛋糕，全家人团团围住萧长风，看他一口气将蛋糕上燃烧的蜡烛吹灭。家人团聚，亲情洋溢。萧长风与崔瀚洋开怀畅饮，兄弟俩喝得面红耳赤。

萧长风借着酒兴问弟弟：哎，你这个王老五要当多久？什么时候和小英结婚，也好请我们去喝喜酒呀？

崔瀚洋摆摆手：再说了，我不着急。俗话说，光棍好过，不要老婆。

萧长风皱起眉头：你小子，别犯浑，人家小英能老拖着等你吗？拖黄了，你自己倒霉。

崔瀚洋以嘲讽的口吻说道：她不着急，她要干革命哪！她心里尽装着厂里的兄弟姐妹，哪里还有我的位置？

林小英坐不住了。本来，她与崔瀚洋来萧家做客，感情上就有点别扭，但她理解萧长风的好意，一直和颜悦色地陪伴着崔瀚洋。萧长风问起他们的婚事，小英有芒刺在背的感觉。偏偏崔瀚洋口无遮拦，每句话都刺伤她的心，使她再也无法忍受下去。

小英说：瀚洋，你酒喝多了，别再喝了。

崔瀚洋不听，又倒了一大杯酒，小英走到他身边，将酒杯端起，对萧长风说：这杯酒我替他喝了，也表示一下我的心意。哥，感谢你对我们的关心，我林小英永远不会忘记。

林小英将酒一饮而尽，呛得连连咳嗽。崔瀚洋却说：咦，你为什么喝我的酒？谁让你代酒来？我还得喝！他又把酒杯倒满。

小英不温不火、不卑不亢地说：那你就慢慢地喝。我有事，得先走一步。厂里兄弟姐妹还真等着我呢。

小英告辞离去。萧长风很不高兴，不肯再喝酒。兄弟两人来到书房，泡上浓茶谈心。萧长风批评弟弟：你怎么这样对待小英？是真醉了，还是故意的？瀚洋，我看你可不太像话！

哥，你不知道，她这个人别扭着呢，胳膊肘往外拐。真是……唉，不说了。崔瀚洋欲辩解，又不能把事说透，一摆手作罢。

萧长风追问：你们俩究竟发生了什么事情？

崔瀚洋说：就是为胡昆。我炒红星股票，需要与胡昆合作，小英反对。胡昆人品不好，我也知道。只是生意场上的事情，有时候认钱不认人，哪有好坏之分？小英就跟我怄气，说我出卖厂里兄弟姐妹……就为这些破事，没啥说头。

萧长风审视着弟弟的眼睛：恐怕没那么简单吧？

崔瀚洋有些慌乱，尽量避开哥哥的目光：还有啥？没啥事了。就是，我就是觉得小英有点烦……

萧长风说：一个人的感情变化，背后总隐藏着许多思想活动。瀚洋，我不想干涉你的私生活，可我要劝你谨慎，千万谨慎。现在你站在成功的巅峰上，稍不谨慎，就会失足跌落。巅峰下面是什么？是万丈深渊啊！

崔瀚洋比较敏感，抬头望着萧长风：哥，你这番话，指的可不仅仅是我与小英的关系，对吗？

萧长风点点头：对，我今天还想和你谈谈红星高科。我要告诉你，东方银行不再接受红星高科为质押物，也就是说，白帆不能拿你的股票来抵押贷款了。这是行长办公会刚刚做出的决定。我已经把这一决定通知白帆总经理了。

崔瀚洋仿佛被电了一下，屁股从椅子上腾地弹起来，脖子伸长，脑袋凑到萧长风面前：为什么？这是为什么！

很简单，这只股票涨得太高，银行方面认为，不能承担这样的风险。你先坐下，别激动，听我慢慢说。萧长风按着弟弟的肩膀，让他坐回椅子上。按照今天的收盘价，红星股票已经涨到 90 元了。崔瀚洋，你想一想，这只股票值那么多钱吗？你最清楚它的价值，你最清楚它是怎么涨起来的！该停下来了，瀚洋，真的应该停下来了。

不！崔瀚洋咬着牙说，我不停，你们也不能停止贷款。当初不是有协议吗？你们设置了平仓线，现在股价不停上涨，并没有触及平仓线，东方银行为什么要终止贷款？

萧长风笑笑：这问题应该由白帆与我讨论。不过，我可以告诉你，跌破平仓线，银行就要追索贷款，强行平仓，用卖出股票的钱，归还贷款。现在，我们只是停止贷款，这不涉及平仓问题。气球吹得太大了，我们不愿意再往里灌气，可以不可以？就是这个概念。

崔瀚洋改换口气，几乎是在哀求萧长风：别这样做，哥，千万别。我心中有一个目标，红星高科离我的目标只有一步之遥，你就帮我圆了这个梦吧！

萧长风偏着头问：你的目标是什么？

我要让中国股市出现第一只百元大股！

萧长风的神情变得冷峻，断然地说：你在发疯。金融街上没有梦，你赶快醒来！90 元的股价还不够高吗？你卖出股票，兑现利润，让股价回落到安全区域，不是很好吗？这样，东方银行也能重新接受红星高科。你已经成功了，只要顺利卖出股票，你的个人资产就能达到一个亿。当个亿万富翁还不行吗？瀚洋，你究竟想要什么？

崔瀚洋又站起来，鼻孔翕动，眼放异彩：我要成为中国的巴菲特，我要成为中国的索罗斯！钱，对我来说已经不算什么了，它只是工具，实现我梦想的工具。我不相信你的话，金融街上有梦，有梦！我就在追寻这个梦！

萧长风沉默了，他知道自己无法说服弟弟。他的目光落到书橱第三格上，那里放着一只银铃。他拉开书橱，将银铃捧在手心。这是爷爷的遗物，当初老人将两只银铃分别赠送给他们兄弟。萧长风走到崔瀚洋面前，以虔诚的态度捧起银铃。

你那只银铃呢？他问弟弟。

忘了搁在哪里，找不到了。

好吧，我把这只银铃送给你。希望你经常看看，记住爷爷的话。

崔瀚洋并没有接过银铃，他双眼直视哥哥的脸庞：我要求你帮我一把，收回停止贷款的决定。

萧长风坚决地说：不行，我不能这样做。

崔瀚洋把银铃扔在桌上，恼怒地说：你既然不肯帮助我，给我这铃铛又有何用？算了，我靠我自己。你等着看吧，凭我自己的力量，一定会让红星高科突破百元大关！崔瀚洋转身就往门外走。

萧长风气极了，一拍桌子喝道：你给我站住！

崔瀚洋惊愕地看着哥哥，从未见他如此发火。

萧长风声如洪钟，慷慨激昂地说：有这么句话，你要记牢——上帝要谁灭亡，必先使其疯狂！你走吧。

崔瀚洋走出书房，走出哥哥家。哥哥愤怒时喊出的警句犹如雷霆在他心头滚动。不知为何，这句话让崔瀚洋感到深深的恐惧。

三

胡昆怒气冲天！

证监会接到举报信，揭发红星集团虚构利润，欺骗广大股民。证监会命令红星集团董事会准备好全部财务资料，由证监会指定的会计师事务所重新进行审计。这一打击犹如晴天霹雳，令胡昆阵脚大乱。事情闹到中央去了，涉及的利润金额又高达上亿元，胡昆无法施展一些小伎俩蒙混过关。他毕竟不能一手遮天！证监会的朋友向他透露消息：举报信是红星集团内部人士写的，胡昆身边可能有

"内奸"……

谁是内奸？胡昆发誓要把他揪出来！胡昆召集亲信在小白楼举行紧急会议。他那帮哥们儿现在都当上了董事、监事，就连他儿子胡永波也混了一个董事会秘书的头衔。这样一拨人当然任凭胡昆意志主宰，胡昆在办公室暴跳如雷，踩得地板咯吱咯吱响，谁也不敢大声喘气。笨蛋，饭桶！你们的眼睛都是用来喘气的吗？睡觉被人卖了也不知道！胡昆骂人骂够了，又冷静下来，让大家想对策，出主意，对付眼前这场危机。

管为民这个人，我看就是内奸。不把他清除出去，我们采取什么措施都白搭。原来的副厂长，现任集团副总经理秦水不紧不慢地说。

对，前些日子我看见他拉着孟会计去马路对面的小酒店喝酒，准是套他的话呢！新提拔的副董事长王启华赞同地道。

号称"智多星"的秦水望着胡昆一字一顿地说：管为民骨子里就和咱们两样，你也不是不知道。眼下，账目上的事我们还能想想办法，对人的处理，可就得你老板拿主意了！攘外必先安内，你应该下定决心！

胡昆承认大家说得对。对于管为民，他不是没有提防。可是，管为民做事一向谨慎，他始终没有抓住他的把柄。这位工程师是技术上的大拿，有些绝活就是离不开他，胡昆懂得爱惜人才。还有更重要的一点：管为民在厂里威信很高，工人们对这位在第一线工作了三十年的知识分子十分敬重。贸然动他，可能引发众怒。因此，胡昆对他一直实行冷处理政策，给他挂个技术科科长的空头衔，从不让他参加决策层的活动。然而，现在这一政策必须改变，如果管为民就是内奸，对胡昆将是致命的威胁！胡昆铁青着脸，在办公室里来回踱步，两只大脚踩得地板微微颤动……

嗯，说，说下去。用什么办法拔掉这根刺？胡昆突然开口问道。

我有一计。"智多星"秦水自鸣得意地摇晃着脑袋，故意压低嗓音说，厂里利润不是正在下滑吗？咱们采取紧急措施，减员增效！让一批干部下岗。管为民当然就在其中……

王启华点头赞同：让管为民下岗？这一招高，高！

胡永波拍拍笔记本，兴冲冲地嚷道：我把它记下来了！董事会决议，减员增效，力争明年下半年扭亏为盈……

胡昆瞪圆眼睛，抢起大掌在空中一劈：就这么定了！管为民嘛，我还要和他谈一次话，看看他葫芦里究竟卖的什么药。如果那封举报信真是他写的，我不会轻饶他。下岗？哼，没那么便宜！

腊月二十三过小年，天上纷纷扬扬下起大雪。管科长被胡昆请进小白楼，进行长达三个多小时的谈话。胡昆以其特有的坦率，谈话一开始就亮出底牌——管为民你得下岗！为什么？你自己心里清楚。这么多年我待你不薄，你为什么老在暗中反对我？你无情我无义，做出这个决定我也是不得已……

管为民十分镇定。他默默地听胡昆讲话，时而望望窗外的雪景，时而收回目光定定地凝视胡昆。

你找我来，是要摊牌了？待胡昆说完，他不紧不慢地问道。

明人不做暗事，今天你也给我一句实话——给证监会的那封举报信是不是你写的？胡昆伏下身子，死死盯住管为民的眼睛。

好吧，我们就摊牌。是，那封信是我写的！就为这，你叫我下岗？我不怕！我可以告诉你，即使下岗，我也要和你斗争，斗到底！身材矮小的管为民毫不畏惧，字字清晰地说出这番话。

为什么？你为什么要反对我？胡昆转着圈，恼恨地嚷道，我把红星木钟厂搞到今天这地步，容易吗？管为民，你要是有点良心，就不该这样对待我！

管为民站起来，与胡昆胸贴胸：有一句话我憋在心里很久了，今天我可以当面告诉你，胡昆，只要有你这个人在，红星集团早晚要垮！你私心太重，你所做的一切，不过是为了更好地控制这个厂，吃掉这个厂！我实在看不下去，才决心和你斗争。

你有证据吗？

当然有。

所以——胡昆拖长了声调说，你把这些证据寄给了证监会，寄给上级各有关部门，对吗？

短暂的沉默，屋里气氛非常紧张。胡昆铜铃般的大眼凶光毕露，似乎在警告管为民：如果逼急了，他什么事情都干得出来！管为民以知识分子的执拗，毫不退让，他冲胡昆点点头。承认自己所做的一切，使他感到自豪。斗争已经明朗化，管为民不必再像地下工作者那样，处处小心谨慎。现在，他向对手亮出鲜明的旗帜，觉得内心无比畅快！

胡昆不愧是一支洋枪，来复线旋转得特别快。他嘿嘿一笑，在管为民和自己的茶杯里添上水，回到椅子坐下。好，是条硬汉，我就喜欢硬汉！可是你不想想，整垮我你又有什么好处呢？胡昆把话题引入谈判的气氛，他向管为民暗示：只要他肯与自己合作，下岗人员名单上就不会出现他的名字。不仅如此，他还可能进入新一届的董事会，做一名薪金丰厚的董事……

你是想和我做交易喽？

对，只要你否定你写过的举报信，并且把你所掌握的材料告诉我，我可以答应你任何条件。瞧，我这人直来直去，干不干你说一句话！

不干。管为民干脆利落地回答，你不要以为只有我一个人反对你，工人们对你的怨恨像火山下的岩浆，随时会迸发！你心里不清楚吗？你用下岗来威胁我们，没有用，难道你能让全厂的工人都下岗吗？

胡昆又变了脸。谈不拢，那就别怪我不客气！他拉开写字桌抽屉，将装在大信封里的厚厚的一叠材料扔在桌上，你以为你是什么人？我们已经掌握了你的材料。看看吧，你贪污受贿，铁证如山！

胡昆虎起黑脸，铁塔般高大的身躯透出一股杀气。

管科长愣了一下，不知道胡昆又玩什么花招。

我有什么问题？请你明说。

去年，你到香港负责购买一套设备，比市场价格高出一倍！你说，你在中间做了什么手脚？你的问题很多，我先点这一件事情，余下的你慢慢交代。

这……这是血口喷人！

胡昆阴毒地一笑，从材料里取出一叠信封，摔在管为民面前：你不是喜欢写举报信吗？别人也会写。瞧，这些群众来信都是举报你的！

说完，胡昆拿起电话，招呼秦水、王启华、李信等人进来。一会儿，这伙亲信都走进办公室。胡昆当众宣布：技术科科长管为民犯有严重经济问题，并且态度恶劣，拒不交代。现在，对他进行隔离审查。从今天起，管为民不许离开小白楼一步！

管为民严正抗议：这是非法拘禁，胡昆，你要为此负法律责任！

胡昆冷笑：你忘记了？秦总还是咱们公司的纪律检查委员会书记。党员犯罪，纪委有权审查。你对我不服气，可以让秦水书记把刚才的决定再宣布一次。

秦水板着脸说：少啰唆，跟我到楼上的小屋去！

秦水带着管为民走出办公室。胡昆当着众人嘲笑管为民，故意把声音提得很高：知识分子总是自以为聪明，别人都没有知识，都是阿斗！

四

崔瀚洋看到龚晓月的辞职信时，几乎不敢相信面前的事实。他说过他可以考虑娶龚晓月而放弃林小英。但他还没来得及做最后决断，龚晓月却突然离他而去。辞职信写得很刻板，公文式的，冷冰冰不带丝毫感情色彩。如果不是黑马把信送给他，并说明是龚晓月让他转交的，崔瀚洋简直无法认定这是出自龚晓月的手。

难道这个女子对他没有一点点情？

崔瀚洋心里很难受，努力控制住自己的感情。他渴望抓住什么东西，辣的、酸的、强刺激的，用来填补内心巨大的空虚。他默默地坐在电脑跟前，等待股市开盘。今天，红星高科要冲击百元大关，这本来应该庆贺一下，没想到他怀着如此忧伤的心情迎来这盼望已久的时刻。崔瀚洋对自己说：好吧，骑上你的宝马，带着一颗破碎的心，独自前进吧！

沪深股指开盘就创出今年的新高。毋庸置疑，股市的狂热程度已经到达极限。所有的股票都在涨，像敢死队冲锋一般勇往直前！这样的背景对崔瀚洋十分有利，他得以从容出货，把高价股票分派给大胆而疯狂的投资者。别急，他暗暗地说，冲一冲，再冲一冲……

红星高科以 97.5 元开盘，很快就冲破 100 元整数关口，像一只骄傲的公鸡站在高高的树梢上。雄鸡报晓，中国第一只百元大股诞生了！崔瀚洋可以想象，大江南北无数证券公司的营业大厅，此刻响起了热烈的掌声。是的，痴迷得可爱的股民们一定会鼓掌，虽然他们没有几个人能够在这只百元大股上获利。崔瀚洋为自己自豪，他在幕后创造了这只百元大股，这新生儿仿佛是希腊神话中的英雄，一出世就顶天立地，熠熠生辉！今天，所有的证券媒体都会争相报道，大肆渲染，为这颗明星抹上浓墨重彩。崔瀚洋觉得这是他生命中最值得纪念的一天。

电话铃响，是白帆打来的。崔瀚洋心中一沉，他知道白帆要说什么。果然，白帆在祝贺红星高科突破百元大关之后，又委婉地通知他，金泰证券公司不再允许他继续透支。理由是东方银行拒绝接受一只涨得过高的股票作为贷款抵押物。崔瀚洋懒洋洋地说：知道了，随你便吧。他很快挂断电话，有意显得不太礼貌。少了一支援军，十分可惜。萧长风采取这种釜底抽薪的做法，令崔瀚洋很伤心。但是不要紧，他还有五千万元现金，足以坚持到最后胜利。108元近在咫尺，爬也能爬过去。何况红星高科人气正旺，跟风族轰轰烈烈，崔瀚洋估计无须动用预备队，散户资金就能将它推到预定目标价位。

忽然，红星高科跳水，电脑屏幕上留下一道垂直的白线。这是怎么回事？崔瀚洋好像后脑挨了一棍，脸就扑到电脑屏幕前。成交量在放大，不知何方涌现一批抛盘，力大势沉，将红星高科打落到百元大关之下。崔瀚洋紧张得喘不过气来，双眼紧盯屏幕右下角逐笔显现的交易数据。这种时候最怕半路杀出个程咬金，如果某证券机构持有大量红星高科，选择此时出货，对崔瀚洋的打击将是致命的。但是这不可能，红星高科的筹码高度集中，由他控制，流落在外的股票都分散在散户手里，成不了什么气候。

黑马推门进屋，眼镜滑到鼻尖上，两眼从镜框上方盯着崔瀚洋，不住嘀咕：奇怪呀，真奇怪……

崔瀚洋抬头看看他，不说话。黑马搬了一把凳子，在崔瀚洋身边坐下。二人继续看盘。红星股价在98元一带徘徊，抛盘不见了，成交稀落，行情恢复平静。一直到中午收盘，红星高科始终维持着这样的局面。

崔瀚洋长长地舒了一口气：看来，是某个大户沉不住气，把手上的筹码都抛了出来。没事了！

黑马笑笑：像是个别大户的行为。这家伙可真能藏东西，把这些货放到现在才出……不过，我觉得我们也该出货了，行情疯狂的时候，就是应该算账离场的时候。

崔瀚洋说：必须在100元上方稳住，让股民们相信百元大关真正被突破才行。否则，大家抢先出货，都像那个大户一样，我们怎么走？谁来接货？

黑马点点头：是这道理，我明白。

崔瀚洋一脸果敢神情：再往上冲，看看100元上方压力有多大。股市收盘一定要守住百元关口，给散户信心。如果抛盘很轻，干脆来个涨停板！

就怕……黑马迟疑片刻，又把要说的话咽回肚里。

崔瀚洋一挥手，用坚定的口吻说：涨停板！在气势上也要压倒敌人。

哪有什么敌人？大惊小怪……黑马已经走出办公室，崔瀚洋还在低声抱怨。不知怎的，黑马的语言、神情总使他感到不安。

该吃午饭了，若在往日，龚晓月就会笑盈盈地端着饭盒进来，她总能买到最对他胃口的饭菜。崔瀚洋没有心情用午餐，抓起龚晓月的辞职信，靠着椅背一遍又一遍地看。

她总不能不留一点蛛丝马迹就失踪了吧？崔瀚洋脑海里闪过一个念头，立即站起来，走到外间龚晓月的办公桌前。他打开每一个抽屉，仔细搜寻书本纸片。果然有收获，崔瀚洋发现几张信纸，是龚晓月写给他而未能完成的信。崔瀚洋如获至宝，匆匆回到自己办公室，锁上房门，像破译密码似的，反复咀嚼信纸上的文字。

显然，龚晓月想告诉他一件事情，但这件事她很难说出口。瀚洋瀚洋瀚洋……她反复书写这个名字，泪痕使得这些字迹模糊不清。你要小心，要提防黄旭。黄旭黄旭黄旭……这名字又使龚晓月将要说的话哽在喉头。我不忍心看他害你，可是我也没有办法。一定要提防黄旭，他很危险。为什么不娶我？你为什么！林小英林小英林小英……又是一连串的名字，直至泪水将它们淹没。

崔瀚洋此时的心情是难以形容的。他像一只受伤的狼，在狭窄的办公室里团团转圈。他感觉到龚晓月的那颗心，这反而使他更难接受龚晓月离去的现实。同时，一个谜团强烈地吸引着他：黄旭想干什么？他们不是已经分家了吗，黄旭还能干什么？龚晓月与黄旭究竟是什么关系？她为什么那样害怕他？这些问题郁结在崔瀚洋胸口，憋得他整个人几乎爆炸！不行，必须找到龚晓月。她不会走远，一定还留在 S 市，总会有办法找到她。

崔瀚洋马上行动。他向派出所报案：美隆投资公司的女职工龚晓月失踪！他还给市公安局一位当官的朋友打了电话，请他帮忙找人。做了这一切仍不能使崔瀚洋平静下来，他蓦地想起"野鸳鸯"，就是他与龚晓月重逢的小酒店。崔瀚洋决定走一趟，会会那群野鸳鸯，说不定能从龚晓月昔日的小姊妹中找到线索。

崔瀚洋把黑马叫进来，嘱咐他主持下午的操盘事务。黑马对老板在这种时候外出感到吃惊，崔瀚洋一摆手制止了他的提问。原则我们已经商量过了，你就照办。崔瀚洋一边往门外走一边对黑马说：还有，派出所可能要来人，你接待一下，就对他们说龚晓月从昨天就失踪了，别提辞职信。你明白了吗？

黑马更加惊讶，细长的双腿似乎在颤抖：明白，明白……出，出事情了吗？

崔瀚洋奇怪地瞪着黑马的双腿：你紧张什么？出不出事情和你没关系。好好干，黑马，我这一摊子都交给你了。

鹅毛大雪漫天飞扬，窗外能见度很差。崔瀚洋驾驶着宝马车慢慢行驶，心里却急得火烧一般。最近一个时期，他诸事顺利，好像独自顶着一片艳阳天。现在变天了，变得那么突然，那么凶险，叫他防不胜防。崔瀚洋有一种预感：厄运悄悄降临，犹如一张灰色的巨网将他笼罩在中央。

穿过一条狭窄的马路，拐了几个弯，崔瀚洋将车停在野鸳鸯酒店门前。这种天气生意清淡，崔瀚洋一进店堂就被小姐们团团包围。他找一个角落坐下，出手阔绰地为每个小姐点了饮料。这群鸟儿扭恓作态争相献媚，崔瀚洋便不失时机地提出了自己的问题。出乎他的意料，这里的小姐没有一个人认识龚晓月。崔瀚洋努力描绘她的形象，身高、口音，她们还是一个劲儿摇头。崔瀚洋失望地说：你们都是新来的吧？

好几个小姐齐声否定：不，我们在这里做了快两年了……

太奇怪了！难道是崔瀚洋做梦？龚晓月站在椅子上发酒疯，酒店经理下令让两个保安把她拖走，崔瀚洋拿着一只高跟鞋出门寻找龚晓月……这一切历历在目，怎么会没人认得龚晓月呢？崔瀚洋好似身坠迷雾，眼前的东西都变得模糊不清。他站起来，径直走向伏在吧台后面的经理。

酒店经理倒还认识他，老远就朝他笑。崔瀚洋以严厉的口吻对经理说：你笑什么？有什么好笑？你敢说你也不认识龚晓月？

经理回答：我笑你们那天演戏，演得真精彩！那个女的叫什么我不知道，黄老板我认识。那天早上，他领着那个女的来到我跟前，说：她在这里打半天工，请你关照。我问：怎么只打半天？做什么？黄老板说：我是她舅舅，我要导演一场戏，演给她老公看。别的事情你就不要问，我会给你钱。黄老板是何等人物？他的吩咐我敢不听？好了，打起来了，你那女朋友闹得可真凶……

崔瀚洋脑袋里仿佛灌满了铅，他转过身，摇摇晃晃朝玻璃门走去。

酒店老板好奇心强，在他身后喊：你别急着走啊，怎么，你们俩又闹矛盾了？

崔瀚洋一切都明白了，又好像什么也不明白。龚晓月是黄旭有意安插在他身边的人，从头就是如此。她的故事、她的经历都是杜撰的，崔瀚洋被她制造的种种假象所迷惑。她在监视他，将他一举一动随时报告黄旭。崔瀚洋内心深深受到伤害，他被人欺骗，被人愚弄，自己却一直蒙在鼓里。

黄旭为什么要这样做？龚晓月为什么要受他的操纵？崔瀚洋驾

驶着汽车沿着海滨徐徐行驶，脑子里反复思考这些问题。他与黄旭的合作不算融洽，但也公平合理，双方友好分手，实在看不出黄旭要算计他的痕迹。然而龚晓月一再要他提防黄旭，肯定有其原因。她是那样地焦虑，那样地无奈，一定是发现了重要秘密，却又无法明言。从这一点看，龚晓月对他的感情又是真挚的。下一步棋黄旭会怎么走呢？

崔瀚洋停车，凝视着波涛汹涌的大海。雪片在海面上漂荡，似乎永远没有着落。崔瀚洋鼻子一酸，两行热泪不知不觉流淌下来。他想念龚晓月，并能感觉到她复杂的内心世界。人哪，谁能说得清人是什么？

黑马找他。手机里传来黑马焦急的声音：老板，你赶快回来！好像要出事情……

崔瀚洋问：怎么了？

黑马说：100元上方有人出货，抛盘很凶，我顶不住啊！恐怕不是大户，好像是主力。

主力？哪里来的主力？

黑马犹犹豫豫地说：我觉得……大白鲨又回来了。

崔瀚洋心里咯噔一沉，一瞬间，他什么都明白了。

五

林小英跨进小白楼，就觉得气氛异常。公司领导神情紧张，不时交头接耳，显得鬼鬼祟祟。林小英直觉到小白楼出了事情，却不知具体缘由。林德模大病一场，这几天小英请假照看父亲，直至老人病情好转，她才赶来上班。在办公桌前坐下，小英为自己泡一杯茶，随意翻弄报纸，两耳却敏锐地关注四下动静。

对于新上任的财务总监，会计们背地里很不买账。可是表面上他们对林小英倍加热情，甚至争相献殷勤。谁都认为她是胡昆跟前的红人，捧着她点儿也许能得好处。有一个姓姚的老会计，对小英格外巴结，有事没事往她跟前凑，声音尖尖活像个太监。这不他又来了，提着暖瓶往小英茶杯里续水，一边在她耳畔低声嘀咕：你这两天没来上班，小白楼里可热闹了。你可能想不到，有人给抓起来了，就关在这楼的顶层。你猜是谁？管为民！

小英一惊，急忙打听事情原委。姚会计也说不清所以然，只道是胡昆发现管为民有经济问题，他还嘴硬，胡昆一怒之下，将他扣押起来。林小英很快理清思绪，认定胡昆此举实属违法。应该尽快让工友们知道真相。她把姚会计打发回自己的座位上做账，又找了个借口溜出小白楼。

林小英找到娄建国，把管科长被扣的事情一说，娄建国火冒三丈地跳起来：胡昆好大胆，狗急跳墙了！你等着，我这就去找人。

雪下大了。阴霾的天空雪片翻搅，更渲染出厂区内紧张的气氛。各车间都停了工，工人们聚集成堆，纷纷议论红星集团的命运。各种传说不胫而走，搅得人心惶惶。同时，愤怒犹如压在草堆下的火焰，沉默而有力地蔓延着。管科长成为正义的化身，他的所作所为渐渐被大家理解，尊敬与同情也就集中到他的身上。小白楼里关押着管科长这一事实，越来越强烈地刺激着工人们的神经。终于，这根导火索引起了一场大爆炸！

下班时分，娄建国与几个青年工人率先来到小白楼。他们与胡昆交涉，要求见管科长一面。胡昆不把孙猴子放在眼里，命保安将他们轰出小白楼。娄建国这些人不吵闹，也不离去，站在雪地里静静守候。雪花很快将他们装扮成雪人，引人注目。下班工人见此情景，也加入这个雪人阵营。人越来越多，怒气越来越大，小白楼被围得水泄不通！

胡昆准备回家吃饭，才发现他很难离开小白楼了。工人们阴沉着脸，谁也不给他闪开一条路。胡昆深知本厂工人有"造反"传统，他也并不怎么害怕，自以为有把握平息这场风波。他虎着脸问：干什么？来救管为民？我告诉你们，管为民已经招了，他承认自己的罪行。公司正准备把他移交检察院，让法律制裁他！我把事情说明白了，你们都闪开。

一个名叫王大成的中年工人，长得与胡昆一般高大，虎势势地往他面前一站，指着他的鼻子说：胡昆你还得给大家说说明白，你这张大嘴怎么又把工厂吃垮了？我们工人的骨头还够你啃几天？

娄建国上前说话。他的语气缓和一些，但把问题说得更具体、更深刻：胡总，我们忍了又忍，你总是不给大家路走。红星集团又亏损了，工人又开始下岗了……这一切究竟是怎么造成的？应该由谁负责？今天你不把事情说清楚，我们也不给你路走！

众人齐声吼道：对，我们再也忍不下去了！

胡昆暗暗倒抽冷气，他觉得工人们来者不善。可是他不想示弱，此时此刻他要软下来，工人们就会得寸进尺，做出过激行为，使他更加难以收场。他冷笑一声，什么话也不说，转身退入小白楼。有人喊：胡昆，你别走，你还没给我们说话呢！

胡昆这才不慌不忙地转回来，站在石台阶上发表演说：叫我说什么？你们不给我路走，我就不走！今晚咱们就在这儿泡一宿，谁也甭回去。我胡昆吃软不吃硬，这套把戏吓不倒我！红星集团面临困难，原因复杂，不是三言两语能讲清楚的。你们真心想和我谈，派两位代表，到我的办公室来谈。

胡昆说完这番话，真的回到办公室里去了。天色已黑，雪下个不停，工人们又冷又饿，越发激动、焦躁。有个调皮青年往胡昆办公室的玻璃窗扔了一块石子，窗碎，引起一阵喝彩。其他青年学样，纷纷往玻璃窗上扔雪球。阵阵吼声粗野而响亮，浪涛一般将小白楼淹没。

胡昆又惊又气，和几个亲信商量一下，决定报警。拨通110，胡昆拼命喊：多派些人来，情况严重……

不一会儿，厂门外响起警车呼鸣声，气氛更显紧张！

工厂形势大乱。警察的出现，激起工人们更大的愤怒。有几个老工人围住巡警队队长，口口声声数落他：工人们向领导提意见，你们也要抓人？有本事先把我们这些老头抓起来！那小伙子急得满脸通红，却搞不清究竟出了什么事情。更多的人不愿再挨冻，跟着王大成冲进小白楼。一路呼喊去找胡昆算账！

小英在人堆中找到娄建国，问他怎么办。娄建国说：咱俩去和胡昆谈判，千万别出事情！

胡昆将对这个夜晚深感后悔。他采取了许多措施，却步步走错。当王大成揪住他的衣领时，他忽然明白讹诈、恐吓已经不起作用，他的生命很有可能葬送于一场暴乱！王大成喊：最多坐牢了，我们一人吐一口唾沫也要淹死你！

胡昆露出熊包样，双手直摇：别乱来，别乱来……

幸亏娄建国和小英赶到，及时制止了他们。娄建国明智指出一条路：胡总，你赶快把管科长放出来吧，眼下这局面，只有他能平定！

好的，好的……

胡昆在最后一刻清醒过来，终于接受了娄建国的建议。一手遮天的日子已经结束，胡昆必须面对现实！当管为民从三楼走下来时，楼内楼外一片欢呼。110巡警也明白了事情真相，对胡昆大为不满，年轻的队长临走时还批评了胡昆几句。

管为民显得很平静，尽管他右眼角肿胀青紫，明显留着拳头的痕迹。他劝众人回家：天太冷了，也太晚了，都回家吃饭吧！工人们却不肯，楼上楼下坐得满满，非要向胡昆讨个说法。胡昆无奈，只好请管为民、娄建国、小英等作为代表，到他办公室里谈判。

其实，这已经不是谈判，而是审判。胡昆像一只斗败了的公鸡，垂头丧气地坐在大家面前。管为民开门见山地说：你对我实行非法关押，我保留上诉的权利，今天先不谈这个。胡昆，你给我们交个实底，红星集团究竟怎么样了？亏损有多大？还能不能维持下去？

胡昆长吁短叹起来：账很乱，子公司太多，一时说不清楚。主要是投资失误，办了许多子公司都亏钱……屋漏偏遇连阴雨，船破又遭顶头风。反正我胡昆栽了！

管为民说：我再问你一句，你往自己腰包里塞了多少好处？

胡昆指天发誓：天地良心，我一分钱好处也没得！这么多年来，我吃吃喝喝也都是为工作。跑财政、跑银行、跑股市，我胡昆拖着红星木钟厂这辆破车走，实在不容易呀！我对咱们厂最有感情，绝不会动它一指头！

胡昆说得很激动，眼圈都红了。但是，他心里并不踏实，林小英的眼睛正盯住他看，仿佛在他背上扎了一根芒刺。胡昆自我表白的声调低了下来，甚至有些语无伦次。小金库的账目、昂贵的礼品、与崔瀚洋的交易……这一切杂乱无章地在他脑海里沉浮。他像一个下不了台的演员，台词没了还必须拼命表演。他不时向小英投去求救的目光。

小英，我说得对吧？胡昆说一阵，总要这样问上一句。

小英默默地看着他，目光明亮而又坚定。此刻，沉默比任何语言都有力量，胡昆开始感到绝望。

手机铃响。胡昆打开手机，是张大东副市长来电。张副市长已经知道红星木钟厂发生的风波，他严令胡昆释放管为民，安抚好工人们。最后，他以前所未有的严厉口吻通知胡昆：中国证监会调查小组已经到达S市，明天，市委派出的工作组将与调查小组共同进驻红星集团。

胡昆挂了电话，四肢麻软。他明白，真正的末日到了！

得知市政府的态度，工人们极为振奋，小白楼内外一片欢腾！没有必要再与胡昆相持了，工人们纷纷走出厂门，各自回家。

夜空忽然变得晴朗，半圆的月亮映照着深蓝色天幕。

第十五章

一

假如命运要给人以打击，它定会选准时机。好像打蛇打七寸，它会在你梦想即将实现的瞬间，轻轻一击，将那五彩缤纷的梦打个粉碎。崔瀚洋目前的境遇就是如此。红星高科最高冲到104元，离他梦中的目标108元只有一步之遥，他和他的宝马就无论如何不能再有寸进了。望洋兴叹、功亏一篑、铩羽而归这类成语无法描述崔瀚洋此刻的心情，甚至，他还没有来得及对自己的内心进行审视，命运的无情之棒已横空扫来，将他与宝马击落在无底深渊……

奇怪的抛盘总是在100元上方涌现，崔瀚洋越是努力拉升股价，卖出的股票就越多。仿佛有人蹲伏在山巅之上，用密集的火力狙击他。崔瀚洋只得后撤，让红星高科在100元下方波动。对方也就收手观望，一时风平浪静。这样便形成拉锯战局面，崔瀚洋为之头疼，因为他的子弹不多了。白帆禁止透支，他只得动用最后的五千万元现金，也就是说他已经将预备队投入了战斗。随着时间的推移，他肯定越来越被动。

崔瀚洋在办公室里转来转去，两天了，他一直这样转，不肯走出房间一步。他在考虑如何撤退。其实，这一直是困扰着他的问题。

股价拉得这样高，出货确实是艰巨任务。他最担心出现这样的情况：蹲在 100 元上方的狙击手，见他要溜，就会饿虎扑食一样冲下山来，抢在他前面出货，导致红星高科崩盘……这太可怕了，崔瀚洋简直无计可施。山顶上杀出这样一支敌军，几乎将崔瀚洋逼入绝境！

是谁？究竟是谁在狙击他？

这是崔瀚洋最不愿面对的问题。可以肯定，这不是个别大户所为，更不是散户（哪怕一大群）逢高出货。无疑，这是某个经验老到、实力雄厚、手中握有大量红星高科股票的主力在与他作对。所谓主力，是指商业金融机构、大户集团、庄家这样一些强大的力量，如果他们作为对立面出现，谁能不胆寒？令崔瀚洋百思不解的是，对方怎么会握有这么多的红星高科？他们是什么时候、在什么价位买入这些股票的？崔瀚洋从十几元开始把红星高科做上来，一路上未见主力运动的迹象，丝毫未见。他怎么会不小心翼翼呢？经历过大白鲨事件，崔瀚洋最担心其他主力介入红星高科，一直关注并认真分析筹码的分布，从不敢懈怠。没有人能逃过他的眼睛。那么，这话反过来说，整个炒作红星高科的过程，只有在初期，大白鲨来抢庄的时候，崔瀚洋才真实地感觉到主力在与他较量。只有大白鲨……

崔瀚洋不敢往下想。他的思维被阻塞在"大白鲨"这三个字上。只有一种可能：大白鲨没死，它一直在阴暗处潜伏着。这怎么可能？黄旭亲口告诉他大白鲨的最后下场：白胖的香港老板拉开写字桌抽屉，看见十根血肉模糊的手指，惊叫一声，昏厥过去。这十根手指原本长在他的第一操盘手的手掌上，不幸被人快刀斩落，大陆警方一时都找不到头绪……这明明登在报纸上，崔瀚洋亲自看了这篇文章。再说，主力怎么可能把股票放到现在？他震仓洗盘、虚虚实实，对方怎么可能知道他要将红星高科炒到百元之上？如果他提前出货，对方手中的筹码怎么办？……

不会是大白鲨，不会！崔瀚洋摇摇头，对自己说。他自言自语，一遍一遍地重复，看上去像个精神病患者。

黑马成了崔瀚洋的知心朋友，终日陪伴着他。夜里，崔瀚洋懒得回去，就在办公室沙发上睡觉。他向黑马诉说爱情的烦恼：龚晓月走了，林小英疏远了，到头来他是竹篮打水一场空。黑马默默地倾听，天快亮了，他在外间地毯上和衣躺下，草草打个盹。

黑马最早提出大白鲨回来了。他怀疑大白鲨根本未被除掉，一直隐藏着等待时机。他的观点最使崔瀚洋害怕：果真如此，对手的建仓成本只有二十几元，崔瀚洋的建仓成本却达到 50 元（在拉升股价的过程中，他所持有的股票平均买入价也在不停上升）。现在大白鲨进行高空轰炸，崔瀚洋怎么抵挡得住？这场战斗必败无疑。说到底崔瀚洋是被人暗算了，所以黑马主张马上撤退。

不能再犹豫了，老板，我们获利丰厚，出货的空间很大，下决心往下做吧。

我主动跳水？真不甘心呀……我快被大白鲨逼疯了。要能查出这家伙是谁，我非要亲自剁掉他十根手指头不可！崔瀚洋眼中冒火，咬牙切齿地说。

仿佛要回答崔瀚洋的问题，桌上的电话铃响起来，他不耐烦地问一声：谁？话筒里的回答使他弹簧一样蹦起来，居然是龚晓月！你在哪里？我要你马上回来！不，不……崔瀚洋激动得语无伦次，脑袋阵阵发晕。还是我开车来接你，快告诉我你现在的地址！

龚晓月说话声音很轻，很急促，似乎是在一个危险的环境里打来电话：不要提问题，瀚洋，情况很紧急。你赶快出货，否则来不及了！

为什么？请你说清楚一些。

我刚刚得到重要情报，大白鲨就是"十三太保"，就是黄旭！

崔瀚洋深受震惊。但他更害怕从此听不到龚晓月的声音：我知道了。晓月，我想念你，你能马上回来吗？

龚晓月在电话里略一迟疑，很快回答：不可能。时间来不及了，我马上要走。不要再找我，再见吧！

崔瀚洋放下电话，双手抱住脑袋。许久，他慢慢地抬起头来，竟看见黑马泪流满面。他吃惊地问：你怎么了？

黑马摘去眼镜，擦着脸上的泪水说：晓月是个好女孩，你不该这样对待她。

崔瀚洋恍然大悟，原来黑马也暗恋着龚晓月。难怪晓月总是通过黑马向他传递信息。他站起来，走到黑马面前，感情真挚地搂住他竹竿一般瘦长的身体，用力摇了摇。他说：兄弟，帮我渡过难关吧。我们没有其他选择，出货！

崔瀚洋驾车在马路上疾驶。没有目标，没有方向，他只想宣泄胸中无法排解的愤懑。问题清楚了，形势更加严峻。黄旭这只老狐狸，早就设下圈套，崔瀚洋已经成为他网中猎物。他回想事件的整个过程，黄旭的布局渐渐清晰。原来，黄旭在与崔瀚洋合作的同时，又偷偷建立了一个巨大的、可能是史无前例的老鼠仓。他那帮狐朋狗友，所谓"十三太保"在全国各地与崔瀚洋争抢红星高科筹码。于是，股市出现一条神秘的大白鲨。为消除崔瀚洋的疑虑，黄旭又编造了那段血淋淋的断指故事，让他深信大白鲨已被除掉。果然，大白鲨销声匿迹，"十三太保"却掌握着一批低价红星股票潜伏下来。然后，黄旭有步骤地撤出他的资金，并利用崔瀚洋想独立的心情分得一笔丰厚的利润，道一声"拜拜"从此不知去向。当红星高科成为中国第一只百元大股，当崔瀚洋头脑狂热地冲刺绝顶之时，这颗埋伏已久的定时炸弹爆炸了！黄旭将从红星高科获得难以想象的利润，而崔瀚洋则面临万丈深渊。

何等卑鄙，又是何等高明的骗术啊！崔瀚洋愤恨的心情中夹杂着一丝敬佩。黄旭是个很难捉摸的人，他最早发现崔瀚洋的天才，提拔他，利用他，成就他，又毁灭他！黄旭对崔瀚洋总是嘻嘻哈哈，从没说过一句真心话。崔瀚洋真想扒开他的胸膛看看，这人长着一颗怎样的心呢？

崔瀚洋停车。他不知不觉来到青鸟山高尔夫球场。当初，黄旭约崔瀚洋、胡昆在此会面，拉开这场戏剧的帷幕。旧地重游，崔瀚洋有一种恍如隔世的感觉。一位领班模样的小姐笑盈盈地向他走来。崔瀚洋知道黄旭是此地的常客，就向小姐打听黄旭下落。黄老板吗？你是他的朋友？昨天下午他还在这里打球哩。小姐对黄旭果然熟悉，扬起眉毛，对崔瀚洋滔滔不绝地说起来。黄旭今天飞往深圳然后去香港，再从香港飞往美国。他要周游世界。这样的话题黄旭总爱用来向小姐们炫耀，虽然他身边陪伴着一位漂亮小姐。你问那位小姐吗？她常来青鸟山高尔夫球场，陪黄老板打球。她的水平可高了，黄老板不是她的对手……

崔瀚洋驾驶着汽车急速行进。去哪里？不知道。管它呢！但他很快意识到自己正行驶在通往机场的高速公路上。去追赶他们？企图拦住他们并骂他们个狗血喷头？崔瀚洋苦笑，轻轻地摇了摇头。他还是来到机场，泊好车，漫无目的地在候机大厅晃来晃去，行色匆匆的旅客，广播里用中英文一遍遍播报着各航班班次的女播音员的声音，天空中隐约传来的飞机起降的呼啸，这一切混合成奇异的氛围，使崔瀚洋产生莫名的激动。他想，他是来送人的，他要送的是龚晓月。

崔瀚洋可以肯定，陪伴着黄旭的漂亮小姐就是龚晓月。真没想到，她居然打得一手好球。可见她跟着黄旭的年头不短了。崔瀚洋猜想，黄旭的环球旅游计划龚晓月是否有份儿享受？答案也是可以肯定的。她真不愧为一名出色的女间谍，为黄旭立下了汗马功劳。不难想象，龚晓月把美隆公司买卖红星高科的每一笔数据，都及时报告给黄旭。因而，黄旭可以从容地选择最佳时机出货，他对崔瀚洋的一切行动了如指掌。其实，龚晓月第一次出现在崔瀚洋身边，就是卧底来的。她是黄旭的情妇吗？她是高级妓女吗？她是职业商业间谍吗？至今，她的谜一样的千面人性格，仍然令崔瀚洋困惑。

崔瀚洋走出候机厅，仰望蓝天。此刻，龚晓月正在万米高空隆隆飞行，他默祝她一路平安。崔瀚洋相信，刚才那个电话是龚晓月在登机前背着黄旭偷偷打给他的。龚晓月可能并不知道计划的全部，所以她只能提醒崔瀚洋提防黄旭，直到最后一刻，她才明白黄旭与"十三太保"就是大白鲨，急忙将这谜底告知崔瀚洋。仅此一点，足见龚晓月对他怀有一片真情。

如果真的娶她呢？崔瀚洋驾车返回，一路上默默地想。她肯定会帮助崔瀚洋打败黄旭，她将成为崔瀚洋手中的武器，找到黄旭的要害给予致命的一击。一个女人能够决定一场战争的胜负，一次宫廷政变的成败，一笔巨额生意的盈亏，历史上有许多故事可以证明这一点。崔瀚洋想起龚晓月曾经说过：你的前途，还有我的人生，说不定就因为一句话而改变。这句话是什么？爱她，娶她。现在想来，这是崔瀚洋人生十字路口的一次选择。恰巧，林小英推门走进办公室……看来，一切都是天意了。

手机铃声打断崔瀚洋的思绪。是胡昆找他，胡昆的声音带着一点哭腔，问他能不能马上到海滨医院来一趟。他要见崔瀚洋一面，约定在急诊室门口碰头。

崔瀚洋答应了。这个下午他注定要四处奔波，现在他驾车风驰电掣地赶往医院。胡昆的话语使他产生不祥的预感，仿佛一个垂死的病人要抓住一根救命的稻草。他不知道出了什么事情，内心一阵忐忑不安。

崔瀚洋从急诊室的病人堆里一眼认出胡昆，他披着一件军大衣，里面穿一套病号服，两眼茫然地望着前方。崔瀚洋叫他一声，他佝偻着身子快步走上前。胡昆在崔瀚洋耳边小声地、急促地说：我从病房里溜出来，厂里有人看着我哩。出大事了，证监会、市委派出的工作组正在厂里查账，那帮王八蛋要搞垮我呢！……我对你说，那些股票你卖了吧，钱我也不要了。只是，只是你给我的那笔钱，千万别让人知道，小英你也别告诉。兄弟，我这条命就在你手里了，你一定得救救我！

真是五雷轰顶！崔瀚洋不知道自己说了些什么，也不知道自己是怎样走出医院的，只感到天旋地转，路边的楼房一幢幢朝他身上压来。在这种时刻，红星高科爆出丑闻，对崔瀚洋来说意味着什么？祸不单行啊，他连想也不敢往下想了。

崔瀚洋踉踉跄跄钻进车内，拿起手机拨通黑马的电话。没容黑马开口，他就下达了自杀性的命令：弃盘，加快出货速度！不要问价位，只要有人接货就给他。怎么，大白鲨也在抢着出货？那你就直接封跌停板，一股也不让他跑掉！

崔瀚洋疯狂驾车，五分钟后就到达美隆公司。但是红星高科下跌速度更加迅捷，还没等崔瀚洋走出电梯，它已经扑到跌停板上——这仅仅是第一个跌停板！

二

胡昆终于被"双规"，消息透露出来，金融街受到很大冲击。胡昆在这条街上是著名人物，连金水酒家的老板娘也认识他。他贷过许多银行的款，也交过许多朋友。现在到处都有人在谈论他的故事。金融街还有多家银行与胡昆发生债务纠纷。红星集团不仅自己贷款，还为许多濒临破产的公司提供担保。这些公司老板都是胡昆的小兄弟，据说，担保贷款项目之多、数额之大连胡昆本人都记不清楚了！胡昆倒台不啻一场地震，金融街有许多相关人物正悄悄地活动。

胡昆还给 S 市地方官员出了一道难题。红星集团作为本市第二家上市公司，在股市一度辉煌，有着不可取代的影响和地位。市委领导意见一致：红星集团这块牌子一定要保住！然而，证监会有规定，任何一家公司连续三年亏损就要摘牌，取消上市资格。谁能让红星集团起死回生呢？许多人把目光集中到龙飞实业公司。有消息说沈龙飞正在与国资局郑局长谈判，要求收购大部分红星集团国有股。这件事情又在领导层中间引起大震荡，不少干部提出反对意见：不能让国有企业落在私人手里！这不单纯是经济问题，还关系到政策、政治，甚至关系到政府的脸面……

　　作为麻烦的制造者，胡昆的日子当然更不好过，他被隔离在一家小招待所里，接受反贪局的审讯。反贪局将房间全部包下，在这里设了一个点。原来的会议室变成审讯室，胡昆把脑袋低垂在胸前，回答反贪局官员老张的提问。

　　你是说，你在红星集团股票交易中个人并没有获利？

　　是的。公司委托美隆公司投资理财，资金往来数额巨大，全通过银行划账，我怎么可能沾手呢？我是清白的，老张同志……

　　老张不耐烦地摆摆手：你又来了，总是为自己表白。这句话你一进门就说，可是我们查出的问题越来越多！胡昆，你还是老老实实交代自己的罪行吧。我再问你，在炒作红星集团股票的过程中，你有没有做过手脚？

　　胡昆一梗脖子：没有。

　　那么，你和崔瀚洋是什么关系？你们是怎么认识的？

　　听到崔瀚洋的名字，胡昆黑脸膛上掠过一丝不安。但他狡猾地瞥了老张一眼，尽量淡化他和崔瀚洋的关系：金泰证券公司总经理白帆向我推荐崔瀚洋，说他是个优秀操盘手，我就委托了他……

　　等一下，崔瀚洋不是你们厂里的工人吗？你和他不是曾经有过一段恩怨吗？

胡昆的心一下子凉了！他知道老张手里掌握的材料，远比他想象得多。这是一个关键问题，一定要顶住！胡昆挺着胸膛坚决地说：崔瀚洋早就离开了红星木钟厂。这次，我只是与美隆投资公司发生业务关系，而他是美隆公司的总经理。

你们有没有内幕交易？你发布利好消息配合崔瀚洋坐庄，他又以某种方式给你个人回报……老张停顿一下，对胡昆笑笑，还需要我讲得更具体一些吗？

胡昆咬紧牙关：你继续说。我不明白你的意思……

老张锐利的目光停留在胡昆脸上：那么，崔瀚洋为你炒股票是怎么回事？

胡昆口吃起来：不、不是为我炒……是为、是为我老婆炒。那个账户是麻、麻、麻大花的……

老张又笑了：你和你老婆还不是一回事？麻大花炒股发财，你就不花她的钱？

胡昆扭过头去，进行最后的顽抗：发财哪会那么容易？股市涨涨跌跌，说赔就赔，就算崔瀚洋是高手，也难免有失手的时候。麻大花同志没有赚到什么钱，不信，你们去问问崔瀚洋！

老张意味深长地说：我们问过了。崔瀚洋说的和你不太一样……

沉默。僵持。胡昆决心不再说话。

夜深了。老张与做记录的小陈交换一个眼色，又对胡昆说：我们希望你自己交代问题。党的政策你是知道的，我也不必多说。今天就到这里。你回去想一想，自己的出路在哪里？继续顽抗还有意义吗？

审讯结束，胡昆被押回禁闭他的单人房间。

胡昆躺在床上，睁大眼睛盯着天花板。窗外，路灯透过树叶，在天花板投下一片花影。他的神经高度紧张，久久无法入眠。崔瀚洋出卖我了吗？这小子要是供出给回扣的事情，我就彻底完了……胡昆绝望地叹了一口气，从老张透出的口风判断，崔瀚洋已经把他们私下做的交易透露出去了！是啊，连老张都知道他们之间有着说不清的恩恩怨怨，崔瀚洋凭什么要保他胡昆呢？想当初，他挤对、嘲弄崔瀚洋，把林小英抢来给自己儿子做媳妇，这"夺妻之恨"崔瀚洋能忘记吗？弄不好，就是崔瀚洋到反贪局告发了他，以报一箭之仇！怪不得老张盯住红星股票的炒作不放……一着不慎，满盘皆输！从崔瀚洋手里拿钱的时候，怎么就不前前后后多想想呢？胡昆懊悔地闭上眼睛。

一个小孩向他走来。孩子衣着破烂，小脸肮脏，乌溜溜的眼睛直瞪着他，目光充满疑问。他朦朦胧胧地认出那小孩，正是童年的胡昆！贫穷的出身使他在垃圾堆里混日子，依靠打架、争夺肮脏的食物生存。新中国让胡昆成为一名青年工人。第一次跨进红星木钟厂的大门，他激动得喘不过气来！他在心里发誓，为了这个工厂他胡昆可以把命舍上！三十多年过去了，他始终没有忘记自己的誓言。可是，为什么会走到今天这个地步呢？小孩站在他面前，两眼充满疑问直瞪着他。胡昆的心像被谁揪了一把，疼痛地叫出声来……

胡昆醒来。他坐在床沿上，双手抱住脑袋。他很清楚，自己是在一步一步下滑，滑入到深不见底的泥坑！八十年代初他当厂长，公家的东西真是一分一厘也不碰。那时他跑财政，争取拨款，请客时自己不舍得吃肉，往往一顿酒席下来，他的肚子还没吃饱。慢慢地，他就张开了大嘴。当官的都吃，他为什么不吃？胡大嘴自然而然地在酒桌上诞生了。九十年代跑贷款，花样翻新，奇招迭出，吃吃喝喝不算一回事，送礼也要以万元为起点。胡昆曾经陪着东方银行原行长王新，在桑拿浴室泡了三天三夜，换了七八个小姐，才得到那笔高达三千万元的贷款（正是萧长风千辛万苦才讨回的那笔款子）。胡昆一次次拯救红星木钟厂，谁都承认他有功劳。他把自己看作这家百年老厂的救世主，吃点什么、拿点什么也就不在乎了。他给别人送礼，同时也给自己送礼。林小英看见的那对高级情侣表，只不过是一份平常礼物。野心在膨胀，贪欲也在膨胀。红星集团股票上市后，胡昆确实忘了自己是谁！他把从股民手里搞来的资金，都看作他自己的。不是吗？红星木钟厂肯定没有这笔钱，他又无须面对投资者，这笔巨款仿佛是从天上掉下来的，是上帝送给他胡昆的礼物！没有主管局，头顶上没有婆婆，他胡昆一切说了算，还有什么比这种状态更能使他膨胀呢？胡昆买鸿运公寓的房子、买奔驰轿车、包养小舞女……在这种情况下，他从崔瀚洋手里拿几十万元的回扣又算什么呢？从胡吃海喝，到拿礼品，再到收受几万、几十万的现金，胡昆就这样不知不觉地把事情闹大了！真是不知不觉，否则，面对累计起来的数额巨大的金钱，他自己也会吓得膝盖发软……

胡昆铁塔般的身躯轰然倒下。他不是害怕，而是痛心。非常痛心！他胡昆一条好汉，就这样完了，不得善终啊！

胡昆被崔瀚洋害了。林小英也不会放过落井下石的机会，她掌管过小金库，知道许多内情。原以为小英是自己家的儿媳妇，没想到结亲不成反成仇！还有秦水、李信等人，全都靠不住。一帮朋友，变成一群狼狗，胡昆无论如何也招架不住……他痛恨这些人，痛恨这个世界！

胡昆想自杀！黎明前夜色更浓，死的决心像黑暗的天空在他胸间扩展。招待所不是牢房，对看押的人管理并不太严格。桌上放着一只小瓷盆，胡昆既用它盛饭，又用它喝水，现在也能用它来结束自己的生命。胡昆下床，在房间里踱步。只要砸碎瓷盆，搞到一块瓷片，他就有办法将腕动脉割断……

胡昆是一条汉子。走到穷途末路，他的英雄本色也就显现出来。×！叫他们审，叫他们咬，老子死了一了百了！胡昆端起瓷盆，放在唇间，仿佛要把大碗酒一口干掉。活着受辱受罪，还要把钱交出去。死了钱就留给儿子，那一大把存折只有他和胡永波知道……好吧，我就顽抗到底！

胡昆将瓷盆一摔，那玩意儿竟在水泥地上滴溜溜打滚，弄出很大的响动。胡昆火了，捡起瓷盆，往墙上狠命一砸，顿时瓷片迸裂！他怒气冲冲地捡起一块瓷片，在手腕上乱划。手腕开始出血，但他怀疑那不是动脉的血。于是他更加恼怒，凶猛地割自己的脖颈……

胡昆倒在血泊中。他脑子里闪过最后一个念头：妈的，临死还要生一场气！

胡昆并没有死。他弄出那么大的动静，当然惊醒了值班人员。他刚刚昏迷过去，房门就被打开。一群检察院干警将他送进医院。没过一天，胡昆就脱离了险境。

胡昆永远是一杆洋枪。他潜意识里并不想死，所以才死得轰轰烈烈。他应该知道，弄出那么大的声音，谁还能悄悄地走向死亡？

当然，这是他最后一次顽抗。出院后，他就向老张主动交代了问题。并且，以他一贯的豪爽，向反贪局坦白了他隐匿在各处的存折，总共有八十二万元……

三

天下没有不散的筵席，此话在股市又一次得到印证。当高科技股票成为一个神话，千百万基本属于科盲的股民做着发财梦想疯狂追逐它时，这个巨大的泡沫便砰地破碎了。最先戳破泡沫的是一篇刊登在某著名证券刊物上的长文，题目为《红星？黑星？——一个上市公司黑幕调查手记》。其中以翔实的材料，精确的数据，披露红星高科做假账虚构利润，公司管理混乱，领导层胡乱挥霍股民资金等惊人内幕。此文犹如一颗原子弹，在股民们心头爆炸，将他们对于未来的美好憧憬化为片片废墟！

这位聪明得近乎冷酷的作者，却用了一个可笑的笔名：傻巴。真不知道是谁傻，好像他兜头给你一盆冷水还不罢休，又以自嘲的方式来嘲笑别人。无论如何，人们争相阅读傻巴的文章，各种议论纷纷扬扬。而沪深股市在红星高科暴跌的带动下，当日股指急剧下挫近百点。日 K 线图上留下了一根长长的阴线，既给股民以当头棒喝，又宣告股市进入一个漫长的寒冬。

崔瀚洋读着傻巴的文章，出了一身冷汗。他两眼发直，呆坐半天没能缓过劲来。对于崔瀚洋来说，这一打击是致命的！大白鲨偷袭，胡昆出事，使他陷入困境。红星高科已经连跌三个跌停板，他艰难撤退，比红军爬雪山、过草地还要惊险。那篇文章把他和胡昆之间那点猫腻也昭示于天下，叫他这个庄再怎么坐？崔瀚洋叹息：人倒霉，咸盐长蛆，放屁也砸脚后跟！

红星高科继续跌停。这已是第四个跌停板了。股市开盘不久，它就扑倒在跌停板上，像一条赖皮狗。有几次跌停板打开，马上又被抛盘砸回原地。电脑屏幕也显得格外安静。成交稀落，股价线横躺着缓慢延伸，没有丝毫波澜。这样不行，崔瀚洋焦急地想，这是在等死！四个跌停板，他只卖出去一百多万股红星高科，而股价已经从 100 元上方跌到了 65 元。他深深明白，一个庄家，尽可以把股票价格炒上天，但他若不能把股票在天上卖掉，那股票就会像石头一样坠落下来，笔直地坠入地狱！如果不能扭转连续跌停的局面，就没有人敢去碰红星高科，那么从理论上说，这只昔日的明星股即便跌到零，照样卖不出去。它囤积在崔瀚洋手里，变作一堆废纸——不，在电子化交易的今天，你甚至连废纸都看不到！从王子沦为乞丐，这是一个倒霉庄家的真实写照。

崔瀚洋当然不会束手待毙。他又在办公室里转来转去，酝酿一场反击。中午时分，他把黑马叫进来，扬起眉毛问：你说，现在有多少人等待反弹?

黑马点点头:是啊,红星高科跌得太快,做一次反弹,肯定会有不少人跟风。

崔瀚洋从桌上拿起登载傻巴文章的证券刊物,卷成一个筒,在空中一挥,道:这篇文章是最后的大利空,利空出尽是利好,证券市场人士都明白这个道理。我看,今天是做反弹的好时机!

黑马表示同意。这是没有办法的办法,一个庄家面对严峻局势总要有所作为。他们精心制订反弹计划:利用先前抛出股票的资金,以迅雷不及掩耳的手法,猛烈拉升股价,在收盘前短暂的瞬间,甚至可以冲击一下涨停板。当股民们跟风抢反弹时,他们悄悄卖出更多的股票……

黑马担心大白鲨再来偷袭,崔瀚洋摇摇头,说:黄旭有理智,他知道再这样跌下去,谁也逃不掉。他会赞成来一次反弹,说不定还会帮我们一把。

崔瀚洋的判断没错。下午两点钟,他刚发动攻势,就有一股强大的力量加入,与他并肩战斗,将股价节节推高。崔瀚洋笑着骂:你这只老狐狸,这次我非要套住你不可……

出乎崔瀚洋的预料,阻挠他这次反弹计划的不是黄旭,而是白帆。轰轰烈烈的反弹刚展开,黑马就一脸紧张地跑进办公室,告诉崔瀚洋:金泰证券公司的红马甲(场内交易员)拒绝执行买入指令,说是他们刚刚接到白帆总经理的指示,美隆公司的账户只准卖出而不准买入红星高科! 这,这是实行强行平仓呀!

崔瀚洋慢慢地站起来,嘴唇颤抖着说不出话。就他个人而言,利空仍未出尽。他几乎忘了,他与白帆签订的协议中,有一条平仓线,而今天的跌停板已经将平仓线击穿! 白帆有权这样做,在没有还清金泰证券公司的透支债务之前,美隆账户内的红星高科股票已经不属于崔瀚洋了。

办公桌上电话铃响，是白帆来电。他的声音带着一丝歉意，但非常坚定：瀚洋，我开始强行平仓。我必须这样做，希望你能理解我。

崔瀚洋对着话筒喊：不！你等一等，我要马上到你那儿去。

崔瀚洋没有驾车，在金融街上一阵狂奔，登上他熟悉的金泰证券公司的石台阶。他在白帆面前坐下，大口喘息着，久久说不出话来。白帆同情地望着他，脸上却布满爱莫能助的表情。是啊，还有什么可说的？就在这间办公室，他们之间有过一场对话，把所有的问题都讲透了。但是崔瀚洋几乎是靠一种求生的本能，一边急剧地喘息，一边顽强地盯住白帆的眼睛。

给我一次机会，让我做完这次反弹！崔瀚洋央求道。

白帆摇头：不行，风险太大了，我不能承受这样的风险！

我求你求你求你！崔瀚洋大声喊道，眼睛里闪烁着歇斯底里的光亮，你现在实行强行平仓，就会导致一连串跌停板，红星高科就会崩盘。你知道这后果有多严重吗？

白帆眼睛注视着窗外：我不管，我必须平掉透支盘，收回公司的资金。

可是，我就彻底完了！白总，你也是我的哥哥，难道你就那么冷酷？

白帆有些心软，走过来抱住崔瀚洋的肩膀，轻轻晃了晃：唉，别怪我冷酷，我也是没办法。你知道，我是拿股票到东方银行质押贷款的，我与萧长风签有协议，红星高科跌破平仓线，银行方面有权强行平仓。是你哥哥而不是我逼你还债。我给你指一条路吧，找你哥哥去，只有他能救你！

崔瀚洋在金融街上狂奔。他要去寻找救星，拯救一个濒临死亡的溺水者。东方银行的红瓦屋顶就在前面，那鲜艳的色彩燃起崔瀚洋心中的希望。他穿过熙熙攘攘的营业大厅，急步登上楼梯，在行长办公室门口立定，一颗心既紧张又激动而几乎从嗓子眼蹦出来！

他深呼吸，努力把自己的情绪平定下来，然后举手叩门。

崔瀚洋与萧长风对面而坐，他们都明白将面临一场艰难的对话。萧长风挺直上身，等待弟弟说话。崔瀚洋却觉得张嘴特别困难，这是从未有过的感觉。犹如山洪奔腾，却被一道铁的闸门挡住，怎么也无法将铁闸打开。他的脸憋得通红，那对很有特点的细长的浓眉微微颤动，连带着太阳穴的青筋也鼓凸出来。长久的沉默。

白帆打电话来了，说了你的事情。萧长风决定帮弟弟打开僵局，冷静而清晰地说道，你在要求一件不可能的事情，金融街按规矩办事，谁也不能破坏规矩。你应该明白这一点。

我知道。崔瀚洋一开口，就觉得说话变得容易起来。他循着哥哥的语调，也用一种商业性很强的口吻说话，我想向你解释一下红星高科的现状，经过连续暴跌，这只股票的风险已经大大释放。现在我正在做反弹，争取在更高的价位卖出更多的股票……

萧长风一摆手：银行不参与炒股，也不关心炒股技巧，跌破平仓线就必须平仓，这关系到资金的安全。银行必须把安全放在第一位。

可是，这将造成我的资金链断裂，导致严重后果。一旦崩盘，股票卖不出去，你能确保收回资金吗？崔瀚洋开始激动起来。

世上没有确保。你能确保反弹后卖出更多的股票吗？反弹需要资金，你在那么高的价位买进股票，别人趁机出货，你可能丧失更多的资金，制造一次失败的反弹。萧长风显然深入研究过红星高科的走势，十分老到地说，所以，如果让我来选择，我就不停地卖出股票。红星高科名不副实，这样的股票跌得再低，都应该毫不犹豫地出手。你最知道内情，难道不是这样吗？

崔瀚洋被哥哥击中要害，一时竟答不上话来。他急了，一种绝望的情绪在他胸间蔓延。问题的实质在于：不计成本地抛售股票，萧长风可能安全地收回东方银行的资金，而崔瀚洋必定破产！哥哥这种铁面无私甚至冷血的态度，深深激怒了崔瀚洋。他站起来，走到窗前。

好啊，你说得都对。崔瀚洋纵身一跃，跳到窗台上坐着，其实，我早就知道你会用这种态度来对付我的。我来这里，只不过是寻找一个结局。

萧长风从弟弟的眼睛里看到一股不寻常的神情，急忙立起身道：你在那儿坐着干什么？赶快下来！

旧社会，资本家破产就要跳楼。我看，我也到了这种时候了。崔瀚洋神情古怪地看着哥哥，慢慢地拉开铝合金玻璃窗。

凛冽的海风卷着雪片吹进来，整个办公室顿时灌满寒气。萧长风急扑上前，拽住崔瀚洋的胳膊：你要干什么？瀚洋，你发疯了吗？

崔瀚洋身子往窗外倾斜，萧长风用力将他拉回。他再一次把脑袋探入风雪中，萧长风又把他拉回来。崔瀚洋搂住哥哥的脖子，失声痛哭。萧长风轻轻拍着他的脊背，力图安慰他。风雪中，兄弟俩久久相拥。

哥，我就是想看看，你会不会拉我一把。你拉我了，你真的是我哥哥……

崔瀚洋哭够了，跳下窗台，自己将铝合金窗关好。他显得格外平静，转身对萧长风说：没事儿，我不会往下跳。我懂得金融街的铁律，每一个人都要为自己的选择负责，哪怕在你吞下苦果的时候也得微笑。

萧长风说：希望你能理解我，你的要求我无法满足……

崔瀚洋穿上大衣，一边戴帽子一边说：我当然理解，你早就向我发出警告了。那天，你冲着我喊，上帝要谁灭亡，必先使其疯狂！这句话说得真好……

崔瀚洋走出东方银行时，脑子里一片空白。他已经接受了面前的事实：神奇小子的末日到了！

四

崔瀚洋凝视着立在桌面上的索罗斯像，这位外国人神气活现地朝着他笑，像是在鼓励他，又像是在打击他，但更多的是自我炫耀。自从龚晓月送他这幅肖像，他就反复琢磨索罗斯这张笑脸，揣测他照相时的心态。这位传奇的投资家，一直是崔瀚洋心中的偶像。同时，当他踌躇满志时也不止一次地向照片中人挑战：别神气，我会赶上你的，因为我年轻！如今，这幅肖像对崔瀚洋已经毫无意义了，他正在害愁如何将索罗斯先生处理掉。

美隆投资公司寿终正寝，金融大厦管理处正催促崔瀚洋赶快搬出写字楼。员工们都已遣散，只有黑马还陪伴着崔瀚洋。当初为了聘请黑马，崔瀚洋曾答应给他优厚的奖金。现在这笔天文数字一样的奖金显然不能兑现了。崔瀚洋觉得过意不去，便将电脑等办公设备交由黑马处理，胡乱卖些钱权当奖金。但黑马连连摇头，坚决不肯接受。

我们创造了历史，这就够了。黑马打开电脑，指着红星高科的日K线图说，沪深股市从来没有一只股票涨得那么高，跌得那么深。我相信，无论好坏，人们永远不会忘记它。

这的确是一幅罕见的图表。自104元最高点算起，一连跌了十五个跌停板，然后又急拉几根长阴线，一直跌到9.5元方站住脚。飞流直下三千尺，疑是银河落九天。数亿元虚拟价值转眼间灰飞烟灭，崔瀚洋个人损失惨重，半个多月之前，他还身家过亿，现在只剩下一堆垃圾股捧在手中。可以说，他以一亿元的代价画了这张股票日K线图。

我走了，黑马潇洒地说，我们都是浪迹天涯的人，今天你就送

336

我一程。

不，还是你送我。崔瀚洋环视空荡荡的办公室，阵阵伤心，眼眶里涌起了泪花，相信你能理解我的心情，我……不说了，你就送送我吧。

黑马默默地点头。崔瀚洋只从办公室里带走了索罗斯肖像，头也不回地走向电梯。分手时，崔瀚洋似乎想到了什么，又从大衣口袋内拿出肖像，赠予黑马。我把它送给你，祝你来日辉煌。他说，我不能再见这东西了，看了伤心。崔瀚洋挥挥手，从黑马的视线中消失……

崔瀚洋两手空空地走出金融大厦。他仿佛只剩下一具躯壳，灵魂与血肉都丢在三十层楼那家倒闭的公司里了。他轻轻飘飘地在金融街上走，失重的感觉使他深受折磨。我怎么办？今后我怎么走路？崔瀚洋想把这些问题喊出来，喉咙里却发不出一丝声音。他抬起头，仰望金融街上栋栋大厦。曾几何时，他觉得这些大厦变得渺小，现在它们又变得高不可攀了。是的，当他拥有亿万资金，可以站在云端鸟瞰世界。刚刚经历的失败，使他从云端跌落，又变得像一只蝼蚁那般渺小。他不是为失去金钱痛心，而是为失去了力量、失去伟大的感觉痛心！他还能站起来吗？还能在这条金融街上拾回他的梦想吗？崔瀚洋没有信心。这一次打击实在过于沉重，他被打趴下、打扁了！他甚至不如当年那个推销保险的小伙子，小伙子野心勃勃，心中充满希望。而他，元气丧失，精华已尽，成为金融世界大棋盘上的一颗弃子！

崔瀚洋流下眼泪。他意识到，今后可能再也不会回金融街了。然而他深爱这条街，就像运动员深爱绿茵场一样。这种爱将变成难以愈合的伤口，令他永远痛苦……

崔瀚洋病了，病得很重。持续的高烧几乎使他虚脱，终日沉沉昏睡。几次清醒过来，他都看见女人的身影在床前忙碌。是林小英，在他最倒霉的时候，小英又回到他身边。内疚与感激之情交织，崔瀚洋眼噙泪花不知对小英说什么好。林小英却不让他说话，送汤喂药，冷敷降温，以温柔体贴的动作抚慰他的心灵。崔瀚洋闭上眼睛，静静地休养生息。

其实，崔瀚洋在高烧中说胡话时，把一切都说了。资金链断裂的恐怖、朋友暗算带来的伤害、埋藏在心底的对小英难以割舍的恋情、过分的野心导致种种失误使他深深悔恨……这些胡话勾画出崔瀚洋的内心世界，林小英因而对他有了更深刻的理解。

其实，她一直有预感，崔瀚洋最终会与她生活在一起，尤其当他失败的时候！小英默默地等待着，这一天终于来到了。

你真的肯原谅我？你真的愿意回到我的身边？崔瀚洋康复之后，反反复复地问。

小英显得十分豁达：那当然，我没理由不原谅你。还记得吗？我也曾抛弃过你，一比一，咱俩扯平了。现在，我们重新开始！

可是，我把钱输完了，我只是一个普通人……

这样更好。我和你平等，不会受你欺负。我们就做普通人。

崔瀚洋深感欣慰。有了小英，他不再感觉自己一无所有。经历了破产的沉痛打击，崔瀚洋更珍惜失而复得的爱情。他只字不提事业，一心一意与小英过普通人的日子。他的雄心似乎随着大病而去，终日慵懒、闲散。有时候，小英问起他对将来的打算，他就半开玩笑地说：我要向你学习，做一名工人。小英故意打开电视，让他看股票行情。崔瀚洋皱起眉头，说看见这些数字，他脑子就疼。接着，叭地关掉电视。

这一天，萧长风来看望崔瀚洋。看见弟弟那样憔悴，萧长风内心隐隐作痛。但他不表露出来，拉着崔瀚洋走到窗前，让他看春天的景色。花园里百花怒放，绿草盈盈；远山薄雾缭绕，满坡槐树已经吐出嫩芽。萧长风建议崔瀚洋出去走走，崔瀚洋却固执地摇头。

你的病还未好，病根未去呀！不过，我可以治好你的病，因为我最清楚你的病因。

怎么见得？你又不是华佗。

我是银行家。我们在同一个领域奋斗。还记得爷爷说过的话吗？你我相像，不在眼眉，而在于对金融业的天生的热爱，在于我们都有一颗不安分的心！凭这一点，我一句话就能说破你的病因。

你倒说说看。

很简单，你不仅输掉了钱，而且输掉了信心。你把一亿元看得太大，是它把你的信心压垮了！

崔瀚洋沉默了。萧长风确实点中了他的穴眼。片刻，崔瀚洋抬起头，用困惑的目光望着哥哥：在你看来，一亿元不大吗？

萧长风意味深长地一笑。他从公文包里拿出一只信封，对崔瀚洋说：我准备好了锦囊妙计，专来治你心病。你若肯跟我上青鸟山，我在山顶把这信封交给你。怎么样？

崔瀚洋着急了，央求哥哥：别，看完再去，你快把信封拆开，我想知道谜底！

萧长风笑着拆开信封，拿出两张写满数学公式的纸片。他对崔瀚洋讲起利率学，重点阐述复利的概念。从银行家的立场看，暴发并不是财富增长最好的方式，复利往往更持久、更有力，而普通人却忽略了这一点。有这样一个故事：白人曾以低得可笑的价格，从印第安人手中买下曼哈顿岛，谁都说印第安人受了欺骗。可是，一位经济学家算出一笔账，如果把这笔钱存入英格兰银行，以百分之五的年复利计算，几百年来，这笔小钱就变为一个天文数字，用它买回繁荣的曼哈顿岛绰绰有余！这就是复利创造的奇迹。

萧长风问：你有没有十万元资本？

崔瀚洋点点头。

萧长风又问：你有没有把握每年从股市获取百分之三十的利润？

崔瀚洋更有力地点头。

萧长风笑了，把两张写满数字的纸片推到崔瀚洋面前：那么，我已经把你一生可能赚取的财富计算好了。以刚才所说的两点为前提，采用复利计算法，你不间断地投资直至七十岁，十万元资本就会变成十亿三千六百七十一万元！

崔瀚洋瞠目结舌。庞大的数字使他惊讶，哥哥以这种方式展示他的前景更使他惊讶！他拿起纸片仔细阅读，一行一行数字显示着他每年投资的结果，精确到小数点后面两位数。还有这样一些小标题：崔瀚洋三十岁的资产状况、崔瀚洋四十岁的资产状况、崔瀚洋五十岁的资产状况……他的眼睛湿润了，数字变得模糊不清。萧长风以兄长的热忱，银行家的理智，召唤他站起来，继续前进！崔瀚洋得到启示，投资犹如长距离竞走，不仅需要勇气与技巧，更需要坚韧不拔的毅力！

哥，我明白了……我把鸿运公寓卖掉，我把汽车卖掉，足以凑起一百万元的资本！我要回到地下室住，重新开始。我会按照你设定的投资方案，一步一个脚印地前进！

萧长风笑道：现在，我们先去爬青鸟山，登高望远，开阔胸怀！

临出门时，崔瀚洋忽然搂住萧长风的脖颈，动情地说：你真是一位好哥哥，我永远不会忘记今天……

萧长风用力拍拍他的脊背。

又有客人到，林小英开门，见是沈霞飞、沈龙飞姐弟，热情地招呼他们坐。她告诉崔瀚洋，那几天他发高烧，沈家姐弟上来看望过他，还带了一些美国进口药。崔瀚洋表示感谢，萧长风与沈家姐弟也久未见面，在此相遇备觉亲热，你言我语笑声连连。

与哥哥相比，崔瀚洋显得沉默寡言。他有一块心病，很重，如巨石堵在胸口。沈龙飞在美隆公司投入五千万元，委托崔瀚洋全权管理，红星高科一场暴跌，这笔钱几乎泡汤。崔瀚洋自觉愧对朋友，梦中想起也会汗颜。现在，他想把这件事情说清楚，却难以找到合适的切入点。

沈龙飞转过脸看着崔瀚洋，心灵相通地一笑。他说：有一件事情，我一直想问问你。假如我要买股票，涨的时候买好呢还是跌的时候买好？

当然跌的时候买好，逢低吸纳，这是炒股的基本原则。崔瀚洋一边回答，一边纳闷，沈龙飞的问题有些古怪。

那么，红星高科跌得这样低，岂不是为我提供了逢低吸纳的好机会吗？瀚洋，今天我们来，就是想请你出山。我公司希望聘一位投资顾问，拿出一亿元资金，到二级市场收购红星高科股票。我相信，这颗红星不久将再一次闪闪发光！

沈霞飞接着说：龙飞正在与国资局郑局长谈判，如果能够达成国有股转让协议，我们将全面控股红星高科。

萧长风笑道：好一个借壳上市计划，现在正是时机！郑局长我熟，市委领导我也熟，这件事情我可以帮你们的忙。瀚洋，人生处处有机会，眼前就是个好机会啊。

沈龙飞热切地注视着崔瀚洋：怎么样，你不会拒绝我的聘请吧？

崔瀚洋激动得说不出话来，用力点点头。沈龙飞伸出手，崔瀚洋紧紧地握住。这只手把他从失败的深渊中拉出来，他又看见了希望。

我们一定要让红星亮起来！……崔瀚洋喃喃地说，声音有些哽咽。

五

三月八日是东方银行的行庆日，萧长风对此一向很重视。何苇青、曹卫东、柳溪等一帮年轻人出了个主意：今年到山里去搞行庆，游玩、野炊，肯定有意思！萧长风接纳了这个建议，并邀请冷老师和在金融街工作的几位同学一块参加。白帆当然也在被邀请之列，可他正为红星事件忙得焦头烂额，不想参加。萧长风在电话里说：你来，我要介绍你认识一个人，你肯定不会失望！

早晨，萧长风主持开过一个简短的庆祝会，东方银行全体职工和特邀嘉宾便登上大小巴士，浩浩荡荡驶往青鸟山。路上，手机响起来，萧长风接听电话，是市委书记庞子华打来的。庞书记要萧长风赶到市委小会议室，参加一个咨询会。萧长风蹙起浓眉，面有难色。他把野外搞行庆的计划告诉庞书记，并说自己率领大队已经进入青鸟山。庞书记乐了：我也去，我正想向你咨询红星集团资产重组的问题。

萧长风说：那你快来！我这儿有一位客人，你会乐意和他见面交谈。另外，我还邀请了许多金融专家，你就把咨询会搬青鸟山来开吧！

萧长风反复提到的那位客人，正是眼下这场兼并风波的主角——沈龙飞！萧长风是从弟弟口中得知沈龙飞意欲兼并红星集团的。他非常赞同沈龙飞这一资本扩张的战略步骤，并表示给予他坚定的支持！沈龙飞与萧长风多次长谈，推敲兼并方案中每一个细节。今天萧长风将他带来，正是为了向金融界推荐这位年轻而优秀的、新星一般的企业家！

青鸟山立于月亮湾旁。主峰仙人石如鸟首昂然挺立，东西两侧群峰连绵如巨鸟张开双翼，将月亮湾万顷碧波紧紧拥入怀中。东方银行一干人马进入山谷，选中一块平坦草地安营扎寨。枯草下嫩芽萌发，积雪融化随山溪奔流，山谷深处传来布谷鸟的叫声，空气中弥漫着早春的气息。姑娘们忙着收拾野炊用具，小伙子们钻入松林去了。萧长风与白帆攀上一块巨岩，眺望如画的风景，低声谈心。

白帆近来心情不佳，红星事件使他的事业遭受挫折。潜在的对手、对他有成见的领导、平时无意中得罪的部下汇合成一股力量，就此机会向他发动围攻。这一切白帆都能承受，但他花费巨大心力推荐上市的红星集团，竟发现隐瞒亏损、虚构利润的丑闻，实在使他伤心！最近，证监会准备对红星股票实行特别处理，可能打上 ST 的耻辱印记。白帆将失误过多地揽在自己身上，心情十分沉重。萧长风尽力宽慰他，并且把沈龙飞即将兼并红星集团的消息告诉他。

真的？白帆的眼睛顿时亮起来。

拯救红星集团这件事情你还是大有可为的。今天我把沈龙飞也请来了，你和他谈谈，可能会有合作的机会。萧长风平静地说。

白帆拉着他的手就往巨岩下走：你赶快介绍我们认识！

草坪上已经冒起炊烟。萧长风找不到沈龙飞，到处打听他的去向。曹卫东正在烤羊肉串，脸上抹着一道黑灰，他指着山坳中一道堤坝说：刚才，梁行长、杨行长他们领着沈龙飞钓鱼去了。

萧长风掉转头，与白帆一同走下山坡。

山间有一座小水库，是个钓鱼的好去处。梁新民他们却把鱼竿扔在一边，满脸严肃地围着沈龙飞，好像在开会。萧长风拊掌大笑：我领来的这位客人，你们都感兴趣啊！

众人握手寒暄，坐在坝上钓鱼。

梁新民副行长有着难言的苦衷，胡昆从他手中贷款五千万元，用于补充流动资金。这一流动可就不回头了，直到胡昆垮台，梁新民也没能把钱追回来。城市商业银行行长杨扬则是吃了另一种亏：红星集团为强力农用车厂提供担保，使其获得三千万元长期贷款。胡昆亲自找到杨扬，当面拍了胸脯，杨行长才放款。现在，强力农用车厂已经濒临破产，城市商业银行将其告上法庭，红星集团也被列为第二被告。如果首席被告无力偿还贷款，法院将会判定红星集团代其归还三千万元！可是，红星集团还有钱还贷吗？……这些事情都与胡昆有关，都是红星事件的余波。萧长风吃一堑长一智，不与胡昆来往，东方银行得以幸免，未受牵连。他的两位老同学却长吁短叹，为难以追回的贷款深深苦恼着。

应该承认，行长们与沈龙飞结识，得知他将要兼并红星集团，个个喜出望外！这一次野游有了新收获，梁新民、杨扬等拉沈龙飞钓鱼，实则是和他商谈债务重组问题。沈龙飞穿一件灰色风衣，眉宇间英气勃发，与行长们谈笑风生。他极有分寸地透露出收购红星集团的进展情况，而且，他还为红星集团的明天描绘了一幅美丽的蓝图……

如果收购成功，我会尽快处理红星集团遗留债务问题。我在这里承诺，无论是贷款还是担保，新成立的董事会一概认账，并在最短的时间内偿清这些债务！今天认识各位行长很荣幸，希望我们能够建立良好的银企关系，在今后的发展中得到诸位支持！

沈龙飞给行长们吃了一颗定心丸，梁新民、杨扬脸上都绽开笑容。龙飞公司的实力人所共知，因而他们对沈龙飞的承诺毫不怀疑。大家急于知道，沈龙飞何时入主红星集团？对此，沈龙飞淡淡一笑，只说暂时有点小麻烦，就不再往深处谈了。大家不便多问，各自在心中猜测不已。

曹卫东跑来请客人们就餐，他说老毛在烧烤，已经烤得香喷喷了。众人扛着鱼竿随他而去，但没有人钓到鱼。萧长风将白帆与沈龙飞留在后面，为两人做了介绍，他们便兴致勃勃地交谈起来。

手机又响。萧长风站在老松树下接电话，原来是庞书记等人已经来到山下。萧长风先前派了何苇青副行长在路口迎候，此时他正领着庞书记一行人爬上山来。萧长风一边用手机与他们通话，一边顺着山沟往下走，前去迎接。走不多远，就看见庞子华、张大东等人从山脚转了过来。使萧长风感到意外的是，卢燕红也随着市领导们来了！

早知道就把咨询会定在青鸟山上开。专家们都被你引来了，我只找到卢燕红一个，也把她带上山来……庞书记老远就兴致勃勃地喊。

野餐进行得热闹而愉快。从城里带来的羊肉串、鱿鱼、鸡翅、鸡腿等等，烧烤起来别有风味。草坪上青烟袅袅，年轻人放着音乐，跳起舞来。还有一些人则大口呷着啤酒，豪放地唱歌……

萧长风介绍沈龙飞与庞书记等市领导认识。庞书记专注地听他对红星集团的收购计划。沈龙飞略有些羞怯，但讲话条理清楚，层次分明。随着话题的展开，沈龙飞谈到自己对红星集团未来的构想，就变得自信而富有激情，滔滔不绝的话语很有感染力。庞书记一边听一边点头，还不时看看张大东副市长，与他交流一个意味深长的眼神。

在红星集团国有股的出售问题上，张大东是主要反对派。他曾在红星木钟厂工作，对其怀有特殊感情。现在，眼看这家老牌国有企业落入私人之手，他心里觉得很不平衡。因此，他让国资局郑局长向沈龙飞开出天价，致使这笔法人股交易迟迟未能达成。庞书记知道这些情况，亲自来做张大东副市长的工作。今天，庞子华本想召集一些金融专家开个咨询会，就红星集团的前途问题做深入的讨论。这也是促使张大东解放思想，因为S市有许多国有企业要走兼并、资产重组的路子，他作为副市长脑瓜子太保守不行！青鸟山是个好去处，在令人愉快的氛围中工作，往往可以取得事半功倍的效果。

听说小水库能钓鱼，庞子华来了兴趣。萧长风带领客人们又来到堤坝上。大家一边钓鱼，一边畅所欲言，表达各自对龙飞公司收购红星集团的看法。肯定的意见占了绝大多数。杨扬、梁新民两位行长更加积极，他们指望新生的红星集团能够解决恼人的债务问题。白帆从证券市场的角度分析了资产重组的大趋势。他说股份制的推行实际上解决了国有与私有的矛盾，因为上市公司都是公众公司，并不完全属于某一个人。只有调动社会各方面的力量，才能帮助国有企业走出困境……张大东副市长一声不吭地听着大家谈话。

庞子华书记也说话了：红星事件给了我一个深刻教训，一家企业落在胡昆这种人手里，不管是公有制、集体所有制，还是股份制，他都会给你败掉！你们看沈龙飞姐弟俩，从无到有，搞出那么大一个龙飞空调城。这就是对他们能力的最好的证明！让沈龙飞来经营红星集团，不是比胡昆强得多吗？同志们啊，市场竞争会给我们一个公平的结果，我们这些当领导的不要去管具体事情，市场会选择优秀的企业经营者。谁能使红星集团发展，谁能使国有企业发展，就让谁站到舞台中央来！

庞子华说得激动，此时一条大鱼咬住鱼钩，拖着他的钓鱼竿往水库中间游。张大东一个箭步上前，抓住钓鱼竿，将一条大鲤鱼甩上岸来。

他一语双关地对庞子华说：行了，庞书记，我已经大有收获！

庞子华知道张大东已经想通了，拍着他的肩膀大笑。

第十六章

一

柳溪在春天总是精神昂奋，一颗心在期盼着什么、等待着什么。老毛就乘这个时候悄悄地接近她。他更频繁地出入柳溪家，与瘫痪在床的老奶奶更加热络。厨房里、餐桌旁、阳台上处处可见老毛的身影，他似乎名正言顺地成了这个家庭的一分子。柳溪仍然对他感到无奈，既不喜爱他，又不忍心打消他那份热情。大洋彼岸的威尔逊久无音讯，柳溪的思念慢慢地淡了，热烈的心渐渐凉了，可爱的洋小伙子终于退出柳溪的生活。这样，老毛的获胜概率大大提高，他更显得信心十足！

星期天，柳溪早早烧好一罐红烧肉，又去超市买回许多香肠、奶糖、水果……她要去探监，看望正在服刑的江水华。老毛来时柳溪正要出门，她对老毛说：你在家里陪奶奶，我可能要天黑以后才回来。

老毛却固执地摇头，非要陪柳溪一块去：怎么说我和小江也同事一场，我也得去看看她。

你别去，你去我俩说不成话！

你们俩说话，我在门外站着。有我当警卫，你说话还畅快些……

柳溪跺脚：你真烦人，我不想让你去嘛！

老毛正色道：这里到劳改农场有一百五十公里，你一个人坐中巴很不安全。没听说吗？长途汽车经常有人打劫。天黑了，你乘车遇到情况怎么办？不行，我不能让你一个人去冒险！

柳溪拗不过他，只得让他一块去了。坐上中巴，柳溪赌气将脸转向窗外。老毛则轻轻吹着口哨，很好听很快活。柳溪在内心笑了，真拿他没办法！她转过脸与老毛聊天：要是来了三个坏人，你能对付得了吗？

老毛一脸不屑：那还用说，你小看我们侦察连了。

柳溪又问：来五个、十个呢？你打不过他们怎么办？

老毛庄严地望着柳溪：我愿意为你死！

柳溪心头一热，又把脸转向窗外。她被感动了，眼睛有些湿润。真怪，你不太喜欢他，可他偏偏像你的丈夫！……

柳溪坐在小窗前，等待江水华出现。这个用于犯人和亲友交流的小窗，使柳溪想起储蓄柜台的小窗。她感叹江水华的命运，从那个小窗转移到这个小窗，她走过一条什么样的道路啊！江水华的案子去年秋天结了，由于她投案自首，主动退回一百万元现金，得到宽大处理，被判有期徒刑十五年。尤利之死，责任不在江水华，因而免于刑事追究。经历了这样的惊涛骇浪，江水华整个人都变了。春节前柳溪来探过一次监，江水华脸色苍白，两眼发直，好像连话也不会说了。劳改大队的领导告诉她，江水华刚来时犯过轻微的精神分裂症，现在已经痊愈。那次见面，江水华总共说了不到十句话，主要是柳溪在说……

江水华出来了。她依然穿着蓝灰色囚衣，整个人看上去灰蒙蒙的。但她的精神好了许多，眸子里闪动着亮光。她先看见老毛，朝他点了点头。老毛向她问好，简单地说了几句宽慰她的话，就退到屋子门口。柳溪把脸尽量贴近小窗，叫了一声"小江"，嗓子就有些哽咽。江水华在小窗前坐下，望着柳溪微笑。一时间两人找不到话说。

你好些了吗？

好多了。柳溪，你们来看我，我真高兴啊！

给你带来一些吃的，走得匆忙，不知道你还需要什么？……小江，我担心你的身体。你要向前看，别老想过去的事情。

不，我已经忘掉那些事情了。我每天劳动，挣工分，活得很充实。挣工分你懂吗？根据犯人的表现，上级领导给打分。表现好，立功，挣得工分就多。我已经挣下三十多分了，有可能减刑……

小江滔滔不绝地说着，甚至眉飞色舞。她已经完全适应监狱的环境，说起"挣工分"，就仿佛和柳溪谈论当年的点钞大赛。柳溪内心有些诧异，她看见一个健康的江水华！这种状态，自江水华和尤利恋爱以来，柳溪已很久未曾见到了。小江热烈地描绘监狱生活，劳动、学习、伙食、休息……还有犯人们的种种趣闻。柳溪静静地听着，她相信江水华受伤的心灵正在逐步复原。

他怎么样？小江忽然指着正在门外溜达的老毛，低声地问，你和他已经差不多了吧？

柳溪摇摇头：还那样……他老来缠我，真拿他没办法！

这是一个好人，你别看走了眼。柳溪姐，听我一次劝，外表好看的男人往往靠不住，别老惦记着威尔逊了，你要面对现实。

嗯，可我心里……

江水华忽然伤感起来：女人的心呀，就是这样……我被尤利害苦了！想想过去的日子，炒期货，贪污储户存款，逃亡……那真比坐监狱还苦啊！我问自己，女人为什么这样蠢啊？都是迷在"爱情"两个字上……

小江说着，泪如泉涌，顺着脸颊扑簌簌滚下。柳溪心里一酸，也陪着小江落泪。她自责地说：旁观者清，当局者迷。可我这个当姐姐的看清楚了，也没能帮你一把……我常常想，要是我聪明一些，早一点发现你想做那样的事情，我就会不顾一切地阻拦你！那样，你也不会落到今天这个地步了……我觉得，我对不起你！

快别那么说！是我犯下的罪行，后果由我自己负责。我现在一切都好，认罪，服罪，心里特别踏实……只是回想起来，觉得对不起你，对不起东方银行的同志们……

老毛走过来，看见两位姑娘泪流满面，十分诧异。探监时间到了，柳溪和江水华擦着眼泪互相道别。

柳溪说：好好挣工分！

江水华点头：一定！她又叮嘱柳溪：记住我的话，别看走了眼！

老毛看看这个，瞧瞧那个，听得莫名其妙。他们目送江水华退入铁门。

坐上中巴返城，天已擦黑了。太阳飞快地落入田野的尽头，仿佛被谁一箭射了下来。留下一些晚霞残片，也很快被暮色吞没。车厢内空空荡荡，竟只有他们两位乘客。柳溪心头涨得满满的，无数感受翻腾涌动。她深深同情江水华，透过难以饶恕的罪行，她看见小江善良的、受尽蹂躏的心。说到底，她只是一个爱情的牺牲品。爱情对于人如此重要，往往导致无法想象的后果。从这个意义上说，柳溪也处于人生最微妙，甚至最危险的阶段。小江的告诫不能不引起她的重视，错过一个好人，也许会使自己后悔终生！

夜幕笼罩大地。中巴在一片漆黑中急驶。柳溪有些冷，身子蜷缩起来。老毛觉察出来，便大着胆子伸出一只胳膊搂住柳溪的肩膀。柳溪靠着他宽厚的胸脯，感到温暖、安全。她想，现在就是上来几个歹徒，她也不会感到一丝害怕。老毛身上确实有一种她非常需要的东西。这时候，如果老毛俯身吻她一下，她是不会拒绝的。可惜，老毛没动那样的心思，他只是搂住柳溪，以军人的姿态端坐着，目光炯炯地望着车灯照亮的前方……

次日早晨，柳溪参加银行中层干部会议。萧长风在会上宣布了一系列人事变动：由于业务迅速发展，东方银行在东城区新设立一个分理处。原先开发区分理处经理王林，调任东城区分理处经理；柳溪得到提拔，出任开发区分理处主任。柳溪在一片掌声中站起来，双颊绯红地接受了任命。

二

《焦点访谈》是萧长风喜爱的节目，每天吃过晚饭他必守在电视机前用心观看。女儿萧潇与老母亲受他影响，也成了这节目的忠实观众，一家人乐融融地围在电视机旁。这天，严可夫到萧长风家造访，恰逢《焦点访谈》时刻，他只得陪萧长风把节目看完。记者正在采访一位贪污受贿的老干部，老干部穿着囚衣，满脸苦相，痛苦地挖掘自己走向犯罪道路的思想根源……严可夫觉得屏幕上的老干部脸形与自己有几分相像，心里便很不是滋味。

看完电视，萧长风领严可夫进书房，女儿萧潇叫了起来：哟，伯伯送来那么多水果！

萧长风才看见一只很大的果篮放在门厅里。他皱起眉头，话里有几分责怪的意思：老严，这是干啥？我在行里公开宣布过不接受任何人的礼物，你要坏我的规矩吗？

严可夫擦擦大额头上的汗珠，嘿嘿笑道：这算啥礼物？上朋友家做客总不能空着手吧？你不吃，我送给老人孩子吃。

萧长风不好再说什么，一摆手请严可夫坐下。

严可夫从省城回来，已经上了几天班。萧长风仍然让他担任副行长职务，只是没有安排具体工作。严可夫并不计较，对萧长风处处奉承，又鞍前马后干些力所能及的活，在行里反而显得更活跃。

不管开什么会，他总是抢先发言，为萧长风歌功颂德，大唱赞歌。萧长风明白，严可夫改变策略，只是为了在东方银行站住脚。吴副行长有过交代，让他善待严可夫，并且当面叫他们两个喝了和解酒，过去的矛盾似乎烟消云散。因而，萧长风对他很客气，遇事总是征询他的意见，处处表现出尊重。严可夫认为自己得到某种可靠信号，便进一步笼络关系，跑到萧长风家里来了。

萧行长，我听说你要调到省行当副行长。什么时候走？严可夫脸上挂着神秘的笑容，以知情人的口吻低声问道。

这传闻近来挺盛，萧长风本人也多次听说。但他不愿谈这事，蹙着两道浓眉说：老严，组织上还没找我正式谈话，谁说也不算数。走与不走，咱们别去瞎猜，也别对外传播……

你放心，这点党性我还是有的！不过……严可夫隔着茶几把一颗硕大的脑袋凑到萧长风跟前，更加神秘地说，省里的情况有了新变化。刘清远行长得了心肌梗塞，上星期天住进医院，这消息你知道吧？我估计，你的事就是被刘行长的病耽搁下来了。

萧长风眉头皱得更紧，挥挥手说：老严，咱们换个话题吧。我对这些事不感兴趣。

严可夫狡猾地一笑：那当然，你不是官迷，不会把这些事放在心上。我就不一样了，把个"官"字看得太重！萧行长，今天我来是想求你一件事……

什么？

你是栋梁之材，S市这碗浅水盛不下你。你远走高飞之时，能不能帮我说一句话？让我做你的接班人，我保证能把东方银行领导好！

萧长风哭笑不得，这老头当面向他讨官，脸皮子真是厚得可以！他斟酌一会儿，笑着问：老严，你今年多大岁数了？

五十八岁零七个月，就算五十八吧！严可夫精确地回答。

萧长风摇摇头：应该算五十九。这年龄提正行长恐怕有困难。再说，就算提上了，你只干一年就要退休，那又有什么意思呢？

严可夫连忙说：有意思，有意思！不瞒你说，我心中最大的愿望就是当一任正行长，当一年，哪怕当一天也行！上头我都活动好了，省行几位领导和我关系都不错，只要你说一句话，推荐推荐我，这事就办成了！

这老头如此顽强，真叫萧长风无话可说。他正为如何答复严可夫犯愁，母亲推门进屋，说有点事要和他商量。萧长风便跟随老太太走出书房。

母亲把他领到卫生间，神情十分紧张。她指着浴缸里的果篮说：你看看，这怎么办？

萧长风定睛一看，果篮里面有文章！拿去一些水果，便露出大牛皮纸袋，纸袋里装满购物券，大致数一数，足足有一万多元。萧长风脸腾地红了，拿起牛皮纸袋就要往外走。

母亲急忙拦住他：你别叫人家下不来台！我看是不是这样……

老太太在他耳畔如此这般地说了一番话，萧长风渐渐平静下来。他笑着说：行，还是妈有主意！

萧长风回到书房，严可夫正翘首以盼地等着他。你考虑得怎么样？能不能把位子传给我？严可夫更加露骨地问。

萧长风哈哈一笑，说：我又不是皇帝，可以把位子随便传给哪个人。不过，应该说的话，我总会说的……

萧长风敷衍了严可夫几句，又看看手表，打电话叫司机过来，送严可夫回家。严可夫忙说不用，他可以打的，或者散步回家。萧长风执意叫车，表现出对老同志的尊重。严可夫竟十分感动。

严行长，我向你请教，如今办事是不是都像你这个风格？萧长风笑眯眯地问。汽车还没到，他们可以闲聊一会儿。

别看我年纪大，我可是现代人风格！现代生活节奏快，没时间绕弯子。干事目的性明确，直来直去，就像电视上的广告那样。萧行长，这方面你还差一些，还得跟我学！严可夫像是在开玩笑，说出自己的心得。

汽车来了。萧长风陪严可夫下楼。母亲已经在汽车旁等待，手里捧着那只果篮。严可夫一怔，忙问：这是干什么？

母亲笑道：我家孩子不爱吃水果，你还是带回去吧。

严可夫脸皮涨成紫色：这……这也太不给我面子了吧？

萧长风拉开车门，意味深长地说：这只果篮分量太重，我承受不起呀！

他把果篮塞进汽车，挥挥手让司机开车。汽车驶远了，萧长风对母亲感叹：当今的社会风气，能把一个老头变成这样！真是不可思议……

这个夜晚很不平静。半夜，一阵电话铃声将萧长风惊醒。他拿起话筒，是吴副行长从省城打来的长途。萧长风以为吴副行长又来为严可夫说情，却不料吴副行长传来一个噩耗：刘清远行长因心肌梗塞突发，刚刚在省中心医院去世！萧长风惊愕、悲痛，手里拿着话筒一时竟说不出话来。

我建议，你明天就赶到省城来，准备出席刘行长的追悼会！这很重要，你明白我的意思吗？吴副行长话里有话，加重语气说道。

萧长风反问：每个地市级行长都要来吗？

不，这是我的个人建议。萧行长，你还不明白吗？省行确有提你当副行长的动议，现在情况变复杂了。我是把你当自己人，才说这些话的！你想一想，刘行长的去世，势必引起省行领导班子变动。一朝天子一朝臣啊！你必须马上赶到省城，展开活动，与新任行长搞好关系，才能确保你的提升不发生变化！懂吗？

这么说，我不是去吊唁，而是去跑官喽？

一两句话说不清楚。根据我得到的消息，新任行长由北京总行派来，那人名叫苏明，是个女强人。她本来要担任总行副行长的，因为总是和孙鹏行长顶牛，才被发配到外地来……

好吧，我考虑考虑。萧长风放下电话，心情久久不能平静。他觉得自己在官场的旋涡里越卷越深。刘清远行长猝然逝世，使他深感悲痛。可是连对死者的悼念，也能变成一种官场活动。这简直是对刘行长的亵渎！萧长风不愿意这样做，不管吴副行长出于什么样的动机，他的"好意"很难叫萧长风领情。萧长风暗暗告诫自己：千万别为了当一个省行副行长，就把自己变成像严可夫那样的人！他下定决心，从此不再把升迁之事放在心上，除非组织上正式找他谈话。

明天早晨，他要去邮局发一封长长的、充满真情的唁电！

三

东方银行开发区分理处设在一座新盖的大厦底层，门面宽阔敞亮，秋天的阳光洒满大厅内玛瑙红花岗岩地面。办理业务的柜台特别低矮，柜台外侧放着皮椅，顾客可以舒服地坐着，与柜台内营业员小姐对话。这样的设计是为了消除银行与客户间的隔阂，使双方有一种促膝谈心的感觉。整个营业大厅给人以新颖、亲切的印象。

分理处主任柳溪身着海蓝制服，白衬衣衬着红领结，目光机敏，面带微笑，天生一副白领丽人的形象。她轻盈地走过每一个营业员身旁，或弯腰指出业务问题，或低声给以鼓励，显得自信而成熟。当了近一年的分理处主任，柳溪身上透射出职业女性独特的魅力。

中午时分，营业大厅发生一件趣事。一位背着麻袋的农村老汉来到储蓄柜台，麻袋一定很沉重，压得老汉气喘吁吁，满头大汗。保安小马上前帮忙，老汉把麻袋一扔，小马竟没接住，麻袋跌在花岗岩地上发出哗哗啦啦的响声。孙美娇是储蓄柜台的负责人，赶忙上前问个究竟。老汉解开麻袋，露出小山似的一堆硬币！

老汉憨厚地笑着，结结巴巴地说：这些钱……这些钢镚儿，我攒了四十年，儿子要结婚，我拿它盖房子……嘿嘿！

女营业员们都把脑袋探出柜台，惊奇而又好笑：你拿它盖房子，怎么背到我们这儿来了？

老汉急忙解释：不，不！我要把它换成一百元一张的那种纸钱……可是我背着麻袋转了好几个银行，人家都不给换。

孙美娇面有难色，尽量客气地对老汉说：大爷，我们这里也不换钱，你瞧，这是储蓄柜台，你有钱可以存在我们这里。

乡下老汉一脸失望，望着麻袋里的硬币喃喃道：这么说，没地方能为我换钱了……可是，这也是钱呀！对了，我就把这些钱存在你们这里。

孙美娇倒被老汉将了一军，一时语塞。柳溪走过来，仔细了解情况，她果断地说：这钱我们收。大爷，点钱的时间会长一些，你坐在这儿耐心等，行吗？

老汉连连点头。他坐在储蓄柜台外高脚凳上，柳溪端来一杯茶，他喝得有滋有味。那情景惹人注目，好像乡下老汉坐吧台。小马和另外一名警卫合作，将一麻袋硬币抬进储蓄柜台。孙美娇拽拽柳溪，低声说：惨了，这么多钢镚儿，要点到几时？

柳溪从其他柜台抽调来三名女营业员，自己也亲自动手，她对孙美娇笑道：还记得点钞大赛吗？今天，咱们来个点币大赛！

她们从麻袋里一捧一捧拿出硬币，堆放在一张闲置的办公桌上，五人环桌而立，开始点数。数出一大堆，也只有几十块钱。这些钢镚儿很脏，有一股烂泥臭味。叶叶年龄最小，说话没遮拦：哟，那老头敢情把硬币埋在猪圈里吧？引得姑娘们咯咯直笑。

柳溪动作最快，手指拨拉硬币仿佛射子弹。她还对姑娘们说话：这笔生意虽然小，又麻烦，却能为我们东方银行带来声誉。客户对我们的信任，就是这样一点一滴积累起来的……

午饭轮换着吃，食堂里打来的饭菜早就凉了。午间休息，更多的营业员前来帮忙。这一麻袋硬币，足足点了两个半小时，才算点出个结果。总数是一千七百五十八元六角五分。柳溪把存折放在农村老汉手中，老汉从高脚凳跳下来，直喊脚麻。他不知道如何讲感谢话，瞅着存折上的数字憨直地说：咦，那么多钢镚儿，才换了一千多块钱？我还指望它盖房呢……引得营业员们大笑。

柳溪将老汉送出大门，叮嘱他小心躲避往来车辆。保安小马追上来，将那只麻袋交还给他。老汉这才连声道谢，珍惜地把麻袋叠成四方形状，夹在腋下，匆匆离去。

落霞时分，一辆中巴载着分理处员工，沿着开发区宽阔的水泥大道驶回市区。柳溪望着车窗外日暮景色，心中充满愉悦。她热爱自己的工作，每天下班总觉得兴犹未尽。二十一名员工将中巴坐得满满的，他们大多是年轻人，一路上唱歌说笑，车厢内洋溢着青春的欢乐。从开发区到 S 市市区，十五公里的行程转眼就结束了。

柳溪回家，就忙着给奶奶做饭，家中有保姆，柳溪嫌她烹饪手艺差劲，只要有时间她就亲自下厨。其实，柳溪是一位情绪化的厨师，心情好时，她哼着歌曲能炒出胜过饭店的精美小菜；情绪低落，她默默地干活，烹饪水平也就很一般了。天长日久，奶奶躺在卧室床上，只听柳溪的歌声就能猜测晚餐的精美程度。

今晚上的糖醋鱼一定好吃，你的歌唱得像一只百灵鸟……柳溪把托盘放在奶奶面前，奶奶还未尝一口鱼，就望着柳溪笑眯眯地说。

什么呀，我在瞎唱呢……奶奶，今天我帮一位老农数了一麻袋硬币，你吃饭，我讲给你听！

奶奶慢慢地吃鱼，柳溪就把银行里的趣事讲给奶奶听。每天晚餐都是如此，祖孙俩沟通、交流、共享美好时光。奶奶目光专注地凝视柳溪，像是欣赏天赐的艺术品。老人心目中，柳溪不仅是孙女，更是上帝派给她的小天使。她默默祈祷，感激主怜悯一个瘫痪老人，竟给予她如此珍贵的恩赐……

老毛怎么样了？这两天他怎么没来？奶奶受柳溪的影响，也管毛德用叫"老毛"，听起来很有意思。

他忙呢，刚当上我们行里的信贷部副主任，好多工作等着他干……我不让他来，这种时候不能分心。

奶奶目光慈爱地看着柳溪，问道：你们俩怎么样了？你对我说实话，你心里到底喜不喜欢他？

柳溪脸红了：我也不知道……

奶奶笑了：你呀，还惦记着那个洋小伙。照我看，老毛这孩子就挺不错，人长得丑点，可心对你最诚。他还是过日子的好手，你嫁给他不会受累……

奶奶，你别说了！我还要考验考验他……

你考验什么？人不能考验人，只有神才能考验人。

说曹操曹操就到，老毛提着三只鳖兴冲冲地来了。柳溪嗔怪地说：你拿这些东西来干吗？怪吓人的！

老毛道：有一位战友从老家来，带了几只鳖送给我，这东西大补，熬汤给奶奶补养身体。他把鳖放在浴缸里，用脸盆扣好。一阵忙碌后，他方与柳溪在客厅坐定。

与以往不同，老毛显得局促不安。嘴上谈着信贷部的工作，心里却在想别的事情。柳溪很敏感，知道老毛今天有重要事情要谈。她用眼睛瞅着老毛，老毛越加慌乱，借口看老鳖有没有爬出浴缸，跑到卫生间里去了。柳溪的心也莫名其妙地怦怦乱跳。

延宕至午夜，老毛终于道明主旨。他过于紧张，说话都有些结巴：我妈得了白血病，住进医院……她快不行了，让我把这个，这个戒指给你……这是我妈的结婚戒指，也是我奶奶的结婚戒指，你戴上它，去医院看看我妈，也好了结她一桩心事。

他把戒指递到柳溪面前。这只戒指古旧而沉重，镶着一块祖母绿戒面，仿佛凝聚着几代人的恩爱。柳溪不敢去接。老毛拿戒指的手在颤抖，柳溪的心也在颤抖。

我……我可以去医院看你妈，但不能戴这戒指。

你先拿着，不戴不要紧……等到你心里愿意了，把戒指戴上，我一看就明白了！

柳溪无法再拒绝。老毛如释重负，匆匆离去。柳溪独自坐在窗前，手拿戒指发怔。她心乱如麻，思绪万千，不知不觉天已拂晓……

四

柳溪一直在期待着什么。一封来自太平洋彼岸的信，使她面临抉择。威尔逊沉默了一年半以后，忽然写来长长的情书，倾诉衷肠。这既出乎柳溪意料，又在她预料之中。两人曾心心相印，怎会从此杳无音信呢？

威尔逊描述寻找爱情的坎坷。按照西方人实用主义观念，远离柳溪也就远离那份梦幻般的浪漫，他在本国女子中选取生活的伴侣。然而，由于种种原因，几次恋爱都以失败告终。威尔逊巧妙地引用一句中国古诗：曾经沧海难为水，除却巫山不是云。他承认，柳溪在他心中的地位不可取代，他注定要娶一位东方女子为妻。如果柳溪没有忘记他，或者尚未婚嫁，那就是他最大的幸运了！威尔逊还向柳溪透露一个消息：他已获得提升，银行总部派他出任驻 S 市办事处主任，最近他就要飞赴这座美丽的海滨城市。天赐其便，他俩的爱情之路从此变得平坦通畅。只要柳溪愿意，威尔逊将挽着她直接走进婚姻的殿堂。

柳溪念着信，潸然泪下。她心里说不清是什么滋味，只想痛痛快快地哭一场。可是读完信，她又变得十分冷静，坐在自己的卧室久久沉思。柳溪把威尔逊的信放在写字桌上，又把老毛给她的戒指放在信封旁，然后双手托腮，凝视这两份代表两个男人爱情的物件。她仿佛用心灵的天平，仔细衡量哪一份爱情更重。

昨天她跟老毛去医院，看望他病重的母亲。老人伸出枯槁的双手，颤抖着握住柳溪的手。柳溪为了安慰老人，提前戴上老毛送来的戒指。摸到戒指，这位即将结束坎坷人生的妇女，脸上浮现欣慰的笑容。但是，刚离开医院，柳溪就把戒指摘了下来。她还不能真正接受老毛。老毛看在眼里，没吱声，目光幽幽包藏无限遗憾。

其实，柳溪内心早已接纳老毛。只是接纳得比较勉强，连她自己也不愿意承认。老毛的为人、品格无可挑剔，可是他过于现实，不能满足柳溪对浪漫爱情的渴望。威尔逊恰恰在这一点上满足了柳溪。遥远的距离、飘忽不定的感觉又加重了爱情的梦幻色彩，使之成为抽象理念，存在于柳溪的想象之中。现在，一封远方来信使威尔逊也变成现实中人，与老毛并立于面前，要柳溪做出选择！这可真叫她为难，她心乱如麻，一时难以决断。

聪明的柳溪把球传给老毛。这天，老毛到开发区考察一家企业的信用状况，办完了事就到分理处看望柳溪。他与往常一样，乐呵呵地往柳溪面前一坐，说起他参加中央财大函授班的情况。柳溪从手袋拿出威尔逊的信，一声不响地放在他面前。老毛两眼顿时直了，他急急抽出信笺，翻来覆去地看，却读不懂那一串串外文。柳溪便把信的内容翻译给老毛听，老毛脸色渐渐苍白，半天透不过一口气来。

他……他怎么又来了？

你说怎么办？

柳溪叫老毛为她做抉择。老毛艰难地说：我让位。我知道你喜欢他，只要你幸福，我不会妨碍你们……

柳溪瞅了老毛一眼，一阵愠怒从她心中涌起。她从手袋拿出那只戒指，放在老毛面前：那么，你把戒指拿回去。

老毛一怔，不肯去碰戒指。二人沉默着，小小的办公室里空气仿佛凝固。

老毛昂起头来，坚决地说：不，戒指留在你这里。我等着，等你做出最后选择。我相信，总有一天你会把它戴在手指上！

老毛站起来，以一个侦察兵的敏捷转过身，大步走出办公室。柳溪又想流泪。如果老毛真的拿走了戒指，此刻她将是什么心情呢？柳溪不敢想象。老毛已经融入她的生活，像空气，像水，虽然平淡无奇，却须臾不可或缺。刚才那一幕使她相信，在今后漫长的人生道路上，她离不开毛德用这个人……

柳溪掂量着古旧的戒指，戒指的分量竟如此沉甸甸！

老毛并不清楚柳溪的复杂心情。走出分理处大门，他只觉得太阳都是黑的。命运故意和他作对，那洋小子竟然又回来了！好不容易建立起来的爱情之塔，眼看又要崩溃，老毛内心充满绝望。但他努力控制自己的情绪，不让心头的痛苦表露在脸上。他招手拦下一辆出租车，直接驶往市区。他要工作，拼命地工作，以冲淡爱情给他带来的苦涩。

老毛来到中德住宅小区。东方银行推出住房按揭，萧长风让老毛负责这方面业务。中德小区是第一个重点客户。自从龙飞集团兼并红星木钟厂，将其拆迁至龙飞空调城，就在原厂址开发建设中德住宅小区。这里地处闹市，人口密集，推出一批式样新颖、结构合理的居民楼，很受市场欢迎。东方银行为购房者提供十年七成按揭，使得楼盘销售更为火爆！开发商在中德小区设有现场售楼处，老毛手下两名信贷员就在售楼处办公，与符合条件的客户签订贷款协议。这也是老毛的工作重点，有空他就耗在这里。

老毛以异乎寻常的热情，对客户们宣讲贷款买房的优势。他不停地讲啊讲，似乎借此宣泄心中的郁闷。售楼处主任娄建国见他如此卖力，殷勤地端上一杯龙井茶。当年木钟厂的孙猴子，如今也受到重用，调入新成立的房地产开发公司，成为独当一面的干将。老毛不肯喝茶，仍然在那里讲。娄建国深受感动，悄声对售楼处小姐们说：这位银行同志多么卖力！咱们要是像他一样，准能把条件最差的楼层都卖出去！……

临下班时，有一位客户照老毛胸脯打了一拳。老毛定睛一看，那人是侦察连的老战友周方！周方说：好你个毛德用，学会卖狗皮膏药了？

多年未见，分外亲热，两位老战友手拉着手找地方喝酒。

周方做药材生意，已经成了大款，所以从老远的县城赶来Ｓ市买房。老毛说：你发财了你请客，我多叫些人来。

他用周方的手机，叫过来七八个战友。他们在一家中档饭馆要了个包间，热热闹闹地吃涮羊肉。周方乐得满地转圈，没等喝酒先醉了。战友相聚，永远是激动人心的场面。

欢乐暂时冲淡老毛的痛苦。然而纵情饮酒，老毛很快就醉了。酒后吐真言，他对战友们诉说了自己不幸的爱情。他的心坦白得像孩童，说着说着，心头伤口开裂，他就伏在桌上像孩子一般哭了。战友们受他感染，各自想起生活中的忧伤，不由长吁短叹。

周方借着酒劲，拍案而起：侦察连的兵不弄这熊样，哭什么哭？那洋鬼子敢来中国，咱兄弟们亮几招，把他胳膊腿都卸了！

老毛扬起脸说：千万别，千万别！柳溪心里有他，我不会伤他一根汗毛……

周方跺脚喊：我的副连长，你知道如今是什么世道吗？你要得到任何东西，都要去拼，都要去抢！我经商几年，就学会了这一条。咱们不能再做傻大兵，爱情也要动心眼！

我不，只要她幸福，我宁肯为她去死！老毛似乎醒了酒，一字一句说得格外清晰。

周方仰天长叹，抓过酒瓶子，将半瓶白酒咕咚咕咚灌进喉咙。然后他一撒手，人朝后一仰醉倒在地上……

五

威尔逊的归来，并没有使柳溪产生想象中的激动。由于东方银行开会，柳溪甚至没有去机场接他。萧长风正对干部们传达中央金融工委的文件，柳溪有些心不在焉，不时看看手表，算计威尔逊是否已下飞机。行里新发给她一部漂亮的手机，她把手机打开，又老担心手机没电。威尔逊会打电话来的，柳溪回信时已把手机号码告诉了他。想到很快就要与威尔逊见面，柳溪的心怦怦跳。久别重逢，不知道会是怎样的情景。

手机响起来，柳溪慌慌张张来到走廊。威尔逊熟悉的声音在耳畔响起，他抱怨机场出口处找不到柳溪的身影。柳溪解释她正在开会，一时抽不开身，威尔逊说：好吧，我在假日酒店咖啡厅等你。见不着你，我会一直坐在那里等。

柳溪回到会议室。坐在屋子另一角的老毛，向她投来询问的目光。柳溪把脸侧向另一边。老毛很灵，他似乎知道是谁打来的电话。好不容易等到散会，柳溪匆匆走下楼梯。营业部主任周梅梅却叫住了她，说萧行长有事找她，要她马上去行长办公室。柳溪只得反身，悻悻地走上楼梯。

萧长风笑眯眯地望着柳溪，将一张报纸放在她眼前。东方银行开发区分理处为一位农村老汉将一麻袋硬币兑换成纸币，这事迹不知何时登上了 S 市地方报纸。萧长风要求柳溪详细地讲讲硬币的故事，柳溪有些不好意思，还是将那农村老汉生动地描绘了一番。萧长风笑出了泪花，他确实很高兴。接着，他表扬了柳溪，称赞她为东方银行赢得声誉。

我想去你那里一次。最近工作很忙，一直没空到开发区分理处看看。我们开一个会，给全体员工鼓鼓劲！萧长风兴致勃勃地说。

好的。现在就走吗？

萧长风看出柳溪内心的迟疑，他顿了一顿，敏锐地说：你好像有事？那你就直说。我可以在你方便的时候去。

也没什么事……就是，就是威尔逊来了，想让我去机场接他……柳溪涨红了脸，她在萧长风面前不会说谎。

萧长风一拍大腿：你怎么不早说？算了，算了，会议改天再开，你的终身大事重要！还不赶快走？

柳溪走出东方银行大门，打了一部的士，匆匆赶往假日酒店。威尔逊独自坐在咖啡厅一角，已经等了好长一段时间，蓝眼睛流露出焦虑的神情。一见柳溪走来，他高兴地噢了一声，站起身张开双臂。但他似乎想起了什么，克制住自己的热情，礼貌地与柳溪握手。柳溪心里无端地紧张，觉得威尔逊那样陌生，好像从来不曾认识过他。侍者端来咖啡，在柔曼的钢琴声中，他们渐渐展开话题。

首先碰到语言的障碍。威尔逊回到美国，学过的那一点中文很快褪色，面对柳溪他又想以中文唤起亲近感，结果结结巴巴地说出一些谁也不懂的词语。柳溪因为工作太忙，不再像几年前那样到海边背诵英语。并且，因为威尔逊的关系她一学英语心头就隐隐作痛。天长日久也就荒疏了这门功课。用中文无法与威尔逊交谈，柳溪便力图用英语表达自己的意思，可是威尔逊侧着耳朵，一个劲儿说：Pardon？Pardon？（什么？什么？）要求柳溪重复自己的陈述。这就形成一种僵硬的气氛，双方都陷入窘迫的境地。

尽管是艰难的交谈，他们还是弄清了一个主题。威尔逊要与柳溪结婚，柳溪委婉地表示拒绝。威尔逊一走杳无音信，柳溪对此耿耿于怀。威尔逊反复表示道歉，并以西方人的豁达态度劝慰柳溪：人生总有多种选择，我最终选择了你，证明我最爱的还是你。

柳溪摇摇头，以现代城市姑娘的流行观点反击威尔逊：你把我当成什么了？一条领带还是一双袜子？你选来选去像一名挑剔的顾客，选不中就走人，谁还敢相信你？

威尔逊痛苦地捶打脑袋，滔滔不绝地以英语争辩，柳溪听不懂却觉得心里很过瘾。这场谈话最终没有结果，二人在不甚愉快的气氛中分手。

威尔逊要送柳溪回家，柳溪不愿意。威尔逊就陪着她在街上走。夏末的天气已不是那么炎热，马路两边的树荫格外浓密。柳溪穿着一条碎花连衣裙，显示出简朴、雅致的美。高个子洋小伙内心泛起阵阵冲动，却不敢碰身旁的东方女神。他忽然来了灵感，用一连串不准确的中国谚语说服柳溪。他说放下刀子立地成佛。他说浪子回头金不换。他说坦白从宽抗拒从严。柳溪扑哧一声笑了，这些话更能打动她的心。她忍不住想：其实威尔逊这人挺可爱……

威尔逊仿佛听见柳溪的心声，立刻展开反攻。这一带是殖民地时代的花园别墅区，狭长的马路十分幽静。人行道上的法国梧桐树合围粗，他把柳溪抵在一棵法国桐树背后，企图吻她。这一举动激起柳溪的反感，她猛力推开他，皮鞋橐橐地独自离去。威尔逊追上去，请求柳溪原谅。他说：我是狗急跳墙！我错了……

这句俗话却没能引起柳溪的笑意。她站住脚，庄重地对威尔逊说：请你尊重我！你选择过了，现在我要选择。我可能选择你，也可能选择另一位青年人。

威尔逊摇摇头，伤心地说：你变了，确实变了。我知道他是谁，那个老毛。他在你心中占据了很重要的位置，我感觉得出来。好吧，我等待你的选择。我只希望你尽快把最终结果告诉我。

说完这些话，威尔逊独自走了。他的身子有些摇晃，似乎喝醉了酒。太阳在他身后拖出一个长长的黑影。

这一夜，柳溪无论如何没法入睡。她对自己感到惊讶：威尔逊一吻她，怎么会引起她如此强烈的反感呢？过去他也吻过她，她总是半推半就地接受了。而且每一个吻都在她心中留下层层涟漪，难以平息。这一次却没有这种感觉。与威尔逊久别重逢，整个感觉都变了。她有一种失望的心情。爱情从梦中走向现实，原来的色彩便消退大半。柳溪认真审视内心，发现自己很难原谅威尔逊。现在她才明白，威尔逊给她带来的伤害多么深！在爱的光环后面，隐藏着那么多恨。她原来低估了这恨，今天却难以扼制地爆发出来！

柳溪睁大眼睛，老毛的形象在黑暗中凸现出来。老毛穿着那件军大衣，样子有些邋遢。他不如威尔逊英俊，不如威尔逊有地位、有钱，但他有一颗比威尔逊更诚挚的爱心！另外，老毛有一股内在的英豪之气，令柳溪十分倾心。柳溪问自己：你到底要什么？

老毛好些日子没来找她，他在等待柳溪做出选择。威尔逊也在等待。她不能再延宕下去了，必须快刀斩乱麻！

柳溪几乎在一瞬间做出决定。她从床上一跃而起，摸黑拉开抽屉，凭本能准确地摸到那枚戒指。她把戒指紧紧套在左手的无名指上，这是女人订婚的标志。就是他！柳溪叫出声来。她拉开窗帘，清凉的夜风顿时灌满卧室。她长长地叹了一口气，身心无比轻松。

这个决定早已埋在心中。威尔逊的归来只是证实这个决定的正确性。柳溪这样的姑娘可以不要地位、可以不要金钱，甚至可以不要英俊的相貌，但她需要绝对的爱，绝对的忠诚！她相信天下只有老毛能够做到这点，他是唯一的、不可替代的男人。当然，柳溪也有不满足，老毛在某些方面并不尽如人意，可是世上哪有十全十美的事情？她一旦做出决定，长久徘徊于心头的犹豫立刻烟消云散。

柳溪渴望与老毛对话。她有一腔柔情，想尽情对老毛倾诉。她拿过手机，躺在床上拨打老毛的电话。铃声响了许久，话筒里传来老毛睡意蒙眬的声音。柳溪忽然改变主意，想选一个庄重的时刻把自己的决定告诉他。她面带微笑翘动着刚刚戴上戒指的无名指，迟迟不回答话筒里的呼唤。

喂，是谁？再不说话我挂了！

是我。

柳溪？这么晚打电话来，出什么事了？

没事……明天你有空吗？我想和你谈谈。

哦，你要摊牌了！明天中午我去开发区办事，可以到分理处见你。能不能透露点消息？好事，还是坏事？也好让我有点心理准备。

别瞎猜了，见面再说。

挂断电话，柳溪渐渐平静下来。她有了倦意，脸颊贴着戒指，进入甜蜜的梦乡。

第十七章

一

孙美娇最先注意到了柳溪无名指上的金戒指。她大惊小怪地说：只有订了婚的女人，才把戒指戴在无名指上。怎么，你定下要结婚了？那人是谁？快对我说说！

柳溪淡淡一笑，不肯正面回答。她们继续谈工作。

孙美娇是来汇报东海储蓄所的情况的。开发区最东端有一片新建小区，分理处在那里设置了一个储蓄所，方便小区居民。地远人生，不易管理，储蓄所所长经常易人。丁晓是最新一任所长，作风散漫，不负责任，把储蓄所工作搞得一团糟。孙美娇建议撤换丁晓，派一名得力的同志去东海储蓄所主持工作。柳溪很清楚，孙美娇反映的情况属实。那个丁晓是严可夫副行长的妻侄，当年为争稽查部副主任的位子，背地里造了柳溪很多谣言。原分理处主任王林为平衡关系，安排他当了储蓄所所长。这一安排并不合适，但碍于复杂的人事关系，柳溪上任后没将他马上撤换。现在，人事问题已经影响到工作，不能再延宕下去了。柳溪准备亲自到东海储蓄所看看。

这不，今天早晨一上班，曲亚萍就给我打来电话，说丁所长和孟丽吵架，生气走了。孟丽也走了。储蓄所只剩下曲亚萍和蓝兰两位小姑娘，客户一多忙不过来，心里还老害怕……孙美娇滔滔不绝地说着。作为储蓄业务的负责人，她十分焦急。

怎么会这样？丁晓是所长，上班时间擅自离开工作岗位，必须严加处罚！柳溪气愤地说。

这已经不是第一次了。我告诉你，丁晓和孟丽的关系不正常！储蓄所里就数他俩年纪大，又都结过婚，上班时间打情骂俏，根本不把两个小姑娘放在眼里。中午休息，他们就不知钻到哪里去了，总要快到下班才回来，丁晓的脸腮还常常挂着口红。这一次，他俩不知为什么事闹翻了，吵吵闹闹好几天，搞得人心惶惶。我实在没有办法，才来向你汇报！

不用多说了，我马上去东海储蓄所。

分理处的面包车外出办事，孙美娇说等一等再去。柳溪却等不及，出门拦了一部出租车，直驶东海小区。开发区新建的高楼大厦一栋栋向后掠去，柳溪朝车窗外眺望，内心充满焦虑。东海储蓄所是一个薄弱环节，柳溪后悔没有及早予以重视。她与丁晓的关系不融洽，为避免矛盾她尽量不去干预丁晓的工作。想起严可夫背后做的小动作，柳溪就感到一阵恶心。复杂的人事关系不仅妨碍工作，也伤害人的感情。但是，柳溪作为分理处主任，无论如何不能让工作存在这样的漏洞。万一出事，她要负主要责任。柳溪暗暗下定决心，一旦查实丁晓的渎职行为，马上撤销他储蓄所所长的职务。严可夫若出头干涉，她直接向萧行长反映情况。

柳溪想起她与老毛的约会。昨天夜里通电话，她约老毛中午来分理处见面。现在已经十点半了，不知能不能赶得回去。她低头凝视手上的戒指，心里涌起羞涩而喜悦的感觉。怎么对老毛说？我拒绝了威尔逊，从此就属于你一个人了。不，这话她想说，却说不出口。她将面临一场艰难而幸福的谈话。今天是个多事的日子，柳溪既要处理储蓄所的问题，又要解决自己的终身大事。她的思绪也就跌宕起伏，飘忽不定。

对了，老毛看见她手上的戒指，就会明白一切。她什么也不用说，只需翘翘无名指，便可以低下头静静地等待老毛开口……

车身猛地一晃，司机将车停下。前面大概发生了交通事故，堵下一溜大大小小的车辆。柳溪和孙美娇商量一下，决定步行去储蓄所。下了车，她们在人行道上快步前进。这里离东海小区不远，顶多走十分钟就到了。孙美娇抑制不住好奇心，瞅空子又向柳溪提出戒指的问题。

柳溪姐，咱俩是多年的好姐妹，你有了对象还保密，太不够意思了吧？孙美娇不满地说。她长得胖，脚步一急不免气喘吁吁。

柳溪笑道：什么保密？我不是说过了吗？你很快就会知道那人是谁。

可是我性急，你还是先给我透个风吧！威尔逊还是老毛？这两个男人让你为难了好几年，连我都急得够呛。你到底要谁？快把谜底告诉我！

为什么只是他们两个？天下男人多得是，我就不能另找一个吗？

不可能！你这人我知道，不会三天两头变花样。照我看，你肯定选中了老毛！老毛对你那么好，你就是长着一颗石头心也该融化了。那洋人虽然条件优越，可是靠不住。今天来明天去的，说不定哪天就飞了。可要是换了我，我还是会跟着威尔逊……

孙美娇心直口快，嘟嘟嘟一说就是一大串。柳溪故意领她绕弯子，不肯把尚未确定的事情说出来。她们谈起了江水华，哀叹她不幸的爱情。孙美娇要求柳溪下次探监带着她，她也很想看看江水华。当年她们三人共同参加点钞大赛，好一阵风光。现在柳溪当了主任，江水华坐牢，只有她孙美娇保持原状。柳溪告诉孙美娇，小江在狱中表现很好，已经减去两年徒刑。如果继续这样表现，她可能服刑十年就出狱。孙美娇不由感叹：十年后出狱，江水华不知还能找到什么样的男人，什么样的工作……这么绕来绕去，孙美娇就忘了追问柳溪对象的事情。

东海小区一幢幢崭新的住宅楼出现在面前。小区绿化很好，雪松、玉兰、银杏耸立在草丛之间，又有一丛丛玫瑰在夏末的阳光下怒放。储蓄所位于住宅区中间的一条小街，许多网点房尚未出租，铝合金卷门将店面遮得严严实实。行人也很少，小街显得清静冷僻。柳溪心想：待到居民住满新楼，这里会热闹起来的。

柳溪和孙美娇走进储蓄所，两名营业员都高兴地叫起来。她们叽叽喳喳地描述了丁晓与孟丽的吵架经过，表示出强烈的不满。柳溪心情很沉重。曲亚萍十八岁，蓝兰十九岁，把储蓄所丢给这样两位年轻姑娘，丁晓实在不负责任。柳溪进入柜台，在办公桌前坐下，决心等丁晓归来。

曲亚萍说：我们真的很害怕！有时候外地民工进来，假装要存钱，对我和蓝兰讲些不三不四的话，拿我们寻开心。怎么赶他们也不肯走。我说再不走我就按警铃，他们才吓跑了……

蓝兰接着道：刚才还来了三个男人，长得像黑瞎子。其中一个还是独眼龙，瞪着一只眼睛满脸凶相。要不是柜台上安着铁栏杆，我准会吓晕了……不过，他们倒是存了三千块钱，什么话也没说就走了。

柳溪深感事态严重。在问题没有解决之前，她一步也不能离开。储蓄所的安全措施最重要，万一出了意外，这两个小姑娘无论如何应付不了。想到丁晓正四处游荡，柳溪不由怒火中烧！还有孟丽，她也是三十多岁的老员工了，怎么一点纪律观念也没有？柳溪决心抓住这次擅离职守事件，对他俩进行严厉处罚，同时彻底整顿东海储蓄所。她让曲亚萍打丁晓的呼机，一遍遍呼他，直到他复机为止。

时间已到十一点半，孙美娇出去买盒饭。柳溪暗想，与老毛约好午休时见面，恐怕赶不回去了。她拿起手机，打算把这里的情况告诉老毛。又一转念，觉得当着两个小姑娘的面讲话不太方便。于是，她打了老毛的传呼，让寻呼台小姐给老毛留言。

在办公室等我，不见不散。柳溪。

二

任何人都无法预料命运之神将如何出牌。老毛不知道柳溪要和他谈什么，正如他不知道今天中午东海储蓄所将要发生一桩凶案。十二点过五分，老毛走进开发区分理处营业大厅，笑呵呵地向熟人们打招呼。副主任单东将他领到柳溪的办公室，并告诉他柳溪去东海储蓄所的原委。老毛低下头，又一次翻动传呼机的显示屏。然后，他拿过一张报纸，一边阅读，一边静候柳溪归来。

可能是某种预感，也可能是焦虑的心情，使得老毛忽然感到呼吸困难，仿佛办公室里的空气严重缺氧。他坐不住了，扔下报纸走上大街。等什么？干脆去东海储蓄所，找个僻静地方好好和柳溪谈。主意拿定，老毛不再迟疑。他跳上一辆公共汽车，赶往东海小区。

老毛知道结果。昨天夜里接到柳溪的电话，他再也没有合眼。柳溪的声音有一种柔情，那是老毛从来没有感受过的。柳溪终于做出抉择，她选中了老毛而不是威尔逊！从那一刻起，老毛就一直处于极度激动的状态。他反复提醒自己：也许我错了，柳溪会告诉我她要嫁给威尔逊，让我离开。千万要冷静啊！然而，他却无法冷静，他凭一颗热恋中的心，敏锐地感觉到对方心中存在的爱。那爱如激流、如闪电，使他的灵魂颤抖不已！

下了公共汽车，老毛问清东海储蓄所的位置，就迈着军人的步伐前进。马上要和柳溪见面了，一切谜底都将揭晓。如果柳溪戴着母亲的戒指，就说明她愿意做他的妻子。能够娶到柳溪这样一位妻子，老毛简直不敢相信眼前的幸福！他咧嘴傻笑一下，又立即板起严峻的面孔。他要向柳溪发誓，老毛，毛德用，将会永远爱她，为了这种爱，他愿意牺牲自己的生命！

这一誓言与某种命运结合在一起。此刻，一个酝酿已久的阴谋正要付诸实施。三个大汉坐在小酒店里，一边拿着酒瓶喝啤酒，一边窥视街对面储蓄所的动静。他们已经坐在这里多时，不说话，只喝酒。上午，他们去储蓄所存了一小笔钱，知道那里只有两个小姑娘，正是下手作案的好机会。抢劫银行的歹徒大致分为两类：一类蒙脸作案，只取钱不取命；另一类无须蒙脸，因为他们拿到钱，也要将目击者杀尽。坐在小酒店里的三个歹徒属于后一类。他们屡作凶案，每个人都血债累累！他们来到 S 市，凭着野兽的嗅觉，找到这个处于边缘地带的储蓄所。经过几天的观察，他们确定将小小的储蓄所作为自己的猎物，并且已经掌握猎物的种种弱点。现在，他们要行动了。

酒店墙上的老挂钟当地一响，时间整一点。独眼龙放下空酒瓶，慢慢地站起来。他的一个同伴长着兔子眼，嘴唇也像兔子一样不停翕动，动作敏捷地与酒店老板结账。然后，三个人走上小街。正是午休时间，小街更加冷僻，夏末的太阳晒得街上空无一人。一条大黄狗拖着舌头在树荫下匆匆跑过。三个大汉横穿马路，悄然无声地逼近储蓄所。

储蓄所里的姑娘们并未觉察危险来临。丁晓还没有复机，孙美娇骂个不停。曲亚萍和蓝兰都有些困，靠着椅背无精打采。柳溪看看手表，相信老毛已经在她办公室里等了很久，心里十分不安。她终于忍不住了，往自己的办公室打了一个电话。电话无人接，柳溪有些奇怪。她又打了副主任单东的手机，单东告诉她，老毛已经到东海储蓄所来了。柳溪心里埋怨他猴急，却又看着无名指上的戒指，甜甜地一笑。来了也好，有老毛在她心里踏实。今天她要与老毛作决定终生的谈话，此后，她愿意让任何人知道她的幸福。她沉入无尽的遐想……

三个大汉推开玻璃门，走向柜台。蓝兰最先认出上午来过的客人，险些惊叫起来！柳溪感到异样的气氛，站起身，目光投向三个陌生男人。独眼龙拿出存折，往柜台上一放，声音低沉地说：取钱。他的另一个同伴长得像狗熊，悄悄挨近通向柜台内部的小门。

柳溪十分警觉，她从这些男人的脸上看到一股凶气。警铃就在柜台内侧靠墙的地方，她一伸手就可触摸到。但她沉住气，冷静地取过独眼龙的存折，让曲亚萍办理取款手续。兔子有些紧张，屋里不是两个姑娘而是四个！他看看头儿，嘴唇翕动得更快。独眼龙面无表情，一只眼睛盯住钱箱，眸子里闪动着异样的光亮。曲亚萍将三千块钱递给柳溪，柳溪熟练地把钱复数一遍。她脑子里闪过一个念头：这笔钱上午刚存，为什么中午又来取走？她轻轻挪动身体，紧紧挨着警铃。

独眼龙一手接过三千块钱，一手亮出黑洞洞的枪口。枪口直指柳溪的脸，并伴随着独眼龙可怖的低吼：动一动，你的脑袋就开花！

柳溪没有机会按警铃，恐惧扼住她的喉咙。兔子拔出雪亮的尖刀，隔着铁栅栏逼住柳溪的胸脯。狗熊鼓起浑身气力，山崩地裂地一撞，就将柜台小门撞个粉碎！蓝兰发出一声尖叫，晕倒在椅子上。兔子与狗熊闯入柜台内部，直扑钱箱。独眼龙则站在柜台外面，手持短枪，一只独眼既盯着柜台内部的情景，又关注门外的动静……

这一切发生在几十秒之内，那么突然，那么暴烈！姑娘们被赶到墙根下蹲着，双手抱住脑袋。兔子手脚麻利地将一沓沓人民币装入帆布包。狗熊手里拿着一根明晃晃的铁链，四处转圈，口中发出吓人的警告：谁不老实，我就先勒死她！

死亡近在咫尺。听着铁链发出哗哗啦啦的声响，柳溪顿时清醒过来：这帮歹徒不会放过她们，如此明目张胆地作案，就是准备拿到钱后杀人灭口！她感到喉头窒息，仿佛那根铁链已经勒紧她的脖颈。这不是演电影，这是残酷的现实！柳溪决心作最后一搏，只要得到空隙，她将不惜牺牲自己的生命去按响警铃……

谁拿着钥匙？把保险柜打开！独眼龙隔着铁栅栏发出命令。

柳溪站起来。她向曲亚萍伸出手掌，示意她交出保险柜钥匙。曲亚萍茫然地望着她，迟疑片刻，终于把一串钥匙放在柳溪手中。柳溪慢慢地走向保险柜。警铃按钮就在前方，再走两步她就可以发出警报。她知道这样做的后果：子弹、尖刀、铁链都会在一瞬间加诸于她的身体，她将永远告别这个美丽的世界。但是，为了挽救同伴们的生命，她将义无反顾地这样做！

柳溪打开保险柜，侧身让兔子拿钱。就在她准备扑向警铃的一刹那，玻璃门被推开，老毛走了进来。柳溪呆住了，石头人似的一动不动。独眼龙的枪口已经指住老毛的脑袋，低声命令他到柜台里面去。老毛到底当过侦察连副连长，面对惊人变故十分沉着。他甚至对柳溪笑了一笑，好像说别慌，我来了！形势发生微妙的变化，独眼龙似乎也有些紧张。这个突然冒出来的男人，搅乱了已成定局的胜负天平。独眼龙不敢懈怠，手枪紧紧顶住老毛的太阳穴，又偷偷使了个眼神让狗熊下手……

突然，老毛先动手了！他身形一闪，瞬间抓住独眼龙的手腕，使出一串令人眼花缭乱的擒拿动作，只听嘎巴嘎巴骨头断裂的声响，独眼龙的右臂已经几处脱臼，那枪也远远飞到墙角。老毛一个鱼跃去抢枪，狗熊却甩出锁链套住老毛的脖颈。老毛的手指只差一寸就能摸到手枪，但是力大无穷的狗熊把他硬拖回来。老毛身子向上一蹿，后脑勺重重撞击狗熊的鼻子，紧接着转身提膝，一下两下连连撞击他胯间的睾丸。狗熊发出一声长嚎，瘫倒在地捂着私处打滚。兔子擎着那把长长的尖刀从背后刺来，老毛一矮身抓住他胳膊，顺势摔了个大背胯。兔子一头栽倒在南窗下，顿时背过气去……

柳溪早已按响警铃，正以骄傲的心情看着老毛收拾这帮坏蛋。好个毛德用！短短几分钟，就把三个凶神恶煞摆平了。经验丰富的老兵知道那把手枪是关键，丝毫不敢松懈，弯下腰去捡地上的手枪。然而就在这一刹那，躺在地上的独眼龙用完好的左臂，从腰间掏出另一支手枪！待老毛直起腰，发现独眼龙的枪口正瞄准自己的胸膛……

独眼龙肩背抵着墙壁坐起，冷笑着说：别动，你那支枪没子弹！

柳溪声音尖锐地喊道：你别动，我已经按警铃报警了！你想罪上加罪吗？

那么，你先死！独眼龙咬牙切齿地说着，把枪口移向柳溪。

老毛一个箭步跳到柜台跟前，用自己的身体挡住柳溪。他慢慢地举起手枪，瞄准独眼龙的脑袋，微笑道：我敢说，这枪里有子弹！你想和我赌一赌吗？

独眼龙脸上浮现绝望的表情。街上响起警车声，他知道自己的末日已经来临，那只独眼凶光一闪，连连扣动扳机。枪声几乎同时响起，老毛只一枪就将独眼打穿，就像吹灭一盏邪恶的鬼灯！然而他胸前绽开一片血花，鲜血从几个弹孔汩汩涌出。全副武装的巡警冲进储蓄所，老毛腿一软，身子贴着柜台缓缓倒下……

老毛，老毛！……柳溪抱着老毛，发疯一般呼喊。

老毛努力睁开眼睛，看见柳溪无名指上戴着母亲的戒指。他笑了，又把眼睛合上。

尽管柳溪没有听见，老毛却在心中响亮地喊道：我看见了，我知道你会戴上它的……

三

柳溪坐在病床前，轻轻地握着老毛的手。抢救进行了七个小时，医生从老毛胸腔取出三颗子弹，伤势之重难以想象。现在，生命与死亡的搏斗仍在进行。老毛静静地躺在床上，脸色苍白，双目紧闭，似乎永远不会醒来。柳溪一直守候着他，通过掌心的接触，她仿佛将自己的生命源源不断地输入老毛体内。

发生在东海储蓄所的抢劫案件犹如一场噩梦，柳溪怎么也不愿相信那是真的。如果不是老毛及时赶来，她也许早已丧生于歹徒的魔爪。最后的结局还算成功：四位姑娘安然无恙，国家的财产未受丝毫损失。三名歹徒两名被逮捕，一名被老毛当场击毙！然而老毛倒下了，老毛用自己的身体护住柳溪，独眼龙三颗罪恶的子弹全部射入他的胸腔。这一壮烈举动，包藏着多么深厚的爱情啊！只有柳溪心里清楚，那一刻老毛想的是什么。他们本要进行一次有关终身大事的谈话，这场谈话在惊心动魄的行动中完成了。

柳溪急切盼望老毛醒来。她要让他看无名指上的戒指，她要向他倾诉心中的爱，她要让他活着，一辈子保护她……千言万语哽在喉头，老毛却一直昏迷不醒。

许多人来看望老毛。张大东副市长、萧行长、老毛重病在身的母亲、战友们、同事们，他们轮番伫立在病床前，默默地向老毛致敬。他们嘱托柳溪好好照看老毛，就像嘱托病人的妻子。然后他们都走了，只有柳溪一直守在老毛跟前。真的像他妻子！柳溪坚信老毛会睁开眼睛，醒来跟她说话，并顽强地活下去。她耐心地等待着，昼夜不眠。

老毛终于醒了！柳溪激动得指尖颤抖，柔声呼唤他的名字。老毛的眼睛环视天花板，然后定定地看着柳溪，眸子放出异样的光彩。仪器显示老毛心跳加快，他有力气与柳溪说话了。

我在医院里吗？

是的，你受了伤。可是你把三个歹徒都收拾了！

老毛微笑，语气有些得意：几个毛贼，哪能对付正规军！你看我棒不棒？

柳溪由衷地赞叹：棒极了！比我想象的还棒……

老毛略带遗憾地说：可惜，没想到他还有一支枪。

柳溪感激地说：你救了我。我的命是你给的！

老毛捧起柳溪的左手，久久凝视她无名指上的戒指。他的目光柔和深情，令柳溪心醉。他变得庄重严肃，仿佛站立在婚礼的殿堂上，亲吻柳溪的指尖。

他说：嫁给我！

柳溪使劲点头：我嫁给你！

突然，一阵杂乱的脚步打断他们的谈话。柳溪睁开眼睛，看见医生、护士围着老毛的病床忙作一团，正在对他进行抢救！而柳溪自己却蜷缩在沙发上，睡意尚未退尽。她恍然醒悟：刚才的一切是她的梦境，美好而虚幻的梦境！

当医生宣布老毛已经死亡，柳溪几乎不敢相信自己的耳朵。然而现实是无情的，医生撤走老毛身上各种管子，仿佛扯断了他对这个世界所有的牵挂。老毛孤独而宁静地躺在病床上，苍白的脸失去所有生命迹象。柳溪再也无法克制自己，扑向老毛的遗体，放声痛哭……

撕心裂肺的痛。刻骨铭心的爱。柳溪一生没有这样哭过，哭得天昏地暗，大泪滂沱。她喊：你明明在和我说话，怎么忽然走了呢？老毛啊老毛，你睁开眼睛看看我，我已经把你的戒指戴上了！我们的话还没说完，你不能走，不能走……医生护士一边劝慰她，一边掉泪。这位姑娘的爱情感动了每个人的心。

追悼会第二天上午举行。老毛母亲病重不能下床，柳溪代她到医院太平间领出老毛的遗体，一路伴送至殡仪馆。萧长风等银行领导、部分银行员工、老毛的战友们，将殡仪馆大厅挤得满满的。萧长风做了简短而沉痛的讲话，高度评价老毛短暂的一生。他告诉大家，东方银行已向政府有关部门提出申请，要求授予毛德用烈士称号。哀乐响起，众人排队向老毛遗体告别。老毛躺在有机玻璃棺材内，人仿佛缩小了，不像是真人。萧长风对老毛鞠躬，叫了一声"好兄弟"，眼泪就流下来。许多人都哭了。老毛人缘好，又是这样壮烈牺牲，谁不痛心呢？

柳溪表现得很克制。她的面容苍白而哀婉，仿佛一尊大理石塑像。她一直凝视老毛的遗像，相片中老毛生气勃勃，与平时一样随随便便地笑着。他似乎对柳溪说了一句话，柳溪就反复猜测他在说什么。老毛的战友周方站到柳溪身旁，低声对她作了解释：我们当兵的人，就得有视死如归的精神！不管干哪一行，老毛永远是好兵。

威尔逊也来参加追悼会。在金融街上，老毛牺牲这样的消息传递得很快。他一早跑到东方银行，跟着萧长风的车一起来。在众多宾客中间，他高高的个子、金发碧眼的外貌格外显眼。威尔逊很懂礼貌，简单而真诚地问候过柳溪，就不再去打搅她。对于老毛的死，威尔逊表现出真正的哀伤。他伫立在老毛遗体跟前，久久不肯离去。老毛遗体被抬进火化间，他又走到老毛的遗像前面，一动不动地站着。他的心在与老毛对话。他在说什么呢？对这样一位中国情敌，他从心底感到敬佩。由于有了那一段感情纠葛，老毛英勇的形象将深深铭刻在他的记忆之中。

开完追悼会，柳溪才真正接受老毛死去的现实。但是，老毛在生活中留下的空缺，却怎么也难以填补。奶奶经常问：这些日子怎么不见老毛？你又和他怄气了吧？柳溪怕奶奶伤心，支支吾吾不告诉她实情。想起老毛生前那样耐心地照顾奶奶，甚至学会了背《圣经》，柳溪眼里不觉涌起了泪花。

经常发生幻觉。厕所间马桶漏水，淅淅沥沥的流水声闹得柳溪睡不着觉。她想把总水闸关掉，一进厕所就看见老毛在修水箱。柳溪惊讶地后退一步，老毛冲她呵呵一笑，拍拍水箱表示已经把毛病修好。老毛不见了，水箱果然不再漏水。有时候，老毛又在厨房炒菜。柳溪听见响动，就到厨房看看，只见老毛托着一盘红烧鱼向奶奶卧室走去……

萧长风见柳溪精神恍惚，就让她休息几天。柳溪在家里坐不住，天天上青鸟山公墓，守候在老毛墓碑前。她心中有一个情结，总觉得那场谈话没有进行，是她终生的遗憾。柳溪非常后悔：如果那天夜里她在电话中把自己的决定告诉老毛，老毛该多么高兴啊！柳溪在爱情面前过于犹豫，浪费许多好时光，她不能不责怪自己。老毛临终前有没有看见她无名指上的戒指？如果没有，她将更加内疚。情之深，意之切，使得柳溪无法走出爱情悲剧的阴影。

有一件奇怪的事情。柳溪每天到山坡上采集野花，装在一只盛满清水的玻璃瓶里，供奉在老毛的墓碑前。她以这种方式寄托自己的哀思。可是，第二天她来到墓地，发现玻璃瓶旁边放着一束玫瑰。野花每天都换，柳溪要让花朵保持绝对新鲜。玫瑰也每天更新，或白，或红，或黄。连续几天都是如此。是谁像她一样，天天来老毛坟前献花呢？柳溪感到莫大的安慰：世上还有一个人也在悼念老毛。深切的哀思将他们联结在一起，柳溪不再孤独。

他是谁？

威尔逊从松林间走来。他擎着一束红玫瑰，神情肃穆，慢慢地走近柳溪。柳溪顿时明白了他的心意，泪水如溪潺潺流下。他们并肩站立在老毛的墓碑前，低头默哀。从此，他们将共同撑起心头的悲痛。

四

卢燕红觉得蜜月永远度不完。她醒得早，总爱搂着丈夫的脖颈等待晨曦透入窗户。白帆比她小，这一点可能对女人的心理有着微妙的影响。她的爱意常常转化为疼，像疼弟弟、疼儿子一样疼着白帆。特别在黎明时分，她一动不动地躺着，生怕惊醒丈夫，这时候她恨不得将自己融化，永远融入身边这个男人的血液之中……

思绪奔涌。卢燕红并不是仅沉湎于情感世界，新的一天的工作也在她心中酝酿着。总经理李文浩去伦敦商品交易所考察学习，由她主持公司日常工作。期货公司总是充满紧张气氛，仿佛拉圆的弓、绷紧的弦，一分钟不得松懈。于是卢燕红的神经也得这样紧绷着，丝毫不敢马虎。这一行就这特点，风险、挑战、机会时时伴随着你，使你时刻身处惊涛骇浪之中！卢燕红正是喜爱这些特点，才选择了北海期货公司。现在，她处理各项业务得心应手，已经成为期货业的行家。

卢燕红手下缺一员大将，此事一直使她害愁。近一年来，股市低迷，期市升温，许多企业经理找到她，委托她在期货领域投资理财。卢燕红出于政策方面的考虑，决定成立一家投资公司，既隶属于北海期货公司，又保持独立性。她想探索一条新路，在经纪商与代客理财方面做一些尝试。这个取名为新兴投资的公司已经成立，经理人选却迟迟没能落实。卢燕红在金融街上素有巾帼英雄的名声，S市的企业家都认她，非要她当这个经理。卢燕红有自知之明，她明白必须选到一位能为大家赢利的人才挂帅，这个公司才能办好。谁能担此重任呢？……

白帆醒来，一看时间不早，便埋怨卢燕红不叫醒他，他匆匆奔往卫生间。卢燕红穿着睡衣尾随而去，没头没脑地问：崔瀚洋现在在干什么？

白帆边刷牙边呜呜噜噜地说：他在红星高科投资部，帮沈家姐弟炒股票，还常常写股评，文章写得挺不错……

卢燕红沉思道：神奇小子干这些活有点可惜，他应该呼风唤雨，兴风作浪才对呢。

白帆说：喂，你不去准备早饭，老在这儿琢磨神奇小子，想让我上班迟到啊？

卢燕红莞尔一笑，亲一下他的脸颊，脚步轻盈地走向厨房。

卢燕红驾车来到青鸟山那座德式老洋房，找到崔瀚洋家。自从炒作红星股票失败，崔瀚洋就卖掉鸿运公寓的豪宅，搬入爷爷故居。奶奶也去世了，老房空着，正可供小两口居住。大门锁着，她有些诧异。刚才与崔瀚洋通过电话，他答应在家等着，怎么人又不见了呢？卢燕红摸出手机，正想与崔瀚洋联系，却见他从楼梯拐弯处露出头来，笑着向她招手。原来楼下别有洞天，崔瀚洋在地下室盘腿静坐呢。

卢燕红开门见山：你打算在这洞里修炼多久？今天我来请你出山，当一个期货公司的总经理，有上亿元资金给你指挥调动，你有没有兴趣？

崔瀚洋摇摇头。卢燕红把自己的构想，新兴投资公司的发展前景，期货业日益繁荣的局面详细地描述一番，并热切地望着崔瀚洋，希望他眼睛里闪现激动的光彩。但是崔瀚洋仍然冷漠地摇头。

卢燕红有些急，但又很快冷静下来。她理解崔瀚洋，他内心那道深深的伤口尚未愈合。卢燕红环视地下室，阴暗潮湿使人感到压抑，冥冥中又有一种神秘在流动。崔瀚洋盘腿坐在一张单人铁床上，双目微合，仿佛一个得道僧人。天窗射下一道阳光，像探照灯似的照亮墙上挂着的图表。卢燕红一幅一幅地看，这些图表描绘出各种股票的价格走势，也有商品期货的走势图，比如大豆、铜、橡胶……这说明崔瀚洋一只眼睛正盯着期货领域，卢燕红心中有底了。

她又感受到一种冲击。用红蓝铅笔绘制的一根根日K线，并不是静止不动的，它们构成重重波浪，跌宕起伏，汹涌澎湃。这不正是崔瀚洋心态的写照吗？他那颗心永远不会平静。

卢燕红在崔瀚洋对面的椅子坐下，目光坦率而真诚地注视着他。你知道吗？那年在瑞达炒咖啡，我差点活不下去。卢燕红沉浸在往事的回忆中，语调柔和而低沉，我是总经理，我要对一切后果负责。我又是一个女人，哪里经受得起爆仓的打击？那些日子，我整夜整夜睡不着，躺在床上看着天空一点一点发白。个人生活又不如意，精神几乎崩溃……我觉得自己被魔鬼缠住了，真有寻死的心情。她眼睛里涌起泪花，哽咽着说不下去。

崔瀚洋抬起头来，神情疑惑地问：你为什么对我说这些？那段日子我和你在一起，我都知道……

我想告诉你，我和你同样受过打击，知道那种疼痛的滋味。那时候我恨期货，甚至恨咖啡！但是，当我从失败的阴影中走出来，当我能够重新选择我要从事的事业，我偏偏选择了期货。我就不信，这魔鬼一般的东西是不可战胜的！瀚洋，我一个女人都能做出这样的选择，你还犹豫什么？你比我更清楚，期货是金融界的尖端领域，是投资皇冠上最耀眼的宝石。我希望你站起来，勇敢地摘取这颗宝石！我知道你行，所以我来找你。我也知道你心上的阴影，因为我一直像姐姐一样关注着你。走吧，跟我到北海期货公司看一看，我相信，神奇小子的眼睛一定会重新亮起来！

崔瀚洋被卢燕红的激情所打动，从铁床跳下来：你说得对，在我哥哥那帮同学中，你是唯一有过和我同样经历的人。我认你这个姐姐！既然姐姐说了，我就跟你去看看。

卢燕红驾车和崔瀚洋来到金融街。久违的北海期货公司，在崔瀚洋的心中仍留着一份亲切感。电梯升至金融大厦三十层楼，他随卢燕红走进公司营业大厅。从宽阔的玻璃窗向外眺望，辽阔的大海豁然展现。星星点点的岛屿犹如棋子，散布在连接天际的棋盘上。崔瀚洋环抱双臂，眯缝着眼睛，在窗前久久站立，一桩桩往事不禁涌现心头……

营业大厅显得冷清，与炒咖啡时相比，客户少了许多。卢燕红告诉他，随着网络时代的到来，公司大力发展网上交易，现在大多数客户都在自己家的电脑前下单。别看人少，交易量比过去翻了几番。她一边说，一边领崔瀚洋参观主机房、信息部、结算部……员工们纷纷向卢燕红打招呼，她则把崔瀚洋推到大家面前，以夸耀的口吻介绍：认识一下吧，他就是神奇小子崔瀚洋！

卢燕红的真诚、热情很使崔瀚洋感动，他主动问起新兴投资公司的情况。卢燕红领他走进一间椭圆形办公室，屋中央有一座岛状工作台，一圈新电脑都已安好。屋子一角隔出一间玻璃房，挂着"经理室"的铜牌，里面的办公设施也已置办齐全。卢燕红一摆手，说：这儿就是新兴投资公司，万事俱备，只欠东风啊！

卢燕红拉崔瀚洋走进玻璃小屋，将他推到大班椅上坐好。我们有一个新的客户群，卢燕红说，大多是企业经理，他们掌握着雄厚的资金，需要有人帮他们投资理财。不同的老板有不同的需求，张三谨慎，只要得到高于利息的报酬就行，但他绝不肯承担风险；李四大胆，敢和你二八分成；王五既大胆又谨慎，愿意和你共享利润、共担风险……北海期货公司只是一家经纪公司，无法满足这些客户的要求。所以，新兴投资公司就应运而生了。我想请你来扛大旗，你是独立法人，你与这些企业家打交道，根据他们的要求签订各种合同，制定不同的投资方案。你投资，你收益，你也承担风险。当然，你的行为要合法。我们有权监督新兴投资公司的业务活动，并收取管理费、经纪费。总而言之，这家公司在期货界是创新的尝试，我想你也能预见到，它开张后一定会生意兴隆！怎么样，你有没有兴趣接过这面大旗？

崔瀚洋思忖着，刚想说话，就看见一条壮汉风风火火地闯进椭圆形办公室。

嘿嘿，卢总，你躲在这里呀！他朗声笑着，拉开玻璃门，玻璃小屋顿时挤得满满当当，我的大豆怎么样了？再买一千手行不行？

你问他，卢燕红笑着指向崔瀚洋，这是我给你们请来的总经理，神奇小子崔瀚洋。怎么样，听没听说过这位人物？

大汉热情地伸出双手，握得崔瀚洋指关节疼。他用浓重的东北口音说道：你的大名如雷贯耳，相见恨晚啊！卢总经常说你炒咖啡的故事，真神了！我就想，啥时候能请出你来帮我们炒大豆，那才棒呢！我姓彭，叫彭程万。鹏程万里，去掉一个"里"字。我这名有点怪对吧？也好记。今后咱们就是兄弟。

崔瀚洋立刻喜欢上了这条东北汉子，他的热情爽朗富有感染力。卢燕红在旁补充介绍：彭程万是海龙油脂集团的总经理，年加工大豆达百万吨，市场上走俏的"海龙"牌色拉油就是他们的主打产品。彭总精通期货业务，利用大豆合约套期保值，做得非常成功。

彭程万被她夸得不好意思，打开桌上的电脑说：得了，别班门弄斧了，咱们还是看看大豆行情吧！

崔瀚洋对彭程万有一种好奇心。在这个行当里，他所接触的人基本都是投机客，像彭程万这样一位大型企业的老总，究竟如何在期货市场活动呢？他侧脸看看彭总，只见他一脸严肃，嘴里低声嘀咕：还跌，还跌……

崔瀚洋忍不住问：你是做多呢，还是做空？

卢燕红明白崔瀚洋心中的疑团，笑着说：彭总上个月在美国买了一船大豆，万吨巨轮横穿太平洋至少要一个月，他担心大豆价格下跌，船靠了岸就亏本，择机卖空三千手三月份大豆合约。这一个多月大豆果然暴跌二百多点，那一船美国大豆亏了，但彭总在期货市场赚得一千万元的利润，足以弥补豆价波动给企业带来的损失。

崔瀚洋忍不住赞叹：妙哇！这样炒期货真有意思。

彭程万敲敲键盘，调出大豆一泻千里的走势图，对崔瀚洋说：大豆跌得不像话，两千元大关也破了，实在过分。再跌，跌到1950元一吨的价格，我们海龙集团全盘接单，明年一百万吨大豆原料就全部从期货市场买进。卢总，你看他们交得出那么多大豆吗？

卢燕红笑道：你呀，想把空头投机客一网打尽。不过你真要动手，态势反转，他们就会斩掉空头头寸，追随你做多头了。瀚洋，近来大豆期货特别活跃，大量游资参与炒作，这就为生产企业套期保值提供了条件。这可是期市新特点，与前几年空对空地爆炒咖啡大不一样。

崔瀚洋诚恳地说：我真觉得自己要从头学起。彭总，既然咱俩交了朋友，你能不能给我提供一个机会，让我深入海龙集团考察学习呢？

彭程万一把握住崔瀚洋的手，用力摇晃：热烈欢迎，待会儿咱俩就坐车去厂里看看！

崔瀚洋忍住疼痛，又提出一个请求：还有，我们的新兴投资公司要搞股份制，我恳请彭总入股，参加我们的队伍……

彭程万一高兴，握手握得更加热情：太好了，咱们取长补短，准能成为大赢家。

卢燕红急忙插话：我也有一个请求，彭总，请你先松开手吧。

彭程万手一松，崔瀚洋抖着手腕吸溜吸溜转圈。三人大笑。

五

崔瀚洋一觉醒来，时间已过中午。秋天的阳光洒进卧室，映得天花板上一片灿烂。崔瀚洋仰面躺着一动不动，希望保持目前状态任光阴的河水漂流。宁静，安逸，体验着真正的自我，这是一种近乎奢侈的享受。对于崔瀚洋来说，这样的享受越来越必不可少。寻回胎儿安卧母腹的感觉。品味人的原初状态。崔瀚洋朦朦胧胧地醒悟到某些哲理，语言无法表达，他却能抓住生命中某一片刻，充分地体验它。

这是红星风暴在他精神世界留下的痕迹。风暴早已过去，他整个人也完全复原，但这种痕迹仍难以消除。就像楼下花园，虽然月季盛开，雪松苍翠，冬青墨绿，但秋意为这幅画卷抹上一层底色，总有几分苍凉之意。这就是人们所谓的成熟吧？成熟了，秋意也浓了。崔瀚洋觉察到自己身上发生的变化，对此，他摇头苦笑。他懂得了珍惜，对生命中最可宝贵的东西一定要珍惜。攥紧，片刻不放松。就连大梦初醒，宁静中若有所感、若有所思的瞬间感觉，崔瀚洋也不肯让它轻易消失。

但是崔瀚洋仍然困惑，究竟什么是生命中最宝贵的东西？为什么卢燕红一番鼓动，他就跟她去了北海期货公司？为什么他在海龙公司逗留几天，看见刚从德国进口的最先进的压榨设备，看见大豆源源不断地运入巨型仓库，他就忍不住为中国日益强大的压榨企业大声喝彩呢？噢，他想起来了，昨晚彭程万请他喝酒，两人谈到海龙集团的前景，彭总雄心勃勃，豪情万丈，与他连干多杯白酒，终于将他放躺，醉卧到现在。这位东北汉子与崔瀚洋已成莫逆之交，他的火辣辣的豪情仍在崔瀚洋心间燃烧。问题在于，他的一颗心怎么这样容易燃烧呢？他无法按捺自己，卢燕红请他出山为他提供了一个盼望已久的机会。是的，他基本决定接手新兴投资公司。这无疑开始了一场新的冒险，谁不知道期货业野兽凶猛，惊浪涛天哪？可是崔瀚洋像一匹战马，闻到战场的气味就要嘶鸣，就要跳跃！他的一颗永不安分的心，属不属于生命中最宝贵、最值得珍惜的东西呢？

崔瀚洋坐起来，感到头还有点疼。他穿上衣服，又坐着发愣。他凝视着对面墙上的警示物：爷爷留下的银铃。小英买来一件草编饰品，是一位老人头戴斗笠，叼着烟斗，坐在船上钓鱼，造型风趣，妙味横生。小英就把银铃挂在草编老人的斗笠上。风一吹铃声悦耳，老人似乎活动起来。新婚的妻子最会揣摩丈夫的心理，这件警示物被小英处置得非常巧妙。崔瀚洋看着草编老人，就觉得是爷爷在海里钓鱼，他甚至听见隐约传来的老人的咳嗽声。爷爷是在警告他吗？老人家肯定反对炒期货。他希望孙子接受教训，不要再拿剩余的资产去冒险。

崔瀚洋尚有不菲的资产。沈龙飞全面收购红星集团，使得股价大幅飙升。崔瀚洋手中一大堆红星股票本已沦为垃圾，现在重新有了价值。卖掉鸿运公寓、宝马轿车也使他掌握着几百万元现金。沈家姐弟厚待他，给他一个董事头衔，又让他当投资部经理，月薪也有不少。日子很好过。在一般人看来，这样的日子简直赛过天堂。可是，崔瀚洋却不满足，总在期待着什么。

沈龙飞不赞成炒作股票，所以崔瀚洋这个投资部经理几乎无事可做。他很想为公司效力，但各种业务都不熟悉，无从下手。每次去公司，无非开开会，发表一些空泛的议论。红星老厂熟人太多，他也不好意思到处乱转，就钻在自己的办公室里喝喝茶、翻翻报纸。闲得无聊，他就写一些股评文章，指点江山，激扬文字，居然也赢得一片喝彩。但这又有什么意思呢？夜里，他搂着妻子长叹，小英问他有什么心事，他说从来没享过这样的清福，怎么浑身不自在？小英嗔怪道：你这个人，一天不折腾就难受。你呀，还是到洞里去吧！

她说的洞，就是那个地下室。真怪，崔瀚洋只要走进阴暗的地下室，在铁床上盘腿坐定，眼睛一闭，就仿佛进入了战场。投资领域的惊涛骇浪在他脑中显现，各种机会如星星在他眼前闪烁。他在想象中纵横捭阖，奔腾驰骋，重新恢复自己的原形——活力四射的神奇小子！几个时辰之后，当他走出地下室，脸上竟焕发出照人的光彩，神气十足地登上楼梯。小英说他像一个瘾君子过足了瘾。他也承认，这一辈子恐怕戒不了毒了——假如投资也算毒品的话。

与生俱来啊，真是没办法！崔瀚洋自言自语道，对着墙上的草编老人做个鬼脸，说到底，我还是像某个人了。

崔瀚洋想起一件事情。他迅速跳下床，手脚麻利地穿戴整齐，奔向卫生间。小英为他备好了早饭，点着煤气一热就行。她知道丈夫爱睡懒觉，上班前总要将一切安排好。崔瀚洋一边狼吞虎咽地享用早餐，一边心疼妻子：小英怀孕五个月了，还坚持上班。在这类问题上，小英还像过去一样固执，她永远不会放弃自己的工作。崔瀚洋摇头苦笑：不是一家人，不进一家门，她和我一样有些古怪……饭罢，崔瀚洋推开碗筷，一抹嘴奔出门去。

一片艳阳天。青鸟山一带种着许多枫树，五角枫叶犹如儿童手掌，连片成排，映红起伏的山峦。崔瀚洋深呼吸，海洋上飘来的湿润空气浸透他的肺腑。好爽！今天是一个特殊的日子，他必须与哥哥共同度过一段难忘的时刻。他掏出手机，与萧长风通话。

哥，你在哪里？我要去你家，请你帮我解一道题。

手机中传来萧长风爽朗的笑声：你来吧，我正在家中写一份报告呢！酒，我已经准备好了。

崔瀚洋怕打扰哥哥，有意在青鸟山多遛几个弯儿。待他来到萧长风家，却见哥哥仍在电脑前修改文章。他熬夜了，眼睛布满血丝。

崔瀚洋问：什么文章这么要紧？还得劳你行长大驾。

萧长风说：我们总行行长，是财大的原副校长，我跟他读过书。前几天孙鹏行长与我通电话，让我谈些思路，我就建议东方银行加强股份制改造，增资扩股，力争上市。孙行长很感兴趣，让我把建议细化，写一份报告。老师催得紧，学生敢不交作业？这不，我一天一宿都忙在这文章上。

崔瀚洋点头：你又抢了先招！对银行业来说，上市是一条好出路。哥，今后你也得跟股票打交道了。

这方面你是行家里手，今后可得多给我出出主意。哦，你要我帮你解题，是什么难题呀？

崔瀚洋就把卢燕红找他，请他出任新兴投资公司经理的事情告诉萧长风。萧长风从弟弟的眼神中看见了犹豫，更看见了激情，便心中有数。待弟弟把话说完，他毫不犹豫地表态：干！每个人性格不同，才智不同，你就适合干这行。我从不反对你冒风险，只是希望你在风险中保持理智。你有特长，抓住机会发挥自己的特长吧！

崔瀚洋受到哥哥的鼓励，眼睛闪亮，很是兴奋，但他又想起一件事，不免面有难色。可我还有一个难题，他说，我不能当空头经理啊，我得往新兴公司投资。我的资金主要集中在红星股票上，这些股票又不能卖，你说我怎么办？

为什么不能卖？萧长风偏着脑袋问。

我是红星高科的董事，沈家姐弟在我最困难的时候拉我一把，我一辈子也不能忘记这情分。现在，我怎么好意思卖掉股票，退出红星集团呢？

萧长风笑了：沈龙飞是你好朋友，你在事业上有了新的选择，他怎么会不高兴呢？照我看，你可以把红星股票卖掉，将资金投向期货公司，沈家姐弟就希望你站起来，一定会支持你！这件事情由我对他们说，你不必为难。

停一停，萧长风又说：你知道吗？沈龙飞刚才来过电话，今晚上他要和姐姐到我这里来聚会。

真的？崔瀚洋高兴得站起来。

第十八章

一

红星集团被沈龙飞兼并后，发生了巨大的变化。首先，原来的传统木钟停止生产，转而生产专供出口的工艺品木钟，销路大畅。老厂搬迁，搬入空调城，工人的生产、生活条件大为改善。原厂址位处市中心，改建住宅楼，推出中德小区销售火爆，集团由此跨入房地产领域……这一系列措施，打开一个蒸蒸日上的新局面。

林小英被提升为车间主任，可她不愿接受这一职务。工艺品木钟公司总经理管为民找她谈话，她涨红了脸，犹豫半天才说：我怀孕了。管为民做惊喜状，开了几句玩笑，答应了她的要求。

其实，怀孕并不是主要理由。林小英不爱顶个主任之类的官衔，她对自己目前的状况很满意。老厂被兼并之后，小英被选送到工艺美术学校培训一年，从此对艺术行当入了迷。她心灵手巧，颇有天赋，总能为木钟设计出一些新颖精美的图案。她还喜欢亲手操作，或雕或描，将一台台木钟制成艺术品。而过去木钟总是那样一副呆笨的样子。林小英渐渐成了公司的技术骨干，人们尊敬她，遇到难题请她帮忙解决。她曾由于种种原因坚持当工人，现在工人这个概念对于她有了新的意义。

林小英确实步入崭新的生活。龙飞公司蒸蒸日上，每个工人都有一种昂奋的感觉。工作很累，但工资很高。当然，工资与效益挂钩，工人们对自己的工作都有很强的责任心。工艺品木钟公司利润连连翻番，连林小英都感到诧异。同样是造木钟，过去老是亏，小英甚至认为木钟天生是赔钱的东西。而现在她亲眼目睹，运往海外的漂亮木钟竟能赚回那么多外汇！于是，她对公司、对自己的前途充满信心。

　　林小英喜欢在空调城漫步。最近，总部决定将空调城改名为龙飞高科技工业园。新近兼并的新潮电脑公司也搬入园区，整个工业园面积扩大了许多。不管叫什么名称，林小英对这片土地有一份真挚的热爱。厂房与厂房之间的开阔地带，是一片片青翠的草坪。繁花似锦，绿树成荫。总部楼前国旗、厂旗成排挺立，威风凛凛。新建成的工人之家犹如一座巨轮，其中有工人食堂、电影院、舞厅、KTV……巨轮就载着一个欢乐世界缓缓前行。草坪上镶嵌着腰子形游泳池，一湾清水湛蓝湛蓝，让人看着心情舒畅。午休时间，林小英就沿着水泥甬道散步。深深呼吸，可以闻到花圃飘来的阵阵幽香……

　　林小英没把怀孕的事情告诉丈夫。她自己到医院去做检查，努力掩盖妊娠反应。她想保留一份喜悦，让崔瀚洋自己发现这个秘密。想一想吧，当她肚子一天天大起来，崔瀚洋终于在某一天瞪大眼睛，问：你怎么了？他把手放在小英的肚子上，摸到了欢跳的婴儿，惊喜万分，不知所措，该是一副什么傻样子啊！林小英内心充满幸福。她怕过于耗费，便将幸福小心翼翼地攒集起来。

　　崔瀚洋忙于研究期货，经常半夜才睡。这个粗心的家伙，竟没有发现妻子身体的变化！不过，林小英还是对他很满意，他变得沉稳，沉默，增添一种儒雅之气。对比过去那个呼风唤雨的大亨，林小英更喜爱现在的丈夫。

老红星木钟厂的工人自有一份情感，相隔一段时间，他们就要聚会。娄建国是召集人，管为民是当然的主持人。大家仍然称呼管为民管科长，吵吵嚷嚷让管科长买单。聚会选在便宜实惠的酒店，物美价廉，管为民在账单上签个字就能拿回公司报销。参加宴会者都是当年支持管为民、反对胡昆的骨干分子，因为有了这样一份资格，喝起酒来个个都很自豪。林小英也在被邀请之列，她不喝酒，静悄悄听大家说话。她珍惜老厂工人之间这种友情。

这天，林小英又接到娄建国的通知，让她去解放路恒德饭庄吃晚饭。小英正在娘家看望老父亲，娄建国打来电话，林德模在一旁听着。老头就发开牢骚：怎么不叫我？我也是红星木钟厂的老工人。他又试探地问小英：你们现在换了私人老板，工人闹不闹事？小英回答不闹，林德模遗憾地摇摇头。

要闹事。不闹事工人阶级就没力量！

林小英不听父亲瞎扯，出了门往解放路赶。她迎面撞见一个人，那人叫住了她。林小英半天才认出，站在面前的是胡昆的儿子胡永波！胡永波一脸憔悴，胡子老长，秋风一刮就蜷缩着脖子好像很冷。林小英十分惊讶，胡永波怎么会变成这个样子？胡永波告诉她：红星木钟厂被兼并他就下了岗，至今找不到工作。父亲胡昆因贪污罪被判十年徒刑，家里生活十分困难。他可怜巴巴地望着小英，请求她帮个忙。

你对管为民说说，让我回厂干活吧。当个学徒工也行……

我说没用。现在是股份制公司，和过去老厂完全不一样。

求求你，看在过去的分上，帮我一把吧！

胡永波的话使小英怒火中烧！胡永波骄横跋扈的时代，正是小英最痛苦的岁月。他竟有脸提"看在过去的分上"。生活真会嘲弄人：林小英沐浴在幸福的阳光里，胡永波却像一只寒号鸟，哆啰啰哆啰啰地哀求她。想到这一点，林小英又对他产生了一丝怜悯。

林小英把老厂工人聚会的事情告诉他，让胡永波跟她一块去，当面恳求管为民，可能还有点希望。胡永波一阵欣喜，跟着小英走了几步，却又停住脚。他摇了摇头，说：我不能去，他们都是我爸的仇人。

　　小英向他解释：哪有仇人？大家生活得很好，早把仇恨淡忘了。

　　胡永波还是摇头：不行，太丢人了！

　　林小英只得望着他离去。他踽踽独行的背影，淹没在下班的人流中。

　　恒德饭庄的大圆桌旁坐满了原红星木钟厂的工人，气氛热闹融洽。大家挤了又挤，才给小英腾出一个位子。谈话间，小英说起路遇胡永波的事情，并将胡永波的请求转告管为民。圆桌旁的工人立即喊道：活该倒霉，咱们不管他！管为民摆摆手，止住众人喧闹，他当了一年多老总，很有气派，说话分量也沉甸甸的。

　　我个人对胡昆、胡永波都没有仇恨。不过，胡永波一直在工会里混，没有一技之长，他能干什么？龙飞公司不养闲人，大家都知道这一条。所以，我也没办法。

　　由此谈起胡昆，众人七嘴八舌，指责胡昆胡作非为，一张大嘴吃垮了红星木钟厂，自己也坐了牢。他们拿沈霞飞、沈龙飞与胡昆作比较，人家是什么素质？知识分子，科学家，无论学问、智商还是人品，都比胡昆高到天上去了！

　　管为民又说话了：问题不仅仅在个人素质。我还要说，体制、产权才是问题的根源所在。龙飞公司搞好了，咱们老板发大财，他们当然就兢兢业业，一丝不苟。就说我这个子公司老总，拿着高年薪，利润增长还有奖金，干不好就炒掉我。我敢不努力工作吗？你们也是一样。企业是轴心，所有的人都围绕着这根轴心转。我们在老厂干，谁还真正出力来？连现在十分之一的力也没出！人是高级动物，但毕竟还是动物，谁都要受利益、欲望的驱使。我说一句实话：中国有多少红星木钟厂？如果不进行彻底的改革，整个国家都会破产！

管为民说得慷慨激昂，工人们听得似懂非懂。说完，大家纷纷敬酒，一阵吹吹拍拍，夸他水平高，讲得精彩。他们只记住一条：管为民毕竟是老总，放个屁也是香的！

二

崔瀚洋犹豫不决，面对一大堆锁单难于下手处理。一向果断的他，坐在电脑跟前像女人似的优柔寡断，这样的状态实在罕见。大豆，真是魔鬼大豆，使他的头涨得斗一般大！

半个月之前，崔瀚洋买进五百手明年五月大豆合约。这是他走马上任以来第一次下单，也是他阔别期货界四年之后初试牛刀。未曾料想，单子刚刚成交，大豆价格便如落叶似的飘飘而下。这是不正常的。崔瀚洋炒咖啡那会儿，东北大豆被称作"金豆子"，价格是3200元一吨。几年来豆价绵绵下跌，如今已经跌破2000元大关。根据基本面分析，大豆已经无处可跌，如此低的价格，豆农种豆反而要赔钱。现在买豆应该没错。但是崔瀚洋一贯崇信趋势理论，其价格趋势一旦形成，便会持续朝一个方向运动，不可言底，不可逆势操作。他见大豆阴跌不止，心里发毛，赶紧把那些多单锁住。

所谓的锁，是指一种期货操作方法。你买入五百手大豆合约，你又同时卖出五百手，那些单子就锁住了。因为无论涨跌，两种不同方向的单子盈亏相抵，结果是零。这么做，反映出交易者内心的矛盾。对行情把握不定，就先把单子锁住，观望一阵再说。崔瀚洋从不喜欢这种小技巧，认为这样的交易毫无意义。可是，现在他深感迷茫，有关大豆的种种问题困扰着他，使他无法辨清行情发展的方向。出此下策，实属无奈，崔瀚洋真想找个高人指教。

难道你真的不行了？竟然锁单……崔瀚洋敲打着自己的脑袋，喃喃道。

他环视办公室。这间玻璃小房，使他联想起街头交通警的岗楼，有些滑稽。不过，他挺喜欢自己的办公室，把百页窗帘闭合，那间玻璃小房还是很安逸的。玻璃制品总给人一种新奇感，崔瀚洋想入非非时会觉得自己身处一个童话世界。

会有童话吗？崔瀚洋复活了，看起来真像是一个童话。正如萧长风所料，沈家姐弟十分支持崔瀚洋做出的新的选择，并且买下他的股份。这样，他愉快地退出红星集团，全身心投入新兴投资公司。现在，这家新成立的公司正式运作，客户络绎不绝地与他签订协议，资金如滚雪球越滚越大，一切顺利。岗楼不错，崔瀚洋将站在这个岗楼里指挥一场新的战斗！

但是，他却没像从前那样志满踌躇，豪情万丈，而是感到沉重的压力，压得他挺不起腰来。大豆的异常走势使他困惑，他小心翼翼、缩手缩脚，找不到奋勇前进的方向。他输不起了，人生不能一次次地把好机会丢掉。崔瀚洋明白，他必须等待，等待一个明确的信号。当信号出现时，一切情况都明了了，他将会从心底里感悟到时机的到来。那时，他将一跃而起，使出全部的能量奋而一击，一击而定天下！

那信号是什么？何时才会出现？

桌上电话铃响，崔瀚洋拿起话筒听见黑马熟悉的声音。他一怔，心中激动得一时说不出话来。黑马用带着南方口音的普通话，急速地诉说：我好不容易找到你！我打电话问了许多人，找，找，一直找到白帆总经理。这下可好了，白总把他太太介绍给我，彻底解决了问题。嘿，你也在炒大豆，咱俩又同行了！

崔瀚洋问：你在哪里？咱俩现在能不能见面？

我在大连，一时还见不了面。不过，我是永生期货公司的首席操盘手，你我早晚要碰头。

有一年多没见面了，真想你呀，崔瀚洋动情地说，我忘不了咱们分手的情景，你不肯要报酬，还帮我收拾烂摊子……

黑马不好意思，赶忙转移话题：那些事就别提了，我们还是讲讲大豆吧。老板，你是高手，一定大有斩获，透点消息给我，你是看多，还是看空？

崔瀚洋苦笑：今后不准你叫我老板，咱俩是朋友，好朋友！再说，我哪里算得上高手，大豆整得我头晕，我正锁仓观望呢。

黑马说：你最好到大连来，炒大豆，还非得到大连不可。这里消息多，又是东北大豆的集散地，大豆、豆粕都在大连商品交易所交易，来转一转，闻闻味道，肯定会激发你的灵感。顺便也来看看我，嘿嘿，咱们不就见面了吗？

好主意。崔瀚洋连连点头，我得放下手头的事情，专门去大连一趟。争取下个星期吧，去前我给你电话。

崔瀚洋放下电话，看见王宁宁站在玻璃门外，犹犹豫豫地想进来。他拉开门，问：有事吗？怎么不进屋？

王宁宁羞怯地一笑：我看你在忙，不敢打扰……是卢总找你。你这儿老是占线，她就把电话打到我桌上来了。

王宁宁是崔瀚洋手下第一员干将，公司刚组建就加盟了。她离开校门不久，学的是国际金融专业，原先在卢燕红那里搞研究，写市场分析文章。崔瀚洋对她说：我这里风险大，吃不得太平饭，你可要想好了再来。王宁宁长着一对小虎牙，一笑就隐隐显露，很可爱。当时她就呲着虎牙笑：我寻找风险，就能寻到机会。因为风险总是伴随机会而行，你说对吗？她的虎牙，她的话，给崔瀚洋留下深刻印象。

我这就上卢总那儿去，崔瀚洋说，有客户来，你先接待着。多谈谈我们公司的投资特点。

王宁宁点点头。她善于开发客户，大家都喜欢与她打交道。崔瀚洋离开办公室，一边琢磨去大连的事，一边与走廊上遇见的熟人打招呼。他这副心不在焉、匆匆忙忙的模样，早已为北海期货公司的员工所熟悉。

卢燕红把一位大客户介绍给崔瀚洋。他是天宏房地产开发公司的老总，名叫马明远。他原是萧长风、卢燕红的老熟人，见了面就向崔瀚洋叹苦经：你那哥哥特厉害！当年，为支付到期债券，硬逼我用国际大厦做抵押。我就像杨白劳一样，差点把亲生闺女都卖喽……

马明远早就失去了宝迪克公司总经理的宝座，幸亏经济方面没审计出问题，不至于栽大跟斗。但他离开国有公司，也就告别了光辉岁月，着实失魂落魄一段日子。后来，有一位私人房地产商看中他，请他出山当总经理，借重他在市政府留下的种种关系。马明远这才翻过身，重新有了精气神。不过，现在是私人老板聘用他，花一分钱人家都盯着，马明远做事不得不小心谨慎，兢兢业业。卢燕红笑说：和过去比，简直换了一个人！到底是体制的力量大。

马明远说：我的公司有一笔现金，数额很大，呃，在新项目落实之前，暂时用不着。我想做短期投资，又找不到来得快、周转灵的项目。卢总告诉我，你有办法，能够提供多种服务。不过，我首先申明，我的公司不炒期货！我宁愿少得一点，也要保证资金的安全。在这方面我有过教训……

崔瀚洋不喜欢这个人。明明为人打工，却一口一个"我的公司"。但他知道这类客户的心理，马上提供一个"零风险"投资方案：我们可以满足你的要求。马总，你可以在北海期货公司开一个户，把资金划进去，再由我们新兴投资公司负责操作，亏损全由我们负责……

你怎么负责？口说无凭啊！

崔瀚洋笑笑：你听我说完。我们公司会在你的账户划入一笔保证金，发生亏损就从保证金扣除。卢总负责监管，保证金用完立即平仓，你的本钱非常安全。我们三方签一个合同，把风险责任、盈亏分配全都写清楚。

马明远思忖着点头：你出保证金，这倒是个好主意。那么，我的公司能获得多少利润呢？

你要零风险，利润自然就低。我们二八分成，你二我八。

马明远嫌两成太少，经过一番讨价还价，也没从崔瀚洋那里讨得便宜。卢燕红在旁边说：行了，你又不担风险，两成利润就不少了。小崔还有一套方案：他为你操作，风险你承担，那样他二你八。可是你敢吗？万一输了，你家老板还不打你屁股？

马明远脸上有些挂不住。他又做出含情脉脉的样子，看着卢燕红，发出一声叹息：就听你的。唉，我只要遇见你，什么主意都由你拿。这不，又炒上期货了，要不是你在这儿，借给我个胆子我也不干呢！燕红啊，我这一辈子，所有的风险事都与你沾边，可是到头来竹篮打水一场空……

好了，别酸了。你不还有事吗？先去忙吧。等三方签合同时，我请客，陪你借酒浇愁，行吧？

送走马明远，崔瀚洋急问：他有多少资金？

卢燕红说：三千万元左右吧。

崔瀚洋说：真得谢谢你！你在金融街根深蒂固，来我这儿的大客户全靠你牵线呢。

卢燕红笑：得了吧你，别给我戴高帽了。我还要对你说件事情，你先坐下。她边说，边为崔瀚洋茶杯里斟满水。崔瀚洋品着茶，等待卢燕红说出下文。

有一个会议，叫作国际大豆开发合作研讨会。名字好长，听起来麻烦，你有没有兴趣参加？

崔瀚洋挺挺身子：凡是与大豆有关系的，我都有兴趣。只是不知道这个会什么时候、在哪里召开？

卢燕红说：下周，在大连召开，国内外许多专家都去。瀚洋，我认为如今期货界变化很大，仅凭技术分析炒来炒去，很难常胜不败。对现货市场的了解，对一个商品的深入分析，将变得日益重要。所以，我想组织一次赴东北考察活动，到农场、商品交易所、油脂企业实地考察，让我们公司的业务人员对大豆有直接的、深刻的印象。参加这个国际研讨会，也是考察活动的一部分。你看怎么样？我希望你也参加。

崔瀚洋扬起长眉，笑道：你真说到我心坎上了！我刚和朋友通过电话，准备自费去一趟大连。由你这么一组织，系统地来一番考察，我们这些第一线操盘手肯定受益匪浅。说句真心话，期货公司的经纪人都是城里人，长这么大，还不知道大豆在田里是什么样子，又把它当作营生终日忙碌，实在有些荒唐！期货界要发展，就得做有根有底的事情，免得又变成赌场。

咱们说定了。李文浩总经理正好从英国回来，我也可以脱身了，这次考察就由我带队。哎，我们不能走马观花，得带着问题去考察。你说，目前大豆期货面临的主要问题是什么？

崔瀚洋脱口而出：转基因管理条例。

卢燕红一拍巴掌：对！国家为何在此时推出这样一个条例？它对大豆市场将产生什么影响？期货界人士各有看法，分歧很大。咱们把这个问题搞清楚了，东北之行也就不会白跑了！

崔瀚洋掏出心里话：真是这样。我最近对大豆走势心里没底，看不清方向，主要原因就是对这个新政策吃不透。多空双方也把它拿来当筹码，斗智斗勇，波浪连天。我锁单观望，心中很烦闷。出去转一圈，也许就开窍了，敞亮了。卢总，你搞这样一个活动，对我来说真是一场及时雨啊！

到了下班时间，两人分手。卢燕红说：你老是卢总卢总地叫我，真不顺耳。你就不能像过去一样，叫我一声燕红姐？

崔瀚洋点头答应，趁机开她一个玩笑：燕红姐，我发现一个秘密。

什么？

刚才那个马明远，过去和你谈过恋爱吧？

去你的！小孩子别乱说。

崔瀚洋捂着嘴巴乐，一溜烟穿过走廊。

就在这一刻，他的心变得坚定起来。先前那种犹豫的、飘忽不定的心情一扫而空。他想，这是黑马的电话、卢燕红的东北考察计划起了作用。他一直在等待的信号出现了。

三

美国大豆大量涌入中国，势莫能止。美豆大多采用转基因生物技术，高产廉价，竞争优势明显。但是转基因食品对人体是否构成危害，科学界尚未定论，各方争执不休。活得讲究些的，如欧洲、日本，皆制定规则限制转基因大豆进入本国。发展中国家就不太计较这事情。中国忽然明确立场，要求转基因大豆进口必须贴标识，接受卫生检疫，这事情在农产品市场就变得严重起来。要知道有了这把尚方宝剑，美豆进口成本陡增，并且在必要时，找几条食品安全理由就可以把美国大豆堵在门外。中国是世界上最大的大豆进口国，一声咳嗽国际农产品市场都会震动。政府亮出这一招，是何用意？各路商家捉摸不定。

崔瀚洋在大连的日子里，朝朝暮暮谈论着这些事情。与黑马见面，亲热劲还没过去，两个人就伸长脖子，一脸严肃地辩论起转基因问题。他们在海边漫步，声音洪亮地喊着，大豆大豆，引得衣着时髦的姑娘投来惊异的眼光。如今这花花世界，谁会这样看重大豆？莫非脑子有病？

崔瀚洋觉得，黑马身上有一种明显的变化。他变得自信了，言谈中流露出当家做主的气概。这可能与他的处境有关。他所在的永生期货公司实力雄厚，作为首席操盘手他当然志满踌躇。最近又被提拔为副总经理，足见他在公司中的分量。不过，崔瀚洋直觉到黑马的变化不仅是这些方面，他的内心世界似乎萌发着某种新东西，微妙而有力，使他显得朝气蓬勃。

黑马，你胖了。崔瀚洋打量着他，轻声地说。

没有，我老是六十五公斤体重，一点也没增加。黑马扶扶眼镜，对崔瀚洋的判断有些纳闷。

那么是你的气色好了，满面红光。好像……好像有什么喜事。崔瀚洋偏着头，继续研究黑马的脸庞。

黑马忽然脸红了，仿佛骤然蒙上一层红布：什么？你别瞎猜……不过有件事情我会告诉你的。晚一点，你到我家去吃饭，我再讲给你听。

有女朋友了，是吧？崔瀚洋笑道，只有爱情，才会给人带来这种明显而说不清的变化！

你的眼睛好厉害……黑马喃喃道。

这天下午，国际大豆研讨会正式举行。中科院院士介绍中国大豆的振兴规划。卢燕红、崔瀚洋一行人都去参加会议，认真听取报告。这个规划由农业部牵头制订，着重调整大豆生产的总体布局。东北三省将建设一千万亩高产大豆示范区，推广一种名为曙光一号的新品种高油大豆，使之在产量与含油率上均达到世界先进水平。

崔瀚洋在听报告时经常走神。不知为何他老在猜想黑马的女朋友长得什么模样。一个又一个女孩的倩影在他脑海里浮现，都似曾相识，却又素不相识。他心中有一种奇特的滋味，仿佛有一队蚂蚁匆匆爬过，麻麻痒痒，难以描述。真是见鬼了！崔瀚洋暗自骂道，狠狠扯着自己头发。

有一段记忆难以抹去。崔瀚洋记得龚晓月离去时，黑马流下了眼泪。黑马怪他不珍惜晓月，并强调晓月是个好女孩。崔瀚洋当时很吃惊，他发现黑马心中深藏着一片情感。原来黑马一直暗恋着晓月。那么，黑马现在的女朋友与龚晓月有什么关系？为什么提起此事黑马就脸红？时过境迁，他也许已将晓月淡忘？或者，龚晓月和黑马取得了联系？……崔瀚洋翻来覆去地猜想，思绪不连贯却也不间断，散散漫漫地在心底流动，如水如丝。

他明白了：之所以如此，只因龚晓月又在他心中复活了！

卢燕红用胳膊肘碰碰他：你看，这个大豆振兴规划，与转基因管理条例是否有着微妙的联系？

崔瀚洋连忙点头：是的，是有联系。我们太需要时间……

卢燕红注视着他的眼睛：小崔，你的脑子在开小差，想什么呢？

没有……我在想，大豆长线还是要做多头。

黑马来到崔瀚洋下榻的宾馆，接他回家吃晚饭。崔瀚洋说：回家干吗？在这儿吃多好，我请客！

黑马拽着他胳膊往外走，说：在家里吃有味道。只有你和我，我们喝个一醉方休！

离黑马的住处不远有个菜场，他们买了啤酒、海鲜回家。与S市相似，大连也是海滨城市，主要吃海鲜。买一些螃蟹、爬虾、蛤蜊之类，在锅里蒸蒸，蘸着姜汁吃。原汁原味，方便快捷。

崔瀚洋见黑马在厨房里忙碌，便过来帮忙，趁机问一句：怎么，来客人了，女朋友还不来露两手？

黑马把眼镜往鼻梁上推推，纠正道：不能说女朋友，我们订婚了，是未婚妻。她不在大连，帮不上忙。

她在哪里？

在北京。黑马朝他笑笑，好了，别问了，待会儿喝酒我会告诉你的。

崔瀚洋回到客厅，四下看看。这是黑马租赁的房子，有几件简单家具，衣物零乱，仍是单身汉生活的模样。他的目光停留在床头柜放着的小镜框上。出乎意料，那里面不是镶着女人相片，而是一个男人——没错，正是投资大师索罗斯肖像！崔瀚洋心头一震：这肖像原是龚晓月从画报上剪下来、精心置放在他办公桌上的。回想起当时的情景，他问龚晓月让索罗斯每天瞪眼望着自己，是何用意？龚晓月意味深长地朝他一笑。崔瀚洋拿起镜框，感触万千地端详着。

这是你送给我的最好的礼物。黑马在崔瀚洋身后说，他已经把蒸好的海鲜端到桌上。

我送的？崔瀚洋转过身，吃惊地瞅着黑马。

你忘了吗？当时你把办公室里的一切都留给我，独自离开公司。你只把这幅肖像带走了，走到电梯口，你又把它送给我……

哦，那天，天都坍了……这是我一生中最惨的日子，只有你陪伴我到最后……来，为往事干杯！

崔瀚洋和黑马端起满是泡沫的啤酒，重重一碰，激情四溢地痛饮一杯酒。

黑马讲述自己的故事。分手以后，他又回到上海，好长一段时间没有找到合适的工作。黑马这人很有特点，他以投资为职业，却从不拿自己的积蓄去投资。这是我给自己定的规矩，黑马笑着向崔瀚洋解释，就像医生不给自己看病一样。不过还有一样好处：我做出了牌子，不为自己开老鼠仓，东家找我操盘都放心。找不到工作，他就不能炒股票，常在证券公司门口游荡，忍得手痒。像他这样的高手，高薪高奖金，钱是积攒下很多，怎么也花不完。只是无聊，整天晃来晃去，生病一样无精打采。日子难熬啊。此时，他遇见了一位姑娘，命定与他有缘，两人一拍即合，共同投入期货界发展。并且，他们很快就订了婚。这姑娘崔瀚洋也认识，她是……

龚晓月！崔瀚洋脱口而出。

是的，是她，黑马点点头。你怎么知道？

一见面，你的脸一红，我的直觉就告诉我这个结果。崔瀚洋停了停，又关切地问：她怎么样？她不是跟黄旭走了吗？怎么又遇见你？

说来话长。龚晓月说过，有一点你对她误会最深，也最使她痛苦。你一直认为她是黄旭的情妇，其实他们根本没那种关系。她是黄旭一个远房亲戚，很小就来投靠黄旭，所以什么事情都要为他做。晓月见到我不久，就把这一层说开，并且问我信不信她。我点点头说：当然信，你的话我怎么能不信？她睁大眼睛看了我半天，低声说：这么简单就相信我了？黑马，你确实和崔瀚洋不一样……话没说完，她就哭了。哭了很久，我怎么也劝不好她。

崔瀚洋心里像被谁揪了一把，一阵疼痛。在他眼里，龚晓月是千面玉人；到黑马面前，一切竟变得那么简单！

她跟黄旭到了深圳，就不肯再走。她痛恨黄旭利用她当女间谍，玷污了你们之间的感情。她和黄旭闹翻了，独自离开深圳。龚晓月本来不太注意我，这时忽然灵犀一点，跑到上海来找我了。她有我的手机号码，却没给我打电话，每天到各家证券公司门口逛。她说她有一种感觉：在茫茫人海中，她将会撞见我。她强调"撞"这个字，人生走到如此地步，她只能用"撞"来解决问题了。有一天早晨，我们终于撞见了。我迎着阳光，她逆光。所以她说，我在她面前出现时，真的光辉灿烂……

崔瀚洋完全理解龚晓月的心情。他也相信这是天意。黑马为人不显山不露水，可靠，性格深处还有一种可爱的东西。崔瀚洋与他相处也是越来越喜欢他。龚晓月对黑马的感觉，想必与他一样。他承认，龚晓月找到了理想的伴侣，这是最好不过的结局。

崔瀚洋举起酒杯：我祝福你们。这不是普通的祝福，我用我整颗心，用双倍的情感来祝福！黑马，我的好兄弟，对晓月好一些，把我没尽到的那份心意带上。来，干杯！

　　在家里喝酒确实有味道，黑马有先见之明。切入这样的话题，千杯酒也嫌太少。他们一次次干杯，直到黎明。两人都喝醉了，放下杯子就倒在黑马的床上。

　　电话铃响起来，响了很久。黑马抓起电话，呜噜几句，就把话筒掉到床下去了。但他还是说明了要点：我和崔瀚洋在喝酒。为了爱情，我们都喝醉了……

　　电话是从北京打来的。龚晓月拿着话筒，久久不放。

四

　　火车在三江平原上奔驰。东北辽阔的黑土地散发着诱人的气味，崔瀚洋隔着车窗玻璃似乎也能闻到。秋天赋予田野成熟的色彩，深浅不一的黄色传递着丰收的信息。崔瀚洋喜欢东北，踏上这片黑土地，心中便涌起一阵阵激动。天广地阔，使他产生展翅飞翔的欲望。

　　在大连，有许多参加会议的期货公司研究人员，都想去黑龙江考察。正值大豆收获季节，实地了解大豆的产量、品质，对未来的行情发展很有参考价值。同行间好沟通，大家很快聚集成一支颇具规模的考察队。本来，大一些的期货公司每年都要派人搞调研，向客户提供商品期货的第一手资料。所以他们与当地的农业主管部门、农场、粮库保持着良好的关系。谁熟悉谁出头联络，这次行动的日程，便得到周全安排。卢燕红、崔瀚洋他们倒也省心，跟着大队人马走就行了。

　　人多影响大，一些证券报刊的记者也追随而来。这两年期货渐成热点，有关报道经常见报，引起读者浓厚兴趣。这样的考察活动很有新闻价值，敏感的记者当然不会错过。崔瀚洋结识一位记者，一路上聊得投机，成了朋友。这人说话直率，有时候显得天真，甚至有些傻。崔瀚洋很快就喜欢上他。他对 S 市特别熟悉，两个人越聊越近乎，红星木钟厂、胡昆、管为民……最后，这位记者竟滔滔不绝地谈起了林小英！

崔瀚洋吃惊地瞪大眼睛：什么？你对我老婆也这样熟悉？

林小英是你的老婆？那么，你老丈人我也打过交道。他叫林德模，是一位警惕性很高的老工人！你怎么……记者仿佛刚刚转过弯来，如梦初醒地拍拍额头，郑重地向崔瀚洋伸出双手：如此算来，你一定是崔瀚洋同志了！

崔瀚洋狐疑地问：你究竟是谁？怎么把我的家底摸得这样透？

记者十分自豪地说：鄙人姓巴，绰号傻巴，有时也用作笔名。我曾写过一篇长文，对红星股票的内幕作了些许揭露……

崔瀚洋险些跳起来：啊，你就是傻巴，真叫冤家路窄呀！……你知道吗，那篇文章导致红星高科崩盘，差点要了我的命！

傻巴笑得很谦虚：一般一般，拙文不够深刻，主要是材料掌握还不全面。我曾经去找你采访，被贵公司一位小姐招来保安，轰出大门。可惜！如果把你坐庄爆炒红星一节也写上，这篇文章定会锦上添花，更加精彩。

崔瀚洋哭笑不得。他理解傻巴的敬业精神，但他似傻非傻、带着嘲讽意味的态度着实气人。好在时过境迁，崔瀚洋对自己的过失也有认识，就不去计较他了。两个人又谈得热络起来。傻巴对期货界各种情况兴趣正浓，有些观点很尖锐，崔瀚洋听了颇受启发。

火车停靠在一个小站上，兴隆农场来了许多车辆迎接他们。这家大型国有农场，曾是东北农垦战线的一面红旗。当年开发北大荒，一批军人脱下军装进入草甸，赤手空拳打天下，在这荒无人烟的地方建立起一个现代化大农场。不过，近几年兴隆农场不再兴隆，连连亏损，使老英雄们抬不起头来，生活也变得艰难。原因是多方面的，一言难尽。但是新任场长的出现，抹去一片阴影，兴隆农场又呈现勃勃生机。

新场长是农业大学的博士生，姓牛，很年轻。主动要求调到北大荒来。牛博士攻读大豆种植专业，而兴隆农场主产大豆，这个场长非他莫属。他的新颖思路，不俗谈吐，很快把客人们吸引住了。

你们看，我办公桌上的电脑能够显示大豆期货即时行情。不仅有大商所的行情，还有芝加哥的 CBOT 大豆行情。我每天上班第一件事情，就是打开电脑，研究国际国内大豆价格的变动趋势。从这层意义上说，我们也可以算同行啊，我从心底里欢迎你们的到来！

傻巴又来了傻劲，把袖珍录音机伸到牛博士面前：很荣幸，我们认识了一位期货场长。你也玩期货吗？请你谈谈这方面的感受。

牛博士后退一步，避开傻巴的录音机，笑容可掬地说：我从不炒期货，但是我愿意接受你所赠送的期货场长头衔。因为期货与大豆生产联系紧密，甚至具有指导意义。我在安排农场一百八十万亩的大豆种植计划时，一只眼睛始终要瞄着期货市场。过去，兴隆农场亏损有一个重要原因：脱离市场！只顾埋头生产，结果种了大豆卖不出去。大丰收反而大亏本，因为豆价太低，跌破了成本。……这方面的教训太多了。现代农业强调市场要素，我们怎么能够忽略期货呢？不瞒你们说，我手下有八个农场分部，每个分部场长办公桌上都安着电脑。他们像我一样，时时关注期货市场风云。

崔瀚洋感到十分新奇：在这么偏远的地方，有这样一群人，一边种田一边竟也盯着期货行情。这是他坐在电脑前操盘时从未想到的。他希望知道更多的情况，从另一个高度认识期货的本质。这时，记者傻巴替他提出了心中的问题。

牛场长，嗯，我更喜欢叫你牛博士。你能不能举一个例子，说明兴隆农场究竟是如何与期货发生关系的。

牛博士掠掠挺酷的长发，略作思忖，说道：报纸上经常提订单农业，实际往往行不通。为什么？你和农民签好合同，规定以某个价格收购农民的全部农产品。可是市场价格一旦下跌，你怎么办？你要么赔钱，要么毁约，结果往往是毁约，订单变成一纸空文。这里缺乏一个机制，转移风险的机制。兴隆农场有相当一部分土地承包给农民，今年我们也搞了订单。春天播种时，我们与承包者签订合同，以1900元一吨的价格收购三等标准黄豆。同时，我们利用期货市场转移风险。今年夏天，大约是七月中旬吧，大连大豆冲上2300元高峰，我们在2250元卖出十一月大豆合约，卖空一万多手，预先将十几万吨大豆一下子卖出去了。那时田里的豆子还没灌浆呢！现在，豆价跌下来了，1700元一吨也卖不动。我们履行合同，仍以1900元的价格收购黄豆。而我们从期货市场赚到了差价，利润颇丰。你们都是行家，一算就明白。整个农场丰产丰收，效益也得到保障。农民尝到了甜头。外县农民听说此事，都跑来找我签合同呢！

牛博士说得兴奋，在电脑跟前坐下，噼噼啪啪敲打键盘，调出一幅幅大连大豆、美国大豆价格走势图。他说：再往远处看，全球大豆的供求关系都反映在这些图表里。你看，大豆价格一直在作箱形波动，构筑成一个坚实的底部。我预期，一个大牛市即将来临。你们盼望牛市，我也盼望牛市。我趁牛市扩大播种面积，提高大豆产量，打一个翻身仗，让兴隆农场重新兴隆起来！我时刻准备着呢。

午餐在职工食堂进行，大家简单吃点饭，就要跟牛博士去大田转转。牛博士和其他农场领导过意不去，客人们打大老远来了哪能连酒也不喝？傻巴说：这些人整天在大款堆里混，哪里会缺酒喝？听你牛博士谈谈大豆，要比喝酒过瘾多了！众人齐声说是，簇拥着牛博士漫步走向田野。

辽阔无垠的黑土地向天边伸展，牛博士眯起眼睛，深情地眺望这片沃土。他说：这是世界上最适宜种植大豆的土地。论自然条件，东北大平原比美国任何一州都不差。我作为访问学者，曾在美国待了两年，去过许多农场。每到一个地方，我都要抓一把泥土，放在口袋里。回国后，我作了化验分析，结论是东北黑土地没有任何理由不生长出品质优良的大豆。我就暗暗下了一个决心：我一生不离开这片土地，哪怕把自己的骨头埋在这里，我也一定要培育出世界一流的大豆品种！

当了兴隆农场场长，我才发现问题是多方面的，甚至可以说，是许多大豆之外的因素，导致大豆产业落后的局面。比如，我们的电费比美国贵几倍，同样浇灌一亩大豆，电费成本就要高出许多。再比如运输，各种收费名目繁多，结果一车大豆发到广州，竟比美国巨轮越过太平洋的运费还贵！说到大豆品种，其实我国先后培育出几百个优良品种，但是落后的经营方式制约了这些品种的推广。一家一户分散播种，种子混杂，再好的品种也很快退化了。金融意识淡薄，很少有人懂得运用期货工具规避价格波动的风险……诸多因素相加，造成我国大豆成本居高不下、质量不如预期的现实。要提高竞争力，确实非一朝一夕之功啊。

崔瀚洋忍不住问：依你所见，我们有没有捷径可走？

牛博士肯定地说：有。打非转基因牌就是一条捷径！美国大豆占有竞争优势，重要的一点在于他们广泛使用转基因技术；而关于转基因农作物对人体健康是否构成威胁，现在正成为争论的焦点。东北大豆虽然单产低、出油率差，恰恰有一条好处：我们的大豆全部是天然生成，最符合西方人的需要。竞争也充满辩证法，劣势往往能转化为优势。天然大豆应该卖个好价钱，非转基因就应该比转基因农作物高出一个档次！如果我们强调这一优势，广为宣传，在销售方面采取得力措施，是完全可以开创一个新局面的。东北大豆，绿色大豆，这面大旗多有号召力啊！我们将把东三省建设成世界上最大的非转基因大豆基地。让全球消费者有权选择：想购买绿色大豆吗？请到中国来！

牛博士的激情，点燃了每一个人心中的火焰。

傻巴急切地问：你有没有写一份报告，向你的上级阐述这些想法？

牛博士微微一笑：我的想法几年前就写成论文，在国内外学术刊物上发表了。国务院有关部门设立了课题组，专门研究中国大豆的发展方向，我就是课题组成员之一。我坚决主张发挥中国优势，打非转基因牌。这可是一张王牌！

崔瀚洋心中豁然一亮：国家对转基因大豆做出限制，不是恰好突出东北大豆的非转基因优势吗？打出一张好牌，必须有国家相关政策的支持。而这些政策，必然对期货市场发生长远的影响！

大豆，做多还是做空？这个困扰崔瀚洋已久的问题，再次浮现在他的脑海。

他弯腰抓起一把黑土，搓揉着，直到搓成粉末。他抬起胳膊，猛力将粉末扬向空中。他不由自主地喊道：嘿，东北大豆，绿色大豆，当然要卖个好价钱！

从这一刻起，崔瀚洋选定了方向，心中无比踏实。

他发现人们都走了，把他落下好远。他看到田边白桦林里，落日将树梢染得火红。一群喜鹊飞入树林，发出欢悦的鸣叫。独自一人，更能欣赏大自然的美景。他甚至发现，在刚刚收获了大豆的田野里，豆秸像一群群野孩子，倔强地站在原地，不肯回家。而一层薄雾贴着泥土游荡，仿佛有谁为野孩子们盖上了棉被……

唉！崔瀚洋从心底发出一声叹息。天天炒大豆，当你真正走近大豆时，才发现电脑上的大豆是多么虚幻，多么苍白啊！

五

黑马对崔瀚洋说，龚晓月这两天要到大连来。他劝崔瀚洋多住几天，大家见见面。崔瀚洋却说集体行动，一个人留下不好。他问黑马：认不认识大连商品期货交易所的人？最好是头头。我们想去参观一下。

黑马一拍巴掌：巧，我有一位哥们儿，是大商所的副经理。只要我去说句话，他陪同你们参观没问题！

那就好，我可以多住一天了。崔瀚洋说。

其实，崔瀚洋不想和龚晓月见面，多住一天对他无意义。但是卢燕红得知他找到关系，高兴得眼放光彩。他也只有打起精神，与大家一起参观大商所了。见面难免尴尬，能躲尽量躲。希望龚晓月不至于明天就回来。乘车去大商所的路上，崔瀚洋还在默默地想着。

到了大商所，黑马把他的朋友介绍给大家。这位副经理姓孟，热情爽朗，是一个典型的东北人。有趣的是，他长得与黑马极像，竹竿一样细高挑个儿，戴一副黑框眼镜。走路一抖一抖的姿势，也真像。开口就不同了，孟经理一口东北话，诙谐得很：俺们俩准是双胞胎，哪个糊涂神派错了地方，一个投生在南方，一个投生在北方！

黑马连连点头：要不，我们怎么会一见面就那么好呢？

众人称赞他俩的缘分，气氛十分融洽。

大商所是一家成功的商品交易所。当年在全国试点的十几家期货交易所，把各种期货炒翻了天，大商所一直保持稳健作风，坚持发展大豆期货。后来上面整顿，保留了三家交易所，大商所就是其中之一。现在，大连大豆仅次于美国芝加哥的 CBOT 大豆，成交合约占世界第二位，争得相当大的定价权。孟经理领着卢燕红等人一边到各部门参观，一边介绍着大商所的种种情况。

北良港仓库给崔瀚洋留下深刻印象。这座现代化大豆仓库屹立在海港，万吨巨轮停靠码头，可以直接把大豆传输到库内。库容庞大，篮球场一般宽敞的空间，堆放着座座豆山。北良港仓库是大商所指定的大豆交割仓库，期货合约买卖的大豆就存放在这里。像这样的大豆仓库，大商所管辖的有二十多座。因而具备强大的现货交割能力。崔瀚洋想：炒来炒去，真家伙都在这里！看来，期货与现货的联系越来越紧密了。

期货交易过程是这样的：你在此地期货公司买入一百手大豆合约；我在彼地期货公司卖出一百手大豆合约。合约输入大商所，由电脑自动配对成交。如果你我都不肯平仓，合约到期就要交割。我是卖方，就必须搞来大豆（一百手即一千吨），存入仓库注册成仓单；你是买方，必须交齐货款，买下这一千吨大豆。所以，期货交易并不是云里雾里地瞎炒，它终究要转化为现货。由于双方都有保证金，交易所操作规范，商品质量、资金信用比现货市场的交易更有保障。随着市场经济的发展，商品期货交易所扮演的角色越来越重要。

参观结束，卢燕红邀请孟经理一起吃饭。孟经理却说中午约好了客商，百般推托不肯去。他又半开玩笑半认真地说：你们这样热情，倒叫我过意不去。好吧，酒虽不喝，我给你们透露一个在酒桌上才能说的小秘密——我们交易所将要推出新合约，名叫"黄大豆一号"合约。

这又是一条重要信息。此前，用以交割的大豆，可以是国内豆，也可以是进口豆。据孟经理介绍，未来新合约做出明确限制，大商所的一号合约只交易非转基因大豆。换句话说，从美国进口的转基因大豆，将不得进入大商所指定仓库进行交割！这是与转基因管理政策相配套的重要步骤，也可见政府扶持本国非转基因大豆的良苦用心。

孟经理自豪地说：我们也是雄心勃勃啊，大商所要形成自己的特色，力争成为全球非转基因大豆的交易中心！

分别时，孟经理将大家送到电梯口。卢燕红执意不让再送，双方握手告别。

崔瀚洋想上厕所，就让众人先走。他在大厅里转来转去，转到一条幽静的走廊，好不容易找到厕所。费一番周折不说，崔瀚洋却有了一个意外的收获！

他正解手，看见一男子立在水盆前洗手，那背影甚是眼熟。再往镜子里一瞧，那张面孔竟是多次在梦中浮现、几欲捕捉却落空的人——黄旭！崔瀚洋沉住气，挨到他身边去洗手，两张脸在镜子里贴近了。他一声大咳，黄旭猛一抬头，两人便在镜子里面重逢。

怎么，不认识了？崔瀚洋冷笑。

黄旭这一惊非同小可，脖子一抽，好像喉咙里噎着一只汤圆。脸憋得紫红，却说不出话来。

真不认识了？我来自我介绍一下……

不，不！崔瀚洋，好兄弟，我们又见面啦！黄旭抓住崔瀚洋湿漉漉的手，摇了又摇。

崔瀚洋意味深长地说：我常想，两座山可以不碰头，两个人难道就永远不见面了？世界就这么大，干的又是同一行，你总不能一辈子躲着我吧？

躲？……哪里话，真把我想死了！黄旭不失当年风范，煞有介事地往四下瞧瞧，说，有一桩大买卖，我正想找人合作。见得早，不如见得巧，你我碰头，又该轰轰烈烈干一番了！

先别扯什么大买卖，告诉我，你住在哪里？

黄旭见崔瀚洋一副不依不饶的样子，就有些紧张。刚才他握崔瀚洋的手，现在反被对方握住，几次想抽都抽不出来。他冲着崔瀚洋笑：我住富丽华大酒店。本想请你去吃饭，不过我约了大商所的经理，有要紧事办。改日吧……

不要紧，我可以等。这么久没见面了，酒是一定要和你喝两杯的。什么事儿这样重要啊？

就关系到那桩大买卖了！不瞒你说，分别之后，我又杀回期货界。这圈子里我人头熟，我的能量你也知道。现在他们又给我一个雅号：空军司令。告诉你一个秘密，大豆，我重仓做空！我是头，所以都叫我"空军司令"。今天我约了孟经理，就是来谈大豆交割事宜的。

不能老站在厕所里，两人来到走廊边走边谈。崔瀚洋仍握着黄旭的手，在外人看来显得很亲热。拐几个弯到了经理办公室，黄旭在其中一扇门上敲敲，推门便看见孟经理。

孟经理还认得崔瀚洋，道：哈，你怎么又回来了？

黄旭说：这是我兄弟，陪我办事。孟总，我们走吧，我在粤菜馆订了一桌龙虾宴，咱们边吃边谈。

孟经理坚定地摇头：不，我们有规定，业务方面的问题就在办公室里谈。

黄旭稍一停顿，就满脸堆笑道：好，那就不坏你们的规矩了。我想确认一下，大豆交割有没有库容限制？

孟经理瞥了黄旭一眼，反问：你有多少吨大豆要交割？

黄旭诗人一样扬起双臂：一艘又一艘万吨巨轮，正从美国、巴西、阿根廷各个港口起航，迎着朝阳穿越太平洋，浩浩荡荡地驶向大连港……我再确认一下，按照大商所的规则，进口大豆也能用以交割，对吗？

孟经理点点头：对。你也别太夸张，说个准确数字，我好根据仓库状况回答你。

黄旭神情严峻，停了许久才一字一顿地说：一百万吨！大商所从未收过那么多大豆，这可是一次重大考验呀！

孟经理抽出一支香烟，点着。他仔细打量黄旭，像是遇见一个外星人。你是考验大商所还是考验我呀？他问，大连大豆敞开交割，你真能运来一百万吨豆子，可以进库，我亲自给你办交割。

一言为定！我们走吧。黄旭拽着崔瀚洋出门。

等一等，孟经理在身后叫道，黄老板，你来，就为说这几句话吗？你打听的事，交易所规则上都有，何须劳驾你亲自跑一趟？

黄旭品出滋味不对，又转到孟经理跟前。他收起浮夸的表情，变得一脸真诚：实话说吧，我今天来，就是专程来看看你孟经理本人。圈子里的朋友经常谈起你，一提你就是这个（黄旭跷起拇指）。我有心结交你，可你过于严肃，连吃顿饭都不肯赏光。也好，正人君子站得稳，朋友们早有定评……

你老说朋友，看来你的朋友遍天下，而且神通广大呀！昨天晚上你的一位朋友居然找到我家，代表你塞给我四条香烟。我不懂这是什么意思。孟经理一边说一边打开抽屉，把一堆红塔山香烟放在桌上。

黄旭顿时变了脸色，把香烟往抽屉那边推，仿佛要把见不得人的东西塞回去：孟总笑纳，黄某只想交你这个朋友。你也知道，大豆期货多空双方斗得厉害，我希望交割实物时，有朋友关照顺当一些。区区几条烟，算不得什么，请孟总笑纳。

孟经理真不给脸面，说一声：那好，咱们就抽根香烟。竟把烟盒撕开，抖搂出一支支卷成烟状的百元大钞！他故作吃惊：哟，这是什么香烟？我咋从没抽过呢？黄老板，我说你在考验我嘛，这牌子的香烟叫我怎么笑纳！

崔瀚洋忍不住笑起来。他看见黄旭手忙脚乱把香烟往怀里揣，那么多，哪里装得下。黄旭用哀求的目光望着崔瀚洋，想让他帮忙，他却不肯伸手去接。还是孟经理拿出个塑料袋，让黄旭把所谓的香烟装好。

乖乖，这么多！四条烟，每只盒子里藏着多少钱？黄旭你真想害死我呢！小崔，今天你给我做证了，这样的烟我可一根不抽啊！

崔瀚洋与孟经理握手告别。黄旭狼狈地走出办公室，手里拎着一塑料袋香烟，真是无地自容！

别走了他！崔瀚洋赶紧追了去。

第十九章

一

穿过豪华的宾馆大厅，崔瀚洋与黄旭踏入电梯。当电梯门自动合拢，封闭成一个狭小的、飞速上升的空间，崔瀚洋体内就涌起一阵莫名其妙的犯罪冲动。他仿佛控制不住自己的双手，随时有可能扼住黄旭的喉咙，直到把他扼死！他的眼神也许走漏了这一信息，黄旭战战兢兢如老鼠，缩在电梯一角，只盼快到所住楼层。气氛骤然紧张起来。

回忆起当年的情景，崔瀚洋心中不仅是愤懑，还有一种酸楚。他所遭受的打击是全方位的：财产、情感，甚至整个精神世界。他第一次尝到失败的苦果，自信心深受挫伤，伤痛久久难消。还有，他对晓月那段暧昧复杂却又难以抹去的情感……这一切都是为一个人的阴谋所付出的代价！设计这样的阴谋简直不可思议，难道仅仅为了金钱，什么事情都可以做吗？这个人现在就站在身边，崔瀚洋要用行动讨一个答案。

大白鲨……

崔瀚洋自言自语地重复着这个词。黄旭也记起这段往事，怔一怔，想作一些解释。但崔瀚洋的表情不容他开口，他只得闭嘴，迁迂磨磨再找机会。

出了电梯，绷紧的弦又松了下来。黄旭长长地舒了一口气，变得很活跃。他和服务员小姐打招呼，开玩笑，又打电话订餐，让人把酒菜送到房间。他附在崔瀚洋耳旁说：我有许多话要对你讲，真的！只有你我面对面，像兄弟一样喝着酒，才能把话讲明白。

酒菜送来了，服务员退出房间。只有他俩面对面，气氛忽然又紧张起来。这很奇怪，仿佛空气里真的蕴藏着尖锐、锋利的东西，锥子一样扎入人心。崔瀚洋感到自己身上放射出一股杀气，正如武侠小说中描写的一样。他不知道他将做出什么举动，但肯定不同凡响。这时，他的目光落在一把切牛排的刀子上……

这件事情很难解释啊，我也是被人耍了。黄旭一副有苦难言的模样，掰着手指向崔瀚洋述说，"十三太保"你还记得吗？有莫奇、钟兆发、马老六、贵仁……他们都偷偷地建老鼠仓，每个人买了几百万元红星股票。合在一起，就成了大白鲨！我被蒙在鼓里，什么也不知道。那"十三太保"，统统是骗子！我从此以后就跟那帮王八蛋一刀两断了……

崔瀚洋与黄旭并排坐在沙发上，因而很轻易就抓住了他的手。黄旭一惊，手指不再舞动，僵硬地蜷缩起来，像一只鸡爪。崔瀚洋仔细欣赏这只手，仿佛每根指头都刻有一篇文章。他用力捏住腕子，黄旭疼得龇牙咧嘴，静默中，这出哑剧无休止地拖延下去。

我最难忘记十根手指的故事。崔瀚洋终于开腔了，这故事编得好！大白鲨，一个白白胖胖的香港老板，有天早晨打开抽屉，发现一塑料袋血肉模糊的手指头。原来，是黑社会把他的首席操盘手手指剁下，送给他一个警告……

没，没这种事情，我瞎编的……我是看见报纸上有一则新闻，就编出这么段故事。当时怕你不坐庄了，我警告"十三太保"不许乱动，又用这故事来安慰你……黄旭说着，企图抽出自己的手掌。

但崔瀚洋使着暗劲，他丝毫动弹不得。危险在迫近，黄旭更加紧张。他又结结巴巴补充道：这是我对不住你的地方。

当我知道这故事是假的，你猜怎么样？我感到十分遗憾。这遗憾藏在我心底，无论如何抹不去。今天我有了一个想法：把这故事变成真的，岂不圆满？人生不能留遗憾，你说对吗？

你，你想干什么？

留下你的手指头，我们的旧账！

崔瀚洋一把将黄旭的手掌按在茶几上，迅速操起切牛排的银刀。黄旭吓得面无人色，尖声喊救命。崔瀚洋用刀背敲着他的手指，认真挑选一番。他似乎在征求意见：先砍了食指，以后你就不能数钱了，反正你数过的钱已经够多了。行吗？然后，他真的举刀砍下……

房门一响，崔瀚洋抬起头，看见龚晓月站在面前。他深感意外，刀子在半空打住。

砍吧，这幕戏应该有我当观众。龚晓月平静地说。

你怎么来了？

我有这房间的钥匙。我们是一起从北京来的。

崔瀚洋抡刀砍下，刀锋切入茶几一角，颤巍巍地立在那里。崔瀚洋哈哈一笑：你以为我真会砍他手指？为他犯罪值吗？我就想看看他长着几个胆。

黄旭这才回过魂来，哼哼唧唧直甩手：我哪有什么胆？让你吓死了……你这玩笑开得实在过分。

龚晓月冷笑：玩笑？我若不来，说不定他已经把你手指头砍下来了。是你自己做的事情实在过分！

黄旭连忙赔不是，千千万万个对不起老弟。又把责任往“十三太保”身上推，赌咒发誓要找他们算账，讨回崔瀚洋的损失。崔瀚洋冷着脸，一言不发。

龚晓月的目光掠过崔瀚洋的脸庞，又停留在窗外的天空，话里有话地说：行了，生意场本来就那么冷酷。受伤害的人，就得学会自己舔伤口。我要是怨天尤人，早打开窗子跳楼了。

　　黄旭又来了精神：对，咱们要向前看！瀚洋老弟，我有亏待你的地方，一定会弥补过来。现在就有一个机会，你跟我们联手做空大豆！

　　他透露一个消息：北方有几家油脂企业，在高价位买入大豆，现在深度套牢。作为"空军司令"，他有把握歼灭这批多头主力。据他掌握的情报，多头阵营开始分化，资金严重不足。大豆价格再跌一段，他们将不得不割肉止损。那时，空方的收获大得惊人！崔瀚洋此时加入，放胆卖空大豆，不久即可分享胜利果实……

　　你可能担心转基因管理条例对多头有利。我告诉你一点内幕消息：这个条例短时期内不可能实行。我们就利用这段空隙，不正好把多头击溃吗？我们一船又一船运来美国大豆，压也把他们压垮了！

　　崔瀚洋留心听着，脸上却挂着冷笑：你的那些本事我知道。谁在跟着你做空？还是那"十三太保"吧？

　　黄旭涨红了脸：不，不是他们，我的朋友多了……晓月也在做空。晓月如今不得了，是北京万盟期货公司的总经理！还有黑马，你的老朋友、老部下，都在跟我做空……就缺你啦，你也加盟，我们又是一个大团圆！

　　崔瀚洋心里一阵难受。他隐约看见了黄旭新编织的关系网，而黑马扮演的角色与他当年一样。

　　人不能在一个地方上两次当。无论谁跟你干，我是不会与你一路同行的。我说过，我心底藏着遗憾。今天虽然没砍你的手指头，但是我要换一种方式，比如在期货战场上，向你讨回这笔旧账！

　　崔瀚洋昂然走出客房。到门口，他回过头看了龚晓月一眼，那女人靠在窗前，脸上漾着神秘莫测的微笑。

二

晚上，崔瀚洋乘船离开大连，随同事们返回Ｓ市。

海港的夜别具特色。灯光在黑幽幽的水面上跳跃，色彩变幻，扑朔迷离。汽笛长鸣，轮船徐徐驶向大海。码头上人群熙熙攘攘，旅人登船，亲友送别……崔瀚洋与黑马默然相对，衬着这幅活动的背景。

你要走了，不再住几天了吗？黑马喃喃地说。

不了，天下没有不散的筵席。谢谢你来送我。崔瀚洋声音里有着别样的伤感。

黑马掏出一支香烟。他是很少抽烟的，只有心情激动时抽。他说：我不是故意对你隐瞒，那天喝酒没顾得说黄旭。我觉得除了晓月这层关系，我本人和黄旭不搭界，所以没太放在心上……

你别误会，我不是因为黄旭与你们的关系心里不痛快。我只是有些担心……我怕你吃亏！

说到底，你还是不相信龚晓月。黑马叹息道，当年在上海相遇，晓月对我说，我们要利用黄旭，但是永远不跟他走一条路。后来黄旭找到她，万般恳求，要她回去。晓月和他谈条件，他就把北京刚成立的万盟期货公司交给晓月管理。这样，我们就顺利地进入了期货界。大连这家公司老总也是黄旭的朋友，他打了招呼，我就过来了。这是一笔交易，对我们有利，难道不应该做吗？

崔瀚洋点点头：应该。不过黄旭做事总有他的目的，你一定要小心。

黑马推推眼镜，说：你的遭遇我在旁边看得一清二楚，心里当然有数。再说，我还有晓月把舵呢！

崔瀚洋迟疑一会儿，问：你真的那么相信她？

黑马笑了：这就是关键。当初，你如果与晓月一条心，黄旭的阴谋就很难成功。但是你和她既相爱，又提防，反而伤了她的心。我呢，一颗心坦坦荡荡，全交给她了，她怎么会忍心践踏这颗心呢？不可能！

崔瀚洋问：照你看来，我和晓月关系处理不好，过错在我？

黑马说得坚决：当然。你从来没珍惜过她，你先入为主，把她看成一个坏女人。晓月对我讲起过林小英，你对她才是真的。晓月看清这一点，就决心离开你。

崔瀚洋承认：是啊，从头我就心不正啊。与龚晓月这段姻缘应该属于你的！

黑马由衷地得意：我是胜利者，是最后的赢家！

崔瀚洋握住他的手：真心祝福你。你们打算什么时候结婚？

很快，不会拖过春节。争取元旦吧。

崔瀚洋心中释然。真奇怪，黑马把问题说透，他感到特别轻松。对龚晓月的猜疑，始终是一种压力，巨石一样压在他心头。认识到错误根源，崔瀚洋才真正得到解脱。

卢燕红老远招呼崔瀚洋上船，二人挥手告别。走出几步，崔瀚洋又折回来。

我还要问你一句，大豆你是做多还是做空？

黑马反问：你呢？

崔瀚洋说：这次东北之行，我的感触很多。回去后第一件事情，就是开锁，坚决做多！我觉得已经把握住大豆行情发展的方向了。

黑马说：黄旭的情报也很有价值，老多头主力可能挺不住了。我顺势而为，做空。

那么，我们也要较量一番了。哈哈，战场上见！

崔瀚洋步伐矫健，很快登上舷梯。汽笛发出一声长鸣，机器隆隆响起。黑马频频挥手，崔瀚洋让他回去。船头难以觉察地偏离码头，渐渐向外侧倾斜。崔瀚洋伏在船舷，视角转移，看不见黑马了。他随意眺望，忽然，发现码头另一端立着一个熟悉的女人的身影。是龚晓月！她拎着一柄红色雨伞，上身微倾，正凝视着甲板。也许她看见了崔瀚洋，她举起红伞，摇了又摇……

下雨了。崔瀚洋看见黑马走到她身边，两人说了些什么，一同离去。晓月打开雨伞，一片红色遮住他们的身影，渐行渐远。原来，他俩是一块儿来为崔瀚洋送行的，却不知为何晓月要躲在一边。其中滋味，不由得使崔瀚洋喟然长叹。

轮船驶入黑色的海洋。崔瀚洋想起他对黄旭说的话：心底一直藏着遗憾。现在他明白了，真正的遗憾在于，他始终没有认识龚晓月。他站在甲板上，任由淅沥小雨淋湿脸颊，不住地想，想……

三

飞机在首都机场降落。萧长风走出旅客通道，就看见前来迎接他的妻子。在电话里他再三说，用不着接，北京机场来往多少次了？打个的就得了。老夫老妻，也不用在形式上那么亲热。袁之华却说：这次不一样，我要给你一个惊喜！

什么惊喜？亮出来看看。萧长风刚与妻子见面就匆匆地问。袁之华抿嘴一笑，却不答话，接过丈夫手中的包就往外走。萧长风越发好奇，紧跟着妻子走出候机楼。

到了停车场，谜底总算揭开：袁之华站在一辆黑色奥迪轿车跟前，拍拍车头说：看，这车是我亲自开来的！

萧长风真有些吃惊：你学会开车了？

袁之华说：驾照昨天刚拿到手。不过开是早会开了，在国外我还驾车兜过风呢！

萧长风钻进轿车，身子舒服地往后一仰，说：真不知道老婆有这么多能耐！调回S市，给我当司机吧。

袁之华开车又快又稳，果然不是新手。轿车穿过一条条繁华街道，驶入一个新建成的住宅小区。袁之华停车。萧长风问：这是到了哪里？

袁之华说：给你一个真正的惊喜！跟我来。

萧长风懵懵懂懂尾随妻子走进一座高楼，乘电梯，穿走廊，打开一扇房门，眼前豁然一亮：崭新的装修，舒适的布置，各种奇妙灯具照得家具灿然放光！

萧长风迟疑着不敢进门，问：这是谁的家？

袁之华指指自己，又指着萧长风的鼻子：我的家，你的家，咱们自己的家！

她告诉萧长风，最近部里调整住房，特意照顾她，把她原来住的一居室收回，换成了这套三居室的大房子。一位副部长跟她开玩笑：部里这样安排，是让你把老公接来，安心工作！以后啊，你别往我这儿递请调报告了。她喜欢这套房子，就拿出在北京的全部积蓄，又办了装修贷款，尽全力建成这宫殿似的家！

这的确让人惊喜。不过，萧长风惊是惊了，喜却喜不起来。他们夫妻原已商定，袁之华忙完这份工作，就尽快调回S市。萧长风天天盼望妻子回到身边。电话里多次问起，袁之华总说快了快了，却有些含糊其词。今天见到这个新家，萧长风知道情况又有变化，心里凉了半截。

袁之华见丈夫脸色晴转阴，当然明白他的心情。她为萧长风泡上一杯茶，在沙发坐定，索性把自己的工作情况对丈夫说个明白。中央成立了一个专门机构，协调各部门工作。袁之华对规则熟悉，又有多年谈判经验，因而她被抽调过去，负责农业方面的工作。现在，袁之华再想回S市，更加不可能了。

萧长风苦笑：好嘛，你步步高升，我们牛郎织女的日子是过不完了。

话不能这么说。牛郎也可以跨过银河，来到织女身边过日子呀。你瞧，新家已经有了，把妈和萧潇接来，一家子在北京生活，多好！袁之华试图描绘家庭新蓝图。

唉，新家虽好，老家更撇不下呀……

我知道，你呀，撇不下的是东方银行！

萧长风站起来：哟，让你惊喜不断给惊的，我都忘记来北京是干啥的了！孙鹏行长让我下飞机就给他打电话，我倒在这里多愁善感。也不知道他老人家睡觉了没有……

他掏出手机拨通孙行长家的电话，行长还在等他，两人聊得起劲。原来，萧长风写的那份加强股份制改造，争取东方银行早日上市的报告，引起董事会很大兴趣。其中一些观点、具体的操作思路颇有新意。孙行长请他来北京，专程向董事会作一次汇报。

孙行长兴致很高：干脆，你来我家，咱俩聊个痛快！

萧长风有些犹豫：太晚了吧，别影响你休息……

没问题。我哪天不是下半夜睡觉？对了，我还要向你透漏点儿内幕消息，关于你个人的前途，想不想听？还是到我家来谈方便。

萧长风决定去孙行长家。袁之华要开车送他，他却不让。得，你还是在家歇着，别找机会显示你的驾驶技术了。我出门就打个车，更方便！萧长风边穿大衣边说。

袁之华说：什么呀，我也想看看孙老师。当年在财大，他给我们讲金融学，我还是课代表呢！

萧长风仍是摇头：算了，我们谈工作，你去不方便。改天咱俩买些东西，专程去看老师。

袁之华只得作罢, 撇撇嘴道: 你总是把自己的工作看得那么神圣!

萧长风吻她一下, 深情地说: 吃点东西, 洗个澡, 在家等着我。

坐在出租车里, 萧长风有些激动。真没想到他的一份报告, 能引起总行高层如此重视。萧长风把自己在工作中积累的种种想法整理成文, 本是想请老师作些指导, 至多是向领导提出建议（在他心目中孙鹏既是老师又是领导）, 今后打算写成一篇有分量的论文。现在, 论文未成, 他人倒先被召到北京。可见在总行领导心目中, 股份制改造、股票上市等工作, 已经是迫在眉睫! 萧长风多年潜心研究此类问题, 看来大有用武之地了。

不过, 他心中又有点忐忑不安。孙行长说要透漏内幕消息, 并且关系到他的个人前途, 是什么意思呢? 前些日子, 有传闻说省行要调他去当副行长, 他听过也没放在心上。难道此事当真? 或者, 总行看他报告写得好, 干脆调他到北京搞股票上市? 一路上猜测着, 他总也得不出答案。

好在孙行长是个爽快人, 马上把答案给了他。到孙行长家, 刚坐定, 他就开门见山地问萧长风: 怎么样? 想不想调来北京工作?

萧长风脸上掠过一丝笑容: 怎么谈起这话题了, 该不是袁之华找你走后门了吧?

孙行长抽着烟, 点点他说: 别冤枉人家, 小袁从不向我张口。你们长期分居, 生活不便, 我这当老师又当领导的, 就不放在心上吗? 来吧, 来个大团圆!

萧长风以为孙行长要给予特殊照顾, 忙说: 没什么, 做了这么多年牛郎织女, 我们已经习惯了。孙行长, 你用不着多费心了。说实话, 我还真放不下支行那摊子事呢!

孙鹏哈哈大笑: 放不下也得放。我给你准备了一个大舞台, 等你来登台亮相, 扮角唱戏呢!

你的意思……

我要起用一员大将，专门负责东方银行发行股票、挂牌上市的工作。看了你的报告，董事会一致认为你就是最佳人选。你调到总行，任行长助理，董事会秘书，副局级待遇，满意不满意？

萧长风怔住了。虽然他有过预感，但这些变化太大，来得太突然了。他眼前闪过银行员工一张张熟悉的面孔，心里有一种沉甸甸的、眷恋难舍的感情。他抬起头问：我可以选择吗？如果可以，我还是选择现在的工作。在基层行当一个行长，面临各种挑战，生活热烈而有意义——我喜欢这样的生活。

孙鹏摆摆手：可惜，你没有选择了。我告诉你，在人生的不同阶段，应该受到不同的历练。现在你要站在高层次，鸟瞰全局，经受新的考验。你到总行来，就会知道股票上市是一项多么复杂、多么重要的工作了。金融领域改革，银行是最难突破的一关，而股票上市，使国有银行资本社会化，是一条捷径！你在报告里清楚地阐明了这一点，说明你深知其中意义。所以，点将就点到了你。

萧长风说：我只是纸上谈兵，从没实际操练过。

马上操练！北京各大银行都忙着发行股票、挂牌上市，竞争激烈啊。再有几年，外国银行进来了，我们怎么和人家较量？只有改变资本结构，建立起现代企业制度，中国银行才有希望。谁都看见股份制改造这条捷径，谁都想抢先上市。你一来，就像百米短跑运动员似的，发令枪响，你得给我像箭一样射出去！

萧长风明白大局已定，点头道：好吧，我保证像箭一样射出去。孙行长，我想问一句，以后我还能当行长吗？

孙行长笑道：袁之华说得没错，你呀，一生放不下银行家的梦想！我答应你，完成总行交代的工作，再把你放到第一线去！

萧长风说：还是老师理解我……

从孙鹏家回来，天已拂晓。萧长风下车，仰头望见满天繁星。他伫立着，寻找东方那颗灼灼闪亮的启明星。人生的转折难以预料，这次北京之行，竟成为萧长风事业发展的分水岭。他有些激动。他将参加一场角逐，这是中国金融界大变革、大分化、大重组的空前激烈的角逐！老师说得对，这里可是个大舞台。萧长风将在更高层次上，鸟瞰全局，扮角唱戏，更深地融入中国经济改革大潮！他渴望新的挑战，心跳不已。

凌晨的空气带着寒意，他深呼吸，一股凛冽之气透彻肺腑，清新、舒坦。该回家了。萧长风步入大楼，一边走一边想：妻子是真有先见之明，还是从孙鹏行长那里探得了风声？难说。总之她把家建起来了，今后这将是他们的新家。走向这个新家，更多的感受是惊喜，但萧长风却留恋老家的温馨……

真的，面对生活的转变，萧长风心中交织着两种情感冲突：惊喜与眷恋。对于S市、金融街、东方银行，对于他的同学、同事以及一切熟悉的人们，他原来怀着那么深的情感，以至于自己也暗暗吃惊。在电梯里，他竟流泪了。什么原因也没有，独自一人，默默地流泪。最后，他擦干脸上的眼泪，笑着摇头：你呀，你这个人……

走进新家，萧长风发现妻子歪在沙发上睡着了，电视机还开着。他按遥控器关掉电视，袁之华倏忽醒来。我一直在等你，她说，我感觉会有好消息。

萧长风审视她的眼睛：感觉？不会是预谋吧？

袁之华莫名其妙：你遇到什么事情了？怎么会有预谋？

萧长风笑了：咱俩多年的安家之争，以你的胜利而告终。孙行长调我到总行工作，我就要进京，向你报到来了！

袁之华跳起来：真的？我没在做梦吧？

萧长风抱起妻子进入卧室，他相信她是第一次听到这消息。在崭新的大床上，袁之华显得很兴奋，也引得萧长风激情澎湃。但女人毕竟心细，吻过萧长风几次后，她就问：你怎么哭了？

萧长风一怔：哭？谁哭？

袁之华说：别瞒我，你刚哭过。你脸上泪痕未干，为什么？

萧长风有些狼狈：别问。都叫你这新家惹的……

他以更加刚猛的动作，将妻子带入爱的旋涡。

四

崔瀚洋开始行动。他站在岗楼似的办公室里，望着外间操盘手们在电脑跟前紧张忙碌。开锁，将空单平仓，单向持有多头仓位！这是他刚刚下达的指令，也是他经过长时间的犹豫后，最终做出的选择。开弓没有回头箭，从此，崔瀚洋加入了大豆多空之战的多方阵营。

卢燕红来看望他。得知他已经开锁，卢燕红高兴地拍拍他肩膀：神奇小子终于动手啦！她告诉崔瀚洋，马明远的三千万元刚刚到账，可以放心使用。她又招来几位财神爷，这两天资金源源不断地流入新兴投资公司。放心干吧，她说，我相信你的判断。你准赢！

卢燕红满面春风，喜气洋洋，给了崔瀚洋极大的信心。她走了，还留下一屋子馨香。崔瀚洋笑着摇头：女人结婚大不一样。卢总虽是铁娘子，相比过去也判若两人呵！

可是，当崔瀚洋坐下看盘时，惊得嘴巴大张，倒抽一口冷气！主力合约205刚才还在缓缓攀升，不知为何突然急跌，几乎触及跌停板。崔瀚洋怔怔地望着电脑屏幕，神情茫然。玻璃小屋空气凝重，卢燕红带来的喜气一扫而空。怎么这么倒霉？一动手就做反了？崔瀚洋心中一阵难受……

要冷静。这是战略性建仓的第一步。也就是说崔瀚洋经过深思熟虑，已在胸中勾画出多头大战役的蓝图。5月合约的1950点是关键支撑位，崔瀚洋计划在这一带逐步买入大豆，扩大多头仓位。下跌是好事，正好买进。但是1950点关键位不能失守，一旦失守，依据波浪理论，豆价将要跌出一个延伸浪，有可能跌到1750点。现在，1950点正面临严峻考验，崔瀚洋不得不把一颗心提到嗓子眼上。

怎么回事？哪里来的一股抛压？崔瀚洋想起黄旭，莫非他算到崔瀚洋入市，故意给他个下马威？这当然是不可能的，但崔瀚洋总感觉到黄旭的存在。瞧，这家伙又在电脑屏幕右上角出现，挤巴着小眼睛鬼笑：空军司令向你致敬！黄旭尖着嗓子叫，并向他行了一个美式军礼。崔瀚洋揉揉眼睛，那小人又从屏幕上消失了……

崔瀚洋仰靠在椅背上。好久没打大仗了，今天是红星风暴之后的第一仗。期货不同于股票，保证金交易方式将输赢结果成十倍地放大，赢了，一战而得天下；输了，光着屁股回家。这一仗，只许胜利不许失败！崔瀚洋早就对自己下了死命令。但期货交易不是靠决心能够解决问题的，而是需要精确的判断。比如现在，既是最危险的时刻，又是买入的良机。买？还是不买？胜负悬于一念。崔瀚洋捶打着脑袋，实在难下决心。

5月大豆出现反弹。电脑荧屏上价格曲线缓缓攀升，就如老汉吃力爬坡，一步三喘，走走停停，叫人看着心里难受。崔瀚洋凭经验作出判断：空方并未刻意打压，多头也没拉升价格，盘面似乎处于无主状态，任其沉浮。但是，当205龙头合约反弹至1980点以上，就有抛盘蜂拥而出，恰似一个巨浪打来，将躬身爬坡的小老头骨碌碌打入深渊！1960、1955、1950……期价又被压到最后支撑位，直逼跌停板。

有事儿。崔瀚洋喃喃道，发生了什么事儿？

电话铃响，黑马及时解答了他心中的问题。你怎么样？老兄，且慢动手。我这里有内幕消息要告诉你！黑马声音压得很低，紧张而又神秘。

崔瀚洋忙说：我正在纳闷，盘面不大对劲儿呀。快告诉我怎么回事！

黑马带来了坏消息：远大期货公司作为多头主力的旗舰，资金链出现问题，今天可能遭到强行平仓。所以，期价稍作反弹，就有多头割肉盘涌现。这家主力从春天起就一直在205合约买入大豆，豆价一路下跌，他们一路抵抗，坚持做多。如今浮亏巨大，力不从心，终于割肉离场。多方阵营一面大旗轰然倒下，对做多者的信心是极大的打击。一些大户、散户受惊出局，人气涣散，影响广泛……

黑马说：黄旭预期的局面出现了，多头主力扛不住浮亏，最终要止损。估计这几天还有一些老多头要割肉出局，1950点很难支撑得住啊！

崔瀚洋笑笑：老多头出局，新多头进来，前赴后继嘛！我就不信豆子会跌得比麦子还贱。

黑马苦劝：你要谨慎，要顺势而为。我对你说，晓月主管的万盟期货公司近日调来一个多亿资金，黄旭要把它打造成空方的旗舰。你注意持仓排行榜了吗？万盟的空头位置上升很快。刚才晓月打电话来说，今天他们又做空两千手205合约。另外，黄旭的同伙不断进口美国、巴西大豆，晓月说，本周将有六艘万吨轮到达港口……

崔瀚洋道：黑马，你真以为我与黄旭赌气，才执意做多吗？你把我也看得太简单了吧？

不是，我知道你的思路。你寄希望于转基因管理条例，由国家干预出现一波多头行情。可恰恰在这一点上让我为你担忧，具体办法早已出台，但是正式执行的日子却遥遥无期。万一有变化，反而成为特大利空，你持多单岂不危险？

这话你说到点子上了。政策定了，却迟迟不执行，究竟为什么呢？……崔瀚洋喃喃道，心情更加郁闷。

听说，美国农场主反应激烈，他们的大豆协会正在国会积极运动，企图通过一项制裁中国的报复性法案。老兄，问题不是那么简单，你要三思而行啊！

崔瀚洋答应认真考虑黑马的建议。在挂电话前他忽然问道：黑马，你说句实话。是不是黄旭让你打的这个电话？

黑马略一迟疑，忽然恼火起来：你把我看得这样不值钱？不管黄旭打什么算盘，我永远不会成为他手上的工具！

崔瀚洋连忙道歉：我错了，这话算我没说。

他明白，黄旭还想拉拢他。但黑马谈的是自己的观点。主多斩仓，空方得势，外国大豆长驱直入中国口岸……这些都还不是关键。有一个问题，像重锤一样撞击着崔瀚洋的胸口：政府究竟有没有决心保护豆农利益？这个决心有多大？这一次会不会又使崔瀚洋栽一个大跟斗？……

崔瀚洋闭上眼睛，脑海里掠过纷乱的画面。他想寻找些什么，使脆弱的心灵得到支持。很快，一个镜头从记忆中浮现，放大：东北辽阔的黑土地，一轮落日将桦树林染得火红，一个青年人将黑土搓成粉末，猛力扬向天空……不错，那正是他本人。当时他还不由自主地发出呼ը
喊：东北大豆，绿色大豆，就是要卖个好价钱！做多的决心不是来自图表分析，而是来自深厚的黑土地，这是崔瀚洋投资生涯中前所未有的。这个决定给他带来全新的体验，使他感到踏实，自豪！

现在怎么了？你犹豫了？退缩了？……崔瀚洋暗暗责问自己。

他恍然看见牛博士走上前来，指着电脑屏幕摇头：这价格不对，不正常！他雄辩地强调，非转基因大豆是一张王牌，迟早会被全球消费者所认识。这是东北大豆比较美国大豆的优势，我们要坚决发挥这一优势。我们需要时间，需要宏观面条件配合。政府深知其重要性，必然出台一系列的政策给予支持。我们有雄心，有抱负，将把东北这片黑土地建成世界上最大的非转基因大豆基地！牛博士很有风度地掠掠长发，总结道：你们不是讲究顺势而为吗？这才是大趋势。

崔瀚洋蓦地张大眼睛：对啊，这才是大趋势！转基因管理政策必然执行，东北大豆必然上涨。或早或迟，这些因素都会在期货价格上体现出来。你怎么糊涂了？怎么会看不见如此明显的趋势？

崔瀚洋心头豁亮，似有一道阳光直射胸膛。他哈哈一笑，站起身来。这时，王宁宁进入办公室，一脸惊慌神情。她说：跌停板了！怎么办？崔总，我们都在等你指示……

崔瀚洋弯腰看电脑，又是哈哈一笑。来得好啊，我正等着你呢！崔瀚洋挥挥手，大步走出玻璃小屋。

给我打开跌停板！他直接对操盘手下达指令。他的手指一一点过成排的电脑，口中念叨：买进，买进，买进！大家齐动手，把空单一扫光！

此时，崔瀚洋胸有成竹。未来趋势已了如指掌，新入的资金丰裕宽畅，他怕什么？新多入场，生气勃勃，一支生力军如龙似虎参加战斗！在目前低位，空方毕竟心虚，抛盘很轻，崔瀚洋刚一动手，跌停板就打开了，期价缓缓扬升……

对手是明确的，他们的语言在盘面上表现出来。205 合约刚一抬头，空方就猛烈打压，期价又被封在跌停板上。崔瀚洋冷笑：来吧！今天你卖出多少豆，我就全部吃尽。电脑屏幕的右下角，显示出买卖双方的挂单数量，一千手空单正压在 1950 点，犹如一块巨石。崔瀚洋擎起巨石，扔到一边。又挂出来八百手空单，崔瀚洋再买入八百手。忽然跳出一串大数字：一千五百手，崔瀚洋几口将它吞下……几度跌停，几度开板，成交量急剧放大，多空搏斗异常激烈。

这是一场角斗，崔瀚洋仿佛身处古罗马的圆形角斗场。他知道对手是谁，他扭住对手死死不放。刀光剑影，杀气冲天。双方使出浑身解数，置生死于度外，剑锋直指敌手咽喉。崔瀚洋异样兴奋，养精蓄锐，就为此生死一搏！他双眼灼灼放光，鼻孔翕动，两道浓眉也倒竖起来。资金是他的剑，决心是他的勇力，他向对手发起一次次猛烈的攻击……

期货投资者都能看懂这场角斗，他们在全国各地守着电脑，屏住呼吸观战。并且，他们不仅仅是观众，在一定的时机就跳将出来，变作新加入的战斗者。崔瀚洋并不孤独，他的奋战赢来喝彩，同时传递出明确信息：新多主力杀到，今天这跌停板是封不住了！于是，市场渐渐出现连锁反应，观战者纷纷变成战斗者，有人抄底，有人追涨，割肉者不割了，跟风沽空者平仓观望……这就形成了一种合力，推动期价逐级上升。到了下午，人气大变，大小买单从各处涌现，盘面翻红，长阴转阳。205豆一马当先，各个合约争相上扬。收盘时尽收失地，205合约甚至登上2000点大关！

崔瀚洋长长舒了一口气。员工们下班走了，他独自坐在办公室里。交易所每天公布持仓排行榜，公开多空前二十五位持仓者名单。崔瀚洋在电脑上看见了北海期货公司的名字，他买入的多单都记在北海期货的账上。在这一个交易日里，他买入205合约一万二千手，一跃而成为多头持仓第八名。再看看空方排行榜，万盟期货赫然列在榜首，持仓猛增八千手。崔瀚洋笑了，他可清楚知道，黄旭这八千手空单都是在跌停板附近做的，已有五十点浮亏。

崔瀚洋一拍桌子：这些空单，你就套着吧，1950点再也见不到啦！

他又仔细检查资金状况。保证金新增三千万元，并有四百万元浮盈，情况良好。他知道黄旭不会善罢甘休，这几天将有更激烈的战斗。崔瀚洋不想与他硬拼，明日可选高位部分平仓，将盈利兑现。待期价跌落到2000点之下，他再买入。从容周旋，等待时机。

天黑了，崔瀚洋打开灯，伏在桌上奋笔疾书投资计划……

五

元旦过后，萧长风就要进京。金融街上的几位老同学当然要为萧长风送行，周六这天都聚集在金水酒家，热热闹闹地喝一顿酒。好久未在一起聚会，亲热之情溢于言表。他们又回忆起大学时代那段难忘的日子，感叹岁月蹉跎，光阴似箭。屈指一算，离开母校也有了十八年，在座的同学都年过四十，正经是中年人了。回眸人生，谁都有遗憾，可又人人感到自豪。他们慷慨激昂地喝酒，争相总结自己的事业与生活……

老班长梁新民已经开始谢顶，他年纪最大，自称是往五十岁上数的人了。他仍然是工商银行副行长，多年来未有寸进，今后也难有大的发展。他对自己做出评价：一个平庸的人，没戏。不过知足者常乐，他心甘情愿做一颗小小的螺丝钉。

白帆年纪最小，至今还保留着几分当年吹笛子的大学生韵味。他是个福将，最早当上金泰公司老总，S市证券业的繁荣与他的名字联系在一起。这段日子，他又成功地推荐两家本地企业上市，受到企业家广泛好评。S市大多数股民都在金泰证券公司开户，股市活跃，行情火爆，白帆自然也生意兴隆。他的自我评价是：小机灵，好运气，对证券事业特别痴迷。骨子里可能存在赌性。

幸福总能使女人变得年轻。卢燕红仍不失女强人的风范，只是多了一些柔软，更显得成熟。她抿嘴一笑，不肯评论自己。白帆代妻子说话：卢燕红事业心虽然很强，实质上却是一个脆弱的女人。情感的丰富造成脆弱，她又不得不在竞争激烈的金融领域挺起腰杆，这对一个女人来说确实很不容易。

卢燕红道：瞎说！我喜欢这种生活。将来金融界会出现更多的女性，你们信不信？

　　杨扬文质彬彬，沉默寡言，老班长梁新民点了他的名，他才开口说话。杨扬回顾自己走过的路，信用社，联社，城市合作银行，城市商业银行，这个民间色彩很浓的金融机构一步步发展壮大，现在已成为金融领域的一支生力军。杨扬也从一个信用社主任，干到今天的城市商业银行行长。他套用股市术语，把自己比作一只成长性较差的绩优股：稳中有升，升幅有限……

　　萧长风没能做自我评价，大家轮番敬酒，一杯酒一句评语，说得好他就得干杯。梁新民说他雄心勃勃，终非池中之物；白帆说他两起两落，屡败屡战，坚韧不拔；卢燕红要请萧长风做她儿子的干爹，因为他人品方正，心地善良……都是好话，谁的酒都得喝。酒不醉人人自醉，萧长风感激同学们的真情，红着脸挨个致谢。最后，他还是做了自我表白：我这人比较执着，只是为了一个梦——当一名真正的银行家！

　　冷老师也来了，虽然是古稀高龄，他精神身体都还健旺。他与以往一样，望着一群生龙活虎的学生嘿嘿直乐，菜也忘了吃，酒也忘了喝。等到学生们向他敬酒，请他说话时，他才站起来，对大家做出一番总体评价：你们是整个金融界的缩影。你们每个人的经历，都包含着金融界在改革时代的艰难历程。要珍惜人生啊，这是有价值的人生！同学们，我从你们身上看见强国之光，你们继续努力吧！

　　萧长风回家已经深夜，崔瀚洋还坐在客厅里等他。兄长即将远行，弟弟自然要送别。萧长风为自己迟归表示歉意，重新沏两杯浓茶，与崔瀚洋促膝谈心。几年来，他们俩由疏远到亲近，也经过一段漫长的历程。爷爷的两次婚姻给这个家庭留下阴影，而同在金融领域奋斗的经历，又使他们比亲兄弟还亲。这份独特的情感值得珍惜，萧长风和崔瀚洋心中有着默契。明天下午萧长风就要乘飞机飞往北京，兄弟俩依依惜别。

崔瀚洋告诉哥哥，小英怀孕已经八个月，他将有一个儿子了！今晚小英也来了，只是萧长风迟迟未归，崔瀚洋担心她的身体，就让她先回家去……萧长风喜笑颜开，连连说孩子要紧，下次回来我可以逗小侄子玩了！

萧长风情深意长地说：我们兄弟俩，虽然走的不是同一条道路，可都在金融界奋斗，我们的一生注定在大风大浪中度过。我希望，你我都不会被风浪所击倒，最终成为金融界的佼佼者！到了晚年，咱兄弟俩一边喝茶，一边品味人生，那才有意义呢！

崔瀚洋激动地点点头：会有这一天的。

天将拂晓，崔瀚洋让哥哥睡一会儿，上路好有精神。兄弟俩在门口告别。

萧长风久久难以入眠，总觉得还有事情要做。蒙蒙眬眬之际，他看见老毛笑盈盈地走来。他一怔：对，临走应该为老毛扫墓！萧长风翻了个身，终于沉沉睡去……

柳溪坐在窗前，望着飘扬的大雪，凝神静思。对于老毛的哀思已经渐渐淡化，她眼神中的一丝忧郁却永远难以抹去。这使她活泼开朗的性格，多了某种底蕴，给人以沉甸甸的感觉。

柳溪穿上大衣，戴上一顶漂亮的绒帽，向奶奶告辞。出门一阵寒冷，雪花打在脸上使她精神一振。在柳溪最痛苦的时候，威尔逊一直陪伴着她。他温文尔雅很有绅士风度，又不时用幽默扫除柳溪心头的阴霾。他也流露自己的爱慕之情，但很得体，含蓄婉约绝不过分。柳溪内心感激威尔逊，没有他的安慰，真不知道她将怎样度过那段黑暗的日子。然而，柳溪还不想马上接受威尔逊的爱情，她要等一等，让老毛在她心中逗留得更久一些。

威尔逊在海边等她。两人相遇，威尔逊看看晴朗的天空，转身凝视柳溪的眼睛。我们上山去，他说，天气很好，我们应该去看看老毛。柳溪点点头，心中一热。威尔逊善解人意，总能把话说到柳溪的心坎上。是啊，由于天冷，好久没去老毛的坟墓了。柳溪正打算年前为老毛扫一次墓呢。

威尔逊驾车驶向青鸟山。路旁马尾松林绵延，积雪压着松枝，白绿相间，景色迷人。轿车驶入公墓，二人停车步行。公墓内静悄悄的，阳光普照座座墓碑，渲染出肃穆而宁静的气氛。柳溪与威尔逊互不说话，脚踏积雪发出吱吱的声响。在通往老毛墓地的小路上，印着一行清晰的脚印。是谁在这样的天气到墓地来？柳溪心中暗暗诧异。

她意外地看见萧长风的身影。昨天，东方银行开了欢送会，员工们与萧行长依依惜别。柳溪本想去萧长风家看看，可是打电话没有人接，不料在此地遇见了他。萧长风用松枝将老毛墓前的积雪扫净，此刻正对着墓碑垂手默立。柳溪和威尔逊上前打招呼，双方握手致意。柳溪将一只精致的小花圈放在老毛墓碑前，又深深地鞠躬，三人共同默哀。一阵清风吹过，积雪贴着地面打旋，仿佛死者的灵魂轻轻走过……

萧长风感情深沉地说：我就要走了，再为老毛扫一次墓。我的爷爷奶奶也埋在这里，看看老人家，向他们辞行。

威尔逊赞叹道：你们中国人非常重感情，这是很美的。

萧长风凝视着老毛的墓碑，眼睛里流露出哀伤：老毛是个好人。他的牺牲英勇壮烈，可也实在可惜！我闭上眼睛，总能看见老毛笑呵呵地站在我面前……我是行长，发生了这样的事情，真是痛心啊！

柳溪的泪水夺眶而出：都怪我，我太大意了……他是为我献出了生命！

萧长风摇摇头：不要把包袱背在你一个人身上，老毛是一位战士，面对敌人他就会挺身而出，战斗到最后一刻！我们永远怀念他，好好生活，珍惜人生，这才是老毛希望看到的。

柳溪捧起白雪，撒在老毛的石棺上，萧长风和威尔逊也这样做。洁白的雪花使人想到哈达，三人轮番撒雪，层层白雪在石棺上堆积起来，堆成一座小小的坟。生者对死者的悼念，也就有了一种诗意。

　　萧长风与柳溪告别：好好努力吧，希望你有一个美好的明天。

　　他离开公墓，轿车缓缓驶下山坡。

第二十章

一

崔瀚洋驾车驶向海港。他与彭程万有约，要去迎接一船刚刚抵达港口的洋大豆。彭总经常打来电话，或聊行情，或邀他喝酒，两人关系甚密。昨天，彭程万说起海龙油脂集团订购的一船美国大豆到港，崔瀚洋心念一动，便问：我能不能跟你去看看？

彭总就笑：你在海边长大，看船还没看够？

崔瀚洋说：我不看船，看豆。干一行爱一行，我天天炒大豆，闻到豆味就兴奋。

彭总说：那好吧，明早你跟我去接船。五万吨大豆能让你兴奋得蹦高！

港口在青鸟山以东，始建于1888年，也是殖民地时代的遗迹。当初英国人占领这座古城，看中的正是这片不冻海域，群山环绕形成的天然良港。一道白色挡浪坝横亘在港口，为修这坝，死了许多劳工。本地人传说，一种灰羽黄喙的海鸥就是劳工们的冤魂化成的。如今，天晴海静，群鸥掠现，已成为本市一道独特的风景。血与泪的代价，换来中国走向现代化的开端。经过一个多世纪的建设，S市海港已成为北方屈指可数的大港，万吨巨轮日夜进出，带来整座城市的繁华。

崔瀚洋密切关注洋大豆的进口情况，这是近期行情的焦点。期货市场的流言蜚语，总是与多少艘巨轮载着美国（或南美）大豆抵达国内港口有关。农产品转基因管理政策尚未实施，廉价的洋豆源源不断输入国门，这必然给大豆期货带来压力。有消息说，美国政府派出一支高级别贸易代表团，近日将到北京，专门谈判大豆问题。还有消息传得更凶：美国人准备向世贸组织提出申诉，指责中国设置壁垒……俗话说夜长梦多，大豆期货的多头阵营不免人心惴惴。

崔瀚洋一度取得相当的优势。他像一匹黑马突然杀出，率领多头发动一轮攻势，确保1950点生命线不失，把205合约一直推至2080点高位，获得了百余点反弹的胜利。然而，再欲取得寸进，却比登天还难。行情盘整数日，开始缓缓阴跌，各种技术指标转弱，形势不容乐观。潜在因素总会在期价上得到反映，基本面一团迷雾，大豆还能涨到哪里去？无奈，崔瀚洋只得后撤，在2000点一线布防。

尽管他仔细控制仓位，手中的多单仍不断增加。在多空排行榜上，他已经升至第三位。持仓越重，风险越大，可随着行情发展，增仓又是必然的。只有摆脱盘局，大势单边上扬，崔瀚洋方能看见胜利的曙光。可是老对头黄旭岂肯善罢甘休？价格稍涨他就拼命阻击，硬是压得豆价步步下滑。这几天利空消息频传，万盟更加活跃，逢高沽空，连连得手。万盟期货公司稳居空方排行榜第一位，持仓高达三万手。创出独家单边持仓新纪录！崔瀚洋心里清楚，黄旭不啻抱着一颗重磅炸弹，一旦行情反转，这么多空单止损也来不及。强烈的上升浪必将引爆炸弹，把这位"空军司令"炸得粉身碎骨！

然而，主升浪何时爆发？扑朔迷离的政策面何时明朗？崔瀚洋苦苦等待着。

轿车驶入港区。崔瀚洋把车停在港务局办公大楼前，徒步走向码头。远远望见一艘巨轮，船舷上印着斗大的外文字母，崔瀚洋猜测这便是运豆的船了。走近前去，果然看见彭程万的汽车停在船前。司机认得崔瀚洋，从车内出来，告诉他彭总已经上船了。崔瀚洋诧异：约好了的，彭程万如何不等他？司机说：检验检疫局来了几位同志，彭总陪同他们上船。好像出了点麻烦，彭总一路争辩，很激动的样子。崔瀚洋无话说，独自在码头溜达。

巨轮给人一种压迫感，黑虎虎地兀立着，仿佛一座刀劈斧砍的悬崖。崔瀚洋翘首仰望，感到有些晕眩。这家伙，肚子里装着几座豆山？他听说洋豆一般散装，几个分隔的船舱盛满豆子，真如堆山叠峦。卸船时用传输带，豆山便化为金黄的河流，奔流不息，直入仓库。这场面定是壮观。但崔瀚洋难以欣然，面前这座黑色悬崖，仿佛硬生生地压在他心上。

崔瀚洋不单单来此看豆，他心中藏着一个谜团：像彭程万这样的企业家，脑子里究竟在想什么？中国每年消费几千万吨大豆，食用豆（比如做豆腐、酱油）只占少数，主要是用于榨油。也就是说，无论进口大豆、国产大豆，最终是油脂企业消化了。彭程万这班企业家决定大豆的用量、品种的选择，可算是大豆消费市场的主力军！崔瀚洋感到奇怪：彭总一方面看涨，委托崔瀚洋买入三千手 5 月大豆，长期持有；另一方面，又大规模进口洋大豆。他不知道进口豆会压制国产豆的价格吗？他为什么没有把资金全部投入期市，买入更多的国产豆呢？崔瀚洋不解其中玄机，希望彭程万于交谈中指点迷津。

彭程万匆匆走下舷梯。他夹着黑色皮包，两颊赤红，眼睛圆鼓鼓瞪着，好像鼻孔里随时会喷出烟火来。崔瀚洋本想开两句玩笑，打个招呼，一看他气冲牛斗的模样，赶快把话咽回去。彭总一边走，一边回头对身穿制服的检疫人员发牢骚：打过多次交道，也算老朋友了，怎么一点面子也不给？李科长，我只好去找你们的陈局长了！他看见崔瀚洋，略一点头，两人算见过面了。

戴眼镜的李科长不苟言笑，慢条斯理地说：你找陈局长也没有用，检疫局下达了内部通知，对进口大豆暂缓检验。我们也没办法。

理由呢？你们总得给一条理由吧？

李科长说：最近，南方某市进口的一船巴西大豆，发现严重疫情（他顺口说了一串英语），一万吨大豆全部销毁、掩埋。总局要求我们接受教训，并等待新补充的检验标准下达。所以，我们只能暂停一下。

彭程万跌足叫屈：别人家出毛病，和我们有什么关系？我的豆子好不好，你们总得检查一下吧？我那进口榨油设备，一天要吃两千吨豆子，就等这船货下料呢！你们叫暂停，损失谁负责？

李科长只说一声抱歉，就钻进检疫局的车里去了。这些同志公事公办，彭总再说什么也没用。崔瀚洋看他一脸愁苦，不免有些同情。可是，检疫局的车刚开走，他转身面对崔瀚洋，眼睛里就射出鹰一般锐利的光亮。老弟，看出来没有？他拍拍崔瀚洋肩膀说，这里面有名堂！

崔瀚洋摸不着头脑：什么？

这是一个信号，国家对大豆进口加强控制了。暂停，等待新标准，这新标准是什么？就是转基因条例呀！

崔瀚洋眼睛一亮：真的？

彭程万眯起眼睛，打量着万吨巨轮，脸上浮现老谋深算的神情：幸亏我未雨绸缪，仓库里早备足了存货。你知道吗？一旦新政策实施，国内大豆就会出现一个断档期，这情况对油脂企业来说十分严重！半年来，我一直不敢掉以轻心，不停地买豆，买豆。现在好了，我不怕了！

崔瀚洋问：那么，你为何不在期货市场上一下子把大豆买足？

彭程万笑了：我要的是豆子，不是合约。虽然期货也要交割，可万一空方到时候拿不出豆子，怎么办？就算在期货上赚到钱，企业

444

无原料只得停产，员工流散，市场份额丧失，海龙色拉油的品牌声誉受损，终归是得不偿失！所以，我们做企业的，要紧抓住实实在在的东西（比方大豆），切不可虚浮。进口大豆一旦断档，全国将会有多少中小榨油企业停产啊！这是有过教训的。

你说这个大豆断档期，真有那么严重？崔瀚洋有些疑惑。

当然。转基因政策正式实施，新的检疫标准肯定十分严格，会给外商增添许多麻烦。这些事情岂能一朝一夕办妥？半年，甚至一年，都不一定搞定。你想，中国平均每个月要进口一百万吨大豆，如果几个月没有洋豆进来，国内大豆市场将会出现什么局面？

崔瀚洋脱口而出：货源短缺，价格暴涨！

彭程万笑得更加开心了：对了，所以，我请你再买进三千手205大豆合约。明年5月，我就到大连，向空方要豆子去。我呀，两条腿走路，现货期货一把抓！

崔瀚洋驾车回公司。虽然未能登船看豆，但他得到的收获却比预料中大得多。一路上，他把音箱开到最大音量，随着音乐节拍摇头晃脑，喜悦之情溢于言表。他觉得胜利就在面前，看得见摸得着，像一个小孩正朝他招手！

该赢一次了，好久好久没赢了……崔瀚洋喃喃道。

但是，王宁宁打来电话，却如一桶雪水兜头浇下，浇得他透心凉！王宁宁急切地说：又跌停板了！205开盘时好好涨着，突然出现大笔空单打压，期价跌破2000点，一口气跌停。大家都说，肯定有重大利空！

崔瀚洋沉默一会儿，道：你别慌，我马上就回来。

重大利空？哪来的重大利空？崔瀚洋脑子飞快地转动。2000点多方守了好几天，没有特殊原因绝对不会跌破。怎么忽然跌停了？黄旭掌握了什么消息，敢于如此出手？崔瀚洋猜测其中必有文章。他想到了黑马，应该打个电话，问问他到底出了什么事……

崔瀚洋停车，拿起手机要按号码。手机忽然响起，有电话打进来。崔瀚洋万万没想到，打电话的人竟是黄旭！他嘻嘻哈哈一阵怪笑，让崔瀚洋猜猜他是谁。崔瀚洋以为黄旭来奚落他，便口气生硬地说：有什么事儿？我正忙着呢！

黄旭说：我向你透露一个重要消息，昨晚，美国商务部部长和贸易代表，率领一个代表团抵达北京。他们来者不善啊！代表团里有我一个老朋友，名叫史密斯，是美国天堂商贸公司的总裁。我去看他，史密斯对我说，这次来专谈大豆问题，他们将迫使中国做出让步。否则中美之间将可能爆发一场贸易战！

你对我讲这些，究竟是什么意思？

事情明摆着，你我之间总有一人犯了错误，这错误的后果极其严重！念着过去的交情，我不希望出现太惨的结局。所以，我提议双方协议平仓，现在这价位谁也不会输得太多。你看怎么样？

崔瀚洋哈哈大笑：闹了半天，你是劝我投降啊？

黄旭也笑：聪明。说白了，我是在华容道上放你一条生路。如果拖延下去，我刚才说的情况全部浮出水面，你想跑也跑不掉了！多方崩溃，空方追击，跌停板一个接一个……想一想吧，这是多么可怕的局面！

崔瀚洋严肃起来：黄旭，你吓不倒我。从建仓做多那一刻起，我就把身家性命都押上去了。我说这话，有自己的体验，我自信抓住了大趋势。你也不必假惺惺地同情我，我不领情。这一仗，咱们就真刀真枪地干到底吧！

黄旭叹息道：话不投机半句多呀，我这电话算白打了。

崔瀚洋说：不，我还得谢谢你透漏的最新消息。

放下手机，崔瀚洋仰靠在车座上，双目微闭，凝神静思。他反复对比今天上午获得的两条信息：进口大豆暂停检验，美国商贸代表团抵达北京……

大豆期货剧烈震荡在所难免了，决战迫在眉睫！

二

萧长风决心为妻子做一顿晚饭。来北京近一个月，夫妻俩竟没有在家吃过几顿饭。实在是太忙了。萧长风接手新工作不说，袁之华也早出晚归，来去匆匆如过客。古人云齐眉举案，现代人虽难做到如此地步，夫妻间沟通交流总还是必要的。萧长风调到北京，结束两地生活，本是一件好事，可他却觉得夫妻二人距离更远了。

这里面也有原因。最近，袁之华领受新任务：参加中美双方关于大豆贸易的谈判。部长专门找她谈话，要她发挥专长，据理力争，配合其他部门的同志打赢这一仗。袁之华明白，这可是一场硬仗！这场谈判受到全世界的关注。重任在肩，她的心情难免沉重。萧长风从妻子的举止看出端倪，特别是在夜里，她常常失眠。萧长风陪她说话：聊聊吧，这两天你压力很大，工作上遇到麻烦了？

袁之华就把谈判的情况告诉他。夫妻两人谈得很投入，仿佛共同挑着一副重担，走过漫漫长夜……

这种时候，做丈夫的不是更应该照顾妻子吗？于是，萧长风就有了这个买菜做饭的计划。结婚那么多年，萧长风从未下过厨房。即便袁之华长期在外，家中也有老母亲料理。所以，当萧长风打电话请妻子回家共进晚餐时，差点没把袁之华感动哭了！她愣了半天，说：英雄掌勺，岂能不吃？今晚我们有宴会，但我宁愿饿着肚子，回家吃你做的……

萧长风不免有些得意。然而，下班后一进菜市场，他就傻眼了。买什么呢？做什么呢？他心中全然没谱。买个肘子炖炖，火候不好掌握；买条鲤鱼烧烧，这可是高技术活儿，他根本不知道程序……

转来转去，萧长风头都晕了。最后灵机一动，他全都买了熟菜：酱肘子、熏鱼、盐水鸭、烧鸡……该有的全都有了，居然也能摆起像样的一桌！只是没有原创作品说不大过去。萧长风又买了大量鸡蛋，做汤、清炒，料想难度不大，他应该能够胜任。英雄掌勺，大抵如此。萧长风默念着妻子的评语，拎着大包小包转回家去。

做具体工作不容易。萧长风调到总行，对此深有体会。在 S 市当支行第一把手，指挥部下做事；到北京当行长助理，事事都得自己去跑，角色转换使萧长风遇到新的挑战。他负责东方银行上市工作，整材料，跑证监会，和有关部门打交道，整天不得闲暇。不过，处于高层次运作，使他眼界开阔，得到历练，确实受益匪浅。各家银行都在争取上市，竞争激烈，整个金融界呈现出一种紧迫感。萧长风与同行们交流，发现家家都有新招数：或重于内部监控，或重于业务创新。仿佛春回地暖，一片勃勃生机。

萧长风思维敏锐，总要捕捉新机会。前天，他接待了几位美国花旗银行驻京代表，其中就有他所熟悉的威尔逊。这些外国同行似乎更着急，希望找到某种途径，购买东方银行部分股权，双方得以进行深层次合作。威尔逊希望与柳溪结婚，中文进步神速，上司特意调他来京参加谈判。他指着自己的大鼻子，对萧长风说：是我，向上司报告，东方银行很快发行股票！

萧长风笑道：上市额度还没批下来，你可是谎报军情啊。

威尔逊说：我有信心。

话虽这么说，萧长风却心中透亮。他马上向孙鹏行长汇报，并提出自己的想法：不必等东方银行正式上市，提前与外方接触，争取引入国际战略投资者，使我们占据更高的起点！

孙鹏说：你呀，总爱抢先一步。这事关系到现行金融政策，须经董事会研究。不过，我们可以打打擦边球，你先和他们谈着吧！萧长风愉快地答应。

一万年太久，只争朝夕。毛主席这句诗词什么时候念，都是那么确切。萧长风这样想着，却闻到一股焦煳味，原来他炒鸡蛋炒得太久，煳锅了。他手忙脚乱关火，脑子里还在想：如果能把国有法人股以3元的价格转让给花旗银行，就可以获得百分之二十的溢价。明天约威尔逊谈谈，先报上这价格，看他们如何反应……

这顿晚饭做得很失败。蛋煳了，汤咸了，萧长风尝过自己也皱眉摇头。但袁之华回家来，却对他大加赞扬。毕竟是第一次嘛，能办起一桌菜已经很不错了！夫妻俩面对面坐定，擎起葡萄酒相视一笑，慢慢啜饮。两人都是要职在身，经常在外参加宴会。可是什么宴会能比这样的晚餐更美好呢？

你真好！难得你这一片心意……袁之华深情地望着丈夫。

别，你再夸我，我真不好意思了。萧长风有些腼腆。怎么样？谈判还顺利吧？

顺利？嗨，别提这个词，艰难着呢！

你说这个美国人，怎么老把自己的利益看得那么高？袁之华忿忿然说道。今天，那个贸易代表詹姆斯竟然说，转基因大豆对人体健康不一定构成威胁，而中国的限制性政策却直接威胁到美国农民的利益。在他看来，他们能否多赚一些钱，比别人的生命更重要！

你有没有把这层意思说出来？萧长风问。

当然说了。他连忙解释，说我误解了他的意思。我说，不存在误解。据我所知，贵国政府在食品安全方面有许多法律，为什么我们对转基因大豆仅是加强检疫，仅是要求加贴标识，就会引起你们如此强烈的反弹？难道中国人的生命比美国人廉价一些？说到这儿，我真有些火了！

萧长风笑道：你发火的样子一定很可爱。

袁之华掠掠头发，说：谈判桌上可不比家里，所谓发火，也就是义正词严吧。詹姆斯是谈判老手，马上把话题转向实质。他说，任何国家都应当重视食品安全。但是，不能以此作为保护本国农业产业的借口。事情很明白，一旦进口受阻，国内大豆价格上扬，中国农民就会从中得益。换句话说，本应属于美国豆农的利益，由于贵国的变相保护，而转移到中国豆农的口袋里。你们如何解释这样的现实呢？

萧长风点点头：这个詹姆斯，说得也有点道理。

袁之华挺直身子，似乎把丈夫当作辩论对手，声调也激昂起来：你别上他当！说到保护，问题就更复杂了。不错，新政策的实施，确实在客观上起到保护作用，可是，哪个国家不在千方百计保护自己的农民呢？我发言时就问那位商务部部长：爱德华先生，听说贵国国会近来正在就大豆贷款补贴标准进行讨论，我想请教一下，所谓贷款补贴是怎么回事？他就兜圈子，兜啊兜啊，兜得你越听越糊涂……

萧长风问：你为什么扯到贷款补贴这个问题上去了？

唉，你是不知道，美国政府保护农民利益达到什么地步！他们国会早就制定了一项法律：农民种大豆，政府给贷款补贴。现在的补贴标准是一蒲式耳大豆五百一十二美分。这就是说，当市场价格低于五百一十二美分时，农民可以到政府那里领取差价。比如，目前大豆在芝加哥商品交易所的报价是一蒲式耳四百一十八美分，少了九十四美分怎么办？农场主秋后一算账，就可以以贷款补贴的名义从政府手中把这笔钱领回来。这简直是旱涝保丰收，用不着承受市场价格波动的任何风险！好了，农民放心种豆，越种越多，严重冲击了大豆正常价格。不仅是大豆，小麦、玉米都有贷款补贴。美国农业的强大，除了高科技，还有政府这把保护伞。别人如何竞争得过它？它倒好，还到处指责别人保护本国农业，恨不得把别人都掐死，只留下它自己一家！

萧长风听着，也气愤起来：真是不讲理，欺人太甚！

袁之华倒笑了：有讲理的地方，巴西、阿根廷正准备就贷款补贴问题向世贸组织提出申诉。所以，我把问题扯到这儿，他们就有点晕。

萧长风笑着摇头：美国人这回可是哑巴吃黄连，有苦难言了。

不这样不行啊，我们的农民太苦了。难道眼睁睁让美国独霸大豆市场？不成！所以我们就在谈判桌上掰手腕，好好斗他一斗！

萧长风为妻子斟酒，道：我做这一桌子菜，也算犒劳国家功臣了。来，让我敬你一杯酒。

袁之华脸颊微红，尽饮丈夫递到面前的葡萄酒。她摇摇头，说：现在还不到庆功的时候，我们也在考虑做出适当的让步。采取什么措施保障大豆贸易的正常进行？这个问题是不能回避的，双方正在进行磋商。

这就难了，还得让步。怎么个让法？

转基因政策一旦付诸实施，将允许贸易商申领临时许可证，安排一个过渡期。这样，既能保证贸易的正常进行，又能掌握主动权。我国的本意并不是堵绝进口大豆，而是根据国内需求掌握节奏，为大豆产业的发展赢得时间和空间，完全合情合理。所以我坚信，这次谈判一定会成功，美国人最后也会理解我们的立场！

萧长风由衷感慨：什么都可以谈，一切问题都通过谈判来解决。这在过去难以想象，也难以理解。真是一场天翻地覆的大变化！全球化一步一步向我们走来……

你今天不但做了厨师，还想当诗人？时间不早了，咱们睡觉吧。

等等！我还要向你请教：外资银行入股中国银行，有什么政策障碍？我们现在能不能向外国银行打开大门——哪怕是先开一道门缝？

袁之华站起来，笑道：行长先生，我暂时不想回答你的问题。喝过你的好酒，今晚我可以美美地睡一觉了。她弯腰吻吻萧长风的脸颊，贴在他耳边说：睡吧……萧长风会意地一笑，挽着妻子步入卧室。

三

对于崔瀚洋来说，这真是惊心动魄的一天！

凌晨五点，小英开始阵痛。轻微的呻吟、辗转反侧，很快将崔瀚洋惊醒。他打开台灯，见妻子额冒冷汗，脸色苍白，一时慌了手脚。小英的预产期过了好几天，一直未见动静。正纳闷这孩子是怎么回事，忽然就发作起来。幸亏早有心理准备，崔瀚洋每天把公司的轿车开回家，现在正派上用场。他把妻子包裹严实，抱入后车座，往医院疾驶而去。此时，天灰蒙蒙的，正下着一场鹅毛大雪，霞光曙色都不知躲到哪里去了。

把小英安顿在病房住下，崔瀚洋上街吃早点，又捎些豆浆、炸糕回来。医院大厅装着电视，恰巧播映早新闻。崔瀚洋站住脚，看见美国总统脸上挂着难得一见的笑容，正走下飞机舷梯。他来了！崔瀚洋一怔，马上想到今日大豆期市的反应。各国首脑云集上海，这是我国第一次举办如此重大的国际会议……播音员声情并茂地述说着，崔瀚洋心中却一阵阵紧张。

黄旭肯定会利用这个事件大做文章，今天将有一场恶战！崔瀚洋看看手表，八点十分，只剩下五十分钟，期市就要开盘了。他原本打算陪妻子，哪个做丈夫的会在这种时刻跑开呢？可是，崔瀚洋明白，多空双方的决战就在今日。箭上弦，刀出鞘，形势万分紧急啊！作为一个主角，他怎能离开战场呢？

崔瀚洋回到病房，心中忐忑忑忑。几次要张口，又把话咽回去。林小英握住他手，温柔地说：你走吧，别误了大事，我知道你心里着急。

崔瀚洋深感不安：可是，你……

小英摆摆手：医生刚才来看过，我一时半会儿还生不了。再说，爸一会儿就来了。

崔瀚洋低头看表，已经八点半，不能再迟疑了。他把手机放在小英枕边，说：有事就给我打电话……今天的确很关键，对不起你了。

出了病房，他驾车狂奔。穿过几条马路，抵达海滨，沿着金融街南行，终于来到北海期货公司楼下。来不及泊好车，他就一头钻入电梯。在办公桌前坐定，打开电脑，时针正指九点。

自从与黄旭通过电话，双方就断了后路，无声的较量渐趋白热化。空方借中美谈判暂无结果之际，全力打压，大豆期价再次逼近1950点。崔瀚洋顽强抵抗，一次次把205主力合约推升至2000点关口。持续的拉锯战消耗资金很厉害，持仓日益加重。崔瀚洋所在的北海期货公司已经升至多方排行榜第一位，万盟期货则久据空方榜首。崔黄对决引起万众瞩目。双方角力使出浑身解数，却僵持不下，胜负难分。局面呈现微妙的平衡，犹如一架天平，只要加上小小的一块砝码，天平就会向另一方急剧倾斜……

这块砝码出现了，并且加在黄旭一方。路透社财经消息在电脑屏幕即时滚动，崔瀚洋凝神搜寻有关美国总统访华的评述。分析人士认为，美国国会对总统施加影响，要求他就大豆贸易问题向中国进行交涉，中方可能做出让步。此类分析不管正确与否，都会影响大豆行情。毕竟，这种可能性是存在的，哪个国家的领导人不是冲着中国的广阔市场而笑容可掬呢？黄旭得了这块砝码，定要兴风作浪，置对手于死地。崔瀚洋呢？无疑是背水一战，置之死地而后生了！

奇怪。盘面上风平浪静，期价小幅波动，黄旭迟迟未动手。崔瀚洋纳闷：这位空军司令睡觉去了？他少量买入205合约，试试盘。盘子很轻，如入无人之境，徐徐升至2000点以上。崔瀚洋暗暗诧异，

453

黄旭在耍什么花招？可别中了埋伏。他又部分平仓，让期价回落到1980点一带盘整。该来的没来，他心中更不踏实。

太静了。崔瀚洋靠着椅背，闭目养神。这样的寂静有一种不祥的意味，仿佛暴风雨降临前幽黑的海面。如果判断失误，崔瀚洋贸然发动进攻，突破2000点大关长驱直入，黄旭将如何对付他呢？肯定半路杀出个程咬金，突然袭击，高空轰炸，打得他遍体鳞伤，跌回原形。那么，反其道而行之，应该怎么办？加强防守，稳住阵脚。甚至后退一步，守住1950点生命线……

崔瀚洋一跃而起，唤王宁宁进来。他下达命令：你去，把银行里存着的两千万元划入公司账户！

王宁宁惊讶地睁大眼睛：这可是最后一笔资金了。你总说这是战略预备队，不到生死关头不能动……

崔瀚洋斩钉截铁地说道：现在就是生死关头！你马上去银行，把预备队给我拉上来。王宁宁不再多说，匆匆离去。

果然，空方开始发力。打击来得很突然，沉重而有力。仿佛一人独行荒原，忽遭歹徒袭击，一记闷棍直击后脑勺！黄旭惯用这种手法：集中大量空单，不计价位往下杀，瞬间就封死跌停板。这会造成恐慌，使中小散户以为出了大事，慌忙中割肉平仓。崔瀚洋站起来，眼看价格线笔直下跌，似一把利剑刺向1950点。

好家伙，想要一剑穿心啊……崔瀚洋喃喃道。

1950点在技术分析上很重要，如果守住，则构成双底形态，有利于多方。如果跌穿，图表上显示破位，预示着新的下跌浪展开，投资者就会跟风做空。崔瀚洋最清楚：这是他的上甘岭，打完最后一颗子弹也要守住。一旦失守，胜负立判，他就是砸锅卖铁也挽不回败局了。黄旭来势汹汹，目的是借着利空，借着偷袭，一举击穿1950点，甚至封住跌停板，迫使崔瀚洋斩仓出局！

外间操盘手们正紧张地忙碌着，无须崔瀚洋多说，他们都在

1950点一带买入5月大豆。好像他手下的战士，浴血奋战守卫上甘岭。崔瀚洋走出办公室，在两排电脑之间的甬道踱步，无言地鼓励着下属们。一位老成的操盘手抬起头，低声说：崔总，我主管的账户资金不多了……

旁边一位戴眼镜的青年也站起身告急：我的账户只剩下十万元，不敢再买入了。崔总怎么办？

资金就是子弹，弹尽粮绝，战斗将无法继续。强烈的不安情绪弥漫开来，屋里的空气仿佛凝结成冰，使人窒息。

这时候，王宁宁拿着支票进门。崔瀚洋接过支票，振臂一扬：两千万元刚到账，老子有的是子弹！你们给我狠狠地打，一步不准后退！

盘面震荡真扣人心弦：空方如战机俯冲，一批批空单炸弹似的撞击着1950点。多方摆开高炮阵，连续的买单犹如串串弹火射向天空。期价一次次被砸下去，又一次次拉起来，仿佛安着弹簧，蹦跳不已。成交量急剧放大，创出历史新高。无数投资者从全国各个角落杀将出来，或空或多，投入战斗。恰似无垠的荒原展开大规模混战，人人手持利刃，拼命厮杀。这场面无声，无血，却在投资者心中不停地演绎，仿佛一部无穷无尽的宽银幕电影……

崔瀚洋抽空给小英打电话，手机响了半天，接电话的却是林德模。这位性格古怪的老丈人说：你媳妇刚进产房，还嘱咐我别告诉你。

崔瀚洋问：为什么？

老丈人嘿然一笑：怕影响你发财哩！

崔瀚洋心里很不是滋味，负疚感折磨得他坐立不安。他决定暂且抛开一切，要去医院看看妻子。

崔瀚洋刚立起身，却见马明远推开玻璃门，走进办公室。崔瀚洋忙招呼他坐，问道：马总，你怎么有空来了？

马明远板着脸说：出问题了，大问题！

崔瀚洋一怔，不知道这位花花老总要搞什么名堂。

马明远说，他的房地产公司一笔贷款到期，新楼盘开工又需要资金；并且，老板得知他把三千万元投入期货公司，严厉地训他一顿，要他立即将资金追回……总之，马明远是来讨钱的，三千万，立刻就要！

崔瀚洋眼都直了，这不是釜底抽薪吗？仗打到这份儿上，命都不要了，哪能抽出三千万元给他？崔瀚洋努力保持冷静，为马明远泡上一杯茶，笑道：马总是不是听到什么风声，对我不放心呀？

马明远摇头：那倒不是。期货这玩意儿风险太大，看着都心惊肉跳。不瞒你说，自从把钱投到你这里，我每天晚上都睡不着觉，硬是得了失眠症！

崔瀚洋说：看来马总是内行。你天天看盘吧？要不怎么夜夜睡不着觉呢？如果我没猜错，今儿上午你一直在看盘，这行情太凶，吓得你心惊肉跳！你担心爆仓，所以跑来抽回资金，对吧？

马明远苦笑：三千万元一划到你账户，我就不得不变成内行了。今天要跌停板，肯定跌停板！

崔瀚洋说：我在这儿干什么呢？我告诉你，大豆的底部就在眼前，跌不到哪里去。再说，我在你的账户打入保证金，赔是赔我的，你慌什么？如果你不放心，我多划五十万元保证金，确保你的本金的安全，还不行吗？

马明远眼睛盯着电脑屏幕，神经质地摇头：不不不！我要钱，就要钱。一旦出事，老板会炒掉我，我再也没地方当总经理了……

崔瀚洋火透了，恨不得拍桌怒吼。但他明白，马明远已是吓破胆的人，怪他不得。于是，崔瀚洋温和而坚决地说：我们签过合同，一年期约，难道你忘了吗？所以，今天你拿不到钱。实在要撤资，请你和你老板上法院，咱们打一场官司，打到底！

马明远连连摇头：我们不打官司，不打官司……

正纠缠不清，又来一位客人。崔瀚洋高兴地喊道：彭程万，彭总，你来得好哇！

我当然来得好。彭程万风风火火地脱下大衣，你猜我来干什么？送钱来了！他把一张支票拍在崔瀚洋面前。

崔瀚洋简直不敢相信自己的眼睛，他抚弄着支票问：这是怎么回事？

彭程万说：大豆进口越来越难，外国贸易商都在等待观望。我们董事会分析形势，认为转基因条例很快就会实施，进口大豆出现断档在所难免。因此，我们把原料采购的重点转向国内，转向期市。这不，董事会决定追加一千万元投资，再买四千手5月大豆！

崔瀚洋激动得两眼放光：太好了！彭总，你真是给我送来一场及时雨啊……

我可不会呼风唤雨，不过，我会看行情。现在这种形势，大豆还在卖1950元一吨，绝对不正常。这是空头发昏，投机过分，给我们企业带来了机会。我敢说，今后一两年都很难再见到这个价位，我们肯定抄到底了！

崔瀚洋说：那好，我马上在你海龙公司的账户上买入四千手5月大豆。

彭程万叮嘱他：我可不搞投机炒作，买入后不得卖出。我要的是豆！明年5月我到大商所办实物交割，让现在卖空大豆的人，把大豆交给我。期货市场本来就有这份功能嘛！

崔瀚洋叫来王宁宁，让她拿着支票去银行办转账。彭总说有事，也告辞走了。崔瀚洋把彭程万送到电梯，握着他的手道：不管怎么说，我还得谢谢你。你够朋友，为我雪中送炭啊！

彭程万爽朗一笑：朋友这一层，我也是放在心上的。

转回玻璃小屋，马明远急急地问：这人是谁？

崔瀚洋说：海龙油脂公司的老总。海龙牌色拉油就是他家生产的，名牌，全国超市都有卖。

马明远拍拍额头：呀，这可是真行家，他肯定不会看走眼！

崔瀚洋看出他心思活动，趁机问：怎么样？咱们还要打官司吗？

不必了，我本来也没那意思。只是……只是你刚才说过，再往我账户打五十万元保证金，让我更有安全感。行吗？

行。崔瀚洋笑道，你这个人呵……回家别再看盘了，踏踏实实睡觉。

马明远也走了。崔瀚洋长长地松了一口气。

大豆行情仍在动荡，空方又发动起新一轮的攻击。崔瀚洋挺直身子，投入紧张的战斗！

四

下午三时，期市收盘。一天的鏖战结束，日K线图留下一颗十字星。所谓十字星，是指开盘价与收盘价处在同一价位，带有上下影线，表明曾经上冲被压制，急速下跌又被拉起。其意义是多空双方势均力敌，打了个平手。任何一根K线都有自己的语言，十字星默默述说着一场惊心动魄的搏杀……

崔瀚洋匆匆赶往医院，脑海里总也抹不去这颗十字星。直到收盘前最后一刻，空方还进行了一轮猛烈的空袭。期价瞬间击破1950点，触及跌停板。崔瀚洋一颗心堵住嗓子眼，几乎窒息。这时，不知何方涌出大手笔买盘，推动期价急速上扬。崔瀚洋也大力买进，乘胜追击，终于收复失地，赢得了这颗十字星。

明天会怎样？崔瀚洋得不到答案。

林小英进产房三个多小时了，孩子仍未出生。护士说她可能难产，要崔瀚洋耐心等待。想象着妻子的痛苦，崔瀚洋焦虑万分，在病房后院来回踱步。一位矮胖青年，也在等孩子诞生，同情地递给他一支香烟。崔瀚洋本不抽烟，此刻也不推辞，皱着眉头吞云吐雾，呛得连连咳嗽。夜幕降临，寒风飕飕，两个准父亲就这么傻站着，面对面默默地吸烟。

胖小伙子比较幸运，护士把他叫去，告诉他生下一千金。他欢天喜地看女儿去了，留下崔瀚洋独自待在后院。崔瀚洋内心充满自责，也不觉寒冷，踩得积雪吱吱作响。他痛恨自己：平时对小英关心不够，连今天也未能陪伴在她身旁，亏欠妻子实在太多了！他暗自疑惑，难道真是金钱使人变得冷漠？可又冤枉，他心里其实对小英很好啊……

崔瀚洋深感疲劳，沮丧，心情比夜空更阴郁。他回到大厅，站在电视跟前看新闻。首脑们挽臂而立，身着唐装，花团锦簇，一派喜气洋洋。崔瀚洋盯住美国总统多看几眼，猜测他是否耍过某些手腕，向中国施压。这是枉然的，外国领袖天生会演戏，面对公众永远是不变的笑脸。交易在幕后进行，好像魔术师把手伸进木箱，谁也不知道他会变出什么东西——鸽子？鸭子？或者一个大活人？

他想到黄旭。今天，黄旭的行为几近疯狂，万盟一日内净增空单万余手，总持仓超过空方排行榜前几位的总和。他在豪赌，赌注就押在这位因穿着唐装而显得异样的美国总统身上。万一他赢了呢？崔瀚洋一阵战栗，不敢想下去。他嘴里发苦，又感觉到红星股票狂跌时那种恐惧。他很想扶住什么东西，可是空荡荡的大厅无所倚靠。

似乎出于本能，崔瀚洋掏出手机，迅速拨通北京哥哥家的电话。听见萧长风的声音，他急急地说：哥，我要找嫂子。

袁之华恰好在家，与崔瀚洋通话。崔瀚洋把心中的惶惑，期市的异常波动，自己如何做单统统告诉嫂子。最后他说：我心里发慌，嫂子。你亲自参加谈判，能不能给我透个底……

袁之华的声音透出庄重与镇定，使得崔瀚洋的心顿时安稳下来。她说：我不能向你透露具体细节，但我可以告诉你，中国是一个大国，绝不会出尔反尔。这不是任何人，哪怕是某个强国的总统，所能够影响或者改变的。你要有信心。

崔瀚洋沉默一会儿，道：嫂子，谢谢你！

他又说了说小英生产的事，袁之华安慰他不要急，现代医疗条件完全可以保证孩子的顺利诞生。打完电话，崔瀚洋真像吃了一颗定心丸，心神怡然，周身舒坦。他不由自嘲道：你是怎么了？得软骨病了？大风大浪都没眨眼，回头想想却吓晕了，好没出息！

崔瀚洋相信这个电话就是转机，好事接踵而来。护士笑盈盈地站在他面前，告知孩子已出生，男孩，足有八斤重。崔瀚洋喜得脚下打跌，跟随护士进病房看小英母子。望着妻子苍白而幸福的笑脸，崔瀚洋热泪夺眶而出，扑簌簌打湿脸庞。他又抱起儿子，小家伙单睁开一只眼睛，却似也斜着瞅父亲，显得很老到。崔瀚洋大笑不已……

一觉醒来，朝阳映红天空。崔瀚洋呼吸着清新的空气，步行去公司。海滨白鸥飞掠，浪花绽开于绿色海面，风景美不可言。崔瀚洋想到儿子，想到自己一夜之间成为父亲，恍然仍在梦中。他心中感慨万分，追忆当年在这条金融街上对小英倾诉雄心壮志，反将小英吓跑；又对幢幢高楼大厦挥拳跺脚发誓，要成为中国的巴菲特、索罗斯，真是傲气冲天，豪情万丈啊！这一幕幕情景宛如昨日，崔瀚洋不禁脸红。他深深叹息：如今成人了，成人了……

走进办公室，王宁宁满面春光迎上前来。我们赢了！她嗓音脆亮地喊道，转基因条例从今日起正式实施，中央电视台早间新闻刚刚公布了这个消息！崔瀚洋简直不敢相信自己的耳朵，一时竟怔住了。王宁宁推他往玻璃小屋走，说：快去看看电脑，肯定是头条新闻，期货界可要开锅了。

崔瀚洋打开电脑，仔细琢磨突如其来的好消息。中国选择这种时刻，宣布新政策正式实施，既表现出凛然正气，光明磊落，同时又显得意味深长。中美就大豆贸易问题的谈判，双方做出妥协，最终达成一致，这是关键所在。崔瀚洋感到欣慰，自豪！

黑马打来电话，祝贺崔瀚洋成功。崔瀚洋道：成功？现在说这话为时尚早吧？你谈谈对行情的看法。

黑马说：先别谈行情，我讲我对单子的处理。昨天收盘前一阵急跌，我抓住机会把所有的空单平仓了。你看盘感觉到了吧？

空单平仓必要买进，崔瀚洋顿时明白，在那瞬间破位、触及跌停板时，忽然冒出的强劲买盘，原来是黑马平仓所为。崔瀚洋哈哈大笑：关键时刻，反戈一击！黑马，你可帮我大忙了，我怎么感谢你呢？

别感谢，我是救我自己。我一向注重技术分析，做单不带感情色彩。昨天那颗十字星，是典型的黎明之星，配合前期形成的双底形态，我就认准要爆发一轮多头行情了。我从来溜得快，要不怎么叫"黑马"呢？

客观上说，你还是帮了我一把，杀了黄旭一个回马枪！哎，我们这位空军司令现在怎么样？

黄旭惨了！晓月昨夜来电话，说万盟资金发生危机，黄旭正到处想法借钱。他空得太猛，谁也劝不住他，简直疯了！这老滑头，过于迷信他的美国朋友，利令智昏，孤注一掷，这回可要吃大亏了！

你分析一下，新政策出台，对大豆期货影响有多大？

这股劲憋得太久了，来个火山爆发谁也不意外。还用我分析吗？看，开盘了，涨停板！我得追买大豆去，再见了。

果然，全体大豆合约齐刷刷封住涨停板，价格线一字横走，无人卖出，想买的又买不进，交易出奇地冷清。崔瀚洋浑身一松，骨头散了架一般倚靠在椅子上。多少个日日夜夜，他的神经就像绷紧的弓弦，片刻不敢放松。承受的压力犹如太行山，叫他如孙猴子似的不得抬头。现在，一切都已过去，结果出来了：他赢了！

崔瀚洋并无兴奋与激动，倒是冷静地反思：为什么赢了？他想起东北之行，想起彭程万那船洋大豆，想起做多以来反反复复的思想斗争……最后，他得出结论：崔瀚洋与黄旭一样，都在进行一场豪赌，只不过他崔瀚洋押对了注，押在中国一方。说到底，投资或投机，都带有赌的成分，广而言之，人生何处不赌？真实的意义在于，当你下注时，或是你做出重要选择的瞬间，所有的思想、知识以及性格因素都发挥了作用，可以说你这个人，在这一刻得到完整的体现！偶然寓于必然，任何结果都是长期积累而成的。仔细体会，其中妙味无穷……

涨停板封得纹丝不动，交易几乎静止。崔瀚洋一跃而起，拍拍脑袋，自语道：我还傻待在这里干吗？胡思乱想什么？赶快陪小英去吧！

他步履轻捷地离开办公室。

黑马的话没错，多头行情真如火山爆发。第二天、第三天连拉涨停板，崔瀚洋大量持有的 205 主力合约，暴涨近二百点，获利之丰厚、之迅速令人咂舌！期货的魅力就在于此，一旦做对方向，利润远大于任何投资方式。王宁宁和操盘手们欢呼雀跃，谁不为这来之不易的胜利高兴呢？可是崔瀚洋却不露面了，那间岗楼似的玻璃小屋很难见到他的身影。王宁宁几次打电话，问他是否获利平仓，他总是咬定一个字：不！大家都笑：崔总要把这些豆子留给儿子享用呢！

崔瀚洋将小英母子接回家，天天陪着他们，恬淡宁静。小英奇怪：你怎么把公司丢下了？

崔瀚洋笑笑：难关渡过了，我要多用些时间补偿你们。一家人其乐融融。

崔瀚洋表面上平静，内心却激动之极。他对行情自有判断：这仅是趋势发展的初级阶段，暴涨之后，还有漫长的盘升期。此时最忌过早平仓，必得坚忍耐心，才能笑到最后。他怕自己把持不住，急于获利，故而远离市场。宁静致远，崔瀚洋决心长线持仓，赢得完整一波行情。

夜深人静，崔瀚洋经常起身踱步。他会独自来到地下室，静默打坐。种种感悟在心头掠过，他于冥冥中体会人生真谛。一个投资者走过的路，总是荆棘丛生，坎坎坷坷。回首往事，他就是在这地下室起步，钻研图表，分析股票，痴迷地投身于金融领域。他曾迅速崛起，身家亿万，神奇小子声名远扬。然而红星高科一战，成为他的滑铁卢，几乎输得倾家荡产。卢燕红亲临地下室，请他出山，给他施展才能的机会。他兢兢业业，赴东北实地考察，到油脂企业深入调研，摸透了新政策的根由，最终赢得今天之大捷！以后路怎么走呢？他的人生将绘成怎样一幅图画呢？崔瀚洋深深思索着……

黑暗中，浮现出爷爷的脸庞。爷爷双目灼亮，冲他神秘地一笑。

日子过得很快。儿子满月了。儿子过百日。大豆行情正如崔瀚洋所料，经过三个涨停板的急升，又进行盘整，然后沿着上升通道一浪一浪地推进。真正的大牛市由诸多因素构成，转基因条例的实施仅是导火索。国内大豆缺货，美元贬值，美国大豆减产……一连串利多因素接踵而至，促使国际国内大豆价格同步上扬，创出几年来未见的新高！

这局面却超出了崔瀚洋的想象。他紧抱多单，顺风驶船，赢利竟然连续翻番，把他自己也惊得目瞪口呆！趋势的力量不可抵挡，顺势者昌，逆势者亡。崔瀚洋相信这是期货界永恒的真理。屡败屡战，一战而定天下。此时，崔瀚洋感到自己真正站起来了！

不知怎的，崔瀚洋总是挂念着黄旭。真想见他一面，崔瀚洋心中已全然没有恶意。这位空军司令杳无音信，似乎多头火山爆发，把他炸成粉末，随风而逝了。直到一天深夜，龚晓月打来电话，崔瀚洋才得到关于他的信息。

龚晓月说：你能来一趟北京吗？黄旭想见你。

五

崔瀚洋驾车去北京。高速公路如飘带向前延伸，两边田野已被春雨染绿，翡翠似的块块镶嵌，将大地装扮出一派新气象。音箱播放着美国乡村音乐，浪漫而忧郁，更令崔瀚洋心旷神怡。

龚晓月的电话，促成他此次北京之行。往深远处看，此行可能改变崔瀚洋的人生之旅。龚晓月传来一个惊人的信息：万盟期货公司濒临破产，黄旭本人突发中风，现已半身不遂。由于债务沉重，万盟公司不得不清盘出让，许多投资人正为购并万盟而与晓月谈判。作为总经理，龚晓月受黄旭委托全权处理公司善后事宜。她自然而然想到崔瀚洋，于是就在深夜打来那个电话。她问：你想买下一家期货公司吗？如果想，万盟就是你的！

崔瀚洋十分动心。论实力，经过大豆一役，他已拥有几千万元资金，完全可以独立门户，大展宏图。到北京，到全国的金融中心谋求发展，更是崔瀚洋的梦想！这一重大转折具有戏剧性，竟然是老冤家黄旭提供的契机。崔瀚洋感慨：也许是天意吧。他决心拿下万盟期货公司。

只是，对卢燕红那头不太好交代。新兴投资公司正兴旺发展，老客户获利丰厚，纷纷追加投资；新客户闻风而至，不断申请开户。如此局面，他崔瀚洋若走，岂不泼下一盆冷水？他感念卢燕红在他低潮时拉他一把，不忍春风得意便一走了之，显得无情无义。

思来想去，崔瀚洋便打电话与哥哥商量。萧长风毫不迟疑地说：这是好事，卢燕红一定会支持你。停了停他又深情地说：来北京吧，咱们兄弟共同发展。崔瀚洋不禁心头一热。

　　与卢燕红一谈，果然如哥哥所料，她爽快地同意了。这位女强人脑子动得快，又提出一个附加条件：共同收购万盟，北海期货公司要占有百分之三十的股份。卢燕红精明地笑道：我公司早就计划向外扩展，你也算我们派出的尖兵了！崔瀚洋当然欣喜，这样，他购并万盟势力更壮，更有把握。卢燕红与他议定：万盟重新开业时，可以带去新兴投资公司部分业务，因为有些老客户肯定要跟崔瀚洋走的。卢燕红说：你这神奇小子，可是一张王牌啊！

　　崔瀚洋俏皮地回答：我永远是你的尖兵！

　　一经安排定当，崔瀚洋直奔北京。兴奋之余，他心情又有些复杂。许久未见龚晓月了，不知她近来怎么样。踩在黄旭这条船上，做空大败，又面临破产，肯定把她折腾得够呛！崔瀚洋忽地忆起往事，与晓月的感情纠葛萦绕心头，挥之不去。他想，入主万盟之后，晓月如何处置？保留总经理的职务肯定不合适，让她离去又不忍心，是一件棘手的事情……

　　驾车急驶六个小时，下午两点到达北京。崔瀚洋按地址找到万盟期货公司，龚晓月正在办公室等候他。与想象中不同，晓月脸上全然没有憔悴之色，反而星眸闪亮，比过去更加美丽。她与崔瀚洋握手，语言爽朗大方：早知道你会来，万盟公司有新舵手了。欢迎你！

　　谈判进行得很顺利，双方对购并条件、出资额多少并无争议。崔瀚洋有一种感觉，龚晓月处处让步，似乎真的盼望他早日入主万盟。谈到公司原有职员，龚晓月首先申明：我另有去处，你不必考虑。不过，我向你推荐一位总经理人选，你也许会感兴趣。

　　崔瀚洋问：谁？

龚晓月含笑不答，起身打开侧面一扇房门，喊道：出来吧，该你亮相啦！

里屋姗姗走出一个人来。崔瀚洋见到此人，惊喜地奔上前，一把将他搂住：黑马，你怎么来了？太棒了，得你这员大将，我在北京定能一帆风顺！

黑马推推眼镜，兴奋而略有羞涩，喃喃道：我们会师了，终于会师了……

崔瀚洋转身对晓月说：你别离开公司，像过去一样，咱们一起干。你说另有去处，什么去处？干脆辞了！

黑马赶忙阻拦：辞不得，这可辞不得！我和晓月后天结婚，就等你来喝喜酒哩。婚后，晓月要留在家里，一心一意相夫教子。你说，这去处怎么能辞？

崔瀚洋拍拍额头：哎哟，我胡说八道了。这等大喜事，怎么不早告诉我？只是晓月离开公司，有些可惜……

龚晓月说：可惜什么？我本来就不是干这一行的料，当这两年总经理，也不过是黄旭的傀儡。我实在累了，只想找一个安全的小窝栖息。现在，小窝找到了，我还有什么奢求？

两个男人默默倾听，非常理解她的心情。她有些激动，又谈起前不久那段黑暗的日子：你们不知道，砍仓的时刻有多可怕！黄旭天天待在这里，人整个儿变成了疯子，东蹿西跳，大喊大叫。我的脑子都快让他吵炸了！涨停板一个接一个，那么些空单怎能平得了仓？一天就亏损两千多万，我看着账单手都发抖。割呀，割呀，半个多月才把这堆烂肉割光了，一算总账，黄旭亏了两个亿！他在我面前，就在这沙发上，一头栽倒，中风了……

崔瀚洋瞅着棕色的长沙发，仿佛亲眼目睹了当时的情景。期货就是这样残酷，失败的降临犹如死神，片刻间把人毁灭。黄旭是一条大虫，多年来在投资界兴风作浪，如今一步失足，不得不黯然退出这色彩缤纷的舞台……

龚晓月转向崔瀚洋，说：有一件事情应该让你知道，黄旭给我下了指示，只要崔瀚洋有意，万盟就不能转让给其他公司。他一定要让你来接手！当时他已经半身不遂，说话呜呜噜噜。连比画带写，半天我才把他的意思弄明白了。我有些奇怪，他好像变了一个人。我问：你不恨崔瀚洋吗？黄旭指指天，又指指地，慢慢地闭上了眼睛……我至今也不懂他想说些什么。

崔瀚洋默然点头：我能理解。晓月，黄旭现在住在哪里？我想去看看他。

龚晓月说：他住在一家疗养院里，挺远。你还是改天再去吧。

崔瀚洋执意马上去，晓月、黑马就陪他上了轿车。车沿公路向西行驶，夕阳垂垂，西山紫霭缭绕，暮色迷人。来到疗养院，病房中不见黄旭的踪影。一位大夫说，可能到花园散步去了。

他们在一片绿茵茵的草地上找到黄旭。所谓散步，其实是黄旭坐在轮椅上，由一护士推着，缓缓行走。他完全失去了行动能力，几乎成了残疾人。崔瀚洋在他面前站住，弯下腰，轻轻地说一句：黄老板，我来看你了。你好吗？

黄旭睁大眼睛，嘴角抽搐，咿咿呀呀地语不成句。他很激动，崔瀚洋也很激动。毕竟，他们在投资界厮混了那么多年，炒股票、炒期货，经历了一次次风浪。虽说黄旭诡计多端，玩弄朋友于掌间，害得崔瀚洋吃了不少苦头，但崔瀚洋还是不忘领路人之恩。当初，崔瀚洋在金泰证券公司门口算卦测市，不正是黄旭看中他，提拔他当操盘手吗？现在黄旭已经落到这等地步，人也废了，崔瀚洋心酸、怜悯，其情远在别人之上。什么恩恩怨怨，全都一笔勾销了。

由于语言障碍，崔瀚洋无法与黄旭交谈。然而失去了语言，两人的交流反倒胜于以往任何一次。黄旭颤巍巍地握住崔瀚洋的手，久久不放。他呜噜着重复一句话，眼泪哗哗流淌。崔瀚洋懂得他的意思，他在说：我对不起你呀，对不起……

过去的事情别再提了。你安心养病，万盟公司由我接手，绝不会亏待你！崔瀚洋说完这句话，把头扭向一边，眼泪也夺眶而出。

接下来的日子，崔瀚洋忙于办理各种手续，交接账目，招兵买马，片暇难得。黑马与晓月举行了盛大的婚礼，有情人终成眷属，也为新公司开张增添几分喜气。崔瀚洋聘任黑马为总经理，自己当董事长。龚晓月经崔瀚洋诚恳挽留，同意暂任市场部经理。所谓暂任，是因为她有言在先，一旦有了孩子，她就要辞职回家，专心做母亲。

最后，为新公司命名，他们之间产生了争议。崔瀚洋觉得"万盟"这名字不错，不必再改。黑马、晓月却建议改名为"新美隆"，以纪念他们在美隆投资公司共处的那段日子。崔瀚洋说：美隆太俗，咱们还是向前看。要改，就改作"新万盟"吧。黑马、晓月想了想，都同意。

于是，新万盟期货经纪公司就在北京诞生了。

因为事务繁忙，崔瀚洋来北京后看望过哥嫂两次，每次都来去匆匆。萧长风不满意了：你忙，在家里住着就是了，早晚还能聊几句。你为什么偏要住宾馆？生分啦？他命弟弟退掉房间，搬来同住。等买定新居，再作计较。崔瀚洋只得从命。一个周末的傍晚，萧长风到宾馆把弟弟接回家。

袁之华知道崔瀚洋出外日久，街上的菜都吃腻了，亲自下厨做了一桌家常菜。晚餐，三个人饮酒畅谈，好不惬意。对于崔瀚洋东山再起，事业新成，哥嫂评价很高，一齐敬酒祝贺。崔瀚洋则立起身，先敬袁之华一杯酒：嫂子，若不是你在电话里给我打气，哪会有我今天的成功？他描述在医院里的那个雪夜，小英难产，行情危急，心情阴郁到极点，真是感慨万千……

吃完饭，萧长风建议弟弟一起出去走走。他对崔瀚洋说：我领你去一个地方，你肯定觉得有意思。

袁之华叮嘱道：别走远了，早点回来！兄弟俩答应着，走出门去。

京城繁华，明灯璀璨，车流如河，人群熙攘。萧长风拣僻静小路走，与弟弟并肩漫步，娓娓而谈。最近，萧长风的工作又有变动。东方银行顺利上市，与外资银行的合作也有了突破性进展，总行高层对萧长风的才干十分赏识。孙鹏行长深知其志向，阶段性任务完成后，便任命萧长风出任北京市东方银行行长。崔瀚洋高兴地叫起来：太好了！哥，你就想当银行家。如今你又独当一面，可以施展身手，实现自己的梦想啦！萧长风点头，眼睛里燃烧着激情的火焰。

转过街角，一条宽阔的大道豁然展现在面前。萧长风指着路牌说：看，这就是我要带你来的地方。崔瀚洋看到三个字：金融街。他很惊讶，仔细看了一会儿路牌，乐道：嘀，北京也有金融街，我还不知道哩。好哇，我们哥俩儿又要在这条金融街上闯荡啦！

这是一片新建成街区。大道两旁高楼耸立，中央银行、证监会、保监会、各大国有银行总部全都集中于此，整条大街有一种庄严肃穆的气氛。在古老的北京城里，它仿佛一位新出现的巨人，兀然屹立。兄弟俩沿街漫步，默然无语。他们细细端详街道边每一座大楼，这些闻名遐迩的权威金融机构，曾经是那么神秘，那么遥远，而今又是这样亲近，全部袒露在他们的面前……

人的一生，总在为自己的目标不断奋斗。有些人成功，有些人失败，无论成败，这一切都构成生命的内容。萧长风与崔瀚洋从S市的金融街，走到首都北京的金融街，无疑是成功者，幸运者。他们的命运，又与国家发展、民族兴旺联结在一起。金融界前所未有地凸现其重要地位，也造就了一批人才的光辉前途。兄弟二人对此深有体会。他们在金融街上走，心中暗暗发誓：一定要珍惜时代赠予的机遇，努力，再努力，完成一代人的历史使命！

崔瀚洋侧脸望着萧长风：哥，你在想什么？

萧长风站住脚，说：我想，在太平洋彼岸，也有一条金融街，那就是美国人引以为自豪的华尔街。今天，我们的金融街比华尔街尚有差距，但我相信，这个差距正在迅速缩短。经过我们一代人的奋斗，中国就会起飞，就会在各个方面使全世界吃惊！

崔瀚洋热血沸腾，一种难以名状的力量在胸间鼓荡。他大踏步向前迈进，仿佛要追赶一个目标。他仰望星空，喊出埋藏在心底的声音——

华尔街，你听见中国金融街上的脚步声吗？